05 | 민음의
비평

타인을
앓다

민음의
비평

05

타인을 앓다

강유정 비평집

민음사

연민의 능력

"만약 우리가 모든 이의 고통에 괴로워할 수 있고 또 괴로워해야 한다면 우리는 도저히 살아갈 수가 없을 것이다. 아마 오로지 성인에게만 많은 사람에 대한 연민이라는 끔찍한 선물이 주어질 터이다." 아우슈비츠 생존자 프리모 레비는 그의 글 『가라앉은 자와 구조된 자』에 이렇게 썼다. 막혔던 말문이 조금 트이는 순간이었다.

두 번째 평론집을 정리하면서, 초교를 끝내는 그 순간까지도 서문을 쓸 엄두를 내지 못하고 있었다. 나의 두 번째 평론집에 가장 자주 등장하는 단어는 타인, 고통 그리고 연민이다. 정리해 두고 보니, 지난 8년의 시간 동안 매달렸던 게 이 단어에 들어차 있다. 그런데, 막상 타인의 고통에 대해 연민한다는 게, 가당키나 한 일이며 또한 내게 허락된 능력일까라는 의구심과 절망에 빠져 버렸다. 그래서 글을 모아 두고도 서문을 쓰지 못했다. 타인의 고통에 대해 완벽한 공감을 느끼는 것이 연민이라면 과연 나는 타인을 진정으로 연민했던가?

하지만, 다시 한 번 프리모 레비의 글을 읽어 본다. 그의 글은 나에게 작은 면죄부를 허락한다. 그의 말처럼 우리가 모든 이의 고통에 괴로워할 수 있다면 우리는 이미 인간이 아닌 성인일 것이다. 하지만 중요한 것은 고통을 함께하려는 그 시도이다. 들뢰즈의 말처럼, 인간이라는 수치심, 이보다 더 좋은 글쓰기 이유가 있을까?

문학이 그렇다. 문학이란 아무리 괴로워할 필요 없다고, 그 정도는 성인의 경지라고 말해 줘도, 그럼에도 불구하고 모든 이의 고통에 괴로워하는 노력이다. 문학은 최선의 경우라 해도 개별적인 단 한 사람, 고유한 하나의 영혼일 수밖에 없는 우리에게 허락된 작은 연민의 방식이다. 그러므로, 문학은 상처에서 출발하고, 상처 위에 존재한다.

죽음으로 마쳐지는 인생에서 문학은 믿을 만한 우회로가 되어 준다. 문학은 스스로 이방인이 되어 호명된 언어의 껍질을 벗기고, 그 이면을 보는 것이다. 언어를 수호할 수 있는 유일한 길이 언어를 공격하는 것이라면 문학을 수호하는 유일한 길 역시 문학을 공격하는 것일 테다. 문제는 이 공격이 자신의 언어를 만들어 가는 문학적 방식인가라는 것이다. 지난 몇 년 동안 문학은 자발적 공격과 탈피가 아닌 세상 앞에 맨몸을 드러내고 서 있다. 과도기이기 때문일 것이다. 만일, 불안정한 추락을 경험하고 있다면 그것은 우리의 문학이 과도기에 있기 때문일 것이다.

2007년 첫 번째 비평집 『오이디푸스의 숲』을 내고 9년 만이다. 등단 이후 10년의 시간, 민음사 《세계의 문학》에서 편집위원으로 머물던 시간, '나'의 문학을 찾았던 틈새가 고스란히 담겨 있다. 겁 없이 써 내려갔던 첫 번째 비평집의 서문을 읽고 나니 9년의 시간 동안 한국 문학에, 한국 문단에 그리고 평론에 얼마나 많은 변화가 있었는지 절감된다. 적어도 2007년의 한국 문학에는 신진 평론가의 치기 어린 발심을 응답해 줄 여력이 있었다. 그때도 역시 한국 문학은 가난했으나 자존심과 존중이 있었다. 2015년 표절 시비 이후 문단은 예상치 못했던 방식으로 대중화되었고 급속히 모멸되었다. 묵묵히 자신만의 문학을 해 오는 문인들에게는 더 뜨거웠던 모멸이기도 했다.

　나는 문학 평론과 영화 평론을 함께 하고 있다. 오랜 고민을 거치지 않은 기자들이 간혹 두 호명을 합쳐 문화 평론가로 부르곤 한다. 하지만, 분명 나는 문학과 영화를 비평하는 평론가이다. 문학 평론가이기도 하고 영화 평론가이기도 한 것이다. 이 두 가지의 일이라는 게 생각보다 워낙 다른 일이어서 문체와 호흡, 문장과 마음가짐이 다르다. 토니오 크뢰거가 시민과 작가라는 두 개의 정체성을 고민하듯, 나는 영화 평론가 강유정과 문학 평론가 강유정을 나누었다.

　한 가지 분명한 것은 문학 평론을 쓰는 것은 몹시 아픈 일이라는 사실이다. 실제로도 하나의 글을 완성하고 나면 꽤 앓는다. 매번 그렇다. 첫 문장을 쓰는 공포와 초조함은 문학 평론을 쓸 때 훨씬 더하다. 독하게 아프고 난 후 첫 문장을 쓰고 그렇게 쓰고 나서는 한 번 더 앓는다. 연민과 잔혹함, 공포와 불안 같은 한 사람에게 존재할 수 있는 감정의 많은 부분을 꺼내고 확인하고 나서야 글이 한 편 완성된다. 영혼이라고 부르는 것이 있다면, 그것이 한 줌 태워졌음을 알게 된다.

　비평집의 제목인 '타인을 앓다'는 2014년에 《세계의 문학》에 실었던 평론의 제목이기도 하다. 타인을 앓는 것, 문학을 읽는 것과 문학을 하는 것의 의의는 바로 여기에 있다고 믿는다. 타인을 앓는 것, 깊은 공감을 통해 타인의 고통을 이해하고자 하는 것, 그게 바로 미련하지만 두터운 문학의 길일 것이다. 이해하고자 애쓰는 내가 먼 곳의 다른 고통과 소통하는 초월적 인식의 공간, 그게 바로 문학의 공간이다.

　물론, 이해는 공감만큼이나 멀고도 불가능한 능력이다. 완벽한 이해란 완벽한 공감만큼이나 어렵다. 이해가 복잡다단한 세상과 이면의 단순화라면 문학은 언어라는 한계 위에 담아내는 내면의 복잡다단함일 것이다. 결국, 어떤 문장도 정확히 그 고통을 드러낼 수는 없겠지만 적어도 그렇게 언어에 담긴 고통을 통해 고통의 어떤 부분을 이해할 수 있게 된다. 고통은 절대적으로 재현 불가능한 무엇이지만 문학은 그것을 이해할 수 있게끔 해 준다. 그래도 우리가 타인의 고통을 앓을 수 있다면 그것은 바로 언어 덕분이며 가능하면 그것을 조심스럽게 담아내고자 하는 문학 덕분일 것이다.

그런 점에서 비평이란 타인의 고통을 우리가 앓고 있음을 확인하는 과정이다. 그것은 진정으로 타인을 사랑하는 것과 다르지 않다. 사랑하기 때문에 너의 고통이 나에게도 아프고, 그렇게 때문에 그 불명확한 고통을 언어로 써내고 싶어지는 것이다. 비평이란 그러므로 타인을 앓고자 하는 마음의 자리이다. 그 어느 하나 고통스럽지 않은 글은 없고, 지옥이 아닌 세상은 없다. 기꺼이 사랑한 작가들에 대한 그래서 그들이 앓았던 세상을 함께 앓았던 체험, 그것이 바로 지금 나의 비평이다. 더 아픈 만큼 더 사랑하는 것이라 믿고 싶다.

2016년 6월
강유정

차례

책머리에   5

1부

불면의
꿈

타인을 앓다

최근 젊은 소설가들의 공감 능력에 대하여

1 소설을 쓸 수 없는

> 진실로 중요한 자유는 집중하고 자각하고 있는 상태, 자
> 제심과 노력, 그리고 타인에 대하여 진심으로 걱정하고
> 그들을 위해 희생을 감수하는 능력을 수반하는 것입니
> 다. 그것도 매일매일 몇 번이고 반복적으로, 사소하고 하
> 찮은 대단치 않은 방법으로 말입니다.
> 그것이 진정한 자유입니다.[1]

　박민규의 「눈먼 자들의 국가」는 소설이 아니다. 박민규가 썼던 글들 중에 아마도 가장 합리적이며 직설적인 글이라고 해도 될 듯싶다. 수상 소감이나 작가의 말에도 박민규는 메타포를 즐겨 쓴다. 직설적이라는 것은 농담이 없다는 의미다. 「눈먼 자들의 국가」에는 농담이 없다. 유일하게 발견할 수 있는 농담 비슷한 문장이 있다. "예컨대 그런 일이 없었는데 정

1　데이비드 포스터 월리스, 김재희 옮김, 『이것은 물이다』(나무생각, 2012), 128~129쪽.

부가 전 언론을 동원, 자국의 군함이 적국의 어뢰를 맞았다고 주장하는 경우가 그런 경우다. 아, 뜨끔하거나 오해하지 말기 바란다. 1964년에 있었던 미국의 통킹만 사건을 말하는 것이니까.”이다.[2] 하지만, 이 문장은 농담이라기엔 너무나 뜨겁게 어떤 지시 대상을 가리키고 있다. 농담인 척하고 있지만 직설보다 더한 직언이다. 돌려 말하거나 빗겨 말할, 마음의 여유가 없는 것이다.

많은 작가들이 소설을 쓸 수 없다고 고백한다. 지금도, 그런 고백들이 숱하다. 『눈먼 자들의 국가』에 실려 있는 글들은 우리가 지금껏 보아 왔던 작가들의 ‘작품’과는 사뭇 다르다. 그들은 문학이 할 수 있는 매우 특수하고, 작은 범주의 의무를 최선을 다해 해내고자 한다. 만약, 다른 상황이었더라면, 군이 그들이 그렇게 매우 특수한 의미의 문학에 힘을 쏟지 않아도 되었을 것이다. 말하자면, 지금, 매우 특수한 문학이 요구되고 있고, 작가들은 매우 힘들게 그 특수한 문학의 요구를 수행하는 중이다.

후설은 과학과 철학을 발생시키는 합리적 의지를, 이유를 제시하려는 의지로 정의했다. 박민규의 직설은 이유를 찾으려는 의지가 자꾸만 좌절되는 데서 빚어지는 절박함이다. 사건을 사고라고 말하면서 합리와 의지를 박탈하려는 힘에 대한 최선의 저항이다. 박민규의 글 속에는, 발견할수 있지만 일부러 찾지 않는 합리에 대한 간절함이 있다.

문학은 과학과 철학의 합리적 의지와는 다르지만 모두가 포기하는 어떤 합리를 재구성하는 능력이기도 하다. 불가항력적이며, 폭력적인, 때로는 불가해하기도 한 영역에 대해 그러니까 과학과 철학이 사유의 정지나 판단의 포기를 선언하는 곳에서도 문학은 존재한다. 스스로 어떤 합리를 재구성하는 것, 그것은 문학의 영역 중 하나이다. 정치가 이 영역에 합리적 대안을 제시했더라면 군이 문학이 맡지 않아도 되었을 영역이기도 하

2   박민규, 「눈먼 자들의 국가」, 《문학동네》, 2014. 가을, 436쪽.

다. 언론이 그 의무를 다했더라면 구태여 문학이 자처하지 않아도 되었을 역할이다. 결국, 하지 않을 수 없었던 것이다. 문학마저도 문자로 구할 수 있는 합리의 영역을 버릴 수 없었던 것이다.

적어도 문학은 간접 체험의 영역이다. 문학의 정치에서 정치가 정치 행위가 아닐 수 있는 곳, 지금 여기에서 그곳은 존재하지 않는, 향수의 유토피아와 다를 바 없다. 지금, 우리는 공동체적 삶을 규율할 수 있는 법칙을 잃었다. 우리가 경험했던 특정한 경험의 영역을 재구성할 수 있는 공동의 언어도 찾지 못했다. 그래서 문학이 그 대상들을 가리키고, 그 이유를 찾는다. 삶의 심연을 탐사하는 언어가 진실을 탐색하기 위해 매우 직접적인 언어를 택했다. 다시 한 번 말하건대, 하지만, 이것은 분명, 만약, '그렇지 않았더라면', 굳이 문학이 하지 않았어도 될 영역이다.

문학과 정치와 같은 보통 명사들을 떼고 이야기해 보자. 데이비드 포스터 월리스는 진정한 자유를 일컬어 "타인에 대하여 진심으로 걱정하고 그들을 위해 희생을 감수하는 능력"이라고 말한 바 있다. 지금 문학을 사유하는 이들에게 그러므로 언어의 능력은 자유이기도 하다. 데이비드 포스터 월리스는 자유라고 썼지만 사실 그것은 문학으로 고쳐 읽어도 된다. 즉, 지금, 이곳의 문학이란, "타인에 대하여 진심으로 걱정하고 그들을 위해 희생을 감수하는 능력"으로 구체화되고 있다. 많은 이들이 글을 쓰기 어려워하면서도 글을 쓰고, 또 힘겹게 글쓰기 어려운 현실 그 자체를 재구성하는 이유이기도 하다.

결국, 우리는 쓰기 어려운 시대에도 타인에 대하여 진심으로 걱정하는 마음과 그들을 위해 희생을 감수하는 능력을, 나에게서 비롯된 마음으로 자유롭게 써야만 한다. 여기에서 주목할 것은 이 자유의 능력과 희생을 감수하는 능력이 한국의 젊은 소설 사이에서 어떤 온기로 감지된다는 사실이다. 냉소, 허무, 거절과 같은 냉정한 반성의 언어가 1990년대 문학의 영향력이라면 최근 젊은 소설가들의 언어에서는 눈물, 이해, 공감, 위안과 같은 온기의 단어들이 종종 출몰한다. 자유롭게, 그들은 "타인에 대하여 진심으로 걱정하고, 그들을 위해 희생을 감수하"려고 애쓴다.

더욱 눈길을 끄는 것은 그 온기가 데우는 세상의 여백이다. 잉여라고 부르기도 하고, 소수자라고 분류되기도 하며 때로는 아예 호명의 대상이 되지도 못하는 어떤 것들, 동시대의 응달에 살아가고 있는 자들을 서사의 공간으로 불러내 그들을 부르고, 그들에게 공감의 언어를 부여한다. 타인에 대하여 진심으로 걱정하고 있는 것이다.

2   함께 앓다 — 시대 감정의 포착

최근 묶인 젊은 작가들의 소설집을 보면, 이전에 미처 발견하지 못했던 독특한 동시대인들과 마주치게 된다. "동시대인이란 자신의 시대에 시선을 고정함으로써 빛이 아니라 어둠을 지각하는 자이다. 모든 시대는 그 동시대성을 체험하는 자들에게는 어둡다. 따라서 동시대인이란 이 어둠을 볼 줄 아는 자, 펜을 현재의 암흑에 담그며 써 내려갈 수 있는" 자를 의미한다.[3] 아마도 루카치라면 문제적 인물이라고 불렀을 법한 이 동시대인은 결국 동시대의 일부이면서 한편 외재적 존재로 머무는 자를 지칭한다. 그는 곧, 소설가라고 할 수 있다.

하지만, 모든 소설가들이 동시대인이 되는 것은 아니다. 아감벤을 좀 더 인용하자면 동시대성은 거리를 두면서도 시대에 바짝 결부되는 것을 말한다. 시대와 너무 동떨어져서도 그렇다고 시대와 지나치게 완벽하게 조화를 이루어서도 안 된다. 말하자면 동시대적 상투어를 통해 소설을 쓰는 이는 동시대적 소설가라고 할 수 없다.

---

3   조르조 아감벤, 양창렬 옮김, 『장치란 무엇인가』(난장, 2010), 75~76쪽.

최근 젊은 작가들에게서 발견되는 동시대성은 타인의 고통에 대한 감성적 도덕이라고 말할 수 있다. 그들은 세상을 증오하거나 배격하는 것이 아니라 타인의 고통에 연루된 채 그것을 깊이 받아들이고 공감의 언어로 재구성해 낸다. 동시대의 고통받는 신체들을 재구성한 인물들이 그 상처를 통해 현재를 증명한다. 상처에 대한 주목과 그것의 묘사는 동시대 작가들의 중요한 미학적 목적이자 도덕적 문제이기도 하다. 동시대의 젊은 작가들이 눈이 머물고 긴 묘사로 서술되는 부분들은, 타자의 상처를 발견하는 순간이다. 가령, 이런 장면들에서처럼 말이다.

꿈을 꾸면 슬퍼진다.
그녀가 자신의 미니홈피 다이어리에 마지막으로 올린 글은 바로 이것이었다. 꿈을 꾸면 슬퍼진다는, 그 짧고 간결한 문장 한 줄이 그녀에게 누적된 피로감 전부를 대변해 주는 말 같았다. 꿈을 꾸는 것이 언제부터 슬픈 일이 되었는지 모르겠다. 그저 그녀는 아나운서 지망생으로 20대를 보냈고, 지나 버린 청춘을 아까워하기도 전에 암세포가 온몸에 퍼져 죽었다. 그리고 꿈을 꾸어 슬퍼진 그녀는 이제 세상에 없다는 사실만이 진실이었다. 진실을 아는 것도 슬픈 일이지, 라고 진구오는 중얼거리지 않을 수 없었다. 그는 자신이 치르는 이 온라인 장례 절차라는 것이 어쩌면 타인의 생을 한 권의 책처럼 읽어 치운 뒤 매몰차게 태워 버리는 행위는 아닐까, 하는 마음이 들어 자꾸만 미안하고 또 미안해졌다. 딸꾹질이 멈추지 않는 시간을 망망히 참고 견디는 기분이었다.[4]

염승숙 소설 「습」의 진구오는 온라인 상조 회사에 취직한다. 그는 인터넷 장례사로서 이미 고인이 된 이가 미처 처리하지 못한 온라인상의 흔

---

4   염승숙, 「습(濕)」, 『그리고 남겨진 것들』(문학동네, 2014), 41쪽.

적을 지워 주는 일을 대행한다. 그가 처음으로 맡게 된 사망자는 아나운 서가 되고자 했지만 여러 번 낙방 끝에 위암으로 사망한 이미영이다. 인 터넷 장례라는 게 고인의 개인 기록이나 정보를 검열하고 삭제하는 것이 다보니 진구오는 자신의 첫 고객인 이미영에게 생각보다 깊이 몰입하게 된다. 심지어, 꿈에 나타난 그녀와 이야기를 나눌 정도이다. "꿈은 이루어 진다, 파이팅"과 같은 문장들을 쓰던 그녀가 "꿈을 꾸면 슬퍼진다"라고 말 하게 되기까지 그리 오랜 시간이 걸리지는 않는다. 이 문장들 사이에는 그녀가 꾸었던 꿈으로 인해 버려야 했던 기회비용과 희망 고문이 있다.

김영하의 「바람이 분다」나 「삼국지라는 이름의 천국」에서 현실에서 실패한 자들의 가상 낙원으로 불렸던 인터넷 세상은 '모조리 처리'해야 하는 현실의 조각으로 달라져 있다. 인터넷, 아바타, 가상의 세계라고 해 서 현실의 결핍을 채워 줄 수는 없다. 이미 그 세계 역시 누군가에 의해 점 령된 지 오래다. 습해서 등에 소나무가 자라나는 아버지나 생계 수단을 잃은 주변 사람들의 시위에 비교적 무심했던 진구오는 동년배인 '이미영' 의 기록을 보며 크게 동요한다. 그리고 그녀의 삶이 거쳤던 시간을 공유 하며 결국 그녀의 좌절에 공감한다. 진구오는 이 공감의 능력을 확장해 아버지와 직장 선배, 그리고 동네 상인들의 좌절도 이해한다. 작은 공감과 연민이 결국 세상에 대한 연민으로 확장된 것이다.

아나운서 시험을 준비하다가 허망하게 암으로 세상을 떠난 한 사람을 바라보는 진구오의 연민 어린 시선은 작가의 것과 다르지 않다. 눈앞에 보이는 목표를 향해 달려가다 엄습한 죽음의 덫에 발목이 채이는 것, 그 것은 결국 염승숙이 동시대의 젊은 동년배들을 바라보는 안타까움과 닮아 있다. 온라인에 남겨진 한 사람이 살아온 생의 흔적은 곧 "한 권의 책"이며 소설가가 탐색하고 탐구하는 동시대적 삶의 증상이기도 하다. 결국 소설 이란 아주 작고, 구체적인 이야기들을 통해 세상에 대한 공감을 확장해 가 는 자라고도 할 수 있다. 이러한 확장은 조해진의 소설에서도 발견된다.

'반장'이라고 호명되는 한 소년이 학교에 자주 결석하는 한 소녀를 찾아간다. "거기, 권은 집, 맞나요"라고 여러 번 묻고 들어간 소년에게 권은의 공간은 여기가 아니라 '거기'이다. 권은은 '난 고아가 아니야'라고 말하지만 이 말은 그녀가 고아와 다를 바 없다는 것을 보여 주는 자인에 불과하다. 화장실도, 부엌도 없는 집에, 엄마는 세상을 떠나고 아버지는 반년도 넘게 집을 비운 집에서 권은이 의지하는 단 하나는 스노볼이다. 권은은 스노볼의 태엽이 풀리는 동안 방을 채워 주는 빛과 음악이 사라지기 전 재빨리 이불을 덮고 잠자리에 들려고 한다. 하지만 그것도 잠시뿐, 어느 새 그녀는 이 음악이 영원히 멈췄으면, 하고 바란다. 그런데, 그 때, '나', '소년'이 권은에게 카메라를 한 대 가져다 준다.

나도 권은처럼 열세 살일 뿐이었다. 폐허가 되어 가는 동네의 외진 방에서 권은이 감당해야 하는 허기와 추위를 나는 해결해 줄 수 없었다. 안방 장롱에서 우연히 후지사의 필름 카메라를 발견했을 때 일말의 주저도 없이 그걸 품에 안고 무작정 권은의 방으로 달려갔던 건, 내 눈에는 그 수입 카메라가 중고품으로 팔 수 있는 돈 뭉치로 보였기 때문이다. 권은은 내 기대와 달리 그 카메라를 팔지 않았다. 그건, 당연한 일이었을 것이다. 그녀에게 카메라는 단순히 사진을 찍는 기계 장치가 아니라 다른 세계로 이어지는 통로였으니까. 셔터를 누를 때 세상의 모든 구석에서 빛 무더기가 흘러나와 피사체를 감싸 주는 그 마술적인 순간을 그녀는 사랑했을 테니까. 그런데, 셔터를 누른 직후 뷰파인더 속 그 빛이 한꺼번에 사라지고 나면 권은도 알마 마이어처럼 더 외로워지고 더 쓸쓸해졌을까. 사진에는 담기지 않는 프레임 밖의 풍경처럼 그 이야기는 지금 내가 확인할 수 없는 영역 속에 있다. 어쩌면, 영원히.[5]

---

5   조해진, 「빛의 호위」, 《한국문학》, 2013, 여름.

권은은 '나'가 가져다 준 카메라를 시작으로 현재 유명 사진작가로 성장해 있다. 기자가 된 '나'는 그녀를 취재하지만 몇 번의 힌트에도 불구하고 그녀를 알아보지 못한다. 그도 그럴 것이 사진기를 가져다 줬다고 해서, 흔한 고교생 드라마처럼 갑자기 친구가 된다거나 영화처럼 영원한 우정을 맹세하지는 않기 때문이다. 다만, '나'는 그녀가 고아와 다를 바 없이 살아간다는 사실을 누설하지 않았고, 그녀 역시 가져다 준 카메라의 출처에 대해 묻지 않은 채, 그렇게 서로와 멀어진다.

하지만 20여 년이 지난 후 권은은 그에게 과거의 '반장'이 자신을 살려 주었다고 말한다. 세상을 떠나고 싶을 만큼, 빛이 사라진 어둠 속에 있을 때, 그가 빛을 전해 준 것이다. 권은은 "사람을 살리는 것은 아무나 할 수 없는 일"이라며 자신의 사진도 그렇게 사람을 살리는 빛이 되기를 바란다고 말한다.

권은은 "전쟁의 비극은 철로 된 무기나 무너진 건물이 아니라, 죽은 연인을 떠올리며 거울 앞에서 화장을 하는 젊은 여성의 젖은 눈동자 같은 데서 발견되어야 한다."라고 말한다. 사실 이 말은 작가 조해진의 것으로 이해해도 될 듯싶다. 전쟁의 육체성은 잔해가 아니라 그 잔해 가운데서도 살아가야만 하는 자들의 기억을 통해 구체화되어야 한다. 그것은 삶의 구체성에도 해당되며 이는 곧 소설이 추구하는 구체성이자 조심스럽게 말하자면 진실이기도 하다.

젖은 눈동자가 환기하는 눈물의 감각은 조해진의 소설 곳곳에서 발견되는, 타자에 대한 윤리로 반복된다. 조해진은 이미 여러 편의 전작에서 환대받지 못한 자들에 대한 죄책감과 미안함을 그려 낸 적 있다. 전작『로기완을 만났다』에서 방송 작가인 서술자가 로기완에 대해 갖는 감정 역시도 여기에서 멀지 않다. 조해진의 소설 속 서술자들은 그저 타인을 탐색하는 것이 아니라 만나며 마침내 타인을 앓는다. 「빛의 호위」는 타인을 앓았던 자들이 추구하는 어떤 세계의 한 모습을 보여 준다. 결국, 타인을 앓는다는 것은 타인의 고통에 공감한다는 것이며 권은을 통해 우리는 그 공감이 곧 한 사람의 목숨을 구할 수 있음을 목격한다. 타인을 앓는 것, 그럼으로써 타인이 생존하게 되는 것이다.

조해진의 소설 전반에 깔려 있는 어떤 윤리 의식이 있다면 결국, 탐구하고 탐색하는 즉, 뒤따라가며 결과론적 해석을 유추할 수밖에 없는, 동시대 작가로서의 존재론적 한계에 대한 깊이 있는 반성이다. 조해진 소설의 윤리는 이 조심스러운 반성적 태도와 반성이 가져오는 성급할 수 없는 거리감에서 비롯된다. 조해진은 이러한 태도를 "나는 생존자고, 생존자는 희생자를 기억해야 한다는 게 내 신념이다."(53쪽)라고 표현한다. 어둠 속에 숨어 있는 빛을 보고, 그 빛을 서술하는 것, 그것이 바로 젊은 작가들이 말하는 동시대인으로서의 윤리라고 할 수 있다.

사람을 살리는 따뜻한 공감의 능력은 황정은의 소설 『계속해보겠습니다』에서도 중요한 역할을 해낸다.

뭐 먹니

나도 한입 먹자, 하며 그녀는 뜨거운 떡을 아무렇지도 않게 손으로 덥석 떼어 입에 넣었다. 나는 부끄러워 얼굴을 붉혔다. 쉰 것을 먹고 있었다는 것을 들켰다는 게 부끄러웠고, 괜찮지 하고 물어 가며 동생에게 그걸 먹이고 있었다는 게 부끄러웠고, 지금 이 집에 어른이 없다는 게 이상하게 부끄러웠다. (중략)

그 시절엔 초등학생이라도 도시락을 싸서 다녔는데, 나기네 어머니는 나기의 도시락까지 세 개를 준비해서 신발장에 얹어 두었다. 나기네 신발장 위에 한 개, 우리쪽 신발장 위에 두 개, 나나와 나는 아침마다 그것을 챙겨서 등교했다. 점심시간엔 각자의 도시락을 가지고 운동장 구석에 놓인 벤치에서 만나 나란히 앉아 먹었다. (중략) 나나와 나는 소중하게 그것을 먹었다. 성장기였으므로 그 밥을 먹고 뼈가 자랐을 것이다.[6]

소라와 나나는 쉰 떡을 데워 끼니를 해결하고자 한다. 쉰내는 너무도 쉽게 풍겨, 언니인 소라는 이미 먹을 만한 음식이 아님을 알고 있다. 하지만 배가 고프기 때문에, 오히려 쉰내를 오래 맡지 않고 배를 채우기 위해 허겁지겁 입에 밀어 넣는다. 그때, 이웃의 나기 어머니가 두 자매의 식사 장면을 목격한다. 나기 엄마는 쉰내의 정체를 알고 있지만, 뭐를 먹냐 묻고는 덥석 떼어 입안에 떡을 넣는다. 나기 엄마는 아이들을 혼내거나 흉보는 게 아니라 다음 날부터 아들 몫의 도시락과 함께 자매들의 도시락을 싸 주는 것으로 대답한다.

조해진의 소설에 등장하는 "나"가 사진기를 주어서 권은을 살렸다면, 나기 어머니는 도시락을 싸서 소녀들의 "뼈"를 키우고 성장시킨다. 오히려 넉넉지 않았던 나기 엄마는 그렇기에 자매의 배고픔에 대해 묻지 않는다. 이미 나기 엄마에게 자매는 타인이 아니었고 자매가 앓는 배고픔은 타인의 고통이 아니었기 때문이다. 그래서, 그녀는 그렇게 자매들의 도시락을 싼다. 그러므로, 그녀들은 뼈가 굵고, 성장해 나갈 수 있었던 것이다.

3   사각지대를 보는, 여섯 번째 감각 — 윤리

염승숙, 조해진, 황정은과 같은 젊은 작가들의 소설에서 발견되는 공감의 능력은 우리가 가진 생물학적 오감을 통해 확인되지만 그것 너머에서 기인한다. 세상에 존재하지 않는 자의 기록에서 고통을 함께 느끼고, 권은이 보았던 빛을 보고, 자매가 입에 넣던 떡의 맛을 보는 것, 비록 행위는 오감 안에서 비롯되지만 그것은 오감의 확인을 통해 빚어지는 결과라고 말할 수는 없다.

---

6   황정은, 『계속해보겠습니다』(창비, 2014), 39~40쪽.

사실 타인을 앓는 능력은 오히려 감각의 세계로는 재현하기 힘든, 오감을 벗어난 사각지대에 놓인 삶에 대한 발견의 능력과도 같다. 대개, 우리는 '내'가 겪었던 갈등과 사건을 서술하고자 한다. 하지만 적어도 이 작가들은 경험하지 못한 '그들'의 삶, 보이지 않는 그 사각지대의 삶에 최대한 감각의 개연성을 확장하고자 한다. 이 윤리는 문학의 오랜 기능 중 하나인 동정과 공감을 떠올리게 한다.

　때때로, 이들의 소설이 완강한 플롯 위에 설계된 전통적 소설과 다르게 느껴지는 것은 필연적으로 여겨진다. 근대 소설에 있어서 서술하는 "나"가 곧 에피소드의 주인이며 시각의 결정자였다면, 타인의 세계에 한껏 감각을 열어 둔 젊은 소설가들의 작품에서 서술자의 존재는 무척이나 희미하게 융해되어 있거나 숨어 있다. 중요한 것은 내가 그들의 삶을 선택한 게 아니라 그들의 삶을 내가 서술하게 된 것이기 때문이다.

　타인에 대한 공감은 따라서 필연적으로 설계된 플롯과 다른 서술을 요구할 수밖에 없다. 지금, 여기의 소설들이 추구하는 것은 확연한 소설적 자아를 통한 시대정신의 구현과는 거리가 멀다. "나"라고 불리는 구체적인 소설적 주체가 아니라 불투명한 타인들의 고통을 목격하고 공감하는 자, 그가 바로 지금, 여기에서 타인을 앓는 윤리적 작가이다. 작가가 시대의 보편적 감정을 목격하고 재현하는 것, 그것이 바로 지금, 여기 소설의 존재 이유라고 할 수 있다.

　이것은 매우 희박한 서술자의 존재에서도 확인된다. 근대 소설이 "나"라고 말할 수 있을 서술자와 그 서술자의 목소리가 개입된 화자의 서술이었다면 최근 우리가 읽게 되는 젊은 소설들에서는 화자와 서술자의 목소리가 최소화되어 있음을 알 수 있다. 이는 한편 장면화 경향들, 다른 말로 소설 외부의 시점자를 염두에 둔 듯한 묘사적 경향에서 발견된다. 그런 점에서, 김혜진의 소설 『중앙역』은 여섯 번째 감각을 통해 그려 낸 사각지대의 삶이 어떤 것인지 잘 보여 준다.

소설은 어떤 이유에서인지 캐리어 하나만을 끌고 중앙역으로 온 한 남자로부터 시작된다. 삶이 끝났다고 믿고 중앙역에 온 '그'는 그곳에서 새로운 삶을 만나게 된다. 더러워지면 더러워질수록, 비루해지면 비루해질수록 그는 그 안에서 타인을 더욱 사랑하게 되고, 더 열렬히 살아가게 된다. 『중앙역』은 중앙역에서 살아가고 있는 남자와 여자의 사랑 이야기다. 그들의 남루함이나 비루함이 아니라 사랑이라는 점에서 김혜진은 이제껏 오감의 일상을 살아가는 사람들이 보지 못했던, 혹은 보지 않았던 사각지대의 사랑을 발견해 낸다. 하지만, 그 눈빛은 손때 묻지 않는 소재에 대한 발견의 기쁨이 아니라 그곳에서도 지독한 사랑을 해내며 살아가는 자들에 대한 공감의 눈빛이다. 사랑은 존재의 재발명이며, 또 한편 사랑 그 자체의 재발명이기도 하기 때문이다.

근대의 소설들이 서술자를 통해 세계를 판단하고 서술하고자 했다면 최근 젊은 작가들의 소설에서 서술자는 관찰자나 시점의 주인 역할과 크게 다르지 않다. 그 시선은 전지적 작가 시점이라는 전능한 시각의 존재가 아니라 우리가 일상을 위해 닫아 놓은 사각지대를 향해 열려 있다. 바로 타인을 앓는 능력이 탑재되어 있는 여섯 번째 감각, 그 감각의 지점에 시점자가 있는 것이다. 누가 말하느냐가 희미해진 소설의 세계는 권위 있는 자가 함께 소거된 세계이기도 하다. 이는 한편 타인을 앓는 것이란 권위나 판단이 아니라 바라보는 것임을 보여 주는 기법적 전회이기도 하다.

소설 속 서술자들은 판단하거나 설명하지 않고 재현하고 묘사한다. 소설보다는 영화의 용어로 더 적합해 보이는 시점자는 사태에 직접적으로 개입하거나 판단하는 주체가 아니라 그것을 목격하는 일종의 중립적 카메라아이를 자처한다. 누가 말하는가는 분명하지 않지만 누가 보고 있다는 것만큼은 확실해지는 순간들을, 우리는 종종 목격한다.

어떤 의미에서 시점자로서의 면모는 들뢰즈가 말한 3인칭의 문제, 즉 사회적 주체로서 나와 너가 하는 말이 아니라 어떤 3인칭의 말이 곧 문학이라는 들뢰즈의 3인칭 문제와 맞닿는다. 결국 소설이란 어떤 사실을 증명하려는 진술의 체계가 아니라 어떤 사태를 매개하는 묘사의 언어인 셈이다.

그래서인지 대개 이러한 서술자들은 모르는 자들이다. 내포 독자를 함정에 빠뜨리는, 추리나 범죄물의 기획된 서술자가 아니라 그들은 실제 탐색하는 서술자들이다. 서술자조차, 플롯의 전체 구도를 알 수 없을 때, 소설 속 서술자와 인물 그리고 내포 독자들 역시 모르는 자가 된다. 희미한 서술과 모르는 서사, 결국, 이는 우리가 지금 살고 있는 현재의 서사적 증상이나 상흔이기도 하다.

모르는 가운데에서도 우리가 확실히 알 수 있는 것은 사랑의 방식을 통해 공감해야 한다는 것이다. 소설은 결국, 미완이며 형성되는 와중에 있는, 어떤 과정이 되는 것이다. 들뢰즈의 말처럼 그런 의미에서 소설은 어딘가에 도달하는 것이 아니라 식별 불가능하고 미분화된 무엇을 발견하는 경험이 된다.

그런 점에서, 이 낯선 서술은 곧 상투어에 대한 저항이자, 소수의 언어이다. 언어적 재현이 놓치기 마련인 어떤 실재를 명명하는 것이 아니라 그저 보여 주는 것, 그것이 바로 최근의 젊은 소설가들이 타인을 앓는 방식으로 쓰고 있는 소설이다.

만일 그들의 서사에 뚜렷한 서사가 없다면 우리 시대가 앓고 있는 통증에 서사가 없기 때문일 것이다. 소설은 장소, 토포스 그 자체이다. 아리스토텔레스가 말하는 인간의 어떤 한계, 말하자면, 고귀하지만 추한 인간성은 지금, 여기의 소설에 이르러 공감의 가능성이 된다. 우리는 철저히 설계된 시뮬레이터가 아니라 우연한 만남을 통해 삶의 실재들을 만나게 된다. 이 실재를 깊숙이 건드리고, 완강한 현실에 파고를 일으키는 것, 그것이 바로 소설이라고 할 수 있다.

정치적인 것이 통치, 질서, 법칙과 그것의 반대인 해방과 법칙 이전의 것 사이에 놓인 것이라면, 소설은 그런 점에서 정치적인 것이 되어야만 한다. 그리고 지금, 여기의 소설들은 그렇게 정치적인 것으로서 운명이나 주장이 아닌 공감의 수단이 되고자 한다. 우리 사회가 지닌 어떤 불온한 기미와 균열들을 그 자체로 드러내는 것, 그래서 우리의 현실 자체를 하나의 무대로 드러내는 것, 그러므로 인공적 공감의 허위를 무너뜨리고 공포를 현실에 범람케 하는 것, 그것이 바로 지금, 여기의 소설이 주는 어떤 공감의 지점들이다. 우리가 이야기하는 따뜻한 공감의 소설들은 하나같이 서술자 자신 '나'가 아니라 나를 통해 그들을 이야기한다. 이는 곧, 이 작가들이 만들어 가는 최소한의 공동체, 따뜻한 공감의 공동체를 구성하는 노력이기도 하다.

4 따뜻한 공감의 빛

평론가 김현은 이 세상이 살 만한 세상인가를 묻기 위해 소설을 읽는다고 했다. 소설가 데이비드 포스터 월리스는 한편 소설이란 도대체 망할 놈의 인간이 무엇인지에 관한 글이라고 말한 바 있다.

'소설 같은'이라는 수식어는 우리가 관습적으로 경험하는 일상을 넘어서는 어떤 순간에 대한 직관을 담고 있다. 운명으로 예언된 어떤 삶, 가령, 아버지를 죽이고 어머니와 동침하게 되리라는 어떤 삶을 그대로 살게 되는 한 남자의 이야기 같은 것 말이다. 우리가 흔히 내뱉는 '소설 같은'이라는 수식어는 상상력이 충분하지 못한 이들이 현실에서 만나기 어려운 사태의 서사화를 내포하고 있기 마련이다.

그런데, 이 '소설 같은' 상황이 지칭하는 사태는 대개 상투적인 경우가 대부분이다. 삶과 유리된 비현실적인 일, 지나치게 극단적인 감정을 도출하는 어떤 사건들을 지칭할 때, 소설 같다고 말하기 때문이다. 확률이 무척 낮은 일, 가령, 같은 부모 밑에서 태어난 남매가 따로따로 떨어져 성장하다가 부부가 된 일이거나 혹은 무척 통속적으로 보이는 사건, 가령, 어떤 중산층 여성이 불륜을 저지르다가 기차에 뛰어드는 일처럼 자극적이며, 확률적으로 매우 희유한 일을 가리킨다고 짐작된다.

말하자면, 상투어로서 소설은 우리가 일상적으로 경험하는 소소한 일상과 거리가 먼 특별한 사태를 지시한다. '소설 같은 것'은 특수한 상황에 대해, 그 특수한 상황 안에서 생각하는 것 같지만 사실 완전히 반대다. 소설이 특수한 상황, 구체적 상황에 대한 판단이라면 소설 같은 것은 특수해 보이지만 상투적인 상황에 대한 관습이라고 할 수 있다. 여기에서 말하는 상투성이란, 우리 주변에 놓인 구체적인 현실을 반영하는 척하지만 판단을 이끌어내지 못하는 상황이라고 말할 수 있다. 상투어는 우리가 경험하는 현실을 낯설게 하지 못하고 따라서 변화의 힘을 보여 주지 못한다.[7]

데이비드 포스터 월리스는, 소설 같은 것이 아닌 '소설'에는 "깨어 있는 의식"이 필요하다고 말한다. "매일 끊임없이 그 존재를 스스로 깨우쳐 주지 않으면 발견하지 못하는 그런 현실, 그런 현실을 알고 살아가는 각성"[8] 이 곧 깨어 있는 의식이다. 그러므로, 우리가 소설에서 보는 것 그리고 소설가에서 담아내는 현실이란 마크 포스터 월리스 식으로 말하자면 "깨어 있는 의식"이라고 고쳐 말할 수 있을 것이다.

우리는 매일 '소설 같은 것'을 소비하며 살아간다. 인물과 사건을 갖춘 인터넷 뉴스 기사는 소설 같은 것으로 소비된다. 자극적 문구들은 한 인간에 대한 이해도, 사건에 대한 논리도 결여한 채 상투적 반응을 기다린다. 고위직 공무원의 성도착이 기사가 아니라 서사화될 때, 소설 같은 일

---

7   이를테면, 아이히만이 썼던 관용적인 표현이야말로 이런 상투어의 예시라고 할 수 있다.(한나 아렌트, 김선욱 옮김, 『예루살렘의 아이히만』(한길사, 2006))

8   월리스, 앞의 책, 137쪽.

은 소설이 된다. 어린 소녀를 사랑하고 심지어 납치하는 남자나 아이를 돌보지 않은 채 불륜에 자살까지 선택한 여자는 소설의 주인공으로 선택된다. 플로베르나 나보코프는 이러한 인물들에게서 숨기고픈 인간 본연의 어떤 실재를 보여 준다. 그들의 비난받아 마땅한 면모들은 결정적 면에서 종적 구분으로서의 인간, 우리와 무척 닮아 있다.

이러한 이야기가 소설이 될 수 있는 것은 사건을 도덕이나 윤리와 같은 상투적 언어로 재단하지 않는, 작가적 태도 때문이다. 이러한 작가 덕분에 우리는 상상을 거쳐 공감에 이르게 된다. 그것은 간접 체험이라고 불리기도 하는 문학의 위대한 효용 중 하나이다. 상상력은 결국 인간이 지닌 추악함에 대한 깊이 있는 공감을 매개하는 수단이다.

따라서, 우리가 문학이라고 부르는 이야기 속에는 인간적 결점을 지닌 이가 등장하기 마련이다. 재난 영화에 선한 주인공만 있다면, 문학, 소설에는 다가오는 문제를 감내하기 어려워하는 반영웅들이 줄곧 등장한다. 소설이 요구하는 고급한 상상력, 즉 간접 체험은 인간적 결점으로서의 어떤 결함을 상정한다.

아리스토텔레스가 비극이라는 장르를 통해 구현하고자 했던 문학적 감정의 정수인 카타르시스 역시 상상력의 소산이다. 우리보다 조금 더 나은 인간이, 선의로 한 선택으로 인해 걷잡을 수 없이 비참한 결과를 얻게 되는 과정에서 문학의 수용자들은 공포와 연민을 경험하게 된다. 나였다고 하더라도, 별다른 결말에 닿을 수는 없었을 것이라는 깊은 공감이 바로 이 공포와 연민의 핵심이다.

그런데 여기에서 한 가지 주목해야 할 점은 아리스토텔레스가 말하는 "비극"이란 매우 예외적인 사건을 통한, 극단적 감정 이입 그리고 이를 이끌어 내기 위한 매우 인공적인 플롯의 창안을 요구했다는 것이다. 비극에서의 공감은 무척 공들여 만들어 낸 어떤 알고리즘 안에서 발생하는 효과라고 말할 수 있다. 이 공감을 통해 비극이 추구하는 바는 결국, 운명에 대한 판단의 보유이다. 1년에 한 번씩 비극이 상연되었던 정치적 이유도 여기에 있을 것이다. 비극은 공포와 연민이라는 감정을 창조해 내는 훌륭한 이입의 기계였던 셈이다. 비극은 운명이라는 거대한 설계에 대한 순응과 순순함을 원하는 서사적 기계, 설계였다.

결국, 지금 여기의 젊은 작가들이 구현해 낸 공감의 서사는 문학의 오래된 효용인 간접 체험과 연민을 넘어선 어떤 선언이자 삶의 태도이다. 플롯에 기반한 카타르시스적 결별과 망각이 공감의 목적이었다면 타인을 앓는 공감은 결국, 이 지독한 세상이 그럼에도 살 만한 가치가 있음을 보여 주는 안타까운 전언이기도 하다.

아마 우리 대부분은 이 시대가 어둡고 어리석은 시대라는 것에 동의할 겁니다. 하지만 모든 것이 얼마나 어둡고 어리석은지를 그저 극화해서 보여 주는 소설이 필요할까요? 어두운 시대에서 좋은 예술에 대한 정의는, 시대의 어둠에도 불구하고 여전히 살아 있고, 빛을 내는 인간적이고 마법적인 요소들에 대해 심폐소생술을 가해 주는 그런 예술일 겁니다. 어떤 소설이든 하고 싶은 대로 어두운 세계관을 가질 수 있지만, 정말로 좋은 소설이란 이런 세계를 묘사하면서도 그 속에 살아 있는 인간 존재를 위한 가능성에 빛을 비춰 주는 소설 말입니다.[9]

말하자면, 지금, 여기, 우리의, 젊은 소설가들은 바로 그 '빛', 빛을 비춰 주고 있는 것이다.

9　휴버트 드레이펏·숀 켈리, 김동규 옮김, 『모든 것은 빛난다』(사월의 책, 2013) 중 데이비드 포스터 월리스 인터뷰 재인용.

소설의 재미는 어디에서 올까?

1 독서와 몰입

프란츠 아이블, 「책 읽는 소녀」
(1850, 캔버스에 오일, 벨레테레 오스트리아 갤러리,
오스트리아 빈)

소녀는 지금 책을 읽고 있다. 옷이 어깨를 흘러내리는지도 모른 채 지금 그녀는 책 속 세계에 빨려 들어가 있다. 가볍게 얹은 오른손은 심장과 목 사이에 머물고 있다. 이 오른손은 소녀가 얼마나 열중하고 있는지를

보여 준다. 아마 이 책의 한창 재미있는 부분을 지나는 중인가 보다. 우리는 어떨 때 책이 재미있다고 말할까? 소녀는 현재 책에 빠져 우리가 현실이라고 부르는 실제적 시공간에서 잠시 이탈되어 있는 듯 보인다.

독서는 몰입을 요구한다. 재미있는 책은 현실에서 나를 격리해, 나를 문자로 이뤄진 다른 세계, 오로지 상상을 통해 가닿을 수 있는 2차 시공간으로 안내한다. 재미있는 소설은 더욱 그렇다. 소설은 사실과 정보의 세계가 아니라 유추를 통해 재구성해야만 하는 허구의 공간이기 때문이다. 소설은 유추의 과정을 거쳐야만 하기에 위대하다. 소설은 논리적 지식뿐 아니라 삶에 대한 상상과 개연성 있는 유추를 통해 이해할 수 있는 세계이다. 소설은 지성과 감성으로 구축된 허구의 세계이다. 그러므로, 소녀가 읽고 있는 책은 소설임에 분명하다. 철학이나 백과사전을 읽는 소녀의 손이 절대 심장 근처에 머물 리가 없기 때문이다.

소설의 재미는 어디에서 오는 것일까? 아니 재미있는 소설이란 무엇일까? 첫째, 재미있는 소설은 몰입을 유도하는 소설이다. 문제는 몰입이라는 독특한 정신 상태가 상당한 훈련과 수양을 필요로 한다는 것이다. 소설을 읽을 때엔 주변의 정황이 영향을 미칠 수밖에 없다. 문자로 이루어진 소설의 세계는 집중하지 않으면.단 한 줄을 허락하지 않는다. 눈으로 대충 따라 읽는다 해도 집중하지 않은 독서는 뇌리에 남지 않는다. 헛읽는 독서도 흔하다. 소설은 읽는 자, 독서하는 자의 마음 상태에 따라 몰입의 정도도 다르다. 독서는 매우 주관적이며 독립적인 행동이기에 같은 책이라고 언제나 동일한 상태의 읽기 체험이 유도되는 것은 아니다. 가령, 기차에서 책을 읽기 시작한 "안나"만 해도 그렇다.

안나는 부인들에게 몇 마디 대꾸를 했지만, 어쩐지 대화가 재미있을 것 같지 않아 안누슈카에게 작은 등불을 꺼내라고 하여 그것을 좌석 손잡이에 걸고는 작은 손가방에서 페이퍼 나이프와 영국 소설을 꺼냈다. 처음에는 글이 눈에 들어오지 않았다. 우선 주위의 소란과 사람들의 발소리가 그녀를 방해했다. 그런 다음 기차가 움직이기 시작하자, 그녀는 기차 소리를 듣지 않으려 해도 듣지 않을 수 없었다. 그다음엔 왼쪽 창문을 두들기며 유리창에 달라붙는 눈, 옷가지를 몸에 칭칭 감은 채 차창 옆을 지나치며 눈을 맞고 다니는 사람들의 모습, 바깥에 불고 있는 매서운 눈보라에 대해 사람들이 나누는 말소리가 그녀의 주위를 흐트러뜨렸다. 그다음부터는 똑같은 풍경이 계속 되풀이되었다. 덜컹거리는 기차 소리와 문을 여닫는 소리, 창밖에 날리는 눈, 열기에서 냉기로 다시 냉기에서 열기로 급격하게 바뀌는 실내 온도, 어슴푸레한 어둠 속에서 아른거리는 얼굴들, 똑같은 목소리. 그러는 사이 안나는 책을 읽고 그 내용을 이해하기 시작했다. 안나 아르카지예브나는 책을 읽고 내용을 이해했지만, 책을 읽는 행위, 다시 말해 다른 사람들의 삶의 반영을 쫓는 행위가 마음에 들지 않았다. 그녀로서는 자신의 삶을 살고 싶은 마음이 간절했다.[1]

안나는 모스크바에서 아들과 남편이 있는 상트페테르부르크로 돌아가는 길이다. 안나는 모스크바에서 브론스키를 만났다. 사람들은 브론스키가 사돈 처녀 키티에게 청혼할 것이라고 했지만 안나는 브론스키가 자신에게 호감이 있다는 것을 눈치챘다. 그녀는 키티에게 가야 마땅할 브론스키의 관심을 빼앗고 그것을 즐긴다. 불현듯 뭔가 잘못된 것을 느낀 안나는 도망치듯 무도회를 빠져나와 기차를 탄다.

기차는 안나의 육체를 유혹의 공간 모스크바로부터 멀리 데려다준다. 하지만 아직 정신, 영혼, 기억은 모스크바에 유예되어 있다. 안나는 그 정신을 모스크바로부터 데려오기 위해 영국 소설을 꺼내 든다. 안나에게 영국 소설은 단순한 읽을거리가 아니라 정신의 망명지다. 안나는 영국 소설

---

1   톨스토이, 연진희 옮김, 『안나 카레니나 1』(민음사, 2009), 221~222쪽.

이 기차처럼 그녀의 정신을 모스크바로부터 다른 곳, 허구의 세계로 이끌어 주기를 원하고 있다. 그녀는 지금, 모스크바의 추억으로부터, 브론스키의 눈빛과 체온으로부터 도망가고 싶다. 안나는 영국 소설이 브론스키라는 강렬한 끌림으로부터 다른 세계로 이끌어 줄 것이라고 기대한다.

하지만 안나의 독서는 계속 방해받는다. 우선 기차 소리, 주변 사람들의 말소리가 몰입을 방해한다. 가까스로 주변의 소음으로부터 감각을 차단하고 소설의 세계에 입장하지만, 즉 소설의 문장들을 이해하기 시작하지만 그때서야 그녀는 자신이 소설을 원하지 않는다는 것을 알게 된다. 강렬한 체험을 한 안나에게 소설이 제공하는 유추의 시공간은 부족하기 그지없다. 그녀는 소설 속 주인공의 감정과 행동을 유추하는 게 아니라 직접 체험하고 싶다. 그녀에겐 더 이상 서사적 재현 공간에 대한 유추가 「책 읽는 소녀」와 같은 두근거림이 되어 주지 못한다. 이제 영국 소설이 재미있지 않게 된 것이다.

서사적 재현의 공간, 즉 디제시스적 공간의 재미는 개연성과 핍진성에 크게 기대고 있다. 소설을 읽으면서 느끼는 재미는 우리가 살고 있는 실제적 공간에서의 경험이 주는 핍진성이라는 자료와 그것을 통해 있을 법한 일의 상상이 허락하는 개연성이 결합한 결과다. 안나는 영국 소설을 덮고 브론스키와 함께했던 직접적 경험을 회상한다. 안나가 회상하는 것은 개연성을 통해 유추하는 허구의 세계가 아니라 직접 경험한 역사적 공간이다. 아리스토텔레스의 말을 빌리자면 안나는 비극의 독자가 아닌 서사시의 주인공이 되고자 한다. 개연성 있는 사건에서 연민과 공포를 경험하는 독자가 아니라 자신의 체험을 기록하는 역사의 주체가 되고 싶은 것이다.

단테의 『신곡』 「지옥」 편에 나오는 프란체스카의 체험도 이와 유사하다. 프란체스카와 파올로는 랜슬럿의 사랑 이야기를 함께 읽는다. 그들은 "연인이 열망하던 입술에 입 맞추는 장면을 읽었을 때, 나에게서 절대로 떨어질 수 없는 이 사람은 온통 떨면서 나에게 입을 맞추었지요."라고 고백한다.[2] 두 사람은 책을 읽으면서 여러 번 눈을 쳐들고, 얼굴에서 핏기가 사라지는 것을 목격한다. 두 사람은 책에서 입을 맞추는 장면을 보자, 더 이상 책을 읽지 못하고 서로 입을 맞추고 만다. 이를 들켜 그들은 지옥에 와 형벌을 받게 된다. 흥미로운 것은 형벌을 받게 된 이유가 키스를 한 게 아니라 책을 읽었다는 것일 수도 있다는 점이다. 너무나 재미있게 책을 읽은 나머지 그 허구적 세계가 현실을 침범할 때 이는 지옥에 갈 이유가 된다. 소설 속의 경험은 유추하는 감성 이상을 요구하기도 한다. 직접 체험의 욕구를 자극하는 것이다. 생생한 묘사는 감성을 자극하고 유추와 상상력은 직접 체험을 유혹한다.

과연 소설의 재미는 직접적 체험의 요구를 의미하는 것일까? 그렇다면 직접적 체험의 욕구를 자극하는 소설이 곧 재미있는 소설일까? 우리는 어떤 소설을 읽고 재미있다 혹은 재미없다로 일차적 평가를 내린다. 이 재미란 과연 무엇일까? 완전한 몰입을 유도해 물리적 현실을 완전히 잊게 하는 독서를 의미하는 것일까? 아니면 읽을수록 실제 체험의 강렬한 욕망을 불러일으켜 결국 책을 덮게 만드는 독서일까? 그것도 아니면 단단한 지적 체험일까? 최근 한국 소설들은 종종 재미가 없어졌다는 평가를 받곤 한다. 불특정의 많은 독자들은 한국 소설이 재미없어졌기 때문에 읽지 않는다고 말한다. 그렇다면 이때 재미는 또 어떤 의미일까? 과연 소설에 있어서의 재미는 무엇이며, 재미있는 소설은 무엇일까?

2 단테 알리기에리, 김운찬 옮김, 『신곡』(열린책들, 2006), 38쪽.

2   직접 체험과 상상 사이

"안나"의 체험에서 짐작할 수 있다시피, 소설 읽기는 대단한 집중을 요구한다. 집중은 곧 소설 속 가공의 세계, 인공적 허구 세계로의 몰입을 의미한다. 몰입하기 위해서는 지금 물리적 육체가 머물고 있는 현실 세계에 열려 있는 감각적 예민함을 몰수해야 한다. 몽테스키외는 "한 시간의 독서로 사라지지 않는 슬픔을 겪은 적이 없다."라고 말했다. 하지만 한 시간의 독서로 사라지지 않는 슬픔과 고통은 너무 많다. 독서가 현실로부터 자아를 완전히 분리시키는 것은 아니기 때문이다. 완전한 몰입의 순간, 그 순간 현실은 잠시 정지하겠지만 책을 덮고 소설에서 빠져나온 이후 현실의 시공간은 눈 깜짝할 사이에 다시 체감 영역의 현실을 독차지한다. 독서는 우리의 삶 전부를 바꿀 수는 없다. 우리는 다만 한 시간의 독서로 슬픔이 사라지기를 바랄 뿐이다.

물론 삶에 영향을 미치는 독서도 있다. 『보바리 부인』의 주인공 에마가 그렇다. 그녀는 언제나 소설의 작중 인물이 겪는 삶을 자신의 것과 비교하고 결부한다. 급기야 에마는 소설에서 보는 삶의 방식을 고스란히 자신의 삶 안에서 실현하고자 한다. 에마는 "개인적 욕망을 공상으로 만족시키기 위하여 발자크와 조르주 상드의 소설을 읽"고 그러기에 자신의 삶에 대한 불만족은 점점 더 높아진다. 그녀는 소설 속 자작과는 달리 겨우 "시동" 하나만 부릴 수 있다는 사실에 절망하고 세련된 파리의 몸종이 아닌 집안일을 모두 돌봐야 하는 하녀를 둘 수밖에 없는 현실에 좌절한다. 소설은 공상의 세계지만 그녀에게 그 공상은 그녀가 발 딛고 살아가는 현실보다 더 강력하다. 에마는 자신의 삶이 소설에서 읽은 것에 단 하나도 미치지 못하자 시름시름 앓기 시작한다. 손에서 살림을 놓고 가까운 현실이 아닌 먼 곳의 낭만적 삶만을 꿈꾼다. 에마는 가짜 현실이라는 판타지에 사로잡혀 체감의 현실이 갖는 가치를 잊고 만 것이다.

에마에게 낭만적 도시 생활을 보여 주는 소설은 재미있는 소설임에 분명하다. 하지만 판타지를 자극하는 소설은 재미있는 소설이 될 수는 있지만 훌륭한 소설이 될 수는 없다. 판타지란 현실을 무조건적으로 잊고 외면하게 만드는 가짜 환상의 세계다. 그런데 가짜 환상의 세계는 대개 재미있다고 여겨진다. 사치스럽고 화려한 소품들은 고급한 상상력을 요구하지 않는다. 판타지를 자극하는 문자의 공간은 실재하는 사물로 구성되는 경우가 많기에 쉽사리 유추되고 상상된다.

2000년대 초반 한국 문학에 등장했던 많은 칙릿 소설들도 그랬다. 칙릿 소설은 21세기 여성이 처한 현실을 보여 줌으로써 새로운 유형의 재미를 만들어 냈다고 평가받았다. 하지만 그중 많은 작품들은 21세기 여성이 처한 현실을 보여 주는 게 아니라 가짜 현실, 즉 21세기 여성이 보고 싶어 했던 판타지를 섬세하게 재현해 내는 데 집중했다. 직장을 갖고, 연애와 결혼 사이에서 방황하고, 명품 소비로 스스로의 정체성을 증명하고자 했던 21세기 초 여성형은 현실이 아니라 판타지라고 말하는 게 옳다. 칙릿 소설 속 여성 인물들은 소비자로서의 정체성을 통해 새로운 독립적 여성임을 증빙하는 역설적 전도를 불러왔다. 이는 칙릿 문학 소비자인 이삼십 대 젊은 여성들의 판타지가 집중적으로 재현되었다는 것과도 연관된다. 취업 자체가 까다로운 현실을 생각할 때 유능한 여성의 소비 생활은 현실이라기보다 환상에 가까웠다. 칙릿 소설 속 현실은 있는 그대로의 현실이 아니라 욕망의 반영이었던 셈이다.

욕망을 자극하고 판타지를 재현하는 소설이 재미있다는 반응을 일으키는 이유는 단 하나다. 욕망을 자극하는 환상의 세계는 아직 현실이 아니기 때문에 염결한 유추와 상상력을 요구하지 않는다. 엄격한 반성적 개연성을 요구하지 않는다는 의미다. 소설의 세계, 개연성의 공간에 몰입하기 위해서 여러 차원의 장애물이 존재한다.

이에 비해 영화적 공간, 영화의 디제시스적 공간으로의 몰입은 훨씬 더 수월해 보이는 게 사실이다. 영화관의 불이 꺼지면 적어도 모두가 다 그 공간에 몰입하는 것처럼 보인다. 도서관에 들어가 자리에 앉는 순간 소설이 이해되지는 않지만 영화관에 불이 꺼지면 적어도 영화의 내용을 이해하게 된다. 소설을 읽을 때, 몰입하지 않으면 단 한 줄도 읽을 수 없고 책장을 넘길 수 없지만, 영화는 몰입하지 않아도 대략의 줄거리를 이해하는 데 큰 무리가 없다. 여기엔 스크린이라는 공간의 수동성이 가장 큰 역할을 한다. 이는 대중들이 소설보다 영화가 더 재미있다고 말하는 이유이기도 하다. 영화는 상영 시간을 견딘다면 대개의 줄거리를 배우의 연기나 세팅, 의상 등을 통해 관객에게 전달해 준다. 말하자면, 영화 「레미제라블」은 세 시간이면 전체 내용을 이해할 수 있지만 소설은 절대 세 시간의 독서로 전체의 조감도를 보여 주지 않는다.

책을 읽을 땐 유추와 상상력을 총동원해 묘사된 문장을 입체적으로 구축해야만 한다. 등장인물의 심경, 그들이 머무는 공간, 바라보는 대상은 오직 문장으로 서술되어 있기에 차근차근 그것을 유추해 내지 않는다면 결코 이미지로 떠오르지 않는다. 소설에서 문장을 읽는다는 것은 문자로 분해된 이미지를 다시 시각적 조감도로 입체화하는 과정이라고 말할 수 있다.

하지만 영화는 스크린 안에 모든 상황들이 지정되어 있다. 심리는 등장인물의 연기와 행동으로 구체화되어 있고 공간과 대상 역시 구체적으로 지정되어 있다. 관객들은 사건의 추이, 즉 서사의 전개 과정만 놓치지 않으면 나머지 다른 부분에 대한 섬세한 유추는 방기해도 좋다. 이미 지정된 영역은 유추와 상상력이 아닌 시각적 기억에 의존한다. 영화 서사가 주로 장르에 의존하는 이유도 여기에 있다. 장르란 서사적 습관과 관습적 유형들의 반복이라고 말할 수 있다. 장르 영화는 대략의 서사 전개 과정의 관습을 이미 관객과 공유한다. 이때 재미는 완전히 새로운 이야기 전개가 아니라 캐릭터의 변화나 관습에 대한 약간의 위배로부터 비롯된다.

가령, 나홍진 감독의 「추격자」는 '피해자는 마지막에 구원된다'는 스릴러 영화의 관습을 거부함으로써 눈길을 끌었다.

그런 점에서 히치콕 영화의 재미는 독특하다. 왜냐하면 히치콕은 뻔한 이야기의 흐름을 훼손하고 단절하고 방해하는 데서 관객을 적극적으로 디제시스에 끌어들이기 때문이다. 영화의 재미는 스크린 밖의 현실과 스크린 안의 현실을 분명히 이원화했다는 데서 비롯된다. 소설이 독자가 적극적으로 개입해야 하는 유추의 공간인 데 비해 영화를 볼 때 관객은 아무리 수동적이어도 무관하다. 관객이 디제시스적 공간에 깊숙이 이입하지 않는다 해도 이해하는 데 전혀 문제가 되지 않는다.

하지만 히치콕의 영화들은 다르다. 「사이코」와 「새」에 등장하는 두 장면은 이런 점을 잘 보여 준다. 「사이코」에서 아보카스트 형사를 공격하는 살인마는 스크린 밖에서 갑자기 스크린 안으로 뛰어 들어온다. 스크린에서 조감하는 시각적 체감 영역 밖, 즉 사각지대로부터 침범한 칼이 아보카스트 형사를 찌른다. 시각적 재현 공간인 디제시스적 영역, 스크린 밖에 있던 칼은 갑자기 서사 영역을 침입한다. 여주인공을 공격하는 "새" 역시도 왼쪽 상단 부분의 화면을 찢고 등장한다. 안전한 스크린의 사각형 너머 어딘가, 시각적 재현에서 배제된 사각지대에 있던 새는 갑자기 서사 영역에 끼어든다. 재현된 스크린 속 서사, 디제시스의 영역과 현실의 관계를 히치콕은 탁월하게 조율한다. 스크린이 재현될 현실의 전부라는 안정감은 스크린 외부와 연결되는 순간 불안전한 긴장으로 전복된다. 스크린 서사의 재미가 관객으로부터의 완전한 격리가 주는 수동성에서 비롯되었다면 히치콕은 그것의 불가능함을 제시함으로써 불안한 몰입과 긴장을 불러왔다. 히치콕이 말한 몰입은 불안에서 비롯된 적극성이다.

소설과 영화, 즉 서사에 있어서의 재미는 얼핏 보면 수동적 정보 전달에 있는 듯하지만 사실 매우 적극적인 유추 과정 중에 발생한다. 유추는 개연성에 바탕을 둔 지적인 몰입을 의미한다. 이는 아리스토텔레스가 말한 비극의 효용과도 연관된다. 그것은 바로 연민과 공포이다. 연민의 어원은 함께한다는 뜻을 가진 접두사 Com과 고통을 뜻하는 단어 Pathos를 결합한 단어이다. 연민은 나와 상관없는 타자를 불쌍히 여기는 객관적 감정이 아니라 남의 고통을 내 것처럼 여기는 주관적 몰입의 상태이다. 따라서 공포는 충분한 주관적 몰입인 연민의 결과로 유도되는 연관적 감각이다. 고통을 함께 느낀다는 것, 연민한다는 것은 서사적으로 재현된 인물의 삶이 비극으로 끝날 때 그 인물의 고통에 이입한다는 것을 뜻한다.

깊은 연민은 "나라면 어땠을까"라는 공포로 연계될 수밖에 없다. 강력한 연민이 없다면 고통도 없다. 여기에서 강력한 연민이란 곧 강렬한 몰입과 유추의 결과물이라고 말할 수 있다. 몰입하고 유추하다 보면 결국 그 인물의 체험은 직접적으로 환기돼 내 일이었으면 어쩌나라는 공포로까지 이어질 수밖에 없다. 카타르시스란 강렬한 몰입, 이입 작용이 주는 상쾌한 박탈감이기도 하다. 강렬한 연민과 공포 이후에 느껴지는 상대적 안정감, 즉 그 격렬한 고통을 간접 경험함으로써 적어도 난 살아 있다는 안도감이 주는 공포 이후의 안정감이 바로 카타르시스다.

그렇게 보자면 '안나'는 유추에 의한 연민과 공포가 아니라 직접 경험할 어떤 고통을 원했다고도 할 수 있다. 중요한 것은 우리가 안나의 경험의 내러티브를 통해 사랑의 행복과 쾌감, 고통과 공포를 느낀다는 것이다. 『안나 카레니나』를 읽으며 느끼는 재미는 과연 나라면 안나처럼 용감하게 브론스키를 선택할 수 있었을까에 대한 자기 검열과 질문의 과정에서 비롯된다. 직접적 체험의 세계에 뛰어들었던 그녀의 삶을 유추함으로써 우리는 그녀가 겪어야 했던 마지막 공포를 함께 느끼게 된다.

결국, 재미있는 소설이란 판타지를 자극하는 게 아니라 연민을 통해 삶의 깊숙한 공포까지 건드리고 보여 주는 소설이다. 달콤한 면만을 보여 주는 소설은 재미있을지 모르지만 훌륭한 소설은 될 수 없다.

3 재미있는 동시대 한국 소설

『안나 카레니나』를 쓰던 시절의 톨스토이는 장편 소설을 쓰겠다고 공언했다. 톨스토이는 이미 분량으로 장편인 『전쟁과 평화』를 써낸 바 있었다. 하지만 마치 장편 소설을 처음 쓰기라도 하듯 『안나 카레니나』가 장편 소설임을 강조했다. 그는 "스스로를 파멸시키는 상류층의 기혼녀, 그녀를 죄가 있는 자로 그리는 게 아니라 오직 연민을 자아내는 인물로 그리기 위해" 노력한다.[3]

말하자면, 안나 카레니나는 19세기 러시아의 삶을 입체적으로 반영하는 연민과 공포를 일으키는 인물이다. 이는 아리스토텔레스가 말한 그리스적 인물, 오이디푸스로 대표되는 비극의 주인공이 갖춰야 할 덕목과 닮아 있다. 당시 독자, 관객에게 강렬한 연민과 공포를 불러일으킬 수 있는 서사는 곧 영향력 있는 서사이며 재미있는 서사다. 톨스토이에게 장편 소설은 19세기의 비극이었던 것이다. 중요한 것은 가장 영향력 있는 서사란 당대의 독자에게 강력한 연민과 공포, 카타르시스를 불러일으키는, 즉 몰입케하는 서사라는 것이다. 즉, 재미있는 서사여야만 영향력을 가질 수 있다. 그리고 재미있고 영향력 있는 서사는 연역적으로 말하자면 주목할 만한 선택을 한 인물의 행동이 불러오는 연민과 공포의 변주이기도 하다.

우리 시대, 2013년 한국 소설의 서사에 있어서 가장 유력하고 재미있는 서사 형태가 장편 소설인지는 분명하게 말할 수 없다. 적어도 톨스토이는 19세기에 가장 유력하고도 재미있는 서사가 장편 소설이라고 판단했고 안나 카레니나라는 인물과 그녀의 삶을 서사화함으로써 이를 입증했다. 비극을 당대 가장 유력한 서사에 대한 상징으로 볼 수 있다면 장편 소설은 19세기의 비극이었다. 그렇다면 지금 우리 시대의 비극, 즉 우리

---

3 레프 톨스토이, 『안나 카레니나』(펭귄클래식코리아, 2011).

시대의 형편을 압축적이면서도 효과적으로 그림으로써 당대의 독자를 흡입시킬 재미있는 서사는 과연 장편 소설일까? 쉽게 대답할 수는 없다.

최근 많은 일간지와 출판사들이 거액의 상금을 걸고 장편 소설을 모집하고 있다. 문제는 모색이 아니라 모집이라는 점이다. 톨스토이가 자의식을 갖고 철저하게 구현해 낸 안나 카레니나의 삶은 19세기적 서사로서의 장편 소설이다. 하지만 지금 우리가 공모전의 결과로 읽어 내는 장편 소설에는 안타깝게도 2000년 이후 한국 사회의 삶을 찾아보기 어렵다. 한국 사회의 삶뿐 아니라 현재를 살아가고 있는 인물의 사실감 넘치는 삶도 고민도 찾아보기 어렵다. 기획된 인물과 인공적 라이프 스타일이 진짜 삶의 유형들을 압도한다. 그리고 이렇듯 진짜 삶과 거리가 있는 가공의 삶이 재미있다는 이유로 선택된다. 최근 우리 문학이 소개한 장편 소설들이 독자들의 깊은 연민과 공포를 자아낼까? 대답이 망설여진다.

그렇다면 어떤 소설이 재미있는 소설일까? 최근에 재미있게 읽은 한국 소설 네 편으로 대답을 대신해 본다. 김연수의 「우는 시늉을 하네」(《문예중앙》, 2013. 봄)는 아버지의 죽음을 다루고 있다. 주인공 영범의 부모님은 그가 열네 살이던 20년 전에 이혼했다. 이혼하기 전, 아버지는 어머니를 만나기 위해 영범을 데리고 통영에 간다. 그리고 그곳, 어머니의 책장에서 아버지는 아달베르트 슈티프터의 『만하(晩夏)』를 꺼내 읽는다. 소설가가 되기로 마음먹은 어머니는 기어이 아버지와 이혼하고, 아버지는 그런 어머니를 이해하고자 하는 심정에서 『만하』를 읽는다. 그리고 20년의 세월이 지나 열네 살, 부모님의 이혼으로 어딘가 소심하고 말수가 없는 어른이 된 영범은 돌아가신 아버지를 이해하기 위해 책을 연다. 아버지가 읽었던 그 『만하』를 말이다.

이혼, 투병, 문학과 같은 대수롭지 않은 주제들은 다르게 번역된 같은 제목의 소설을 통해 입체화된다. 아버지가 읽었던 『만하』와 현재 번역된 『늦여름』은 같은 책이지만 다른 책이기도 하다. 마치 보르헤스의 소설

「『돈키호테』의 저자, 삐에르 메나르」처럼 그것은 읽는 장소, 정서, 감정에 따라 전혀 다른 책이 된다. 영범이 주차비를 정산하기 위해 서울역 서점에서 『늦여름』을 샀다면 아버지에게 『만하』는 어머니에게 닿는 마지막 교각이었을 테다. 아버지는 평생 소설을 "인생에는 아무짝에도 소용없는 말장난이나 떠들어 대는 혓바닥 같은 거"로 여겼다. 이는 소설가가 되고자 했던 어머니와 아버지가 이혼할 수밖에 없었던 절실한 이유이기도 하다. 부모님의 이혼 이후 아물지 않는 상처를 갖고 살게 된 영범은 『만하』를 읽으며 부모님을 그리고 자기 자신을 되돌아보고 현재를 과거로부터 다시 재구성한다. 아버지와 윤경, 영범의 가족사는 『만하』와 『늦여름』 사이에서 진동하며 새로운 폭으로 출렁인다. 이는 어린 시절 읽었던 고전을 나이가 들어 다시 읽었을 때의 감동과 닿기도 한다.

「우는 시늉을 하네」에서 아버지만 끝까지 이름으로 불리지 않는다. 그는 암으로 죽었다는 사실과 『만하』를 읽었다는 사실로 설명될 뿐이다. 아들은 아버지가 아닌 그 남자를 이해하기 위해 아버지가 밑줄을 그었던 그 『만하』를 읽는다. 결국 소설을 읽는다는 것은 나 아닌 타자의 삶을 적극적으로 이해하고자 하는 시도라고 할 수 있다. 김연수의 「우는 시늉을 하네」는 소설이 중요하지 않은 평범한 삶에 있어서 소설이 무엇인지를 우아한 각주로 보여 준다. 독자는 김연수의 소설과 그 소설 속 아버지의 삶, 그리고 아버지가 읽었던 『만하』를 읽으면서 허구를 통한 질문을 체험한다. 풍부한 겹과 층으로 이뤄진 김연수의 소설이 재미있는 이유이기도 하다.

두 번째 재미있는 소설은 김영하의 「최은지와 박인수」(《문예중앙》, 2013. 봄)이다. 김연수의 「우는 시늉을 하네」가 20여 년 전의 과거와 현재를 오가며 시간의 겹을 중층화한다면 김영하의 「최은지와 박인수」는 철저히 현재만 다룬다. 게다가 이 시공간은 매우 통속적이며 세속적이다. 김영하의 「최은지와 박인수」가 주는 재미는 이 세속 공간을 매우 정확하고 유머러스하게 표현해 내는 리듬감에서 비롯된다. 가령 다음과 같은 장면

말이다.

"왜 그 임신했다는 우리 회사 여직원 있잖아."

"미스 개수작?"

"그래, 그 여자. 회사에 공표를 했어."

"그럴 줄 알았어."

"그런데 사람들은 전부 애 아빠가 나라고 생각해. 심지어 우리 마누라까지도."

"그러니까 평소에 덕을 좀 쌓았어야지."

"내가 뭘?"

"당신이 좀 평판이 안 좋았잖아?"

"내가?"

(중략)

"근데 당신 좀 충격 받은 얼굴이다?"

"기분 좋은 얘기는 아니잖아?"

"씹히라고 있는 게 사장이야. 잘 씹혀 주는 게 사원 복지고. 좋은 소리 들으려고 하지 마. 그럴수록 위선자처럼 보여."

"어쨌든 그 여자 어떻게 하면 좋을까? 직원들한테 유전자 검사 결과를 공표할 수도 없고. 공표한다고 믿을지도 의문이지만."

"그냥 감당해. 오욕이든 추문이든. 일단 그 덫에 걸리면 빠져나갈 방법이 없어. 인생이라는 법정에선 모두가 유죄야. 사형 선고 받은 죄수가 하는 말이니까 새겨들어."

최은지와 박은수는 "사장"의 주변 인물이다. 박은수는 시한부 인생을 선고 받은 동료이고 최은지는 회사의 부하 직원이다. 최은지는 갑작스럽게 아이를 가진 후 미혼이지만 출산 휴가를 쓰겠다고 사장을 찾아온다.

남의 비밀을 선취한다는 달콤함을 즐기며 제법 민주적인 사장 행세를 하지만 상황은 점점 불쾌한 방향으로 진행된다. 그런 그에게 박은수는 진지하지만 무겁지 않은 충고를 해 준다. 충고의 요지는 위선자가 되지는 말라는 것. 김영하는 서로 주고받는 대화만으로 상황을 전개한다. 이 세속적 대화의 가치는 "콜록! 콜록콜록!", "어머나, 떡이 목에 걸린 게냐?", "콜록! 콜록!"(네이버 웹소설, 『광해의 연인』 36화)과 같은 대화를 비교해 보면 더욱 분명해진다.

소설의 재미 중 중요한 것 중 하나가 바로 세속의 재현이다. 세속화란 원래는 신에게 속한 것을 인간이 자유롭게 사용하도록 돌려준다는 의미다.[4] 소설의 세속성은 세속화의 진정한 의도를 포착해 보여 줌으로써 저자라는 특권을 대중적 재현으로 돌려준다. 소설의 재미는 이 세속적 잠재력과 깊이 연루되어 있다. 중요한 것은 세속성이란 세상의 아이러니를 깊숙이 들여다보는 성숙한 시선의 발현이라는 사실이다. 모든 소설은 세상의 일을 서사화하지만 그렇다고 모든 소설이 세속적 잠재력을 보여 주는 것은 아니다.

세 번째 재미있는 소설은 손보미의 「대관람차」(《창작과 비평》, 2013. 봄)다. 「대관람차」는 1972년 세워진 이후 약 40년 만에 화재를 입게 된 호텔 초이선 이야기로 시작된다. 불에 탄 이후 6개월 이상 그 상태 그대로 서울 한복판에 있던 호텔 초이선이 철거된 이후 남은 터에는 대관람차가 세워진다. 영화감독 지망생이자 시나리오 작가인 남자는 영화사에서 지금의 아내를 만나 결혼하게 된다. 두 사람의 아들은 "장폐색으로 인한 패혈증"으로 생사의 기로를 여러 번 오갔다. 개복 수술을 했지만 그다지 예후가 좋지 않았고 이 문제 곁에 "엄청 예쁜 여자", "P"의 이야기가 끼어든다. 풍선처럼 부푼 불온한 기운을 안고 있던 부부에게 "P"의 자살 소식과

---

4 조르조 아감벤, 김상운 옮김, 「세속화 예찬」(난장, 2005), 108쪽.

함께 대관람차 공사가 끝났다는 소식이 함께 전달된다. 두 사람 사이를 가득 매웠던 긴장은 뭔가 비밀을 간직한 "P"의 죽음으로 스르르 사라지고 만다. 아들은 관람차가 움직이기 시작하자 소리 내어 웃는다. 이제 초이선 호텔은 사라지고 대관람차의 시대가 된 것이다.

그렇게 삶은 지속된다. 손보미의 「대관람차」에 그려진 세계는 아직 도래하지 않은 가상의 시공간이다. 아직 오지 않은 시간과 존재하지 않는 건물은 손보미 소설에 기묘한 핍진성을 제공한다. 그것은 실존하지 않지만 개연성 있는 실재로 구체화되어 있다. 손보미 소설에 나타나는 이런 특징들은 최근 젊은 소설가들이 즐겨 사용하는 인공적 개연성의 허구적 공간과 그 특성을 공유한다. 중요한 것은 인공적 공간일수록 그 허구성이 공허하거나 개연성이 배제되어 있기 십상이라는 사실이다. 허구적 공간일지라도 그것의 개연성이 무시될 수는 없다. 결국 소설이 다루는 공간은 우리가 살아가는 삶의 공간, 세속적 삶의 시공간으로서의 "지금, 여기"이기 때문이다. 아무리 인공적이며 비사실적인 개념적 상상의 시공간이라 할지라도 그것이 의미 없는 공상일 때 그것은 현실의 회피와 다를 바 없다.

이와 유사하면서도 다른 소설적 재미는 최제훈의 「현장 부재 증명」(《창작과 비평》, 2013. 봄)에서도 발견된다. 최제훈은 정보와 허구를 재배치함으로써 그 행간의 폭에 서사적 유추의 공명을 자아내는 작가이다. 「현장 부재 증명」 역시 허구적 공간과 사실 공간의 긴장으로 이루어져 있다. 사망 사건이 일어나고 용의자로 지목된 남자는 "현장 부재 증명"을 해야만 한다. 남자가 여자와 만났던 일들은 남자가 노트북에 기록한 소설과 일부 겹치면서 부재 증명이 아닌 존재 증명으로 사용되고 만다. 소설과 살인 현장은 서로 은밀히 연결되면서 또한 분리된다. 현실의 사실성과 개연적 허구의 진실성 사이에서 살인이라는 세속적 사건은 입체화된다. 「현장 부재 증명」은 살인과 범죄 같은 매우 통속적인 주제를 소설과 현실, 개연성이라는 문학적 방식으로 풀어낸다. 최제훈의 다른 소설이 주는 재미도 대개 이런 식이다.

4 재미있는 서사, 우리 시대의 서사

독서의 몰입을 유도하는 재미있는 소설들의 특징은 크게 네 가지로 요약된다. 하나는 풍부한 교양적 지식을 갖추고 삶의 비의를 아름답게 재현하는 방식이다. 어차피 소설이 세상에 대해서 할 수 있는 일은 대답이 아니라 질문이다. 그렇다면 그 질문을 최대한 우아하고 진실한 방식으로 구현하는 것이 문학이 세상에서 취할 수 있는 태도일 것이며 그 태도를 학습하는 것이 우리가 소설을 통해 얻는 재미 중 하나일 테다.

두 번째는 날카로운 관찰력과 빼어난 압축적 글재주가 없다면 불가능할, 재현에 성공한 작품의 재미이다. 소설이 워낙 도청도설(道聽塗說), 가담항어(街談巷語)라면 세상의 원리 깊숙한 것을 파헤쳐 그것을 최대한 간명한 방식, 세련된 언어로 재현해 내는 것, 그것이 바로 원숙한 소설이 줄 수 있는 재미일 것이다. 세속적 세계를 있는 그대로 보여 주며 그것을 통해 우리가 사는 세상을 객관화하는 것, 그것이야말로 서사의 거울 단계라고 말할 수 있다. 객관화의 고통이 없는 주체의 출현은 없다. 소설은 그렇게 독자의 거울 노릇을 해 줄 수 있어야 한다.

세 번째는 가까운 현실과 알려지지 않은 불완전한 미래를 구현해 내는 개연성 있는 상상력이다. 가까운 미래라는 점에서 그 개연적 유추의 재미는 더욱 배가될 것이다. 중요한 것은 개연성 있는 유추가 현실성의 결핍과 혼동되어서는 안 된다는 것이다. 체험의 결핍과 관찰력의 부재를 메꾸는 상상은 허약한 공상에 불과하다. 그건 삶으로부터의 도피다.

네 번째는 정보와 상상력의 결합이다. 최대한 대중적인 사건, 살인과 치정 같은 사건들을 입체적으로 재현함으로써 정보와 상상의 결합을 즐기게끔 하는 것, 그것이 바로 소설의 재미다.

최근 한국 소설에서 나타나는 가장 눈에 띄는 경향 중 하나가 바로 정보의 개연성 있는 재구성이다. 브리콜라주 혹은 지식조합형 소설이라고도 불리는 이러한 경향에서 강조되는 것은 바로 개념적 상상과 구축이다. 정보와 지식이라는 수식어에서 짐작할 수 있다시피 이러한 경향의 소설에서 가장 배제되는 것은 바로 물리적이며 육체적인 경험이다. 정보나 지식은 이념이며 머릿속으로 상상하고 재조립하는 일종의 무형의 것들이다. 상상의 접속이 현실적 체험의 사실성을 상회하는 것이다.

문제적인 것은 이 개념적 세계의 개연성이 독서의 재미를 반감시키곤 한다는 사실이다. 이러한 최근의 소설들이 재미없는 이유는 단 하나다. 우리가 살아가는 삶에 대한 객관적 반영이 부재하고 주관적 판단이 없기 때문이다. 판단 부재를 상상으로 메꿀 때, 독자는 몰입하지 못한다. 삶의 현장이 아니라 삶의 현장을 함축하는 알레고리적 사건과 정보가 대신 자리 잡고 있는 셈이다. 매우 세련되고 지적인 체험이긴 하지만 이는 직접적 경험이나 그것을 재배치함으로써 얻어지는 농도 깊은 연루와 연민, 이입과는 거리가 먼 안전한 지적 연산물에 불과하다. 지적 연산으로 이뤄진 개념적 세계는 연민과 공포를 자아낼 수 없다. 결국 그 형식이 무엇이든 간에 인물의 윤리적 선택이 가져오는 불가항력적 불행을 포착해 내지 않는다면 그 서사는 독자의 몰입을 유도할 수 없다. 우리가 살아가고 있는 지금, 이곳의 삶에 대해 생각게 하지 못한다면 말이다. 이는 곧 우리 시대의 가장 유력한 서사의 형태는 과연 무엇일까에 대한 질문이기도 하다.

재난 서사의 마스터플롯

1   왜 재난일까?

재앙일까? 재난일까? '세계의 끝'에 대한 비평적 논의는 2000년대 소설에 있어 빼놓을 수 없는 참조 사항이다. 이미 많은 평자들이 우리 소설에 등장하기 시작한 끝에 대해 논의한 바 있다. 논의는 "자본주의의 끝을 상상하는 것보다 세계의 끝을 상상하는 편이 더 낫다."라는 프레드릭 제임슨의 말에 가닿곤 한다. 이때 '끝'은 자본주의에 대한 항거와 패배라는 이중적 메시지를 표상하게 된다. 논의 과정에서 언급된 수많은 작품들뿐 아니라, 역시나 여전히 '재앙' 혹은 '재난'은 현재적이다. 동시대 소설에 있어 주요한 서사적 소재가 되고 있는 것이다.

어원으로 살펴보자면, '재난'은 재앙과 유사한 의미이지만 뜻밖에 일어난 재앙의 고난을 포함하고 있다. 재앙이 '뜻하지 아니하게 생긴 불행한 변고 또는 천재지변으로 인한 불행한 사고' 그 자체를 가리킨다면, 재난은 재앙이 가져온 고난을 의미한다. 재앙이 사건이라면 재난은 그 수용이라고 할 수 있다. 재앙이 인간에게 다가올 때, 그래서 그 재앙이 어떤 식으로든 인간의 삶에 영향을 미칠 때 우리는 그것을 재난이라고 부른다.[1] 소설에 재앙이 등장할 때 즉, 재앙이 어떤 인간의 삶에 영향을 미칠 때 재난은 서사가 된다. 문제는 바로 '누가' 재앙을 겪는가다.

질문은 여기서부터 시작되어야 한다. 그렇다면, 최근 한국 소설에 등장하는 일련의 재앙의 풍경을 일컬어 재난 서사라고 부를 수 있을까? 이때 '재난'은 스토리 차원의 소재일까 아니면 계몽기 교양 소설처럼 일정한 시대성이 투영된 마스터플롯일까? 만일 마스터플롯으로 부를 수 있다면, 과연 '그 서사'가 전제하고 있는 혹은 '그 서사'가 출현할 수밖에 없었던 세계란 무엇이며 과연 어떤 세상이 재난 혹은 재앙을 소재가 아닌 서사 양식으로 만들어 내는 것일까?[2]

재앙은 극복될 수 있는 것과 그렇지 못한 것으로 나뉠 수 있다. 재앙이 제아무리 위력적이라고 해도 인류의 전멸을 가져올 수는 없다. 그것은 전 인류의 구원만큼이나 어렵다. 결국 재난이 서사화될 때 중요한 것은 그것을 맞는 '개인'의 종말이다. 재앙이 던져진 이후 그 재앙이 '나'의 종말을 가지고 올 것이냐, 아니냐가 바로 우리가 말하는 재앙이 서사화되는 기본

---

1   그래서, '재난'은 국가가 관리해야 할 중요한 사항이 된다. 우리의 '재난 및 안전관리 기본법'을 갖추고 있다. 법률 제10347호는 각종 재난으로부터 국토를 보존하고 국민의 생명, 신체 및 재산을 보호하기 위하여 필요한 국가 및 지방자치단체의 재난 및 안전관리 체제 및 재난의 예방, 대비, 대응, 복구 그 밖에 재난 및 안전관리에 관한 사항이 규정되어 있다. 법에서 정해 놓은 '재난'은 국민의 생명, 신체 및 재산과 국가에 피해를 주거나 줄 수 있는 것을 말한다.

2   가령, 신화의 시대에는 세상을 이해하고 설명하는 신성한 마스터플롯이 존재했다. 한편, 19세기의 방대한 내러티브 생산은 신의 섭리를 잃은 불안이 암시할지도 모른다. 피터 브룩스는 '마스터플롯'을 신의 섭리라는 플롯과 동의어로 사용한다. 프로이트의 마스터플롯을 분석하며 프로이트 고유의 마스터플롯이 있다고 그의 저서 『쾌락 원칙을 넘어서』에서 말하고 있다.(피터 브룩스, 박혜란 옮김, 『플롯 찾아 읽기』(강, 2012)) 필자는 여기에서 마스터플롯이라는 용어를 에피스테메를 이루는 서사의 근원으로 사용하고자 한다. 서사의 역사에도 패러다임의 전환이 있다면 그것은 마스터플롯의 전환에 의해 발생했다고 말할 수 있다. 신화의 시대에 신의 섭리가 마스터플롯이었다면 근대의 서사에 있어서는 개인과 성장에 대한 믿음과 욕망이 바로 마스터플롯이라고 할 수 있다. 흐름을 구성하는 일련의 서사적 흐름 아래 자리 잡은 전환기의 에피스테메, 여기에서 말하는 마스터플롯은 바로 그것이다.

틀이다. 그리고 이 지점이야말로 종교적 신념의 서사, 즉 묵시록과 구분되는 지점이기도 하다.

묵시록(apocalypse)은 재앙의 도래를 상징으로 해석한다. 묵시록의 어원에는 '숨겨진 것을 드러낸다(uncover, reveal, disclose)'는 의미가 담겨 있다. 그래서 종종 묵시록의 세계에서 재앙은 유토피아의 도래와 맞닿는다. 이때 종말은 특정한 '개인'의 종말이 아니라 종으로서의 인류의 종말이며 일종의 은유적 계시가 된다. 물론, 2000년대 어떤 소설들은 은유적 계시의 매개로 재앙을 선택하기도 했다. 가령, "누군가, 올 것이다."로 끝나는 김애란의 「물속 골리앗」은 재앙 가운데서 희망을 찾는 묵시록적 아이러니를 보여 준다. 묵시록은 끝을 통해 시작을 희망하는 반전을 경유한다. 바라는 것은 결국 끝이 아니라 시작인 것이다.

그런데, 박솔뫼의 단편들인 「우리는 매일 오후에」나 「겨울의 눈빛」 혹은 윤고은의 장편 소설 『밤의 여행자들』에 그려진 세계의 재난은 역설적 유토피아의 현현이나 희망이 아닌 재난 그 자체와 직면할 수밖에 없는 인물을 그리고 있다. 그들은 반전을 염두에 둔 묵시록이 아닌 개체의 종말, '인물'의 종말, 즉 죽음을 주목한다. 그것은 바로 파국의 서사이다.

묵시록이 믿음에서 비롯된 서사 양식이라면 종말과 끝에 할애된 오래된 서사 용어는 바로 파국(catastrophe)이다. 파국은 그 어원에 있어 기대했던 바의 전도(reversal of what is expected)를 지칭한다. 파국이라는 용어를 문학적으로 중요하게 끌어들인 사람은 바로 아리스토텔레스다. 아리스토텔레스는 우리가 연민하고 동정하는 주인공이 바라는 대로의 결말에 이르지 못하는 것을 파국이라 불렀다. 파국이란 곧 서사의 주체, 주인공이 원치 않았던 '결말'에 가닿는 결말이다.

흥미로운 점은 화용론적으로, 대재앙이나 재난을 뜻하는 파국이 내러티브 가운데서 원치 않은 결말로 작용한다는 사실이다. 이는 곧 아리스토텔레스가 파국을 서사적 은유로 받아들였음을 알 수 있다. 우연히 발생한 자연 발생적 사건들 가령 지진이나 홍수, 해일과 같은 사건이 아니라 한 인물이 겪는 불행한 결말과 어떤 점에서 닮아 있다는 뜻이다. 결국, 재앙은 그냥 발생해서 서사가 되는 것이 아니라 '주인공'에게 영향을 미치는 한 파국이 될 수 있다. 그리고 이를 일컬어 우리는, 재난의 서사라고 부를 수 있다. 단순히 기대치 않았던 것이 도래한 것이 아니라 그것이 '나(주인공)'에게 도래했을 때, 재앙은 재난이 된다.

아리스토텔레스가 가장 완전한 파국의 서사로 비극을 호명했을 때, 비극의 마스터플롯은 운명이다. 운명에 의해 지배받는 세계라는 마스터플롯 위에 아리스토텔레스는 인간의 간지나 이성으로 뒤집을 수 없는 파국을 제안했다. 그렇다면, 신처럼 분명한 운명의 권위를 왜 완벽한 플롯으로 재현하고자 했을까? 여기에서 재현의 문제는 바로 운명에 묶인 주인공의 파국을 '남', 즉 관객에게 효과적으로 전달하는 것이 된다. 주인공, '남'의 문제를 관객들이 내 일처럼 여기며 공포와 연민을 느끼도록 하기 위해 서사는 더욱 철저히 기획되어야 한다.

재앙이 파국을 가져오고, 그래서 미래가 오지 않을 것이라는 두려움은 환상에 가깝다. 하지만 프랑코 베라르디 비포의 말처럼, 환상 역시 집단적 상상력의 결과물이다.[3] 상상된 재앙은 실제의 삶, 정치적 선택들 그리고 욕망의 무의식이 투영된 환상이다. 그리고 이 집단적 상상의 바탕이야말로 우리가 파국, 종말, 재난과 같은 언어로 표현하는 바로 '그 서사'의 마스터플롯을 드러내는 의미 있는 증상이라고 할 수 있다. 그렇다면 과연 2014년 지금, 파국의 서사를 기획하는 작가들에게 마스터플롯은 무엇일까? 왜 우리는 도래하지 않은 재앙을 상상해, 실현된 적 없는 파국을 묘사하고, 인물의 종말을 그려 내는 것일까? 결국, 우리가 물어야 하는 것은 자본의 종말보다 세계의 종말을 상상하는 게 쉽다는 식의 증상 해석이 아

3   프랑코 베라르디 비포, 강서진 옮김, 『미래 이후』(난장, 2013).

니라 왜 자꾸만 재난이 집단적으로 서사화되는가이다.

2   숭고한 재앙과 무고한 종말 사이

재앙은 공포를 환기한다. 칸트, 버크, 리오타르, 아도르노가 말한 '숭고'에 있어 반복되고 중첩되는 개념은 바로 '공포'다. 운명을 시대의 마스터플롯으로 보았던 아리스토텔레스에게도 그 마스터플롯을 전개할 중요한 서사적 수단은 '공포'였다. 흥미로운 것은 이 부분인데, 사람들이 누군가의 파국을 볼 때, 공감하지 않는다면 공포도 느끼지 않는다는 점이다. 진짜 공포를 느끼기 위해서는 내 일처럼 우선 연민(compassion)해야 한다. 운명이라는 마스터플롯을 전달하기 위해서는 연민을 불러일으키는 잘 만들어진 플롯이 필요하다. 자연 상태에서의 파국은 공포를 줄 수 없다. 공포는 강렬한 동화 작용을 통한 감수성의 발현이기 때문이다.

재앙이 재난의 서사가 되기 위해 가장 필요한 것 중 하나도 바로 공감이다. 공감되지 않은 고통은 결코 공포가 될 수 기 때문이다. 정유정의 『28』(은행나무, 2013)은 그런 점에서 공감의 아이러니를 다룬 작품이라고 할 수 있다. 인수 공통 감염이라는 문제를 재앙의 원인으로 다루고 있는 이 작품에서 감염뿐 아니라 교감 역시 인간과 동물 사이에서 발생한다. 『28』에 그려진 가장 두려운 공포는 감염 자체가 아니라 인간에 대한 불신과 인간의 폭력성이다. 교감 불가한 세상에 대한 거부감이 『28』이라는 재난 서사의 마스터플롯이라고 할 수 있다.

재앙에 대한 버크의 생각도 여기에서 연민을 경유한다. 버크는 자연의 어마어마한 힘이 주는 공포로부터 약간의 거리가 확보될 때 안도감이 발생하고 숭고는 그 안도감에서 비롯된다고 보았다.[4] 칸트는 이를 좀 더 정교화했는데, 그는 고통을 주는 자연의 힘을 반성하는 주관의 심의(深意)

로 받아들일 때 숭고가 발생한다고 보았다.[5]

결국, 숭고는 인간의 유한성에 대한 자각에서부터 비롯된다. 자연이라는 불가항력적이며 우연적인 사건을 인간의 심의로 이해하는 것, 이는 운명의 공포를 카타르시스로 해소하는 비극의 원리와 닮아 있다. 문제는, 최근의 영화나 소설에서 발견되는 '재앙'이 숭고의 대상과는 다른 무엇이라는 점이다. 영화 「그래비티(gravity)」의 경우가 그렇다.

한 우주 비행사의 표류와 귀환을 다룬 생존기인 「그래비티」에서 관객을 압도하는 것은 우주의 광활함이다. 3차원 큐브와 와이어로 촬영된 이미지는 4D 아이맥스 스크린 관람을 통해 매우 사실적인 '자연'처럼 체감된다. 18세기 화가 터너가 망망대해를 항해하는 어부를 그릴 때의 그 숭고가 우주 고아 신세가 된, 라이언 박사의 모습에서 재현되는 듯하다. 하지만 사실 『그래비티』의 실감 넘치는 미술, 기술은 보이지 않는 세계에 대한 충격적 시각 이미지로서, 자발적 고독으로부터 탈출해 다시 인간적 중력의 세계로 돌아오는 귀환의 플롯을 메꾸고 있다. 영화 「그래비티」의 마스터플롯은 그래서 할리우드 영화의 오랜 관습인 영웅 서사라고 할 수 있다. 중력 세계로의 귀환을 위해 라이언의 고독이 준비된 셈이다.

「그래비티」에 재현된 숭고는 위장된 숭고에 가깝다. 보이지 않는 것을 표현하는 것이 숭고의 가장 큰 특성이라면 여기에서 재현 불가능한 것은 시간성이라고 할 수 있다. 하지만 「그래비티」는 기술을 통해 직접 체험하거나 재현하기 어려운 공간을 위장 숭고의 대상으로 제시하고 있다. 그래서 우리는 그 위장 숭고를 거쳐 지구와 가족의 위대함을 수긍하는 순간에 이른다. 중요한 것은 이 스펙터클의 화려한 이미지가 숭고한 재난처럼 느

---

4   에드먼드 버크, 김동훈 옮김, 『숭고와 아름다움의 이념의 기원에 대한 철학적 탐구』(마티, 2006).

5   임마누엘 칸트, 이재준 옮김, 『아름다움과 숭고함의 감정에 관한 고찰』(책세상, 2005).

꺼진다는 점이다. 여기에서 재앙은 고독이나 죄책감, 우울증 같은 문제를 가리는 대리표적이 된다.

주목할 사실 중 하나는, 최근의 한국 소설에서도 재난이 서사가 아닌 대리 표적으로서의 소재로 등장하는 경우가 종종 있다는 점이다. 대리 표적이 될 때 재앙은 스펙터클의 세부로 묘사될 뿐 서사적 긴장을 가져올 수는 없다. 가령, 구병모의 「식우(蝕雨)」가 그렇다.[6] 「식우」는 침식성 비가 내린 "G" 시의 이야기이다. "최첨단 최신식 배수 시설을 자랑하는", "최적의 실내 습도를 유지하도록 가가호호 조절 장치"가 돌아가는 "G" 시에 21일째, 부식성 비가 내린다. 배타적 부촌에 살던 "G" 시의 시민들은 엑소더스로 이웃 "O" 시로 옮겨 간다. 이 과정에서 부식성 비는 이기적인 데다 과시적이기까지 한 탈주자들의 차와 신체를 침식한다. 호텔 벽이 무너져 4세 유아를 동반한 일가족이 사망하고, 150명의 신도가 교회에서 매몰된다. 운 좋게 엑소더스의 행렬에 참여한 사람들을 실은 차도 거의 길거리에 서 있다시피 하고 그나마 차를 타지 못한 사람은 녹아내리는 피부를 닦으며 걸어간다.

「식우」에서 가장 눈에 띄는 것은 부식성 비를 피해, 그 비를 맞으며 걸어가는 피난의 풍경이다. 여느 재난 소설과 같이 「식우」의 부식성 비도 어느 날 갑자기 내리기 시작한다. 그런데 여기에서 부식성 비는 존재론적 감수성, 즉 진짜 공포(연민)를 불러오지 못한다. 다만, 「식우」는 부식성 비가 가져온 파괴와 붕괴를 환유적으로 결합하고 있을 뿐이다.

재앙은 모멸감을 갚을 좋은 기회로 활용된다. "디근"은 자신을 따돌렸던 아이에게 복수하는 심정으로 그 아이가 부식성 비에 노출된 풍경을 바라본다. 「식우」를 통해 발견할 수 있는 세상 풍경은 비단 침식성 비가 아니라도 볼 수 있는 광경이다. 부식성 비라는 상상은 상징성이 아닌 사건

---

6 구병모, 「식우」, 《문학사상》, 2013. 6.

으로 존재한다. 하지만 그 사건은 비단 부식성 비일 필요는 없다. 인과 관계를 추출할 수 없을 때, 부식성 비가 내리는 유혈 낭자한 풍경은 재난의 대리 표적이자 스펙터클에 불과해진다. 이것은 재난의 서사가 아니라 재앙을 소재로 한 재난의 스펙터클에 불과하다. 여기엔 공포나 연민 혹은 숭고가 없다. 재난이 우리에게 아무것도 박탈할 수 없을 때, 그 상상된 재난은 생존을 확인하는 기담에 더 가까워진다.

3   박탈의 서사와 생존의 아이러니

결국, 주목해야 할 것은 재난의 '기록'이다. 재난을 현재화하는 스펙터클이 아니라 그것을 끊임없이 '과거'로 만드는 기록은 오히려 재난의 현재성을 강조해 준다. 박솔뫼의 「우리는 매일 오후에」와 「겨울의 눈빛」을 주목하는 이유도 여기에 있다.[7]

「우리는 매일 오후에」의 시제를 우선 주목하자. "우리"라고 호명되는 그들은 과거만을 이야기한다. 그들은 예언을 거부하며 과거가 된 시간만을 확인하고자 한다. 가령, "어제는 동남아시아 필리핀에서 홍수가 났고 사람들이 많이 죽었다. 그보다 훨씬 전에는 미국에서 빌딩이 무너지는 일이 있었는데 그 일의 원인은 부실 공사가 아니었다.(106쪽)", "작년에는 일본에서 큰 지진이 있었다.(106쪽)" 그들은 "그 일은 작년 일이고 그러므로 과거 시제를 쓰긴 쓰는데 과거 시제를 쓰고 나면 무언가 획 하고 목을 감는 느낌이 들었다.", "우리에게 예언은 앞으로도 없을 것이다."라며 지나간 과거만을 이야기하고자 한다.

소설을 읽는 독자들은 서술자를 통해 거듭 "엊그제"로 시작되는 가까

---

7   박솔뫼, 「우리는 매일 오후에」, 《현대문학》(2012. 8); 「겨울의 눈빛」, 《창작과 비평》(2013. 여름).

운 과거와 만나게 된다. 서술자는 결코 현재 시제로 말하지 않는다. 문제는 그럼에도 불구하고 그 '과거'가 너무나도 현재적이라는 점이다. 너무 가까운 과거는 아직 기억이라고 부를 수 없는 현존성을 가지고 있다. 게다가 그 과거가 현재에 영향을 미친다면 그것은 과거가 아니라 여전히 현재라고 불러야 마땅하다. 공포는 과거 시제를 통해 위장된 안정으로 각색된다.

　작년 3월 11일 일본 동북 지역에는 대지진과 지진 해일이 일어났다. 그게 끝이 아니었는데 이어서 발생한 후쿠시마 원자력발전소에서 폭발사고가 일어났고 그 사고의 여파는 아직도 강력하다. 앞으로도 강력할 것이다."[8]

분명, 작년에서 시작되었지만 과거는 현재 진행형을 거쳐 그토록 거부하던 "예언"에 도착한다. 그것은 예언이라기보다 예측에 가깝다. 결국, "우리"의 이야기, 재난 이후 그들의 스토리는 아무것도 결정되지 않은 서스펜스 속에 놓여 있다. 그들이 사고의 여파를 넘어 생존할지 아니면 영향을 받을 것인지 그들도, 독자도 모른다. 그들은 그 서스펜스를 해소하고 자신을 어떤 서사의 주인공으로 자리매김하기 위해, 다시 말해, 이야기의 서술자이자 서사의 주체인 "우리"가 플롯의 주도권을 갖기 위해 자꾸만 과거 시제를 끌어오지만 결국 그들은 자기만의 플롯을 짤 수 없다. 박솔뫼의 소설에서 우리는 더 이상 자기 이야기에 플롯을 짤 수 없는 인물들을 발견하게 된다. 그들은 재난을 살아갈 뿐 재난 서사의 플롯 주체가 될 수는 없다.

　만약, 박솔뫼의 소설이 읽기 어렵다면 그것은 바로 박솔뫼의 소설에

8　위의 글, 111쪽.

우리가 전통적 의미에서 말하는 절박한 서사적 욕망이 없기 때문이다. 우리가 전통적으로 읽었던 소설의 인물들은 어떻게든 '사건'을 이해하고 그 사건을 인과성 아래 재배치했다. 개인과 사회 사이에 인생을 플롯팅하는 이들이 바로 우리가 전통적으로 서사적 주체라고 불렀던 자들이다. 성장과 야망이 보장되던 19세기의 이야기다. 적어도 19세기의 마스터플롯은 미래를 희망하는 대서사 안에 있었다. 그들은 자기 인생의 플롯을 스스로 짜서 미래를 계획할 수 있었다.

하지만 박솔뫼의 인물들은 '나'만의 서사를 기획하기에는 모든 것이 불투명한 세상을 살고 있다. 그 불투명한 세상에서의 서사가 바로 재난 서사다. 과거 시제로 표현된 절박함은 박솔뫼의 또 다른 작품 「겨울의 눈빛」에서 영화로 제유된다. 영화는 과거의 예술이다. 필름은 과거를 담아 현재에 상영하고 디제시스적 현재는 끊임없이 과거의 영역으로 넘어간다. 영화는 과거로 만들어진 현재이며 곧 과거가 되고 마는 현재다. 그것은 일어나고 있는 것, 그 자체로서의 우연 안에 존재한다. 「겨울의 눈빛」의 그들에게 재난이 재난에 대한 기억이 아니라 재난 다큐멘터리로 남아 있는 이유이기도 하다. 그들은 영화를 보며, 끊임없이 "3년 전 부산에서 일어난 어떤 사고"의 순간을 과거에 위치시킨다. 하지만 안타깝게도 여전히 그 사고는 "어떤 사고"이며 시간적으로는 과거이지만 영향력으로서는 현재다.

그들은 "그때의 해운대를 이야기하는 것은 마치…… 마치 폼페이를 이야기하는 것처럼 그러니까 아주 찬란한 최정점에 있던 어떤 것이 파묻혀 버린 이야기를 하는 듯"하다고 너스레를 떨지만 사실 "그때"는 과거가 아니라 미래로까지 뻗어 있는 현재의 연속이다. 따라서, 그들은 재현의 다큐멘터리가 아닌 재구성의 대상으로 재난을 건드릴 수가 없다. 소설의 화자가 다큐멘터리에 반감을 느끼는 이유도 여기에 있다.

나는 차라리 한국수력원자력공사를 폭파하고 그곳의 간부들을 납치해서 인질극을 벌이는 말도 안 되는 그런 영화를 보고 싶었다. 간부의 머리 하나와 원전 하나씩을 걸고 한 시간 동안 대치를 벌이는 뭐 그런 영화. 인질의 집 앞뜰에 우라늄을 묻어 버리고 잠옷 차림의 그를 폐기물 처리 요원으로 보내 버리는 뭐 그런 영화. 갱들이 처음부터 끝까지 뛰어다니는 영화. 나는 그런 게 보고 싶었다.[9]

　　내가 보고 싶어 하는 "그런 영화"는 결국 장르라고 불리는 규칙성 서사물이다. 서스펜스도 미스테리도 없는, 그래서 긴장이나 무지에 대한 두려움이 없는, 결국 그렇게 시작하면 그렇게 끝나는 뻔한 영화다. 장르 영화는 "우리가 어디에 있는가"가 아니라 "우리는 어떻게 도착하는가"를 보여 준다. 갱이 등장하면 싸움이 일어나고, 인질이 등장하면 해결사도 등장한다. 이는 무규정의 열린 상태에 놓인 끔찍한 현재가 주는 불안을 달래 준다.

　　결국 그는 "그러나 나는 그 모든 것들과 함께 오래 살아남을 것이다."라며 스스로에게 예언의 주문을 건다. 재난이 발생했을 때 재난 서사의 주인공이 되지 않는 방식은 재난이 미치는 종말의 영향력에서 벗어나는 것, 즉 죽지 않고 파멸하지 않고 살아남는 것이다. 적어도 "나"에게는 재난이 종말은 아닌 셈이다. 이는 결국, 이제는 삶의 조건이 되어 버린 재난 속에서 살아남아야 함을 보여 준다. 여기에서 재난은 묵시록적인 상징도 유토피아를 매개하는 반어적 사건도 아니다. 그것은 단지 지금, 이 순간에 발생한 규정할 수 없는 실체다. 박솔뫼는 재난을 서사화할 수 없는, 재난을 현재화할 수 없는 박탈의 마스터플롯을 보여 준다. 그것은 우리 사회에서 일어나는 재앙의 성격이 더 이상 합리적 플롯으로 정연하게 설명하

9　위의 글. 143쪽.

58

거나 개인의 이성이나 간지로 인과 관계가 성립되는 성질의 것이 아니다. 이 박탈의 서사는 지속 가능한 것은 재난뿐이라는 암울한 결말과 만나게 된다. 그렇다면 박솔뫼에게 차라리 개인의 종말은 분명한 플롯처럼 선명할지도 모르겠다.

4　생존의 역설, 재난 서사에서 주체되기

재난을 과거화함으로써 서사적 생존자가 되는 전략은 김중혁의 「보트가 가는 곳」에서도 발견된다.[10] 「보트가 가는 곳」은 "이것은 아마도 마지막 기록이 될 것이다."라는 구절로 시작된다. 이미, 재난은 발생했고, 중요한 것은 그것의 기록이다. 그는 재난의 주체가 되지 못한다. 그래서 그는 기록함으로써 재난의 주체가 되고자 한다. 기록하는 것 말고는 그가 이 불안한 재난에서 주체가 될 수 있는 방법은 없어 보인다. 재난 영화의 하위 장르 중 하나인 파운드 푸티지 형식을 차용한 이 작품은 생존의 아이러니를 보여 준다.[11] "이것은 아마도 마지막 기록이 될 것"이지만 적어도 우리가 그것을 읽는 순간 그는 서사적 생존자가 된다. 서사적 주체가 됨으로써 생존하고자 하는 전략은 「뱀들이 있어」에서는 재난에 맞서는 저주의 언어로 변주된다.[12] 정민철, 김우재, 류영선 세 사람은 고향 친구들이다. 정민철이 서울에 있는 대학에 진학한 후 서로 멀어졌지만 사실 정민

10　김중혁, 「보트가 가는 곳」, 《21세기문학》, 2013. 가을.

11　Found footage: 재난, 재앙이 휩쓸고 간 자리에 남겨진 기록 영상물이라는 의미로 생존자 수색 중 발견된 영상 녹화물 형식을 띤 장르를 의미한다. 「클로버 필드」나 「크로니클」과 같은 영화들이 파운드 푸티지 형식의 대표작들이다.

12　김중혁, 「뱀들이 있어」, 《세계의 문학》, 2013. 겨울.

철은 류영선을 좋아했다. 아니, 이도 불분명하다. 분명한 것은 정민철이 김우재와 류영선의 사랑을 질투했다는 것이다. 정민철은 질투를 멈추기 위해 저주를 빈다. 김우재와 류영선이 사는 고향 마을에 지진이 일어나고 200명이 넘는 사상자가 발생한다. 그는 김우재와 류영선 사이에 일어난 불행을 자신이 내린 저주의 몫으로 여긴다. 그럼으로써 그, 정민철은 불가 항력적 재난의 주체가 된다. 재앙이 일어나는 순간은 그에게 저주가 실현 되는 순간이다. 즉, 기도가 응답으로 되돌아오는 순간이기도 하다.

기도하는 자를 뜻하는 라틴어 프레카리우스는(precárius) 불안정성 (precarity)의 어원이기도 하다. 불안정한 사람이란 곧 자신의 미래를 알 수 없기 때문에 현재에만 매달려 살면서 이 세속의 지옥으로부터 구원받 기를 신에게 기도하는 인간이다. 불안정성은 기도를 가져온다. 김중혁은 이를 변주해 불안정성이 저주를 불러온다고 말한다. 김중혁이 재앙을 통 해 만들어 가는 서사는 기괴한 생존 서사로 수렴된다. 그런데 그 생존은 사뭇 의심스럽다. 결국, 이 재난 서사에서 강조되는 것은 모든 것이 개방 된 사회에서 살아가는 사람들이 느끼는 일종의 박탈감이다. 저주가 기도 가 되고, 기록이 삶이 되는 역설 가운데서 재난은 이 역설을 담아낼 서사 적 바탕이 되어 준다.

그런 점에서, 윤고은이 『밤의 여행자들』(민음사, 2013)에서 보여 주는 재난 서사는 무척 이채롭다. 윤고은은 지금, 여기의 박탈적 상황에서 주체 가 되는 방법을 감수성의 회복에서 찾는다. 비포가 말한 감수성은 언어화 되지 않은, 혹은 언어화될 수 없는 심리적 내용을 이해하는 데 필요한 인 간의 능력이다. 감수성은 의식적 유기체들 사이에서 공감적 접촉이 이뤄 질 수 있도록 만들어 주는 일종의 막을 구성한다. 또한 감수성은 서로 아 무런 관련도 없고 유사하지도 않은 다른 존재들 간의 공진화 과정에서 우 리를 연결시키는 능력이기도 하다.

결국, 『밤의 여행자들』에서 요나와 럭의 사랑은 이 감수성의 회복이라고 말할 수 있다. 타인의 피부를 지각하는 것, 즉 사랑의 능력은 자본이라는 시나리오에서 벗어날 수 있는 푸른 알약이 되어 준다. 『밤의 여행자들』에는 기획된 재난과 우연의 재난이 만들어 낸 시나리오가 공존한다. "고요나"는 재난을 기획함으로써 재난 서사의 주체가 되려 했지만 재난의 희생자를 자처함으로써, 역설적으로 주체가 된다. 고요나는 자본이라는 매트릭스를 벗어나 감수성의 세계로 감으로써 재난 서사의 주인공으로 전회한다. 고요나는 부재함으로써 존재하고, 사라짐으로써 재난의 파국을 마무리한다. 윤고은에게 재난 서사는 일종의 존재론적 전회의 매개처럼 여겨지기도 한다. 윤고은은 재난의 서사에서 주체가 될 수 있는 유일한 길은 자본의 서사에서 빠져나오는 것이라고 말해 준다. 우연한 재난은 요나의 필연적 파국으로 매듭지어진다. 더 이상 자본, 자연의 재앙은 그녀를 흔들지 못한다. 재앙은 요나가 선택한 것이며 죽음 역시 선택의 결과다. 그녀의 죽음은 불안정한 것이 아니라 선택이며 자유 의지다. 그녀의 감수성이 재난의 서사에서 그녀를 주체로 만들어 준 셈이다.

5 재난과 "나"

살아 있는 사람들의 지옥은 미래의 어떤 것이 아니라 이미 이곳에 있는 것입니다. 우리는 날마다 지옥에서 살고 있고 함께 지옥을 만들어 가고 있습니다. 지옥을 벗어날 수 있는 방법은 두 가지입니다. 첫 번째 방법은 많은 사람들이 쉽게 할 수 있습니다. 그것은 바로, 지옥을 받아들이고 그 지옥이 더 이상 보이지 않을 정도로 그것의 일부분이 되는 것입니다. 두 번째 방법은 끊임없는 경각심이 필요하고 불안이 따르는 위험한 길입니다. 그것은, 즉 지옥의 한가운데서 지옥 속에 살지 않는 사람과 지옥이 아닌 것을 찾아내려 하고, 그것을 구별해 내어 지속시키고 그것들에 공간을 부여하는 것

입니다.[13]

운명의 마스터플롯이 비극을, 욕망의 마스터플롯이 교양 소설과 입사 소설을 만들어 냈다면 재난 서사는 우리가 살아가고 있는 이 세상에 대한 '공포'를 반영한다. 이 공포는 여전히 정복 불가능한 자연에 대한 포스트 모던 사회의 공포와도 다르다. 재난의 속보는 개방된 사회에서 급속하게 퍼져 나가고 지구화는 인류의 통합이 아닌 무방비의 네트워크로 실현되었다. 다른 곳의 재난은 이곳의 생활 방식에도 영향을 미친다. 개방된 사회에서 우리는 아무 데로도 도피할 수 없다는 불안과 공포를 느낀다. 우리는 부정적 지구화의 결과 앞에 무방비로 노출되어 있다.

운명이 마스터플롯이었던 시절 그것은 저항하지 않고 순응하면 되는 절대성이었다. 하지만 우리에겐 절대성조차 없다. 결국, 스스로를 방어할 수도 없다는 무력감과 기댈 곳 없다는 절망감 앞에 불안은 점점 더 커진다. 사람들은 불안할수록 안전을 위해 자유를 기꺼이 희생한다. 더 많은 규제와 더 많은 금지, 말도 안 되는 퇴행에 기꺼이 순응하며 사람들은 공포의 대리 표적들을 만들어 간다. 이 불투명함을 견디기 위해, 부정적 세계화가 던져 주는 불안을 잊기 위해, 오늘도 우리는 자유를 포기하고 사소한 것들을 과장한다. 암, 비만과 같은 일상의 작은 재난들에 재난의 공포가 주는 불안을 전이하는 것이다.

재난의 서사는 재난을 상상하지 않고는 불안을 견딜 수 없는 강박증 시대의 마스터플롯이라고 할 수 있다. 우리의 작가들이 종말과 재난을 연결 짓는 이유도 여기에 있다. 사소한 대리 표적으로 감춘 일상적 불안의 실체를 벗겨 내 사실 그것은 도망갈 곳 없는 현재이며 결국, 생존이란 숭고함을 잃은 채 벌거벗은 공포를 견디는 것뿐이라고 말이다.

---

13 이탈로 칼비노, 이현경 옮김, 『보이지 않는 도시들』(민음사, 2007), 207~208쪽.

계몽도 세속화도 지나, 공포감도 고통도 그리고 연민도 박탈된 현재에 이르러 이제 어려워진 것은 상실의 상실이다. 재난은 결국 우리가 표현하거나 상상할 수 없는 어떤 것이 존재한다는 사실을 알려 준다. 그리고 재난 서사는 그 표현할 수 없음을 표현함으로써 이 불가해한 시대의 구조를 드러낸다. 지금, 여기에 무엇인가가 일어나고 있다는 자각 끝에 재난 서사의 주체들은 가까스로 서술하고, 선택한다. 존재적 파국과 존재론적 파국을 외면하고 있을 때, 재난 서사를 조형하는 작가들은 서사적 파국으로 그 재난을 마주한다. 마치, 불투명한 미래와 불확실한 세상을 돌파하는 방법은 재난을 "나"의 의지로 환원하는 것, 그러므로 서술을 통해 '과거'로 만드는 법밖에 없다는 듯이, 재난은 그렇게 서사화되고 있다.

지금 여기의 비극, 당신의 고통

김애란, 조해진, 김이설의 장편 소설들

1 미로와 미궁

바빌로니아의 왕은 정교한 미로를 만들어 아랍의 왕을 가두었다. 들어간 사람들은 모두 길을 잃게 되는 지독한 미로였다. 아랍의 왕은 신에게 도움을 청해 가까스로 미로를 빠져나왔다. 아랍의 왕은 자신에게도 멋진 미로가 있다며 바빌로니아의 왕을 초대한다. 아랍의 왕은 바빌로니아의 왕을 낙타에 태워 사흘을 걸렸다. 그리고 바빌로니아의 왕에게 말한다. "오 시간의 왕이시고, 세월의 본질이자 비밀이시여! 바빌로니아에서 당신은 나로 하여금 수많은 계단들과 문들과 벽들로 된 미로 속에서 길을 잃도록 만들었소. 이제 전지전능하신 하느님께서 나로 하여금 당신에게 올라갈 계단들도, 밀칠 문들도, 내달아야 할 하염없는 복도들도, 당신의 앞길을 막을 벽들도 없는 나의 미로를 보여 줄 기회를 부여하였소." 그런 다음 아랍의 왕은 바빌로니아의 왕을 풀어 주었고, 그는 사막 한가운데 남겨졌다. 바빌로니아의 왕은 거기서 굶주림과 갈증으로 죽었다.

보르헤스의 소설 「두 명의 왕과 두 개의 미로」의 줄거리다. 줄거리라고 했지만 짧은 소설 전문이라 봐도 무방할 정도다. 설명이 필요 없이, 아랍의 왕이 데려다 준 사막이라는 미로는 우리의 삶을 의미한다. 이 이야기는 아무리 치밀하게 만든 인공적 미로라 할지라도 신이 부여한 인생이라는 미로보다 더 지독할 수는 없다는 것을 보여 준다. 이러한 논리는 보르헤스의 다른 소설 「두 왕과 미로」에서도 반복된다.

그런데 흥미로운 것 중 하나는 미로가 미로일 수 있는 것은 바로 계단과 문, 벽돌 때문이라는 것이다. 비유적으로 말하자면, 인생은 막힘 때문에 인생이 된다. 만일 삶에 계단이나 문, 벽돌로 상징되는 장애물이 없다면 그 삶이야말로 지옥일 테다. 무간지옥의 중핵은 무간(無間) 그러니까 끝이 없다는 것이다. 끝이 없는 길, 출구가 없는 미로, 죽음이 없는 삶이야말로 지옥이며 도착이고 헤겔식으로 말하자면 혼돈과 정신병이 만연하고 참수된 머리들과 절단된 수족들이 널려 있는 세계의 밤, 아테(Ate)일 테다.

그렇다면 계단이나 문, 벽돌은 누가 만드는 것일까? 아리스토텔레스는 이것을 가리켜 판단 오류라고 명명했다. 비극의 주인공은 어떤 판단을 할 때 저지르는 실수를 통해 삶의 심오한 진리를 관객에게 전달하게 된다. 이 비극적 오류는 어쩌면 사람들이 살아가면서 순간순간 행하게 되는 선택의 다른 이름일지도 모르겠다. 미로를 헤맬 때 갈림길 앞에서 어느 하나를 선택하고 다른 하나는 버리게 된다. 행위는 선택에 따라 이어진다. 과연 이 선택이 최선이었는지는 알 수 없다. 보르헤스의 다른 소설 「끝없이 두 갈래로 갈라지는 길들이 있는 정원」이 보여 주는 상황도 선택의 불가사의에 닿아 있다. 어떤 선택을 하게 될지는 아무도 모른다. "시간은 다만 셀 수 없는 미래들을 향해 영원히 갈라"질 뿐이다. 그래서 그 시간들 중의 하나에서 누군가는 나의 적으로 나타날 수도 있고 나의 친구로 바뀌어 있을 수도 있다. 사후적 관점에서 보자면 선택은 모두 필연이지만 미래를 예측하고자 할 때 선택은 우연에 불과해진다. 그래서 과거는 돌아보면 비극이고 내다보면 희극이 된다.

미로는 우리의 삶이라는 게 탄생이라는 입구, 죽음이라는 출구로 이루어진 직선의 길이라는 점에서 착안된 인공물이다. 어떤 미로든 입구와 출구가 있기 마련이다. (이런 점에서 미로는 미궁과는 비교되는데, 미궁은 입구가 있으나 그 종착점이 중심으로 귀결되는 폐쇄적 구조물다.[1]) 미로는 입구와 출구는 정해졌지만 그것을 빠져나오는 통로가 수많은 가지로 분산되는 인생에 대한 일종의 알레고리적 장치일지도 모르겠다. 보르헤스의 말처럼 "운명은 반복되고, 변형되고, 병립하기도 하면서 계속 확장"(「전체와 무」)될 수도 있다. 마치 미로처럼 말이다.

아랍의 왕이 버려진, 계단도 문도 벽돌도 없는 사막이라는 미로는 그러므로 미로가 아닌 미로이며 선택이 제거된 인생이라고 할 수 있다. 아무것도 선택할 수 없다면 행복과 불행은 쉽게 구분될 수 있을 것 같지만 거기엔 혼란만이 있을 뿐이다. 그런데, 여기에서 우리는 하나의 흥미로운 비유법을 착안해 낼 수 있다. 아랍의 왕이 빠져나올 수 있었던 바빌로니아 왕의 미로는 수많은 장애물로 만들어진 잘 짜인 인공물이었다. 이 인공물 안에서 아랍의 왕은 '신'에게 의존해 결국 출구를 찾아 빠져나올 수 있었다. 반면, 바빌로니아의 왕은 신을 찾지 못하고 다만 '그분'과 함께 있을 뿐이다.

두 왕이 처한 상황은 마치 비극의 주인공과 소설의 주인공처럼 구분된다. 바빌로니아 왕이 만든 정교한 미로는 아리스토텔레스가 말하는 완미한 비극의 플롯과 닮아 있다. 비극이라는 미로 안에는 시작과 중간과 끝이 있고 마침내 스스로를 발견하는 고귀하고 도덕적인 주인공이 있다. '신'을 버리지 않는 한 그는 이 지독한 미로의 출구 앞에 설 수 있다.

반면 바빌로니아의 왕이 서 있는 사막은 루카치가 말했던 총체적 완전성으로서의 신이 사라진 이후 소설의 공간과 닮아 있다. 현대 소설은 아리스토텔레스처럼 엄격한 교사를 두지 않는다. 주인공이 그처럼 도덕성

1   이즈미 마사토, 오근영 옮김, 『우주의 자궁 미궁 이야기』(뿌리와이파리, 2002).

이나 존엄성을 가질 필요도 없다. 처음과 중간, 끝이 완결되어야 하지도 않고 선택과 행위가 분명히 드러날 필요도 없다. 선택과 행위는 필연보다는 우연에 의해 조종된다.

하지만 과연 어떤 주인공이 더 불행할까? 비극을 이론화할 수 있었던 아리스토텔레스와 그의 동료들 그리고 그리스의 시민들과 비극을 살아야만 하는 21세기 현대인들 중에 누가 더 수사적 의미에서 비극적일까? 우리 시대에도 비극은 있을 수 있을까? 아리스토텔레스가 말하는 비극이 그리스 사회에 필연적인 예술의 형태였다면 우리에게 있어서 소설은 어떤 점에서 필연적인 것일까? 아니 우리가 살고 있는 이 세계엔 과연 입구와 출구가 있는 것일까? 그러므로 질문은 과연 비극이란 무엇인가에서부터 다시 시작해야 할 것이다.

2 "나"라고 말할 수 있는 자는 누구인가

비극의 주인공은 '행동'하는 인물이다. 그는 비극에서 자신의 도덕적 목적을 드러내야 하며 이 인물의 행위는 행복과 불행을 결정짓는 것이어야 한다. 비극의 인물들이 하는 행위는 따라서 선하거나 그렇지 않다. 우리 역시 이 주인공들처럼 스스로 선택적 행위를 해서 자신의 인생에 불행이나 행운을 초래한다. 아리스토텔레스가 말하는 고전적인 비극의 세계와 현대 소설의 세계가 구분되는 지점은 모든 행위를 이끌어 내는 최초 동기에 있다고 할 수 있다. 아리스토텔레스의 진지한 드라마, 비극은 최초 동기를 운명이라는 지점에 둔다. 운명은 선택을 통해 더욱 강화된다.

말하자면 오이디푸스는 운명을 피하기 위해 거듭 선택하지만 오히려 선택은 운명과의 조우를 재촉할 뿐이다. 반면, 보바리 부인이 3류 연애 소설을 보는 것은 비운명적 선택이다. 그녀가 3류 연애 소설을 읽고 불륜에 빠지는 것은 운명이 아니라 철저한 선택에 의해서이다. 그녀는 수많은 읽을거리 중 연애 소설을 선택했고 그런 삶을 이상으로 선택했으며 실제로 그런 삶을 살아간다. 그러니까 오이디푸스의 최초 동기가 신탁이었으면 보바리 부인의 최초 동기는 3류 연애 소설이다. 아리스토텔레스가 보바리 부인을 비극의 주인공으로 볼 수 없는 이유이기도 하다.

분명 아리스토텔레스가 말하는 진지한 드라마의 세계와 소설의 공간은 다르다. 하지만 "우리는 무엇이든 생각하고 만들어 낼 수 있는 고귀한 재능을 가지고 있지만 자신의 삶을 여전히 엉망으로 만들기도 한다."라거나 "인간의 불행은 인간의 원초적인 충동 때문이 아니라 잘못된 판단 때문에 일어난다."라는 말은 비극뿐 아니라 우리가 비유적으로 비극적이라 부르는 대개의 소설적 상황과도 통한다.

비극은 사실 그리스 관객들에게 "연민과 공포"를 전달할 수 있다는 점에서 매우 중요했다. 카타르시스라는 용어로 일반화된 이 정서적 배설(emotional purging)에서 연민이나 공포는 엄밀히 조작된 극적 구조 안에서 창출되는 특수한 감정을 일컫는다. 아리스토텔레스의 말에 따르면, 연민과 공포는 우리보다 조금 더 도덕적으로 우월한 인물이 의도가 아닌 판단 오류를 통해 겪게 되는 고통을 시작과 중간 결말을 통해 개연성 있게 드러낼 때 가능한 관객의 반응이다. 그러니까 연민과 공포는 결코 우연히 양산되지 않는다. 이는 연민이나 공포가 단순한 동정이나 슬픔과는 구분된다는 것을 의미한다. 슬픔은 가치를 함축하기 때문이다. 아무 슬픔이나 비극적이라고 부를 수는 없다. 그리고 우리는 바로 그 슬픔, 비극적 연민과 공포를 일으키는 일들을 '사건'이라 부른다.

그렇다면, 우리가 "비극적"이라고 말하는 사건의 핵심은 어떤 슬픔으로 구체화될까? 흥미롭게도 우리가 비극적이라 부르는 사태들은 하나같이 '나는 누구인가'라는 질문으로 수렴된다. 주검이 된 딸, 더 이상 따뜻한 입김을 내뿜지 않는 코딜리어를 품에 안은 리어는 "난 어디 있었지? 여기는 어디고? 대낮이야?"라고 묻는다. 데스데모나의 정절을 의심했던 오셀로 역시 그녀의 죽음을 확인하고 나서야 "오셀로는 어디로 가야지요?"라며 스스로를 3인칭의 고유 명사로 부르며 헤맨다. 이는 오이디푸스가 사건의 진실을 접한 이후 스스로를 부정하며 자신의 눈을 훼손하는 태도와 견줄 만하다.

비극의 주인공들은 분열을 겪고 나서야 그러니까 부정성(否定性)을 정면으로 응시하고 나서야 자신을 목격한다. 이 부정성의 재현으로서 오셀로는 강렬한 질투를 경험하고 리어 왕은 딸을 죽게 하며 오이디푸스는 결국 자신으로 판명될 범인을 찾아 헤매야만 했다. 비극에서 '나는 누구인가'라는 질문은 궁극적으로 자신을 대상화하는 자기 분열의 지점을 보여 준다. 이는 진리란 오류를 통해서만 닿을 수 있다는 명제의 반복으로 들리기도 한다. 잘못된 출발들, 균열을 통해 진리는 그리고 '나'는 객관적으로 재구성될 수 있다. 오이디푸스가 피의 검증을 통해 왕과 남편, 아버지로서의 '나'가 아니라 패륜아, 아들, 오빠와 형으로서의 자신을 발견할 수 있었던 것처럼 말이다. 결국 비극을 통해 그는 진심으로 '나는 누구인가'라고 질문하게 된다.

이는 거꾸로 말해 '나는 누구인가'라는 질문이 도출되는 서사야말로 진정한 비극이라는 것을 의미한다. 비극은 대타자가 보는 '나'와 나 자신이 보는 '나' 사이의 간극을 확인시키며 그것을 스스로 분리할 수 있게끔 만드는 여정이다. 우리가 '비극적'이라 말하는 사건의 핵심 그리고 연민과 공포의 중심에는 회복할 수 없을 만큼 분열된, 이 거리가 있어야만 한다. 오이디푸스에게 운명은 아버지를 죽이고 어머니를 범하는 것이 아니라 지고의 존재였던 스스로를 바닥에서 발견하는 자기모멸의 과정에 함축되어 있다. 이 과정은 스스로 진짜 '자신'을 발견하는 과정과 동일하다.

그의 이름처럼 그는 총명하고 지혜로운 자(oida: 알다)와 다리를 저는 패륜아(oidea: 부풀다)로 분열되어 있다. 하지만 콜로노스의 숲으로 갈 수 있는, 스스로를 나라고 말할 수 있는 오이디푸스는 이 분리를 거쳐야만 발견될 수 있다. 파스칼의 말처럼 결국 "이해할 수 없는 괴물"로서의 인간을 긍정하는 지점에서 '나'는 발견된다.

그러므로, 비극은 이해할 수 없는 괴물로서의 인간, '나'를 발견하는 서사다. 물론 여기에는 비극이라는 용어를 역사적으로만 사용해야 한다는 사실주의자의 반감이 있을 수 있다. 프랑코 모레티와 같은 문학 이론가들은 비극을 역사적 실존의 재현물에 대해서만 사용해야 한다고 말한다. 그는 보수적 이론가들이 비극을 예술의 영역, 인공물의 구조로 한정함으로써 현실 생활의 모든 것을 다 비극적이지 않은 것으로 만든다고 비판한다. 그런데 이러한 논리는 아리스토텔레스의 비극론을 순수하게 인공적인 서사물의 자격 조건으로만 보는 극단적 보수주의와 구별되지 않는다. 비극을 역사적 실존의 재현에만 사용해야 한다는 것은 그것을 완미한 인공물에만 사용해야 한다는 논리와 이상하리만치 닮아 있으니 말이다.

이런 맥락 속에서 보자면 비극은 사회 질서나 법질서의 존재를 위해 인용되는 초월적 거점에 불과해진다. 그렇다면 연민과 공포는 미학적 효용이 아니라 정치적 효용에 가까워진다. 그런데 아리스토텔레스의 시대에 비극이 정치적 도구였다면 이 또한 상상적인 것으로서의 이데올로기의 반영이라고 할 수 있다. 그렇다면 우리 시대에 만약 비극이 있을 수 있다면 그것은 상상적인 것으로서의 이데올로기 그러니까 상징계적 갈등을 통해 제시된 우리 사회의 중핵을 보여 줄 수 있을 것이다. 그러므로, 우리 시대의 비극은 우리가 두려워하는 것을 보여 주고 그를 통해 우리 시대의 독자에게 숨기고 있던 스스로를 발견할 '연민과 공포'를 제공해야만 할 것이다.

이야기의 주인공을 보며 슬픔과 연민을 느끼는지 아니면 결코 나는 그렇지 않아, 라고 외치며 그 인물과의 차별성을 강조하는지에 따라서도 비극의 여부와 가치는 달라질 수 있다. 만일, 우리가 보게 될 이야기가 진정 우리 시대의 비극이라면 아마도 오이디푸스처럼 결코 저것은 내가 아니야, 라고 우선 거부하게 되지 않을까? 그 모습이 지금의 "우리", 현대 사회에서의 개인의 모습 그 중핵을 건드려 실재계를 흘려 버렸다면 말이다. 결국 현대 소설에 있어서의 비극이란 우리 시대의 문제를 가장 그럴듯하게 드러내면서도, 스스로 '자신'임을 수긍하고 싶지 않은, 언캐니(uncanny)하고 불편한 인물들의 선택과 행동일 것이다. 그들이야말로 바로 이 시대를 누설하는, 비극적 인물이다.

동정과 연민, 슬픔과 공포, 이 수많은 유사 감정을 거쳐 부정성을 통해 우리는 비극적 주인공을 발견하게 될 것이다. 비극이 이데올로기일 수도 있고, 비극이 이데올로기를 드러낼 수도 있다. 그래서 지금 우리는 김애란과 조해진 그리고 김이설의 소설을 읽는다. 이는 그들이 부정성의 대상으로 설정하고, 그것을 경유해 발견해 내는 '나'가 누구인가라는 질문이기도 하다.

3   문제는 바로 최초 동기다
— 죽음이라는 원초적 파토스: 김애란, 『두근두근 내 인생』(창비, 2011)

우리는 비극의 주인공들처럼 어떤 선택적 행위를 한다. 이를 아리스토텔레스는 최초 동기(first cause)라 불렀으며 최초 동기는 서사 안에서 촉발 사건(inciting incident)으로 구실한다. 김애란의 『두근두근 내 인생』은 조로증에 걸린 열일곱 살 소년의 이야기다. 소년은 이제 겨우 열일곱 살이지만 죽을 만큼 늙어 버렸다. 비유가 아니라 축자적 의미 그대로 죽을 만큼 말이다. 여기엔 한 가지 아이러니가 있는데, 그의 부모님들이 그를 열일곱 살에 낳았다는 사실이다. 열일곱에 낳은 아이가 열일곱이 되어 죽는다.

김애란의 『두근두근 내 인생』의 최초 동기는 선택이라기보다는 운명이라고 부르는 게 옳다. 오이디푸스에게 아버지를 죽이고 어머니와 동침하리라, 라는 신탁이 비극적 드라마를 촉발하는 첫 총성이었다면 "아름"의 최초 동기는 바로 태어남이다. 아름에게는 태어난 것 자체가 비극적 행위가 된다. 최초 동기는 행동의 두 번째 동기를 불러온다. 오이디푸스는 신탁을 받았기 때문에 자신을 키워 준 부모를 버리고 길을 떠난다. 이게 두 번째 동기이고, 이 동기 때문에 그는 길에서 만난 낯선 남자, 아버지를 죽이게 된다.

　　『두근두근 내 인생』에서의 최초 동기가 탄생이라면 두 번째 동기는 늙는다는 것, 게다가 빨리 늙는다는 것이다. 그런데 생각해 보면 모든 사람은 늙는다. 문제는 아름이 너무 빨리 늙는다는 것이다. 너무 빨리 늙는 것의 문제는 늙는다는 것이 죽음의 증상이라는 점과 연관된다. 그러므로 이 비극의 해결은 병의 완치이거나 죽음, 둘 중 하나다. 그런데 엄밀히 말해 조로증은 질병이 아니라 죽음의 가속도를 높이는 증상이라고 할 수 있다. 모든 태어남의 해결이 죽음이라면 조로증은 조금 일찍 죽는다는 것을 제외하고는 크게 다를 바 없다. 쉽게 말해 조로는 불치병이며 불치병은 인간적 선택의 영역이 아니라 신의 선택 영역이다. 그러므로 이 드라마는 죽음으로 해결될 수밖에 없다. 아리스토텔레스의 말처럼 처음이 있고 그 다음이 있고 그 어떤 다른 뒤도 없는 결말이 있으려면 탄생이 시작이니 마지막은 죽음이 되어야만 한다.

　　『두근두근 내 인생』은 슬프다. 슬픔의 핵심에는 모든 인간이 다 태어나고 죽는다는 사실이 놓여 있다. 『두근두근 내 인생』이 전달하는 파토스(고통, pathos)의 핵심은 늙음이라는 경험적 동일성에서 비롯된다. 말하자면 우리 시대의 모든 사람들은 '늙음'이라는 병을 앓고 있다. 일종의 알레고리로 읽어 보자면 김애란에게 이 시대는 무책임하게 청년을 낳았으나 최선을 다해 길렀고 그런 이유로 결국 너무 빨리 늙어 버릴 수밖에 없는 청년으로 요약된다. 이렇게 볼 때 조로증은 이 시대에 대한 일종의 상징이며 상징계적 이데올로기의 요체로 볼 수 있다. 제 나이에 맞게 철없이 나이 들고 그러다 늙어 죽는 것이 바로『두근두근 내 인생』이 말하는 상상계적 결합의 순간이며 이에 반해 소설 속 상징계는 조로와 불일치, 아이러니로 가득 차 있다. 그러니까, 너무 일찍 늙어 버린 세상이 바로 김애란이 보는 우리 사회이며 이 사회가 파토스로 구현될 수밖에 없는 비극의 대상인 이유가 된다.

그런데 중요한 것은 태어나는 순간 죽음을 고지받은 주인공 아름의 태도다. 아름은 세상을 미워하거나 거부하거나 파괴하고 싶어 하는 것이 아니라 이 자체를 선택 불가능한 운명으로 받아들인다. 가령 다음과 같은 문장들은 김애란의 온기를 잘 보여 준다.

'쿵 짝짝…… 쿵 짝짝…… 쿵쿵 짝…… 쿵 짝……'

쿵은 어머니 것, 짝은 내 것이었다. 쿵은 센소리 짝은 여린 소리였다. 나는 긴 탯줄에 매달려 그 소리에 집중했다. 어머니의 심장은 오동통한 달처럼 내 머리 위에 떠, 나무가 초록을 퍼트리듯 방울방울 사방에 비트를 퍼뜨렸다. 그것은 정보량의 최소 기본 단위를 말하는 비트(bit)이기도 하고, 가수들이 음악을 만들 때 쓰는 비트(beat)이기도 했다. 이 비트(bit)와 저 비트(beat)는 몸 곳곳에 중요한 메시지를 보내며 삐라처럼 흩날렸다. 듣다 보니 뭔가 '되고 싶어지는' 게 누가 들어도 참으로 선동적이라 하지 않을 수 없는 리듬이었다. (32쪽)

태어나자마자 죽음을 기다려야 하는 아름은 그가 한때 머물렀던 엄마의 배, 자궁을 둥근 우주로 제시하고 그곳에서의 총체성을 낭만적으로 회고한다. 어머니의 배는 "아득한 친구"로 환유되어 모든 인간이 삶이라는 미로에 들어서는 순간 잃어야만 하는 유토피아적 세계를 환기시킨다. 이러한 유토피아론은 아무리 지독한 삶을 살고 있는 사람일지라도 (죽음을 목전에 둔 사람보다 더 지독한 고통을 겪는 삶이 있을까?) 누구나 엄마의 배에서 태어났기 때문에, 한 번쯤 행복했던 순간이 있었다는 행복한 기억을 선동한다. 말하자면 지금 현재 아무리 비극적인 삶을 살고 있는 사람이라도, 여자의 몸에서 태어난 이상 그에게는 가장 행복했던 한때가 있는 셈이 된다.

아름의 탄생과 생애만큼이나 소중하고 비중 있게 다뤄지는 아름 부모의 만남과 연애담은 선동의 구체성을 재현해 준다. 아름은 자신에게 남아 있는 생애의 시간이 얼마 되지 않음을 알고 탄생 이전의 시간, 부모의 시간을 빌려 평균적 생애의 시간을 상상적으로 복구한다. 운명이라는 신과 불치병이라는 장애가 아름에게서 시간을 빼앗아 가 버렸지만 아름은 부모의 시간을 통해 유비적 삶을 체험한다.

고전적 비극의 주인공에게 있어 부모의 시간에 접근하는 것은 우리 자신의 정체성의 금지된 원천에 지나치게 접근하는 것과도 같다. 오이디푸스와 그 어머니의 근친상간은 그런 점에서 과잉의 근접성에 대한 메타포라 할 수 있다. 부모와 관계하는 것은 결국 우리의 원천에 과도하게 가까워지는 것이다. 그런데 김애란은 이 과도한 근접성을 새로운 가족 로망스의 화해로 변주한다. 기억으로 추론 불가능한 과거의 영역을 상상력으로 재구하고 그것에 근접함으로써 부모라는 타자는 친밀성의 기초로서 자리 잡는다.

현대의 소설이 타자성을 친밀성의 기초로 내세우기 위해 그토록 많은 부모들과 절연했던 것과 정반대로 김애란은 친밀성을 통해 부모와 나 사이에 놓인 절대적 타자성을 회복하고자 한다. 차이가 동일성으로 변하는 지점에서 김애란의 마법은 시작된다. 그렇게 보자면, 태어나는 것 자체가 비극이라는 것은 곧 부모와 나의 심장 박동이 하나의 리듬에서 둘로 분리되는 것의 변주로 보인다. 동일성이 차이로 변하는 순간 우리는 그동안 이 지점에서 주체를 발견해 왔지만 김애란은 홀로 남겨진 고독하고, 고통스러운 개인을 발견한다. 아무래도 김애란에게는 남겨진 차별적 타자의 공간보다는 비분리적 동일성의 공간, 더블이었던 상상계적 환상이 유토피아인 듯싶다.

그러므로, 태어나는 것 자체가 비극의 최초 동기인 이 세계에서 삶은 고통의 연쇄일 수밖에 없다. 김애란은 분열 이전, 더블이었던 시절의 상상계를 회복의 지점으로 두고 있다. 김애란이 아름의 입을 빌려 호소하는 고통이 육체적 고통의 독자성으로 구체화되는 연유도 이 때문이다. 아름은 "아플 땐 그냥 철저하게 혼자라는 기분이 들어요."라고 말한다. 육체적 고통은 언어로 일반화할 수 없는 개별성의 영역에 속해 있다. 엄마와 아이는 한 몸이었지만 분리되는 순간 각각 신체에서 일어나는 고통은 상상과 유추의 영역으로 넘어간다. 내 몸의 고통을 거쳐(via) 네 몸의 고통을 환유적으로 연상할 수밖에 없다. 배탈이나 목감기 같은 흔한 질병에 대한 유추야 어렵지 않지만 '조로'나 급성간경변과 같은 특수한 질병에 대한 유추는 쉽지 않다. 상상은 경험을 토대로 이루어진 침소봉대 작용이기 때문이다. 하물며, 죽음은 어떨까? 죽음은 결코 일반화되거나 공유될 수 없는 개별성의 영역이다.

중요한 것은 김애란이 공유될 수 없는 고통과 죽음 앞에 놓인 인간이야말로 인간의 삶을 삶으로 만드는 일종의 장애, 미로를 미로로 만드는 가로막힌 벽으로 보고 있다는 것이다. 가령, 아름을 통해 인용하는 소설 『파이 이야기』의 호랑이 에피소드도 그렇다. 망망대해를 표류하던 소년은 같은 배에 타게 된 호랑이 때문에 극심한 두려움에 떤다. 하지만 호랑이가 죽고 나자 소년은 밑도 끝도 없는 심연의 공포와 마주하고 만다. 호랑이는 소년 파이가 망망대해에 떠서 언제 어떻게 죽을지도 모르는 극한 상황에 처해 있음을 잊게 해 주는, 눈앞의 작은 장애물이었다. 아름의 말처럼 "너무너무 외로울 때, 이 세상이 무섭고 막막한 태평양처럼 느껴질 때"엔 오히려 자신의 눈앞에서 날카로운 송곳니를 빛내는 호랑이가 필요하다. 고통은 미로에 놓인 계단이나 벽과 같은 셈이다.

이것이 바로 김애란이 말하는 소설의 존재 이유다. 누구와도 공유할 수 없는 외롭고 고독한 고통의 순간을 달랠 수 있는 인공의 고통, 아리스토텔레스가 극장에 올렸던 그 비극과 같은 연민과 공포 말이다. 아리스토텔레스가 주인공에 대한 연민과 공포를 극장에 두고 삶으로 돌아가라고 권유했다면 김애란은 외로움과 고독, 고통을 소설 안에 두고 나가라고 권한다.

일찍이 세상을 떠날 수밖에 없는 순결한 17세 소년의 고백을 거치며 독자들은 연민과 공포, 슬픔을 느낀다. 그는 아무것도 선택한 것이 없다. 그래서 순결하다. 하지만 그의 고통, 죽음이라는 고통은 우리에게도 예정되어 있는 미래의 고통이다. 그래서 그것은 우리의 것이기도 하다. 김애란의 소설 속에서 과거에 잃어버린 유토피아로서의 엄마의 자궁을 확인하고 언젠가 만나게 될 미래의 장소를 발견한다. 삶과 죽음으로 이루어진, 직선의 미로 앞에 선 인간이라면 무릇 누구라도 그러하듯이 말이다

김애란의 비극적 상상력은 삶을 일종의 미로로 바라보는 완고한 인생론과도 닮아 있다. 태어나고 죽는 고통은 역사적 사건이라기보다 존재론적 상황이며 서서히 진행되는 연대기적 시간의 문제에 속한다. 비극적이기는 하지만 비극적 사실주의로서의 우리 시대의 비극으로 보기엔 너무도 '슬픈' 이유이기도 하다.

태어나자마자 죽음을 생각하는 이 상황은 일상적 현실이라기보다는 매우 인공적인 플롯의 공간이라고 할 수 있다. 우리는 김애란의 소설 속에서 무결한 인간 오이디푸스가 비정한 운명 앞에서 겪었던 고통을 아름이라는 인물을 거쳐 만나게 된다. 그리고 아름이라는 순결한 희생양을 통해 우리는 부모 세대와 화해하고 새롭게 태어날 배 속의 태아에게 조금

더 나은 시간을 약속하게 된다.

하지만 이 화해는 슬프고 다정하지만, 지금 여기의 물적 토대를 상상계적 환상으로 봉합하고 있음을 부인하기 어렵다. 그러므로 아름의 죽음은 눈물 나도록 슬프지만 지금 여기의 비극은 아니다. 김애란은 상징계적 질서에서 일어날 수 있는 모든 선택의 가능성을 죽음이라는 절대적 전제로 봉인한 채, 차별이나 계급, 불평등 같은 용어들을 괄호에 넣어 버린다. 아름의 질병은 따라서 전혀 사회적 은유가 될 수 없으며, 오이디푸스의 운명처럼 선천적 장애물로 작용한다. 아름은 '죽음'이라는 질병을 앓는다. 문제는, 인간이라면 누구나 다 죽음을 질병처럼 앓는다는 것이다. 아름의 조로는 훌륭한 알레고리일 가능성이 있지만 김애란은 이 가능성을 존재의 한계로 일반화한다. 프랑코 모레티가 우려했던 보수적 비극이 여기에서 발견되는 것이다. 김애란은 모든 불편한 사태들을 죽음이라는 평등으로 무화시킨다. 그러므로 아름의 죽음으로 인해 흘리는 눈물은 언젠가 닥쳐올 죽음을 기다릴 수밖에 없는, 나, 독자 자신을 위한 자기 연민의 눈물이라고 할 수 있다. 여기엔, 공포가 없다. 그러므로 아름의 죽음은 너무나 슬프지만『두근두근 내 인생』은 지금, 여기의 비극이 될 수는 없다.

4 선택은 행위의 도덕성을 결정한다
─ 너라는 고통: 조해진,『로기완을 만나다』(창비, 2011)

조해진의 소설『로기완을 만나다』는 한 방송 작가가 탈북자 "로기완"이라는 인물의 여정을 추적하는 과정을 그리고 있다. 그렇다면 그는 왜 "로기완"을 찾아가는 것일까? "나"는 윤주라는 인물과의 일 때문에 직장을 버리고 자신이 좋아했던 남자의 청혼을 거절하고 여행을 떠나온다. 말하자면 이 소설의 최초 동기는 "윤주"라는 아이의 수술 실패다. 주인공은 이 실패 때문에 자신의 삶의 변화를 추구하고 두 번째 동기로서 소설을 쓰고자 하며 소설을 쓰기 위해 로기완이라는 인물을 찾는다. 이 모든 일련의 행위들은 선택이라기보다 우연처럼 그려진다.

> 이방인이 되어서 이방인일 수밖에 없었던 사람에 대해 글을 써 보면 어떨까 싶어서요. 방송용 대본이 아니라 이를테면, 소설 같은 거, 그가 묻지 않았으므로 사직을 결정한 날부터 마음속으로 준비해 온 이 대답을 사용할 기회는 오지 않았다. (13쪽)

'나'는 방송용 대본을 쓰던 작가였다. 방송용 대본이란 상황의 극적 구성을 필연적으로 요구하는 글이다. 있는 상황을 훨씬 더 극적으로 만들기 위해 마디 없는 일상에 시작과 중간, 끝을 이끌어 내 그것에 틀을 부여하는 게 바로 방송 작가의 직업이다. 하지만 보르헤스의 말처럼 일생은 미로이긴 하지만 짧은 하루 이틀이나 몇 년의 삶을 살펴본다 해도 장애물이나 극적 구조는 드러나지 않는다. 오히려 삶의 진상은 극적인 장면이 아니라 삽화적으로 연결된 소설의 세계에서 더 잘 드러날 것이다. 그런 점에서 방송용 대본은 세속화된 비극의 양식인 멜로드라마의 형태로 구체화되곤 한다. 멜로드라마에서는 모든 것이 지나치게 과장되어 있으니 말이다. 그렇다면 『로기완을 만났다』는 억지 플롯으로 채워진 방송용 대본이라는 가식의 세계에서 이니셜로 상징되는 여백을 향해 가는 여정이라고 할 수 있다.

중요한 것은 무엇이 "나"를 떠나게 했는가, 떠남의 최초 동기다. 그녀가 서울이라는 현재적 삶의 공간을 떠나게 된 것은 바로 "윤주" 때문이다. 신경섬유종을 앓고 있던 윤주는 수술 이후 경과가 좋아질 수 있으리라는 진단을 받는다. "나"는 좀 더 극적인 상황을 방송에 내보내기 위해 수술을 미루고 모금 기간을 연장하기로 한다. 그런데 이 선택은 예정된 결말이 아닌 다른 결말에 종착하고 만다. "석 달 만에 신경섬유종이 악성"으로 바뀌어, 수술 자체가 무의미해진 것이다.

그녀는 자신에게 질문한다. 과연 나는 왜 수술을 미뤘을까? 윤주에게 돌아갈 이익 때문이었을까, 극적인 방송, 그 인공적 성취를 위해서였을까? 거부할 수 없는 것은 윤주라는 타자의 고통이 바로 "나"의 선택 때문에 비롯되었다는 것이다. "나"는 윤주를 나의 일부로서 연민한 것이 아니라 나와 분리된 타자로서 동정해 왔음을 발견한다. 결국, 나는 윤주를 이용했던 셈이다. "나"의 말처럼, "가장 아픈 진실은 그 모든 것이 다만 우리의 선택이었다는 것. 그것이다."

그녀는 "서울 마포에 있는 내 원룸의 싱글 침대로 이어지는 출구"로 빠져나가기 위해 멀고먼 여정을 떠나 로기완이라는 인물, "L"이라는 이니셜로 다가온 한 남자의 생애를 추적한다. 이는 "타인을 관조하는 차원에서 아파하는 차원으로, 아파하는 차원에서 공감하는 차원으로 넘어"가는 여정과 겹친다. 결국 그녀가 이 여정을 통해 알게 되는 것은 "타인의 고통이란 실체를 모르기에 짐작만 할 수 있는, 늘 결핍된 대상"이라는 것이다. 그러므로 타인의 삶에 함부로 플롯을 제공하거나 극적인 변화를 주기 원하면 안 된다. 그것은 인공물의 형태로 보았을 땐 납득 가능하지만 애초부터 인간적 선택의 영역이 아니기 때문이다. 타인의 고통에 대해 함부로 연민하거나 동정하지 않고 공포를 느끼지도 않는 것, 그것이 바로 이 여정 후 만나게 되는 깨달음이다.

우리는 그녀의 선택과 실수를 통해 결국 우리 역시도 특별한 악의를 갖지 않아도, 타인에 대한 관심을 가장했기에 더 폭력적인 주체가 될 수 있음을 목격하게 된다. 그녀의 의도는 선했고 도덕적이었지만 결과는 도덕성을 판단할 가치 너머에 존재한다. 조해진은 부재하는 진실이 정답으로 행세하는 현실을 부정성의 대상으로 두고 '나'라는 인물을 통해 그 부정성을 정면으로 응시한다. 조해진이 찾아가는 "L"이라는 이니셜의 가치는 그녀가 막다른 골목에서 잘못된 출발을 했다는 것 자체에서 비롯된다.

결국 인간은 자신의 비루함을 최대한 확장해 자의식으로 키워 넘음으로써 비참함에서 벗어날 수 있다. 잘못된 판단, 오류와 비참함을 통해서야 인간은 발견된다. 파스칼의 말처럼 자신이 더 위대한 일을 할 수 있음을 선험적으로 이해하는 존재만이 자신이 철저하게 비참하다는 것을 발견할 수 있다.

동정의 진정한 가치는 고통 받는 자를 가엾게 여기는 것이 아니라 스스로를 그 고통 속에 밀어 넣는 것에 있다. '나'는 고통 받는 윤주를 진정으로 동정하기 위해 자기 비하적 여정을 떠난다. 우리 이웃의 아픔에 대해 조해진의 소설 속 주인공은 그것을 나의 아픔처럼 받아들이기 위해 애쓴다. 어떤 고통이라 해도 같은 크기는 없고 똑같이 느낄 수는 없기에 그는 이 아픔을 자신의 것으로 유사 번역해 낸다.

사랑하는 남자의 청혼을 거부하고 떠나는 것으로 이 아픔의 대리 행위는 실현된다. 이는 도스토옙스키의 동정론과는 정반대의 지점에 놓여 있다. 그는 남의 아픔을 나의 것처럼 느끼기 위해 애쓰고, 이 인물이 가지는 여정의 윤리는 바로 이 "유사성에 대한 상상력"에서 비롯된다. 이는 한편 조해진이 소설이라는 구조를 통해 세상을 연민하려는 의지를 반영한다. 조해진은 자신이 직접 당한 그 고통이 아니라 나눌 수 없는 고통의 대상들과 연루되고 싶어 한다. 고통을 함께 느끼는 것, 그것이 곧 소설이라는 적극적 의미가『로기완을 만났다』에 담겨 있다.

5 　비극은 가족 사이에서 발생한다
　　─ 신자유주의 경제 체제라는 고통: 김이설,『환영』(자음과 모음, 2011)

그리스 비극의 연민과 공포는 미궁의 구조를 갖고 있다. 오이디푸스가 운명에 등 떠밀려 마침내 신탁의 수행이라는 동심원에 가닿았을 때 관객들은 이런 질문을 하게 된다. 지혜롭고 총명한 오이디푸스조차 운명을 거스를 수 없었다면, 그렇다면 우리와 같은 비범하지도 뛰어나지도 않은 인간들은 어떤 선택을 하게 될까? 질문은 곧 도덕적으로 우리보다 우위에 있던 오이디푸스에 대한 외경 어린 연민과 '그렇다면 나는'이라는 공포로 확장된다. 오이디푸스의 징벌은 그럴 만하지 않은 사람이 지독한 죗값을 치르는 상황에 대한 공포와 연결된다.

반면 소설에서 일어나는 비극적 사건은 우리와 같은 평범한 사람들이 선택하는 행위와 판단들로 이루어진다. 가령, 지독한 가난에 시달리는 한 집안이 있다고 해 보자. 그녀 집안의 유일한 희망은 어린 시절부터 수재로 이름을 날린 대학생, 여동생이다. 그런데 여동생은 대학에 가는 순간부터 학비에 시달리고 한 푼, 두 푼 집안의 숨은 돈들마저 빼내 간다. 여동생 때문에 살던 집을 잃고, 가족은 뿔뿔이 흩어져 지내게 된다. 그런데 그 여동생이 전화를 걸어 어렵게 모은 목돈을 빌려 달라고 할 때 그때 당신이라면 어떤 선택을 할 것인가? 젖먹이 아이를 떼어 놓고 나와 하루 종일 종종걸음 치며 반찬 그릇을 옮겨 하루 4만 원을 벌던 여자가 눈 한번 질끈 감으면 10만 원을 벌 수 있다면, 그럴 때 당신은 어떤 선택과 판단을 할 것인가?

오이디푸스의 불행에 동일시의 욕망이 작용한다면 그녀의 선택에 대해서는 타자를 보는 거리가 작동한다. 오이디푸스의 여정을 볼 때 우리는 먼저 도저히 빠져나갈 수 없는 미궁의 지독함을 목격하게 된다. 그러니까 오이디푸스의 선택은 의지적인 것이 아니라 필연적인 것이다. 하지만 왠지 이 여자의 인생행로는 우리와 다른 삶의 경로 그러니까 다른 출구가 있는 미로처럼 보인다. 간단히 말해 오이디푸스의 선택은 무심결에 나도 저지를 수 있을 과오이지만 그녀의 삶 자체가 나의 것과는 다르다. 아예, 무대가 다른 셈이다. 이때 우리는 그녀의 상황과 환경, 선택에 대해 연민이 아닌 동정을 느끼게 된다.

이 동정은 말하자면 매우 이기적인 안정감이라고 할 수 있다. "남의 불행을 고소해하는 마음(Schadenfreude)"은 도덕적 타락과 더불어 예정된 추락을 '남의 것'으로 미뤄 버림으로써 우리의 삶을 좀 더 높은 곳에 위치시키는 역할을 한다. 말하자면, "그"의 인생에서 이 선택은 개연적인 것이 아니라 필연적이다. 그리고 불가피한 선택이 필연적일 수밖에 없는 까닭은 그가 처한 미로가 불행히도 후기 자본주의 신자유주의 경제라는 이름의 자유로운 선택의 미로이기 때문이다. 우리들 역시 그녀와 같은 상황에 놓인다면 상황의 질식할 듯한 인과 관계 속에서 선택을 할 수밖에 없을 것이다.

아이를 갓 낳아 젖도 마르지 않은 여자가, 백숙집의 별채에서 몸을 파는 일은 실제라고 믿기 어려운 데가 있다. 말하자면 이런 선택은 거의 누구도 하지 않을 것 같다. 아리스토텔레스의 말처럼 가능한 것만이 우리의 마음을 움직인다면, 어쩌면 이 상황들은 애초에 불가능해 보이는 일일지도 모른다. 하지만 우리는 일어나지 않은 것의 가능성을 믿지 않는 만큼 일어난 일은 분명히 가능하다고 확신한다. 김이설의 소설의 상황도 그렇다. 김이설의 소설 『환영』에서 여자는 아이를 낳은 지 2주도 되지 않아 통통 분 젖을 동여매고 몸을 판다. 압축하자면, 김이설의 소설 『환영』은 신자유주의 경제 체제 시대를 살아가는 한 여성의 필연적 선택에 관한 소설이라고 할 수 있다.

소설 『환영』의 최초 동기는 불행히도, 가족이다. 아리스토텔레스는 비극적 행위는 가족 사이 혹은 유사 가족 사이에서 일어나야 한다고 말했다. 가족이 비극인 까닭은 가족은 "나"이면서도 "나"가 아니기 때문이다.

남편의 얼굴은 부옇게 살이 올라 있었다. 아이는 자고 있다. 책상 위는 아침과 그대로였다. 무슨 수를 써야 한다면 그게 오늘이어야 했다. 나는 냅다 밥상을 뒤집었다.

참을 만큼 참고도 더 참아야 하는 건 가족이었다. 남은 반찬만 갖다 버릴 것이 아니라, 필요 없는 식구도 갖다 버렸으면 싶었다. 앓아누웠던 아버지가 죽기까지 그 생각을 버린 적이 없었다. 걸핏하면 용돈 좀 보내 달라는 준영이나 빚 독촉 전화를 대신 받게 하는 민영도 마찬가지였다. 밥만 축내면서 밤이면 취하다시피 잠든 마누라 배 위에 올라타 남자 행세 하려는 남편도 꼴 보기 싫었다. 가족이어서 더 그랬다. (46쪽)

여동생과 아픈 아버지 때문에 생긴 빚을 갚기 위해 소설의 주인공, 그녀는 "SMT" 라인에서 눈알이 빠지도록 불량 선별을 하고, 퇴근 후에는 호객 아르바이트를 하면서 버텼다. 고시원으로 찜질방으로 뿔뿔이 흩어져 지내야 했던 그녀의 생활은 "행복했었다"라는 과거형으로 단정 짓기 어려운 데가 있다. 그녀의 말처럼 그녀는 과거에도 행복하지는 않았다. 그리고 부유하지도 않았다. 하지만 적어도 그때 그녀에겐 "희망"이라는 게 남아 있었다. "내 집이면 더할 나위 없겠지만 지금으로선 월세를 벗어나는 것이 최우선"이고 "아끼고 아껴 목돈을 마련"하고자 하는 희망이 남아 있었던 것이다. 이 가냘픈 희망에 의지해 그녀는 고시원에서 남자를 만났고 "냄비 속에 두 개의 숟가락이 들락거리는 것이 아무렇지도 않게 되었을 때" 방을 합치게 되었다. 배가 불룩한 채로 말이다.

이제 낯선 남자와 그녀, 아이는 새로운 가족이 된다. 그런데 가족은 희망을 늘리는 게 아니라 욕망을 부풀리기만 한다. "그렇게 커 보이던 옥탑방은 그저 좁은 방이 돼 버"리고 우리만 써서 좋았던 화장실은 "아이 하나 씻기지도 못하는 좁은 화장실"로 재규정된다. 무엇보다 "상 앞에 앉아 책을 펼쳐 드는 사람이어서 좋았"던 남편, 그 남편이 공무원이 되리라는 "희망"은 그녀가 돈을 벌어야 한다는 현실로 되돌아온다. 하지만 남편은 봄에 있던 시험에서 떨어지고 여름에는 낙방을 한다. 그녀가 바라는 것은

"신분 상승이 아니라 꼬박꼬박 받아오는 월급, 생활비를 주는 남편"이었지만 현실은 이 평범한 희망을 꺾어 놓는다. 그녀는 태어날 때부터 갖고 있던 가족 때문에 신용불량자가 되고 그녀가 선택한 남편 때문에 매춘부가 된다.

문제는 "그래도 옥탑방에 살고, 통장의 잔액은 늘지 않"는다는 사실이다. 키르케고르는 『죽음에 이르는 병』에서 기독교는 죄를 제거할 수 없을 정도로 강하게 만들어 그것을 제거하려 한다고 말한다. 비유적으로 말하자면 신자유주의 경제 체제는 빈부 격차라는 개념을 제거할 수 없을 정도로 강하게 만듦으로써 그 실체를 제거하려 한다. 『환영』의 주인공인 그녀는 그런 점에서 신자유주의 경제 체제를 살아가는 현대적 비극의 인물이라고 할 수 있다. 그녀는 돈이 지배하는 현실을 부정성을 대상으로 설정하고 있다.

지극히 평범하게 보이는, 동네에서 흔히 마주칠 것 같은 얼굴을 하고, "먹는 음식에, 몇 시간 뒹굴기 위해 거침없이 돈을" 쓰는 세상, 그게 바로 그녀를 경유해 김이설이 바라본 세상이다. 아무리 아등바등 벌고 일해도 버는 대로 꼬박꼬박 월세로 써야만 하는 하층 계급, 하지만 사회는 이 모든 것들이 다 개인의 선택에 따른 비극이라고 말한다. 체제와 시스템의 문제는 개인의 선택으로 되돌려진다. 하지만 사실 그녀가 겪는 비극은 개인적 선택의 판단 오류가 가져온 결과가 아니라 우리 시대의 비극이다. 그녀는 고유 명사를 지닌 인물이기도 하지만 일반적 보통 명사로서의 사회 하층의 그녀이기도 하다.

더 나은 미래를 위해 빚을 지고, 빚을 갚기 위해 일을 하고, 돈을 벌기 위해 몸까지 팔지만 더 나은 화장실이 주는 만족감은 1년도 채우지 못하고 갓 태어난 아이의 미소가 열흘도 안 돼 피곤으로 되돌아오는 순간, 그녀는 '나'이면서 내가 아니다. 우리는 그녀를 보며 "내가 저렇게 될 리는 없어."라고 고개를 흔들지만 그것은 부정을 통해 인정하는 행위에 더 가깝다. 우리는 더 나은 화장실 대신 더 좋은 차, 더 좋은 동네의 아파트, 더 많은 월급, 더 비싼 옷을 위해 빚을 지고, 일을 하면서 '우리'를 팔고 있지 않은가? 그렇기 때문에 그녀는 우리가 아니지만 우리이기도 하다. 안타깝지만, 그녀가 헤매고 있는 신자유주의 경제 체제 속 삶이라는 미로는 우리에게 주어진 미로와 똑같다.

다시 아리스토텔레스의 말을 인용하자면 비극의 주인공은 행복의 상태에서 불행의 상태로 급전을 겪어야만 한다. 그렇게 보자면 김이설의 『환영』속 그녀는 아무런 급전도 변화도 겪지 않으니 비극적 인물이라고 할 수 없다. 하지만 그녀의 다짐을 보자면 어쩌면 이 '견딤'이야말로 더욱 지독한 추락이 아닐까? 소설의 마지막은 "나는 누구보다 참는 건 잘했다. 누구보다도 질길 수 있었다. 다시 시작이었다."로 마무리된다. 그녀는 나아지려 할수록 점점 더 나빠진다. 아니 더 나빠질 데 없는 상황으로까지 추락해 버렸다. 그런데도 그녀는 아직도 참는다. 심지어 다시 시작이라고까지 말한다. 그녀야말로 지금 여기의 비극, 당신의 고통이라고 말할 수밖에 없는 문장이다.

6 지금 여기의 비극

우리는 우리가 아니라고 부정하는 것을 연민하고, 끔찍하고 지긋지긋한 것들 속에서 우리 자신을 발견해야 할 것이다. 우리가 가장 나 자신이라고 인정하고 싶지 않은 그것 안에 괴물로서의 내가 있다. 어떻게 보자면 진정한 괴물은 우리 자신일지도 모른다. 결국 내가 아닌 것에서 부정하는 그 지점에서 나를 발견할 때 우리는 정체성을 깨트림으로써 타자로서의 인간을 지속적으로 만날 수 있게 될 것이다. 우리는 우리 자신을 잊는 것이 불가능한 세상에 살아야만 한다. 그게 바로 진정한 비극적 희망의 세계이다.

결국 비극은 부정성의 구조 위에 존재하는 인물의 여정이다. 조해진과 김애란, 김이설의 소설 속에서 우리는 지금 여기의 비극을 발견하게 된다. 자유로운 선택이 주어졌다고 하지만 자유는 상징계적으로 구조화되어 있기 일쑤이고 때로는 욕망이나 "나"라는 주체 자체도 이미 구조화되어 있기도 하다.

발터 벤야민이 『독일 비애극의 원천』에서 밝힌 바 있듯이 현대 사회의 비극은 신의 분노를 가라앉히는 속죄나 보상이 아니라 민중적 삶의 새로운 내용을 스스로 드러내는 상징적 행위여야 할 것이다. 비극의 주인공들의 선택과 행위는 우리가 살아가고 있는 이 세계가 알튀세르의 말에 따르자면 이데올로기적 구성물 위에서 조형된다. 이는 프로이트식으로 말해 상처에서 비롯된 반복 강박이며 지젝에 따르자면 실재계의 원초적 토대를 드러내는 일종의 왜상(歪像)이다. 이 인물을 통해 현실과 나 사이에 놓인 간극과 틈은 폭력적 사건으로 구체화된다.

비극적 인물은 우리가 살아가고 있는 현재, 후기 자본주의 사회 혹은 신자유주의 경제 체제의 사회성을 구조화해서 보여 주는 실체다. 그러므로 우리는 지금 여기의 소설에서 지금 이곳의 비극을 읽어 낸다. 아니 소설은 지금 여기를 살아가는 사람들이 내 것이 아닌 것처럼 속이고 있는 그 고통의 실체를 꺼내 이것이야말로 바로 "당신"이라고 아프게 말할 수 있어야 한다. 그리하여 그 어느 시인이 세상을 떠날 때 "마침내 자신이 누구이자 무엇인지 깨닫게 되고 자신의 삶에서 겪었던 고통에 위안을 느끼(보르헤스, 「지옥」)"듯이 우리는 이 세 작가가 조형한 고통 속에서 위안을 얻게 될 것이다. 가장 부정하고 싶은 자아와의 만남을 주선하는 것 그것이 바로 지금 여기의 소설가가 우리에게 보여 줘야 할 비극이다.

매개된 위안과 무위의 힘

1 전화기와 텔레비전이 있는 유년

전화기가 없었고 텔레비전이 없었고 라디오도 없었다. 나는 또래 아이들 틈에서 말할 수 있는 것이 별로 없었다. 그들은 전화기를 사용해서 내가 모르는 시간에 내가 모르는 내용으로 이야기를 나누었고 학교에 와서는 그 이야기로 다시 이야기를 나누었다. 그들의 이야기에 전혀 이어질 수가 없었던 나는 입을 다물고 지냈다. 가족 간에 오가는 대화도 별로 없어 집에서도 말 없이 지냈다. 대화를 학습하지 못했다기보다는 대화의 부재를 학습하고 말았달까 누군가 내게 말을 걸어오면 일단 놀라고 봤고 한참 동안 대꾸를 돌려주지 않아 상대방을 불편하게 만들었다.

사람은 어디까지나 혼자 먹고 마시고 토하고 울며 사라져 가는 존재다, 라고 생각해 왔는데 이 시점을 기준으로 생각이 약간 달라졌다. 혼자지만, 어딘가로 이어지고 싶다, 라는 욕구는 타고나는 것일지도 모르겠다는 생각을 하게 되었다. 애초 인간이란 모체 혹은 모체를 대리한 어떤 기관과 이어져 있지 않으면 제대로 발아조차 할 수 없는 몸들 아닌가.

어디까지나 혼자, 라는 생각은 기본적으로 바뀌지 않았지만 어쩌면 어디까지나 혼자, 라서, 자기 아닌 바깥과 연결되고 싶은 욕구랄까 열망이랄까 그런 발설에 관한 의지를 인간은 태생적으로 가지고 있는 것은 아닌가, 생각하게 되었다.

이어짐 이전에 소통조차 실패하는 경우가 다반사, 사람은 기본적으로 나 아닌 다른 경우를 잘 생각하지 못한다. 성가시고 짜증 나고 어려워 잘 생각하지 않고 그냥 생각하지 않고 그것에 관해 잘 생각하고 있지 않다는 것조차 자각하지 못하고 있을 정도로 잘 생각하지 않는다.

인간계에서 다수의 대화는 소통이라기보다는 각자의 발설에 머문다.[1]

황정은의 글을 읽다 보면 최근 젊은 작가들의 소설에 나타나는 한 경향에 대한 답이 숨어 있는 듯싶다. 최근 20대 작가들의 소설에 가장 자주 등장하는 단어 중 하나는 "그냥"이라는 말이다. 이 "그냥"이라는 부사는 역설적이게도 소통에의 갈망과 연결되는 경우가 많다. 요약하자면 대개 소설 속 주인공들이 그냥 아무것도 하지 않지만 그 상태를 누군가에게 이해받기를 원한다. 그런데, 이 "그냥"이라는 부사는 어떤 상황에 사용되느냐에 따라 그 의미가 완전히 달라진다. 하나는 일종의 부정과 거부로서의 적극적 "그냥"이 있을 수 있다. 가령, 김사과의 소설에서 인물들은 "그냥" 사람을 죽이지만 이 "그냥"은 원인 없는 의지를 강렬히 표방한다. 박솔뫼의 소설 『을』에서 바원과 윤은 서로를 "그냥" 사랑하지만 이 "그냥"에는 세속적 사랑을 초월하는 공동체적 의지를 내포하고 있다. 그러니까 "그냥"이라고 해서 다 같은 그냥은 아닌 것이다.

---

1   황정은, 「natural born communicator」, 《오늘의 문예비평》, 2011. 봄, 174~175쪽.

황정은의 산문을 빌려 이야기하자면 이때 "그냥"은 "어디까지나 혼자, 라는 생각은 기본적으로 바뀌지 않았지만 어쩌면 어디까지나 혼자, 라서, 자기 아닌 바깥과 연결되고 싶은 욕구"와 닮아 있다. 말하자면, 그냥이라고 말하고 있지만 이 그냥은 우리가 지금까지 소통을 위해 기계적으로 학습해 왔던 그 어떤 방식이 아닌 다른 방식으로의 근원적 욕구 해결이라는 측면과 닿아 있는 것이다.

　　그렇다면 다른 "그냥"은 어떨까? 이 또한 황정은의 산문에서 그 의미가 짐작될 수 있다. "이어짐 이전에 소통조차 실패하는 경우가 다반사, 사람은 기본적으로 나 아닌 다른 경우를 잘 생각하지 못한다. 성가시고 짜증 나고 어려워 잘 생각하지 않고 그냥 생각하지 않고 그것에 관해 잘 생각하고 있지 않다는 것조차 자각하지 못하고 있을 정도로 잘 생각하지 않는다." 이때 "그냥"은 문제의 원인을 "나"가 아닌 바깥과 구조로 환원함으로써 순결한 희생양으로 스스로 치부하는 일종의 자기 위안으로 연장된다. 아무것도 하지 않으면서 무엇인가를 원한다. "그냥"은 "잘 생각하지 않고, 그냥 생각하지 않고, 그것에 관해 잘 생각하고 있지 않다는 것"을 외면하는 태도가 된다. 여기에서 "그냥"은 단순한 포즈에 불과하다.

　　대개 20대를 키운 것은 텔레비전과 전화기다. 황정은은 텔레비전과 전화기도 없었던 성장기가 일종의 부재를 학습케 했다고 말한다. 모두가 텔레비전을 보고, 모두가 전화선으로 연결된 인터넷으로 '소통'한다. 하지만 이 소통은 획일적 정보의 공유와 구분되지 않는다. 닐 포스트먼이 인터넷에서 얻을 수 있는 지식을 정보(information), 지식(knowledge), 지혜(wisdom)의 층위로 나누었다면 소통 가능한 대상은 정보밖에 없다. 정보마저도 진위가 불분명하지만 우리는 이 '소중'한 공통 정보를 나누며 혼자가 아니라는 사실을 확인받고 위로받는다.

　　마루야마 겐지는 작가를 가리켜 "좁은 방의 영혼"이라 말한 바 있다. 비유의 기표만 따르자면 현재 이곳의 젊은 작가들도 좁은 방에 고립되어 있다. 역설적으로 고립은 만유의 영혼과 사유를 매개했다. 그런데, 이상하게도, 현재, 이곳을 살아가는 젊은 작가들은 고립되어 있지만 균일한 고통을 호소한다. 인터넷이라는 창을 통해 세상은 더 넓어진다지만 이상하게도 삶은 두루뭉수리하게 동일해진다. 텔레비전과 전화기를 태어날 때부터 곁에 둔 그들, 그런데 참 이상하지 않은가? 그들의 소설은 왜 이토록 어렵고, 잘 읽히지 않는 것일까?

사이비(似而非)는 비슷해 보이지만, 진짜는 아니라는 의미를 갖고 있다. 사이비는 진짜와 똑같이 생겼지만 진짜는 아니다. 어쩌면 지금 우리가 읽고 있는 소설도 그런 것 아닐까? 어떤 고독은 진짜지만 어떤 고통은 사이비다. 진짜와 비슷하지만 진짜가 아닌 것, 그 사이에 젊은 소설의 난해성을 돌파할 해답이 있을 듯싶다.

2   욕망의 부재와 부정 사이

최근 20대 작가들의 소설에 나타나는 특징 중 하나는 인물이 추상적이라는 사실이다. 그들은 대개 'K'나 'J'같은 이니셜로 명명된다. 흥미로운 사실은 그들이 이름만 불분명한 게 아니라 직업이나 하는 일도 구분되지 않는다는 점이다. 그들은 대학생이거나 휴학생이며, 그렇지 않으면 편의점에서 아르바이트를 하거나 비정규직 아웃소싱으로 계약제 근무를 한다. 중요한 것은 이러한 특징이 20대의 독특한 세대적 고민을 과연 드러낼 수 있는가 그렇지 못한가다. 만일 이 무정형성과 무규정성, 몰개성이 20대의 특징이라면 서사적 컨텍스트 안에서 독특한 문체로 받아들여져야 할 것이다. 그렇지 못하다면 추상적 인물이나 갈등 없는 밋밋한 서사는 세계관의 부재라는 혐의까지 받을 수 있다. 왜냐하면 구체적 인물은 그 인물이 자리잡고 살아가는 삶에 대한 명징한 판단을 기반으로 조형될 수 있기 때문이다. 구체적이지 못한 인물은 전략일 수도 있지만 서사적 관점의 부재이기도 하다. 이 극단적 가능성 안에 추상성이라는 특징이 발견된다.

이러한 특성은 최근 새롭게 등장한 젊은 작가들의 소설이 '읽기 힘들다'라는 불만의 직접적 원인이 되기도 한다. 인물이 구체적이지 않기에 소설 속 관계를 파악하기 힘들고 결론적으로 갈등이나 욕망이 모호해서 쉽게 발견되지 않는다. 새로운 문체라면 적합한 독법을 훈련해야 할 것이고 비숙련의 실수라면 쉽지 않은 독서는 비판으로 받아들여져야 할 것이다. 어렵다, 라는 최대한 유보적인 표현은 도대체 이 소설 속 인물들의 진짜 문제가 무엇이고 어떤 갈등을 겪고 있는지 '공감하기 힘들다'라는 말이기도 하다.

이 공감할 수 없음은 모르겠다, 라는 냉소적 평가 거부도 포함한다. 말하자면 1950년대 소설에 등장하는 인물들의 고민과 갈등은 한국 전쟁과 절대적 가난이라는 컨텍스트 안에서 이해되고 1960년대 대학생들의 방황도 4·19 세대의 정서적 박탈감이나 가난이라는 맥락에서 상상 가능하다. 그런데, 2000년대 이후 20대 작가들의 작품에서 발견되는 "그냥"이나 "습관이라서"와 같은 방관의 태도는 그 진의를 짐작하기가 힘들다. 그래서 반응은 두 가지로 나뉜다. 외면하거나 배제하는 것이다.

외면과 배제는 20대가 처한 상황을 이원(di-chotomies)으로 보느냐 양극(bi-polarities)으로 보느냐에 대한 질문과 연관된다. 아감벤은 카를 슈미트가 자주 인용했던, "왕은 군림하지만 통치하지 않는다."라는 말 속에서 일종의 양극을 발견한다. 왕과 도시, 예외와 규칙, 군림과 통치는 이원적인 것이 아니라 동시에 존재하는 양극적 개념이다. 양극은 하나의 극단적 지점을 상정한다. 이는 예외의 반대가 예외 없음이 아니라 비-예외인 상황과 견주어 볼 수도 있다. 한편 이러한 전제는 아감벤의 패러다임이라고 할 수 있을 호모 사케르를 이해하는 핵심적 부분이기도 하다. 호모 사케르는 규칙이 아니거나 예외가 아닌 상태가 아니라 비-규칙이며, 비-예외의 지점에 놓여 있다.

유비적으로 말하자면 20대 문제 역시 규칙 혹은 예외라고 호명된 영역이 아니라 접두사가 포괄하는 호명 불가능한 영역, 그 잉여를 통해 고민해야만 한다. 20대는 호명을 통해 상징계적 영역으로 수습할 대상이 아니라 끊임없이 언어의 비외시성에 두고 거리를 가져야만 하는 대상이다. 쉽게 법의 영역에 들어 호명함으로써 문제를 간단히 정리하려 드는 게 바로 20대 문제의 핵심이다. 말하자면 20대는 단순한 88만 원 세대가 아니라 각각의 극점에 존재하며 거기에서 또한 작동하고 있다. 88만 원 세대라는 호칭은 예외와 규칙 사이에서의 간극을 없애 버린다.

이 간극의 휘발이 극단적으로 드러나는 모순이 바로 자기 계발서와 위로라는 양극점 안에 갇힌 20대의 존재론이다. 88만 원 세대라는 호명을 거쳐 20대는 포함적 배제 관계가 아니라 규칙의 영역에 흡수되고 말았다. 벌거벗은 생명도, 그렇다고 정치적 존재도 아닌 다른 말로 이 사회에서 배제되지도 포함되지도 "않은", 단 한 번도 그것을 선택한 적 없는 20대는 타자들의 명명에 포획됨으로써 비결정성이 갖는 공포마저 길들여진다. 만일 이름 붙여질 수 없어서 보이지 않는 것이 공포의 중핵이라면 88만 원으로 이름 붙여진 순간, 결정된 세대는 더 이상 두려울 수 없다. 유령은 명명 불가능하기에 공포스럽다. 이렇듯 규정 불가능했던 대상이 이름 붙여지는 순간 영제도로서 작용하는 공포는 사라진다. '88만 원 세대'의 의미망은 "천 유로 세대"라는 유사 명명이 자기 세대에 대한 자조적 명명이자 유럽 사회의 패러다임에 대한 자멸적 공격이었던 것과 너무도 대조적이다.[2] "88만 원 세대"는 아버지가 아닌 형님들, 386 세대로부터 부여받

2   안토니오 인코르바이아·알렉산드로 리마싸, 김효진 옮김, 「천 유로 세대」(예담, 2006). 두 작가는 자신들의 경험을 토대로 계약직 일자리라도 구하려 고군분투하는 자기 세대 이야기를 블로그에 게재

은 '이름'이기 때문이다. 그것은 스스로 얻은 발견이 아니라 또 다른 유사 라이오스가 붙여 준 상징계적 구속에 불과하다.

이 호명은 극단적 처방으로 변주된다. 이른바 멘토를 자칭하는 정규직, 어른 세대 386 형님들은 이 불공정한 사회에서 생존하는 법은 오로지 스펙뿐이라며 사회의 구조적 문제를 개인의 역량 탓으로 환원시킨다. 다른 한쪽에서는 경쟁에서 낙오된 자들을 상대로 무한 경쟁 시대에는 승자가 있으면 패자도 있기 마련이라며 어깨를 두르려 다시 전장에 내보낸다. 그리고 이 와중에 386 멘토들은 충고를 매매해 또 다른 수익을 창출한다.

자기 계발도, 위로도 그 어떤 것도 20대 스스로 발견한 대안이 아니며 따라서 문제의 본질에 가닿지 못한다. 오히려 20대는 자신들을 일종의 사례(Beispiel)로, 역사적으로 특이한 현상의 예시(Exempel)로 보아야만 새로운 패러다임을 형성할 수가 있다. 푸코가 자신의 세계를 판옵티콘이라는 패러다임으로 보고, 아감벤이 호모사케르를 예외 상태라는 패러다임으로 제시했다면, 지금 누군가는 20대의 문제를 증상으로 어떤 패러다임을 제시할 수 있어야만 한다. 그것이야말로 20대를 제대로 보고, 해명하고, 이를 통해 이 사회를 다시 볼 수 있을 필연성이 될 수 있다.

그렇다면 다시 20대 젊은 작가들의 소설을 다시 읽어 봐야 한다. 기존의 독법과 문체에 비추어서 그러니까 기존의 패러다임을 위반하는 것인지, 문학적 고민의 수준이 부족한 것인지, 아니면 문학을 통한 새로운 패러다임의 제시인지를 검토해 봐야 한다는 뜻이다. 박솔뫼와 김사과를 주목하는 까닭도 여기에 있다. 이 소설은 우리의 오해가 결국 양극성 안에 있음을 밝혀 줄 것이다.

했고, 반향을 일으킴에 따라 출판하기에 이르렀다. "천 유로 세대"는 그런 자신들의 형편에 대한 자조적 명명이라고 할 수 있다.

3 부재, 부정 그리고 거부 — 문진영, 박솔뫼, 김사과

문진영의『담배 한 개비의 시간』은 20대의 삶을 "습관"과 "그냥"으로 압축한다. 담배는 그런 점에서 "그냥 습관"인 것의 대명사로 등장한다. 누군가는 습관적으로 '말보로 라이트'를 피우고, 누군가는 습관적으로 영화를 본다. 그리고 그들은 그냥 "거꾸로 쓰는 글씨에 매료"되고, 그냥 "발길 닿는 대로 걸"어 다니며, 그냥 머리 깎고 스님이 되고 싶어 한다. 이런 삶은 다음의 문장으로 압축된다.

> 나는 줄곧 아무것도 하지 않아 왔다. 하고 싶은 것도, 되고 싶은 것도 없었다. 내가, 무언가를 위해 살고 있다거나 살아야 한다거나 하는 생각은 들지 않았다. 하지만 나는 단 한 번도 죽고 싶지는 않았다. 나는 그런 생각을 하는 것이 부끄럽다.[3]

'나'뿐만이 아니다. 주변의 모든 인물들, J나 M은 "미래를 위해 뭔가 해야 한다거나 장래에 뭔가가 되어야 한다는" 생각으로부터 완전히 자유롭다. 물론 20대 청춘은 사회가 제도화해서 권유하는 어떤 삶을 부정할 권리를 통해 그 고유성을 담보받아 왔다. 문제는 그들이 아무것도 하고 싶어 하지 않는다는 바로 그 사실이다. 세상이 권하는 것을 "거부"하는 행위는 다른 무엇을 하고 싶다는 적극적 부정으로 이어질 때 의미 있다. 하지만 그들은 아무것도 하고 싶어 하지 않는다. 심지어 사랑조차 하지 않는다.

가령, 편의점 옆 바(bar)에서 근무하는 여자를 좋아하던 J는 그녀에게 호감이 있지만 섣불리 고백하지 못한다. 어렵사리 고백했지만 여자는 J의 고백을 거절한다. 여자는 여행지에서 만난 인연은 여행지에 두고 와야 한

---

3 문진영,『담배 한 개비의 시간』(창비, 2010), 44쪽.

다는 비유를 통해 "짐은 최대한 가볍게"라는 원칙을 제시한다. 그녀는 "J"가 좋지만 "그냥 여행하듯 만나" 온 관계를 유지해야 한다고 말한다. 그녀에겐 삶의 공간이 모두 "여행지"다. 관계를 부질없다 여기며 거부하기는 "나"도 마찬가지다. "그 모든 것들이 마치 성냥개비를 쌓아 올린 듯 위태롭"기에 그들은 관계를 맺지 않는다.

상처 입을 것이 두려워 그들은 아예 자아라는 공간을 벗어나지 않는다. 그들은 아무것도 잃어 보지 않은 상태에서 상실을 아파하고, 혹시라도 잃을 그 무엇 때문에 상실감에 빠져든다. 예상 가능하지만 그들이 호소하는 고통에는 증상만 있고 원인이 없으며 상실의 포즈만이 있고 실체가 없다. 다만 호소만이 담배 연기처럼 뿌옇게 떠돌 뿐이다. 그들이 욕망을 부정하는 것이 아니라 그들에게 욕망은 부재한다.

무위(無爲)는 아무것도 아닌 것으로서 빈 괄호나 영도(零度)로서 의미를 부여받을 수 있다. 소통을 거부하는 등장인물들의 태도는 오히려 세대론적 증상으로 읽을 때 어떤 가치를 발견하게 된다. 단지 그들의 말을 따르자면 "그냥" 아무것도 하지 않겠다는 것은, 그 행동을 증상으로 보고 분석하는 다른 세대들의 패러다임엔 훌륭한 예시가 되어 준다.

하지만 그 자체로는 아무런 내파의 힘을 갖지 못한다. 기존의 언어나 법을 거부하고 자신만의 아젠다를 만들겠다는 의지가 아니라 단지 무의지만을 보여 줄 뿐이다. 말하자면 이런 무의지는 행위라고 할 수 없다. 하지만, 오해해서는 안 된다. 아무것도 아닌 것을 하는 것과 아무것도 하지 않는 것은 부정과 역의 차이만큼이나 크다.

문진영의 "그냥"이 부재라면 박솔뫼의 "그냥"은 부정의 표현이다. 그러니까, 박솔뫼에게 있어 부정은 일종의 무위이다. 무엇인가를 한다, 의역(逆)이 '아무것도 하지 않는다'라면 부정은 '무엇을 하지 않는다'라고 할 수 있다. 무엇도 하지 않는 것은, 하지 않음을 행하는 것이다. 무위는 선택이며, 행동이다. 아리스토텔레스는 플롯의 한 부분을 차지하는 인물들은 "행동하는 인간의 행위"를 모방해야 한다고 말했다. 고전적 서사 안에서 행동은 플롯을 다른 어떤 것으로 변화시키는 계기를 지칭한다. 무위도 역시 동기화된 행위 중 하나다. 박솔뫼의 소설 『을』은 무위의 의지가 어떤 것인지를 잘 보여 준다. 문제는 행동을 하느냐 아니냐가 아니라 바로 의도와 의지다. 과연 왜 행동하지 않는가라는 질문을 구성할 수 없다면 무위는 무의미에 그친다는 의미다.

『을』은 단순하게 요약하자면 민주와 을의 이야기다.[4] 조금 길게 요약하자면 민주와 을을 둘러싸고 있는 사람들, 윤과 바원, 주이와 프래니, 씨안의 이야기이다. 얼핏 보면 이들은 『담배 한 개비의 시간』에 등장하는 인물들과 하나도 다를 바 없어 보인다. 특별히 욕망하는 것도 간절히 결핍을 호소하는 것도 없다. 말하자면 이들은 이문열의 소설 『젊은날의 초상』이나 김승옥의 『환상수첩』에 등장하는 대학생과 같은 연령대에 속해 있고 심지어 대학생이라는 점도 동일하지만 전혀 다른 고민을 호소하고 있다. 『젊은날의 초상』 주인공은 '가난' 때문에 피곤하고, 『환상수첩』에 등장하는 대학생은 '환멸' 때문에 괴롭다. 말하자면, 1970년대 말 대학생의 가장 큰 결핍은 상대적 빈곤으로 형상화되었고 1960년대 대학생의 결핍은 자살로 환유된다.

『을』에 등장하는 20대들의 가장 큰 차이점은 결핍이 없다는 사실이다. 결핍이 없다는 것은 욕망의 없음으로 드러난다. 하지만 이를 쉽게 욕망의 부재라고 말할 수는 없다. 그들에게 욕망이 없는 것이 아니라 그들은 욕망을 부정하고 있기 때문이다.

르네 지라르는 프랑스 혁명 이후 부르주아 계급의 탄생 과정에서 발생한 욕망이 근대 사실주의 소설을 촉매했다고 말한 바 있다. 욕망은 '거리'의 휘발과 함께 탄생했다. 그동안 극복 불가능하다고 여겨졌던 계급적, 계

4 　박솔뫼, 『을』(자음과 모음, 2010).

충적 차이 너머의 이상적 대상들은 거리가 사라짐에 따라 경쟁자로 가까워지게 되었다. 이제 그들은 이상(理想)이 아니라 경쟁자로 매개된다. 욕망은 이 매개자를 거쳐 발생하고 확장된다.

르네 지라르는 평등을 지향하는 사회가 될수록 인간은 경쟁 심리와 모방 심리의 노예가 된다고 말한 바 있다. 서로의 욕망에 매개되어 개인의 정체성은 상실되고 차별성도 사라지고 만다. 지라르의 견해는 신자유주의로 압축될 수 있을 21세기 대한민국의 현실에도 그대로 들어맞는다.[5] 우리는 진짜 자아가 원하는 삶이라기보다는 매개된 대상을 거쳐 욕망한다. 엄친아도, 강남도, 명문대도, 대기업도, 전문직도 진정한 대상이 아닌 매개된 욕망이다.

『을』의 인물들이 욕망을 부정한다고 말하는 까닭도 여기에 있다. 민주, 을, 바원, 윤, 프래니, 씨안. 그들은 매개를 거부한다. 이 거부된 매개는 경쟁 관계로서의 삼각형을 무너뜨린다. 만일 우리가 이 인물들의 관계에서 당혹감을 느끼고 그들의 대화를 어렵게 느낀다면 바로 이들의 관계가 그 어떤 것에도 매개되거나 따라서 경쟁하지도 욕망하지도 않는다는 점일 테다.

그들은 순전한 공동체로서 존재하면서 한편으로는 전혀 매개되지 않은 순전한 개인으로 존재한다. 미분화된 퇴행적 존재가 아니라 욕망의 매개를 초월한 어떤 지점에서 그들은 구조, 프레임 바깥의 소실점에서 수렴된다. 벨라스케스 「시녀들」의 소실점이 그림 밖에 있듯 그들은 그렇게 우리가 예상하고, 예측하고, 관습적으로 기대하는 욕망의 틀 밖에서 수렴된

---

5 2000년대 초반, 소설의 주요한 경향 중 하나로 떠올랐던 칙릿 문학이 가장 대표적인 예라고 할 수 있다. 스타일 또는 유행으로 압축될 수 있을 욕망의 대상들은 타인의 시선에 의해 매개된 것이며 경쟁과 모방의 끝없는 역학 관계에 지친 경쟁자들을 독려하는 방식을 띠고 있었다. 쥘리앵 소렐과 다른 점이 있다면 적어도 그는 좀 더 높은 사회적 지위를 욕망했지만 칙릿 소설의 주인공들은 브랜드 로고를 원했다는 사실일 테다.

다. 우리의 가시 영역 안에서는 결코 맺어지거나 연결되지 않지만 그들은 그 관계의 부재를 결핍으로 느끼지 않고 오히려 둘이 아닌 셋이기에 가능한 충만함을 간증한다. 경쟁 관계를 무너뜨리는 셋의 초월성은 가령, 다음과 같은 구절에서 충분히 드러난다.

민주는 윤을 사랑했고 또한 바원을 사랑했다. 그들을 똑같이 사랑했고 그들을 동시에 바라보았다. 그는 그저 그곳에서 그들과 함께 머물고 싶었다. 그들과 함께 있는 시간이 좋아지고 그들과 함께 있는 스스로가 좋았다. 외쪽 방으로 돌아와 누워 그는 단지 그것을 바란다고 말했다. 함께 있고 싶어. 함께 있고 싶어. 더욱 원했던 것은 그들이 함께했던 지난 오랜 시간까지 갖고 싶다는 것이었다. 모든 시간을 함께하고 싶어. 그 바람은 좁은 방을 가득 채웠다. 문은 닫혀 있었고 그 바람은 어디로도 새나가지 않고 방 안에 내내 머물렀다. 내내 머물며, 더욱더 스스로를 단단하게 만들었다. 서로가 한 몸 같아 보이는 윤과 바원, 두 사람의 시간을 함께하고 싶다는 바람은 내내 그 방 안에 머물렀다. 그 방 안에서 떠나지도 사라지지도 않고 그저 방 안을 떠돌았다.[6]

민주, 윤, 바원이라는 셋은 매개된 욕망을 삼각형의 경쟁 관계로 만드는 기본적 요소다. 하지만 그들은 "똑같이" 사랑하고 "동시에" 바라본다. 두 사람이 하나의 소실점을 바라보는 것이 아니라 셋이 서로를 함께 보고, 동시에 본다. "함께 있"는 것 자체가 그들이 원하는 바이며 여기엔 소유의 개념이 끼어들 여지가 없다. 그러므로 셋은 함께 있을수록 가난해지거나 공허해지는 것이 아니라 점점 더 풍요로워진다.

그런 점에서 "좁은 방"은 욕망과 매개로 이루어진 상징계적 질서의 공

6 　박솔뫼, 앞의 책, 84쪽.

간, 우리가 현실이라 부르는 법칙으로부터 차단된 그들만의 공동체를 가리킨다고 할 수 있다. 그들은 이 밝힐 수 없는 공동체 안에서 바람을 차단하며 머문다. 방 안에서 그들은 스스로 단단해진다. 셋이지만 결핍은 없다. 어차피 둘이어야 한다는 것 역시도 사회가 강제한 이데올로기이니 말이다.

이 보이지 않는 "방", 공동체 안에서는 모든 것이 가능해진다. 프래니와 주이 커플이 대표적이다. 그들은 같은 성이며 친척이며 연인이다. 동성이기에 연인이 될 수 없지만 "방"에서는 가능하며 친척이기에 더더욱 연인일 수 없지만 "방"에서 연인이 된다. 이 연인들은 우리가 법이나 질서라 부르는 현실적 공간, 매개된 욕망의 공간을 훌쩍 뛰어넘어 버린다. 그리고 이 방 안에서 우리가 지금껏 욕망의 언어로 읽어 낼 수 없었던 윤리와 힘이 발생한다.

말하자면 지금 20대가 지니고 있는 무정형의, 무위의 힘도 이런 것이다. 차라리 아무것도 하지 않는 것, 사회가 요구하는 질서와 기준에 맞춰 발버둥치지 않는 것 그것이야말로 가장 적극적 부정이라고 할 수 있을 무위이다. 아무것도 하지 않는 자의 윤리는 바로 이 부정에서 비롯된다.

부정의 방식의 한 끝에 무위가 있다면 다른 한 끝에는 거부가 있다. 양극의 한 끝에는 박솔뫼가 보여 준 비행동의 행위가 있고 다른 한 극단엔 파괴를 생성하는 행위가 있다. 둘 다 지향하는 지점은 "0", 영제도이다. 하지만 그 방식은 완전히 다르다.

20대의 문제를 문학적으로 사유하고 조형하는 데 있어 김사과는 양극성의 어떤 한 끝을 차지하고 있다. 박솔뫼의『을』이 아무것도 하지 않음으로 무위를 실천한다면 김사과는 상징적 이름으로 자리 잡고 있는 것들을 없애고, 부수고, 파괴한다. 다른 공동체의 윤리로 이 공동체를 초월하는 것이 아니라 자신의 윤리로 부정한 권위를 파괴한다.

말하자면 김사과의 소설은 일종의 그라운드 제로를 추구한다. 중요한 것은 김사과 소설에 등장하는 힘의 근간을 찾아보는 것이다. 이미 우리는 여러 번, 수차례, 증상으로서 김사과 소설을 읽어 내지 않았던가? 우리는 이미 그 살의를 목격했고, 놀랐고, 부정하거나 찬양하기도 했으며, 김사과 역시 자신의 이 파괴력을 스스로 잘 인지하고 있다. 그렇다면, 그녀의 파괴력은 어디에서 비롯되는 것일까?

김사과의 데뷔작 「영이」를 보면 그 파괴력이 단순한 충동이 아니라는 것을 알 수 있다. 영이는 영이라고 부를 수 있을 한 아이와 그 아이의 내면적 도플갱어라고 할 수 있을 순이로부터 시작된다. 영이의 부모는 언제나 격렬하게 다툰다. 마주치기만 하면 싸운다. 이 시끄러운 집 안에서 영이는 숨죽이고 울 뿐이지만 영이의 다른 자아 순이는 그녀를 다그친다.

영이는 바닥에 떨어진 과자 봉지를 생각한다. 책상에 흩어진 지우개똥을 생각한다. 그 옆에 있는 코 푼 휴지도 생각한다. 그리고 그것들과 내가 똑같다고 느낀다. 똑같고 또 똑같다고 생각한다. 순이는 그게 무슨 뜻인지 알고 있다. '죽고 싶다'이다. 하지만 순이는 영이에게 가르쳐 주지 않는다. 그래서 영이는 자기가 죽고 싶은지도 모른다. 그런 영이가 순이는 존나 바보 같다. 영이는 아무것도 모르고 침대에 누워 울고만 있다.[7]

아버지는 늘상 술만 마시고, 엄마는 화만 낼 뿐 변화하지는 않는다. 이 틈바구니에서 영이는 나약하게 울고만 있다. 울고 있는 영이의 내면에서 슬픔과 분노를 읽어 내고 심지어 자살 충동까지 알아내 숨기는 것은 순이다. 순이가 영이를 제치고 에고를 차지할 때 김사과 소설의 파괴력은 폭발한다. 순이는 드디어 "내가 나를 사랑해야 한다"는 것을 가르쳐 주고 누군가 나를 무시하면 그를 죽여야 한다고 알려 준다. 「과학자」에 등장하는

7 　김사과, 「영이」, 『영이』(창비, 2011), 17쪽.

"나"가 늘 잘난 척하며 "나"를 무시하는 이수정을 죽이고 싶다,고 생각할 때 순이는 영이보다 더 큰 자아다.

마침내 『미나』에 이르러, 미나를 죽였을 때, 순이는 영이를 버렸다. 영이로 대변되는, 부패한 상징계적 질서에 울고, 슬퍼하고, 그 기준에 맞추기 위해 애쓰는, 착한 아이가 사라지고 이제는 그런 세상을 스스로 없애기로 마음먹은 순이가 등장한 것이다. 그들은 두렵지만, 이 부패한 세상의 법을 따르는 것보다, 그것을 없애고 파괴하는 편이 낫다고 판단한다. 겁이 없어서, 윤리나 도덕이 부재해서 파괴하는 것이 아니다. 두렵지만, 그들은 일단 이 더러운 세상을 영제도로 환원시켜야 한다는 것을 안다. 그래서, 두렵지만 그들은 파괴한다. 파괴가 쉬워서 선택하는 것이 아니다. 우리는 그 선택의 두려움을 이해할 필요가 있다.

4 무의지를 파고드는 위안의 덫

다시 황정은의 산문으로 돌아와 보자면, 현재 20대의 삶은 르네 지라르의 의미와는 다른 방식으로 매개되어 있다고 할 수 있다. 미디어의 원뜻이 매개라는 데서 알 수 있듯이 지금 20대는 결코 혼자일 수 없는 상황에 놓여 있다. 전화든, 와이파이든, LTE 통신망이든, 태블릿 PC든 간에 24시간 어디에나 매개되어 있다. 지금 같은 상황에서 매개되지 않고 혼자만의 것, 내면에서 길어 올려진 독자적인 상상력을 창출한다는 것은 일종의 모험으로 보인다. 때때로 황정은의 문장을 읽을 때 숭고해 보이기까지 한 이유가 되기도 한다.

문제는 다시 20대의 형편을 매개해 일종의 소비 대상으로 삼는 자칭 멘토 세대들의 위선이다. 신자유 시대라는 이데올로기의 당위성을 자기 계발의 신화와 스펙으로 억압하던 선배들은 이제 "아프니까 청춘이다"라는 식의 위안으로 잠시 담금질을 멈춘다. 이는 『아프니까 청춘이다』가 대상으로 삼는 독자층이 사실상 꽤 괜찮은 4년제 대학을 나온, 엘리트 독자라는 데서도 드러난다.

김난도 교수가 다루고 있는 에세이의 주인공들은 고시에 세 번 떨어진 학생이거나 교수 임용에서 여러 번 낙방한 제자들이 대부분이다. 김난도 교수는 과거라면 그러니까 1980년대였다면 졸업만 해도 취업을 보장받았던, 서울의 좋은 대학 졸업생들마저 취업 문제에서 어려움을 겪게 된 상황에 위안을 건넨다. 미안한 말이지만 이 책에는 4년제 대학을 나오지 않은 혹은 지방 대학교 출신의 학생들이 들을 만한 위안은 없다. 위안도 제 몫이 있다는 듯이 말이다.

아프니까 청춘인 게 아니다. 인생론의 대가 흉내를 내 보자면, 사는 게 아프다. 청춘만 아픈가? 사는 게 다 아프다. '아프니까 청춘이다'라는 위로는 세상의 모든 20대를 두려움에 떨고 한 줄기 위안을 구하는 "영이"들에게 들려주기에 적합한 말이다. 스펙 쌓기, 비싼 등록금에 지친 "영이"들이 혹시나 취업이 안 될까, 등록금을 못 갚을까 두려워 할 때 "순이"라면 그것은 네 잘못이 아니라고 말해 주겠지만 "영이"는 그냥 눈물만 흘릴 것이다.

다정한 위안은 순이를 길들여 영이로 만든다. 위안을 팔아 자신의 계층적 안락함을 강화해 나간다. 그들의 위안은 지적으로 세련된 광고 문구와 다를 바 없다. 세상의 모든 인생론은 지금의 고통을 일반화하는 최면과 닮아 있다. 하지만 같은 고통은 없고, 같은 청춘도 없다. 지금, 여기, 20대가 겪는 고통은 분명 김승옥, 이문열 세대가 겪었던 그 고통과는 다르다. 박솔뫼와 김사과의 문학이 소중한 이유다.

공간의 계급 경제학

윤고은론

1 미안하지만, 환상은 아니다

도시에 폐경이 왔다. 서울에는 역사가 없다. 물론 한양에서 경성으로 그리고 서울로 행정 명칭이 바뀌었지만 연속성으로서의 역사는 없다. 한국 전쟁이라는 단절을 계기로 서울의 갱년기는 갱생으로 전복되었다. 서울은 천천히 늙어 가거나, 시간의 더께를 입을 기회가 없었다. 공간적으로는 언제나 북위 37.6도에 위치하고 있었지만 시간적으로 따져 보자면 서울에 역사적인 것은 없다. 그게 바로 단절과 비약 위에 놓인 서울의 현재. 그런데, 드디어 도시에 폐경이 도래했다. 폐허 위에 하나둘씩 지어졌던 건물들이 수명을 다했다는 '진단'이 이어지고 있는 것이다.

문제는 주거지다. 주거지는 재개발이라는 사업을 통해 새로운 자본으로 거듭난다. 말하자면 재개발은 포화 도시의 리셋이자 포맷이다. 주거지의 문제는 한편 주민의 문제다. 포맷된 새 땅에는 이상하게도 기존의 거주민이 들어올 수 없다. 이것이 바로 포맷이 경제가 되는 원리다. 폐경에 이른 도시는 이렇게 고비용의 심폐소생술을 시행한다. 소생술 끝에 도시 빈민층이 확대된다. 주거지는 끊임없이 누군가에 의해 침식되고 계승된다. 그렇다면, 기존의 주민들은 어디로 가야 할까? 내 집 장만이 인생의 목표인 이 작은 시민들이 갈 수 있는 곳은 어디인가? 나의 이름은 어디에 새겨져야 할 것인가?

우리는 말했다. "나는 소비한다. 고로 존재한다."라고. 우리는 후기 자본주의의 보이지 않는 매트릭스를 차용해 그것을 노래할 라임(rhyme)을 완성했다. 아니, 그렇다고 믿었다. 하지만 이제 이 코기토도 완전하지 않다. 소비하면 존재하겠지만, 아무나 소비할 수 없다. 파티션으로 나뉘어 있든, 멋진 독립 사무실이 있든, 연구실이나 작업실이 있든 간에 자기 '자리'가 있는 사람에게나 소비가 가능하다. 자기 '자리'를 증명해 줄 갑종근로소득세가 소비의 조건이 된다. 자기 '자리'가 없는 사람은 소비할 권리도 없다.

욕망이 소비를 통해 차등적 계급을 형성하듯이 공간은 계급에 의해 분할되고 독점된다. 이제 공간은 계급 문제다. 윤고은의 소설을 관통하는 핵심적 개념 역시 '공간'이다. 윤고은은 계급이 된 바로 이 '공간'을 문제시한다. 좀 더 노골적으로 말해 보자. 윤고은은 후기 자본주의 사회의 '자리'에 대해서 말하고 있다. 가령, 윤고은의『무중력 증후군』에는 재개발 부지를 파는 비정규직 노동자가 등장한다. 표면적으로 재개발이 눈길을 끌지만 이 소박한 소재를 차별화해 주는 것은 1년 새 여덟 번이나 바뀐 비정규직 노동자의 '자리'다. 세상에 자리를 잡지 못한 사람들은 '무중력 증후군'을 호소하며 다른 궤도, 다른 우주를 요구한다. 비정규직 노동자인 "노시보"나 만년 고시 준비생인 그의 형에게 지구의 '중력'은 엄혹한 세상의 법칙에 다름없다. 중요한 것은 중력의 실체가 바로 '자리'라는 것이다. 형은 '사' 자로 끝나는 자리를 얻기 위해 전전긍긍하고 '나'는 4대 보험에 연금 보장이 되는 자리를 얻으려 애쓴다. 계급이 사회적 지위와 관련이 있다면 윤고은은 그 추상성을 자리로 구체화한다.

우리는 윤고은의 소설에서 환상을 본다고 말한다. 하지만 2000년대 대한민국, 서울에서 자리 뺏기 싸움에 대한 이런 이야기가 그저 환상에 그치는 것일까? 서울이라는 메가시티(megacity)는 성장과 번영의 중심에서 재개발의 공간으로 급부상하고 있다. 자본은 노후된 공간을 빼앗아 또 다른 경제를 창출한다. 구직과 실직, 취업난은 또 다른 의미의 비공식 경제에 바쳐진다. 20대의 절반가량은 미숙련, 저임금의 비공식 경제로 몰려든다. 분명, 프티 부르주아의 외양을 띠고 있지만 어느새 그들은 프롤레타리아와 더 닮아 있다. 그들은 수동적으로 프롤레타리아가 되어 잉여 인간의 처리장에 집하된다.

만일 윤고은이 조형해 내는 상상이 불완전한 현실을 대체해 준다면 그것은 환상이라 불러도 충분할 것이다. 하지만 윤고은이 보여 주는 세상의 풍경이 불합리한 현실의 왜상(歪象)이라면 그 상상을 환상이라 부르는 데 만족해서는 안 된다. 사실, 이는 이미 작가가 그의 실질적 데뷔작이라고 할 수 있을 『무중력 증후군』의 소설 끄트머리에 못 박아 둔 사항이기도 하다. 그가 고백했듯, 이 기괴하고 이상한 세상 풍경은 이념(idea)에서 태어난 상상이 아니라 현미경 너머에 있는 실재(real)다.

현미경으로 양파의 단면을 들여다보던 순간을 기억한다. 확대된 양파의 단면에는 양파 아닌 것들이 가득했다. (중략) 그 안에서 양파는 마치 동물처럼 웅크리고 있었다.

그것은 내가 본 최초의 이야기다. 현미경의 친절함은 곧 노련한 거짓말이다. 렌즈의 배율이 높아질수록 사실은 과장되고, 사실 아닌 것은 뚜렷해진다. 렌즈에 눈을 갖다 댄 순간 양파는 사라지고 새로운 무대가 나타난다. 이쯤 되면 현미경이 아니라 요술경이다.[1]

1   윤고은, 『무중력 증후군』(한겨레출판사, 2008), 291쪽.

그러니까, 우리는 환상적 포즈가 아니라 환상의 심연을 들여다봐야 한다. 현미경 앞이 아닌 현미경 너머의 세상, 도시의 생태와 자본의 폐경을 그려 낸 작가의 시선에 대해 이야기해야 한다. 그러니, 미안하지만, 이건 환상이 아니다. 그것은 환상이다, 라고 말하는 것은 쉽다. 하지만 우리는 환상의 근원을 찾아야 한다. 윤고은은 지독한 현실을 무대 삼아 초현실적 퍼포먼스를 기획 중이다. 우리는 사실을 환상으로 오해하는 안전한 자기 기만에서 벗어날 그 광경의 속내를 들여다봐야 할 것이다. 그리고 그 속내가 바로 윤고은이 추구하는 '1인용 공간'의 진정한 의미이기도 하다.

2 신흥 프롤레타리아의 자리 경제학

윤고은의 소설에 등장하는 실직 문제야말로 자리경제학의 실재다. 『1인용 식탁』(문학과 지성사, 2010)의 수록작 「인베이더 그래픽」에 등장하는 소설가는 소설 쓸 공간이 없어서 대형 백화점의 남성복 전문 매장의 여자 화장실을 이용한다. 그녀에게는 화장실이 곧 작업실이다. 도시에서 비정규직 노동자로 살아간다는 것은 자신에게 부여된 고정석이 없다는 의미이기도 하다. 소설가에게는 최소한 콘센트와 책상, 물이 필요하다. 아니, 이런 것들이 마련된 공간이 필요하다. 그런데, 공교롭게도 이 모든 작업 환경이 완비된 '자리'는 너무 비싸다. 할 수 없이 작가는 유사 공간인 백화점 한 귀퉁이, 화장실을 잠시 차지한다. 그녀가 쓰는 소설에 등장하는 김균 역시도 자리 때문에 골머리를 앓는다. 비록 증권 회사에 조그만 '자리'가 있는 직장인이지만 이 네모진 파티션 속 공간도 매일 바뀌는 "순위(順位)" 때문에 조마조마하다.

하남시에 살면서 강남의 유기농 문화를 추종하는 「홍도야 우지 마라」의 엄마에게도 그리고 돈이 부족해 매일 더 작은 방으로 옮길 수밖에 없는 「로드킬」의 남자에게도 다 '자리'가 문제다. 홍도의 엄마는 하남이 아닌 진짜 강남에 '집'을 마련하고 싶고, 「로드킬」의 남자는 좀 더 편히 누울 잠자리를 원한다. 20세기 신경향파 소설 속 인물들이 먹는 문제로 시달렸다면 21세기 윤고은의 소설 속 인물들은 자리 때문에 괴롭다. 21세기의 자본이 허락하지 않는 것은 바로 공간이다. 자본은 이제 공간을 통해 개인을 통제한다. 아니, 자본은 이런 치졸한 먹이 사슬을 게임이라고 부른다.

윤고은 소설의 독특한 점이라면 바로 이 부분이다. 윤고은은 자본의 문제를 공간적으로 사유한다. 말하자면 공간이야말로 후기 자본주의 사회의 최종 교착점이라는 것이다. 계급은 일차적으로 생산 관계 속에서 규정된다지만 후기 자본주의 사회에서 계급은 오히려 문화나 교육, 소비, 여가 등의 재생산 영역을 통해 구체화되었다. 그런데, 윤고은은 소비 행태나 교육, 결혼을 통한 계급의 규정 역시 이미 옛날 일이라고 말한다.

동년배 작가 김애란은 "이빨"이 계급을 드러낸다고 했지만 윤고은이 생각하기엔 외모나 패션은 위장이 가능하다. 계급은, 위장 불가능한 근본적 차별성에 따라, 재규정된다. 윤고은의 말에 따르자면, 계급은 "주거"에 의해 규정된다. 홍도 엄마처럼 우리는 강남식 유기농 식사는 따라할 수 있다. 하지만 주거지를 강남으로 옮길 수는 없다. 홍도 엄마는 한강 남쪽은 다 강남이라 우기지만 유기농 식사로 계급이 위장되지는 않는다. 강남은 너무 많은 비용을 요구한다. 정이현의 소설에서처럼 가짜 "명품"을 살수는 있지만 가짜 주거지는 살 수 없으니 말이다. 주거와 공간이야말로 2000년대 대한민국의 계급을 결정하는 주요한 재생산 영역이다.

결국 또 문제는 '자리'다. 「해마, 날다」에서 "해마"가 기억하는 기능이 아니라 기억이 입력되는 공간이듯이 공간은 기억을 통해 특별해진다. 「타임캡슐, 1994」에 등장하는 두 인물들의 기억이 사라진 까닭도 그들이 주로 "재개발과 복원에 시끄러운" 공간을 다녔기 때문이며, 재개발이란 억지로 개발할 '자리'를 만드는 것이고, 실직은 자리를 잃어서 겪는 곤란이다. 자리 문제는 오래된 직업, 소설가에게도 예외일 수 없다. "가장 저렴하게 글을 쓸 수 있는 공간은 집이겠지만, 집에는 내가 낮 동안 어디라도 다녀오길 바라는 가족들이 있다.(99쪽)" 그래서 "나"는 집을 나서 작업실을 찾아 백화점에 간다. 21세기의 작가는 작업 공간과 거주 공간 혹은 생산 공간과 소비 공간을 나누는 후기 자본주의 가운데 놓여 있다.

그런 의미에서, 「로드킬」은 윤고은이 생각하는 대한민국, 서울의 상징적 조감도임에 분명하다. 주인공은 벤딩머신만으로 운용되는 외딴 무인 호텔에 "판타스틱 러브"라는 제품을 납품한다. 물건을 채워 주러 간 어느 날, 그는 호텔에 고립되고 만다. 그는 현금, 신용 카드, 개인 정보를 팔아 방을 구입한다. 하지만 점점 그의 기호적 가치는 줄어들고 그가 기거하는 방은 낮아지고 작아진다. 벤딩머신으로 유지되는 고립된 무인 호텔은 컨베이어 벨트처럼 움직이는 후기 자본주의 사회를 압축적으로 보여 준다. 말하자면, 사회는 "누군가 움직인 듯도 한데 자신만 빼고 모두들 시치미를 떼"는 술래놀이와 같다. "아무리 걸어도 구조를 파악할 수 없는 기이한 건물, 이정표로 삼을 만한 것이 어디에도 없"는 호텔은 바로 우리 사회다. 점점 더 작은 방으로 옮겨 가는 고리오 영감처럼 그에게 허락된 방은 점점 작아진다. 심지어 몸은 방에 맞게 재조립되기도 한다. 그것이 진화인지 퇴화인지 알 수 없지만 말이다.

3 21세기 잉여 인간

윤고은의 소설에는 유달리 실직자 혹은 구직자들이 자주 등장한다. 두 가지 이유가 있을 것이다. 하나는 윤고은이 1980년생, 2010년 현재 갓 30대에 진입했다는 점일 테다. 윤고은은 온갖 흉흉한 소문과 함께 20대를 보냈다. 두 번째는 실직 문제야말로 2010년 대한민국의 가장 핵심적 실제일 수 있다는 점이다. 실직, 실업이야말로 한국 사회의 중핵이다.

엄밀히 말하자면, 실직이나 실업은 단순히 2010년만의 문제는 아니다. 이상의 「날개」 이후로 한국의 소설에는 수많은 실직자들이 주인공으로 얼굴을 내비쳤다. 차별성은 지금의 실업 문제가 과잉 도시화의 잔여물에서 비롯되었다는 점에 있다. 김승옥이 소설을 쓰던 1960년대엔 도시와 농촌 사이의 개발 격차가 문제였지만 1990년대 이후엔 도시 안의 상대적 부와 그로 인한 계층적 격차가 문제가 되었다.

윤고은이 다루고 있는 실직이나 실업은 앞선 세대들과는 전혀 다른 문제로 구체화된다. 이전 세대에게 직업이 생존의 문제였다면 지금 그것은 계층의 상대성을 확고히 하고 계층 간 이동을 금지하는 방어막 구실을 한다. 이에 21세기의 대중은 제자리를 갖지 못하고 불완전 고용된 20대 잔여 노동력으로 구성된다. 아마도 마르크스는 억압받는 합법적 프롤레타리아가 아니라 법의 지배 밖에 있는 비정규직 노동자들이 21세기 대중을 구성하리라고는 상상도 못했을 것이다.

지금, 20대들은 경제적 호모 사케르라고 할 수 있다. 죽이는 것이 범죄는 아니지만 종교적 제물로도 쓰일 수 없는 호모 사케르처럼 그들에게 일은 주어지지만 안정적 '자리', 정규직을 주지는 않는다. 그들은 공식 경제가 돌아가기 위해서는 없어서는 안 될, 하지만 공식 경제에 노출되어서는 안 될 비공식 프롤레타리아로서 시장을 떠돈다. 회사 건물에 입장할 명찰은 주어지지만 4대 보험이나 노조 가입은 불가능하다. 직업의 세계에서 그들은 유목민으로 서성댄다.

「해마, 날다」의 주인공은 해마 업체에 취직해 '해마 8'로 일한다. 해마란 기억이 저장되는 뇌 속의 일부 공간으로서 해마들의 일은 술 취한 사람과 대화를 나누는 것이다. 술만 마시면 지인들에게 전화를 걸어 '끊긴 필름'의 일부를 현상하는 사람들을 위해 이 사업은 고안되었다. 세상에 그런 직업이 있기나 할까? 하지만 상황을 좀 다르게 생각해 보자. 만일 당신이 면접을 "68번"이나 봤던 사람이라면, 1년 사이 여덟 번이나 직장을 옮겨야 했던 대학 졸업자라면, 아무리 이상하다 해도 취직을 마다할 수 있을까? 『무중력 증후군』의 '노시보'가 일하는 공간 역시 이상하기는 마찬가지다. 윤고은의 소설에 등장하는 인물들은 종종 4대 보험은커녕 사업자번호나 등록되어 있을까 싶은 이상한 직종에 종사한다. 중요한 것은 예순여덟 번의 면접과 여덟 번의 이직이 이 모든 기괴한 상황들을 개연성 있게 만들어 준다는 점이다. 이 숫자들은 윤고은 소설의 이상한 세상을 핍진하진 않지만 개연성 있는 공간으로 만들어 준다. 환상이라고 단순히 괄호 쳐 둘 수 없는 현실의 중핵을 건드리고 있다는 말이다.

　　당신은 광고 회사에서 일한다고 말한다. 당신은 모른다. 당신 자신이 다음 열차 칸에 운 좋게 탑승해 있다는 사실을, 초등학교, 중학교, 고등학교, 대학교로 칙칙폭폭 흘러가는 열차들에 대해, 당신은 아마 한 번도 의심해 본 적이 없을 것이다. 다음 칸으로 넘어가기 위해 객실 문을 벌컥 열었는데 다음 객석은커녕, 암흑 같은 어둠만 꼬리처럼 따라붙는 그런 상황을, 본 적이 없는지도 모른다. 당신이 그런 막연함을 누린 적이 있는지 없는지는 그다지 중요하지 않다. 확실한 건 당신은 지금 취업난을 기껏 비유의 도구로 사용할 만큼 여유가 있고, 나는 그런 당신의 화법이 사치스럽게 느껴진다는 사실이다.[2]

　　문제는 상대성이다. 그래서, 광고 회사에 '자기 자리'를 가지고 있는 "당신"은 "될 놈은 다 되고 있다고" 말한다. "당신"은 단숨에 "나"를 잉여 인간으로 만든다. 관건은 당신에게 주어진 "객석"이 내게는 없다는 것이다. 심지어 "다음 칸"조차 없다. 당신은, 세상은, 나를 잉여적 존재로 분류

2　윤고은, 「해마, 날다」, 『알로하』(창비, 2014), 145쪽.

한다. 더욱 심각한 것은 '나'가 없어도 사회는 굴러가고 심지어 더 잘 움직이기까지 한다는 사실이다. 쓸모없는 사람에게 자리가 주어지지 않는 게 아니라 자리가 없는 사람은 쓸모없다. 쓸모는 자리가 결정한다. 그렇다면, 자리가 없는 인간들은 어디로 가야 할까? 지그문트 바우만의 말처럼 쓸모없는 것들은 모두 쓰레기장에 가야 한다면 자리 없는 인간들 역시 쓰레기로 분류되어야 하는 것인가? 그렇다면, 잉여 인간들이 모일 게토는 어디일까? 아니, 게토가 될 만한 집하장을 찾을 수나 있을까?

이에 대해, 사회는 특별히 까다롭게 굴지 말고, 직업에 너무 많은 기대를 갖지 말고, 자리가 나면 너무 많은 것을 묻지 말고 그대로 받아들이라 충고하며 일하는 동안만큼은 그것을 즐길 수 있는 기회로 삼으라 충고한다.[3] '자기 계발'의 문제라며 잉여 인간을 더 주눅들게 한다. 공익 광고는 "작게 시작해서 크게 키우라"며 개인의 다짐이 사회의 구조적 전망 부재를 대신할 수 있다 말한다. 그러니 얼마나 사실적인가? 윤고은의 소설 속 인물들은 술 취한 사람과 대화해 주는 '이상한' 직업도 마다 않고, 월급만 나온다면 보이스 피싱도 서슴지 않는다. 자리를 못 잡으면 "인간 끈끈이"가 돼서라도 쓸모를 찾아야 한다. 그레고르 잠자는 어느 날 갑자기 벌레가 되지만 21세기의 잉여 인간은 자발적으로 인간 끈끈이로서의 쓸모를 계발한다. 「달콤한 휴가」는 이 지독한 현실 끝에 서 있다.

「달콤한 휴가」는 엉뚱하게도 "빈대" 이야기로 시작한다. 21세기에 웬 빈대? 그런데, 빈대 역시 '거주지' 싸움의 일부다. "빈대를 퇴치하려면 자신의 영역을 먼저 지켜야만 하는 것이다.(「달콤한 휴가」, 『1인용 식탁』, 50쪽)" 이 소설은 한 남자의 실직에서 시작된다. 그는 퇴직금으로 커피메이커를 사고, 유럽 여행을 가며, 그로 인해 빈대의 존재를 알게 된다. 시작은 빈대가 아니라 바로 실직이었던 셈이다.

---

3   지그문트 바우만, 정일준 옮김, 『쓰레기가 되는 삶들』(새물결, 2008), 29쪽.

21세기 빈대는 유럽을 뉴욕을 그리고 드디어 서울의 신촌 부근을 엄습한다. 마침내 빈대는 주인공이 살고 있는 다세대 주택을 침입하고 세대원들은 빈대 퇴치에 골머리를 앓는다. "주택 공동의 문제"라며 고민하던 주민들은 마침내 최후의 방법으로 인간 숙주를 생각해 낸다. 인간 숙주란 다세대 주택의 모든 빈대를 몸에 붙이고 사라져 주는 희생양을 지칭한다. 주목해야 할 것은 인간 숙주의 요건이다. 인간 숙주는 "출근하지 않으면 안 될 회사가 없고, 특별히 돌보아야 할 아이가 없으며, 피부는 적당히 두껍고, 겨울이 끝날 때까지 시간적 여유가 있는" 사람으로 제한된다. 쉽게 말해, 직업이 없고 건강한 젊은이가 빈대의 미끼로 적합하다. 그의 잉여성은 드디어 쓸모를 인증받는다.

주인공은 "인간 끈끈이"가 되어 온 몸에 빈대를 달고 서울을 빠져나간다. 서울은 이제 안도감에 빠져든다. 그런데 과연 도시는 빈대의 퇴출에 안도를 느낀 것일까, 아니면 쓸모 없는 인간, 잉여 인간의 처리에 안도하는 것일까? 윤고은은 인간 끈끈이가 된 한 남자의 기이한 운명을 통해 우리 사회의 이상한 시스템을 드러낸다. 정말 이상한 건 빈대의 출현도, 인간 숙주도 아닌 이런 상상이 개연성 있는 알레고리가 되는 동시대 현실이다.

그렇다면 이쯤에서 우리는 미뤄 두었던 질문을 해야 할 것이다. 갓 서른 살이 된 젊은 작가, 윤고은은 이 이상한 사회 시스템의 골조를 드러냄으로써 어떤 이야기를 하고 싶은 것일까? 윤고은은 그저 이 험악한 세상을 환상적 기법을 통해 그려 내고 싶은 것일까? 작가의 재치는 개연성 있는 환상과 발랄한 상상을 통해 규명되지만 작가의 미래는 전언을 통해 가늠될 것이다. 이는 작가 윤고은이 그려 내고 있는 낯선 세계의 동시대적 의미를 탐사하는 일이기도 하다. 윤고은이라는 작가의 차별성과 전언에 대한 진단과 평가가 요구된다는 뜻이다.

4　신흥 프롤레타리아의 1인용 공간

대답부터 하자면, 윤고은은 이 지독한 세상에서 "1인용 공간"을 조형해 내고자 한다. 윤고은이 정박하고 싶은 곳(topos)은 바로 무수한 1인용 공간으로 채워진 세계다. 장소를 뜻하는 고대 그리스어 'topos'는 주제를 의미하는 'topic'과 어원을 공유한다. 윤고은이 추구하는 1인용 공간은 윤고은이 도달하고자 하는 주제이기도 하다. 장소이자 주제인 '1인용 공간'의 실체는 작품집의 표제작이기도 한 「1인용 식탁」을 통해 유추해 볼 만하다. 얼핏 보기에 「1인용 식탁」은 혼자 밥도 먹지 못해 그것을 학원까지 다니며 연마하는 나약한 현대인을 그려 낸 듯싶다. 하지만 좀 더 꼼꼼히 살펴보면 윤고은이 갖고 싶은 "1인용 식탁"은 훨씬 더 근본적 문제를 암시하고 있음을 알 수 있다.

이는 소설 속 인물이 "1인용 식탁"을 찾아 헤매는 과정을 통해 짐작된다. 혼자 밥을 먹기 위해 첫 번째, '나'는 "타인의 시선"을 견뎌야 한다. 두 번째, 자신만의 박자를 찾아야 한다. 세 번째, 더 이상 "우리"라고 부를 만한 소속에 연연하지 말아야 한다. 타인의 시선과 박자, 질서에 구애받지 않는 철저한 나만의 공간, 그것을 거쳐야만 1인용 식탁을 가질 자격이 부여된다. 말하자면 "1인용 식탁"은 세상을 지배하는 중력, 상징계적 상식의 질서가 아닌 오로지 나만의 리듬으로 운용되는 독자적 공간이다.

배고픔의 해소는 인간이 가진 최소한의, 최초의 욕구다. 식사는 욕망(desire)이 아닌 욕구(demand)를 해소해 준다. 욕구가 욕망이 되는 것은 배고픔이 식탁을 만나는 순간이다. 질서와 문화, 도구로 차려진 식탁은 더 이상 욕구의 영역이 아니다. 1인용 식탁에 대한 바람은 그러므로, 타인에게 침해받지 않는 완전한 1인용 공간에 대한 욕망이라고 할 수 있다. 그 누구와 타협하지 않고, 자신만의 욕구와 욕망에 따라 의사 결정된 메뉴를 선택하는 것, 인간이 최소한도로 요구할 수 있을 자기 권리, 그것이 바로

1인용 식탁의 실체인 셈이다.

윤고은은 이 사회가 식탁이라는 매우 사적인 욕구의 영역까지 몰개성화하고 계급화했다고 말한다. 즉, 개인들은 자기 욕구에만 충실할 수 있을 최소한의 공간도 갖지 못한 셈이다. 최소의 문화 공간인 식탁마저도 질서나 시선에 의해 이미 영토화되었다. 그러므로, 혁명은 역설적으로 식탁에서 시작될 수 있을 것이다. 상식과 법, 질서와 권력에 의해 영토화된 식탁을 개인 각자에게 돌려주는 데서부터 말이다.

어쩌면 윤고은이 바라는 세상은 달이 두 개, 세 개, 일곱 개씩 늘어나는 환상적 사건이 아니라 각자 자신의 취향에 따라 소박한 식탁을 마련할 수 있는 세상일지도 모른다. 직장이 제공한 자리, 결혼이 마련해 준 자리, 부모가 정해 준 자리가 아니라 자기 자신이 만들어 낸 고유한 자리, 이 공간을 갖는 것 그것이 곧 질서의 전복이며 혁명 아닐까? 수많은 혁명가들이 먼저 섹스를 해방하라고 말했다면 윤고은은 식탁을 해방하라고 말하고 있다. 이 기발한 상상의 전회와 위트야말로 작가 윤고은의 작가적 재능이자 감각일 것이다.

각기 자신만의 언어로 말하고, 자신만의 취향으로 옷을 입고, 자신만의 식성으로 음식을 선택한다면, 외양이나 패션, 주거를 통한 계급의 규정 따위는 우스워질 것이다. 아니, 더 이상 질서나 세계도 존재하지 않을 것이다. 그래서 중력 따위가 우스워지면, 엄마는 아빠와 아들을 두고 집을 나갈 수 있고, 고시생 형은 요리사가 될 수 있다. 이런 맥락 가운데서, 윤고은 소설에 등장하는, 백화점 화장실 한 귀퉁이에 놓인 작가의 작업실은 더 애틋해진다. 자본이라는 거대한 건축물 가운데서 2010년의 작가가 쓸 수 있는 공간은 아마도 화장실 정도일 것이다. 하지만, 이 공간에서 생성된 환상을 통해 자본의 질서는 무중력 상태에 빠지기도 하고, 인베이더 그래픽으로 전도되기도 한다. 이 자리는 후기 자본주의 사회가 잉여 혹은 쓸모로 구분하는 제도화된 컨베이어 벨트 혹은 무인 호텔 시스템 속에 있지만 그것을 파괴할 내부 교란자의 공간이기도 하다.

그래서 다시 인베이더 그래픽으로 돌아와 본다면, 결국, 이 재개발 난국의 현실에서 살아남고 생존해 간다는 것은 바로 세상에 인베이더 그래픽을 남기는 것이다. 그래픽 작가는 재개발되기 어려운 건물만을 골라 가며 그래픽을 남긴다지만 역설적으로 말하자면 인베이더 그래픽이 철거와 재개발을 막을 수도 있다. 자본의 잔혹한 중력이 윤고은의 상상력을 낳았지만 윤고은의 상상력이 적어도 세상의 난개발은 막을 수 있을지도 모른다. 만일, 윤고은의 기이한 소설 공간에서 잔혹한 현실 이외의 전망을 읽는다면, 아마도 이 가능성 속에 있을 것이다. 그리고 그때 윤고은 소설의 환상은 단순한 유희가 아닌 선언이 될 것이다. 이것이 윤고은 소설이 가진 힘이기도 하다.

'진짜'라는 유령

세상의 수수께끼는 비가시적인 것이 아니라 가시적인
것이다.

오스카 와일드

1   감각적 사실성과 재현의 핍진성

최초의 영화는 뤼미에르 형제의 「기차의 도착」으로 알려져 있다. 뤼미
에르 형제가 영화 촬영에 사용한 시네마토그래프(Cinématographe)는 키네
토스코프의 약점을 개선한 작고 가벼운 기계였다. 시네마토그래프는 촬영
과 현상은 물론 영사기의 기능까지 갖춘 기계였다. 뤼미에르는 이 기계를 통
해 거리로 나가 사람들의 일상과 풍물을 찍기 시작했다. 1895년 12월 28일
파리의 카퓌신느 가에 위치한 그랑 카페의 지하 살롱 앙디앙에서 뤼미에르
형제가 제작한 영화가 세계 최초로 유료 공개되었다. 10초 정도의 짧은 필
름 조각에 불과했지만, 관객에게 준 충격은 대단했다. 특히 스크린 속에서
기차가 질주해 올 때에는 진짜 기차가 자신을 향해 달려오는 것으로 착각
한 관객들이 좌석에서 벌떡 일어나는 촌극이 벌어지기도 했다.[1]

하나의 유령이 전 세계를 떠돌고 있다. 「아바타」로 확산된 3D 영화의

---

1   최상식, 『영상으로 말하기』(시각과 언어, 2001), 19쪽.

매력은 '진짜 같은'이라는 감각적 사실성에 기반하고 있다. 관객들은 주인공 제이크 설리가 토르크 막투라는 피조물을 타고 날 때, '진짜 날고 있는 것처럼' 느껴진다고 말한다. 그런데 여기에서 질문을 해 보자. 과연 날고 있다는 서술의 근간이 되는 원체험은 어디에서 기인하는가? '진짜 같다'라고 이야기할 때 과연 누가 진짜 하늘을 날아 본 것일까? 3D 영화에서 관객들에게 가장 실감 나게 제공되는 장면들은 석탄 열차나 기구를 타고 모험을 즐기는 신(scene)들이다. 그러니까, 롤러코스터를 타는 기분을 모사해 연출해 놓은 장면이 바로 '진짜 같은'의 경험적 원천이다. 이, '진짜 같은'이라는 말 속에는 3D 영화가 추구하는 사실적 인공성이 자리 잡고 있다. 사실상, 이 직유법에는 원관념이 없다.[2]

「아바타」에서 재현된 진짜 같은 면모는 사실상 실사(live action)와 거의 구분이 되지 않을 정도로 섬세하게 마련된 디지털 합성(Digital Composition)의 결과라고 할 수 있다. 컴퓨터로 만들어진 합성 이미지, 디지털 이미지들은 우리가 발 딛고 살아가는 현실을 반영하는 것이 아니라 다른 현실을 사실인 것처럼 재현한다. 「아바타」에서 관객들이 사실감을 경험한 장면들이 대개 "판도라"라는 가상 현실 속의 체험들이라는 사실도 이와 연관된다. 상상의 결과물인 "판도라"에는 원본이 없다. 그런데도 관객들은 완전히 인공적인 공간, 비사실적이며, 비체험적인 판도라를 사실

---

2   우리가 일상적으로 3D라고 할 때 이는 제작 과정이라기보다는 영사 시스템 및 관람 행위를 의미한다고 보아야 한다. 화용론적으로 언급되고 있는 3D는 현재 실용 가능한 모든 디지털 시각 매체의 기술 모두를 아우르는 경향이 있다. 초기 애너글리프 안경을 착용하고 보던 3D 관람 행위는 「아바타」가 아닌 100여 년 전, 영화의 시작 단계였던 디오라마 상영 기법에서부터 시험되었다. 현재 「아바타」에 대한 열광은 3D 기술의 발견이 아니라 신체적 저항감을 대폭 줄인 3D 관람 행위의 상용화라는 점에서 찾아져야 할 것이다. 3D 상영 기술에 대한 자세한 설명이나 이에 대한 필자의 견해는 몇몇 논문들로 주석을 대신하고자 한다.(졸고, 「완전 영화의 꿈과 애니메이션」, 2010년 미학예술학회 봄 정기 학술대회 발표 논문집, 졸고, 「네오 미디어 시대의 판타지와 동화」, 2010년 문학과영상학회 봄 정기 학술대회 발표 논문집)

감 있게 받아들인다. 엄밀히 말하자면 관객들이 사실감을 느끼는 부분은 사실이 아니라 환영(illusion)이다.

사람들은 눈에 보이는 것을 사실이라고 믿는다. 플라톤의 『국가』에서 이야기하고 있는 동굴의 우화 역시 가시적 세계의 사실이 진리와 다를 수 있다는 가정에서 시작된다. 철학자들은 일상적 지각 행위 가운데서 속임이나 현혹이 발생할 수 있음을 경고했다. 수많은 종교들이 초자연적 행위의 시각화에서 그 자명함을 증명하려 했다는 사실도 이와 관련된다. 플라톤이 언급한 동굴의 신화에는 문명 초기에 나타났다가 사라졌을 시각적 종교 관습의 경험이 반영되어 있다.

본다는 것, 보이는 것에 대한 경고는 회화 기술(technique)의 역사에서도 발견된다. 레지스 드브레는 미술의 기원을 죽음과 그로 인한 부재를 대신하고자 했던 마술에서 찾고 있다. 레지스 드브레는 살아 있던 사람이 사라지는 부재의 공간, 그 부재의 공포를 견디기 위해 이미지가 비롯되었다고 말한다. 실재와 똑같이 모사하는 것으로서의 회화의 기능은 인간이 이미지를 생산해 내기 시작한 이후 아주 오랜 기간 미술의 노에마(noema)로 자리 잡아 왔다. 그런 점에서, 솜씨가 어찌나 뛰어났던지 새들이 그가 그린 포도를 먹으려 포도 덩굴로 날아들었다는 제욱시스(Zeouxis)의 테크닉이 미술의 역사에 중요한 사건으로 기록되었다는 점은 주목할 만하다.

서양 예술사 전반을 지배했던 환영주의에 대한 집착은 19세기에 발명된 사진이라는 기술 덕분에 미술에서 사진의 영역으로 넘어갈 수 있었다. 눈에 보이는 현실을 그대로 재현할 수 있는 사진 기술 덕분에 예술사는 입체파와 야수파를 기록에 첨부할 수 있게 된 것이다. 사진은 미술을 유사성의 집념으로부터 해방시켰다. 영화는 19세기 사진이 확보했던 사실적 재현과 인증 작용의 개념에서 발전된 시각 매체 기술이다. 최초의 영화 상영과 관련된 우스꽝스러운 에피소드들은 영사된 이미지를 실제와 구분하지 못한 관객들의 '진짜 같은' 체험에 대한 간증과 다를 바 없다. 관객들은 스크린에 투사된 기차가 점점 더 확대되는 지각적 체험을 기차가 다가오는 경험적 사실과 혼동했다. 관객의 놀라움은 뛰쳐나가는 행동으로 연산된다. 당시 관객들은 기차가 진짜 다가오는 것처럼 느꼈다. 여기에서 말하는 '진짜'는 지각의 사실성을 의미하지 진짜 기차가 다가왔음을 의미하지 않는다. 우리가 주목해야 할 것은 '진짜'가 아니라 '것처럼'이라는 부사라는 뜻이다.

뤼미에르 형제의 최초 영화 상영에 대한 반응과 「아바타」의 3D 상영 과정에서 수렴된 관객들의 평가는 공교롭게도 서로 일치한다. 사람들은 ('진짜 같은') 새로운 지각 체험을 환대했다. '진짜 같은'에 대한 열광은 20세기의 예술이 그토록 내파하고자 했던 환영주의(illusion)로의 귀환을 연상케 한다. 「아바타」와 같은 디지털 합성 영화를 본 후 관객들이 느끼는 사실감(reality)은 실재하는 대상의 완벽한 재현을 두고 말하는 사실감과도 다르다. 관객들은 물리적 사실감에 대한 합리적 판단인 아이스테시스(aisthēsis)와 지각적 사실감에 대한 경험적 판단인 독사(doxa), 원근법적 사실감의 중간 어디쯤에서 개연적 사실성을 판단한다.

원본이 불확실한 감각적 체험에 대해 사실성을 평가하고, 기술적 완성도로 측정되어야 할 디지털 합성에 대한 감탄이 새로운 관람 행위와 혼동되는 21세기의 유령은 이제 정책적 지원의 대상으로 전경화되고 있다. 지금 3D와 환영은 주변이 아닌 중심의 논리다. 이 혼란스러운 유령의 도래 이면에는 회화와 영화의 발전 과정에서 끊임없이 논의되어 왔던 시각적 사실성과 진리의 문제가 놓여 있다. 그리고 이는 회화와 과학주의의 영향 아래 새롭게 대두되었던 문학에서의 사실주의의 논쟁과도 결부된다. 지금, 이곳에서 벌어지고 있는 3D와 사실성 논쟁이 단순히 산업적 차원으로 환산될 수 있는 기술의 문제가 아니라 기술의 재현(technocity)과 관련돼 있다는 이야기다.

중요한 것은 기술적 완성도가 아니라 사람들이 재현된 눈속임에 기꺼이 열광하는 현재의 상황이다. 핍진성(verisimilitude)에 기반한 삶이 아니라 감각적 개연성으로 확장된 환영에 열광하고, 그것에 기꺼이 사실성이라는 용어를 헌정하는 2010년 대중에게 있어 과연 사실이란 무엇일까? 만일, 환영에 불과한 시각적 이미지에서 진짜를 체험한다면 문학과 예술이 추구해야 할 동시대적 진실이라는 개념은 교정되어야 하는 것일까? 이 질문은 훌륭한 예술의 밑바탕으로 여겨졌던 사실주의에서의 사실의 개념에 대한 질문과 동반될 수밖에 없다.

2 실재와 환영의 문제

소크라테스에게 있어 동굴은 복잡한 영사 시스템에 의해 벽에 투영된 그림자만 보고 평생을 살아온 죄수들의 공간이다. 동굴은 세속적 세계를 상징하고 바깥 세상은 더 높은 차원의 실제(reality)를 의미한다. 동굴 벽에 비친 그림자를 보고 있는 사람은 시각적 감옥에 있는 셈이다. 그는 현상의 노예다. 그는 '표상의 표상'을 실제라고 여기면서 오직 보이는 것만을 진실로 받아들인다.(515b-c)[3] 모든 재현의 매개는 참된 시각을 방해한다. 소크라테스가 말하는 동굴의 알레고리는 지금 이곳, 영화관에 대한 알레고리로 바꾼다 해도 무방해 보인다. 관객들은 영화관이라는 동굴에 앉아 4D, Real-D, 아이맥스, Real 4K와 같은 복잡한 영사 시스템으로 스크린에 투영된 환영을 보며 그 환영을 사실적이라고 판단한다. 완벽히 실

---

3 『국가』 세6권에 있는 견해(opinion)에 대한 소크라테스의 설명을 여기에 인용했다. 견해는 죄수가 동굴 벽 그림자를 실제(reality)라고 여기며 행사하는 지적 능력이다.(카자 실버만, 전영백과 현대미술연구회 옮김, 『월드 스펙테이터』(예경, 2010), 9쪽에서 재인용)

재와 닮은 이미지, 이는 앙드레 바쟁이 말했던 완전 영화의 이상이기도 하다.

앙드레 바쟁이 말하는 완전 영화(total cinema)는 테크놀로지의 발달이 영화를 현실 그 자체의 수준까지 끌어올릴 것이라는 믿음을 반영한다.[4] 인간이 실제 생활에서 느끼는 감각적 사실성에 가장 가깝게 조작된 시각적 이미지, 그것이 바로 바쟁이 말하는 완전 영화의 개념이다. '이는 19세기에 나타난, 현실의 기계적인 재현 기술 일체를 막연하게나마 지배해 온 어떤 신화의 완성된 모습에 다름 아니다. 그것은 완전한 리얼리즘이라고 하는 신화로서, 세계를 그 자체의 이미지로, 예술가에 의한 해석의 자유라는 가설이라든가 시간의 불가역성이라든가 하는 따위의 짐을 지지 않는 이미지로 재창조할 수가 있다고 하는 신화'이다.[5]

앙드레 바쟁은 인간의 눈, 망막에 비치는 영상을 고스란히 재현하는 영화를 완전 영화라고 말한다. 기술적 신화로서의 완벽한 사실성의 재현이 곧 바쟁의 완전 영화 개념인 셈이다. 그런데, 사실성에 대한 앙드레 바쟁의 개념은 이탈리아 네오 리얼리즘 시네마에 대한 언급에서는 달라진다. 앙드레 바쟁은 시각적 현실에 대한 적극적 탐색이야말로 진정한 리얼리즘이라고 말한다. 말하자면, 영화는 갖가지 기술적 진보로 좀 더 완전한 (모사로서의) 영화에 가까워질 수 있지만 이것의 달성은 한편 영화 예술의 파멸을 의미할 수도 있다. 완전 영화라는 개념 안에 기술로서의 영화와 예술로서의 영화가 마주치게 될 역설적 충돌의 장면이 예견되어 있었던 셈이다.

여기에서 다시 사진 이야기로 되돌아가 보자. 롤랑 바르트는 사진의

---

4   앙드레 바쟁. 박상규 옮김. 『영화란 무엇인가』(시각과 언어, 1998).

5   앞의 책, 31쪽.

노에마를 "그것이 — 이미 — 존재했음"으로 확정한다. 어떤 가설을 세운다 할지라도 사진은 "그것이— 이미—존재했음"의 표지에서 벗어나지 않는다.[6] 한 장의 사진은 지시 작용 그 자체로서 사진의 근원적 질서를 이룬다.[7] 사진이 강렬한 인증 작용을 가능하게 하는 까닭은 그것이 어떤 예술보다 세계를 하나의 즉각적 현전으로 제시할 수 있기 때문이다. 사진을 통해 세계의 현전은 지각된다.

사진에 표현된 시간은 과거다. 사진은 찍는 순간 '이미' 그 행위를 과거로 만들어 버린다. 사진과 영화의 구별성은 이 정지에서 시작된다. 사진이 움직이면 영화가 된다. 사진이 움직이는 순간 사진의 노에마는 변질된다. 최초의 영화는 활동사진(motion pictures)의 개념으로 출발했다.[8] 뤼미에르가 찍은「기차의 도착」(1895)은 일련의 서사를 가진 이야기가 아니라 기념 사진과 기록 사진의 연장선상에 놓여 있다. 아무런 이야기나 줄거리가 없는 단속적 이미지들이 외부에서 삽입된 음악과 함께 연결되어 있다. 만약, '기차의 도착'을 최초의 영화라고 부를 수 있다면 그것은 이러한 촬영 행위가 카메라를 들고 서 있는 뤼미에르의 연출 아래 진행되었다는 점 때문이다. 우연히 발생한 사건을 촬영하는 보도 사진과 달리 뤼미에르의 활동사진들은 영상화하겠다는 뤼미에르의 의지 아래서 제작되었다. 그리고 이 의지로 인해 뤼미에르는 최초의 영화감독으로 명명된다.

6   롤랑 바르트, 조광희·한정식 옮김, 『카메라 루시다』(열화당, 1998).

7   사진의 노에마는 디지털 시대의 도래 이후 흔하게 자행되는 합성에도 해당된다. 합성 사진은 사진 속 피사체는 실존한다라는 전제 아래에서 파생된다. 인증 작용은 합성 사진을 만드는 과정에도 전제되어 있다.

8   영화 연구 초기에는 소설과 영화의 유사성이 강조되었다. 영화는 여러 가지 측면에서 문학적 형태와 유사한 공통점을 지니고 있지만 대부분 움직이는 시각 영상이라는 점에서 특성을 가지고 있다고 판단된다.(조셉 보그스, 이용관 옮김, 『영화 보기와 영화 읽기』(제3문학사, 1998)) 움직이는 시각 요소야 말로 문학과 영화, 사진과 영화를 구분하는 중요한 특질이다.

활동사진이었던 영화가 예술의 한 장르가 될 수 있었던 계기는 바로 몽타주를 통해서였다. 몽타주는 여러 요소 간의 시각적 스타일의 감정적 불일치 상태를 만들어 낸다. 에이젠슈타인이 발명한 몽타주는 서로 어울리지 않는 이질적 이미지의 병치를 통해 관객의 각성을 유발해 냈다. 관객들은 영화를 보면서 몰입이 아닌 낯설게 하기를 요구받는다. 이는 뤼미에르의 최초 영화 상영 순간에 관객이 뛰쳐나갔던 그 체험과는 정반대의 감수성에서 기인한다. 뤼미에르 최초 영화의 관객이 동굴 속 수인이었다면 에이젠슈타인은 관객들이 동굴 밖 실제를 볼 수 있도록 고통스럽게 대면의 재현 시스템을 지각하도록 한다.

그렇다면, 3D 기술은 어떠한가? 애너글리프 안경이나 3차원 안경을 끼고 봐야 하는 3D 영화는 기본적으로 가짜 3차원의 세계를 만들어 제공한다. 3차원으로 보일 뿐이지 영상은 평면에 불과하다. 즉, 3D란 관객을 속이는 기술이다. 3D는 허구적 현실을 만들어 내는 영화적 기능을 극대화한 장치라고 할 수 있다. 매끄러운 연속성으로 재현된 가짜 이미지들에서 사실감을 체험하는 이러한 행위들은 20세기의 예술이 힘겹게 관통해 온 환영주의의 도래를 보여 준다. 영화적 재현은 사실의 유무가 아니라 감각적 핍진성, 봉합의 흔적이 없는 전체로서의 기술의 완성도로 평가된다. 한편, 우리의 삶과 거의 닮은 전통적 의미에서의 사실주의적 재현은 촌스럽고, 재미없는 볼거리로 폄훼된다.

사진의 발명과 함께 사실주의 예술들은 환영의 몫을 재빨리 기술에게 돌렸다. 환영적 재현의 생산은 영화, 텔레비전, 비디오와 같은 대중 미디어 기술의 영역이 되었다. 환영, 망막적 사실성의 핍진한 재현은 광학과 전자의 몫으로 넘겨진 것이다. 사실, 이 과정에서 예술은 대중적 지지의 기반을 상당수 잃었다. 대표적인 예시 중 하나가 바로 소설이다.

'가담항어 도청도설(街談巷語 道聽塗說)'에서 시작된 세속적 이야기인 소설은 19세기를 너며 20세기를 거치면서 일상 잡기를 넘어선 예술로서의 가치를 확보하게 된다. 평범한 사람들의 자잘하고 속된 이야기였던 소설이 우리가 귀담아 들어야만 할 문제적 인물의 문제적 행위의 기록이 되고 그도 넘어서서 일체의 재현적 서사를 거부하는 비규범적 언어의 은유 행위로까지 확장되어 왔다. 만일,『파멜라』가 최초로 하층 신분을 주인공으로 내세웠고,『보바리 부인』이 허영 앞에서 비참하게 파산해 버린 당대적 인물을 주인공으로 내세웠다면, 로브그리예나 르 클레지오의 소설에는 시, 공간성이 불분명한 그리고 인물의 정형성을 기술하기 어려운 추상적 인물들이 등장하는 것이 사실이다.

소설의 역사는 미메시스의 정상을 향했지만 어느 사이 미메시스라는 소박한 사실의 재현은 소설의 예술성 및 현재성을 위협한다. 2000년대 한국 소설에서 가장 뜨거운 논쟁이 되었던 새로운 소설의 면모 그리고 근대 문학의 종언이라는 소문을 둘러싼 담론들도 여기에서 크게 벗어나 있지 않다. 공교롭게도 여전히 많은 독자를 거느린 문학 작품들이 전위적 서사가 아니라 '재현적 서사'라는 사실도 마찬가지다.

3 문학에 있어서의 사실과 사실주의의 역설

영화를 중심으로 벌어지는 사실과 사실주의, 재현과 현존의 문제는 19세기 문학사 안에서 발생했던 사실주의 논쟁의 일면과도 닮아 있다. "그 의미를 규정짓기 대단히 어려운 이 용어"인 사실주의는, 일차적으로 "현실을 가능한 한 충실하게 전달할 것을 목적으로 하고 최대한의 박진감 (verisimilitude)을 지향하는 예술의 한 경향"으로 정의된다.[9] 현실에의 충실성, 최대한의 박진성은 19세기 예술 운동의 형태로 발전되었다. 그런데

---

9 로만 야콥슨, 「예술에 있어서 사실주의에 관하여」, 『문학 속의 언어학』(문학과 지성사, 1989), 12쪽.

문학에 있어서의 충실성과 박진성이란 무엇일까?

야콥슨은 이 개념을 근본적 문제로까지 끌고 내려가 하나의 정형이 되어 버린 표상과 습관화에 저지해 사실감을 충족시키기 위해 새롭게 끌어들인 말을 비교한다. "새로운 흐름을 따르는 사람들에게는 비본질적인 것에 대한 묘사가 선대의 화석화된 전통보다 훨씬 더 사실적인 것으로 보인다."는 것이다.[10] 반면, 보수적인 사람들에게는 옛날의 규범에 따라 변형을 박진감의 결격 혹은 사실주의로부터의 이탈로 간주한다. 그들은 옛날의 규범만이 유일한 사실주의라고 주장하게 된다.

관습이 된 언어의 사용을 지양하고 낯선 언어를 찾아냄으로써 일상이 된 사실에 대한 감각을 새롭게 하고자 하는 사실주의의 노력은 몽타주 기법을 통해 대면적 몰입의 효과를 반감하고자 했던 에이젠슈타인의 시도를 떠올리게 한다. 몽타주는 작가라 부를 수 있을 감독이 진리라고 생각하는 현실의 이면을 제시하기 위해 일부러 감정적 불일치를 유도한다. 봉합의 흔적을 드러냄으로써 등장인물과 관객의 동일시를 지연하는 일련의 몽타주들은 입체파나 야수파의 반사실주의적 기법과 유사하다. 존재론적 몽타주의 기능은 톨스토이의 소설에서 거의 불필요하다고 느껴지는 과잉 묘사나 서술에도 적용된다. 만일 하나의 시공간 안에 존재론적으로 양립 불가능한 것이 시각적 사실로 재현된다면, 이는 의도적으로 사실성을 위배한 전위적 시도라고 보는 편이 옳다.

존재론적 몽타주는 2000년대 한국 소설에서 발견되는 기존의 개연성이나 핍진성 개념을 위배하는 환상적 소설에서 종종 발견되곤 한다. 가령, 황정은의 소설에서 아버지가 갑자기 모자가 되거나 박민규의 소설에서 아버지가 기린으로 뒤바뀌는 상황은 이 장면들에 동일시를 요구하는 환영과는 정반대의 효과를 불러일으킨다. 오히려 2000년대 이후 새롭게 등

---

10   앞의 책, 12~15쪽.

장한 소설들은 의도적으로 소설의 개연성이라는 법칙에 흠집을 내고 그것에서 일탈하고자 한다. 소설 속에서 일어나는 사건들이 우리가 살고 있는 이 삶의 재현이기는 하지만 그것을 고스란히 반영하는 환영은 아님을 보여줌으로써 소설들은 현존이 된다. 이 낯설고 새로운 방식들은 한국 문학의 관성에 계속 낯선 신조어를 추가하고자 하는 노력으로 받아들여진다.

영화의 제작 기술에 있어서의 디지털 합성이나 상영 기술에 있어서의 3D 관람은 영화에 소용되는 스토리를 새로운 차원으로 종속시키고 있다. 예로부터 예술의 가장 중요한 과제 중 하나가 아직 충족되기에는 때 이른 어떤 수요를 창출해 내는 일이었다면, 지금 3D 기술이야말로 아직 충족되지 않은 수요를 창출해 낼 기술의 핵심이라고 말할 수 있다.데이비드 보드웰 식으로 말하자면, 3D 상영과 디지털 테크놀로지를 통한 합성(composition)은 현대 영화의 가장 유력한 산업적 첨단임에 분명하다.[11] 최근의 많은 영화들이 동화 원작을 새롭게 현대적으로 각색, 재해석하고 있는 것도 이런 영향과 관련이 깊다.

문학과 기술의 발전을 단선적으로 볼 때에는 콘텐츠로서의 작품의 문제가 전경화되겠지만 여기에는 기술의 발전에 따라 지배적 매체의 변화라는 좀 더 근본적 변화가 자리 잡고 있다. 3D 기술의 발전과 확산에서 가장 근본적 문제는 바로 이성적 매체로서의 독서가 감각적 동일시로서의 영상 문학(Screen Literature)으로 점점 바뀌어 갈 것이라는 사실이다. 요즘 디지털 리터러시가 화제지만 근본적 변화는 아날로그와 디지털의 문제라기보다는 종이와 스크린이라는 매체에서 발생한다.

현재 문학의 지위는 구텐베르크 혁명이라고 불리는 기술 이동의 결과

---

11   관객이 극장과 멀어지는 것을 막기 위해, 새로운 영사 기법 개발에 도전할 필요가 있다. 이를 위한 최선의 방법이 입체 영상이다.(DCAJ, 「3D 콘텐츠에 관한 조사연구보고서」, 2008, 베니김, 앞의 책에서 재인용)

물이라고 할 수 있다. 활자 문명은 기억과 암송에 의존하던 구어 문화를 불식했다. 500여 년 전 구어 문화는 문자 기술에 의해 완전히 전복되었다. 흥미로운 것은 우리가 현재 사용하고 있는 문자 문명의 디스플레이 기술이 오랜 시간을 거쳐 완성되었다는 사실이다. 가령, 흰 종이에 검은색 잉크로 쓰인 형태, 문자의 선조적 배열, 메인 텍스트와의 선조적 관련성을 시각적으로 보여 주기 위해 12세기 무렵 완성된 주석 형태, 읽었던 부분을 찾기 위해 페이지 밑에 달리게 된 알파벳 쪽수, 인용구의 배치와 같은 문제들 말이다.[12] 지금 우리가 너무도 당연하게 하고 있는 인용 행위들 그러니까 다른 어떤 책의 한 부분을 발췌해 글자의 크기나 서체를 달리 해서 인용을 표현하는 관습들은 구텐베르크의 하드웨어 발명에 뒤따른 500여 년간의 소프트웨어 기술의 발전이었다. 그리고 이제, 또 한 번의 이동, 종이에서 스크린으로의 이동이 시작되었다.

가짜 현실을 제공하는 디지털 합성 영화의 인공성을 최대한 만끽하기 위해 자발적으로 3D 입체 안경을 쓰는 대중의 관람 행위는 보는 행위로서의 텍스트의 지위가 곧 스크린으로 대체될 것이라는 예측에 확신을 준다. 일례로, 이제 사람들은 길을 찾아 나설 때 문자로 검색해 문자로 결과를 얻는 것이 아니라 문자로 검색해 길의 3D 이미지를 전송받는다. 실제 거리와 건물의 위치를 사실 그대로 재현해 주는 3D 이미지는 '글로 찾는 지도' 때문에 잃었던 시간을 보상해 준다. 시각적으로 정확하게 재현된 건물의 위치는 글이 준 정보를 머릿속에서 상상하고 종합하는 수고를 덜어 주기 때문이다. 디지털 이미지들은 모르는 길이나 상호를 쪽지에 적어 가던 기존의 방식을 유비해서 스마트폰의 쪽지 기능을 만들 것이고, 스크린 사전을 개발할 것이며, 서점에 서서 대충 훑어볼 수 있듯 브라우저 기능을 강화해 나갈 것이다.

---

12   Kevin Kelly, *Becoming Screen Literature, Idealab*, The New York Times, November 23, 2008.

중요한 것은 이러한 매체의 변화, 매체 환경의 이동이 소설, 시 결국 문학에도 영향을 미치리라는 사실이다. 아마도 문학, 소설, 시는 모니터를 넘어서 스마트폰, 태블릿 PC와 같은 새로운 시각성에 알맞은 '주석' 형태를 개발해 낼 것이다. 물론 이 모든 것은 문자 문화와 텍스트 인쇄의 전통에 대한 활용으로 시작될 것이다. 디지털 합성 기술이 3D 상영 기술 덕분에 거의 완벽한 환영을 창출해 내자 그 기술에 알맞은 콘텐츠들이 개발되듯이 문학에서도 개발된 기술에 맞춰 제작된 콘텐츠들이 생겨날 것이라는 말이다. 하지만 여기에서 한 가지 질문을 던져 보자. 그렇다면 과연 변화된 매체 환경, 아니 좀 더 비관적으로 말해 새로운 헤게모니를 차지하게 된 매체 환경으로서의 스크린 문학이 과연 진정한 문학이 될 수 있을까? 만일, 영화 기술의 차원에서 두 가지의 상반된 완전 영화의 꿈이 존재한다면, 그러니까 발전된 광학 기술과 디지털 합성, 영사 시스템을 통해 망막에 재현된 것과 거의 똑같은 이미지를 재현하는 꿈과 감각으로는 볼 수 없는 삶의 진리를 발견해 내는 재현으로서의 꿈이 있다면 「아바타」가 과연 이 두 가지의 이상을 모두 실현해 줄 수 있을까? 아마도 이 질문은 새로운 디지털 환경에서의 새로운 문학의 창출에 고민하는 우리에게 있어도 시사하는 바가 클 것이다.

4 테크닉(technic), 테크놀로지(technology), 테크니서티(technicity)

베르나르 스티글러는 기술과 기술성을 구분한다.[13] 이 관계는 신에게

---

13   Bernard Stiegler, *Technics and Time: The Fault of Epimetheus*(1994), trans. Richard Beardsworth(Stanford, CA: Stanford University Press, 1998).

서 불을 훔쳐 인간에게 제공한 프로메테우스와 그의 형제 에피메테우스와의 관계로 설명되기도 한다. 먼저 생각하는 자인 프로메테우스는 인간에게 기술을 전달해 일종의 전망을 선사했다. 반면 뒤늦게 후회하는 사람이라는 뜻의 에피메테우스는 그런 의미에서 기술의 혜택과 폐해를 함께 경험한 인물로 그려진다. 스티글러는 프로메테우스가 인간에게 불과 테크네를 훔쳐 전달함으로써 솜씨(skill)와 기교(craft)를 부려 테크놀로지를 형성할 수 있었다고 말한다. 그렇다면 기술성은 테크놀로지의 형성 이후라기보다는 프로메테우스와 에피메테우스 사이에서 발생한다. 이는 기술을 사유하는 책임, 어떤 개인에게 귀속된 것이 아닌 '우리 사이'에 공유되는 책임의 문제이기도 하다.[14] "기술성은 어떤 특정한 기술적 발전이나 발생에 앞서 있으며 기술의 수행에 앞서 있다. 기술성은, 그것이 어떤 규정된 기술적 발전, 성취, 영광 또는 성공이 되지 않으면서도, 차이의 공간들을 명시한다는 점에서 선험적이다."[15]

　　프로메테우스는 미래를 알고 있지만 아무것도 할 수 없고 에피메테우스는 방금 일어난 일을 알고 있지만 그것에 대해 아무런 행동을 할 수 없다. 인류는 이 두 형제 덕분에 불과 맹목적 희망을 갖게 된다. 기술성은 기술의 발전과 발견에는 아무런 영향을 미치지 못하지만 기술의 실현과 확장에 있어서는 영향을 미칠 수 있다. 만일, 에피메테우스가 너무 늦게 알고, 너무 늦게 행동한 자라면 문학은 그런 점에서 프로메테우스보다는 에피케테우스와 닮아 있다. 문학이란 사실, 기술 이후의 삶을 사후적으로 사유하고 반성하고 숙고하는 행위에 대한 이름이 아니었던가? 눈먼 예언자 테이레시아스는 운명을 읽지만 그것을 막지는 못하고 카산드라는 운명을

14　　Hugh J. Silverman, *Justice and The art of Technicity*, 한국미학예술학회 2010년 봄 정기학술대회 발표집. 테크닉과 테크니서티의 구분은 실버만의 논문에서 영향을 받았다.

15　　앞의 책, 245쪽.

보지만 늘 거꾸로 예언할 뿐이다. 문학은 기술이 만들어 낼 운명을 알고 그것을 예언하는 기술에 대한 사유, 기술성의 한 형태이기도 하다.

하이데거는 우리의 보는 능력과 듣는 능력이 모두 "기술의 지배 아래 라디오와 영화를 통해 저하되고 있다."라고 주장했다. 마찬가지로 막스 호르크하이머는 『황혼과 몰락』에서 "망원경과 현미경, 녹음기와 라디오가 점점 더 예민해질수록 개인들은 점점 더 귀가 멀어 가고 감응력을 상실한다."라고 말했다. 하이데거와 호르크하이머는 모두 기술의 발전이 감수성의 저하를 불러올 것이라고 우려했다.[16] 두 사람이 말한 감수성이란 플라톤의 국가에 그려진 진짜 세계를 보는 지각의 눈을 의미할 것이다. 근대적 주체와 사유는 환영이라는 유령을 축출하면서 비롯되었다. 데카르트가 그 유명한 코기토를 향해 가는 길에 『광학』을 거쳐 간 까닭도 이와 연관될 것이다. 사유는 환영이라는 유령을 쫓아내고 그것이 대상이 없는 지각에 불과하다는 것을 밝혀냈다. 환영이 유령일 수밖에 없었던 까닭은 그것이 바로 우리의 망막을 지배하는 인공물, 즉 눈속임의 결과물이었기 때문이다.

근대를 거쳐 예술과 철학이 축출해 온 환영의 유령은 새로운 기술의 발전과 함께 다시 지배 원리로 부상하고 있다. 가시적인 것에 머물러서는 안 된다는 강령 자체가 대중에 대한 멸시 혹은 시대착오적 발상으로 환산된다. 인공 장치를 통해 재현된 사실성에 대한 환대는 감각에 대한 현혹이라는 이유로 멀리했던 마술적이고 환상적인 오해를 지각의 영역에 다시금 불러들인다. 이는 우리가 왜상(metamorphose)라고 부르는 형식을

---

16 Martin Heidegger, *The turning, The Question Concerning Technology and Other Essays*(New york: Harper, row, 1977), p. 48; Max Horkheimer, Dawn and Decline: Notes 1926=1931 and 1950–1969(Seabury press, 1978), p.162(마틴 제이 외, 데이비드 마이클 레빈 저, 정성철·백문임 옮김, 『모더니티와 시각의 헤게모니』(시각과 언어, 2004)에서 재인용)

통해 발견한, 가시적 영역이지만 실재를 소환해 내는 시각적 탈중심화와도 전혀 다른 지점에 닿아 있다. 스크린에 투영된 환상은 실재를 노출하는 왜상이 아니라 감각적 사실성을 보증하는 소실점 구실을 한다. 진짜 '같은' 가짜의 범람 속에서 문학은 결국 기술성에 대한 왜상이자 사후적 사유가 되어야만 할 것이다.

포스트 Y2K 시대의 서사

1 문학사의 Y2K

2000년대 소설이란 무엇일까?

2000년대 소설이 무엇인가를 묻는 작업은 소설의 미래를 타진하는 작업이기도 하다. 10년을 단위로 한 문학의 자기 동일성 추출 행위는 필연적이기도 하지만 작위적이기도 하다. 역설적 작위성은 문학사적 Y2K(year 2kilo problem) 도래에 비견할 수 있다. 1980년대 문학을 연대기적으로 '80년대적' 그리고 1990년대 문학을 '90년대적'이라 불렀다면, 당장 내년 2010년 이후의 문학은 무엇이라 불러 마땅할까? 한국 문학사의 10년 단위의 검증 과정에 2010년이라는 네 자릿수 연도 방식을 인식할 수 있는 프로토콜이 존재하는가? 만약 존재하지 않는다면 두 자리 수 연도 방식으로 2010년 이후를 10년대 문학이라 불러야 하는 것일까? 바야흐로 문학사의 밀레니엄 버그가 발생한 셈이다.

10년 단위의 문학의 자기 동일성 추론 과정에는 문학의 이데올로기화 과정이 숨어 있다. 어떤 문학적 개성을 새로운 것이라 부르고, 시대적 정체성의 중심에 놓는 작업이 10년 단위의 문학사 정리 작업의 필수 전제이기 때문이다. 애초에 10년 단위의 문학사적 접근이란 객관적 노에마에 대한 증명이라기보다 오류를 무릅쓴 역사화에 가깝다.

　말하건대, 2000년대 소설, 문학의 새로움과 차별성은 아직 문학사적 검증의 한가운데에 놓여 있다. 2000년대적 소설에 대한 수많은 선언과 정의, 발견이 있었지만 아직 그 객관적 실체나 동일한 미학이 추출되지는 않았다는 뜻이다. 그런데 한편 이러한 비규정성은 2000년대 문학의 실재적 정체성의 중심을 구성하기도 한다. 그것은 바로 일률적인 이데올로기의 호명을 벗어나는 방식으로 2000년대의 소설이 존재하고 있기 때문이다. 1980년대의 문학이 정치적 구심력으로 그리고 1990년대의 문학이 환멸의 원심력으로 운용되었다면, 2000년대의 문학 공간 안에는 지배적 중심이 없다. 문학사적 호명이라는 담론의 영향력 앞에서 소설은 동일한 정체성이 아니라 개별적 저항의 방식으로 문학사에 개입한다. 2000년대의 소설은 기입이 아닌 개입이라는 적극적 방식으로 문학사를 교란했다.

　교란의 결과물들은 하나의 특징이나 태도로 요약되지 않는 다양한 개성의 출현으로 이어진다. 2000년대적 소설의 징후라 할 수 있을 김애란, 한유주, 정한아, 김중혁, 편혜영, 정이현, 장은진의 작품들에는 공통점이 거의 없다. 신경숙, 윤대녕, 공지영, 김영하와 같은 90년대적 작가들의 개성이 386과 같은 세대적 특성으로 묶이는 데 비해, 2000년대의 문학은 세대론의 주술을 가볍게 빠져나간다. 문화적 다양성, 트라우마 부재, 세대적 우울증과 같은 언급들은 2000년대에 새롭게 등장한 소설들의 각기 다른 개성들을 지칭할 수는 있지만 동일한 정체성을 규명할 수는 없다. 2000년대적 소설에 대한 우리의 논의가 소설의 현재가 아닌 미래에 대한 개연적 추론이며 또한 그래야만 하는 이유이다.

　수렴되지 않는, 호명을 거부하고 규정을 거절하는 2000년대적 소설의 특징은 2000년대의 문학에 '원인'이 없었음을 입증한다. 지젝이 "원인이 제거될 때 결과들이 판친다.(Ablata causa tolluntur effectus.)"라는 말을 인용할 때처럼 말이다. 지젝은 원인이 부재할 때 결과들이 번성하고, 원인이 개입할 때 그 결과들은 사라지는 게 아닐까라고 말한다.[1]

2000년대의 문학에는 원인이 없기에 그 결과물은 단일한 정체성이 아닌 다양한 결과로 파생된다. 우리는 2000년대의 소설 가운데에서 공유할 만한 역사적 뿌리나 향유할 만한 공통의 문화적 체험을 발견할 수 없다. 기억 혹은 시대적 공통 감각의 텍스트도 없다. 다양한 오감을 통한 유례없는 감수성은 부재하는 원인에서 시작되었다. 코를 찌르는 악취, 손을 통해 상상하는 지도, 꿈을 관통해 비상하는 날개는 부재하는 원인들의 다양한 결과물이라고 할 수 있다. 그렇다면, 원인으로부터 자유로운 곳에서 시작한 탈강박적 다양성을 10년 단위의 문학사로 불러들이는 것이 혹시 배리적 행위는 아닐까?[2]

하지만 역설적으로 말해서, 그러므로 인해 2000년대 소설의 실재는 미학적 나열이나 충실한 해석이 아닌 역동적 의미로 정립되어야만 한다. 2009년 현재 아직 완료되지 않은 2000년대적 소설의 정체성을 파악하는 일은 곧 소설의 미래를 여는 개연적 추론이 되어야 한다. 이미 오늘의 소설은 1980년대적 동일성으로도 1990년대적 미학으로도 포용될 수 없는, 이전의 문학적 산물을 필연적으로 과거로 지우며 월경하고 있다. 다양성의 프랙탈 속에 존재하는 새로움은 수적, 양적으로도 이미 상당한 결과물을 지니고 있다. 때로 이 결과물들은 우리가 2000년의 도래와 함께 꿈꾸었던

---

1   슬라보예 지젝, 박정수 옮김, 『잃어버린 대의를 옹호하며』(그린비, 2009).

2   이러한 맥락에서, 최근 문학의 가장 뜨거운 담론 중 하나인 문학의 정치성은 부재하는 원인을 강렬한 원인으로 대응하려는 움직임으로 파악된다. 1980년대의 강박이 1990년대의 낭만적 환멸을 자극했던 것과 유사한 원리로 2000년대 문학의 원인 없음의 다양성이 정치성이라는 단일한 원인을 향해 자발적으로 수렴되고 있기 때문이다. 물리적으로 2000년대의 첫 10년 주기를 마감해 가는 2009년에 발생한 원인으로서의 정치에 대한 논의가 과연 어떤 방식으로 미래의 소설에 영향을 미칠지를 주목해야 할 것이다.

문학적 조감도를 이미 거절한 채 다른 방향성으로 나가고 있기도 한다.

새로운 세기의 시작과 함께 우리는 문학의 새로움에 대한 정당성을 문학사의 인증 과정 속에서 검증해 왔다. 우리가 지금부터 해야 할 작업은 2000년대 이후 발견된 미학적 새로움과 그 새로움을 표상하는 작품들을 통해 문학적 밀레니엄 버그를 극복하는 일과도 같다. 이는 새로움을 수배하는 것이 아니라 밀레니엄 버그 이후 소설의 미래를 개연성 아래에서 상상하는 일로 나아갈 것이다. 새로움은 현재를 어제의 시간을 단숨에 과거로 화석화하는 위력적 개성에 의해 얻을 수 있다. 새로움은 정치적 합의의 대상이 아니라 발견되고 발명된다.[3] 뛰어난 미학적 결과물들은 그것의 실재를 받아들일 독자와 평단의 호흡 속에서 다양성 너머의 구조를 드러낸다.

지금까지의 작업들이 새로운 작가의 이름을 발견하고 그 미학적 기획을 구체적으로 언명하는 작업이었다면, 지금부터 해야 할 '2000년대적 소설이 무엇인가?'라는 질문은 새로운 시대로 기대된 2000년대적 특질의 현재적 가치를 알아보는 일로 구체화되어야 한다. 이는 지금, 2009년의 끄트머리에서 소설의 현재를 가늠하는 작업이 결국 소설의 미래에 대한 행복한 예감이 되는 이유이기도 하다. 문학사적 Y2K 이후의 소설, 원인 없이 번성한 결과물들 이후의 소설, 과연 2010년 이후의 소설은 무엇이 될까?

---

3 그런 점에서, 한기욱이 문학의 새로움을 말할 때, 신경숙이나 윤영수, 황석영, 공선옥과 같은 작가들의 이름을 재호명하는 것은 새로움이라는 명제를 현재적 문학의 이데올로기적 점유의 동의어로 끌어들이고 있다고 할 수 있다.(한기욱, 「문학의 새로움은 어디서 오는가」, 《창작과 비평》, 2008. 겨울) 미학적 가능성과 사고의 전회를 통해 검증되어야 할 새로움이 이데올로기적 호명으로 전도된 셈이다. 새로움은 발견되어야 할 가능성이지 대문자의 힘으로 점유할 대상은 아니다.

2 개연적 호명 행위와 미래의 소설사

보르헤스의 소설에 등장하는 기억의 왕 푸네스는 측면에서 보았을 때 4분의 3 위치에 있는 개와 정면에서 보았을 때 4분의 3 위치에 있는 개의 얼굴을 각기 다르게 기억한다. 그래서 그는 개를 개라고 부르지 못하고 그 구체성을 개별적으로 호명하고 기억하느라 불면증에 시달린다. 10년을 주기로 한 문학사적 정리 행위는 문학적 불면의 밤을 언어의 지시적 행위로 달래는 작업이기도 하다. 이름을 붙이는 행위는 작품과 작가의 개성적 징후를 개별적으로 읽어 내는 행위와는 정반대의 지적 추동을 요구한다. 하지만, 프로이트의 말처럼 '잠'이야말로 소진된 에너지를 회복하기 위한 가장 훌륭한 치료책이 되지 않을까? 10년 단위의 문학적 호명 방식은 새로움의 불면증을 어지러운 꿈으로 이뤄진 잠으로 인도하는 작업이기도 하다. 어지러운 꿈이지만 잠은 불면의 피로를 덜어 준다.

개연성이란 'A는 B가 된다'는 인과 관계가 아니라 사소한 삶의 축적이 주는 경험을 합리적으로 공유하는 언어 게임이다. '그럼직하다'로 풀이될 수 있을 개연성이라는 개념은 삶에 대한 감각과 이해가 곧 언어 게임을 구조적으로 수용하는 추론 능력이라는 사실을 보여 준다. 그런 의미에서 2009년, 현재의 시점에서 그 위치를 재점검하는 소설 각각은 2000년대의 소설이 어떠한 방식으로 나아가게 될 것인지에 대한 개연성의 시험장이라고도 할 수 있다. 훌륭한 탐정은 삶을 상식적으로 이해하는 개연적 추리력에 의존한다. 때로 비평은 훌륭한 탐정이 되어야 한다.

간과하지 말아야 할 사실은, 이 추론의 작업이 2000년대 이전의 문학이 자기 동일성을 기획하던 방식과는 달라야 한다는 점이다. 까닭은 이렇게 요약될 수 있다. 2000년대 이전의 미학적 연대기는 색다른 개성을 지닌 작가와 작품들을 선별하고 나열함으로써 그 선택에 대한 합리적 해명을 구성하는 과정으로 연계되었다. 하지만, 2000년대 이후 소설의 현재를 말할 때, 소설은 작가 및 작품의 선별적 지명으로는 현재적 가치라 부를 수 있을 변화의 중핵을 설명할 수 없다. 정치적 사회적 경제적인 변모 과정 속에서 소설의 현재를 설명해야만 하는 것이다.

정치적, 사회적, 경제적 변모 과정 속에서의 소설이라는 전제는 Y2K 사건의 핵심적 요소였던, 연산 방식의 전환을 필요로 한다. 1990년대 문학과 소설을 이해하고 파악하던 방식과는 전혀 다른 새로운 전제가 요구된다는 것이다.[4] 새로운 전제 속에서 미학적 자율성을 지닌, 모순적이면서도 모호한 수식어인 본격 문학으로서의 소설은 2000년 이후 그 모습을 바꾸었다. 이를테면, 한유주는 소설의 정의를 고전적 이데올로기의 한 축으로 보며 그것을 이미지와 감각으로 내파했고, 황정은은 개연성의 감각을 환상성으로 월경하며 본격 문학의 완강함에 흠집을 냈다. 이른바 장르 문학으로 축출되었던 SF 혹은 환상 소설적 상상력을 적극적으로 도입한 박민규나 박형서는 문학에서의 본격이라는 수식어에 대한 질문을 증폭시켰고 하위 문화를 적극적으로 활용한 이기호나 마니아적 골방 문화를 전면에 내세운 김중혁은 새로운 세대의 감수성이라는 범박한 해석 너머의 개방성을 선사했다.

또 한 가지, 이른바 본격 문학의 영역 좀 더 순진하게 말해 '문단'에 일어난 2000년대적 변화를 말하자면, 출판 시장에 대한 민감한 반응을 '본

---

4   소설을 완강하게 박제된 무엇으로 보는 견해는 2000년대 소설을 지우며 나타난 소설들에 대한 반감의 기제로 활용되어 왔다. 2000년대 초반, 한국 소설의 서사를 위기로 파악하고 소박한 수준의 리얼리즘을 통해 반어적 환상과 전복적 상상력을 자격 미달의 유희로 통칭했던 평단의 보수적 서사주의는 반감의 실체로 등장하기도 했다. 물론, 문학으로서의 소설은 변함없는 가치를 통시적으로 지닌다. 가령, 덫이 되어 버린 삶과 그 아이러니에 대한 훌륭한 상처이자 그 치료제가 되며 우리가 살고 있는 현실을 그 어떤 예술의 방식보다 더 구조적인 미학으로 드러내는 양식이 바로 소설이기 때문이다. 하지만, 미학적 전위의 기획이 언제나 그래 왔듯 2000년대 초반에 풍요롭게 등장했던 새로운 '기획'들은 소설다움을 이데올로기적으로 파악하는 오해들에 의해 시달려 왔다. 필자가 말하는 새로운 전제란, 소설다움을 이데올로기적으로 박제하지 않는, 새로운 기획들에 대한 개방적 사고의 필요를 뜻한다.

격'이라는 배타적 수식어 안에 포함시킨 사건을 이야기해야만 한다. 문학 혹은 소설이라는 이름으로 '문단' 속에 존재하는 소설들은 불행히도, 이제, 거의 없다. 장편 소설의 부활이라는 이름으로 포장된 이러한 현상들은 고액의 상금으로 보답받는 일간지 주최의 소설상, 포털 사이트와 인터넷 서점이라는 새로운 매체의 출현과도 상관관계를 갖고 있다. 새롭게 출간된 장편 소설의 겉표지에는 어떤 포털 사이트에 얼마만큼의 조회 수가 기록되었는지가 중요한 홍보 문구로 등장한다. 이제, 이 홍보 문구에 포위된 작가들은 비단 우리가 대중 작가라고 불렀던 소수에 국한되지는 않는다.

말하자면 1990년대의 윤대녕이 감상으로 폐기 처분되었던 인간의 근원적 결락감을 전경화함으로써 문학사적 전회를 성취했다고 평가하고 2000년대의 김영하가 쓴 「보물선」과 같은 작품이 포스트 386세대의 자조적 성찰을 보여 주었다, 라고 말할 때 작가의 미학적 기획과 그 결과물들은 새로운 문학을 규정하는 전부이자 요체로 작용했다. 하지만 2009년 현재, 어떤 작가의 출현과 그 출현의 개성적 면모만으로 동시대의 미학이나 소설 공간이 설명되지는 않는다. 작가의 개성적이며 개별적인 미학이 동시대 문학 공간 전부를 압도하던 시대로부터 멀어진 것은 아닌가라는 생각까지 들기도 한다.

소설은 언제나 사회적 존재로서의 작가, 상업적 출판 시장 속에서의 작품으로서의 자기 존재와 길항해 왔다. 이러한 조건 자체가 새삼스러운 것은 아니라는 뜻이다. 그러나 우리는 여기서, 정치적, 사회적, 경제적 변모가 소설에 반영된 것이 아니라 그러한 외재적 환경의 변화가 새로운 소설을 양산해 내는 시대의 도래를 목격하고 있다. 몇몇 작가들의 개인적 취향이나 선택, 작가적 전언이 새로운 양식과 내용, 주제를 가진 작품들의 대량 출현에 대해 충분한 대답이 되어 줄 수 없다. 안타깝지만, 2000년대의 소설을 이야기하기 위해서는 작가의 미학적 기획과 그 결과물뿐 아니라 시장이라 부르는 작가 외부의 환경을 논해야만 한다. 불행히도, 이것이 바로 2000년대 소설에 일어난 가장 놀라운 변화 중 하나다.

더욱 문제적인 것은 주로 문단이라고 부르는 검증 구조 바깥에서 독자 대중과 공모해 거꾸로 문학적 가치를 언도하는 방식이 더욱 잦아지고 있다는 사실이다. 공공연하지만 은밀하게 진행되던 방식들이 이제 문학 내부의 중요한 도전적 기획의 하나로 자리 잡았다. 자조적으로 말하자면 상업화와 출판 시장의 삼엄함은 알게 모르게 2000년대 문학의 보이지 않는 대타자이자 초자아로 군림하고 있다.[5]

중요한 것은 출판과 미학 사이로 틈입한 신자유주의적 글로벌 스탠다드에 대한 반감과 공포가 2000년대 문학계의 구심점으로 대두하고 있다는 사실이다. 무중력으로 언명되었던 여기, 지금의 현실이 너무도 익숙해서 감지하지 못했던, 하지만 어느새 시민과 작가의 정체성을 억압하는 초자아로 커져 버린, 외재적 환경을 파악한 것이다.[6] 하지만, 놀랍게도 '무중력'이라는 호명이 익숙해지기도 전에, 2000년대 문학은 문학 이외의 강한 중력장 안에서 발생하고 성장하며 사라지고 있다. 최근 뜨거운 담론으로 부상한 정치성 논쟁도 탈정치적이며 무개념적 무중력 공간으로 불렸던 몇 년 전 문학의 현재를 낯선 과거로 결별하게 한다.

---

5   2006년, 필자는 한국 문학 시장의 우세종으로 틈입한 일본 소설을 이야기하면서 프랑코 모레티의 「문학의 도살장」을 인용한 바 있다.(졸고, 「응고된 부재 사이로 진입한 도발의 언어」, 『오이디푸스의 숲』(문학과 지성사, 2007)) 4년여의 시간이 흘러, 지금 문학의 정전을 시장의 독자가 좌지우지하는 상황은 일본 문학이 아닌 순 우리 문학의 현실을 가리키고 있다. 인터넷과 같은 대중적 매체가 장편 소설의 주요 연재 공간으로 활용되는 형편도 이러한 현실과 멀지 않다. 일본 소설 열풍 현상에 대한 한국 문학의 경이가 어쩌면 사망 선고 앞에 놓인 한국 문학 시장의 심폐 소생적 경외로 흡수되었던 것은 아니었을까, 뒤늦은 예감이 들기도 한다.

6   평론가 이광호는 그 어느 것에서도 중력을 받지 않는 순전히 개성적인 작가의 출현으로 2000년대 문학의 차별적 자기 동일성을 언명한 바 있다.(이광호, 「혼종적 글쓰기, 혹은 무중력 공간의 탄생」, 『이토록 사소한 정치성』(문학과 지성사, 2007))

3   연민은 힘이 세다

박민규는 포스트 386세대로서 1980년대의 상처를 소수자의 향수로 그려 냈다. 공통의 기억을 특권화하지 않고 외려 탈영토화했다는 점에서 박민규는 환대받았다. 한유주나 김유진은 대문자의 기록을 거절하고 지극히 사적인 영역으로서의 기억으로 서사화했다. 이 새로운 기억의 양태는 서사의 고전적 틀을 시적인 묘사와 리드미컬한 반복의 재현으로 교체했다. 사소한 취향의 제국을 건설한 김중혁, 섹슈얼리티를 정치의 틈새로 활용한 정이현, 이념을 소비하는 세대들의 자기 모멸을 그려 낸 김영하, 시취의 강렬함으로 다른 감각들을 마비시킨 편혜영.

지금 언급한 이 이름들은 1990년대적 서사의 전형성을 위반하고 등장한 새로운 소설의 구체적 실재로 등장했고, 바야흐로 2000년대적 감수성의 동력으로 받아들여졌다. 자, 그렇다면, 이제 분석되지 않은, 아직 작가적 개성의 가능성을 타진하고 있는 다른 작가들을 살펴보자.

2000년대적 새로운 서사에 대한 환대는 너무 빨리 선언된 감이 없지 않다. 성급하게 규정된 2000년대적 미학의 동일성의 영역에서 이후의 혹은 틈새의 작가들은 배제되거나 이탈되었다. 배제되고, 결락된 작가적 개성은 공교롭게도 환부 없는 상처를 위로받아야만 하는 연민과 공감의 서사와 조우한다. 지금부터 우리가 언급할, 정한아, 장은진과 같은 작가들의 소설이 그렇다. 넓은 의미에서 보자면, 김애란의 소설도 여기에 속한다고 보는 것이 옳을 듯싶다.

2000년대에 등단하고 본격적인 글쓰기를 시작한 작가들에게 발견되는 특질 중 하나는 무엇인가를 앓고 있다는 사실이다. 이들은 동시대를 분리 장애를 앓고 있는 결핍의 시대로 판단한다. 이들에게는 공통의 상처나 기억이 없다. 흥미로운 것은 권력적 중심에 대한 기억이 없음을 자유가 아닌 결핍으로 받아들이는, 이 젊은 작가들의 태도다. 중력장에서의 벗어남을 환대할 것으로 기대했던 기성세대들의 기대감과 달리 새롭게 진입한 세대들은 상처 없음을 필연적 중심의 결락으로 해석했다.

아이러니하게도, 문학은 상처를 필요로 한다.[7] 중심의 상처가 부재하다는 사실에 가벼움의 향락을 느낄 것이라 기대했던 것과 달리 이들은 환부 없는 상처의 곤란을 증언했다. 곤란은 불완전한 가족과 엄마로부터의 분리가 불러온 파괴된 유토피아에 대한 기억으로 대체되었다. 가족만 있다면 소설을 쓸 수 있다는 시드니 셸던의 농담은 가족이야말로 영원한 상처의 근간이라는 뜻을 품고 있다. 눈여겨봐야 할 것은 담론 차원에서의 공통의 외상이었던 세대들에게도 늘 가족은 중요한 흉터였다는 것이다. 윤흥길의 『장마』에서도, 최인훈의 『광장』에서도, 김승옥의 「환상수첩」이나 신경숙의 『외딴 방』에서도 가족은 대문자의 기록을 증상으로 앓는 구체적 실재로 등장했다. 2000년대의 작가들에게도 가족은 상처로 회부된다.

문제적인 것은 상처의 원형으로서의 가족의 모습이 동시대적 삶의 차별성 구체성을 설명하기에는 지극히 사소한 개인의 공간으로 받아들여진다는 사실이다. 좀 더 명백하고 쉬운 말로 표현하자면, 이들의 고통은 참상의 실재가 아니라 호소의 간절함으로 다가온다. 정한아, 장은진과 같은 작가들의 소설에 등장하는 인물들은 가족 단위의 상상적 유토피아를 벗어난 타자와의 교류에 있어서 곤란을 겪는다. 가족 단위를 넘어서는 사회는 '나'를 오해로 밀어 넣고 불편하게 한다. 그렇다면, 정한아나 김애란과 같은 2000년대 작가들의 시도를 상처 없는 세대의 엄살로 받아들여야 하는 것일까?

여기에서 그들의 소설은 선언이나 고백이 아닌 증후로 읽어야 할 필

---

7   2007년 젊은 작가 대회에서 한유주는 자기 세대의 특징으로 거대 담론, 대문자로 기록된 역사적 상처의 부재를 꼽았다. 그는 공통의 상처가 없는 세대에게, 9·11 테러는 신선한 시적 충격으로 다가왔다는 고백을 덧붙였다.

요가 생겨난다. 정한아, 김애란과 같은 작가들은 자기 세대의 개성을 세대 내 동일성 추론의 과정이 아닌 세대 밖의 타율적 호명으로 갖게 된 이들이라고 할 수 있다. 정한아, 김애란과 같은 20대는 이른바 '88만 원 세대'라는 사회과학적 명칭을 부여받았다. 문제는 그 호명이 부여받은 것이지 자율적 점검 체제에 의한 결과물이 아니라는 사실이다. 그렇다면, 과연 누가 그들을 '88만 원 세대'라는 틀로 호명하고 그 안에 위치 지어 준 것일까?

정한아와 김애란의 소설은 상처 없음을 상상적 흉터로 숨기고 있는 자기 세대의 경험적 동료들을 깊은 연민의 시선으로 바라본다. 그리고 연민은 그들을 자신과 분리해, 다른 무엇으로 부르는 개별화 작업이 아닌 나역시 그 세대 안에 있음을 인증하는 '공감'의 서사로 연계된다. 공감은 분리 장애의 고통과 상처의 부재를 결핍의 중핵으로 구체화하는 과정으로 이어진다.

한유주, 정한아, 김애란과 같은 작가들은 동세대들이 앓고 있는 불특정한 질병을 구체적으로 묘사해 객관화한다기보다 강렬도 높은 공감의 서사로 변주한다. 한유주가 이데올로기가 되는 문명적 기록에 거부해 의도적 실어증을 앓고 있다면, 정한아는 상상계적 결합을 가능케 하는 낭만적 감각을 통해 현재의 균열을 봉합하려 한다.

정한아는 아버지의 애정이 녹아 있는 마테의 '맛'으로, 그리고 할머니의 온기가 전해지는 휴일의 '음악'으로, 혼란스러운 현재의 상처를 위무한다. 정한아가 보여 주는 자기 위안과 위로의 방식은 얼핏 보면 가족 서사의 복원처럼 여겨지기도 한다. 하지만 엄밀히 말해, 정한아가 보여 주는 위로의 방식은 개인사적 체험으로서의 결핍을 낭만적 유토피아 개념의 가족으로 복원하려는 시도라기보다는 상징계적 분리를 세대적 상처의 공통분모로 제안하는 기획에 가깝다. 작품집의 표제작인 「나를 위해 웃다」가 일종의 선언으로 받아들여지는 맥락도 여기에 있다.

김애란은 자기 세대의 특질을 "요즘 계급을 나누는 건 집이나 자동차 이런 게 아니라 피부하고 치아라더라."라고 말함으로써 신자유주의가 만들어 놓은 계층적 차이를 연민하고 「너의 여름은 어땠니」라고 공감의 언어를 건넨다. 이들은 상처를 전시하거나 개성적 문체로 특권화하려는 것이 아니라 그것을 연민한다. 상처 없음을 연민하는 역설적 연대 의식은 보호받아야 할 대상으로 지칭됨과 동시에 자격 미달을 언도받는 동세대들에 대한 공감의 서사로 확장된다. 만일 이 세대들의 지금, 문학이 정치적 실천과 실재적 결합을 꿈꾸는 데 가장 적극적이라면, 이들이 거쳤던 자기 연민의 방식이 소루한 자기 위로가 아닌 개방적 공감이었음을 입증하는 것이기도 하다.

4 외계의 상상력으로 '이곳'을 상상하기

벗어날 구심점조차 없이 자유로웠던 2000년대 문학에 남은 가장 큰 문학적 자산이라면 무엇보다 환상의 지위 복원을 들 수 있다. 박민규, 김중혁, 편혜영, 황정은과 같은 작가들의 소설에 등장하는 환상은 현실을 개연적으로 상상한다는 점에서 이제껏 볼 수 없었던 개성을 선사한다. 모자가 된 아버지, 악취 나는 환부, 상상의 지도는 현실의 무거운 추를 단숨에 걷어 내면서도 우리가 발 딛고 살아가는 이 땅의 온기와 열기를 고스란히 전달했다. 무릇, 환상이란 '이곳'에 대한 상상임을 개성적 언어로 보여 준 것이다.

그런 점에서 장은진의 소설은 밀실에 완전히 갇히기를 원하는 21세기형 새로운 인간형의 출현을 예고한다. 완벽하게 타자와 격리된 채 살아가는 상상은 현실적으로 불가능하다. 그런데, 21세기의 매체 변화와 기술적 진보는 네트워크라 부르는 가상망을 통해 실재 육체의 고립을 가능케 했다. 첫 번째 소설집을 『키친 실험실』이라 부른 것에서 짐작되듯 장은진은 소설의 공간에서 현실의 실체를 상상하고 인공적 조건을 극단화한다. 이 극단적 고립의 상상력은 결핍의 시대에 대한 공포에 떨고 있는 개별 독자들에게 상상계적 공감을 부여한다. 장은진의 소설은 선택적으로 고립을 주장하면서도 타자와의 교류를 거부하는 것이 아니라 결과적으로 추방된 자들의 두려움에 깊은 연민을 드러낸다. 완전한 고립이란 잃어버린 상상계적 공감에 대한 인공적 재구축과 다를 바 없기 때문이다.

환상과 가상을 방법론적으로 채택한 작가로 윤고은과 염승숙도 빼놓을 수 없다. 윤고은은 단자화된 개인과 중심적 상처 없음을 증상처럼 앓고 있는 동시대인들의 신경증을 발랄한 상상력으로 돌파한다. 가령, 혼자 밥 먹는 것을 배우기 위해 학원으로 몰려드는 20대를 그린 윤고은의 「1인용 식탁」은 세대적 증상을 서사화하는 개성적 상상력의 실체를 짐작게 한다. 혼자 밥 먹는 것을 두려워할 뿐만 아니라 그 방법을 누군가에게 배워야 하는 인물들은 21세기의 풍경을 그 어떤 묘사보다 더 구체적으로 보여 준다. 윤고은은 고립조차 배워야 하는 동세대인들을 문명적 미개인으로 그려 낸다. 문명적 미개인이라는 모순 형용은 장은진이 말한 고립이 취향이 아니라 시대적 질병임을 말해 준다. 누구나 고립을 원하지만 아무도 고립되기를 원하지 않는다. 윤고은이 마련한 소설적 공간들은 실재의 틈새를 동시대의 크레바스로 파고드는 실제적인 상상력에 육박한다.

이러한 면모는 비슷한 또래의 작가인 염승숙의 소설에서도 발견된다. 윤고은이 상상을 통해 현재적 삶의 어떤 부분의 가능성을 서사적으로 재구성한다면 염승숙은 일상의 틈새에 녹아 있는 상상의 빌미를 즐거운 유희적 확산으로 끌고 온다. 염승숙에게 환상은 그려진 지도의 길을 따라 움직이는 지리멸렬한 삶을 구출해 주는 발랄한 놀이의 일종이다.(「라이게이션을 장착하라」,《현대문학》, 2010. 10) 놀이를 통해 삶의 궤도는 잠시 이탈의 즐거움을 맛보고 소설에서 환상이란 무릇 궤도 이탈의 무중력 상태가 주는 환각 상태와도 같다.

박민규, 김중혁, 황정은에게서 시작된 환상의 문법은 현실의 공고함 틈새에 놓여 있는 상상의 가능성을 입증한다. 윤고은, 염승숙과 같은 그 이후 세대, 바야흐로 미래의 소설에 그려질 환상은 그런 점에서 박민규의 그것과 닮아 있으면서도 차별적이다. 2000년대 이후에 공식적으로 작가로 불리게 된 이들의 환상에 공통적으로 자리 잡고 있는 것은 바로 우리에게 관대하지 않은 시대에 대한 공모적 연민과 공감이다.

황정은, 윤고은, 염승숙의 환상은 얼핏 보면 사물에 대한 도착이나 가벼운 오락, 그도 아니면 사회화 과정에서 탈락한 루저들의 백일몽처럼 보인다. 혼자서 밥도 못 먹고, 오뚜기가 되거나, 잃어버린 주소지나 헤매는 이들은 루카치가 말한 성숙한 어른들의 글쓰기에는 한참 못 미치는 것처럼 보이니 말이다. 하지만 그들의 가벼운 상상적 놀이의 외피를 벗기고 그 내면의 구조를 살펴보면 화려해 보이는 21세기의 현재적 풍경이 복잡한 내면의 회로도로 구조화되어 있음을 알 수 있다. 외관상 거의 장식이 없는 세련된 컴퓨터의 내부에 복잡한 프로그램과 회로가 깔려 있듯, 가벼워 보이는 그들의 환상 이면에는 현실의 복잡다단함이 연산 과정으로 자리 잡고 있다. 외계의 상상력으로 제조된 즐거운 놀이로서의 환상이 우리의 현실을 그 어떤 사실적 묘사보다 더 절실하게 재현해 주는 이유이기도 하다.

5 작가+주의의 귀환

2000년대 문학, 소설을 이야기함에 있어 빼놓을 수 없는 참조 사상은 바로 '작가주의'의 귀환이다. 원래 '작가주의'라는 용어는 문학이 영화에 빌려 준 말이다. 앙드레 바쟁을 비롯한 프랑스의 비평 그룹들은 할리우드의 장르적 규칙 안에서 자신의 고유한 인장을 새기는 감독들을 일컬어 '작가주의적 감독'이라 불렀다. 그러니까 작가주의란 예술 영화에 대한 호칭이 아니라 애초부터 상업적 시스템 속에서 만들어지는 장르 영화에 대한 호명이었던 것이다. 작가주의에서는 '러시아 영화감독'이 아니라 히치콕 감독이 전범이 된다. 상업적 시스템을 존중하면서도 작가적 날인을 새기는 데 성공했기 때문이다.

영화에 빌려 주었던 '작가주의'라는 용어를 다시 소환하는 까닭은 앞서 언급한 장편 소설의 기하급수적 팽창이라는 현상에서 비롯된다. 이는 독자 대중들의 일독을 자극하면서도 문학적으로 품위를 유지하고 있는 작품들의 대거 등장과 연관된다. 정작 문제는, 비평적 배타성의 부재에서 비롯된다. 과거 우리는 독자 대중에게 선택되는 쉽고, 가볍게 쓰인 소설들을 구태여 중간 문학이나 대중 문학과 같은 비평적 용어로 구분했다. 하지만, 최근의 경향들은 이러한 비평적 차별을 의도적으로 회피한다. 어떤 점에서 보자면, 이러한 작품들은 전위적인 작가들이 옹호받는 것과 다른 방식이긴 하지만 결과론적으로 훨씬 더 강렬하게 옹호받는 것으로 보인다.

이러한 특징을 지닌 작품들을 작가주의 영화와 구분해 작가+주의 소설이라고 부른다면, 여기에는 정이현, 김훈, 백영옥, 박현욱과 같은 작가들이 소집될 수 있을 것이다. 정이현은 일간지에 연재된 『달콤한 나의 도시』를 통해 20~30대 젊은 여성이라는 독자 대중 사이의 틈새를 발견했다. 칙릿 열풍이라는 조금은 다른 방향의 유행을 선도한 바도 있다. 한편 이 작품은 OSMU(one source multi use)의 원작 개념, 콘텐츠 개념으로서의 장편 소설을 제시한 작품이기도 하다. 드라마, 뮤지컬로 번안되고 각색되고 있는 이 작품은 소설, 특히 장편 소설이 시장에서 환대받는 맥락을 제시한다.

정이현이 20~30대 젊은 여성 독자들이라는 새로운 시장을 확대했다면 김훈은 서사적 읽을거리로부터 박리되어 있던 30대 이상의 남성들을 끌어들였다. 전쟁과 무기라는 남성적 소재를 패배적 문체주의의 미학으로 견인함으로써 김훈은 여성적이며 가볍다며 한국 소설에서 떠났던 남성 독자들의 취향을 흡수했다. 김훈의 소설은 역사적 사실을 바탕으로 하지만 1990년대 소설이 했던 낭만적 개인화와는 다른 방식으로 감상적 패배주의를 제공한다. 중년 남성의 우울증과도 닮은 패배의 서사는 권위 있고 품격 있는 문체를 통해 미학으로 거듭났다. 김훈에 대한 독서는 새로운 이야기의 발견이라기보다는 공모된 자기 위안과 닮아 있다.

구별해야 할 점은 김훈의 소설이나 정이현의 작품이 처음부터 의도적으로 다양한 콘텐츠로의 활용을 염두에 두고 쓰인 작품은 아니라는 사실이다. 그런데, 최근, 문학 주변에는 활용되기 위한 작품들이 제작되고 있다. 거액의 고료를 내세운 상금 시스템 속의 장편 소설, 홍보 수단에 불과한 인터넷 포털사이트 연재도 사정은 다르지 않다. 인터넷이라는 새로운 매체는 그것에 부합하는 새로운 디지털 리터러시를 통해 개척되어야 할 영역이다.[8]

이러한 맥락과 조금 다른 차원에서 이흥이나 노희준, 하재영의 소설을 주목해 본다. 이들의 작품들은 후기 산업 사회, 배타적 취향이 게토의 아이덴티티가 되던 1990년대 고급 문화의 공간이 평균적 취향에 불과한 브랜드의 세계로 바뀌었다는 전제에서 출발한다. 기호적 소비 욕망뿐 아니라 가족과 자기 정체성마저도 브랜드로 비롯되고 소멸되는 소설 속의 상황들은 상업화나 자본, 계급이라는 말이 더 이상 이 사회 일부에 해당되는 것만은 아니라는 것을 보여 준다.

---

8   불과하다. 수평적으로 진행되는 독서 습관, 한눈에 파악 가능한 가시거리로 이뤄진 책의 현재적 형태는 독서라는 근대적 행위가 하나의 물리적 실체로 자리 잡은 결과라고 할 수 있다. 중요한 것은 디지털 리터러시, 그러니까 모니터에서 읽는 스크롤 독법이 종이 위에 문자로 쓰인 책을 읽는 방식과는 완전히 다르다는 것이다. 새로운 매체에는 새로운 리터러시가 요구된다.

이들의 소설은 모두가 다 '청담동'에 가지는 않지만 누구나 다 '청담동'에 대해 알아야만 할 것 같은 후기 자본주의 사회의 풍경을 고스란히 재현한다. 이홍은 이러한 풍경 속에서 하나의 소실점이 되고자 전전긍긍하는 인물들을 통해 배타적 세계에 대한 관음증을 채워 주고 그와 함께 비판적 거리를 제공한다. 이홍의 소설을 읽음으로써, 우리는 1퍼센트만 아는 희유한 브랜드에서 멀리 떨어져 있음을 발견하지만 한편으로는 그러한 획일적 욕망의 덫에서 조금 떨어져 있다는 사실에 안도한다. 한국 문학의 사각지대에 놓여 있던 1퍼센트의 삶을 통해 그들은 고급한 브랜드 속에 융해되어 있는 저열한 욕망을 날것으로 드러내고자 한다. 흥미로운 것은 이들의 작품이 상품에 대한 저항이면서 한편으로는 훌륭한 상품이 된다는 것이다. '상품으로서의 소설'이라는 아이러니는 작가주의라는 다시 써야만 하는, 현재 우리 소설의 통증이기도 하다.

6   포스트 Y2K 시대의 서사

김경욱과 김연수는 정치적 외상에 대한 소설 쓰기에 저항했다. 지나간 역사를 응시하면서도 구체적 사실성에 붙박이지 않은 그들은 바야흐로, 1990년대적 개성을 지닌 독특한 서사적 기획으로 등장했다. 그들은 기존의 문학과는 다른 방식으로 역사를 증언했고, 다른 시선으로 사회적 개인의 존립을 묘사했다. 이들은 한국 문학에서 압출되었던 역사적 무게를 가벼움으로 받아들여 탈주했다기보다는 다른 방식으로 주관화했다. 김경욱과 김연수의 작품에는 1980년대의 역사적 흉터와 1990년대의 개성적 질감이 녹아 있다. 변화는 주제가 아닌 체위에서 비롯되었다. 시대적 환부를 거부하는 것이 아니라 그것을 구성하는 다른 방식을 모색했던 것이다.

갑작스럽게 김경욱과 김연수를 이야기하는 것은 수많은 작가들의 출현과 퇴장 가운데 이들이 2000년, 현재의 작가로 건재하고 있기 때문이다. 김경욱과 김연수는 아직도 여전히 자신들의 소설적 체위와 접근법을 견지하고 있다. 그들은 여전히 자기 세대의 문화적 혜택에 충실하면서도 변해 가는 현재의 외피에도 민감하게 반응하고 있다. 그런 까닭인지 그들의 소설 또한 이미 시효 만료가 되어 구태의연하거나 낯선 것이 아니라 여전히 현재적인 것으로 환대받고 있다. 김경욱과 김연수는 자기 진화를 거쳐 세대론의 강박을 벗어나 현재적 작가로 자리 잡은 것이다.

포스트 Y2K의 소설을 이야기함에 있어서 김경욱과 김연수로 마무리하는 까닭은 결국 소설이란 외재적 응시와 차별적 개성을 통해 존재할 수 있음을 말하기 위해서이다. 소설은 2000년대를 징후적으로 앓아야 하며 그것을 작가 개인의 미학적 문체로 표현해야 한다. 이 탄력적 미학과 개성이야말로 문학의 밀레니엄 버그를 넘어서 역사적으로 존재할 수 있는 방법이다.

골방에 갇힌 고립의 서사도, 위무와 연민의 손길을 건네는 공감의 서사도, 현실의 틈바구니에서 부유하는 존재들을 상상의 구명정에 태우거나 소문화의 구체적 질감을 그려 내는 것도 증상이며 징후이다. 이제 우리는 증상을 목도하는 이 시선들을 통해 시대적 질병을 자신만의 개성적 체위로 그려 내는 미래의 작가들을 예측할 수 있다. 환부 없는 시대의 상처와 징후에 대해 작가들은 이제 막 진단명을 내리기 시작했다. 이제, 2000년대의 문학은 10년대로 넘어가며 종료된 것이 아니라 시작이다.

바야흐로, Y2K 이후의 소설사가 막 시작된 셈이다.

패션으로서의 문학

1 누가 소설을 쓰는가

소설이란 무엇일까? 소설의 소재들을 살펴보면, 살인이나 혼외정사, 근친상간과 같은 평범한 일상적 삶에서 금기시되는 것들이 모두 망라되어 있다. 소설은 그 세속적 성격으로 인해 오랜 기간 억압받고 멸시받아 왔다. 하지만 이러한 서민적 성격 때문에 근대 사회 이후 영향력 있는 언어 형식으로 자리 잡게 되기도 한다. 이야기의 오랜 형태인 신화나 비극이 고귀한 혈통과 완벽한 인격을 갖춘 인물들을 그려 냈다면 소설은 평범한 사람들의 삶을 그려 낸다. 하녀, 기녀, 벙어리, 바보 등의 인물이 소설의 주인공이 될 수 있는 이유도 바로 여기에 있다. 소설은 시민 사회와 함께 발전한 근대적 산물인 셈이다.

소설은 지적인 글쓰기로 인식된다. 사람들은 좋은 소설이 사람살이의 보편적 체험을 철학 차원으로 승화시키는 지적 작업이라고 믿는다. 이러한 맥락 가운데서 소설가는 사회의 사적 교사이자 지성으로 추대된다. 즉 소설가는 예술가일 뿐 아니라 공공의 지성인으로 대우받는다. 소설가가 사회의 지적 선도자로 받아들여진다는 점에서 무엇을 쓰는가만큼이나

'누가 쓰는가'가 중요한 문제가 된다. 우리는 흔히 세속적 세계관과 대중 추수적 표현 방식 및 주제를 가진 소설들을 대중 소설이라고 명한다. 이 때 대중이라는 수식어는 소설을 쓰는 사람이 아니라 소설을 읽는 독자를 지칭한다. 대중 소설이란 개인 하나하나의 내면이 아니라 다수의 평균적 취향에 맞춰 제작한 통속 문학을 뜻한다. 대중 소설과 순수 소설 혹은 본격 문학과 상업 문학을 나누는 데 '무엇을' 쓰느냐가 중요한 잣대가 되어 온 것이다. 사실 늘 문제는 '무엇을 쓰는가'였지, 누가 쓰는가였던 적은 없다.

2005년 이적이 소설집 『지문 사냥꾼』(웅진지식하우스)을 출간했다. 이적은 그룹 '패닉', '카니발', '긱스' 등을 꾸렸던 싱어송라이터다. 이적은 문단의 작가가 아니라 연예계에서 활동하는 가수다. 이적의 책은 높은 판매고를 올리며 출판 시장에 새로운 변화를 일으켰다. 전문 작가가 아닌 연예인이 쓴 소설이 대중적으로 성공한 것이다. 물론 연예인의 책이 출판 시장에서 성공한 예는 이적뿐은 아니다. 차별성이 있다면 과거 연예인들의 성공한 책들이 대부분 수기나 실용서였던 데 비해 이적은 외형상 그리고 내용상 '소설'을 표방했다는 사실이다. 연예인이 쓴 '소설'이 성공한 것이다. 성공의 요인에는 무엇보다 대중적 인지도가 중요한 역할을 했다. 우리가 주목해야 할 사실은 이적의 소설이 올린 판매고가 아니다. 오히려 우리는 이적이 쓴 『지문 사냥꾼』이 그저 아마추어 작가의 심심풀이라고 명명하기에는 훨씬 더 재능 있고 문제적이었다는 사실에 관심을 기울여야 한다. 이적 때문에 혹은 이적 덕분에, '무엇을'이 아닌 '누가'라는 항목에 새로운 질문을 던질 만한 빌미가 생겨난 것이다.

2008년 그룹 '에픽하이'의 멤버 타블로가 소설집 『당신의 조각들』을 내면서 연예인의 글쓰기는 다시 문단 안팎의 중요한 문제로 대두되었다. 영문학을 전공한 타블로가 쓴 단편 소설들에는 단순히 연예인이 쓴 소설이라고 괄호에 넣어 버리기에는 만만치 않은 부분들이 있다. 이후 몇 달간의 시간차를 두고 구효선, 차인표의 소설이 출간되고 아이돌 그룹 '빅뱅'의 자전적 에세이가 출간되면서 연예인 출판은 한때의 유행이 아니라 현상으로 자리 잡게 되었다. 이제 이러한 현상에 대해 판단하고 호명할 때가 된 것이다. 만일 이 소설들을 항간의 말을 따 연예인 소설이라고 부른다면 이는 무엇을 쓰느냐가 아니라 '누가' 쓰느냐에 의해 장르명이 결정된 한국 문학사 최초의 사례로 기억될 것이다.

연예인 소설은 이미 대중적 인지도가 있는 자가 작가로 나선다는 점에서 출판 시장에서 유리한 지점을 선점하고 있다. 많은 출판사들이 연예인이 쓴 소설을 출판하려는 까닭은 기성의 팬덤을 소비 대상으로 확보할 수 있는 용이함 때문이다. 아마추어 작가로서 혹은 기성 이미지를 지닌 연예인이 어떤 식의 글을 쓸까라는 호기심도 판매고를 높인다. 여전히 소설은 일종의 내면의 반영이라 믿어지기에 연예인의 내밀한 내면을 엿볼 수 있을 것이라는 관음증적 호기심도 동원된다. 이런 틈에, 연예인은 첫 소설을 쓰는 순간 벌써 '유명' 작가가 된다. 소설적으로 완성된 것이든 아니면 서사적으로 재미가 없든 간에 연예인이 쓴 소설은 인기에 비례해 출판 부수가 증폭된다.

그렇다면 이제 질문을 던져 봐야 한다. 연예인 소설이라면 언제나 '누가'에만 관심 갖고 그 의미와 가치에 대한 평가는 단순히 대중적 선택에 따른 판매고에 의존해야만 하는 것인가? 몇 만 부가 팔리고, 몇 쇄를 찍어 냈다는 숫자로 연예인이 쓴 소설에 대한 가치 판단 혹은 비판이 환원될 수 있을까? 연예인 소설이라는 호명 안에 감춰져 있는 일종의 비아냥도 사실은 그 내적 구조에 대한 잘잘못을 따진 결과라야 마땅하다. 연예인 소설은 연예인이 썼다는 이유만으로 대중의 환대를 받을 수도 있지만 반대로 같은 이유로 진지한 독자로부터 외면받기도 한다. 누구도 이른바 본격 문학을 논하는 사람들이라면 연예인 소설을 언급하려 하지 않는다. 이제 우리는 '언급할 가치 없음'이라는 딱지를 떼고, 좀 더 '논리적'으로 연예인이 쓴 '소설'을 살펴보게 될 것이다.

2   이단의 상상력과 감각의 충전

제불찰이라고 불리는 한 사나이가 있다. 그의 직업은 '이구소제사', 쉽게 말해 귀지를 청소해 주는 직업이다. 귀 청소에 탁월한 실력이 있던 그는 어느 날부터인가 자신의 몸이 점점 작아진다는 사실을 알게 된다. 몸이 줄어들자 그는 새로운 소제 도구들을 마련해야만 한다. 하지만 한편으로는 작아진 몸 덕분에 더할 나위 없이 완벽한 소제를 할 수 있게 된다. 제불찰은 몸이 점점 작아질수록 더욱 바빠지고 많은 돈을 번다. 소문을 들은 사업가가 그를 불러들여 귀 청소를 좀 더 조직화하고 제불찰은 남자에게 소속돼 수많은 사람들의 귓속을 들락거린다. 제불찰은 급기야 귀를 통해 뇌에 접근할 수 있을 만큼 작아진다. 그는 우리가 무의식 혹은 트라우마 아니면 향수라고 부르는 기억을 일종의 시각적 실체로 경험한다. 그리고 어느 날 먼 옛날 헤어졌던, 사랑하는 이복 누이를 만나게 된다.

황정은의 소설 「오뚝이와 지빠귀」를 떠오르게 한 이 작품은 점점 몸이 작아지는 "제불찰"이라는 인물을 통해 여러 가지 환상적 사건을 제시하고 있다. 몸이 작아져 고된 육체 노동에 시달리는 제불찰 씨의 형상에는 일을 하면 할수록 더 가난해지는 노동자 계층의 이미지가 자리 잡고 있다. 한편, 두뇌의 뇌간과 연수 속 어딘가에 자리 잡고 있을 추억과 트라우마에 대한 감각적 묘사는 한국 문학에서 볼 수 없었던 이채로운 색깔을 제공한다. 일종의 환상 소설이라고 할 수 있을 이 작품은 한국 문학에는 희유한 한 지점을 차지한다. 주목해야 할 점은 이 이야기가 바로 가수 이적이 출간한 소설집 『지문 사냥꾼』에 수록된 소설이란 사실이다.

몸이 작아지는 제불찰의 이야기는 변신에 모티프를 두고 있다. 카프카의 『변신』에 등장하는 그레고르 잠자처럼 제불찰 씨는 이유 없이 조금씩 작아진다. 중요한 것은 이 변신의 모티프에 제공한 이적의 차별적 이미지다. 가령 다음과 같은 부분들 말이다.

> 그러나 제불찰 씨는 점점 더 빠른 속도로 작아지고, 쇠약해지고 있었다. 그가 1원짜리 동전 하나도 제대로 들어 올릴 수 없다는 걸 안 사장은 제 씨를 불러 자상한 목소리로 속삭였다.
> "자네에게 지급할 급료는 착착 모아 놓고 있네. 다시 건강을 되찾으면 그때 함께 떵떵거리고 살아 보잔 말야. 그때까진 우리의 신뢰가 중요한 거 아니겠나."
> 제불찰 씨는 상관없었다. 이제 그는 캄캄한 자신의 앞날을 잊으려는 듯, 매 순간 사람들의 캄캄한 귓구멍 속으로 뛰어들어 가는 일에만 전념하려 했다.[1]

열심히 일할수록 작아지는 제불찰은 후기 자본주의 시대의 노동자의 모습을 연상시킨다. 어떤 점에서 작아진 존재, 난쟁이로 상징되는 노동자는 클리셰, 진부한 상상력이라고 할 수 있다. 그런데, 제불찰 씨에 관한 상상력은 노동자와 그들의 노동을 착취하는 자본가의 이야기가 아닌 아주 작아져 귓속으로, 뇌 속으로 심지어 기억의 회로 속으로 들어갈 수 있게 된 남자의 이야기로 발전한다. 작은 인간에 대한 진부한 상상력은 기억이라는 보편적 문제와 맞닿는다. 기억의 회로에 들어간 제불찰이 체험하는 감각으로서의 기억은 엄격한 개연성의 법칙이 제어했던 신선한 감각을 충전시켜 준다.

이적은 트라우마라고 불리는 정신적 상처를 여러 가지 이미지를 통해

---

1 이적, 『지문 사냥꾼』(웅진지식하우스, 2005), 49쪽.

변주한다. 중요한 것은 이러한 이미지들이 억지스럽거나 생뚱맞지 않고 산뜻하고 보편적이기까지 하다는 사실이다. 이는 비단 표현의 방법에 한정되지 않는다. 『지문 사냥꾼』에 수록된 엽편 혹은 단편 소설들은 상상력의 질감이나 그것을 표현해 내는 묘사에 있어 통속적이거나 저속하지 않다. 「잃어버린 우산들의 도시」나 「음혈 인간으로부터의 이메일」과 같은 소설들은 한국의 순수 문학 안에서 볼 수 없는 발랄한 상상력을 보여 주기까지 한다.

『지문 사냥꾼』은 한국의 본격 문학에서 보기 힘든 장르적 특징을 지닌 소설 이를테면 환상 소설을 지향하고 있다. 환상 소설이란 개연성을 넘어선 사건들을 통해 현실 세상의 이면을 밝혀내는 것이다.(로즈메리 잭슨, 『환상성』) 이적은 현실에서 일어날 수 없을 법한 그러니까 기이한 이야기들을 통해 우리가 살고 있는 이 세상의 이치를 그려 내고자 한다. 만일 환상이 가치가 있다면 그것은 그 비현실적 이야기가 현실에 은닉되어 있는, 이면의 진실을 드러내기 때문일 것이다. 그런 점에서 이적의 환상 소설집 『지문 사냥꾼』은 훌륭한 환상 소설이라고 할 수 있다.

문학적으로 되돌아볼 만한 가치를 지닌 또 다른 연예인 소설로는 타블로의 『당신의 조각들』을 들 수 있다. 『당신의 조각들』은 평범한 일상 속에 자리 잡고 있는 균열의 기미들을 잡아내 이미지로 형상화한 작품들로 구성되어 있다. 타블로의 소설 역시 한국 문단에서 볼 수 없는 새로운 감각을 보여 준다는 점에서 이채롭다. 타블로의 『당신의 조각들』은 이른바 '뉴욕 스타일'의 소설이다. 뉴욕 스타일 소설이란 것은 무엇일까? 첫째, 뚜렷한 서사가 없다. 일상의 단면과 단편들이 무의미한 스틸 컷처럼 엮어져 있다. 두 번째, 감정의 변화가 드러나지 않는다. 등장인물들은 건조하게 하루의 일상을 살아간다. 뭔가 심각한 사건들이 생기지만, 이를테면 갑작스럽게 쥐가 나타난다든가 마약을 하다가 잠시 몸에 고장이 난다든가, 별일 아니란 듯이 군다. 별일 아니다, 가 아니라 별일 아닌 듯이, 라는 태도에 그 핵심이 있다.

타블로의 소설들에는 분명 '별일'인 사건들이 등장한다. 이건 우리가 생각하는 소설의 기본적 요건이다. 그런데 그 '별일'이 특별히 드라마틱하지 않다. 오히려 너무 밋밋하거나 괴기스러울 따름이다. 그래서인지 타블로의 단편 소설들은 띄엄띄엄 놓인 사진처럼 그 의미가 불연속적이다. 수사학적으로 말하자면 환유적이라기보다는 은유적이다. 노래 가사에 따라 제작된 뮤직비디오처럼 단속적 이미지로 호소한다.

그런 점에서, 책의 중간중간에 삽입된 스틸 사진들은 타블로 소설의 특징을 상징적으로 함축하고 있다고 할 수 있다. 사실상 그 사진들은 어떤 '느낌'을 전할 뿐 소설 속 내용과 연관되지 않는다. 아니, 느낌만 있을 뿐 아무런 의미는 없다. 마지막 부분에 실린 사진에 대한 설명은 이런 '느낌'이 무엇을 위한 것인지 짐작게 한다. 찍은 사람들은 다르지만 그 사진들은 모두 뉴욕에서 찍었다는 공통점을 가지고 있다. 그러니까 『당신의 조각들』은 우리가 생각하는 뉴욕에 대한 느낌을 형상화한 책이다.

중요한 것은 이 책이 우리에게 선사하고 있는 그것이 우리가 체험한 뉴욕이 아니라 우리가 짐작하는 뉴욕이라는 사실이다. 세련되지만 외로운 사람들이 빠른 걸음으로 서로 지나쳐 재빨리 타인이 되는 대도시의 삶, 풍요롭고 고독한 삶, 말이다. 타블로의 소설이 베스트셀러에 자리 잡을 수 있는 이유도 이 이미지에 있을 것이다. 타블로의 소설은 지금 독자들이 원하는 삶의 이미지를 전달하는 데 성공하고 있다. 뭐라고 말하기 힘든 어떤 '고독'에 대해 말하고 있는 '듯'한 포즈 말이다. 타블로의 소설집, 『당신의 조각들』은 팬시하면서도 세련된 동시대의 문화 상품이다.

3 동화적 세계의 윤리

언젠가 프랑스의 작가 미셸 투르니에는 재미있는 경험을 이야기한 바 있다. 미국에 들른 미셸 투르니에는 자신이 머물고 있는 숙소 아래에서 '마이클(Michael)'을 연호하는 사람들의 목소리를 듣게 된다. 미셸의 영어식 발음이 마이클이기에 그는 자신을 부른다고 생각해 발코니의 창문을 열어 본다. 하지만 사실 그 연호는 그의 방 아래층에 투숙한 '마이클 잭슨'에 대한 연호였다. 미셸 트루니에는 이 경험을 우스갯소리처럼 전달한다. 이 짤막한 이야기에는 사회의 사적 교사이자 공공의 담론적 역할을 하는 사람이 어느새 작가에서 연예인으로 옮아간 현실에 대한 풍자가 자리 잡고 있다. 어느새 연예인들은 사회적 공인으로 대우받는다. 윤리적 태도를 전면에 내세운 차인표의 『잘가요 언덕』은 사적 교사와 윤리적 멘토를 자임하는 연예인의 글쓰기 태도를 보여 준다. 브루노 베텔하임이 전래 동화가 함축적으로 볼 때 성교육 동화라고 말했다면, 차인표의 『잘가요 언덕』은 종교적 차원의 용서와 윤리적 태도를 보여 주는 동화라 할 수 있다. 차인표는 소설을 윤리적 태도를 전달하기 위한 일종의 도구처럼 활용한다.

『잘가요 언덕』은 일제 강점기 군 위안부 문제를 다루고 있다. 내용은 이렇다. 호랑이 마을에는 '잘가요 언덕'이라고 불리는 언덕이 있다. 사람들은 그곳에서 이별을 하고 다시 만날 것을 약속한다. 어느 날 포수 황 씨와 그의 아들이 마을에 찾아온다. 백호를 찾기 위해 온 그들은 '육발이'라고 불리는 포악한 호랑이를 사냥한다. 이를 계기로 황 씨의 아들 용이, 촌장의 딸 순이 그리고 고아인 홀쩍이가 친구가 된다. 용이는 불미스러운 일로 마을에서 쫓겨나고 이후 세월이 흘러 순이는 열아홉 살의 처녀로, 홀쩍이도 청년으로 성장한다. 한편 일본인 가즈오 마에다는 일본군 소위로 호랑이 마을을 찾게 된다. 사려 깊고 따뜻한 가즈오 마에다는 호랑이 마을의 정서에 동화되고 폭압적 일본군이 아닌 동지애적 관계로 마을에 머문다. 그러던 어느 날 조선인 미혼 여성 징집 명령이 떨어지고 징집 대상에 순이가 포함되어 있음을 알고 심한 갈등을 겪는다.

대략의 줄거리에서 짐작되듯이 『잘가요 언덕』은 백두산 부근 마을의 순박한 사람들을 중심으로 위안부 징집, 일제 강점의 역사를 재구하고 있다. 그렇다면 그 이후의 이야기는 어떻게 될까? 일본군 가즈오 마에다는 순박하고 순결한 처녀 순이를 구하기 위해 조국을 배신한다. 어린 시절 헤어졌던 용이는 건장한 청년이 되어 돌아와 위안부로 끌려간 순이를 구출하려 나선다. 격전이 벌어지는 와중 용이는 다치고 순이는 어디론가 끌려간다. 눈치챘겠지만, 『잘가요 언덕』은 군 위안부 문제를 다루고 있지만 막상 군 위안부 문제는 나오지 않는다. 아이러니컬하지만, 군 위안부라는 소재를 전혀 다른 각도에서 그려 내고 있는데, 그 각도는 바로 가해자에 대한 근원적 용서로 구체화된다. 용서의 태도는 다음과 같다.

> "난 네가 백호를 용서해 주면, 엄마별을 볼 수 있게 될 것 같아."
> 용이가 가엾고 안타까운 순이가 말합니다.
> "모르겠어. 용서를…… 어떻게 하는 건지."
> 용이의 입에서 처음으로 '용서'라는 말이 흘러나옵니다. 백호를 잡아 복수하겠다던 용이가 변한 걸까요? 아니면 홀로 지낸 세월에 지친 것일까요?
> "빌지도 않은 용서를 어떻게 하는 건지 모르겠어."
> 띄엄띄엄 말을 잇는 용이의 얼굴은 깊은 외로움을 머금고 있습니다.
> "용서는 백호가 용서를 빌기 때문에 하는 게 아니라 엄마별 때문에 하는 거야. 엄마별이 너무 보고 싶으니까. 엄마가 너무 소중하니까."
> 잠잠히 순이의 말을 듣고 있는 용이의 커다란 눈동자에 밤하늘의 별들이 가득 차 있습니다.[2]

---

2   차인표, 『잘가요 언덕』(살림출판사, 2009), 178~179쪽.

용이는 백호의 공격으로 어머니와 여동생을 잃는다. 그래서 백호는 용이에게 복수의 대상이다. 용이와 순이는 모두 엄마가 없는 아이들로 묘사된다. 엄마별은 마음속의 이미지로 그려 낼 수 있는 일종의 상상적 위안이다. 거꾸로 말하자면 위안은 복수가 아닌 용서의 마음을 통해 찾아들 수 있는 피해자의 평온이라는 뜻이다. 차인표가 『잘가요 언덕』에서 말하고 있는 것은 가해자와 피해자의 관계로 기록된 일본과 조선의 관계, 피해자로서의 우리가 취할 수 있는 마음의 자세다. 용서를 비는 대상이 없어도 먼저 용서하는 것이라는 개념은 오른쪽 뺨을 맞으면 왼쪽마저 내놓는다는 기독교적 윤리를 떠오르게 한다.

이 기독교적 윤리를 완성하기 위해 작가로서 차인표가 고안해 낸 것은 바로 모두가 착한 등장인물이다. 심지어 위안부를 징집하는 주체였던 일본군들조차 일본군이라는 표지를 떼고 면면을 보았을 때에는 선량한 '개인'으로 묘사된다. 이야기 중간중간 삽입된 가즈오 마에다의 편지가 이를 잘 보여 준다. 섬세하게 스케치해 나간 조선의 풍경과 전쟁에 대한 반성적 태도를 통해 가즈오 마에다는 일본군이 아닌 가즈오 마에다라는 한 개인으로 독립한다. 흥미로운 것은 가즈오 마에다의 윤리적 태도의 근원에도 바로 '어머니'가 존재한다는 사실이다. 마에다의 편지는 모두 '어머니'에게 보낸 편지이기 때문이다. 요약하자면 『잘가요 언덕』에는 이상적이라고 할 수 있을 모든 근원적 윤리가 다 녹아 있다. 용서해야 하고, 남을 도와야 하고, 인간적 윤리 의식을 고민해야 하는 그러니까 이른바 '착한 사람들의 마을'을 그려 낸 것이다.

그런데 이쯤에서 소설의 줄거리를 다시 한 번 돌이켜보자. 『잘가요 언덕』은 막상 순이가 위안부로 끌려가 고생했던 시절의 이야기는 시간의 경과 속에 은닉해 두고 있다. 고통과 치욕의 시간이 과거가 되었을 때, 위안은 어디에서 올까? 복수를 꿈꾸는 욕망 속에는 상처를 화석화하지 않고 늘 현재화하겠다는 의지가 담겨 있다. 만일 뼛속 깊이 각인된 상처라면 그 상처의 고통은 절대 과거가 될 수 없다. 망각은 피해자가 아닌 가해자의 알리바이로 보아야 마땅하다.

차인표의 『잘가요 언덕』은 대한민국 역사의 가장 치욕스럽고 고통스러운 시기를 대상으로 삼고 있지만 치욕의 핵심은 외면하고 있다. 가라타니 고진이 『윤리 21』에서 말하듯이 국제법은 의무와 강령이 아닌 윤리의 차원에서 실행되어야 한다. 용서를 구할 대상이 속죄를 회피하는 비윤리적 상황에서 차인표가 말하고자 하는 역사의 상처는 기독교적 윤리의 차원으로 승화시키기에는 너무도 현실적인 문제다. 역사적이며 정치적 해결이 필요한 사안에 대해 종교적 윤리로 판단한다는 것 자체가 아름답기는 하지만 비현실적이기 때문이다.

『잘가요 언덕』에 선한 사람들만 등장하는 것도 마찬가지의 이유다. 종교적 용서를 개연성 있게 하기 위해서는 악한 가해자들의 비윤리적 행위들을 괄호에 넣어야만 한다. 『잘가요 언덕』에 등장한 인물과 배경, 사건이 사실적이라기보다는 윤리적 강령을 위해 자의적으로 선택, 편집되어 있다는 뜻이다. 제비라는 우화적 화자를 선택한 것도 마찬가지 맥락에서 이해된다. 차인표가 그려 내고자 하는 용서와 화해의 세계는 단순한 선악의 구분으로 이뤄진 동화의 세계에서나 가능할 법한 환상적 윤리다.

동화가 사필귀정을 논한다면 소설은 새옹지마의 세계를 그려 낸다. 윤리로 해결되지 않고, 논리적 인과 관계로 이해되지 않는 것이 세상사이기에 소설은 이 까다로운 아이러니 가운데서 세상 삶의 지혜를 제공한다. 『잘가요 언덕』을 지탱하는 서사적 힘은 한국의 전통적 소규모 마을의 정서, 어머니에 대한 그리움 그리고 인연이다. 너무나 아름답고 올바른 이야기지만 이 이야기에는 살아 있는 사람의 체온이 느껴지지 않는다. 현실의 땅위에 발 딛고 살아가는 인간들이 아닌 작가의 윤리적 요구에 의해 창조된 인물, 차인표식 착한 동화가 바로 『잘가요 언덕』이다.

4   엄지 공주의 자기 최면

구혜선의『탱고』는 춤출 때 상대를 믿고 자신을 맡겨야 하는 탱고에
인생을 비유한 작품이다. 출판 평론가 한기호는 구혜선의 소설에 대해
"이번 소설은 다소 미숙한 구석이 있기는 했지만, 기본적으로 (구혜선은)
글을 쓸 줄 아는 작가다. 문장을 차근차근 읽다 보면 글솜씨가 남다르다
는 게 느껴진다. 이번에 출간된 소설 못지않게 앞으로의 소설이 더 기대
가 된다. 자신이 연예인이라는 부담이라든가 항간의 편견에서 벗어나 편
안해질 때 진정 소설다운 소설을 쓰게 될 거다.『탱고』는 앞으로의 가능성
을 충분히 보여 줬다."[3] 라는 평가를 남겼다.

과연 그럴까?『탱고』는 연이라는 여성 화자가 그려 낸 연애담으로 요약
된다. 종운이라는 남자와 헤어진 연이는 시후라는 인물을 우연히 전철에
서 만나고 민영이라는 부유한 남자와도 만난다. 종운과의 만남과 헤어짐,
시후와의 만남과 헤어짐 그리고 민영. 한 여자를 둘러싼 세 여자와의 에피
소드로 엮인『탱고』는 요즈음 유행하는 칙릿의 서사 구조와 닮아 있다.

『탱고』에서 가장 눈에 띄는 점 중 하나는 바로 주인공 연이의 성격이
다. 그녀는 스스로 자기중심적이며 이기적이라고 평가한다. 다른 말로 하
자면 그녀는 자기만 알고, 자기가 알고 있는 세계가 전부라고 생각하는
어린아이다. 좀 더 심하게 말하자면 그녀는 자신의 가치관이 세계의 윤리
라고 생각하는 자기폐쇄적(self-enclosure) 공주다.

나는 많은 사랑을 받으며 부족한 것 없이 자랐다. 부모님은 내가 좋아하
는 것이라면 어떤 일이든 다 해 주셨다. 성인이 되어 독립된 행복을 추구하

---

3   http://blog.daum.net/yiyoyong/8933025?srchid=BR1http%3A%2F%2Fblog.daum.
net%2Fyiyoyong%2F8933025.

기 시작할 무렵, 안정적인 부모님의 사랑은 어느새 권태가 되어 내 공간을 침범했고, 나는 혼자 살기로 결심했다. 그렇게 난 이기심을 핑계 삼아 집을 뛰쳐나왔다.

그렇다. 나는 모든 일을 내 취향대로, 내 상황에 꼭 맞는 정답대로 해야만 직성이 풀린다. 모든 일을 성공적으로 처리하는 것이 내 일에 대한 그리고 인생에 대한 예의라고 생각한다.

난 힘이 넘친다. 세상에 대한 믿음과 열정 또한, 그리고 그것을 찬양해 마지않는다. 내 연애는 달콤해야만 하고 내 가족은 영원하며 내 인생은 반드시 찬란해야만 한다.[4]

연이에 비해 성숙한 인물로 제시되는 종운의 세계관은 얼핏 보면 어른스럽게 보이지만 엄밀히 말해 현실에 대한 막연한 비관론은 사춘기 소년 정도의 센티멘털리즘에 더 가까워 보인다. 에스프레소와 담배로 상징되는 현실의 아픔이나 고통은 세상을 '비극적'으로 받아들이고자 하는 자기 연민적 인물의 포즈를 상징한다. 구혜선의 소설 속 인물들은 비극적 현실 앞에서 비관하지만 독자들에게 그 현실은 일종의 어리광으로 다가온다. 현실은 쓸쓸한 거야, 라며 제법 어른스럽게 포즈를 잡고 있는 셈이다.

만일 자기 자신밖에 모르던 이기적 여성이 여러 인물을 만남으로써 성숙한다면 미성숙한 인물의 치기는 성장 소설의 관습 안에서 용납될 수 있기도 하다. 하지만 연이라는 인물은 여러 인물을 만나면서 자기 자신의 성장을 목도하는 것이 아니라 시후의 자살을 경험함으로써 인생의 비극성만을 강화한다. 커피와 담배의 쓸쓸함이 누군가의 자살로 압축될 때, 인생의 비극이라는 주제는 자기 연민적 멜랑콜리로 축소된다.

---

4 구혜선, 『탱고』(웅진지식하우스, 2009), 19쪽.

구혜선은 연이를 통해 인생의 고독과 슬픔, 연애의 근원적 고독을 말하고자 하지만 그 이해와 반응은 유아적이다. 유아적이라는 것은 일종의 아동적 나르시시즘의 상태로, 자신이 상처받지 않기 위해 무조건 자기중심적으로 생각하는 것을 의미한다. 단순한 비아냥이 아니라 소설 속에 묘사된 상태가 그렇다. 가혹하게 말하자면,『탱고』는 자기중심적 소녀의 엄살 혹은 어리광에 불과하다. 칙릿(Chick-lit) 속의 여성들은 어떻게 해서든 자기 정체성을 찾아가려고 애쓴다. 그것의 진정성을 차치한다 해도, 구혜선의 소설에 등장하는 20대 여성의 고민에는 정체성을 찾기 위해 고민하는 흔적조차 없다. 연이라는 인물은 스스로를 연민할 만한 계기만을 찾아 헤맨다. 문제는 그 연민이 너무도 개인적이고 사적이라 일기에나 적이에 알맞다는 사실이다. 소설이 허구적 인물의 창조만으로 완성되는 것은 아니기 때문이다.

5 　한국 소설의 환부, 연예인 소설의 자리

빅뱅이 썼다는『세상에 너를 소리쳐』(빅뱅, 쌤앤파커스, 2009)는 빅뱅 구성원들의 자전적 에세이다. 에세이를 통해 그들은 얼마나 어렵게, 열심히 노력해서 YG 엔터테인먼트의 일원이 되고 또 스타로 성장할 수 있었는지를 간증한다. 간증이라는 표현을 쓰는 까닭은 각 구성원의 에세이에서 늘 양현석, YG 패밀리의 사장인 양현석이 마치 보이지 않는 대타자, 초월적 자아의 모습으로 그림자를 드리우고 있었기 때문이다. 태양, 대성, 승리, t.o.p, G 드래곤과 같은 구성원들은 모두 양현석 대표의 말을 경전의 한 구절처럼 인용하고 그 말에 기대 자신을 다그친다.

『세상에 너를 소리쳐』를 읽은 어른 독자로서 첫 번째 놀라움은 바로 '양현석'이라는 소속사 사장에 대한 맹신과 인정 투쟁의 욕망이다. 이 에

세이집에서 가장 눈에 띄는 것은 이들이 가수가 되기 위해 투자한 시간과 노력 그리고 오기들이다. 그들은 목표를 이뤄 내기 위해 치열한 자기 검열을 거쳐 가수가 되었다. 재미있는 것은 그들의 그 치열함이 사실상 학교에서 일류 대학에 진학해 상위 10퍼센트 이내의 연봉을 받는 사회인으로 성장하고자 하는 청소년의 욕망과 다를 바 없다는 사실이다. 일등이 되고자 노력하는 아이들의 모습이 대한민국의 보편적 청소년상과 일치했다는 뜻이다. 시험, 대학 입시가 오디션, 그룹 멤버로의 발탁으로 변주되고 환치되었을 뿐 실적을 검증받아 그룹 일원이 되는 과정은 대학 입시 과정과 다를 바 없다. 그들은 다만 다른 입시를 치를 뿐이다.

빅뱅의 자전적 에세이인 『세상에 너를 소리쳐』는 40만 부를 넘겼다. 빅뱅의 책은 그들의 삶과 일치된 모습을 보여 줬다. 그들 삶의 극적인 부분을 트리밍(trimming)해서 보여 주었기에 가능한 일이었다. 『세상에 너를 소리쳐』는 40만 부를 넘기면서, 독자층이 그들의 팬에서 30~40대 여성들로 옮아갔다. 외길의 과잉 경쟁에 시달리는 10대에게 이만한 자기 계발서가 없다는 것을 깨달은 부모와 교사가 그만큼 많다는 것이 확인된 거다. 차인표와 구혜선도 자신들의 삶과 직접 연결되는 식의 강한 임팩트를 보였다면 엄청난 판매 부수를 기록할 수 있었을 거다."[5]

한기호의 말처럼 빅뱅의 에세이가 '흥행'할 수 있었던 까닭은 그들이 바로 적자만이 살아남는 무한 경쟁 시대의 청소년상을 잘 보여 주기 때문이다. 돌아봐야 할 지점은 무한 경쟁 시대의 청소년상, 다국적 후기 자본주의 사회에 일종의 상품으로 노출된 청소년에 대해 반성적 태도를 취하는 것이 아니라 오히려 그것을 자극하고 있다는 사실이다. 인용된 구절들

5 한기호, 앞의 글.

을 통해 짐작되듯이 엔터테인먼트 회사에 들어가 연습생으로 지내는 청소년들의 일상은 학교와 꼭 닮아 있다. 그것도 학교의 나쁜 점만 쏙 빼닮아 있다. 학교가 국, 영, 수 위주의 과목으로 시험을 본 후 그 결과를 벽보에 붙인다면 기획사에서는 춤과 노래를 시험봐 그 결과를 공개한다. '무엇'이냐라는 대상이 달라졌을 뿐 그들이 청소년기를 보내는 방식은 동일하다. 그 동일함 때문에 중, 고교생 자녀를 둔 수많은 부모들이 이 책의 소비자가 되기를 자처한다. 빅뱅의 성공기는 무한 경쟁 시대에서 살아남은 적자들의 수기이며 연습생이란 곧 수험생의 알레고리와 마찬가지이기 때문이다.

빅뱅의 에세이집에서 드러나듯 연예인이 쓴 소설들은 공교롭게도 지금 우리 시대의 사람들이 무엇을 욕망하는지를 낱낱이 노출하고 있다. 연예인이 쓴 소설을 읽을 때 첫 번째 고려해야 할 사항이 바로 동시대적 맥락 속에서의 글쓰기라는 사실이다. 두 번째 특징이라면 바로 소설의 중간중간 일러스트로 마치 그림책과 같은 효과를 준다는 사실이다. 이러한 형식적 특징은 소설이라고 이름 붙여져 있으나 분명 소설과 다른 특정한 글쓰기라는 사실을 입증한다. 그림은 독서의 흐름을 방해하면서 서사를 단편적 이미지로 제시하는 데 도움을 준다. 연예인이 쓴 소설들은 이야기가 아니라 어떤 이미지를 제공하는 글쓰기라고 보는 편이 옳다. 세 번째 특징은 바로 작가적 의식이라기보다는 작가라는 퍼스나를 통해 자신의 윤리관 혹은 나르시시즘적 자홀을 보여 주는 경우가 많다는 사실이다. 소설이 성숙한 어른의 글쓰기라면 그런 점에서 몇몇 연예인 소설은 소설로서의 자격에 미달되었다고 볼 수도 있다.

결국, 연예인의 글쓰기 연예인의 소설은 2000년대 한국의 출판 시장이 만들어 낸 기획형 상품이라고 보아야 마땅하다. 대상으로 삼고 있는 독자들 역시 이른바 순수 문학 혹은 본격 문학을 읽는 독자들과는 다르다. 연예인의 소설을 읽는 독자들은 그 이미지를 소비하고 싶어하는 소비

자들이다. 상품으로서의 문학, 연예인 소설의 동시대적 의미는 상품성이 출판의 가장 중요한 잣대가 된 요즘의 현실 그리고 팬시한 상품으로서 소설을 선택하는 독자의 경향이 만들어 낸 시대적 산물이라고 할 수 있다.

장르로서의 청소년 소설

1 청소년의 부각

청소년이 떴다. 청소년이 부각되는 맥락은 우선 상업적 부분에서 파악된다. 최근의 마케팅 전략은 주로 10대를 목표로 이뤄진다. 감성 마케팅이라고 부를 수 있을 이미지 홍보가 10대들을 대상으로 한 모바일 상품을 통해 진행되고 있다는 점에서도 눈치챌 수 있다. 바야흐로 "소녀들의 시대"라고 말한 박민규의 말처럼, 가요계 역시 10대들이 주인공이다. 주인공이라는 것은 그들이 생산의 주체라는 것이 아니라 소비의 대상이며 목적이라는 의미다. 10대들은 기획 상품처럼 꾸며져 상품화되고 또 다른 10대들은 상품화된 10대의 이미지를 소비한다. 한두 자녀가 전부인 가정에서 아이들의 요구가 절대적일 수밖에 없는 현실도 작용을 한다. 이러한 10대의 성향에 대해 'P' 세대라는 명명이 이루어졌다. 열정과 힘을 갖고 참여하는 세대를 가리키는 'P' 세대는 하지만 어딘가 위선적인 데가 있다. 참여, 힘이 지칭하는 최종 목적지가 '소비'이기 때문이다.

2008년 여름, 광우병 사태 혹은 FTA 비준 체결로 인해 촉발된 촛불 시위에서 10대 소녀들이 앞장섰다. 이내 소녀들은 'P' 제너레이션의 상징으로 부각되었다. 소녀들이 촛불 시위에 앞장선 데에는 이른바 '오빠들'의 암시가 컸다.[1] 이동연은 소녀들이 "'오빠들'의 무의식적 호출"을 받고 거리에 나섰다고 본다. 그는 호출 자체가 중요한 것이 아니라, '오빠들'의 무의식적 호출이 "10대들의 신체 안에 '억압된 것'이 다시 회귀해서 폭발하게 만든 뇌관과 같은 것"이었다며 의미를 부여한다. 소녀들이 '오빠들'에 의해서 나왔음을 지적하면서도 오빠가 아닌 다른 자극이 있었더라도 결과는 마찬가지였을 것이라고 판단하는 것이다. 그런데, 이 말은 지금 10대들의 뇌관을 건드릴 수 있는 자극이 '오빠들'이어야 한다는 역설을 내포하고 있다. 부모가 혹은 선생님이 "미국산 쇠고기가 싫다."라고 말한 것과 '오빠들'이 "광우병 소고기를 먹을 수도 있게 된다는 것이 싫다."라고 말하는 것은 다르게 작용한다. 뇌관은 '오빠들'이기에 터진 셈이다. 10대들의 뇌관은 우리가 예상하고, 교육하고, 가르치는 곳이 아니라 다른 데에 위치하고 있다. 뇌관이 있었다는 게 아니라 '누가' 뇌관을 터뜨리느냐가 중요한 것이다.

최근 한국 문학의 한 켠에는 '청소년 문학'을 발견하려는 소란이 있다.[2] 하지만, 청소년 문학에 대한 최근의 관심은 '발견'이라기보다는 '기획'이라고 말하는 편이 더 옳을 듯싶다. 청소년 문학을 '기획'하는 입장은 다음과 같은 글에서 분명히 확인할 수 있다.

---

1   이동연, 「청소년은 저항하는가?」, 《오늘의 문예비평》, 2009. 봄.

2   최근 많은 문학 계간지들이 청소년 문학을 특집으로 다루고 있다. (「청소년의 부상, 침묵하는 타자에서 발언하는 주체로」, 《오늘의 문예비평》, 2009. 봄; '아동 문학의 새로운 모색을 위하여' 중 정미영의 글 「우리는 지금 고등학교로 간다」, 《작가들》, 2009. 여름; 「청소년 문학을 진단한다」, 《내일을 여는 작가》, 2009. 여름) 대중성과 상업성에 휘둘리는 청소년 문학을 우려하는 목소리부터 각각 개별 작품을 분석, 해석하는 것까지 그 스펙트럼이 매우 넓지만, 주로 청소년 문학이 확립된 개념이 아니라는 점에 동의하고 있는 실정이다.

우리에게는 10대 청소년의 세계를 다룬 본격적인 문학 작품이 드뭅니다. 그래서 청소년이 읽는 문학 작품은 어른들이 읽는 것과 별다른 차이를 보이지 않습니다. (중략) 청소년 고유의 감수성이라든지 청소년기에 직면하는 문제 등 작품과 대화를 나눌 수 있는 요소가 많지 않다면, 문학 작품을 읽는 일은 점점 자기 삶과 무관한 요식 행위처럼 되기 쉽습니다. (중략) '지금 여기'의 청소년과 공감대를 넓힐 수 있는 새로운 감수성과 문제의식을 충실하게 담아 즐겁고도 의미 있는 책 읽기가 되도록 힘쓸 생각입니다.[3]

기획의 말을 빌려 보자면, 청소년 문학의 당위성은 "지금 여기"의 청소년의 공감대 그리고 문제의식을 담는 데서 비롯된다.[4] "지금 여기"라는 수식어는 시공간적으로 현대를 그리고 사실성에 바탕을 둔 문학을 의미한다. 그런데 사실, 지금 청소년 문학이라는 용어는 분명한 개념 규정이 없이 중구난방으로 사용되고 있다.[5] 청소년 문학이라고 칭하지만 청소년

---

3 배유안, 「창비청소년문학을 펴내면서」, 『스프링벅』, 창비청소년문학 기획편집위원회, 2007년 5월, 218쪽.

4 창비청소년문학의 '지금, 여기'에 대한 인식은 한기욱이 「문학의 새로움은 어디서 오는가」(《창작과 비평》, 2008. 겨울)라는 글에서 황석영의 가치를 '오늘'의 삶을 보여 준다는 점에서 찾은 것과 유사하다. '지금 여기'라는 명제가 사실상 모든 좋은 문학에 대한 통시적 가치임에도 불구하고 마치 현대 사회의 개별적 특성인 것처럼 제시하는 맥락도 같다. 이러한 태도는 호명한 작품들 가운데 일관성이나 내적 동일성이 없이 선택된 한기욱의 새로운 문학 리스트에서도 발견된다. 필자가 「돌아온 탕아, 수상한 귀환」에서 비판한 것의 핵심은 한기욱이 발견한 새로운 문학이 없음에도 그것이 있는 냥, 이미 다른 비평가들이 새로움으로 호명한 작가들을 소환했다는 데에 있다. 그는 '좋은 문학'을 모두 새로운 문학으로 소집한다. 새로운 문학으로 소환한 김사과, 공선옥, 신경숙, 황석영이 문학의 현재적, 내적 일관성을 논리적으로 해명할 수 없다면 그의 제안은 의문시될 수밖에 없다. 문학의 새로움은 나열이 아니라 평가를 통해 규명되어야 하기 때문이다.

5 "문학동네와 창비에서 똑같이 '청소년문학상'을 만들어 운영하고 있는데, 문학동네는 청소년이 쓴 작품을 대상으로 하고 있으며 창비는 어른 작가들이 쓴 작품을 대상으로 하고 있다.(박일환, 「청소년문학의 현황과 과제」, 『내일을 여는 작가』, 93쪽) 이로 인해 실제 중고생들이 창비의 청소년문학상에

소설만 있고, 시나 다른 장르가 전혀 없다는 것도 한 가지 예가 될 만하다. 일반적으로 아동 청소년 문학의 개념은 아동 청소년의 경험을, 아동 청소년의 관점에서, 아동 청소년이 이해할 수 있는 형식으로 표현한 문학으로, 아동 청소년을 독자로 상정하고 창작된 작품을 뜻한다.[6] 이러한 상식적 정의는 이런 질문을 가능케 한다. 그렇다면 청소년의 경험을 다루었지만 어른 독자들이 읽기에 적합한 것은 청소년 문학이 아닐까? 과연 아동 청소년이 이해할 수 있는 '형식'은 무엇일까? 청소년 문학의 당위성은 청소년 문학의 자명성과 청소년이 등장하는 본격 문학과의 차별성을 전제로 성립될 수 있다. 이는 최근 우리가 읽고 있는 청소년 문학이 과연 우리 문학의 전통 안에 이미 자리 잡고 있는 '성장 소설'과 얼마나 다른 것이냐, 라는 질문과 일맥상통하기도 한다. 성장 소설이라는 용어가 있는데도 '청소년 문학'이라는 다른 호명이 요구된다면, 여기에는 분명한 구분점이 있어야만 할 것이다. 다만, 청소년이 등장한다고 해서 그것을 청소년 문학 혹은 청소년 소설이라고 할 수는 없기 때문이다. 이제, 우리는 청소년 문학이라는 표식으로 장식한 채 찾아온 몇몇 소설들을 살펴봄으로써 청소년 문학의 자명성을 점검하게 될 것이다.

2   성장 소설과 청소년 문학의 경계

성장 소설은 청년 주인공이 자아의 내적 성숙을 통해 사회적 공동체와의 화해를 모색하는 소설이다. 종종 교양 소설이나 입사 소설과 비견되는

응모하는 일도 종종 있다고 한다.(「고뇌하는 청소년 출판, 성장 동력과 걸림돌」, 《기획회의》, 2008. 1.)

6　김상욱, 「전복적 상상력으로서의 청소년 문학」, 《내일을 여는 작가》, 2009. 여름, 68쪽.

데 교양 소설이 사회적 공동체의 조화를 최종 목표로 주인공의 내적 성숙에 초점을 맞춘다면 입사 소설은 사회화 과정이 선사하는 필연적 환멸에 주목한다. 시민 사회의 이상을 담은 도덕, 철학적 교양 개념을 받아들이느냐 아니면 일종의 상상계적 결락을 경험하느냐에 따라 성장 소설의 결이 달라지는 것이다.[7] 엄밀히 말해 성장 소설이란 우리 문학사 안에 그 근거를 찾을 수 없는, 수입된 개념이다. 수입 당시의 이름은 바로 교양 소설(Buildungsroman)이었다. 독일 문학의 전통에서 교양 소설은 개인의 교양적 완성을 목적으로하는 소설을 지칭한다.

나는 넋을 잃고 깊은 생각에 빠져들었죠. 이 발견을 한 뒤로는 전보다 마음이 좀 가라앉은 듯도 했고, 어쩌면 더 불안해진 듯도 했어요. 무엇인가 좀 알고 나니까 그제서야 비로소 마치 내가 아무것도 모르는 듯한 느낌이 들더란 말이에요. 내 느낌은 옳았어요. 나는 연관성을 모르고 있었거든요! 사실은 모든 것이 이 연관성에 달려 있는데 말이에요.[8]

프랑코 모레티의 말처럼 교양 소설에 있어서의 완성은 '연관(Zusammenhang)'의 문제다. 그의 삶을 고리 모양으로 봉하는 것, 연관이란, 개별적 시간성의 내적인 연관인 동시에 외부로의 열림을 가능한다.[9] 연관은 빌헬름의 말처럼 사물과 사물의 내적 관계이며, '나'와 '세계'와의 관계에 대한 이해다. 내가 속해 있는 좀 더 큰 사회적 연관 관계를 통해 그 속에 나 자신을 위치시킴으로써 새로운 정체성을 찾아가는 것이 바로 교양

---

7   졸고, 「되돌아온 탕아, 수상한 귀환」, 《세계의 문학》, 2009. 봄.

8   요한 볼프강 폰 괴테, 안삼환 옮김, 『빌헬름 마이스터의 수업시대 1』(민음사, 1998), 4쪽.

9   프랑코 모레티, 성은애 옮김, 『세상의 이치』(문학동네, 2005), 48쪽.

소설의 면모인 셈이다. 우리에게 교양 소설이 정체불명의 성장 소설이라는 역어로 받아들여진 까닭도 여기에 있다. 연관이란 자기 정체성의 발견과 비견될 수 있다. 사회적 맥락 속에서 자아를 확립하는 것, 그것은 우리 문학사에서 줄곧 말해 온 자기 정체성과 겹친다. 그런 점에서 성장 소설이란 각각의 개인적 삶을 더 큰 공동체의 플롯 속에 위치하는 과정에서 발생한다.

서양 문학사에 있어 성장 소설의 태동은 근대 소설의 시작과 맞물린다. 고전적 서사, 서사시의 세계에는 늘 성숙한 남자가 주인공이었기 때문이다. 미성숙한 남자, 자기 정체성이 확립되지 않은 남자 혹은 여성은 우리가 근대 소설이라고 부르는 작품들 속에서 발명되었다. 그만큼 성장 소설의 외연이 넓다는 뜻이다. 그러나 우리는 여기에서 성장 소설의 의미를 아직 성숙하지 않은 인물이 나름의 완성본을 찾아가는 형식이라는 데에 동의함으로써 이 논의를 진행해야만 한다. 이러한 맥락에서 보자면 성장 소설이라는 이름으로 박완서의 『그 많던 싱아는 어디로 갔을까』, 은희경의 『새의 선물』, 이순원의 『19세』 등이 성장 소설의 예시로 떠오른다. 이미 성인이 된 화자가 회고적으로 자신의 10대를 돌아보는 이야기들이 우리 문학사 안에서 성장 소설로 자리 잡아 왔던 것이다.[10]

청소년 문학과 성장 소설과의 관계는 청소년 문학을 이야기할 때 끊임없이 논의되는 대상이다. 가령 다음과 같은 구절들은 청소년 문학이 우리가 성장 소설이라고 부른 기존의 문학과 얼마나 닮아 있는지를 짐작게 한다.

우리 청소년 문학의 주류적 속성은 이 세 가지가 모두 큰 구획 없이 통

---

10   자신의 10대를 회고함으로써 방황이 갈무리된, 지금의 안정을 위무하는 소설의 양식은 졸고, 「회귀하는 감옥」에서 언급한 바 있다. 이러한 소설 속에서 성장은 일종의 낭만적 동경이라고 할 수 있다.

합된 성격을 많이 보여 주는데, 그 점에서 우리는 이 모두를 성장 소설로 귀일시켜도 무방할 것이다. 물론 모든 성장 소설이 다 청소년 문학인 것은 아니지만, 그래도 청소년 문학을 말할 때 성장 소설의 뚜렷한 범례들은 매우 중요한 자료가 되기 때문이다. 성장 소설 속에서 주인공이 치러 내는 갈등 극복 과정이나 환상적 모험 그리고 사회에 던지는 질문 등은 그 자체로 인생의 비중 있는 비의를 추구하는 속성을 지니는 것이다.[11]

청소년 소설을 읽으면서 조금은 답답함을 느낄 때가 있는데, 대부분의 작품들이 고만고만한 성장 소설의 틀에 갇혀 있다는 것이다.[12]

진정한 의미의 성장 소설이란 자기 결정과 엄격한 사회화의 요구 사이의 갈등을 반영해야만 한다. 갈등이란 자기 결정 문화의 필연적 산물인 개인성을 향한 경향이 어떻게 정상성이라는 반대 경향과 공존할 수 있는가를 문제 삼는가에 대한 고찰이며 한편으로는 규범을 내면화하고 외적인 강제와 내면의 충동을 융합하는 과정이기도 하다. 갈등의 양상을 보여 주고 갈등이 어떻게 한 개인의 내면에 영향을 미치는지 살펴보는 것이 바로 성장 소설의 의의인 셈이다.

그렇다면, 과연 우리가 읽고 있는 '청소년 문학'은 '성장 소설'과 어떻게 구분될 수 있을까? 만일, 청소년이라는 수식어가 다만 책을 읽는 독자층을 지칭한다면 청소년의 성장을 보여 주는 작품들이 과연 청소년 문학으로 구별될 수 있을까? 한편 이 질문은 과연 청소년 문학 속에서 구현하고 있는 '성장'이라는 주제가 자아 혹은 개인이 사회와 어떤 갈등을 겪고

---

11   유성호, 「청소년 문학의 미학과 교육」, 《오늘의 문예비평》, 2009. 여름, 49쪽.

12   박일환, 같은 글, 96쪽.

또 그것을 잘 융합하고 있는가에 대한 대답의 가능성이기도 하다. 청소년이라는 수식어를 너머, 좋은 소설은 개인과 사회, 개성과 보편성, 내면과 객관성 사이의 갈등을 잘 보여 줄 수 있어야만 한다. 결론적으로 연관된 통합의 세계를 보여 주는 것이 아니라 갈등의 양상과 내면의 질감을 보여 줄 때, 청소년 문학이 추구하는 다른 '성장'이 의미를 가질 수 있기 때문이다.

3 상상의 성장

김려령의 『완득이』(창비, 2008)와 구병모의 『위저드 베이커리』(창비, 2014)는 현재, 우리 문학에서의 청소년 문학의 현주소를 대표한다. 『완득이』는 개성적인 캐릭터, 해외 이주 노동자, 장애인과 같은 사회적 소수자 문제를 쾌활한 문체로 그려 낸 작품으로 평가받는다. 한편 『위저드 베이커리』는 불온한 가정의 말더듬이 소년이 가족에게서 벗어나 개인으로 성장하는 과정을 '마법사 빵집'이라는 환상적 장치를 통해 보여 준다. 서로 공통점이 없어 보이지만 서사 구조를 걷어 내고 남은 화소들을 살펴보면, 17세 또래의 소년들이 불완전한 가족을 나름대로 재정립하는 지점에서 두 작품은 교차한다. 물론 『완득이』는 흩어졌던 가족의 재결합으로 그리고 『위저드 베이커리』는 형식적으로 결합되었던 가족을 해체한다는 점에서 대조적이지만 불완전한 가족이 나름의 정상성을 찾는다는 점에서는 동일하다. "숨어 살"던 완득이는 선생님, 엄마, 아버지, 윤하를 통해 세상으로 나오고, 빵집에 숨어 지내던 아이가 독립한다는 점에서 이 두 소설은 모두 성장 소설의 형식을 지니고 있다. 살펴보아야 할 것은 과연 이들의 성장이 청소년 문학다운 차별성이 있느냐다.

『완득이』에 나타난 성장의 구조는 기족의 복원과 동궤를 이룬다. 이는 완득이가 경험하는 갈등의 주요 요인이 바로 '가족'이고 그 해결도 가족 문제에 있다는 것을 뜻한다. 세간의 평가처럼 완득이는 매력적인 캐릭터라고 할 수 있다. 말도 없고, 싸움도 잘하지만, 난쟁이 아버지에게 연민을 느끼고, 비혈연 삼촌인 민구를 이해한다. 문제는 완득이의 내면에는 사실상 갈등이 없다는 사실이다. 완득이는 모든 것을 따뜻하게 품고 이해할 뿐 그 문제에 대하여, 자신과 세계와의 '연관'을 파악하기 위하여 전전긍긍하지 않는다. 완득이는 그저 주어진 세상을 갈등 없이 받아들인다. 가령, 작품의 초반에 갈등의 대상처럼 암시된 '똥주'는 오히려 완득이를 가장 잘 보필해 주는 조력자로 변신한다. 어린 시절 자신을 버리고 갔던 외국인 엄마가 다시 돌아와도 묵묵히 받아들인다. 그분이라고 부르며 거리감을 둘 뿐, 인생에 없던 엄마가 갑자기 생겨난 데에 대한 놀라움이나 당혹감은 드러나지 않는다. 갈등의 소지가 많지만 완득이의 세계에는 갈등이 없다. 다만 완득이에게는 사건들이 연속적으로 일어날 뿐이다.

완득이의 세계에서 사건은 계기적 연장선상에 놓여 있을 뿐 인과론적 연관의 난제로 확장되지는 않는다. 갈등이 없기에 사실 복원될 상처도 없다. 돌아온 어머니를 받아들이는 부분의 비현실성은 여기서 비롯된다. 문제는 갈등이 없기 때문에 소설의 결말 부분에서 만나게 되는 화해로운 결말, 즉 사회화의 과정이 봉합에 불과해진다는 것이다. 건전한 세상에서 유순한 고민을 하는 완득이는 세상과 조화를 이루며 살아간다. 하지만 완득이의 화해는 사실상 현실성이 떨어지는 인공적 융합이며 현실에 존재하기 어려운 유토피아적 세계다. 완득이의 공간은 어른 필자들이 아이들에게 추천해 주고 싶은 '네버랜드'의 성격을 지니고 있다. "흘려보낸 내 하루하루들. 대단한 거 하나 없는 내 인생, 그렇게 대충 살면 되는 줄 알았다. 하지만 이제 거창하고 대단하지 않아도 좋다. 작은 하루가 모여 큰 하루가 된다."라는 완득이의 깨달음이 왠지 작가의 목소리로 들리는 까닭도 여기에 있을 것이다. 완득이의 갈등과 화합은 발랄하고 쾌활하지만 웃음에 강박된 만화적 공상처럼 허무하다.

『완득이』가 세상의 양지를 확대한 조감도라면『위저드 베이커리』는 세상의 모든 음화를 한꺼번에 패치워크한 듯 불온한 사건들 투성이다. 주인공에게는 재혼한 어머니 배 선생과 그녀가 데리고 온 딸 무희 그리고 무관심한 아버지가 가족으로 존재한다. 배 선생은 선생님인데도, "나"를 구박하고 무시하며 아버지는 이런 사태에 대해서조차 무심하다. 그러던 어느 날, 무희의 옷자락에 피가 묻은 것이 발견되고 사건은 아동 성추행으로 확대된다. 급기야 배 선생의 불신을 한 몸에 받던 "나"는 파렴치범으로 몰리고 만다. "나"는 이 말도 안 되는 음모로부터 탈출해 "위저드 베이커리"에 숨어 든다. "나"에게 "빵"은 상처이자, 밥이고, 위안이며, 환상이다.

구병모의 소설『위저드 베이커리』의 세계는 이를테면 흑마술의 공간이다. 주인공의 세계는 일부러 나쁜 상황만을 선택한 듯이 엉망진창이다. 의붓언니가 발을 베고, 계모가 목숨을 빼앗는 잔혹 동화처럼『위저드 베이커리』의 세계는 암울하다. 소년은 이 암울한 세계를 저주를 거쳐 완성되는 흑마술의 공간으로 경험한다. 그런데 흥미로운 것은『완득이』가 너무 밝아 현실성이 없었던 것과 대조적으로『위저드 베이커리』는 지나치게 어둡기 때문에 현실성을 결여하고 있다는 점이다. 어린 시절 엄마에게 버림받고, 엄마가 자살한 후, 아버지의 재혼, 오해, 아버지의 성추행과 같은 일련의 사건들은 고전 설화나 소설 속에서 발견되는 고난의 연속과 닮아 있다. 물론 보르헤스의 말처럼 언제나 현실은 소설을 압도한다. 소설에서 상상하는 것보다 훨씬 더 끔찍한 일들이 현실에서 자행된다. 관건은 끔찍한 사건을 상상하는 것이 아니라 그것을 개연성 있게 꾸며내는 것이다. 마법이라는 환상적 장치가 사건의 나열을 봉합하는 '마법'이 될 수 없다는 의미다.

『위저드 베이커리』의 내용을 살펴보자면 의붓어머니의 횡포라는 점에서 보수적 가족주의에 기대어 있고, 아버지의 성추행에서 볼 때엔 과도한 작위성이 엿보인다. 만일 "나"라는 인물이 탈출하고 싶은 "현실"을 구체화하고자 했다면 이 작품의 질문은 과연 이러한 세상에서 성장이란 무엇일까로 확장되어야만 한다. 더 이상 고전적 방식으로 성장할 수 없는 현실의 성장을 그려 내기 위해서는 현실에 대한 질문을 구체화해야 하는 것이다.『완득이』와『위저드 베이커리』의 아이들은 이런저런 사건을 겪지만 성장하지는 않는다. 그들은 다만 새로운 가족을 받아들이거나 가족에서 벗어날 뿐, 세계를 경험함으로써 그것을 자아와 연관 짓지 못한다. 열린 결말이라고 순화해 부를 수 있을, 이 봉합된 세계가 청소년의 특질일 수 있을까? 세계의 모순과 비밀을 내면화하면 '성인'이고 그렇지 못한 채 사건들을 연속적으로 체험하는 주체면 '청소년'일까? 아이들은 그저 상황을 수습하고 살아간다. 독자들은 소설의 결말에서 상처를 내면화하는 인물들의 목소리가 아니라 상처를 봉합한 작가들의 전언과 마주친다. 이는 한편,『완득이』와『위저드 베이커리』의 10대가 현실적인 갈등을 겪는 사실적 인물이라기보다는 작가의 의도를 전달하기 위해 창조된 상상의 인물이라는 혐의를 준다. '완득이들'은 평균적 10대가 아닌 선택되어 조형된 인물인 셈이다.

그렇다면, 청소년 소설이라는 표제를 달지 않은 그냥 '소설'이라는 제호 아래 묘사된 10대들의 삶은 어떨까? 만일 본격 문학이라고 부를 수 있을 소설 속의 10대들이 청소년 소설로 분류되지 않는다면 그 차별성은 무엇일까? 김사과의 소설들은 10대들이 등장하지만 청소년 소설로 구분되지 않는 대표적 작품이다.『미나』는 대안 학교에 다니는 10대들을 주인공으로 삼고 있고,「나와 b」는 환각에 빠진 아이들을 주인공으로 데려온다. 김사과의 소설에 등장하는 '10대'들은 우리가 이른바 청소년 문학이라고 부르는 작품들에서 찾아 볼 수 없는 주인공들이다. 그들은 살인을 하거나 본드를 분다. 그러니까 김사과의 소설에 등장하는 아이들은 계몽이나 성장을 거부하는, '나쁜' 아이들이다. 완득이들이 세상의 불화에 대해서 유머러스하게 받아들이는 데에 비해 김사과 소설 속의 10대들은 세상을 통

째로 뒤바꾸고 싶어 한다. 재미있는 것은 김사과의 소설에 등장하는 10대
들의 모습이, 성인이 된 우리가 모르는 10대의 모습을 훨씬 더 사실적으
로 보여 준다는 점이다. 김사과의 소설에 등장하는 10대들은 청소년 문학
의 테두리 안의 인물들이 선택되어 양육된, 교육의 대상이라는 점을 알게
해 준다. 계몽의 대상으로 선택된 인공적 10대인 셈이다.

　이러한 점은 노희준의 소설 「물실로폰」(『자음과 모음』, 2009. 봄)에서
도 발견된다. 「물실로폰」에서 보듯 아이들은 생각보다 잔인하고 또 우려
보다 어른스럽다. 아이들은 어른들이 알아듣지 못하는 은어의 공간을 통
해 나름의 세계를 구축하고 있다. 더욱더 문제적인 것은 김사과나 노희준
의 소설에 등장하는 아이들은 성장하지 않는다는 것이다. 그들은 10대의
삶을 고스란히 보여 줄 뿐 성장하지는 않는다. 어쩌면 '성장'이란 청소년
문학을 선택하고, 구매하고, 읽히는 부모님, 선생님의 간절한 바람일지도
모른다. 막상 부모나 선생님의 눈에는 훌륭한 이야기들이 아이들에게는
현실과 멀리 떨어진, 계몽적 도덕 교과서로 받아들여질 수 있다.

4　'지금, 이곳'의 삶과 성장

　청소년 문학은 분명 교육적 성격을 가져야 한다. 주지할 것은 그 교육
적 면모가 도덕성이나 윤리성이 아니라 문학성이어야 한다는 것이다. 미
트리다테스적 기능이라는 말처럼 문학은 세상의 악과 독에 대한 일종의
면역력을 제공해 준다. 황순원의 「소나기」가 훌륭한 청소년 소설이라면
이유는 「소나기」가 10대의 청순한 사랑을 보여 줄 뿐만 아니라 그것의 훼
손으로 인한 환멸도 함께 선사하기 때문이다. 좋은 청소년 문학이 좋은
소설이어야만 하는 까닭이기도 하다. 『완득이』나 『위저드 베이커리』를
통해 발랄한 문체와 끔찍한 사실을 보고받을 수는 있지만 헤르만 헤세의

『수레바퀴 아래서』나 박완서의 소설이 주는 일종의 정서적 고양을 얻을 수는 없다. 『완득이』나 『위저드 베이커리』에는 내면이라 부를 만한 자아를 지닌 인물이 등장하지 않는다. 만일 최근의 청소년 문학이 단순히 여가 선용이나 읽을거리로서의 '소설'을 표방하는 것이 아니라면 더더욱 이러한 면은 고려되어야 한다. 청소년 문학이라는 라벨을 두르고 출판되는 책들이 가진 교양성과 계몽성은 10대 아이들의 최근 생활에서 비소의 대상이 되기 쉽다. 해외 이주민에 대한 윤리적 태도 교육 혹은 가난에 대하는 입장과 태도에 대한 교육과 주입이 청소년 문학이 될 수는 없는 것이다.

이는 한편 소재주의로 편성되고 있는 청소년 문학이 정작, 가장 보편적인 10대 청소년의 삶을 누락하고 있다는 모순과 닿아 있다. 최근 청소년 문학에는 낙태하는 아이, 대리 시험 후 자살하는 아이, 춤을 추는 아이 등 매우 특수한 경험을 하는 아이들이 등장한다. 정작, 평범하게 학교 생활을 하면서 '성장'의 고통을 겪고 있는 '지금, 여기'의 삶이 배제되어 있는 것이다. 청소년의 실태를 고발하는 것이 청소년 문학이 아니라면 혹은 청소년에게 계몽해야 할 윤리적 덕목의 형상화가 아니라면 청소년 문학이라는 표제하의 작품들은 많이 달라져야 할 듯싶다.

우리 문학이 청소년 문학에 요구하는 바는 조앤 롤링의 『해리 포터』 시리즈에 대한 요구와 다를 바 없다. 문학의 새로움이 확장된 지역으로서 청소년 문학이 선택되고 있는 셈이다. 청소년 문학이 시장의 언어로 판단되고 있는 셈이다. 시장에서 기다리는 청소년 문학은 아이들이 출간을 손꼽아 기다리고, 책을 읽기 시작할 때부터 고교생이 되어서까지 읽을, 원소스 멀티 유지즈가 가능한 상품으로서의 소설이다. 하지만 여기에서 우리는 평론가 해럴드 블룸의 말에 귀 기울일 필요가 있다. 해럴드 블룸이 말하길, 『해리 포터』 시리즈는 톨킨이나 루이스와 같은 고고한 환상 문학의 전통 안에서 빚어졌다고 평가한다. 그는 해리 포터 시리즈가 분명 환상 문학의 전통 안에 있기는 하지만 그것과는 다르다고 말한다. 어쩌면 가까운 먼 미래에, 해리 포터는 문학사적 기술 너머 저편으로 사라지게 될 것이라고 예언하기도 한다. 청소년이 요구하는 새로운 문학은 발명되는 것이 아니라 연구되어야 한다. 차별성이 마련될 때에 성장 소설을 대신할 장르로서의 청소년 소설이 성립될 수 있을 것이다.

돌아온 탕아들의 수상한 귀환

1   새로움을 어떻게 규정할 것인가?

가족이 돌아왔다. 성장도 돌아왔다. 집 나갔던 '언니들'은 자기들의 '집'을 가지고 돌아왔고, 오갈 데 없는 마음으로 서성이던 미성년인 어른—아이들에게 '엄마'가 돌아왔다. 낭만적 회고와 향수로 가득 찬, 애잔한 성장 서사도 함께 귀환했다. 한국 문학사에서 가족과 성장은 되돌아올 성질의 것이 아니다. 한국 문학사는 '집'과 '성장'의 문학사라고 말해도 무리는 아니다. 집과 성장은 한국 문학사의 역사적 전이를 규정할 만한 기준점이었음에 분명하다. 가령,『삼대』나『태평천하』는 세대적 갈등을 통해 당대의 삶을 입체화했고 장정일은 아버지를 죽여 새로운 감수성의 탄생을 선언했다. 김영하는 수직적 위계질서의 맨 위 꼭대기에 있는 아버지를 끌어내려 무능한 아빠 대신 경제력 있는 오빠를 선택한다. 코 묻은 돈이든, 부정한 돈이든 돈을 벌어야 가장 대접을 받을 수 있는 달라진 세계를 구체화한 셈이다. 편모슬하 장남들의 콤플렉스는 한국형 성장 소설의 중핵을 이뤘고 책임 있는 장남이 부랑자들로 교체되는 순간은 가히 혁명적이었다. 가족과 성장은 한국 문학의 무의식과 변모를 입증하는 일종의 리트머스지였다.

2000년대 문학의 새로움도 다른 가족과 다른 성장의 출현에서 시작되었다. 숲으로 간, 자신의 눈을 도려낸 오이디푸스로 요약될 수 있는 새로운 2000년대적 문학의 특징은 아버지와의 부채 관계를 정리함으로써 가족을 더 이상 원체험으로 여기지 않는 자들의 유랑기로 압축된다. 더 이상 딸들은 아버지를 가부장이라 욕하지 않았고, 아들들은 아버지를 대신해 가장이 되길 원치 않았다. 아버지는 시시때때로 "모자"가 되는 측은한 존재에 비유되고(황정은), 대결할 만한 강렬한 힘은커녕 동물이 된 우화적 존재(박민규)이거나 그것도 아니면 엉뚱한 곳에서 사시사철 야광 바지를 입고 달리기나 하는 존재(김애란)로 그려졌다. 나이를 짐작할 수 없는 무시간적 공간의 아이들이 세계를 파괴하며 입사(入社)에 반기를 든 것도 2000년대 이후의 일이다. 90년대적 소설에서 성장이 입사였다면 2000년대적 소설에서 성장은 입사할 만한 사회가 없다는 부정으로 요약된다.

2000년대적 문학이란 무엇인가? 새로운 문학이란 무엇인가? 2000년대에 등장한 문학의 새로운 움직임을 호명하고자 하는 몸짓은 여러 가지 방향과 논조에서 진행되었다. 분명 2000년대 문학, 소설은 그 이전의 것 90년대적인 것과 구분되는 바가 있다. 이를테면, 그들은 '아버지' 죽이기에 별다른 관심이 없었고, 웰메이드 스타일의 서사에 무심했으며 다른 형식으로 소설의 한계를 확장하고자 했고 다른 감각으로 세계를 보고자 했다. 위대한 주관화의 운동이라고 부를 수 있을 이 움직임들은 박형서, 김태용, 김애란, 김중혁, 한유주와 같은 새로운 작가들의 이름을 새겨 넣었다. 적어도 이들이 지닌 새로움은 우리가 소설이라고 부르는 권력으로부터 자유로운 지점에 놓여 있다는 것이다. 이들은 아버지 라이오스를 죽이기 위한 근대적 여정에서 벗어나 '숲'으로 갔다. 오이디푸스가 간 숲은 시각이 아닌 다른 감각으로 운용되는 탈중심의 공간이었다.

무릇 전위란 우리가 '문학'이라고 믿어 왔던 것들이 관습화된 권력이

자 구조에 불과함을 입증하려는 노력이다. 그래서 새로운 소설들은 우리가 '소설' 혹은 '문학'이라고 믿어 왔던 외연들을 확장하거나 파괴하고 해체했다. 거절은 상징화된 권력으로 이뤄진 사회에 진입하는 성장에 대한 질문과 헤게모니가 된 가족에 대한 거부로 이어진다. 문제는 이러한 거절의 양상이 최근 '문학이란 무엇인가'와 같은, 본질론에 입각한 부권적 질문에 의해 아예 문학이 아닌 것으로 퇴출당한다는 점이다. 중심의 세계에 어렵게 끌어들여 온 게토의 언어가 기존의 상징계적 언어로 번역될 수 없다는 이유로 다시 외곽으로 추방당하고 있다. '본질'이라는 오래된 상징계적 헤게모니의 정답에 의해서 말이다.

촛불 시위에 대한 단상에서 시작된 백낙청의 「문학이 무엇인지 다시 묻는 일」은 "어떤 것이 문학다운 문학이며 어떤 작품들이 가장 방불한 작품인지에 대한 구체적 탐구를 통해" "문학이란 무엇인가"를 물어야 한다고 말한다.[1] 대답은 "사실주의"로 수렴된다. 여기서 사실주의란 "새롭게 전개되는 근대 세계의 핵심적 진실을 포착하려는 노력"과 "총체적 현실의 재현" 그리고 "객관적 현실에 크게 상치하지 않는 전개"를 포함하는 작품들을 지칭한다. 그렇다면 여기에서 그가 문학의 본질로 제공한 "사실주의"에 부합하는 작품의 이름들을 살펴보자. 박완서의 『친절한 복희씨』, 전성태의 『국경을 넘는 일』, 공선옥의 『명랑한 밤길』, 정지아의 『봄빛』 그리고 신경숙의 『엄마를 부탁해』와 김애란의 『침이 고인다』, 마지막으로 김려령의 『완득이』. 백낙청은 이러한 작품들을 문학의 본질에 부합하는 그러니까 그가 생각하는 '사실주의'를 보여 주는 작품이라고 평가한다.

백낙청이 D. H 로런스의 '소설론'에 기대어 말하는 사실에 대한 감각은 사실상 개연성이나 핍진성에 대한 전통적 합의와 다를 바 없다. 우리 주변에 있을 만한 사건을 그럴 법한 인물들을 통해 설득력 있게 그려 내

1   백낙청, 「문학이 무엇인지 다시 묻는 일」, 《창작과 비평》, 2008. 겨울, 18쪽.

는 것, 이라는 전통적 함의에 부합하는 것이다. 충돌은 박민규의 「깊」이나 『핑퐁』처럼 전통적 사실주의에서 어긋나는 '다른' 작품들마저도 사실주의로 호명하는 데서 비롯된다. 박완서의 『친절한 복희씨』나 전성태의 『국경을 넘는 일』과는 전혀 다른 박민규의 소설 『핑퐁』은 결국 우리의 '현실'을 잘 반영하고 있다, 라는 소박한 사실주의론의 테두리 안에서 긍정된다. "좋은 장편과 나쁜 장편"이 있을 뿐 장르와 본격 문학의 대립은 없다, 라는 선언도 유사한 맥락에 놓여 있음은 당연하다. 흥미로운 질문은 아무렇지 않은 듯 놓여 있는 이 글의 맨 마지막 부분, 백낙청이 작금의 '현실'을 판정하는 부분에서 드러난다. 농담이 진실의 노출이듯 그의 세태 진단은 사실주의 회복에 대한 그의 진심이 무엇인지를 충분히 짐작게 한다.

아무튼 촛불이 한국과 한반도에서 후천 개벽의 진행을 실감케 했다면 미국에서 시작된 2008년의 금융 시장 파탄과 전 지구적 경제 위기는 선천 시대가 막바지에 이르렀음을 확인해 준다. 지금이야말로 모든 분야에서 '다음은 무엇?'이라는 질문을 던지고 해답을 모색할 때이며, 이런 시대에 문학이 과연 무엇이고 어떠해야 하는가를 다시 물을 때이다.[2]

결국 백낙청이 "문학이 무엇인지 다시 묻는" 까닭은 금융 시장 파탄과 전 지구적 경제 위기로 수렴되는 현재의 상황으로 압축된다. 그런데 이상하다. 위기에 대한 인식과 판단을 문학이 무엇인지를 다시 묻는 행위로 확장하자고 하지만 그가 언급한 구체적 작품들이 보여 주는 문학주의는 우리가 이미 폐기해 버린 문학의 상상계적 그러니까 환상적 안온함으로 되돌아가자, 라는 회귀적 움직임을 증명하고 있다. 우리가 그토록 벗어나고자 했던 라이오스의 문학, 전통이라는 이름으로 자리 잡고 있는 소설의 부권적 질서

---

2   앞의 책. 38쪽.

에 대한 복귀로 귀결되고 있는 셈이다. 혐의는 뒤이어 게재된 한기욱의 「문학의 새로움은 어디서 오는가」에서 분명한 의도로 드러난다. 한기욱은 문학적 본질에 대한 질문이 사실상 2000년대에 등장한 새로운 세대가 소설의 패러다임을 교체해 나가는 것에 대한 불만이며 회귀의 감옥이라는 사실을 뚜렷이 보여 준다. 새롭게 등장한 낯선 문학적 시도를 호명하고자 하는 젊은 비평가들의 시도를 강박증적인 것으로 규정하는 까닭도 여기에 있다.[3] 2000년대 이후에 등장한 새로운 소설들에 대한 감각을 일종의 '강박'이라고 표현한다면 한기욱이 이야기하는 새로움은 완강했던 질서에 대한 고착적 향수와 닮아 있다. 한기욱은 '문학은 무엇인가'라는 물음에 대한 대답으로 황석영의 『개밥바라기별』을 선택한다.

> 사람은 씨팔…… 누구든지 오늘을 사는 거야.
> 거기 씨팔은 왜 붙여요?
> 내가 물으면 그는 한바탕 웃으며 말했다.

3   한기욱은 김중혁과 김애란을 시각 중심, 근대적 합리성에서 벗어난 새로운 작가로 호명하는 필자의 논지에 대해 "김중혁과 김애란의 소설에서 탈근대 문학 특유의 미덕을 억지로 찾으려" 한다고 신형철의 글을 빌려 비판한다. 하지만 애초에 신형철의 글은 귀납론적 오류에 빠져 있다고 할 수 있다. 신형철은 소설의 근대적 미학이 무엇인지 자신만의 언어로 규정하지 않은 채 고전의 근대론에 기대어 "김중혁과 김애란의 소설"이 좋은 까닭을 "여전히 근대 문학의 미덕"이 있기 때문이라고 말하고 있다. 필자가 '오이디푸스의 숲'으로 호명하는 2000년대적, 새로운 문학의 공간은 비단 형식적, 수사학적으로 새로운 시도를 보여 주는 낯선 소설의 공간이 아니다. 김애란은 '아버지 죽이기'에 혈안이 되어 있던 근대 소설, 서사시의 관습을 아버지쯤으로 사소화하는 비약을 보여 주었고 김중혁은 기억을 추상적 감각으로 주관화해 냈다. 이는 '사실'을 개연성이나 핍진성으로 규정하는 소설의 오래된 관습, 즉 근대성을 지우는 행위이며 아버지를 죽이기 위해 혹은 죽이지 않기 위해 전전긍긍했던 테베의 오이디푸스가 상징계적 억압을 벗어나 '숲'으로 간 행위와 비견된다. 그러므로 김애란과 김중혁 소설의 장점을 근대 소설의 미학인 사실주의적 매력과 소설의 근대적 정의에 부합한 완결성으로 규정짓는다면 이는 필자의 글을 오해한 것이 아니라 김애란과 김중혁이 지금, 이 시점 2000년대에 등장해 주목받을 수 있었던 까닭을 근본적으로 잘못 이해하고 있는 것에 가깝다.

신나니까…… 그냥 말하면 맨숭맨숭하잖아.[4]

한기욱은 황석영의 소설 『개밥바라기별』을 예시로 들며 "'오늘을 산다는 것'은 그저 현재를 산다는 뜻이 아니다. 충만한 순간을 산다는 것이고 그 순간 살아 있음을 실감한다는 뜻일 것이다. 따라서 '오늘'의 시간 개념만이 아니라 어떤 존재의 살아 있음을 온몸으로 느끼는 '삶의 경지'", "달리 말하면 삶다운 삶이 실현되는 것", "'오늘'이라는 삶의 현장을 생생하게 드러내는 예술"이라고 문학의 본질을 정의한다. 그렇다면 이쯤에서 우리는 질문을 해야만 한다. '오늘'의 삶의 현장을 생생하게 드러내는 예술이 문학다운 문학이라면 과연 자신의 10대를 회상하고 있는 거장의 성장 소설이 과연 '오늘'의 삶을 생생하게 드러내고 있는가? 성장이 한국 문학의 주요한 질곡을 포용하는 문제적 서사라면 황석영의 『개밥바라기별』은 과연 소년의 낭만적 성장기 그 이상, '오늘'을 반성케 하는 삶의 현장에 육박하는가? 질문은 이렇게 바뀌어도 될 법하다. 백낙청이나 한기욱이 지금 이곳의 삶이 노정하고 있는 위기를 전 지구적 경제 불황과 위기로 봤다면 그들이 문학으로 호명하고 있는 『엄마를 부탁해』나 『개밥바라기별』이 과연 이러한 문제에 대해 재인식을 가능하게 하는가? 반성까지는 아니라도 위기와 불황 속에서 급속히 재보수화되고 있는 이곳의 현실을 불편한 것으로 인식게 하는가, 라고 말이다.[5]

분명한 것은 현재 전 지구적 경제 불황이라는 위기감 속에서 수많은

4   황석영, 『개밥바라기별』(문학동네, 2008), 257쪽; 한기욱, 『문학의 새로움은 어디서 오는가』(창비, 2011), 51쪽에서 재인용

5   한기욱은 지금 이곳의 가장 중요한 사회적 문제를 "한국 자본주의 체제와 자본주의 세계체제 사이의 함수관계에 사로잡혀 그 사이에 작동하는 분단체제의 메커니즘"에 대한 망각으로 들고 있다. (한기욱, 앞의 글, 51쪽)

독자들이 신경숙의 『엄마를 부탁해』나 황석영의 『개밥바라기별』을 선택하고 있다는 사실이다. 따라서 이 질문은 지금 이곳의 사람들에게 읽히고 환대받는 '문학'들이 과연 어떤 의미가 있느냐라는 질문으로 압축된다. 너무도 익숙한 위안으로의 회귀, 위기와 함께 되살아나는 퇴행에 대해 질문은 확장될 것이다.

2 수상한 '새' 가족

한국 소설에서 '가족'은 억압의 다른 이름이었다. 1990년대를 관통해 온 여성 작가들은 가부장제에서 벗어나기 위해 글을 썼고 글을 통해 부패한 아버지와 불온한 남편이 제공한 집에서 벗어났다. 1990년대의 여성 문학은 아버지의 이름을 지움으로써 '가족'이라는 이데올로기적 기구가 지닌 정치적 억압을 파괴하고자 했다. "길 위의 여자(이광호)", "집 나가는 여자(김형중)"로 불린 그녀들은 내내 업둥이 서사로 이야기되어 오던 아버지와 아들 사이의 한국 문학사를 나쁜 아버지와 그릇된 남편 그리고 여자라는 새로운 공식으로 경신했다. 전경린, 은희경, 서하진 등의 작가들은 아버지의 집에서 남편의 집으로 탈출했다고 여겼지만 끝내 그곳이 감옥이었음을 깨닫고 길 위로 나선 새로운 소설적 인물을 창조해 냈다. 그 결과 우리가 믿어 의심치 않았던 '가족의 신화'에 균열이 생기기 시작했다.

전경린이나 공지영, 은희경, 서하진이 그려 낸 1990년대의 가족이란 민족주의, 국가주의, 혈통주의의 이데올로기가 융합된 억압의 장이다. 엥겔스의 말처럼 그녀들이 벗어난 가족은 상속권과 경제적 조건에 기초한 사적 소유의 결과물이었다.[6] 일부일처제가 생긴 이후로 여성들에게 '집'은 재산의

---

6 프리드리히 엥겔스, 김경미 옮김, 『가족, 사적 소유, 국가의 기원』(책세상, 2007).

보존과 상속을 위해 상속자를 낳아 줘야 하는 공간이었다. 가사를 돌보는 일은 공적 성격을 상실했고, 여성의 가내 노동은 사적인 일의 대명사가 되었다. 아내는 사회적 생산에 대한 참여에서 배제되었을 뿐만 아니라 자본주의 사회의 필연적 숙명을 보여 주듯 생산성이 없기에 욕망도 차압당한 존재로 강등되었다. 자본주의 사회에서 욕망이란 재화의 생산과 소모 행위에 의해 보장받을 수 있기 때문이다.[7] 여성은 '가족'이라는 은폐된 노예제에 의해 공공연히 사적 욕망을 차압 받았다. 그래서 그들은 욕망과 정체성의 문제를 동일선상에 제시하며 '집'을 떠났다. 그녀들에게 '집'은 더 이상 어떤 안락도 제공할 수 없는 감옥이었다.[8]

그런데 그녀들이 변했다. 2007년과 2008년 사이에 공교롭게도 전경린과 공지영이 '집'이라는 화두를 들고 한국 문학에 되돌아왔다. 게다가 그녀들이 제시하는 집은 모두 엄마가 가장이 되는 '엄마의 집'이다. 차별성은 그녀들이 자신의 이름으로 등기된 집을 '소유'했다는 점에서 두드러진다. 그러니까 그들은 사적 노동 종사자인 주부가 아니라 공적인 영역에서 노동을 하고 재화를 소유한 경제 주체로 돌아온 셈이다. 그들에게 '집'

---

7 하지만 천운영이나 정이현처럼 전경린, 은희경, 서하진 이후에 등장한 젊은 여성 작가들에게 '가족'은 그들과 유사하면서도 구별된 지점을 지니고 있다. 은희경이나 전경린, 공지영 같은 작가들이 집을 가부장제의 억압이 응축된 공간적 상징으로 선택해 그것을 와해하고자 했다면 천운영이나 정이현 같은 1970년대생 작가들은 가부장제를 좀 더 정치적 이데올로기 차원에서 분쇄하고자 한다. 낭만적 결혼과 연애를 냉소적으로 비꼬는 정이현의 작품들과 동성의 연인 혹인 다른 인종의 사람들이 한 가족을 이루고 사는 천운영 소설 속 상황들은 가부장제로부터의 탈출이 아니라 가부장제가 아닌 다른 이념의 모색이라는 점에서 진일보한 바가 있다. 여기서 이야기하고자 하는 것은 집을 나갔던 '언니'들의 귀환이다. 따라서 천운영, 정이현 이후 최근의 젊은 여성 작가들의 새로운 '집' 이야기는 다른 관점에서 논의될 것이다.

8 과거 우리는 유교적 이념에 기반한 부계 혈통의 직계 가족 원리를 운명적으로 주어진, 절대적으로 지켜야만 하는 인륜, 천륜으로 인식했다. 혼인, 재산 상속 및 친족 관계를 부계 중심으로 일관되게 규정했으며, 여성은 가족 내에서 부차적인 존재로, 가계 계승을 위한 자녀 출산의 도구로 여겨졌다. 이미경, 『가족의 이름으로』(또 하나의 문화, 2003), 21쪽.

은 단순히 정서적 안정을 제공하는 윤리적 공간이기 이전에 엄마의 욕망과 정체성을 증명하는 물리적 공간으로 강건히 존재한다.

'집'과 '가족'의 귀환은 1998년에도 있었다. "1997년 이후의 경제 위기는 가부장의 대거 실직 상태를 유발하고, 맞벌이 부부 내지는 여성 노동력에 의존하는 가족 구성체를 대거 양산해 넘으로써 가족의 위기라고 하는 담론을 증폭시키는 계기"로 작용했다.[9] 1998년즈음 발생했던 초라한 아버지, 불쌍한 아버지, 위로받아야 할 아버지라는 모델은 아버지 대신 그 역할을 대신해야만 했던 엄마의 우울 혹은 엄마의 일탈로 변주되었다. 쉽게 말하자면 아버지가 나약해지자 가정의 꽃이었던 엄마가 생기를 잃었고 때로 아버지를 대신해 그악스러운 경제 주체로 나서게 된 것이다. 1998년의 경제 위기는 안정의 기반이었던 '집'을 침식했다. 그런데 이 침식은 『국화꽃 향기』나 『아버지』, 『가시고기』와 같은 베스트셀러 시장, 「베사메무초」와 같은 대중 서사에 의해서 섬세화되고 산업적으로 재활용되었다. 오히려 문학은 짙어진 위기 속에서 전 지구적 자본주의의 횡포나 기호적 욕망이 내면화하는 것에 반기를 들었다. 김영하는 한 술 더 떠 '아버지'를 외면했고 여성 작가들은 그럴수록 자아를 찾기 위해 길 위로 나섰다. 김정현과 같은 작가들이 소외된 존재로서의 아버지를 상실의 중심에 세워 동시대적 애도를 제공할 때 '문학'은 초라한 아버지를 불쌍한 지배자로 소환했다.

『아버지』나 『가시고기』에 재현되어 있는 아버지는 슬픔과 무기력에 빠져 있는 대중들에게 IMF라는 초유의 위기에 대한 일종의 치료법으로 선택되었다. 그런 점에서 최근 다시 불고 있는 가족 담론으로의 회귀 양상은 제2의 IMF라고 이야기되는 현재의 경제적 불황과 공포와 병치된다. 경제 위기의 순환, 반복에 대해 일종의 경험적 대응으로서 가족이 위로

9 　이미경, 「신자유주의적 반격하에서 핵가족과 가족의 위기」(공감, 1999).

의 치유법으로 채택된 셈이다. 문제적인 것은 값싼 위로의 소재로 등장한 '가족' 담론을 바로 1990년대 후반 그 반대편에서 붕괴시키고자 했던 여성 작가들이 재구성하고 있다는 사실이다. 그렇다면 그녀들이 재구성하고 있는 '가족의 담론'이란 과연 어떤 것이며 과거에 그들이 거절했던 '가족'과는 또 어떻게 다른 것일까?

『즐거운 나의 집』, 『엄마의 집』이라는 제목이 보여 주듯이 그녀들이 제공하는 새로운 '가족'의 중심에는 바로 '집'이라는 물리적 실체가 있다. 공지영이나 전경린이 생각하는 집의 가치는 다음과 같은 구절에서 명백히 드러난다.

> 위녕, 집은 중요한 거야…… 네가 학교가 끝났는데, 어디든 갈 곳이 없다고 생각해 봐."
> 그런 상상은 내게는 처음이었고 끔찍했다. 학교가 끝났는데 친구들도 다 자기네 집으로 갔는데 내게 집이 없다면…… 그런 의미에서 나는 가끔 신문이나 방송에 실리는 노숙자들의 기사를 그냥 지나치지 못했다. 밤이 되어도 갈 곳이 없는 그들은 하루하루가 얼마나 끔찍할까.[10]

> 우리에게 집의 의미는 다른 사람들보다 훨씬 더 마음 아린 무엇이었다. ― 엄마 말로는 결혼 후 내가 태어나기 전에도 세 번이나 이사를 했다니 우리 가족은 거의 집시처럼 떠돈 셈이었다. 아마 결혼한 뒤에 아빠의 이직 횟수도 우리가 이사한 숫자만큼이나 바뀌었을 것이다. ― 이사는 대체로 실패와 얽혀 있었다.[11]

---

10   공지영, 『즐거운 나의 집』(푸른숲, 2007), 303쪽.

11   전경린, 『엄마의 집』(열림원, 2007), 264쪽.

공지영의『즐거운 나의 집』과 전경린의『엄마의 집』에서 '집'은 우선 이혼한 여성이 아이들을 양육해 나가기 위해 확보해야 할 경제적 근거지로 제시된다. 집은 무엇보다 우선 자본주의 사회에 필연적인 '소유'의 공간인 셈이다. 흥미롭게도 경제적 기반으로서의 '집'에 대한 애착은 매우 현실적이면서 한편으로는 세속적인 데가 있다. 아도르노는『미니마 모랄리아』에서 집을 갖는다는 것은 "아직은 사회적으로 실체가 있고 개인적으로 적절한 삶을 사는 양 사적인 삶을 영위하는" 느낌을 준다고 썼다.[12] 그러니까, 집이란 소비재와의 고통스러운 종속 관계에 빠지지 않으려면 재산을 소유하고 있어야 한다는 모순의 집결체로 요약된다. 하지만 "집 소유주가 아니라는 점은 나의 행복"이라는 니체의 말을 인용하는 아도르노의 진심은 충분히 짐작 가능하다. 사실상, '집'을 갖는다는 것은 가장이 된다는 것이며 버지니아 울프가 말한 '자기만의 방'을 갖는 행위와도 구분된다. 이는 집을 뛰쳐나와 길 위에서 자아 정체성을 찾던 그들의 페르소나와도 구분됨에 명백하다. 자, 그렇다면 질문은 이렇게 달라져야 마땅할 것이다. 길 위에서 벗어나 자신의 집을 가진 새로운 가장으로서의 '엄마의 집'은 그들이 그토록 벗어나고자 했던 '아버지의 집'과 어떻게 구분되는가, 라는 질문으로 말이다.

공지영의『즐거운 나의 집』은 대학생이 될 딸 위녕의 시선으로 진행된다. 위녕은 세 번씩이나 결혼을 거듭해, 각기 다른 성을 가진 아이들을 키우는 그녀의 어머니를 바라본다. 이 소설의 화자는 위녕이다. 하지만 막상 소설의 주인공은 위녕이라기보다는 엄마라고 말하는 편이 옳다. 위녕은 세 번이나 결혼해서 사람들에게 이혼의 대명사가 된 엄마에게 애정과 연민과 이해를 베푼다. 이러한 면모들은 "세 번이든 네 번이든 열 번이든 나한테는 아무 의미가 없어. 엄마 자신한테 안 미안하면 된 거잖아."라는 딸

---

12   테오도르 아도르노, 김유동 역,『미니마 모랄리아』(길, 2005), 59쪽.

의 용서와 이해로 구체화된다. 엄마를 바라보는 위녕의 시선은 때로 엄마보다 더 어른스럽다. 위녕은 엄마에 대해 동조적이며 동지적이다. 철없고, 감정적이며 때로는 충동적이기까지 한 어머니는 딸 위녕에 의해 사랑스럽고 매력적인 인물로 재탄생된다.

이러한 면모는 엄마를 미스 엔이라고 부르는 전경린의 소설 『엄마의 집』에 등장하는 딸, 호은의 시선에서도 발견된다. 호은은 "부모가 내게 무슨 짓을 했건, 우린 그것을 원망하기보다 극복해야 한다. 극복하는 가장 좋은 방법은 부모의 운명을 가엾게 여기고 자신의 자아를 강화하는 것이다. 자기 존재에 의미를 부여하고 자신을 긍정하며 스스로를 키워야 한다."라고 말한다. 호은 역시 위녕처럼 엄마가 행했던 지난 시절의 방황을 이해하는 철든 딸로 묘사된다. 그런데 이쯤에서 다시 한 번 생각해 보자. 『즐거운 나의 집』과 『엄마의 집』은 모두 딸의 시선으로 진행되고 있지만 사실 이해받는 것은 '엄마'다. 이러한 장면들은 어머니가 자신의 언어로 직접 아이들에게 용서와 이해를 구하는 고백보다 나르시시즘적으로 교묘히 얽혀 있다. 그녀들이 엄마로서 제공하는 훌륭한 삶은 없다. 다만 딸들이 속 깊은 이해심으로 엄마의 노력을 수긍할 뿐이다. 엄마가 아버지의 집을 수정해서가 아니라 딸들이 속 깊어서 엄마의 집이 가진 균열이 봉합된다. 엄마의 노력은 아이들을 양육하기 위해 열심히 일하는 것, 노동의 숭고함으로 제시된다. 그들은 딸의 입을 빌려, 엄마가 자식인 나를 부양하기 위해 일하고 있다는 것만으로도 충분히 고마워해야 한다고 말한다.[13] 하지만 엄밀히 말해 위녕의 엄마나 호은의 엄마는 그녀들이 거부하고 거절했던 왜곡된 모성과 별 차이가 없다. 그녀들은 아버지의 핍박에서 벗어

---

13   엄마는 자신만의 집에서, 그림을 그리고, 돈을 벌기 위해 얼마간 일러스트 작업도 하고, 자신을 위해 요리를 하고, 넉넉하진 않지만 꼭 쓰고 싶은 데에는 돈을 쓰고, 언제든 외출하고 어디든 가며, 누구든 만났다. 무엇보다 깊이 생각할 수 있는 충분한 시간을 가지고 있었다.(전경린, 앞의 책, 271쪽)

나 경제적으로 자립했다는 점에서 당당한 주체이지만 막상 아이들을 설득하는 엄마의 논리는 낳고, 키워 냈다는 모성의 신화에 기대고 있다. 어떤 점에서 이 두 작가가 제시하고 있는 엄마의 논리는 『엄마의 집』에 등장하는 배다른 딸, 승주가 쓰는 3인칭으로 쓴 일기와 닮아 있다. 딸이라는 3인칭의 시점을 빌려 교묘하게 나르시시즘적 가정의 알리바이를 제공하고 있는 것이다.

　'위녕'과 같은 미성년의 딸에게 '집'은 허락된 공간이 아니라 유일한 공간이다. 이는 김애란이나 한유주, 정한아 같은 실질적으로 생물학적 연배가 비슷한 여성 작가들의 화자가 '집'이 아닌 '방'이라는 공간에서 살아간다는 것과 좋은 대조를 이룬다. 그녀들은 아직 20대에 진입하지 않은 그러니까 누군가가 마련해 놓은 주거지이자 배양지인 '집'에 머물러야 한다. 누군가의 집에서 살아야만 하는 것이 선택 사항이 아니라는 뜻이다. 미성년이기에 그들에게는 집을 떠날 선택권도 그리고 노동할 권리도 없다. 그들은 꼼짝없이 아버지든 엄마든 누군가의 '집'에서만 살아야 한다. 딸들이 엄마의 집과 과거, 편력을 긍정하는 과정들은 사실상 우리의 부모들이 '가족'이라는 대의를 내세워 희생을 교육했던 것과 크게 다를 바 없다. 가족이란 불편해도 감수해야만 하는 필요악적 모순의 공간이다, 라는 동일한 이데올로기적 설득이 반복되고 있는 것이다. 딸이 서술하는 집의 서사를 통해 자유로워지는 것은 역설적이게도 엄마, 그 자신이다. 『엄마의 집』이나 『즐거운 나의 집』의 진짜 서술자가 사실은 딸이 아니라 엄마라는 의혹은 여기에서 확인된다. 딸은 그 집을 이해하고 견인해 나가야 하는 제3의 서술자로 자신의 지위를 완강히 지켜야만 한다. 이러한 모습들은 경제적, 정서적으로 안락한 환경을 제공했다는 이유로 발언권을 빼앗겼던 과거 이데올로기적 가족 기구 속 엄마의 모습과 별다를 바가 없다. 여기에 딸의 목소리는 없기 때문이다. 엄마를 이해하고 있는 딸들의 윤리는 엄마 세대의 작가 — 서술자가 원하는 바이지 그들의 진정한 내면이라 보기는 어렵다. 이해받고 싶고, 새로운 가장으로 자리 잡고 싶어하는 것은 바로 엄마다. 서술자로서의 엄마는 이러한 욕망을 '집'에 머무는 딸의 시선으로 교묘하게 표현해 낸다.

　공지영과 전경린이 선택한 '집'은 그들이 벗어났던 '집'과 유사하다. 다른 점이 있다면 아버지가 배제되어 있고 그 구멍을 결핍으로 여기지 않는 경제적으로도 정신적으로도 독립한 어머니가 존재한다는 사실이다. 과거 가족이 훈육과 도덕으로 계급적 위치를 재생산했다면『엄마의 집』은 설득과 애정이라는 모성의 신화로 이해를 갈취한다. 그들이 제공한 가족의 이미지는 이데올로기적 구속을 거절하면서도 각박한 세상에 안정된 항구가 되어야 한다는 부르주아적 가족론에 걸쳐 있다.『엄마의 집』이 일종의 이중 구속(double-bind)에 빠져 있는 셈이다. 그들이 박차고 나왔던 이데올로기이자 폭력과 억압의 장소였던 가족은 가장의 모습이 바뀌자 안락한 모성의 신화적 공간으로 재탄생한다. 또 한 가지 유의해서 보아야 할 지점은 공지영과 전경린이 제시하는 어머니는 일종의 최근의 과학적 모성이라고 불릴 모형에 딱 들어맞는다는 사실이다.[14] 두 작가는 모두 사회적 범주로서의 모성에 집착한다. '모성'이라는 신화와 환상, 이제 논의는 아버지에서 어머니로 전이된 위로의 메커니즘 그 근간에 대한 것으로 확장되어야 할 것이다.

14　인간은 가족 안에서 사랑, 안정감, 친밀성, 성애와 같은 정서적 욕구를 충족하며, 여성은 모든 것을 사랑으로 감싸고 포용하는 안식처 역할을 하도록 기대된다. 사랑과 친밀성을 나눌 수 있는 장소로서 가족의 기능이 강조되지만, 정서적 지원과 모성의 역할이 부과된 여성들에게는 가정은 자기희생과 소외의 장이 되기도 한다. 가족을 위한 맹목적인 배려와 사랑은 완벽한 모성의 신화 속에서 미화된다. (중략) 소비 자본주의 사회의 헌신적 모성에 대한 담론은 상품화된 이미지를 통하여 모성을 정교화하고 '자녀를 제대로 키우기' 위한 상품의 구매를 강요하며 여성들 간의 경쟁을 유도한다. 중산층 여성들에게 이상과 현실 사이에서 늘 '부족하다'는 죄책감을 느끼게 한다. 반면 상품을 구매할 경제력이 없는 어머니들은 '남들처럼 해 주지 못한다'는 죄책감에 시달리게 한다.(이미경, 앞의 책, 24~25쪽)

3 모성이라는 환상

공지영과 전경린의 소설이 강박적으로 소환된 엄마의 정치적 설득을 보여 준다면 2009년 벽두 말 그대로 화제의 작품이 된 『엄마를 부탁해』는 좀 더 섬세하고 정치한 가족 이데올로기로의 복귀를 보여 준다. 신경숙이 작품 속에서 제시하는 '엄마'는 전경린이나 공지영이 강박적이면서도 집착적으로 '되고자' 하는 과학적 모성과는 거리가 멀다. 신경숙이 그려 내고 있는 모성은 완벽한 어머니의 환상으로 육박해 온다. 엄마의 실종으로 시작된 소설은 엄마가 그들 가족 안에서 어떤 안정감, 친밀성을 제공했는지 그 정서적 역할에 대해 간증하고 있다. 갑자기 증발된 엄마, 엄마의 부재는 그들이 인지하고 있던 가족이 제도적 이데올로기의 기구가 아닌 인간이 지녀야만 하는 최소한의 윤리적 단위임을 절절히 이야기한다. 『엄마를 부탁해』에 그려진 어머니상은 고전적 의미에서의 신화적 모성에 가깝다. 지금 존재하는 사실적 어머니가 아니라 합의된 기억 속에 간직된 상상적 이미지와 닮아 있는 것이다. 엄마는 고향, 자궁, 향수로 대체될 만한 그러니까 지금은 되돌이킬 수 없이 훼손된 소중한 가치의 현현이다. 사랑, 배려, 신뢰, 연대성을 토대로 한 정서적 관계의 중심에 바로 '엄마'가 서 있는 것이다. 엄마가 있어 신성한 가족의 이미지는 정서적 연대를 제공한다. 이 정서적 연대는 경제 불황과 고용의 위기라는 허약한 상징계적 부권이 낸 상처와 공포를 회복할 수 있을 따뜻한 품으로 육박해 온다. 그러니까 신경숙이 『엄마를 부탁해』에서 그려 낸 어머니는 지금, 현재의 역사적 맥락과 사회적 상황에 의해 호출된 필연적 환상이다.

'서울역'이라는 근대 문화 창시의 상징 공간에서 사라진 엄마의 표상은 그런 점에서 즉물적이기까지 하다. 자식들을 따뜻하게 위로하는 신화적이며 농경적인 어머니는 서울역에서 그만 아버지의 손을 놓쳐 사라진다. 어머니의 사랑과 낭만적 사랑이라는 이데올로기 위에 구축된 현대 가족의 환상은 경제 위기로 인해 어려워진 후자의 환상을 폐기하고 전자의 것에 집중한다. 엄마는 유일한 패물인 왼손 중지의 반지를 팔아 딸을 학교에 보내고, 아들을 위해 라면을 장독대에 숨겨 놓았으며 혹시나 찾아올지 모를 아이들을 위해 언제나 시간의 한 켠을 비워 두는 인물이다. 이에 비해 자식들이 살고 있는 도시라는 공간은 도무지 어디가 어디인지 알 수 없을 정도로 모든 건물이 다 똑같이 생긴 삭막한 곳이다. "네 형제들이 살고 있는 아파트며 오피스텔 들은 내 눈엔 다 똑같아 보여, 어느 집이 어느 집인지 혼란스럽고나. 어쩌면 그렇게 똑같은지. 어째 그리 똑같은 공간에서들 살재?"라는 엄마의 말은 지금, 우리가 살고 있는 이곳의 살풍경을 단번에 압축해 준다. 순박한 노인네를 어리둥절하게 한 도시의 삭막함은 어머니를 구체적으로 묘사할 만한 에피소드도, 기억도 없는 자식들의 죄책감을 통해 배가된다. 사라진 어머니는 향수의 대상이 되어 버리고 만 완전히 잃어버린 유토피아적 공간과 겹친다.

『엄마를 부탁해』는 "엄마를 잃어버린 지 일주일째다."로 시작해 "엄마를 잃어버린 지 구 개월째다."라는 시간의 흐름으로 마감된다. 9개월이 지나는 동안 첫째 딸은 늘 바빠서 무념했던 스스로를 반성하고 둘째 딸은 "엄마의 꿈을 위로하며 엄마와 함께" 보내지 못한 시간을 안타까워한다. 아들은 엄마가 사라진 순간 사우나에 있었던 스스로를 다그치며 그래도 엄마는 "조금만 기쁜 일이 생겨도 감사허구나!"라고 말하던 인물이었다고 정리한다. 모두들 자기의 입장과 기억에서 '엄마'라는 사람을 객관화하는 각 장의 내용들은 남아 있는 자들, 엄마의 부재에 대한 남겨진 자의 애도의 형식을 띠고 있다. 엄마의 실종으로 우울증에 빠져들던 자식들은 마침내 엄마에 대한 각자의 주관적 기억을 챙겨 애도의 방식으로 그 부재를 인정한다. 부재에 대한 수긍, 기억 속 위로의 견인은 "너"라고 불리는 화자가 이탈리아에 가서 "피에타상" 속의 보편적 모성과 마주치는 장면에서 극대화된다. 그렇게, 사라진 어머니는 곤핍한 시대의 피에타가 되어 위로로 침잠한다.

　　막 숨을 거둔 아들의 시신을 안고 있는 성모의 단아한 모습을 보는 순간 너는 얼어붙는 것만 같았다. 저것이 대리석이 맞나? 죽은 아들은 아직도 체온을 유지하고 있는 듯했다. 아들의 시신을 무릎에 누이고 내려다보고 있는 성모의 눈은 고통에 잠겨 있다. (중략) 누군가 등을 쓸어내리는 것 같아 너는 얼른 뒤를 돌아다보았다. 너의 등 뒤에 엄마가 서 있는 것만 같았다. 너는 깨달았다. 뭔가 잘못되어 가고 있다는 생각이 들 때면 습관적으로 엄마를 생각하며 살아왔다는 것을. 엄마를 생각하면 무엇인가 조금 바로잡히고 내부로부터 뭔가 다시 힘이 솟구쳐 올라오는 것 같았으니까.[15]

　　너는 자꾸만 고이는 피를 꿀걱 삼키며 겨우 얼굴을 들어 성모를 올려다보았다. 너의 손바닥이 저절로 방탄유리를 짚었다. 닿기만 한다면 성모의 슬픔에 잠긴 눈을 감겨 주고 싶었다. 어젯밤에 한 이불을 덮고 잠들었다가 오늘 아침에 그 이불 속에서 깨어나 안아 본 것처럼 생생하게 엄마의 체취가 되살아났다.
　　어느 해 겨울, 바깥에서 꽁꽁 얼어서 집에 돌아온 너의 어린 손을 그 투박한 두 손으로 감싸고 부엌 아궁이불 앞으로 데려가던 엄마, 이런, 손이 얼음장이구나! 아궁이불 앞에서 너를 품어 안고도 어서 따뜻해지라고 네 두 손을 감싸고 비벼 주고 비벼 주던 엄마에게서 맡아지던 냄새.
　　(중략) 아들은 죽어서도 위로받고 있었다.[16]

소설의 마지막 부분 피에타상에 대한 묘사는 신경숙의 이 소설이 은폐

15　신경숙, 『엄마를 부탁해』(창비, 2008), 280쪽.

16　앞의 책, 280~281쪽.

하고 있는 정치적 의도를 고스란히 드러낸다. 그녀는 "엄마를 부탁해"라고 이야기하고 있지만 사실상 부탁받는 것은 우리다. 우리, 유례없던 경제 불황이라는 위기와 불투명한 미래라는 불안에 떨고 있는 우리에게 '엄마'가 필요한 것이다. "너"라고 불리는 그녀는 사실상 우리 모두를 소환해 위대한 모성 앞의 여린 자식으로 만들어 준다. 신경숙이 화자를 "너"라고 호명함으로써, 읽고 있는 우리들은 무의식 속 깊이 자리 잡고 있는 상상계적 안락함의 원본, '엄마'와 만난다. 피에타라고 불릴 수 있을, 신화적 모성 말이다. "너"는 동시대의 독자를 신화적 모성을 상실한 동일한 사회적 실재의 가족 일원으로 소환하는 이름이다. "너"라는 호명과 '엄마'라는 주문을 통해 '우리'는 신화적 모성 아래의 가족적 공동체로 상상되고 결합된다. 엄마에게 자식들이 필요한 것이 아니라 불안한 자식들에게 상상적 결합의 중핵으로서 '엄마'와 '엄마의 집'이 필요한 것이다.

가족이 국가처럼 이데올로기적으로 구성된 기구로 볼 수 있다면, 모성 역시 우리가 창조해 낸 상상의 개념 중 하나라고 할 수 있다. 베네딕트 앤더슨의 말을 패러디하자면 "신화적 모성은 그것이 없는 곳에 모성을 발명해 낸다."[17] 신경숙의 『엄마를 부탁해』에 그려진 가족에는 생산, 재생산, 계급의 문제는 빠져 있다. 여기에서 가족은 엄마를 위시로 한 숭고한 치유의 공간으로 제시된다. 신경숙의 『엄마를 부탁해』에 제공되어 있는 모성의 이미지는 하나의 정신적 원리에 가깝다. '가족'은 그 구성원이 공통의 기억을 공유하며 가족의 창조와 유지를 위해 얼마만큼의 희생을 지불하고 얼마만 한 고통을 견뎌 왔는지를 확인하는 단위이기도 하다. 희생의 감정은 신화적 모성을 창조하고 유지하기 위한, 부재하는 신화를 애도로

---

17   베네딕트 앤더슨은 "민족주의는 민족이 없는 곳에 민족을 발명해 낸다."라는 르낭의 민족주의론을 인용하며 상상된 공동체로서의 민족에 대해 말하고 있다.(베네딕트 앤더슨, 윤형숙 옮김, 『상상의 공동체』(나남출판, 2002), 25쪽)

달래기 위한 기본적 요구로 책정된다.

　아버지 담론이 쓰러진 가부장제에 대한 보수적 위로를 제공한다면 부재한 어머니에 대한 갈망과 향수는 동시대를 살고 있는 모든 사람들을 일종의 '아들'이자 '딸'로 수렴하는 회귀적 욕망을 자극한다. 사실상 『엄마를 부탁해』에 등장하는 엄마는 현재 존재하는 핍진한 70대 여성이라기보다는 '진정한 엄마'로 상상된 이미지에 가깝다. 다큐멘터리 영화 「워낭소리」에 등장하는, 촌로가 지금, 이곳의 농촌 현실을 대변하는 표준적 존재가 아니라 우리가 기억하고 싶은 고전적 농경 사회의 이미지를 간직하고 있는 것처럼 말이다.[18] '엄마'와 '할아버지'는 둘 다 존재하기는 하지만 이미 현재성을 잃어버린 유물로 기능한다. 엄마와 할아버지는 모두 현재가 아니라 현재가 상실한 것들이 무엇인지를 구체적으로 증명해 준다. 잃어버린 것을 증명하는 실체 그것이 바로 신화가 아니었던가? 잃어버린 무엇, 유토피아로서의 공간인 모성, 신화로서의 모성적 공간은 그러한 가치들이 가능했던 그 시절에 대한 향수와 직접 내통한다. 우리는 실종된 '엄마' 그리고 엄마의 신화적 가치를 추억하며 잠시 현실의 고달픔을 잊는다. 부재한 엄마에 대한 애도가 위기에 처한 가족에게 신화적 구원을 선사하는 것 그것이 바로 되돌아온 감옥, 모성적 신화의 실체인 셈이다.

18　독립 영화계에서 기적으로 불리는 「워낭소리」의 성공에는 다큐멘터리라는 형식과 희유한 인간형이라는 이율배반이 자리 잡고 있다. 감독이 선택한 노인은 지금, 현재, 이곳의 보편적 노년이 아니라 이제는 거의 존재하지 않는 아주 오래된 관념 속의 그 노인에 대한 상상적 이미지를 재현하고 있다. 이제는 더 이상 볼 수 없는 인간형이 실존하고 있다는 다큐멘터리의 논법은 혹독한 현실에 존재하지 않는 위로나 고전적 가치에 대한 알리바이로 작용한다. 그러니까 아이러니하게도 「워낭소리」는 현실의 폐부를 짚어 내는 사실주의가 아니라 부재하는 향수를 환상적으로 찾아 보여 준다는 점에서 동시대적인 의미를 획득한다.

4 향수로서의 성장

한국 문학사는 성장 소설의 문학사라고도 할 수 있다. 이광수의 『무정』은 고아로 자라난 외로운 천재의 입사식이었고 전쟁 이후의 문학사는 황종연의 말처럼 편모슬하의 장남 성장기[19] 혹은 부재하는 아버지가 없는 집안에서의 가족 로망스로 요약될 수도 있다. 하지만 그렇다고 성장 소설이 아버지와 어머니, 자식으로 구성된 가족 로망스의 변주만은 아니다. 한국 소설사의 특이점은 성장 소설과 가족 로망스의 접점에서 발견된다. 성장 소설은 청년 주인공이 자아의 내적 성숙을 통해 사회적 공동체와의 화해를 모색하는 소설이다. 이는 종종 교양 소설이나 입사 소설과 비견되는데 교양 소설이 사회적 공동체의 조화를 최종 목표로 주인공의 내적 성숙에 초점을 맞춘다면 입사 소설은 사회화 과정이 선사하는 필연적 환멸에 주목한다. 시민 사회의 이상을 담은 도덕, 철학적 교양 개념을 받아들이느냐 아니면 일종의 상상계적 결락을 경험하느냐에 따라 성장 소설의 결이 달라지는 것이다. 그런 의미에서 한국 소설사는 환멸과 내적 성숙이라는 개념이 사라진 아버지 혹은 왜곡된 어머니와 결합된 성장의 가족 로망스로 압축될 수 있다. 아버지와 어머니의 역할 혹은 그들의 존재 혹은 부재에 따라 소설의 동시대적 의의가 변모해 왔기 때문이다.[20]

---

19 편모슬하에 있는 어린 장자의 자아 형성에 얽힌 그 이야기는 6·25 전쟁 이후 한국 사회에서 개인의 성장이 어떤 일반적 조건 아래 있었던가를 살피는 추론에 유용한 예화가 되어 준다.(황종연, 「편모슬하, 혹은 성장의 고백」, 『비루한 것의 카니발』(문학동네, 1995), 34쪽)

20 가족의 와해를 겪고 생계 수단을 도모해야만 했던 억척 어멈과 장남의 이야기가 1950년대 소설의 한 표정이라면 김승옥을 비롯한 1960년대적 감수성의 소설은 타락한 모성으로 상징되는 왜곡된 사회로 입사해야만 하는 순수한 영혼의 환멸로 구성된다. 1960년대 소설에서 아버지의 부재는 곧 타락한 어머니였고 한편으로는 순정과 거리가 먼 도시의 횡포였다. 흥미로운 지점은 1980년대 이후 '아버지'가 일종의 억압의 기율에 대한 상징으로 자리 잡기 시작했다는 사실이다. 아버지는 억압적 문명이자 강제적 법률로서 아들들에 의해 부정당하고 축출당했다. 감옥, 이데올로기, 통제, 수용소와 동의어로서

눈여겨봐야 할 점은 2000년대 이후 '가족'을 최소 단위로 한 성장 서사가 완전히 다른 방식으로 변모했다는 사실이다. 부재중인 아버지의 그림자가 일종의 원체험으로 작용했던 이전 세대들과 달리 2000년대 이후 등장한 젊은 작가들에게 가족의 결핍은 별다른 상처가 되지 않는다. 특히 부모의 불완전함이 그다지 큰 결함으로 취급되지 않는다. 소설의 중심 공간이 집에서 방으로 달라진 것도 같은 맥락이다. 아이들은 여전히 '성장'하고 '입사'하지만 부재하는 아버지 혹은 가족이 아니라 노량진 재수학원, 지하철, 편의점, 미국의 9·11 테러 사태, 친구를 통해서 세상과 만난다. 2000년대 이후에 등장한 작가들에게 사회적 공동체와의 조화는 반드시 가족을 통해야만 하는 것도 아니고 또한 환멸을 경유해야만 하는 것도 아니다. 더 이상 성장과 가족이 필수 불가결한 결연 관계이지는 않은 셈이다.

그런데 최근 성장 소설이 유행이다. 그것도 향수를 자극하는 낭만적 회귀로서의 성장 소설 말이다. 황석영의 『개밥바라기별』은 작가 스스로 말하듯 성장 소설의 형식을 취하고 있다. 이야기는 '준'이 절친했던 친구들과의 기억을 모자이크로 재조직하고, 그 시절의 낭만적 체험을 구체화하는 것으로 진행된다. 주목해야 할 점은 바로 '준'이 작가 황석영의 자전적 동일시의 대상이라는 사실이다. 그러니까 '준'은 지금, 이 시점 황석영이 돌아보고 있는 과거의 자기 자신이다. '준'이라는 인물을 돌이켜 보는 회고가 자신의 과거에 대한 작가의 실존적 태도와 맞닿는 것이다. 문제적인 것은 과거를 돌아보는 장년의 화자가 지닌 태도이다. 성장 소설이 사회적 공동체로의 진입을 위한 내적 성숙이거나 환멸을 동반한 입사라고 한다면 『개밥바라기별』은 성장 소설이 아니라 회고담이라 고쳐 부르는 편이 옳다. '준'은 불온한 세계를 만나 그 본질과 접촉하고 사회화되는

'아버지'는 일종의 조직으로 취급되었다. 아버지는 배척하거나 화해해야 할 대상으로서 한국 소설사에 드리워져 있던 셈이다.

것이 아니라 이미 어른이 된 시각에서 지나가 되돌아올 수 없는 과거라는 상실의 지점을 낭만화하고 있다.

『개밥바라기별』은 작가의 말처럼 사춘기 때부터 스물한 살 무렵까지의 방황에 대하여 쓰고 있다. 방황은 고등학교 자퇴, 막노동판 경험, 산사 체험 등으로 이어진다. 이 시절의 방황은 화자의 입을 통해 "책을 벗어나 고되게 일하는 삶의 활기를 배"웠던 시간으로 그리고 "우리네 산하의 아름다움과 함께 자신을 다시 발견해 나가는 과정"으로 요약된다. 사춘기 때부터 스물한 살까지라는 시간적 배경과 자퇴, 가출, 출가와 같은 경험적 배경은 소설『개밥바라기별』이 작가의 말처럼 성장 소설의 형태를 갖고 있음을 입증한다. 하지만 좀 더 섬세하게 읽어 본다면『개밥바라기별』에는 '준'이라는 인물의 그 당시 사춘기 시절에 대한 회고만 있을 뿐이지 그에 대한 내면화는 없다. 그러니까, "사춘기 때부터 스물한 살까지"의 방황의 편력이 사건 서술로 요약되어 있지만 그 사건이 개인 '유 준'을 형성하는 데 미쳤던 영향 관계와 내면은 생략되어 있는 셈이다. 방황의 사건과 시간은 있지만 방황했던 자의 내면은 사건 서술 속에 희석되어 고백으로 변주된다. 『개밥바라기별』은 성장 소설이 아니라 낭만적 고백으로 이루어진 회고담이라 말하는 편이 옳다. 공지영과 전경린 소설에서 어린 딸이라는 화자가 위장된 엄마였듯이 '준'은 성장을 앓고 있는 청년이 아니라 그 시절을 회고하는 장년이다.

'준'의 회고는 상처마저도 낭만적 체험으로 침전한 노년의 시선과 닮아 있다. 세상에 대해 갈등하고 괴로워하는 청년이 여기엔 없다는 뜻이다. 대신 "잃어버린 내면세계"가 아니라 단지 회복할 수 없이, 흘러가 버린 잃어버린 한 시기가 안타깝게 발효되고 있다. 회고는 과거를 돌아보는 화자, 서술자, 작가의 과거가 현재적 의미를 지님으로써 의의를 갖는다. 현재적 의미가 없는 과거의 기억이라면 말 그대로 돌이킬 수 없는 과거, 실종된 시간을 향수하는 자의적 낭만화에 불과하다. 발효된 시간을 지금 개봉할 때 곰삭은 맛이 나는 까닭은 그것이 돌이킬 수 없는 실종된 시간을 가리키고 있기 때문이다. 실종된 시간과 향수만큼 독자들로 하여금 현실의 고통을 잊게 하고 향수에 빠지게 하는 주문도 드물다. 지금 우리가 살고 있는 현실의 엄혹함을 달래기에 발효된 시간과 실종이 충분한 위로가 된다는 의미다. 개밥바라기별이라는 누추함으로 회고되는 과거의 사건에는 이제 거장이 된 한 작가의 현재가 자리 잡고 있다. 하지만 이 현재는 그가 노동판과 경계 너머의 세계를 떠돌면서 그러니까 그가 살았던 '당시의 삶'에 대해 가졌던 힘을 상실하고 있다. 『개밥바라기별』의 회고 속에는 갈등도 그 갈등에 대한 첨예한 방황도 없다. 다만 개밥바라기별이라고 누추한 뉘앙스로 포장된 쓸쓸한 낭만성만이 있을 따름이다. 왜, 지금 자신의 과거를 "개밥바라기별"로 호명하며 호출하고 있는지 현재적 의미는 불투명해진다. 현재적 의의가 있다면 그것은 아마도 이미 과거 완료형 시제로 마무리된 사건들이 주는 위무일 것이다. 위로가 된 과거, 독자들은 그 위로를 구매함으로써 현재의 불안을 잠재운다.

5 불온한 소설과 새로운 긴장을 위해

전 세계적 규모의 경제 불황은 초유의 사태임에 분명하다. 먹고사는 문제에 봉착하자 세상은 급속히 재-보수화되고 있다. 문학의 재보수화는 가족이라는 이데올로기의 낭만적 도래, 고통스러웠지만 달콤했던 과거에 대한 향수라는 형태로 진행된다. 가족, 과거, 모성, 청년의 방황이 신화적 지위를 지니고 되돌아온다. 위기와 불황을 달래 줌으로써 되돌아온 이데올로기적 기율(discipline)은 안락하고도 훌륭한 감옥이 되어 준다. 우리가 그토록 해체하고자 했던 기율이 최소한의 안정을 제공하는 사회적 도덕으로 다시 추앙된다. 간과하지 말아야 할 것은 이 되돌아온 감옥, 재-보수화된 신화들이 유용한 상품으로 소비되고 있다는 점이다.

되돌아온 기율들은 불안과 위기의 우울증에 시달리는 동시대인들에게 달콤한 초콜릿으로 위안을 선사한다. 독자-소비자들은 현재에는 없지만 어딘가 기억의 원본 속에 자리 잡고 있는 신화를 구매함으로써 이제는 사라져 버린 가치와 만난다. 지금 우리가 살고 있는 현실의 엄혹함을 들춰내는 것이 아니라 그것을 과거에 대한 향수와 신화로 뒤엎는 가족주의와 낭만이 구매되고 있는 셈이다.

하지만 여기에서 우리는 여전히 시장에서 조금 먼 곳에 있는 새로운 작가들의 시도들을 돌이켜봐야 할 것이다. 2000년대 이후 등장한 20, 30대의 젊은 작가들은 위기나 불황 속에서도 가족, 과거, 모성의 신화를 무너뜨리느라 바쁘다. 가령, 최소 구성원 셋을 강제하는 가족 로망스에 불임의 상상력으로 대응하는 김숨이나 감각으로 남은 가족을 추억 속에 봉인하는 정한아는 위로가 아니라 균열의 근원인 가족을 바라보고 있다. 한편 모자가 된 아버지를 바라보는 딸(황정은), 궤변을 늘어놓는 상징적 아버지를 없애는 아들(박형서)에게 가족은 위안이 될 수 없다. 가족이나 기억 따위라고 명명한 채 소설의 수사법에 집착하는 한유주나 장르적 문법을 통해 탈 경험적 법칙의 세계로서 소설의 영역을 확장하고 있는 조현은 과연 문학이란 무엇이 되어야 하는가에 대한 여러 가지 대답을 자극한다.

전통적 입장에서 사실주의와 거리가 먼 이 새로운 작가들이야말로 현재적 삶의 질감을 더 뚜렷이 체감케 한다. 그들은 말 그대로 핍진한 현실을 전면에 내세우지 않지만 오히려 그 어떤 현실적 소재와 기억보다 더 현재적인 문제를 제기한다. 문학의 본질로 추수되는 사실주의가 익숙한 소설의 이데올로기에 대한 복속일 때 새로움은 사상되고 만다. 소설에서의 '사실'은 어떤 주의가 아닌 좀 더 확장된 개념 속에서 파악해야 할 소설의 본질이다. 그것은 잃어버린 권력을 되찾기 위한 알리바이나 변명이 될 수 없다.

무엇을 원하는가

2000년대 이후 한국 소설의 욕망

1 증상과 해석

2000년대 이후의 한국 소설은 거대 서사의 종말로 요약된다. 거대 서사의 종말은 모든 삶과 사물의 총체성을 해명하고자 하는 해석의 상실을 의미한다. 거대 서사는 보편성을 위해 삶의 구체성을 소거했다는 비판과 함께 개별성과 구체성의 미덕으로 대체되었다. '모든' 삶을 해명할 수 있을 '해석' 대신 풍요로운 다원주의와 상대성이 부상한 것이다. 종합될 수 없는 개별성이 자율성의 논리로 통용된다. 우리는 이제 위대한 서사적 기획들이 불가능해진 시대를 살아가고 있다는 사실에 동의할 수밖에 없다. 10년 단위의 연대기가 선사하는 경계선의 축복을 구분점으로 삼는 것도 이제는 무의미하다. 그렇다면 문제는 지금 우리 시대, 지금의 문학을 이야기할 만한 담론이 존재하는가이다. 거대 서사의 종말이 말 그대로 선언이냐 아니면 증상의 일부인가에 대한 담론 말이다. 말하자면 지금은 허구적 담론으로 폐기 처분된, 전 세대들의 강박적 정치의식을 대체할 만한 동세대의 담론을 발견하느냐 마느냐의 문제이기도 하다.

2000년대 이후에 등장한 소설들을 분석할 때 가장 많이 거론되는 것

중 하나가 문화적 다원성과 '혼종성' 그리고 자유다. 무중력 또는 혼종성이라는 호명 내부에는 이율배반적 동경이 침투해 있다. 동일한 원체험과 상처를 지닌 세대론을 근본적으로 배제하는 차원에서 말이다. 외견상 상처 없는 세대의 자유는 동경의 대상이지만 그 이면에는 내용 없음 또는 골빈이라는 빈축이 숨어 있다. 빈축은 최근 한국 소설에 증상은 있지만 욕망은 없다는 비판으로 변주된다. 생물학적으로 새로운 세대를 구성했던 마술적 자율성이 부재를 증명하는 역설적 알리바이로 제출되는 것이다.

이러한 현상은 2000년 이후 새롭게 등장한 소설들에 대한 '서술문'에서 확인할 수 있다. '최근 한국 소설에는 자주 시체가 등장한다', '최근 한국 소설에는 가족에 대한 새로운 인식이 발견된다', '최근 한국 소설에는 환상이 출몰한다'와 같은 서술 말이다. 유독 2000년대 이후의 소설에 대해서는 서술이 규정을 대신한다. 동시대 소설론에는 증상만 있을 뿐 비평이 부재한다는 뜻이기도 하다. 증상들이 어떠한 욕망의 발현이며 또한 그 욕망의 근저에는 어떤 주체의 변화가 있는지에 대해 판단을 정지하고 있는 것이다. 물론 판단 정지(epoche)는 필요한 유예임에 분명하다. 하지만 이제는 정지된 판단들을 노에마(noema)로 이끌, 일종의 해석과 서사가 필요하다. 증상으로 부유하고 있는 동시대 소설을 현실 속에 담론화할 일종의 '서사'가 요구된다는 의미이다.

거대 서사 혹은 일반적 의미에서 이데올로기의 실종으로 요약되는 개별성의 논리에는 후기 자본주의의 문화가 자리 잡고 있다. 90년대 소설의 주체를 환멸의 힘을 바탕으로 한 정치적 주체로 부를 수 있다면 2000년 이후 소설의 주체들은 냉소를 탑재한 경제적 주체라고 볼 수 있다. 90년대 소설의 서사가 변혁의 주인공이었던 정치적 주체들이 순결했던 80년대를 향한 향수를 근거로 현실을 부정했다면 2000년대의 소설의 인물들은 "나는 그것을 잘 안다. 그럼에도 불구하고 나는 행한다."라는 냉소적 태도로 현실을 응시한다.[1] 가령, 이런 식으로 말이다. "내겐 에르메스의 매혹적인 오렌지색의 쇼핑백과 버림받은 아이들의 배고픔을 책임지고 싶은 욕망이 동시에 존재한다."(백영옥, 『스타일』(예담, 2008), 327쪽), "명세서를 볼 때마다 카드를 없애 버릴까 생각해 보지만 카드값이 많이 나올수록 더 더욱 카드를 없앨 수가 없다."(서유미, 『판타스틱 개미지옥』(문학수첩, 2007), 10쪽) 선택의 논리는 이렇게 변주되기도 한다. "나는 이것을 하거나 저것을 할 수도 있었고 이 사람과 살거나 저 사람과 살 수도 있었다. 그러나 나는 니체를 공부하는 삶을 택했고 지금까지 혼자다."(조경란, 「풍선을 샀어」, 『풍선을 샀어』(문학과 지성사, 2008), 34쪽)라는 식 말이다. 증상들은 "후기 자본주의의 사회에서 선택이란 환영에 불과하다는 것을 안다. 그럼에도 불구하고 우리는 선택을 통해 살아갈 수밖에 없다."라는 논리로 압축된다. 바야흐로, 시장은 분명한 동시대의 이데올로기다.

후기 자본주의의 논리가 개미지옥처럼 벗어날 수 없는 현실의 이데올로기임을 수긍할 때 반응은 크게 두 가지로 구분된다. 하나는 '그럼에도 불구하고' 순응하는 냉소적 태도이며 다른 하나는 그렇기 때문에 현실을 이탈해 환상을 구축하겠다는 소극적 저항의 자세다. 지젝의 말처럼, 아는 것이 아니라 행하는 데서 이데올로기는 발생한다. 정치력을 박탈당한 채 소비 가능성으로 책정되는 20, 30대 젊은 세대들의 삶에는 선택의 여지가 없다. 선택의 여지가 없다는 것은 한편 능동적으로 조율할 현실이 없다는 의미이기도 하다. 선배들은 이들에게 공유된 경험(Shared experience)이 없다고 단정하지만 세대 내에서 이들은 'IMF'라는 원체험을 공유하고 있다. 현재 30대는 대중 소비 문화의 풍요로운 혜택이 갑작스레 휘발되는 상황과 마주쳤고 20대는 경제적 트라우마로 인해 사회적 상상계의 균열을 경험하게 되었다. 전 세대의 강렬한 정치적 자의식을 냉소적 경제 주

---

1   슬라보예 지젝의 유명한 문구인 "나도 잘 안다. 그러나 그럼에도 불구하고(je sais bien mais quand meme)"를 원용했다.

체의 이데올로기로 교환할 수밖에 없는 원체험이 각기 다른 방식으로 내면화된 셈이다.

2000년대의 이데올로기는 '그럼에도 불구하고' 회귀할 수밖에 없는 증상들이 어떤 욕망의 코드로 용해되었는지 재구성함으로써 제시될 수 있다. 소설 하나하나는 증상이며 모놀로그이지만 이에 대응하는 동시대의 소설은 단지 증상의 집합체가 아니다. 다종다양한 구체성이 모여 동시대 소설의 코드가 탄생한다. 따라서 동시대 소설의 서사는 각각의 소설들 내부가 아니라 그것이 조직화하는 외재적 중심에서 형성된다.

2000년대 소설의 이데올로기 역시 그 외재적 중심에서 발생한다. 문학 속에 기입된, 살과 피로 이루어진 구체적 자기 현실을 개념으로 대체함으로써 그러니까 기호를 코드로 전환함으로써 현실은 문학 속으로 진입한다. 이는 결국 우리는 지금 무엇을 원하는가, 라는 질문에 대한 대답이기도 하다. 2000년대 소설에 낯설게 틈입한 혹은 낯익지만 다르게 귀환한 코드들을 통해 동시대 소설의 담론적 현실을 구성해 보자는 것이다. 어쩌면 담론은 균열에서 발견될지도 모른다.

2 과잉 유토피아의 냉소적 주체들

2000년대 이후 소설에 등장하는 인물들이 공유한 상황들이라면 그것은 바로 경제적 역학 관계 안에 집단적 정체성이 설정된다는 것일 테다. 2000년대 이후 새롭게 소설의 주체로 떠오르기 시작한 작가들의 변별성은 정치적 원죄 의식을 경제적 피해 의식으로 교체한 작가들의 출현으로 요약할 수 있다. 2000년대 이후 가장 많이 등장하는 소설적 상황이나 주인공들 중 하나가 바로 후기 자본주의 사회에 노예가 된 소비 기계들이다. 386 이전의 세대들이 4·19 세대나 민주화 세대와 같은 정치적 엘리티시즘으로 자체 규정되는 것과 달리 2000년대 이후 소설의 주체가 된 세대들은 마케팅 용어로 구분된다. 'X 세대', '오렌지족', '명품족', '된장녀', '88만 원 세대'와 같은 호명들은 이러한 세대들의 소비 성향을 계도하면서 소비로 계층을 가늠하는 의도를 포함하고 있다. 상처를 포함한 '포스트 IMF 세대'와 같은 용어들이 마케팅 논리상 빠른 시일 내에 처분되고 재생산되는 것이다.

눈길을 끄는 것은 다양성 1세대라고도 할 수 있을 30대가 소설 속에서 다양한 소비를 권장하는 주체로 전경화되고 있는 소설적 현실이다. 이러한 현상은 최근 거액의 장편 공모에서 당선된 작품들의 면면만 보더라도 알 수 있다. 백영옥의 『스타일』, 서유미의 『판타스틱 개미지옥』, 이홍의 『걸프렌즈』와 같은 작품들은 상품의 소비가 정체성이 된 2000년대의 현실을 잘 '반영'하는 작품으로 평가되었다. 문제는 이러한 작품들에 현실주의만 있을 뿐 진짜 '현실'이 없다는 사실이다. 수많은 실제 기호와 사실적 상품의 나열 속에 현실은 구체화되지만 사실 그곳에는 현실주의만 있을 뿐 정작 짚어 내야 할 현실의 서사는 없다. 서사의 부재는 이러한 소설들에 전시된 욕망만 있을 뿐 그것에 대한 반성이 없다는 것으로 구체화된다. 부재 상황은 이러한 작품들에 대한 비평적 평가가 괄호에 묶인 채 단지 대중 편향적인 칙릿으로 비평의 대상에서 제외되는 상황과도 상통한다. 2000년대를 관통하는 이데올로기가 시장주의와 소비임을 수긍하면서도 그럼에도 불구하고 그것에 대한 판단을 거부하는 것이다.

2000년대 소설을 관통하는 후기 자본주의와 소비의 문제는 정이현을 기점으로 이전 세대의 문제의식이나 태도와 구분되기 시작한다. 정이현이 상품을 호명하고 호출하는 방식은 이전 세대라고 할 수 있을 김영하나 윤대녕의 것과는 분명 다른 방식이었다.

나의 드림카는 자주 바뀌어 왔다. 한때는 스포츠카를 사고 싶어 몸달아했던 적도 있었고, 몇 달 전에는 SUV 차량에 필이 꽂혀 쭉 견적을 뽑아 보기도 했다. (중략) 이즈음 간절히 원하는 차는 미니다. 물론 비싸다. 아주 비싸다. 그렇지만 내 수중에 그 정도의 돈이 없을 거라는 편견은 사양한다. 나에게도 돈은 있다. 여기, 깔고 앉아 있는 이 방의 보증금! 언제인가 내 인생에 감당할 수 없을 정도로 크고 복잡하고 위태로운 일이 생기면 그때 전 재산을 털어 미니를 살 예정이다. 그러면 솜씨 좋은 마녀가 끓인 따뜻하고 뭉글뭉글한 마법수프를 떠먹는 것처럼 금세 행복해지겠지?[2]

윤대녕이나 김영하의 소설 속에서 소비 상품들은 기호와 나란히 배치되어 일종의 배타적 정체성을 부여한다. '질리'나 '클림트'에 대한 선호에는 '나이키'나 '구찌'에 대한 편향과 구분되는 차별성이 있다. 차별성은 헌법으로 은유된 기호품들의 성향에도 반영되어 있다. 윤대녕이나 김영하에게 상품은 취향이라는 이름으로 정제된 개인의 은유였다. 반면 정이현의 소설 속 인물에게 취향은 없다. 정이현 이후의 세대들에게 대중 문화혹은 상품은 '나'를 끊임없이 확장하는 환유다. 환유의 세계에는 취향이 없다. 다만 위치적 근접성만이 있을 뿐이다. 취향의 부재는 "나의 드림카는 자주 바뀌어 왔다."라는 문장에 압축되어 있다. 은수에게는 불변할 취향이 아니라 무엇인가 새로운 것을 사고픈 욕망만이 있다. 은수는 색깔별로 교체 가능한 '미니'의 홈페이지에서 여러 색깔을 바꿔 조정하며 갈등한다. 하지만 이 갈등은 엄밀한 의미에서 갈등이라고 할 수 없다. 은수는 결정권을 갖기 위해서가 아니라 무엇이든지 교환할 수 있는 재화의 무한한 가능성을 무화하기 위해 전전긍긍한다. 무한한 선택의 가능성이 주는 괴로움을 달래기 위해 소비하는 아이러니가 발생하는 것이다. 정이현의 소설 『달콤한 나의 도시』에 등장하는 은수의 갈등은 개인적 정체성을 배

2 정이현, 『달콤한 나의 도시』(문학과 지성사, 2007), 114~115쪽.

타적이며 독특한 아이템의 획득으로 은유하고자 했던 90년대 소설적 주인공의 갈등과 거리가 멀다. 은수가 소비를 통해 얻고자 하는 것은 개인적 정체성이 아니라 사회적 코드로서의 정체성이다.

사회적 정체성과 구별되는 개인적 고유성을 위해 배타적 소비 품목을 나열했던 이들과 달리 2000년대 소설에 등장하는 인물들은 소비를 존재의 증상으로 파악한다. 소비가 '나'에게 일관성을 부여함으로써 '나'가 존재한다는 역설이 가능해진 것이다. '스타일'로 압축되는 증상은 특정 사회 집단에 고유한 자질로서 상품을 소비해야 할 필요성을 개인에게 강제한다. 쉽게 말해, 자신이 욕망하는 사회 집단의 일원으로 정체성을 갖기 위해, 자신이 보여 주고 싶은 정체성을 구매한다는 것이다. 과시적 소비(conspicuous consumption)라고 말할 수 있을 이 소비의 형태는 소비가 아니라 그것을 누군가 타인이 반드시 해석하고 이해할 수 있을 때 완성된다.[3] 그런 점에서 '드레스'를 '코드'로 분석한 이홍의 『드레스 코드』는 소비의 아이러니에 서사를 제공했다는 점에서 주목할 만한 작품이다.

이홍의 『드레스 코드』는 패션쇼에 참가하기 위해 '드레스 코드'를 맞추다 곤경에 처한 한 여성 인물을 그리고 있다. 이홍은 이제는 상품이 아닌 문화로 격상된 '샤넬', '트루 릴리전' 그리고 '발렌티노'라는 옷의 로고를 자기만의 방식으로 분석해 낸다. 이를 통해 분석된 소비의 현실에는 타자를 통한 인증 작용이 추출된다. 타자의 응시를 통해 완성되는 섹스의 환상처럼 소비 역시 타자의 인증 작용을 통해 완성된다는 것이다. 소비는 선택의 기회를 무화시키는 데서 시작하지만 타인들이 그것을 이해하고 구별함으로써 완결된다. 과시적 소비의 아이러니는 배타성을 근간으

3　소스타인 베블런(Thorstein veblin)은 이런 현상의 의례적 성격을 일컬어 '과시적 소비'라는 말로 표현했다. 소비가 사회적 기반에서 이루어지므로 소비가 절대적이라기보다는 상대적 행위임을 규정한 용어라고 할 수 있다. 섯 잘리, 윤선희 옮김, 『광고 문화』(한나래, 1996), 36쪽.

로 기획된 'VVIP 패션쇼'의 '드레스 코드'라는 상황으로 압축된다. 주어진 코드 안에서 '유일한 자신만의 코드'를 찾아야 하는 패션쇼의 명제에는 대량 생산된 아이템으로 독보적 정체성을 구축해야 한다는 곤란한 모순이 놓여 있다. 소비가 토템이 되어 버린 후기 자본주의 사회의 욕망이 불가능한 단일성의 계획으로 노출되는 셈이다. 샤넬 투피스만을 고집하는 '나'의 엄마는 '샤넬'로 표상되는 사회적 정체성만이 있을 뿐 개인의 정체성은 없던 사람으로 묘사된다. 상품을 통해 정체성을 보완하는 불온한 노력에는 국산 차를 사느니 "보라색 포르셰 카옌"을 사는 것이 훨씬 더 독보적이라고 여기는 자본주의의 환상이 자리 잡고 있다. 이 우스꽝스러운 사회적 정체성은 "우리나라에 한 벌밖에 들어오지 않"았다는 드레스를 같이 입고 나타는 인물을 통해 명징하게 제시된다. 곤란은 국내에 하나밖에 수입되지 않았다는 드레스를 똑같이 입고 온 친구로 오인돼 봉변을 당하는 나의 모습에서 절정을 이룬다. 상품의 인증 작용이 불필요한 오인을 선사해 준 것이다.

인증 작용으로서의 소비의 곤란은 백영옥의 『스타일』에서도 발견된다. 『스타일』에 등장하는 잡지사 기자들은 '블루클럽'이나 '김밥천국'과 같은 프랜차이즈를 혐오하고 "하나같이 루이비통 스피디백"을 들고 다니는 여자들을 경멸한다. 문제는 그녀가 대량 복제품과 그것의 소비를 혐오하면서도 한편으로는 자신 역시 그것을 통해 스스로를 규정하고 표현한다는 점에 있다. 그녀는 처음 보는 사람을 "검정색 '랑방' 재킷을 입은 남자"로 인식하고 혹시나 평범해 보일 것을 두려워해 짝퉁이 많은 "샤넬의 2.55백"을 사양한다. 똑같은 옷이 즐비한 백화점에서 나에게만 어울리는 옷을 찾는 서유미의 『판타스틱 개미지옥』도 그다지 다르지는 않다.

'소비'에 침윤당한 경제적 주체로서의 30대의 논리는 "나는 소비하는 깃이 옳지 않다는 것을 알고 있다. 그럼에도 불구하고, 나는 카드를 써서 매달 할부금을 늘려 간다."라는 호소로 압축된다. 앎이 아니라 행위가 이데올로기라면 '소비'는 이들의 이데올로기를 구성하고 있음에 분명하다.

우리가 간과하지 말아야 할 사실은 소비를 이데올로기로 제시하고 있다는 것이 아니다. 이러한 소설들이 지닌 위험성은 '행위'를 제시하면서도 '알고 있다'를 소설적 주제인 양 강조하고 있다는 사실에 있다. 이를테면, 『스타일』에 원체험적 상처로 제시된 성수대교 사건이나 '아이'의 잘못을 대신해, 잔인한 오해를 수긍하는 직장 상사의 모습 말이다. 백영옥은 성수대교 사건을 30대의 소비 성향에 대한 원체험으로 제시한다. 소비 유토피아의 근간을 사실상 회복 불가능한 상실로 대체한다. 소비로 귀결되는 행동의 원인을 전 세대가 저지른 실수로 환원하고자 하는 이러한 태도는 일종의 도착을 견지하고 있다. '알고 있다'는 사실을 강조하지만 사실상 이는 경제적 트라우마를 소비로 해소하려고 하는 우리의 무의식을 은닉할 뿐이다. 소비 천국의 증상인 소설들은 소재와 브랜드 이름을 통유리 너머 걸린 상품들처럼 외설적으로 나열함으로써 또 하나의 상품이 된다. 오히려 이러한 소설들의 가치는 '그럼에도 불구하고' 행할 수밖에 없는 후기 자본주의 사회의 이데올로기를 전면화했다는 데에 있을 것이다. 윤리가 아닌 증상이 더 현실적인 까닭이다.

3   미인증 세대의 네오-나르시시즘

정이현을 비롯한 70년대생 30대 여성 작가들의 소설에 등장하는 소비 주체들은 IMF 경제 위기의 초입에서 경제적 주체로서의 마지막 티켓을 쥔 정규직 노동자들이다. 공교롭게도 그들은 모두 안정된 직장에서 자신만의 일을 하고 있다. 이는 편의점 알바(고예나, 『마이 짝퉁 라이프』)나 시험지 아르바이트(김애란, 「도도한 생활」)나 하는 비정규직 20대의 형편과 다르다.

70년대에 태어난 30대 소설의 인물들이 소비 패턴을 통해 자신의 정체성을 규정하려 한다면 80년대에 태어난 20대 소설의 인물들의 삶은 전혀 다른 방식으로 규명된다. 어떤 의미에서 20대 역시 '시장'이라는 이데올로기 안에 갇혀 있지만 그들의 삶은 소비 패턴이나 구매력으로 서술될 수 없다. 오히려 그들에게 '시장'은 안온했던 10대의 상상계를 균열에 이르게 한, 사회적 거울 단계의 이름으로 전경화된다.

그래서 20대 소설 주체들의 형편은 『실락원』의 오열과 닮아 있다. "창조주여, 제가 부탁했습니까. 진흙에서 저를 빚어 사람으로 만들어 달라고?"라는 자조처럼 80년대생 20대 작가들은 원치도 않는 승자 독식 시대에 던져져 냉소마저 거절당한 상대적 박탈감과 마주한다. 70년대생 30대 소설가들의 작품이 학창 시절의 "비밀 과외"나 "나이키"로 회고된다면, 80년대생 20대 작가들의 10대 시절은 가족의 균열로 그려진다.

김애란의 「도도한 생활」은 빚보증을 잘못 서 망한 집안과 '피아노'라는 악기의 불온한 병치에서 시작된다. 만두 가게를 하던 소녀의 집에 피아노가 놓인다. 이제 피아노는 사치가 아닌 필수 교육 과목으로 생각되지만 이 가정에서만큼은 특별한 무엇임에 틀림없다. 장사를 끝내고 듣는 피아노 소리는 하루 벌이로 생계를 빚어 나가는 소박한 가정의 환상이 녹아 있다. 그렇게 별일 없이 중고등학교 시절을 보내던 '나'는 고 3 겨울 방학때 집안이 망했다는 것을 알게 된다. 서울권 대학에 입학했지만 삶은 팍팍해져 간다.

김애란의 「도도한 생활」에는 소품으로 구성할 수 없는 도도한 생활의 속내가 드러나 있다. "보증의, 보증의 보증이 도미노처럼 꼬리를 물고 무너져 만두 가게 앞에서 멈춰 선" 그녀의 가정 형편은 갑자기 닥친 경제 위기로 구체화된다. 어머니는 반지하 방에 가서도 '피아노'를 고집한다. 그녀에게 '피아노'는 중산층 이상의 삶을 인증하는 고전적 사물이다. 그런데 작가 김애란은 언니의 입을 빌려 엄마의 착각에 쐐기를 박는다. "요즘 계급을 나누는 건 집이나 자동차 이런 게 아니라 피부하고 치아라더라."
라고 말이다.

　자신이 벌어들인 재화로 무엇인가를 소비해서 사회적 정체성을 갖출 수 없는 나이, 김애란은 이 애매한 나이를 일컬어 20대라고 칭하고 있다. 20대는 자신이 태어난 집안의 경제적 토대를 자신의 수입과 지출로 위장하는 30대와는 구분된다. 구분은 '나'가 아니라 가족의 일원으로서 경제적 곤란을 겪어야만 하는 상황을 통해 분명해진다. 30대가 소비로 사회적 정체성을 위장한다면 20대는 여전히 부모의 경제적 토대로 정체성을 드러낸다. '피부와 치아'로 구분되는 계급적 징표에는 '사물'로 증명 불가능한 미인증 세대의 좌절이 낙인찍혀 있다. "A4지 한 장당 1500원을 주는" 아르바이트를 통해 구원되는 삶은 없기 때문이다.

　경제적 토대의 규정으로 인해 구분되는 것은 단지 소비뿐만이 아니다. 최근 20, 30대 젊은 작가들의 소설에서 가장 중요한 소비 품목은 바로 '연애'다. 앞서 말한 백영옥, 정이현, 이홍의 소설에서 연애가 소비와 등치되는 상황을 우리는 종종 목격하곤 한다. 소비의 가능성은 있지만 애초부터 거절당한 20대의 좌절을 그린 고예나의 소설『마이 짝퉁 라이프』(민음사, 2008)가 제목과는 달리 연애의 곤란을 그리고 있는 이유가 여기에 있을 것이다.

　편의점 아르바이트를 하고 있는 인물이 말하는 "욕망과의 싸움"은 여러 가지 선택의 가능성 중에 무엇이냐라는 가능성의 소거가 아니라 아무것도 선택할 수 없다는 불가능성을 지칭한다.『마이 짝퉁 라이프』의 인물은 유통 기한이 갓 지난 폐기된 음식을 먹고, 진짜가 아닌 가상의 인물과 연애를 한다. 그들은 소비 가능성과 경제 주체로서의 가능성을 잠정적으로 차압당했다는 점에서 모순적 경제 주체로 등장한다.

　그런 점에서, 2000년대 소설에서 눈에 띄는 특징 중 하나인 '정상 가족'에 대한 욕망을 주목해야 한다. 90년대 소설이 그토록 벗어나고자 했던 '정상 가족'은 어느새 젊은 작가들을 통해 욕망의 대상으로 격상된다. 이러한 점은 가족의 결핍을 통해 현실의 불완전함을 재구성하는 정한아의 소설을 통해 확인할 수 있다. 정한아의 단편인 「아프리카」(《창작과 비평》, 2007. 가을), 「마테의 맛」(《문학동네》 2007. 겨울), 「휴일의 음악」(《현대문학》, 2008. 7.)의 인물들은 공교롭게도 모두 가족의 상실을 경험하고 있다. 「아프리카」의 인물은 어린 시절 엄마를 잃고 아빠를 기다리다가 창녀로 성장한다. 한편 「마테의 맛」에 등장하는 대학생의 동생은 어린 시절 죽었다. 「휴일의 음악」에서 가족의 부재는 사고로 인해 일찍 죽어 버린 부모님으로 변주된다.

눈길을 끄는 것은 불완전한 현재를 이해하기 위해 인물들이 과거에 일어났던 가족 구성원의 부재를 끊임없이 회고한다는 사실이다. 회고는 뒤돌아봄의 차원을 지나 이미 불가능해진 복구에 대한 강박으로까지 확장된다. 정한아 소설 속 인물들의 회고에는 현실의 불완전함을 찢어진 상상계적 유년기에서 찾고자 하는 퇴행이 자리 잡고 있다. 퇴행은 사유나 인식이 아닌 감각으로의 후퇴로 연출된다. 「아프리카」에서 주머니 속 물건을 만지는 촉각적 행위나 「마테의 맛」에 등장하는 미각의 통일성 혹은 「휴일의 음악」의 청각의 화합은 불온한 현재를 메꾸는 환상이라 부를 만하다. 아이의 성감대와 교체될 수 있을 오감의 감각은 결국 현실의 결핍 그 원인을 가족의 불완전성에서 찾고, 완전했던 과거 한때를 회복하고자 하는 욕망을 구체화한다. 그러니까 완전한 가족이라는 욕망을 횡단하고자 정한아는 결손 가족이라는 프레임을 걸어 두는 것이다. 정상 가족에 대한 기억을 복구하고서야 미래로의 전진이 가능하다는 듯이 정한아 소설의 인물들은 과거에 붙잡혀 있다. 이러한 노력은 정한아뿐 아니라 김애란이나 한유주, 김유진 같은 동년배 작가들의 소설에서도 발견된다.

퇴행을 통해 자아를 복구하려는 이러한 노력은 나를 확장함으로써 세계를 주관화하고자 했던 90년대식 나르시시즘과는 다른 퇴행적 네오 나르시시즘의 양상을 보여 준다. 70년대생 30대의 소설이 부재하는 중심을 끊임없는 환유적 소비로 메꾸려고 한다면 80년대생 20대의 젊은 작가들은 미인증 세대의 무기력을 회귀적 욕망으로 재구성하고자 한다. 30대의 소설에 '나'가 없다면 20대의 소설에는 '나'가 너무 많은 것이다.

4 환상이라는 외재적 중심

2000년대 이후 등장한 소설에 드러나는 가장 큰 특질 중 하나는 바로 '환상'의 출몰이다. '환상'은 개연성이나 핍진성을 기준으로 볼 때 현실에서 일어날 가능성이 희박한 사건의 형상화다. 이를테면, 아버지가 모자가 된다거나 저수지에서 산신령이 튀어나오는 것 또는 슈퍼 고양이가 상용화되는 일들 말이다.

최근 소설에서 종종 출몰하는 환상은 부재하는 중심을 내부가 아닌 외부에서 재구성하려는 시도로 받아들여진다. 그들은 질문의 대상이 아니라 방식 자체를 바꿈으로써 현실주의에서 이탈해 현실을 재구성한다. 지젝의 말처럼 "어떻게 이 일상의 현실들을 벗어날 수 있는가"라고 묻는 것이 아니라 "이 일상의 현실이 과연 그토록 확고히 실존하는가"라는 방식으로 질문을 교체한 것이다.

자본과 시장이라는 절대적 존재의 근거를 벗어나는 방식으로 환상은 현실 내부가 아닌 현실과 현실의 '사이'에서 중심을 조형한다. '시장'의 응시를 받거나 혹은 무시되거나, 라는 이원론 안에서 시장 이데올로기를 벗어날 수 있는 유일한 선택이 바로 환상인 셈이다.

황정은이나 윤이형, 박형서와 같은 작가들에게서 발견되는 환상의 문법에는 현실의 억압에서 이탈하고자 하는 간절함이 자리 잡고 있다. 이들은 법의 바깥으로 추방됨으로써 예외를 증명하는 호모 사케르처럼 현실에 대한 효력 정지를 통해 현실에 대한 잠재적 수행성을 유지한다. 스스로 현실로부터의 효력을 정지함으로써 실행하지 않고 탈-정립할 수 있는 주권을 유예하는 것이다.

황정은의 소설 「모자」는 완강한 현실의 논리를 환상으로 내파하고자 하는 시도를 잘 보여 준다. 「모자」에 등장하는 아버지는 때때로 모자로 변한다. 아무 때나 변하는 것 같지만 사실상 아버지가 모자로 변할 때에는 나름의 이유가 있다. 아버지는 자신이 아무것도 할 수 없을 때, 그리고 남들이 자신을 '모자'보다 못한 존재로 치부할 때 '모자'로 변신한다. 그러니까 사람들이 '아버지'를 모자 따위 정도로 취급할 때 아버지는 정말 '모자'가 되어 사람들의 멸시에 대답한다. 사람들이 아버지를 사물로 추방하고자 할 때 아버지는 먼저 사물이 되어 스스로의 주권을 유예하고 잠재적 존재로 머무른다. 곤란한 순간 다른 것으로의 변신 혹은 유체 이탈을 통한 현실의 암전을 이끌어 내는 자기 부양의 노력은 황정은의 다른 소설 「야행」이나 「무지개풀」 같은 소설에서도 발견된다. 황정은의 소설에 등장하는 환상적 상황 혹은 인물들은 현실로부터 스스로를 배제함으로써 현실에 대한 자신의 힘을 유지하고 현실의 지배로부터 벗어날 가능성을 견지한다.[4]

한편 윤이형은 SF적 장르 소설에 부합할 만한 가상의 세계를 창출해 내는 데 주력한다. 황정은의 소설이 현실에 대한 힘의 유예라면 윤이형의 환상은 현실과 전혀 무관한 가상 공간의 창출에 가깝다. 윤이형의 소설에는 지금, 여기가 아닌 다른 어떤 시공간에 사는 이상한 아이들이 종종 출몰한다. 이상한 아이들은 현실이 아닌 바깥의 다른 공간에서 자신만의 법칙으로 운용되는 세계를 구성해 낸다. 그 세계는 현실에 대한 의미 있는

---

4   황정은 소설에 나타나는 환상에 대해서는 졸고, 「세계의 암전과 환상」(《세계의 문학》, 2008, 여름)에 조금 더 자세히 논의하고 있다.

알레고리여서가 아니라 그들이 창조해 낸 순전히 인공적 세계라는 점에서 의의를 지닌다. 아이들은 모니터 속에 '파랑'이라는 늑대를 창조함으로써 세계의 주인이 된다.(「큰 늑대 파랑」,《창작과 비평》, 2007. 겨울) 승용고양이들이 자신만의 헌법과 규칙을 만들어 인간들로부터 독립하는 원리도 마찬가지다.(「두드리는 고양이들」,《문학사상》, 2008. 7.) 우리가 놓치지 말아야 할 것은 이상한 아이가 아니라 '아이들'로, 늘 무리로 뭉쳐 나타난다는 것이다. 윤이형의 환상 속에는 개인이 없다. 새로운 세계를 창조한 집단이 창조물에 의해 파괴되고 소멸되는 상황은 개인 없는 대중 사회의 속성 일부를 대변한다. 그곳에는 '아이들'로 통칭되는 집단 정체성에 묶이고자 하는 비분리된 무정형의 개체들이 있을 뿐이다. 윤이형의 환상이 개인이 '사물'이 되는 황정은의 환상과 대조를 이루는 부분이기도 하다.

그런 의미에서 현실을 우스꽝스러운 희극으로 전락게 하는 박형서의 태도는 황정은이나 윤이형과는 정반대 위치에 놓여 있는 듯하다. 박형서의 소설 「열한 시 방향으로 곧게 뻗은 구 미터 가량의 파란 점선」(《문학동네》, 2007. 겨울)은 환상이 출구가 될 수밖에 없는 현실을 "처음부터 내겐 선택권은 없었다."라는 말로 요약한다. 아버지의 대리라고 할 수 있을 'T 교수'는 대학원생 모임의 큰 타자로 군림한다. 교수는 곧 벗어날 수 없는 질서이자 법임에 분명하다. 생사여탈권을 쥔 무소 불위의 권력과 대적하기 위해 박형서는 현실의 외부(환상)에서 다른 아버지(산신령)를 초빙한다. 관계는 순식간에 역전되어 현실의 아버지는 환상의 아버지 산신령에 의해 소거된다. 박형서는 산신령이라는 환상을 끌어들임으로써 "선택권이 없"는 현실을 교정한다. 박형서의 환상은 아버지나 대타자로 수렴될 현실의 어떤 면을 정확히 가격한다. 박형서가 연출하는 환상적 상황에는 그가 비틀고자 하는 현실의 반사면이 자리 잡고 있다. 그래서 그의 환상은 곧바로 현실에 고장을 불러온다.

주목해야 할 것 중 하나는 이들의 소설에 등장하는 '환상'이 현실과의 개연성이 거의 없다는 사실이다. 그러니까 알레고리나 제유 혹은 상징으로 읽힐 여지가 거의 없다. 만일 그들의 소설이 독자를 당혹게 한다면 그들의 환상이 순전히 현실의 외부에 중심을 두고 있기에 심지어 오락적으로 비친다는 것일 테다. 그들의 환상에는 아무런 '의미'도 없어 보인다.

당혹은 이들의 소설 속에 드러난 환상이 현실에 무력한 고공 비행에 불과하다는 오해의 빌미를 제공한다. 하지만 정작 우리가 주목해야 할 것은 변신과 환상이 어떤 현실에 닻을 내렸느냐가 아니라 무엇이 그들의 중심을 현실 외부로 이탈케 했느냐이다. 질문은 그들이 재구성한 외부의 중심이 결국 이 불온한 현실에 대해 어떤 '응시'를 되돌려 줄 수 있느냐가 되어야만 한다.

질문에 답하자면, 이들의 환상은 현실을 결핍된 혹은 과잉된 무엇으로 비판하고 그럼에도 불구하고 그것의 논리를 따라야 한다는 명제를 근본적으로 거절한다는 점에서 현실을 무력화한다. 그러니까 환상은 '나는 안다. 그럼에도 불구하고'의 냉소가 아닌 '나는 안다. 그러므로'라는 적극적 행위와 더 닮아 있다. 그들은 이상한 환상을 조형하고 성가신 존재로 변신함으로써 '그럼에도 불구하고'로 운용되는 현실에 불편을 초래한다. 이러한 태도는 과거를 복구함으로써 현실의 결핍을 보상받으려 하는 20대 소설의 네오 나르시시즘과도 구분된다. 불온한 현실 바깥의 중심으로서 소설이 현실에 고장을 일으키는 것이다. 환상의 의의는 질문의 교체 그 자체에 있다.

5   서사 부재 시대의 서사

2000년대 이후 등장한 새로운 소설들은 그것이 기획한 미학적, 수사학적 변환에 대해서 이야기되어 왔다. 새롭고 낯선 소재의 등장, 이질적 언어와 화술의 출현이라는 양식적 전환은 연대기적 구분을 새로움의 징표로 서술할 만한 자료들을 제공했다. 구체적 대안으로서 스타일의 변환과 소재의 착목은 이런 맥락에서 새로움의 근거로 수배된다. 증상에 대한 기록과 보고를 미학적 서술로 대신함으로써 2000년대 이후 새로운 소설들은 또 다른 부재하는 중심으로 오인되고 말았다. 새로움은 미학적이며 외양적인 기획과 변화에서 시작되었다. 그러나 이 변화에 일종의 배치를 통한 서사를 제공하는 것은 제출된 개별 작품이 아니라 코드를 해석하는 시선이다. 앞서의 말을 인용해 보자면 소비가 인증과 인식을 통해 완료되듯이 새로움은 해석을 통해 완성된다.

따르고 있는 현실적 규범과 따라야 할 도덕적 명령 사이의 분열은 2000년대 이후 일상을 점거했다. 문학이 상품으로서의 논리를 견지하면서 또한 그것과 대치해야만 하는 상황도 마찬가지다. 우리의 일상을 평범하고 세속적인 것이 아닌 형이상학적 것으로 격상하려는 움직임이 바로 90년대까지 존재했다. 비루한 삶일지언정 소설을 통해 구획된 일상은 무릇 '현실주의'와는 다른 '현실'을 표상했다.

하지만 우리가 살고 있는 지금 이곳의 삶은 우주적 울림조차도 세속적 일상으로 내버려 둔다. 중심은 부재하고 표류하는 현실의 상관물 안에 희미한 서사적 연계가 짐작될 뿐이다. 2000년대 이후 한국 소설이 처한 상황 역시 마찬가지일 것이다. 문제적인 상황은 이러한 욕망을 증상으로만 파악하려는 비평의 태도다. 증상에 서사를 제공해야 할 비평은 자신의 욕망을 모른다고 생각하고 유예한다. 하지만 실상 유예 자체가 비평의 이데올로기라고 말하는 편이 옳다.

동시대 소설의 욕망은 그런 점에서 소비의 욕망, 인증의 욕망 그리고 이탈의 욕망으로 요약될 수 있다. 2000년대 이후 한국 문학의 주류가 된 소설은 탈출이 불가능한 후기 자본주의 사회 시장 이데올로기 속의 '문학'이라는 명제로 조명될 수 있다. 자본주의의 발생 이후 줄곧 문제적이었던 상황이 2000년대 이후 중심 이데올로기로 부상했다는 것은 이전 세대의 구별을 통해 명징해진다. 새롭게 등장한 젊은 작가들의 작품들, 그들의 미학적 전회는 사실상 정치적 주체로서의 무기력이 각인된 형상물이라고도 할 수 있다. 그런 점에서 우리는 2000년대 이후 우리가 종종 목격하는 환상을 현실을 내파할 외재적 중심으로 재인식해야만 한다.

호모 사피엔스는 기호뿐 아니라 상징을 만드는 능력을 지녔다. 구체성의 증상이 기호라면 기호를 상징으로 보편화하는 것이 바로 서사다. 개별성이나 구체성을 이유로 증상의 서사를 거부하는 것은 삶의 구체성에 대한 오해에 가깝다. 증상들의 기호를 분석해 내는 것, 이제 2000년대 비평이 필요할 시점이다. 현실이 현실성을 잃어버린 채 목적없는 수행문으로 귀결될 때, 현실은 사라진다. 증상에 대한 해석이 부재한 채 다만 부재하는 중심에 대한 부정만이 반복 재생될 때 문학은 구체성이라는 이름으로 사상되고 말 것이다. 이제는 증상을 욕망으로 해석하고 부재하는 중심을 서사로 구성해야 할 때다.

한국 소설의 새로운 문체, SF(Symptom Fiction)

1   SF의 자기 증명

박민규의 소설 「깊」(《문학동네》, 2006. 겨울)은 서기 2487년을 배경으로 삼고 있다. 2387년에 발생한 지진으로 지하 19251미터 깊이에 놓인 "지구의 틈"이 발견된다. 사람들은 인간의 한계로 여겨지는 그곳을 탐사하기로 마음먹는다. 지하 19251미터라는 깊이가 주는 압력을 견디기 위해, 실험은 "신을 향해", "주사위"를 던지는 마음으로 거듭된다. 탐사단은 "심해 거머리"라는 생물로부터 "R-71"을 얻고 항-압력 대체 체액으로 인체에 이식하는 데 성공한다. 화자의 말처럼, "그것은 새로운 종의 '인간'을 만들어 가는 작업이었다." 「깊」을 비롯한 박민규의 최근 몇몇 작품들은 SF 소설이라 지칭된다. 서기 2487년, 대체 체액, 연합 아카데미와 같은 용어들은 박민규의 소설들이 SF 소설적 경향을 지니고 있음을 짐작하게 한다. 그런데 여기에서 한 가지 질문을 해 보자. 우리가 SF라고 부르는 소설들은 어떤 특성을 지니고 있는가?

우선 「깊」이 SF 소설로 분류되는 까닭은 그 배경이 '현재'가 아닌 미래를 그리고 있기 때문이다. SF 소설은 시간적, 공간적으로 '현재, 여기'가 아닌 곳을 그리는 경우가 많다. 두 번째, SF 소설에는 현재 이론상으로만 가능한 급진적 과학 이론이 실현되어 등장한다. 원격 이동(teleport), 시간 여행, 유전자 조작과 같은 사건들 말이다. 「깊」역시 지하 세계 탐험을 소재로 삼고 있다. 마지막으로 SF 소설은 '외계'에 대한 근원적인 동경을 표현한다.

독자들이 SF를 인식하는 구조는 그것의 장르적 특성을 연역적으로 수렴하는 것과 동일하다. SF는 '과학적 사실과 예언적 비전이 뒤섞인 로맨스'라는 뜻에서 출발했지만 실상, 그 소재나 배경에 따라 구분되는 경우가 많다. 로봇, 사이보그, 우주여행, 미래, 미지의 세계 탐험과 같은 소재가 등장했을 때, 조건 반사처럼 그 소설은 SF로 구분되는 것이다. SF에 대한 이러한 가늠점은 일정한 기준에 의한 고유한 정의라기보다는 SF의 장르적 관습에 대한 용인에 가깝다.

소재나 사용되는 어휘의 측면을 살펴본다면 박민규의 「깊」은 SF 소설임에 분명하다. 문제는, SF적 요소를 가지고 있음은 분명하지만 박민규의 「깊」에는 SF 소설이라고 규정짓기 어려운 잉여가 자리 잡고 있다는 사실이다. 과연 그 용어와 소재만으로 SF인가 아닌가를 구분할 수 있는 것일까?

SF 소설은 일찍이 장르 소설로 자리 잡았다. 장르 소설이라는 명명은 현대 소설의 적자라고 할 수 있을 사실주의 소설 이외의 작품들을 지칭한다. 추리 소설, 연애 소설, 환상 소설 같은 부류 말이다. 반사실주의 소설, 그러니까 교과서에 실릴 문학사에서 제외된 서사 문학 전반을 통칭하는 셈이다. 사실과 허구를, 문학을 구성하는 두 축으로 볼 때, SF 소설은 사실보다 '허구'를 강조하는 문학이다. 전자가 세부적 묘사를 통해 동시대의 객관적 진실을 포착하려 한다면, 후자는 동시대의 진실보다는 미래에 대한 작가의 주관적 비전을 제시하고자 한다.[1]

SF 소설에 대한 이러한 정의는 SF가 '지금, 여기'의 '삶'이라기보다는 어딘가 다른 곳, 즉 시간적으로나 공간적으로 다른 어떤 곳을 그리고 있는 작품이라는 것을 암시한다. 사실주의에 바탕을 둔 본격 문학이 어떤 방식으로든 '지금, 여기'의 '삶'을 환기해야 한다고 여긴다면, 그런 측면에서, SF 소설은 허황한 도피이자 공상으로 분류된다. 『걸리버 여행기』 같은 작품들이 장르 소설의 가치를 주장하고 혹은 그것을 폄훼하는 논자들에게 중요한 입점이 되는 까닭도 여기에 있다. SF 소설의 문학적 가치를 주장하는 사람들은 『걸리버 여행기』를 유사 SF 소설로 분류한다. 반면 사실주의를 성숙한 소설의 전통으로 받아들이는 사람들은 『걸리버 여행기』를 알레고리라는 양식을 걸친 사실주의 소설의 계보 안에 위치시킨다.

그런데 여기에서 한 가지 질문이 생긴다. 만일, 지하 세계를 탐험하는 미래를 그렸다는 점에서 「깊」을 SF 소설이라고 부를 수 있다면 박민규가 썼던 이전의 소설들은 사실주의 소설인가 아니면 SF 소설인가? 이를테면, 『걸리버 여행기』를 시작으로 아버지와 지구, 우주 전체를 냉장고에 집어넣는 상상력(「카스테라」)이나 멀리서 보니 지구가 개복치였더라(「몰라, 몰라, 개복치라니」)라는 설정 그리고 아버지가 기린으로 바뀌는 상황들(「안녕하십니까? 기린입니다」)은 과연 실제적인 것일까? 만일 소설집 『카스테라』에 실려 있는 기상천외한 상황과 상상력을 SF라고 부를 수 없다면 「깊」과 같은 소설을 SF라고 단언할 수 있는 근거는 어디 있을까? 혹, 「깊」이 SF 소설이라고 불릴 수 있다면 환상과는 어떻게 다른 것일까?

이러한 질문들은 박민규의 다른 소설 「크로만, 운」이나 윤이형의 소설들, 「마지막 아이들의 도시」나 「큰 늑대 파랑」에도 적용된다. 로봇이 등장하는 오현종의 소설 「창백한 푸른 점」 역시 이 질문에서 자유롭지 못할 것이다. 과연 최근 한국 문학에 등장하는 낯선 문법들이 장르 소설로서의 SF인 것일까? 문제는 이러한 소설들을 SF라고 가늠하는 명명이 아니라

---

1   로버트 스콜즈·에릭 라프킨, 김정수·박오복 옮김, 『SF의 이해』(평민사, 1993), 13~14쪽.

그것을 SF로 구분하는 근거다. SF란 무엇인가라는 질문으로 되돌아가야
하는 까닭도 여기에 있다.

2   SF(Science Fiction)와 SF(Symptom Fiction) 사이

장르로서의 SF는 과학을 뜻하는 Science와 허구를 의미하는 Fiction
의 합성어다.[2] "과학이 사람의 삶과 문명에 영향을 미치는 모습들을 다루
는 소설"이라는 복거일의 정의 역시 과학적 요소가 SF를 다른 장르 소설
과 구분하는 중요한 기준임을 보여 준다. SF 소설을 과학과 허구의 결합
으로 보는 태도는 SF가 몇몇 소재적 구성 원리와 관습으로 결합된 장르임
을 보여 준다. 이때 SF는 세계를 주관화하는 소설과는 달리 주어진 공식
과 관습을 소급적으로 활용하는 주변주 문학이라는 비판과 마주하게 된
다. 이에 서빈(Suvin)은 SF를 소재적으로 규정하는 것에 반대해 리얼리즘
의 전통과 구분되는 "인식과 소외의 문학"으로 정의한다.[3] 서빈이 말하는
"인식과 소외의 문학"은 SF의 구성 요소인 '과학(Science)'을 보다 중립적
인 용어인 '인식(Cognition)'으로 교체하고, 현실을 낯설게 하는 문학을
지칭한다. 서빈은 여기에서 소외와 인식을 SF 소설의 필요조건으로 제시
한다.
　　그런데 한편, 서빈의 정의는 SF 장르의 특성이라기보다는 무릇 뛰어
난 예술, 문학, 소설이 지닌 보편적 특성이기도 하다. 위대한 작품은 세상

2　SF는 1923년 휴고 건스백이 《과학과 발명》 지 전부를 소설로 꾸미면서 이 특집의 이름을 '사이언
티픽션(Scientifiction)'이라고 부른 데서 유래했다. 로버트 스콜즈·에릭 라프킨, 앞의 책.

3　Darko Suvin, Metamorphoses of Sceience Fiction(New Heaven, London: Yale University
press, 1980).

에 대한 인식을 구체화함으로써 세계의 영원성에 대해 질문을 던지고 그 완고함에 흠집을 낸다. 우리가 자연스럽다고 생각한 삶의 조건들을 역사적인 결과물이자 이데올로기적 흔적으로 부각하는 것, 이것은 SF의 절대적 조건이라기보다는 훌륭한 문학이 추구하는 근원적 이데아다.

가령, 박민규의 작품집 『카스테라』에는 전통적인 개연성이나 핍진성의 개념으로는 설명할 수 없는 이탈과 환상이 관통하고 있다. 사람이 너구리가 되기도 하고, 우주인이 농장을 습격하기도 한다. 하지만 누구도 박민규의 소설집 『카스테라』를 SF 소설 또는 환상 소설이라고 부르지 않는다. 소설이라는 산문의 형식을 벗어나 운문처럼 행갈이를 하고 있다고 해서 『카스테라』를 소설집이 아니라고 말하지도 않는다. 박민규의 『카스테라』는 한국 소설에 새로운 '문체'를 선사했다고 할 수 있다.

박민규나 윤이형, 오현종의 '새로운' 소설들을 SF라는 장르를 초월한 '소설'로 볼 수 있는 이유도 이 때문이다. 장르는 일종의 관습과 구조로 규명되는 것이지 그것의 태도나 의의로 차별화될 수는 없다. 박민규나 윤이형과 같은 작가들의 시도를 SF라는 기존 용어에 포섭하는 것은 장르 문학의 외연을 넓히는 것이 아니라 오히려 장르 문학에 대한 무방비한 침략을 허용한다. 젊은 작가들의 시도는 현실을 이탈해 외계를 공상하거나 과학적 가능성에 대한 기대감을 디스토피아적 불안과 유토피아적 염원으로 그려 냈다고 보기 어렵다. 이들의 소설은 외양적으로는 로봇과 우주, 사이보그를 그려 내지만 실상 그것을 통해 드러내 보이고자 하는 것은 '미래' 혹은 '거기'가 아니라 지금 이곳의 삶이다.

오히려 이들의 낯선 소설들은 관습적 장르적 장치로서의 SF가 아니라 한국 문학이 지금껏 중심으로 받아들인 적 없는 문체로서의 SF라고 말하는 편이 옳다. 과학적 진보에 대한 세속적 기대나 문명으로 축척된 인류에 대한 디스토피아적 거부가 아니라 비-장르적 전위로서의 소설 말이다. 지금, 이곳의 삶을 좀 더 낯설게 하기 위해 SF적 장치는 동원된다. 이들이 쓰는 새로운 문체의 소설들을 '과학 소설(Science Fiction)'이 아닌 '징후소설(Symptom Fiction)'로 고쳐 불러야 하는 까닭도 여기에 있다. 이 낯선 소설들은 과학의 가능성이나 문명의 불안이 아닌 이곳의 삶을 일종의 병적 징후와 증상으로 전경화하기 위해 비사실적 요소들과 결합한다.

박민규의 소설 「깊」은 −19251미터라는 목표 지점에 이르렀으나 더 깊은 곳을 탐사하고픈 욕망에 사로잡혀 결국 귀환할 수 없는 탐험대들을 그리고 있다. 「깊」은 지하 세계를 탐험할 수 있게끔 한 과학적 장치나 원리들을 "R-71"과 같은 환상적 장치로 보충한다. 지하에서 발견된 물체라는 설정은 제법 과학적으로 들리지만 실상, 그것은 지하 깊은 곳에서 발견될 수 있을 법한 생물체라는 환상과 다를 바 없다. 혈액과 혈청을 완전히 교체한다는 상상력은 과학적이라기보다 초현실적 주술에 가까워 보인다. 「깊」이 독자에게 전하고자 하는 질문의 핵심은 과연 지하 세계 너머 그 깊숙한 근원에는 무엇이 있을까라는 인식론이 아니라 '나'를 나라고 규명할 수 있는 근원은 무엇일까, 라는 존재론에 닿아 있다.

> 뇌는 여기 있고…… 머리를 지그시 누르며 다시 소피가 얘기했다. 하지만 생각이란 건 전체 속에 있는 거야. 나라는 전체, 세포 하나하나에 말이지. 달에서 자란 인간이라면 대개 그 사실을 알고 있어. 드미트리가 물었다. 달의 생활이란 건 그래…… 스테이션에서 지구의 조건으로 살아간다 해도, 결국 유영으로 많은 시간을 보내야 하는 거야. 캄캄한 공간에서 몇 시간씩 유영을 하다 보면 그게 느껴져. 이를테면 뇌만이 생각하는 게 아니란 사실을 손, 손도 손의 생각을 하고 있는 거야.[4]

「깊」은 얀, 드미트리와 같은 이국적인 이름과 달, 유영, 우주 자살자와

---

4   박민규, 「깊」, 《문학동네》(2006년 겨울), 289~290쪽.

같은 가상 개념으로 채워져 있지만 「깊」이 다루고 있는 문제는 문명의 미래라기보다는 현재의 문제, 그리고 내면의 문제에 더 가깝다. 「깊」에는 외계 문명에 대한 근원적인 동경이 자리할 틈이 없다. 이러한 측면은 소재와 장르적 관습의 측면에서 훨씬 더 SF적인 「크로만, 운」(《문학과 사회》, 2007. 가을)에서 더 분명히 확인된다. 일종의 지상족이라고 할 수 있을 네드와 지하족 융으로 구분된 「크로만, 운」의 세계는 서로 융화될 수 없는 다른 두 계층으로 이뤄져 있다. 네드의 영역이 모든 것이 정제된 우월한 자들의 세계라면 융의 구역은 혼잡과 고통, 가난으로 얼룩진 낙오자들의 공간이다. 이러한 대위법은 숙련된 기술자들인 융과 관념적 행정가로 묘사된 네드로도 변주된다.

> 눈부신 정신과 과학의 시대였다. 네드는 우주의 원리를 밝혀내고 모든 원소와 창조의 비밀을 풀어 나갔다. 그리고 결국, 빛의 사용법을 터득하게 되었다. 그들은 스스로, 스스로의 혼돈을 걷어 내기 시작했다. 모든 혼돈이 걷힐 무렵 그들은 이미 스스로가 섬겨 온 신이 되어 있었다. 그들은 수많은 우주를 창조하기 시작했고, 중세의 말미엔 <u>개인의 우주를 만드는 일이 크나큰 성황을 이루었다. 스스로가 창조한 우주를 통해 그들은 스스로를 창조한 우주를 볼 수 있었다. 우주는 무한한 차원의 거품이자 거울이었다.</u>[5]

「크로만, 운」에 조형된 세계는 계층의 격차가 신분의 격차와 다른 운명으로 수렴되는 공간이다. 네드라고 불리는 상류 계층이 "개인의 우주를 만드는 일"을 할 수 있었다는 사실은 그런 점에서 주목해야 한다. 네드와 대조되는 융에게 "개인의 우주"란 상상할 수도 없는 것이다. 대신 융에게 허용된 것은 창조적인 우주가 아니라 반복적이고 전문화된 노동이다. 주

---

5   박민규, 「크로만, 운」, 《문학과 사회》, 2007 가을, 131쪽. 밑줄은 필자.

인공 크로만이 수족관 제작과 관리에 전문적인 노동자이듯이 융들은 각자 자신의 특수한 노동 형태로 살아 나간다. 네드는 융의 기술력을 '광화'라는 돈으로 지불한다. 융이 벌어들인 '광화'는 복잡하게 얽힌 피라미드 구조에 의해 분배된다. 토악스라는 무리는 네드와 접촉하는 융이 벌어들인 돈을 빼앗는 조직이다.

네드에게 통용되는 광화가 지하 세계에서는 어마어마한 가치로 환전되는 세계, 실상 박민규가 직조한 네드와 융의 세계는 자본의 힘으로 가늠되는 후기 자본주의 시대 대도시의 삶과 다를 바 없다. 사람을 너구리나 기린으로 만드는 끔찍한 자본의 시스템이 「크로만, 운」의 공간에도 고스란히 적용되는 것이다. 박민규는 가상이라는 소설적 제안을 통해 너구리나 기린으로 둔갑시키는 도착적 현실로 상징화했던 현실을 규정과 서술로 일축한다.

"반성의 시대", "혼돈의 시대"로 명명되는 네드의 과거는 우리가 살아가고 있는 '지금, 여기'의 삶을 구획하는 중핵임을 짐작할 수 있다. 스스로를 창조한 우주를 통해 또 다른 우주를 만드는, 개인이 하나씩 자신의 우주를 만드는 '과거'는 바로 이곳, 우리의 현실이다. 이는 융, 크로만이 12만 갤런이라는 거액을 주고 얻은 자신만의 우주가 경마장으로 제시되는 데서도 알 수 있다. 소년의 정액을 빼앗아 먹는 영감과 섹스와 자연 생식이 금기시된 지하 세계의 풍경들은 노동력의 착취, 계급의 재생산이 어떻게 이뤄지는지 투박하게 제시한다.

박민규가 제시한 일련의 SF 소설들은 과학적 가능성 혹은 미래에 대한 희망과 불안을 그린 과학 소설로 보기는 어렵다. 「깊」이나 「크로만, 운」과 같은 작품들은 SF의 장르적 문체를 통해 현실을 낯설게 한다. 이러한 문체들은 자본주의로 수렴되는 현재, 대도시의 삶 그리고 그 구조의 영원성에 대한 공포와 우려를 동시에 제공한다. 우리가 자연스럽다고 생각한 이 모든 것들을 '가상'으로 제시함으로써 박민규는 그것이 역사적인 것임을 말하고 있다. 미래의 간섭 속에서 현재의 삶과 그 구조가 입체적으로 조감도를 드러내는 것이다. 박민규가 원용한 SF적 장치를 장르 소설적 이탈이 아닌 문체적 전회로 봐야 하는 이유다.

3 은유로서의 'SF'

새로운 문체로서의 SF는 한국 소설의 외연을 넓힌다. 하지만 이는 한편 완고한 규칙을 가진 장르 소설로서의 SF에서 본다면 장르적 요소를 결여한 '이상한 작품'이 될 수 있는 가능성을 내포하고 있다. 즉, 이러한 소설들은 장르 소설로서의 SF의 관점에서 보자면 여러 가지 결격 사유와 결함을 지닌 키치에 불과하다. SF 소설의 중요한 이념 중 하나는 그들이 유목민의 정서, 노마드를 공유한다는 것이다. 현실의 이곳 어디에서도 발견할 수 없는 유토피아를 찾아가는 최초의 설정 역시 그렇다. 감각으로 구체화할 수 없는 사이버 공간 안의 개념에 자신을 투사하는 것 역시 정박하지 않는 노마드에 대한 동경에서 비롯된다. 그런 점에서 오현종의 「창백한 푸른 점」(《문학동네》, 2007. 겨울)이나 윤이형의 「아이반」(《내일을 여는 작가》, 2007. 여름), 「큰 늑대 파랑」(《창작과 비평》, 2007. 겨울)은 현실의 삶에 밀착하려는 농경민의 정서와 더 닮아 있다.

오현종의 「창백한 푸른 점」이나 윤이형의 「아이반」은 모두 로봇을 소재로 삼고 있다. 「창백한 푸른 점」에는 '손오공'이라고 불리는 로봇이 등장한다. 달에 사는 가족의 하인인 '손오공'은 기억의 능력만 있을 뿐 그것을 맥락화할 능력이 없는 사물의 입장에서 가족을 객관화한다. 손오공의 눈에 비친 가족은 결속력을 상실한 채 서로를 향해 비밀을 쌓아 가는 타인들의 집단이다. 엄마는 불륜과 사이버 섹스에 빠져 있고, 딸 로라는 인터넷 학습 프로그램 창을 접은 채 포르노그래피 삼매경이다. 할머니는 자식들 몰래 주식 거래로 재산을 축적하고 아버지는 지구에서 돈을 벌어 달에 보내는 기러기 아빠 신세다. '달', '로봇', '우주'와 같은 이름으로 채색되어 있지만 오현종의 「창백한 푸른 점」에 그려진 세계는 달이 아닌 지금, 이곳, 지구 위 대한민국, 서울의 삶과 다를 바 없다.

「창백한 푸른 점」에서 얻을 수 있는 소설적 재미는 가상의 세계나 과학적 이론으로 제시된 개념 공간을 유영하는 쾌감이 아닌 현재의 삶을 다른 시선으로 객관화하는 문체에 있다. "인공 온실" 같은 가상 개념보다 "나는 옛날엔 아들만 보고 살았지. 스타벅스 커피 한잔 안 사 마시면서 어릴 적부터 중국어 과외, 영어 과외를 시켰어. 은행 대출을 받아 바다 건너로 어학연수를 보내기도 했고, 꼭 변호사나 의사나 부자가 되어야 한다고 가르쳤지."라는 말이 훨씬 감각적으로 받아들여지는 이유도 여기에 있다. 오현종의 「창백한 푸른 점」은 지구가 '창백한 푸른 점'으로 보일 정도로 먼 곳에서 볼 때, 라는 가정에서 출발하지만 결국 그곳의 삶은 이곳의 것과 다를 바 없다. '달'은 새로운 시각의 알레고리이지 동경의 대상이나 미지의 공간이 아니다. 로봇 역시 다른 시각을 지닌, 순진한 화자로 보는 편이 옳다.

'로봇'은 '일하다'라는 의미를 지닌 체코어 'Robota'에서 유래했다. 영화나 소설 속에서 로봇이 인간의 노동력을 대신한 기계로 설정된다. 로봇은 나태하고자 하는 인간의 근원적 욕망을 해소하는 대상이다. SF 소설 속 로봇의 반란이 인간이 지닌 정신과 정서적 영역에 대한 침범으로 제시되는 것도 이와 관련이 깊다. 그런 점에서 윤이형의 소설 「아이반」(《내일을 여는 작가》, 2007. 여름)은 육체 노동이 아닌 정신의 영역으로까지 받아들인 로봇이라는 점에서 흥미롭다.

윤이형의 소설 「아이반」의 시공간은 지금, 이곳이 아니다. 그곳은 2050년을 훌쩍 지난 먼 미래, 어딘지가 불분명한 시공간이다. 윤이형이 그려 낸 '미래'는 사람이 사람보다 로봇을 더 좋아하고 로봇마저도 인간이 되기를 꺼려하는 세계이다. 이러한 제안은 휴머니즘을 일종의 이데아로 제시했던 SF 소설의 오랜 관습을 배반한다. '피노키오' 이후로 '진짜' 사람이 되고 싶은 리플리컨트들은 미래 사회의 암울함을 입증하는 첫 번째 아이템이었다. 이 가설에는 인공물은 자연물에 비해 열등하다는 인식이 깔려 있다. 그런데 윤이형은 SF 영화나 소설 혹은 『1984』의 '빅브라더'가 보여 주었던 암울한 가설을 데칼코마니처럼 역상으로 찍어 낸다. 윤이형의 소설 속에서, 사람들은 로봇이라는 인공물을 환대하고 그것에 애착을 갖는다. 불편함은, 사람들 사이에서 발생하는 감정의 찌꺼기다.

로봇이 애착의 대상이 된 100여 년쯤 후 미래는 사람이 사람에게 갖는 감정이라곤 '경멸'밖에 남지 않은 공간이다. 자아라는 개념을 외연으로 확장해, 결핍을 채우려는 인간들의 욕망은 다른 사람에 대한 에로스적 갈망을 길어 낸다. 윤이형의 소설 공간 속에서 에로스는 기계들을 향해 있다. 사람들은 사람을 통해 결핍을 채우려 하지 않는다. 사람은 결핍을 만들 만큼 중요한 존재가 못된다.

그래서, 뉴로맨서들은 한때 사람과 그랬던 것처럼 '로봇'과 관계를 맺어 간다. 그녀가 로봇을 통해 얻는 행복감은 수많은 사람들이 가상 공간에서 느끼는 충족감과 다를 바 없다. 먼 미래의 일이라지만 현재로 본다해도 무방하다. 가상 현실이나 공간의 개념과 에로스적 교감을 나눈다는 것도 마찬가지다. '로봇'이라는 말을 컴퓨터 게임 혹은 인터넷과 교체한다면 「아이반」에 제시된 상황은 현재화된다. 윤이형은 미래라는 환상의 시공간을 빌려 현재의 문화적 공간의 형편을 압축한다. 윤이형이 SF의 문법을 빌려 제시하는 인공물은 현실의 모사품이 아니라 현실의 구조에 가깝다. 「큰 늑대 파랑」은 그런 점에서 주목을 끈다.

「큰 늑대 파랑」은 좀비 영화의 문법을 빌리고 있다. 이야기는 간단하다. 남학생 한 명과 여학생 셋이 대학 시절 사이버 공간 안에 파란 늑대, 파랑을 만든다. 좀비들이 세상에 나타나 살아 있는 사람들을 있는 대로

잡아 먹는 순간, 파랑은 모니터를 벗어나 세상을 활보하게 된다. 파랑은 자기를 있게 해 준 아버지와 엄마들이 좀비에 습격당해 그들과 똑같은 몰골이 되기 전에 그들의 목숨을 앗아 준다. 그들의 뇌를 먹어 그들이 영원히 죽지 않는 시체가 되지 않도록 막아 주는 것이다.

얼핏 줄거리를 보면 「큰 늑대 파랑」은 조지 로메로보다는 대니 보일 감독의 좀비 영화와 닮아 있다. 주목해야 할 것은 「큰 늑대 파랑」에서 중요하게 다루고 있는 사건은 좀비의 습격이나 파랑의 출현이 아니라 지리멸렬한 일상을 살아가고 있는 파랑의 부모들이라는 사실이다. 파랑을 사이버 공간 속에 그려 넣고 이름을 붙여 준 대학생들은 시간이 흘러 일상에 치이고 있다. '88만 원 세대'라고도 명명되는 그들은 직장에서 치이거나 직장도 갖지 못한 채 사회와 결혼을 이상으로 꿈꾸며 살아가기도 한다. 사라라는 친구는 히키코모리처럼 방 안에 갇힌 채 인터넷이라는 가상의 고리를 통해서만 세계와 접속한다. 「큰 늑대 파랑」에서 구체화되는 것은 좀비, 사이버 공간이라는 장르적 요소가 아니라 좀비와 같은 폭력적인 대중에 포섭되는 20대의 형편이다.

SF의 장르적 문법을 소설의 새로운 문체로 받아들이는 작가들은 문명이란 결코 평등하게 분배되는 것이 아님을 알고 있다. 즉, 이 작가들은 우리 시대의 계급을 결정짓는 '자본'이 물질이 아닌 문명의 층위로 옮아 왔음을 직감하고 있는 것이다. 그런 점에서 사이버 스페이스 혹은 가상을 통해 점유 가능한 SF의 세계는 아직 영토화되지 않은 문명에 대한 탐색이라고 볼 수 있다. SF 소설이 권력이 된 소설을 전복하는 문체가 될 수 있는 까닭도 여기에 있다.

SF 문법을 통해 지금, 여기의 현실을 재조명하는 작가들의 시도에는 문화와 문명, 정보가 사회의 불평등한 위치를 결정지을 수 있음에 대한 인식이 자리 잡고 있다. 박민규, 윤이형, 오현종 같은 작가들은 과학적 문명과 합리화에 대한 불만이 아닌 계급과 계층에 대한 반성을 SF의 문체로 소설화한다. 이 새로운 문체들은 우리가 살고 있는 세계와 유사한 세계를 찾기 위한 모색하는 것이 아니라 우리의 세계를 단순화하고 상징화하려 한다. 이 시도 속에서 현재는 상징이 된다.

현실을 허구적으로 가공하는 방식으로서 SF는 사실주의적 소설의 전통을 배반하는 전위적 이탈이다. 즉, 한국 소설의 내부에서 진행되고 있는 SF로의 이동은 장르 소설로의 이탈이 아닌 소설이 지닌 외연의 확대이자 갱신인 셈이다. 익숙한 문법을 교란함으로써 초월적 시공간이 아닌 지금, 이곳의 삶을 반성하게 하는 낯설게 하기, SF는 결국 은유다.

2000년, 소설 그리고 뉴로맨서의 개인 암호

1   게토(Ghetto)의 언어

추방자들이 모였다. 그곳은 문학의 왕국에서 폐기된 사생아들의 매립지다. 그들은 추방자들의 발목에 칩의 형태로 명령을 삽입했다. "당신의 장광설은 현실을 반영하지 않는 기형 서사로 가득 찬 비명입니다. 언어도 없고 의미도 없고 재미도 없습니다. 게다가 전염성이 강합니다. 암세포처럼 당신들은 왕국을 좀먹습니다. 그러니 Get out! 추방입니다."

현실이 사라졌다. '현실'이란 처음부터 구성된 그 어떤 것, 이라는 명제는 시스템이 우리를 식민화한다는 불안한 예측이다. 하지만 불안은 달콤하다. 시스템의 기만을 감지했다는 즐거움. 그것은 체제가 부여한 암호를 알아내야 한다는 천재의 필연성을 매개하고 계몽의 사명감을 고양한다. 오랫동안 문학이 실재를 드러내는 영웅적 이탈자들의 낙원이었던 까닭이, 여기에 있다. 현실이 시스템임을 알아차림으로써 개인은 선량한 피해자로 자리매김한다. 이는 한편 인간의 불행을 시스템의 강제 탓으로 돌릴 빌미를 제공한다.

얼룩진 현실이라는 가설 덕분에 인간은 구원받는다. 빅 브라더(big

brother)는 인류를 숭고한 순교자로 만드는 상상적 이데올로기에 가깝다. 강제와 억압, 진짜 세계에 대한 갈망이 빚어낸 매트릭스적 상상력은 진정한 '나'가 다른 곳에 있으리라는 초월적 지평을 유도한다. 이곳이 아닌 다른 어떤 곳이 '진짜 세계'가 되는 것이다. 이는 이데아를 통해 현재와 현실을 불완전한 모방으로 만든 플라톤의 이데올로기이기도 하다.

　진정한 '나'가 다른 곳에 있으리라는 상상력은 자신을 찾아 역행하는 집단 암호 체계를 생성해 낸다. 1964년생들이 모여 '헌법'을 낭독하는 '은어낚시통신'(윤대녕, 「은어낚시통신」)이 그렇고 탐뢰 여행을 위해 만들어진 'Adad'라는 모임도 그렇다.(김영하, 「피뢰침」) 20세기의 마지막을 장식한 영화, 「매트릭스」에 등장하는 구원의 열쇠 '네오(neo)'가 시온의 암호였다는 것도 유사하다. 90년대의 상상력 가운데서 개인은 체제의 허상에 걸린 가엾은 진짜였으며 그것을 파괴할 혼돈의 유인자였다. 덫이 되어 버린 세계, 시스템의 음모에서 벗어나는 것은 그러니 집단 암호의 해킹에 달려 있었다. 그들은 접속을 통해 현실의 허구성을 노출하고 궁극적으로 구멍을 내고자 했다.

　하지만 지금, 이곳에서의 암호는 '나'가 스스로 조작해 낸 시스템이다. '나'의 아바타와 만나기 위해서는 시스템의 승인을 받아 로그인을 해야 한다. 로그인 패스워드는 네트워크에 접속하기 위해 개인이 선택한 사적 암호다. 시스템 안에 있다고 하지만 누구나 자발적으로 시스템을 향해 사적 암호를 갱신한다. 비밀은 시스템과 나 사이의 연루를 통해 보안이라는 대의 명제로 타자를 격리한다. 흥미롭게도 때로, 개인은 자신이 만든 암호에 걸려 '나'의 세계로부터 추방당한다. 접속을 거부당한 '나'는 그 공간 안의 세계를 가짜가 아닌 '진짜' 나의 연장으로 간주한다. 그곳에는 진짜 혹은 가짜의 이분법이 아닌 '현실'이 있을 따름이다.

　2000년대에 새롭게 탄생한 소설들에는 전통적 의미의 '현실'이 없다. 소설 속에는 산 자와 죽은 자가 드나드는 문이 있다. 현실에 그런 문은 없다. 전통적 독법에서 그 문은 상징이어야만 한다. 문장 속 낯선 기표는 낯익은 의미에 정박함으로써 독자의 불안을 위무한다. 그런데 2000년대의 소설에서 '문'은 그저 '문'이다. 문학은 이제 현실에 부재한 거짓 위안을 주는 데 진력이 났다고 토로한다. 이를테면, 박형서의 소설 말이다. 때로 동일한 구문과 구절들이 반복되기도 한다. 관습상, 반복은 중요성을 표지한다. 그런데 그들의 반복은 아무리 거듭해도 중요해지지 않는다. 거기엔 반복이라는 형식만 앙상할 뿐 내용이 없다. 순결한 되돌이표들이 무구한 언어의 선사 시대를 복구한다. 김유진과 한유주의 소설이 그렇다. 90년대적 욕망의 무대를 횡단했던 대중문화적 아이템들은 소모품으로 강등되었다. 사용만 있을 뿐 향수도 애착도 결핍도 없다. 김중혁을 떠올리는 것은 당연하다.

이 기이한 진풍경은 황병승, 이장욱, 김행숙, 김민정, 이민하의 시에서도 발견된다. 현실의 중압감을 유희로 받아들인, 비로소 21세기적인 풍경이다.[1] 예술을 완전한 무엇, 관념의 모방이자 현실의 재현으로 받아들인다면 이들은 도저히 받아들일 수 없는 궤변이다. 전통 혹은 관습의 편에 선 이들에게 그들은 게토로 추방해 마땅할 돌연변이 리플리컨트들에 불과하다. 그것은 소설이 아니라 복제 소설로 치부된다. 하지만 돌연변이들은 질문에 강하다. 그리고 무시나 홀대에 무감하다. 그들은 애초에 중심부를 차지할 정치적 욕망과 무관하다. 시장과도 결별한다. 그렇게 순수하게 혹은 순결하게 어떤 이데아도 상정하지 않고 그 자체로 존재한다. 차지할 생각도 없는 중심부에선 축출의 명령과 거부의 논리들이 자라난다. 이것이 바로 21세기 게토에서 가장 흥미로운 코미디! 낯선 감성은 자체로 매개이자 존재로서 무성 생식한다. 그들은 현실에 기생하지 않고 자아를 확장한다.

---

1   이 글은 주로 21세기의 소설들에 대해 주로 논할 것이다. 하지만 언급한 시인들의 시 역시도 이와 크게 다르지 않다. 때로 '소설은'이라는 구절은 '시'는으로 바꾸어 읽어도 무방하다.

2 뉴로맨서의 상상력

— 21세기 소설의 에로스

그것은 나의 일부가 아니라 내가 확장된 공간이며 자아의 은유가 아니라 환유 공간이다. 21세기를 살아가는 인류들은 기록되거나 등재되지 않지만 접속 가능한 자아의 개념을 당연시한다. 21세기의 소설가, 시인들은 시스템과 자신의 이질성을 호소하지 않는다. 다만 우리가 그렇게 읽어 낼 따름이다. 그들, 우리는 가상 혹은 사이버라는 공간을 인공 와우각처럼 내 몸의 일부로 받아들인다. 미니홈피, 블로그, 전자 우편, 홈페이지와 같은 자아의 공간들은 이식받은 기관처럼 이질감이 없다. 이는 그 공간을 의상이나 목걸이, 손목시계와 같은 부착물로 받아들였던 90년대 소설가들과의 차별성을 통해 두드러진다.

개인이 만든 암호를 잃어버려 자신의 세계에 로그인하지 못할 때 느끼는 불안과 공포는 샴쌍둥이가 반쪽을 잃어버린 상태와 유사하다. 이미 일상생활의 여러 장치들은 인간의 한계를 기계적으로 극복한 부속품의 형태를 띠고 있다. 안경, 휴대 전화, 자동차처럼 말이다. 그런 의미에서 우리는 모두 호모 사이보그라고 말할 도리밖에 없다. 사이보그란 기계로 만들어진 인간이 아니라 기계와 접속함으로써 유한한 능력을 확장한 인간을 지칭한다. 기술로 극복한 오감의 한계가 바로 사이보그의 의의다.

이를테면, 김중혁은 자기 소설의 원리를 설명하는 데 '카메라'라는 사물에 의지한다.[2] 카메라는 실상 눈의 한계와 뇌의 기능을 연장한 사이보그적 도구라고 할 수 있다. 이 우연한 고백은 사물의 이름을 호명하는 것에서 시작해 호명하는 것으로 끝나는 김중혁 소설의 전체를 조감케 한다.

2　인용한 김중혁의 글은 "얼마 전, 디지털 카메라를 구입하게 됐다."라는 구절로 시작된다. 김중혁, 「아름다움을 저장하라」, 《문학 판》(2006. 겨울), 115쪽.

김중혁이 갖는 사물들에 대한 애착과 관심은 확장된 자기 자신에게 매료당했던 나르시스를 떠올리게 한다. 마셜 매클루언의 말처럼 나르시스 신화의 요점은 확장된 자기 자신에게 당장 이끌려 버린다는 것이다.

21세기의 소설가들에게 있어 사이버 공간은 허구로 가득 찬 불온한 가상이 아니라 결함이 제거되어 제어 가능한 이데아의 현현이다. 기계가 인간의 한계를 극복하듯 창조된 환상의 공간은 현실의 남루함을 지워 준다. 이제 문제는 개인을 소외시킨 시스템과의 불화가 아니라 자신이 창조한 환상에 완전히 접근할 수 없다는 절망이다. 자신이 만든 이데아가 자신을 소외시킨다. 아무리 몸부림칠지언정 현실의 자아는 확장된 자아와 일치될 수가 없다. 이데아를 따를 수 없는 모방의 한계가 자아 안에서 발생하고 스러진다. 그리하여 네오 사이보그들은 가상 세계의 환상성에 존재의 일부를 희석해 현실 속 자아를 그만큼 지워 내고자 한다. 마치 둔화된 청각을 이식으로 극복하려는 듯 인공성을 환대한다. 하여, 인공 낙원 속에서 네오 사이보그는 뉴로맨서로 거듭난다. 김미월의 소설 「너클」처럼 말이다.

신시아가 여전히 내 곁에 있었으므로 그녀는 33일째 자고 있었다. 세상에서 가장 행복한 꿈을 꾸면서 말이다. 나는 그녀를 깨우지 않기로 마음을 고쳐먹었다. 그녀는 디데이 전야를 보내는 중이었다. 다음 날 잠에서 깨면 그토록 고대해 온 무도회가 열리는 것이다. 사랑하는 사람을 만나게 되는 것이다. 앞날에 기다릴 무엇인가가 있는 삶을 그녀는 누리고 있다. 더욱이 엄마가 꼭 껴안아 주는 꿈을 꾸면서라면 영원히 자는 것도 나쁘지 않을 것이다. 양 손바닥을 마주 비볐다. 레벨 12에 도달해 있으면서 무도회 참석을 미루는 게이머는 나밖에 없으리라. 나는 어쩌면 누구도 도전한 적 없는 새로운 분야에서 신기록을 세우고 있는지도 몰랐다. 화면 상단에 말풍선이 떴다. 하룻밤 더 잘까요?[3]

위의 진술에서 주목해야 할 것은 게임 공간이 에로스를 창출한다는 사실이다. 고대 희랍인들은 에로스를 뭔가 부족하거나 부적합하다는 것에서 비롯되는 감정이라고 말했다. 그런 의미에서, 「너클」의 주인공이 게임 속 주인공 신시아에게 갖는 감정은 분명 에로스적이다. 원초적인 수준에서 볼 때 에로스는 우리의 유한한 존재를 연장하고자 하는 충동이며, 죽게 마련인 실존성을 넘어서서 물리적인 자아 일부를 지속시키고자 하는 욕구이다.[4] 우리는 에로스를 통해 자아를 확장시키고 아울러 우리 삶의 긴장감을 높이고자 한다. 사이버라는 공간은 개념(Idea)에 대한 수긍 없이 받아들이거나 이해할 수 없는 추상이다. 마치 2라는 숫자를 개념적으로 설정해야만 2+2라는 연상을 수행할 수 있듯이 온라인이나 사이버는 개념을 추상하는 상상력 없이 불가능하다. 사이버 공간에는 만지고 감각하고 경험할 수 있는 구체성이 부재한다. 사이버 공간을 통해 현실에 얽매인 인간은 육체의 감옥을 떠나 이데아에 돌입한다. '신시아'는 화자의 내면에서 발견해야 할 이데아를 바깥에 투사할 수 있도록 도와준다.

21세기의 소설가들이 상상이나 환상의 구성에 능수능란한 것은 여기에서 비롯된다. 그들에게 상상은 특별히 훈련된 감관의 결과물들이 아니라 자연스럽게 익숙해진 성장 환경에 가깝다. 매트릭스라는 말에 '자궁'이라는 뜻이 내포되어 있다면 개념으로 이루어진 상상의 공간은 그들의 매트릭스라고 할 수 있다. 박형서나 김태용의 환상은 이러한 상상력의 결과물들이다. 21세기의 소설가들은 상상으로만 복원할 수 있는 무정형의 시공간 속에서 결핍을 채운다. 2070년에 태어난 아이들이 2007년을 서성이기도 하고 베를린의 공기가 현재를 점유한다. 그렇게 에로스는 개념 속

3   김미월, 『서울 동굴 가이드』(문학과 지성사, 2007), 33쪽.

4   마이클 하임, 여명숙 옮김, 『가상 현실의 철학적 의미』(책세상, 1997), 148쪽.

에서 자라난다. 뉴로맨서의 에로스가 그렇다.

3   상상이라는 감관

2007년 문학동네 작가상을 받은 정한아의 소설 『달의 바다』는 여러 가지로 흥미롭다. 우선 이 소설에는 우주 비행사라는 특이한 이력을 지닌 인물이 등장한다. 소설은 대략 두 가지 얼개 위에서 진행된다. 하나는 우주 비행사인 여자를 고모라고 부르는 화자가 그녀를 찾아 미국으로 향하는 이야기다. 다른 한 이야기는 고모가 우주에서 보낸 편지로 구성되어 있다. 엄밀히 말하자면 두 이야기는 모두 비현실적이다. 현실을 우리가 잘 알고 있는 것 혹은 체험을 통해 유추할 수 있는 것이라고 협소하게 정의해 보면 말이다.

그런데 여기에서 재미있는 질문이 하나 발생한다. 미국이나 달이나 대부분의 한국 독자에게는 경험하지 못한 상상의 영역이다. 물론 약간의 차이는 있다. 미국은 가 보기 쉽지만 달은 갈 확률이 매우 낮다. 아니 사실상 없다. 굳이 따지자면 미국에 가는 것이 달에 가는 상황보다는 훨씬 더 현실적이며 유추하기도 쉽다. 문제는 『달의 바다』에 묘사되어 있는 미국과 달 중에서 오히려 달로부터의 편지가 훨씬 더 '현실적'이라는 사실이다. '달'은 현실이 아닌데 달에 대한 묘사와 감정, 소회는 접근 가능한 장소 미국보다 훨씬 더 구체적이다. 이를테면, 이런 식이다.

"대기권을 뚫고 나갈 연료로 가득 찬 우주선의 맨 꼭대기에 앉아 있으면 머릿속이 새하애져요. 죽음은 우리가 하는 일의 통로와 같아서 한번 목덜미를 삽히면 다시는 빠져나올 수가 없죠. 점화가 시작되자 발끝에서부터 진동을 느낄 수 있었어요. 파트너인 알리는 주기도문을 중얼거리고 있었죠. 그에게서 희미하게 향신료 냄새가 났어요."[5]

우주 비행사가 된 고모는 "짐작으로 넘겨짚었던 것들, 립스틱과 데이트, 키스, 남자들, 직장 생활 따위의 실체를 겪었는데, 서른이 되었을 즈음엔 그 전부에 염증을 느꼈어요. 정말이지 기대와 같은 건 단 하나도 없더군요."라고 술회한다. 고모가 말한 "짐작으로 넘겨짚었던 것들"은 우리가 흔히 '경험'이라고 부르는 것의 구체적 예시라고 할 수 있다. 고모는 그 실재가 염증을 불러일으킨다고 선언한다. 맥 빠지지만, 고모가 경험한 것들은 지구상의 중력에 발이 묶인 대부분의 사람들이 겪는 인생의 국면들이다. 고모는 이 지구상의 삶이 별 볼 일 없다고 선언해 버린 것이다.

그렇다면, 달은 어떨까? "대기권을 뚫"고 나가는 상상의 공간은 "머리 속이 새하"얘질 만큼의 긴장으로 묘사되어 있다. 비현실적 공간에 대한 묘사는 '죽음'이라는 구체적이면서도 실존적인 비유로 성큼 올라서 버린다. 이 짤막한 대구는 최근 젊은 소설들이 겪는 증상과 오해에 대한 중요한 암시를 준다. 현실보다 더 실제적인 상상, 오감보다 더 감각적인 상상의 질감. 상상이 현실이나 체험보다 더 절절하고 감각적으로 재구되는 소설들 이것이 바로 2000년대 이후 한국 소설이 맞고 있는 새로운 국면인 셈이다.

2000년대 이후 새롭게 등장한 한국 소설에 대한 문체적 불신감은 여기에서 비롯된다. 문체란 과감하게 말하자면 작가가 자신의 전언을 담는 스타일이다. 스타일은 이런 식으로 인식되기도 한다. 가령, 어떤 평론가는 잘 다듬어진 문장과 비유는 삶에 대한 깊은 인식에서 비롯된다고 말한다. 동의한다. 여기에서 문체는 삶을 문장에 압축하는 직관을 의미한다. 만일 문체를 이렇게 정의한다면 최근 한국 소설에는 문체가 없다고 말할 수 있다.

---

5   정한아, 『달의 바다』(문학동네, 2007).

중요한 것은 문체에 대한 이런 정의가 소설은 현실을 반영하고 묘사해야 한다는 것, 현실의 보이지 않는 구조를 투명하게 밝혀내야 한다는 것이라는 정의에 묶여 있다는 사실이다. 정한아의 『달의 바다』는 더 이상 현실이라는 개념이 반드시 경험 가능성 혹은 축적과 상통하지 않음을 보여 준다. 『달의 바다』는 알레고리, 상징처럼 현실과 어떤 식으로든 연결 지은 채 수사학으로 강등해야만 하는 상상력의 제어를 넘어서 있다. 그곳은 현실보다 상상이, 지구보다 달이 더 감각적이며 실제적인 세계다. 다시 말해, 이미 정한아에게 있어 재현해야 할 현실은 없다.

유의해야 할 것은 젊은 작가들의 시도가 현실에 대한 거부가 아니라는 점이다. 그것은 거부라기보다 부정에 가깝다. 편혜영, 박형서, 윤이형, 김중혁과 같은 작가들은 현실에 존재하지 않는 제4의 지대에서 현실의 추상을 건져 낸다. 만일 고전적인 리얼리즘의 관점에서 그들의 소설을 읽는다면 어떤 수사학으로도 불충분한 잉여와 마주치게 된다. 편혜영의 도시 괴담은 그로테스크를 너머 인내심의 한계를 건드리고 박형서의 쌈마이 정신은 독자의 독해력을 의심케 한다. 사이보그나 2000년 후의 미래가 무시로 등장하는 윤이형의 소설에는 2000년대, 이곳의 공간은 '과거'라는 연관성 이외에는 없다.

4   순결한 환상의 무성 생식

환상은 언어를 통해 매개된 기표와 기의의 거리를 사라지게 만든다. 뉴로맨서가 가장 먼저 제거하는 것이 바로 '언어', 상징계적 언어다. 박형서나 김태용의 언어들은 자신의 신경계를 독자의 신경계 네트워크에 바로 연결하듯이 언어의 상징성을 박탈한다. 자신이 바라본 것을 설명하거나 묘사하는 것이 아니라 시신경을 연결해 재현해 보여 주듯이 그들의 소설은 뇌수에 케이블을 연결해 개념을 투사한다. 그들은 자신의 무의식을 통역하지 않고 자체로 재구한다. 개연성이나 핍진성과 같은 소설의 '언어'를 위배하는 까닭도 거기에 있다.

　　몹시 낯선 기분이었다. 반쯤은 아쉽기도 하고, 또 절반쯤은 쓸쓸하기도 했다. 발바닥에 닿는 푹신한 느낌 때문에 한 뼘가량 떠오른 채 둥실둥실 걷는 것 같았다. 셋은 서로 마주보고는 어리둥절한 표정을 지었다. (중략) 그때 백발이 성성한 할머니가 자전거를 타고 나타났다. 자글자글한 주름, 움푹 들어가 괄약근을 닮은 입술 덕분에 잔뜩 귀여운 얼굴이었다.[6]

　　나는 침낭 속에서밖에 잘 수 없는 인간이다. 누군가 당신은 어떤 사람인가요, 하고 묻는다면 너무도 쉽게 자신의 치부를 드러내는 사람처럼 그렇게 고백해야지 하고 마음먹고 있다. 침낭이라는 물건은 침낭의 이미지로부터 비롯되었다. 여전히 나는 침낭보다 침낭의 이미지에 애착을 갖고 있다. 침낭을 소유하고 있어도 침낭의 이미지는 소유하지 못한다. 내가 떠올린 이미지를 내가 소유할 수 없는 한계와 무능 때문에 자괴감에 빠지곤 한다.[7]

　　박형서는 "노란 육교"가 갑자기 나타났다는 사실을 고지하지만 왜, 어떻게, 라는 질문을 건너뛴다. 산 자와 죽은 자의 운명이 가늠되는 육교지만 그 의미는 현실 위에서 부유한다. 노란색의 상징을 뒤져 봤자, 육교의 탄생사를 검색한다 해도 의미는 달아날 뿐이다. 그것은 그저 노란 육교일 뿐 아버지가 써 오던 그 언어가 아니기 때문이다.

6 　박형서, 「노란 육교」, 『자정의 픽션』(문학과 지성사, 2006).

7 　김태용, 「잠」, 《문학과 사회》, 2007. 여름.

잠에서 시작해 침낭, 송충이와 같은 환유적 연쇄를 과시하는 김태용의 소설도 마찬가지다. 진술들은 개념 속에서 공회전을 거듭할 뿐 상징계적 질서에 안착하지 못한다. 신경증마저도 위장에 불과하다. 그는 단지 이미지를 공유하고 싶을 뿐이다. 부유를 통해 그들은 의미로 침전된 언어가지닌 폭력성을 반증한다.

박형서와 김태용의 소설 언어는 분열증적이며 확산적이다. 하지만 현실은 언제나 그 개념 공간보다 더 폭력적이며 분열증적이다. 그들이 보여주고자 하는 것은 상상하고 있다는 사실이 아니라 상상의 질감 그 자체다. 새로 한 머리나 오늘의 심경을 문자나 음성으로 설명하지 않고 사진으로 찍어 멀티 메일로 전송하듯 그들은 그렇게 매개를 거부한다. 그들의 소설이 당혹스럽다면 그것은 바로 언어의 가면을 쓰지 않고 상상의 맨몸을 보여 주었기 때문일 것이다. 이는 반복과 중첩을 통해 사유를 환상의 수준으로 끌어올리는 한유주의 소설 언어에서도 발견된다. 최근의 윤이형 소설은 아예 먼 미래를 현재화하기도 한다.

지젝의 말처럼 가끔씩 누군가 부주의하게 외양을 파괴할 때 외양 뒤의사물 역시 산산조각 난다. 상상을 언어로 재조립하는 외양을 파괴함으로써 날것의 상상력은 그것의 무질서함을 고스란히 드러낸다. 그들의 소설은 스스로 분열과 매개를 행함으로써 존재가 된다. 한 번도 현실의 질서와 접촉한 적 없는 버릇없고 족보 없는 상상들이 자라난다. 접촉이나 승인 없이 개념 속에서 환상은 무럭무럭 자란다.

5   해석에의 저항

라이프니츠에 따르면 각각의 단자는 자기 내부에 전 우주를 표상한다. 단자는 자기 내부에 응축된 세계를 만들어 우주를 압축해 표상한다. 21세기의 소설로 말하자면 자아를 응축해 자기만의 이데아를 창출해 낸다. 자기만의 이데아는 역설이다. 모두가 이데아를 가지고 있다고 선언하는 순간 이데아는 사라진다. 무릇 상쾌한 상대성의 프랙탈이 완성된다. 아무곳에도 수렴되지 않는 의미들이 반짝거린다. 그리하여 소설들은 하나의 별이 아니라 무수한 은하계가 된다. 이는 해석에의 저항을 내포한다. 21세기 문학들이 갖는 특성 중 하나는 그들을 단일한 주제론으로 수렴할 수 없다는 사실이다. 공통의 상처도 유사한 추억도 없다. 그런 점에서 작품은 하나의 단자에 가깝다.

한유주, 박형서, 김애란, 김중혁 등은 각각 하나의 개념으로 설정할 수 있으나 공통 감각으로 묶이는 것에 저항한다. 그들의 소설은 개인 암호로 이루어져 있다. 과거의 소설들이 공통된 주제 의식으로 연결된 집단 암호를 제시했다면 그들의 문학은 각각 다른 주제로 연결되는 그러니까 각기 다른 확장된 자아로 연결된다. 공통의 상처나 환부가 없는 그들에게 있어서 시대, 역사, 환경과도 같은 고답적 해석의 잣대는 의미 없다. 그들에게 '현실'이라는 개념은 공통의 감각으로 추적할 수 없는 단자적 성격을 지니고 있기 때문이다. 100명의 소설가 그리고 시인에게는 100개의 개인 암호와 100개의 확장 자아가 있다.

때로 이들의 세계는 해석의 충동으로부터 독자를 멀찌감치 떨어뜨려 놓는다. 시와 소설들은 겉모양새와 언어 자체 그러니까 가면 자체를 얼굴로 가지고 있다. 소설은 진술문이 아니다. 소설은, 세상에 대해 말해 주어야만 하는, 텍스트가 아니다. 그저 소설은 세상 가운데에 있다. 소설이라는 창을 통해 현실의 정수를 본다거나 내면의 투사를 수렴한다는 것은 이제 불가능하다. 현실을 염두에 두지 않은 상상력이 현실을 조롱한다. 소설은 소설을 통해 구현해야 할 이데아의 엄숙성을 부정하고 상상의 질감으로 그것의 불가해함을 조감한다.

인간사를 이해하기 위해 21세기의 소설을 읽는다면 실패할 것이 당연하다. 거기에는 현실을 추동하는 충동이 없다. 어떤 점에서 소설을 통해 삶을 이해하고자 하는 태도는 표현을 통해 현실을 통제하고자 하는 포르노그래피와 다를 바 없다. 수전 손택의 말처럼 예술은 우리를 흥분시키지 않는다. 예술이 대상이지 모방물은 아니라는 뜻이다. 독자는 때로 내용이 아니라 변화와 반복의 원칙을 기억한다. 그리고 실은 그것이 바로 새로운 문학 공간의 원칙이다. 헤겔의 숭고한 정의를 차용하자면, 문학의 이데아는 한때 이데올로기였던 내용이 아니라 스스로 매개가 됨으로써 존재한다. 분열 속에서, 소설은 언제나 존재다.

2부

증상의
고백

어디에도 없고, 어디에나 있는

윤고은, 『밤의 여행자들』(민음사, 2013)

여행에서 얻는 앎은, 쓰라린 앎이어라!

보들레르

1 주사위를 던지다

윤고은의 소설에는 '먼 곳'이 종종 등장한다. 화장실에서 소설을 쓰는 여자는 인베이더 그래픽을 따라 파리와 브루클린, 닐 스트리트까지 간다. 하루 종일 책상에 갇힌 회사원은 드디어 아이슬란드를 향해 떠난다. 그들이 머무는 곳은 '여기'지만 그들이 꿈꾸는 곳은 '거기'다. 비록 '여기'는 남루하고 비좁지만 '거기'는 다르다. 일단 그곳은 여기에서 매우 멀다.

흥미로운 것은 그들이 비단 물리적으로 먼 곳에 가는 게 아니라는 점이다. 오히려 윤고은의 소설 속 인물들은 비(非)-여행한다. 그들은 여행하지 않음으로써 더 많은 곳을 여행한다. 가령, 그들은 직접 비행기를 타고 떠나기보다 웹사이트 너머의 사진을 보며 이상적 '거기'를 체험하고, 가이드북을 통해 그곳을 그린다. 그런 점에서 그들의 비(非)-여행은 우리가 상상이라고 부르는 영혼의 망명과 닮아 있다. 윤고은의 소설에서 여행은 상상의 질감과 같다.

여행은 이곳 즉 일상에서 벗어나는 행위다. 이념의 영역에서의 일탈 상상 역시도 여기의 질서나 법칙을 횡단한다. 이런 맥락에서 윤고은의

251

소설은 비유적으로 말해 매우 독창적인 여행서라고 말할 수 있다. 우리는 윤고은의 가이드에 따라 일인용 식사법을 가르치는 학원에 방문하기도 하고 벼룩이 창궐한 아파트에 안내받기도 한다. 윤고은은 '거기'를 창조하고 또 거기로 이끄는 안내자이기도 하다. 그곳은 개연성 있는 상상의 공간이기도 하고 다만 여기에서 아주 멀리 떨어진 이방이기도 하다.

그들이 '거기'의 삶을 꿈꾼다는 것은 '지금, 여기'의 삶에 결핍이나 문제가 있음을 보여 준다. 윤고은의 소설 속 인물들은 대개 이곳에 있을 공간이나 자리를 마련하지 못한 자들이다. 그들은 고작 가로세로 120센티미터 안팎의 좁은 책상 하나 지키기 위해 전전긍긍한다. 이는 그들이 월드와이드웹의 창문 너머로 훌쩍 떠나는 이유가 되기도 한다. 책상은 좁지만 모니터 너머로 접촉할 수 있는 세상은 넓다. 비록 이곳에 겨우 존재하지만 상상이라는 출구를 통해 그들은 더 넓은 세상과 만난다.

이런 흐름에서 보자면, 얼핏 『밤의 여행자들』은 매우 전형적인 윤고은 식 작품처럼 보이기도 한다. 직장 생활에 위기를 느낀 주인공 요나가 무이라는 여행지로 떠난다, 라는 한 줄의 시놉시스만 보면 말이다. 하지만 단언컨대, 『밤의 여행자』는 윤고은의 소설적 세계의 전회이자 또 다른 도약임에 틀림없다. 직장, 자리, 상상, 여행, 일탈이라는 기표는 동일하지만 그 기의는 섬뜩하리만치 지금까지와는 정반대 방향을 가리키고 있다. 윤고은이 여행과 일탈, 상상이라는 소설 언어에서 낭만을 뺐기 때문이다. 낭만적 망명으로서의 여행은 『밤의 여행자들』에 이르러 더 지독한 삶을 의미하게 되었다. 여행지에서도, 상상에서도, 일탈에서도 이제 현실 원리가 낭만을 지배한다.

보들레르가 여행을 두고, "여행에서 얻는 앎은, 쓰라린 앎이어라!"라고 말했다면, 『밤의 여행자들』에서 요나의 여행이 그렇다. 『밤의 여행자』는 작가 윤고은이 마지막으로 남겨 두고 싶었던 유토피아와 결별하는 소설적 공간이며 지독한 현실의 중압감을 다른 방식으로 허구화한 첫 작품이자 자신의 어떤 문학적 기록을 거절하는 첫걸음이다. 아마도 우리는 『밤의 여행자』 이후 달라진 윤고은을 만나게 될 것이다. 삶이 되고 만 여행, 현실의 무게에 눌린 상상, 그렇다면 과연 『밤의 여행자들』은 어떤 소설적 공간이며 또 윤고은이 이 전회를 통해 하고 싶은 말은 과연 무엇일까?

2 비(非)-여행의 패러독스, 일상이라는 재난

꿈꾸는 게 여행이라면 현실은 관광이다. 이곳을 훌쩍 떠나 일상의 무게를 덜어 내는 이상적 기획은 떠나는 순간 관광이라는 비즈니스에 걸려 주춤거리게 된다. 요나에게도 그렇다. 여행사 직원인 요나에게 여행은 낭만적 일탈이 아니라 관광 사업이며 예측 불가능한 모험이 아니라 기획된 상품이다. 요나에게 여행은 환멸을 경험한 첫사랑과도 같은 것이다. 중요한 것은, 요나가 여행을 기획한다는 사실이 아니다. 요나가 기획하는 상품은 바로 "재난 여행"이다. 재난 여행은 재난이 일어나 폐허가 된 지역에 대한 관광으로 채워진다. "안정적인 매력"을 주는 아이슬란드나 유명 관광지의 인베이더 그래픽과 달리 요나의 여행지는 재난 지역이다.

그렇다면 왜 재난 여행일까? 작가는 요나의 입을 빌려, 재난 지역을 관광하는 사람들의 심리를 이렇게 설명한다.

일상에서 위험 요소를 배제하듯, 감자의 싹을 도려내듯, 살 속의 탄환을 빼내듯, 사람들은 재난을 덜어 내고 멀리한다. 그렇지만 또 어떤 사람들은 그렇게 배제된 위험 요소를 찾아 굳이 떠나려고 한다. 생존 키트나 자가발전기, 비상 천막 같은 것을 챙기면서, 재난이라고 부를 만한 것을 찾아다닌다.[1]

너무 가까운 건 무섭거든요. 내가 매일 덮는 이불이나 매일 쓰는 그릇과는 어느 정도 거리를 둔 게 더 객관적으로 보이지 않나요?[2]

여행을 떠남으로써 사람들이 느끼는 반응은 크게 '충격—동정과 연민 혹은 불편함—내 삶에 대한 감사—책임감과 교훈 혹은 이 상황에서도 나는 살아남았다는 우월감'의 순서대로 진행되었다. 결국 이 모험을 통해 확인할 수 있는 것은 재난에 대한 두려움과 동시에 나는 지금 살아 있다는 확신이었다. 그러니까 재난 가까이 갔음에도 불구하고 나는 안전했다,는 이 기적인 위안 말이다.[3]

쾌락 원칙에 따르면 우리는 재난이나 고통을 원해서는 안 된다. 즉, 지독한 가난이나 병마와 싸우는 사람들을 보고 싶어 하면 안 된다. 고문으로 사지가 찢긴 신체나 가혹한 폭력은 외면해야만 한다. 조르주 바타유는 '백각형'이라는 사진을 통해 이 아이러니에 접근했다. 생각과 달리 사람들은 잔혹성에 눈을 뺏긴다. 조르주 바타유는 여기에서 전도된 에로티시즘을 발견했다. 그가 말하는 에로티시즘은 고통이 주는 강한 삶의 열망이라고 할 수 있다. 말하자면 사람들은 타인의 고통 속에서 살아갈 힘, 에로스를 얻는다. 고통은 망막에 새겨졌을 때 강력한 이미지로 인식된다. 지독한 고통에 시달리는 이웃을 이미지로 확인할 때, 사람들은 값싼 우월감을 구매한다. 어마어마한 재난 지역을 뉴스로 보며 사람들은 감히 체험키 어려운 숭고를 접한다. 직접적 체험으로서의 재난이 위대한 자연의 숭고를

---

1   윤고은, 『밤의 여행자들』(민음사, 2013), 13쪽.

2   앞의 책, 57쪽.

3   앞의 책, 63쪽.

깨우쳐 준다면 렌즈를 거친 재난은 흥미로운 스펙터클과 다를 바 없다.

하물며 재난 관광이란 무엇인가? 관광으로서의 재난은 자연의 섭리를 인간의 도모로 봉합하려는 기획이라고 할 수 있다. 기획된 재난, 관광으로서의 재해는 자연의 숭고와는 거리가 멀다. 그것은 자연을 마침내 조종했다는 교만의 행위다. 재난 여행은 재난의 숭고를 빠르게 소모시킨다. 재난의 숭고는 관광으로 기획되는 순간 싸구려 상품이 되고 만다. 구매할 수 있는 숭고는 없다. 이미 구매하는 순간 재난은 더 이상 재난이 아니다.

하지만 재난의 스펙터클은 경제적으로 가치가 있다. 재난은 편재하거나 동시적이지 않기 때문이다. 여기엔 더 이상의 팽창이나 발전을 기대하기 어렵다는 묵시론도 자리 잡고 있다. 사람들은 더 이상 팽창 가능한 미래를 상품으로 여기지 않는다. 더 이상 아파트를 지어 올릴 여지도, 올라갈 주식도, 파헤칠 산도 없다. 이젠 팽창보다는 불모나 파괴가 훨씬 더 개연성 있게 받아들여진다. 미래보다는 묵시록이 훨씬 더 매력적이다.

사람들이 더 이상 미래를 믿지 않을 때 묵시록은 유토피아를 대체한다. 점차 통제 불가능하다는 것 자체에 매혹된다. 재해는 그러므로 지금, 이곳의 사람들이 가진 집단적 상상력이 가닿기 가장 알맞은 이미지가 되어 준다. 재난은 불가항력적이며 예측 불가능하며 무자비하지만 자연스럽다. 예측 불가능한 미래가 상품이 되고 사람들은 재난을 소비함으로써 앞에서 불안을 털어 낸다.

윤고은은 재난 그 자체가 아니라 재난의 이미지가 상품이 되는 세상을 통해 묵시록적 세계를 그려 낸다. 중요한 것은 윤고은이 그려 낸 이 공간이 단순히 재난을 추앙하는 종말의 묵시록이 아니라 그마저도 이미지로 소유하고 상품으로 소비하는 후기 자본주의 사회의 섭리를 형상화했다는 사실이다. 이는 현재에서 증상을 발견하고 증후로 읽어 내는 예민한 작가적 감수성의 반영이기도 하다. 재난 관광이라는 허구는 비록 사실은 아니지만 이곳의 현실보다 더 개연적이며 때로 핍진하다.

따라서, 이제 여행은 여행하지 않음으로써 여행하는 비(非)-여행이 아니라 여행조차도 일상에 오염되는 반(反)-여행으로 전도된다. 요나가 무로 떠나는 여행이 그렇다. 비여행의 공간마저도 현실 원리가 점령했기 때문이다. 이미 '요나'가 살고 있는 지금, 이곳의 삶이 재난이며 재해이고 비극이다. 여행사의 작은 자리 하나를 지키기 위해 요나가 감수해야 하는 굴욕은 요나가 실제 재해 지역에서 맛보는 고통보다 더 사실적이며 극심하다.

요나가 서울에서 경험하는 고통은 재난 지역의 것과 다르지 않다. 요나에게 서울 역시 생존해야만 하는 재해 지역이다. 능력 있는 여행 기획자로서의 '자리'를 지키는 것 그것은 재해 지역에서 살아남기와 마찬가지의 긴장을 준다. 능력 있는 기획자였던 요나는 회사로부터 '옐로 카드'를 받게 된다. 직장 상사인 김이 그녀를 노골적으로 성추행한 것이다. 그의 추행이 경고장인 이유는 단 하나다. 그는 자리가 위태로운 사람만 골라 성추행을 해 왔다. 결국, 김의 성추행은 요나가 회사에서 쓸모없어졌다는 것을 상징한다.

소설 앞부분에 묘사된 회사의 분위기는 뜨끔할 만큼 사실적이면서도 상징적이다. 회사의 이름이 정글인 것도 눈길을 끈다. 요나에게 회사는 정글이고 회사는 자본의 지표로 움직이는 밀림이다. 자본주의 사회에서 회사의 질서는 이윤 창출의 원칙 아래 지켜진다. 바우만이 말하는 질서가 "그냥 거기 있는 것", "그 자체를 위한 것"이라면 요나에게 회사가 그렇다. 정글은 쓸모를 통해 공간의 소유를 결정한다.

윤고은이 『밤의 여행자들』에서 보여 주는 회사라는 세계는 감수성이 사라진 현실이다. 감성(sensitivity)이 정보를 처리하는 인간의 감각 능력이라면 감수성(sensibility)은 맥락을 이해하고 관계를 공감하는 능력이다. 그런 점에서, '정글'은 감성만 있고 감수성이 부재하는 공간이다. 비단 정글만이 아니다. 정글은 우리가 살아가고 있는 현실, 감수성 없이 감성의 인식만으로 세상을 버텨 나가는 여기, 이곳의 반영에 가깝다. 정글이 곧 현실이라는 상상력은 작가가 우리가 처한 삶을 이윤 창출의 회사와 다를 바 없다고 판단했음을 보여 준다.

여행사 직원 요나가 여행을 취소하려는 고객의 요구를 거부하는 장면을 보자. 지독하게 환불 불가를 반복하는 요나는 녹음된 약정을 읽는 ARS 기계와 다를 바 없다. 요나의 '자리'는 해독을 요구하지 않는다. 해독하지 않아도 정글은 잘 돌아간다. 아니 해독하지 않을수록 정글은 잘 유지된다. 입력된 코드를 송출하는 기계에게 맥락은 필요 없다. 그러므로 이미 요나에게 현실은 곧 재난이며 하루하루의 삶은 생존의 전쟁이다. 재난이 성장 가능한 미래에 대한 불신이라면 요나에게 미래는 이미 재난이다. 아니, 작가 윤고은은 우리의 삶을 이미 '재난'으로 선포한 셈이다.

3   진짜 공포의 감수성

퇴출 위협을 느낀 요나는 퇴출 여행 후보지인 '무이'로 떠나게 된다. 원하지 않았지만 출장은 불가피했다. 며칠 동안 관광객으로 위장한 요나는 재난 여행지로서 무이를 점검한다. 문제는 요나가 탈선한다는 것이다. 여행을 마치고 한국행 비행기를 타려 돌아가던 길, 요나는 그만 일행과 떨어져 버린다. 가방, 여권, 지갑을 모두 잃어버린 요나는 이제 진짜 이방인이 되고 만다. 요나는 혼자가 되고 만다.

그런데, 정말 기이한 것은 이상하리만치 요나에게 어떤 인간관계도 없다는 점이다. 요나에게는 가족이나 연인, 친구가 없다. 낙오된 그녀가 한국으로 되돌아오기 위해 생각해 낸 연락책은 그녀의 직장 '정글'이 전부다. 요나가 낙오되거나 한국에 돌아가지 못한다 해도 그것을 걱정해 줄 사람은 아무도 없다. 심지어, 요나가 돌아오지 않았다는 것을 알아야 할 사람도 없다. '정글'을 제외하고는 말이다.

요나는 철저히 회사 정글의 한 '자리'로서만 존재한다. 그녀에게 정글은 단순한 직장이 아니라 존재의 좌표라고 할 수 있다. 윤고은에게 이방은 언제나 탈출구였다. 하지만 '무이'는 탈출구이거나 유토피아로서 구실을 하지 못한다. 쓸모없음으로 쓸모를 찾는 낙오자의 대열에 요나는 은근슬쩍 호출되고 만다. 사람들은 모두 '파울' 때문이라고 말한다. '파울'은 '무이'도 움직인다. 요나가 가방과 여권, 지갑을 모두 잃고 낙오되었을 때도 사람들은 파울을 찾으라고 말한다. 파울, 폴(paul)이라고 불리기도 하는 것, 요나의 '정글'도, 요나의 한국도, 요나의 '무이'도 모두 파울이 움직인다. 파울은 말하자면 보이지 않고, 볼 수도 없는 절대자로 군림한다.

파울은 재난 관광 지역의 퇴출을 위기로 받아들인다. 그래서 파울은 재난을 인위적으로 기획하기로 한다. 시나리오 작가가 초대되고 엑스트라와 주인공들이 자기도 모르는 사이 섭외된다. 그런데, 이 시나리오에 요나가 갑작스레 삽입된다. 예기치 못했던 낙오로 요나는 기획 파국의 시나리오에 끼어들게 된다. 문제는 또 자리다. 무이에 잔류할 것이라고 예상하지 못했던 요나가 있음으로 인해 그녀의 '쓸모'를 고안해야만 하는 것이다. 남게 된 이상 요나는 시나리오 속에서 어떤 역할을 맡아야만 한다. 정글과 마찬가지로 무이에서도 쓸모가 없으면 존재할 필요가 없다.

그런 점에서 파울은 우리가 '자본주의'라고 부르는 질서나 법칙과 닮아 있다. 질서가 어떤 사건의 보이지 않는 조종이라면 그러니까 사건이 무작위로 발생하지 않도록 개연성에 개입하는 어떤 힘이라면 파울이야말로 바로 그 질서다. 질서는 지배 계급의 사상이자 이념의 결과물이다. 그러므로, 파울은 지금 우리가 살아가고 있는 지배적 이데올로기, 자본주의의 거대한 시나리오로서의 질서라고 말할 수 있다.

무이에서도, 정글에서도, 한국에서도, 베트남에서도 영향을 미치는 보이지 않는 손, 그것은 바로 쓸모없음도 쓸모로 활용하는 자본의 손길과 다를 바 없다. 너무도 당연하게, 파울은 쓸모없음의 쓸모를 찾는다. 기획된 재난의 시나리오에서 가장 중요한 역할도 바로 쓸모없는 존재들이다. 쓸모없음으로 쓸모를 입증해야만 하는 자들, 파울은 그들을 '악어'라고 부르며 역할을 준다. 자본의 거대한 기획 옆에 난민들은 어느새 캐스팅된 줄도 모르고 역할을 맡게 된다. 파울의 세계에서는 재난도 삶도 죽음도 모두 다 파울의 기획인 셈이다.

그렇게, 파울은 퇴출 위기의 무이의 재난을 현재형으로 리뉴얼한다. 8월의 일요일이 이 기획 재난의 개봉일로 준비된다. 이제, 연출만이 남아 있는 시점, 그런데, 재난의 직전 요나가 감수성을 회복한다. 아무런 쓸모가 없는 그리고 자신의 자리마저 불분명한 이방, 무이에서 요나는 '럭'을 만나 사랑에 빠진다. 쓸모없음을 지당한 쓸모로 받아들이는 '럭'을 보며 요나는 사랑을 느끼게 되는 것이다. 하지만 이미 말했다시피, 파울에서 가장 불필요한 것은 바로 감수성이다. 파울의 기획에는 역할, 자리, 감성만 있으면 된다. 감수성은 기획을 그르칠 뿐이다. 감수성을 가진 개인을 파울은 허용하지 않는다.

8월의 일요일에 기획된 재난을 위해 시나리오는 하나둘씩 준비되어 간다. 문제는 이 8월의 일요일에 진짜 재난이 엄습한다는 것이다. 『밤의 여행자들』에는 이러한 존재론적 전회가 세 번 등장한다. 하나는 위장 여행객이었던 요나가 모든 짐을 잃고 낙오됨으로써 진짜 여행자가 되고 만다는 것이다. 두 번째는 파울이 기획한 재난이 진짜 발생함으로써 무이가 진짜 재난 지역이 된다는 것이다. 마지막 세 번째는 한국에서, 정글에서도 그 누구와 관계를 맺지 않던, 요나가 여행자가 되어 사랑에 빠지고 만다는 것이다. 여행자가 되어, 자리를 잃고, 갈 곳을 잃고 심지어 자신의 정체성을 규명할 객관성을 잃고 나서야 비로소 요나는 관계를 회복한다.

사랑하는 사람을 잃는다는 공포는 진짜 공포다. 자리를 잃을지도 모른다는 생존의 긴장감을 공포로 알고 있던 요나는 사랑 앞에서 진짜 공포를 체험한다. 진짜 공포는 내 자리를 잃는 게 아니라 당신을 잃는 것임을 아는 순간 진짜 재난이 기획을 뒤덮는다.

4 클라우드 나인: 낭만적 실종과 향수

내가 차지하고 있는 작은 공간을 생각해 본다.

내가 아무것도 모르고 또 나에 대해서 아무것도 모르는 무한히 광대한 공간들이 이 작은 공간을 삼키고 있다는 것을 알 수 있다. 그 생각을 하면 내가 저기가 아니라 여기에 있다는 것이 무섭고 놀랍다. 나는 저기가 아닌 여기에 있을 이유도 없고, 다른 때가 아닌 지금 있을 이유도 없기 때문이다. 누가 나를 여기에 가져다놓았는가.[4]

이방인에게 말을 걸지 말라, 요나는 럭과 대화를 나눈다. 결국, 그녀의 역할이 정해지고 그 역할에 따라 그녀의 운명이 결정된다. 개인의 선택이 운명을 지어 가는 게 아니라 주어진 역할이 운명을 결정한다. 운명을 결정하는 보이지 않는 손, 그게 바로 윤고은이 『밤의 여행자』에서 말하고자 하는 핵심이다. 서울이라는 정글에서 그 손은 회사였고 무이에서 그 손은 파울이었으며 파울에게 그 손은 자연이다.

주목해야 할 것은 그녀의 운명을 결정지은 것은 바로 자본, 회사가 준 룰이었다는 점이다. 기획된 재난에 의해 그녀는 목숨을 잃는다. 완벽한 기획은 실현됨으로써 더욱 완벽한 아이러니가 되고 만다. 요나의 운명이 뒤바뀐 까닭은 그녀가 주어진 룰을 벗어나 자발적 역할을 해서다. 요나는 역할에서 주어지지 않은 사랑, 즉 감성이 아닌 감수성의 세계로 이탈하고

4　파스칼, 이환 옮김, 『팡세』(민음사, 2003), 79쪽.

만다.

말하자면 무이는 「트루먼 쇼」처럼, 만들어진 기획 공간이었다. 하지만 요나는 시나리오에서 벗어나 선택을 한다. 이 선택은 억압적 질서를 송환한다. 무이에서, 정글에서, 서울에서 질서는 주어진 룰을 지키는 것이다. 선택을 한다는 것은 룰을 벗어난다는 것과 동의어이다. 그래서 그녀는 다시 한 번 쓸모없음으로 자신의 쓸모를 입증하게 된다.

요나는 럭의 육체를 통해 감수성을 회복한다. 그녀는 천천히 냄새 맡고, 어루만짐으로써 감수성을 찾아 나간다. 그리고 그 과정을 거쳐 교살자 무화과나무의 공포를 실감한다. 진짜 공포는 '잃을 것'과 '지킬 것'을 가진 자들이 느끼는 슬픔이다. 그것은 언어화되거나 숫자로 환원되었던 어떤 감성이 아니라 강렬한 자극이며 그것에 대한 감수성이었다.

럭은 요나에게 인위적 재난이 아닌 숭고한 공포를 알려 준다. 교살자 무화과나무의 공포는 우주의 힘 앞에서 느끼는 인간적 약함에서 비롯된다. 그 공포는 바로 숭고한 감성이다. 여행은 무릇 재난의 공간에서 도시에서 맛볼 수 없는 초월적 감정들을 경험한다. 결국, 사랑을 알게 된 후, 땀 흘리는 육체를 안고 난 후, 요나는 그곳에서 클라우드 나인을 만난다.

하지만 작가 윤고은은 그런 곳, 인생에서 최고로 행복한 절정의 순간을 맛볼 클라우드 나인은 현실에 없다고 말해 준다. 럭을 알게 된 요나는 "팔월의 첫 번째 일요일" 무이에서 죽고 그녀는 풍문 속에 봉인된다. 요나는 탈선함으로써 이탈했지만 요나에게 허락된 것은 죽음의 자리뿐이다. 그것은 관광으로도, 여행으로도, 카메라의 셔터로도 잡을 수 없는 완전한 실종이다. 그렇게 사랑은 실종으로 완성되고 허구로 보존된다. 무화과 열매처럼 툭툭 떨어지는 이미지로, 완벽한 실종이 실현하는 완전한 세계, 윤고은이 말하는 숭고한 세계는 그렇게 완성된다.

캐리어 혹은 탈구된 영혼에 대하여

김혜진, 『중앙역』(웅진지식하우스, 2014)

1   우리 가난한 사람들

김혜진의『중앙역』을 읽는 몇 가지 독법이 있다. 하나는 후기 자본주의 사회, 자율 경쟁의 피로 사회에서 설 곳을 잃어버린, 밑바닥 계급의 이야기로 읽는 것이다. 이렇게 읽을 때, '그'는 우리에게 익숙한 노숙자라는 명명을 부여받게 된다. 하룻밤을 덜기 위해 중앙역 부근을 헤매는 사람, 일하지도 일할 수도 없는 호모 사케르(Homo-sacer). 그는 사회경제학의 한 부분을 보여 주는 증상이 될 수 있다.

두 번째는 지독한 사랑 이야기로 읽는 법이다. 스스로를 버린 두 남녀가 서로를 선택한다. 세상은 그 선택을 반기지 않는다. 우선 여자의 몸이 죽어 간다. 죽어 가는 몸을 부둥켜안고 그들은 에로스를 나눈다. 다가오는 죽음의 그림자를 지우듯 그렇게 그들은 몸에 매달린다. 벗어나지 않으려 했던 광장이 벗어나야 할 덫이 되고, 덫인 줄 알았더니 자유로운 보금자리가 되기도 한다. 그러니까, 언어, 질서와 규칙, 열두 개로 나뉜 시간의 지표에 익숙한 우리가 이해할 수 없는 사랑, 그런 사랑의 이야기다.

마지막 세 번째는 완전한 절망의 불가능성에 대한 이야기다. 소설 속

'그'는 완전한 절망을 바라 광장에 스스로를 내던진다. 하지만 그곳에서 그는 다시 희망을 품는다. 미래를 꿈꾸게 되는 것이다. 미래를 꿈꾸자 현재는 형편없는 요구를 해 온다. 오랫동안 묵혀 두었던 채무 증서처럼 시간은, 갑자기 그를 몰아세운다. 희망은, 그보다는 절망을 계획하는 게 더 낫지 않냐고 유혹한다. 그렇다면, 이 소설은 완전한 절망의 불가능성을 통해 온건한 희망 역시도 불가능하다는 것을 말해 주는 작품이 된다. 삶에서, 우리가 선택할 수 있는 절망이나 희망의 몫은 없다.

어떤 방식으로 읽는다 해도, 김혜진의 『중앙역』은 우리가 살고 있는 시대를 어둡게 그려 내고 있음이 분명하다. 그리고 이 글을 읽고 있는 누구나, 우리가 살고 있는 이 시대가 어둡고 어리석다는 점을 알고 있을 것이다. 하지만 김혜진은 이 응달을 걷고 감동의 지점을 발견해 낸다. 김혜진이 감동의 지점으로 선택한 것은 바로 '사람'이다. 어두운 시대임에도 불구하고 여전히 빛날 수 있는 것은 바로 인간이라고 말하고 있는 것이다.

김혜진은 동년배의 젊은 소설가들처럼 가상의 시공간으로 망명하거나 개연성 있는 에피소드 안에 숨지 않는다. 이곳을 떠나 희망을 찾는 것이 아니라 이곳에 희유한, 거의 절멸한 가치인 사람 가운데서 사랑을 찾는다. 힘껏 상상해야 가닿을 수 있는 관념적 개연성의 시공간이 아니라 바로 여기, 이곳에서 말이다. 상상의 힘을 덜어 김혜진은 여기, 이곳을 들여다보라고 말을 건다. 악취와 소음과 지저분한 외양 때문에 보려 하지 않았던 그 세계에 마치 응달에 기꺼이 자라난 생명과 같은 사람이 있음을 발견해야 한다고 말이다. 그리고 그 사람과 사람이 부대껴, 우리가 사랑이라 부르는 그 오래된 토양을 다시 발견할 수 있다고 말이다.

이는 김혜진의 소설 『중앙역』의 사랑 이야기가 감동을 주는 이유이기도 하다. 그들이 추상적이면 추상적일수록, 더러워지면 더러워질수록, 바닥없이 비루해질수록 그 사랑 이야기만큼은 간사한 감각의 세계를 벗어나 우리의 눈길을 끈다. 그것은 색성향미촉으로 감미하는 세계에서의 사랑과 닮아 있으면서도 한편으로는 무척 다르다. 김혜진은 인간이 인간을 만날 수 있는 유일한 원천이 사랑이라고 말하는 듯하다. 인간에 대한 신뢰와 사랑에 대한 기대감, 그것이야말로 이 지독한 세상을 견디게 해 줄 마법적 요소라고 할 수 있다. 그래서 김혜진은 희망은커녕 절망조차 불가능한 세계를 사실적으로 묘사하면서도 그 더러움 안에 빛나는 인간을 부여잡는다.

세상이 지옥이라고 해도 작가는 그 세상을 살아가는 인간의 가능성을 보는 존재다. 김혜진이 중앙역을 서성이는 노숙자들에게서 싸움이나 배신, 살인과 폭력이 아니라 '사랑'을 발견하는 맥락도 여기에 있다. 그들은, 그래서 사랑하는 것이 아니라 그럼에도 불구하고 사랑한다. 그러므로 그들이 나누는 사랑은 사랑의 증상이 아닌 사랑의 원천에 대한 질문을 자아낸다.

작가는 거듭, 두 사람을 통해, 사랑은 어떻게 가능한가가 아니라, 사랑은 언제 불가능해지는가 묻는다. 사랑은 언제나 도약이다. 많은 것을 가지는 것이 아니라 오히려 가지지 않은 것이 많아질수록 도약은 더욱 분명해진다. 랭보는 사랑을 일컬어 재발명되는 무엇이라고 말했다. "사랑은 재발명되어야 한다. 우리가 익히 알고 있듯이."(랭보, 「착란 1」, 『지옥에서 보낸 한철』) 그러므로 『중앙역』은 삶의 재발명의 재발명, 또 다른 삶의 이야기라고 할 수 있다.

2 어디에나 있고, 아무 데도 없는

'그'는 캐리어와 함께 나타난다. 첫 페이지를 열면, 그는 캐리어를 끌고 잘 자리를 찾고 있다. 며칠이나 되었는지, 왜 오게 되었는지, 몇 살인지, 키는 얼마만하며, 몸집은 어떤지 설명되지 않는다. 그는 단지 캐리어와 함께 중앙역에 도착했을 뿐이다. 우리는 관습적으로 그에게 질문을 던진다. 개연성 혹은 인과성이라 불리는 소설의 관습들은 그의 형체가 서둘러 그려질 것을 재촉한다. 그가 등장했으니 우리는 그에 대해 물어야 할 것이 있다는 듯이 말이다. 하지만, 우리가 그에 대해서 들을 수 있는 것은 아무것도 없다. 게다가 그는 소설의 유일한 화자이기도 하다. 그가 입을 열지 않는 이상, 누구도 그에 대해 알려 주지 않는다. 적어도 과거에 관한 한 우리에게 그가 주인이다.

어쩌면, 그는 아무것도 말해 주지 않으리라 처음부터 다짐한 것처럼 보이기도 한다. 그가 말해 주는 것은 지독한 현재들뿐이다. 소설의 처음부터 끝까지 모든 문장들은 현재 시제로 마무리된다. 과거나 미래는 없다. 따라서 추억이나 계획도 없다. 그를 이해할 수 있는 요소로 과거는 과감히 지워진다. 김혜진은 그저 "캐리어"처럼 그를 독자 앞에 데려다 놓고는 슬쩍 그 뒤로 숨어 버린다. 그는 그냥, 당신 앞에 버려진 캐리어와 다를 바 없는 것이다.

짐작건대, 중앙역은 그가 선택한 마지막 삶의 공간일 것이다. 그는 "인생이 제멋대로 흘러가 버렸으면 좋겠다. 내가 어떻게 할 수 없을 정도만큼 망가지고 부서졌으면 좋겠다."[1] 라고 말한다. 그러니까, '그'는 그에게 남아 있는 살기 위해서가 아니라 살 수 있는 가능성들, 즉 기회나 선택의 부스러기들을 버리기 위해 여기에 왔다.

그러니, 그 중앙역은 반드시 서울역이거나 부산역일 필요는 없다. 그곳은 부서진 삶의 가능성들을 투기할 만한 장소, 그런 장소이기만 하면 된다. 중앙역은 출발이 곧 끝이 되는, 삶의 마지막으로 선택되는 어떤 장소성 그 자체라고 할 수 있다. 중앙역은 어디라도 되고, 아무곳도 될 수 없는, 좌표 위에 그려 넣을 수 있는 무공간적 공간이다.

---

1   김혜진, 『중앙역』(웅진지식하우스, 2014), 7쪽.

불명확한 추상성은 구체성의 좌표 위에 놓인 일상, 정반대에 놓인 특성들이라고 할 수 있다. 그것은 비일상적이라기보다는 무일상적인 것에 가깝다. 광장에 나선 이들은 가장 먼저 시간과 공간의 개념을 버린다. 그들을 움직이는 것은 몇 시 몇 분의 약속이나 목표 지점으로서의 공간이 아니라 악취와 기온이다. 체취는 매우 개성적이기는 하지만 근대화의 일환인 상수도의 보급과 함께 급속히 개별성의 영역에서 사라져 갔다.

질서와 규제, 약속과 청결로 이루어진 세상은 이름과 규칙으로 서로를 구분한다. 하지만 중앙역에서 서로를 구분할 수 있는 것은 그런 상징계적 지표들이 아니다. 그들은 서로에게, 이름이 아닌 표상으로 불린다. 그래서 그들은 "여자" 혹은 "악취 나는 여자"이거나 "쥐 사내" 혹은 "군복 사내"이다. 직업이나 머리카락의 모양, 옷차림으로 그들을 구분하는 것은 이내 불가능하다. 말하자면, 그들에게는 일종의 문화적 자본이나 사유 재산의 흔적이 없다.

『중앙역』의 시공간과 인물들은 모두 뿌옇게 흐린 채 불투명하다. 그곳은 아무 곳이나 될 수 있고 또 한편 구체적인 그 어느 곳도 될 수 없다. 이 추상적 불투명함 위에 『중앙역』이 가진 아이러니한 투명성이 제공된다. 그것은 바로 그와 광장 사람들이 철저히 '현재'에 갇힌 사람들이라는 사실이다. 이는 한편, 역설적으로 그들이 절대 서사적 존재가 될 수 없음을 보여 준다. 태어났으나 이야기가 없고, 살아왔으되 과거가 없는 이들에게는 역사와 서사가 없다. 서사가 과거를 기록하는 시간의 마술이라면 그들은 철저히 현재의 그물에 갇혀 있다. 그들은 자신의 서사는 함구하고 타인의 서사엔 무관심하다. 어떤 시간을 살아왔고 어떤 공간을 거쳐 왔는지 그들은 서로에게 묻거나 털어놓지 않는다.

중앙역은 왜 혹은 어떻게로 이루어진 인과성이나 합리성의 영역에서 떨어져 나온 사람들의 공간이기 때문이다. 그러므로, 그들에게 허용된 시간은 단지 '현재'뿐이다. 미래에 대한 서사가 불가능한 이유도 마찬가지다. 그들은 나날 이후의 나날을 살아갈 뿐이다. 그들에게 시간은 단수로 오지 복수의 덩어리로 다가오지 않는다.

작가 김혜진이 허구적 공간에 초대한 '그'는, 우리 문학사에서 처음 만나는 서사적 인물이기도 하다. 그들은 존재하지만 존재하지 않는 호모 사케르처럼 서사의 세계에서 발언권을 부여받아 본 적이 없다. 고백할 과거가 없기에 다가올 미래가 없기에 그들은 이야기나 내면을 가진 서사적 주체로 여겨진 적이 없다. 그런데, 김혜진은 이 외재적 존재들을 서사의 내부로 끌어들여 그들의 삶을 보여 준다.

그들은 우리가 한 번쯤 스쳐 지났던 그대로 매우 추상적인 인상을 지닌 채 소설에 등장한다. 우리가 그들을 부를 수 있는 이름이라고는, 군복 사내나 슬리퍼만 걸친 여자 정도다. 아니, 우리는 단 한 번도 그들을 구체적 인상이나 이름으로 구분하려 한 적이 없다. 하지만 소설을 다 읽을 때쯤, 여전히 이름도, 성도, 과거도 알 수 없는 그, 그녀이지만 더 이상 그들은 추상적 존재에 머물지 않는다. '그'는 복수가 찬 그녀에게 매달려 울부짖는 남자가 되고, '그녀'는 그럼에도 불구하고 그의 곁에 있고자 했던 여자로 기억된다. 광장에서 여름을 나던 그들이 과연 어떤 겨울을 맞게 될지 궁금해지는 인물, 구체적 징표가 없지만 어딘가 계속해서 생각의 언저리를 맴도는 이들, 그들은 그렇게 우리의 사유 안에 남게 된다.

「퐁네프의 연인들」의 미셸과 알렉스처럼, 김혜진의 소설 속 '그' 그리고 '그녀'는 분명한 서사가 아니라 강렬한 이미지로 남는다. 우리의 사유 안에 남아 있는 것은 그들의 처절한 과거나 어떤 사연이 아니다. 단지, 그날 그날을 떠돌던 그들, 맨바닥에서 서로의 몸을 부비던 그들, 그 이미지가 머릿속 한 군데 녹아 버리는 것이다. 이쯤되면 광장은 아무곳도 아니지만 어디든 가능한 상징이 된다. 무공간적이며 무시간적인 추상성이 오히려 독자의 시선을 사로잡는 것이다. 그리고 그 추상성은 사랑이라는 오래된 추상어에 결국 가닿는다. 서로의 체온을 나누며 부대끼는 두 남녀,

오로지 현재만이 가능한 그들의 재생의 공간, 그것이 바로 중앙역이며 사랑의 공간의 징표이다.

3 선언되지 못한 사랑

이야기는 다시 캐리어로 시작된다. '나'는 캐리어 하나만 가지고 광장에 온다. 캐리어 안에 무엇이 들었는지 알 길은 없다. 다만 그에게는 아직 캐리어라는 자신의 소유물이 있다. 그렇기 때문일까? '나'는 캐리어를 소중히 여기면서도 막상 캐리어마저 없어졌으면 좋겠다고 바란다. 캐리어는 그에게 자꾸만 "한 번쯤 기회를 더 줘도 괜찮지 않을까."라고 속삭인다. 광장에 닿음으로써 그가 버리고 싶은 것은 바로 선택할 수 있는 가능성이다. 그는 이제, 아무것도 선택하지 않음으로써 선택의 여지를 제거하고자 한다. 자신에게 남아 있는 최소한의 권리 혹은 의무를 저버리려 하는 것이다.

그런데, 어느 날 갑자기, 여자가 다가온다. 여자는 "맨발에 슬리퍼 차림"으로, 그의 곁을 파고든다. "여자는 삶의 많은 부분이 결정된 것처럼 보인다. 무언가 바뀔 가능성 같은 건 모조리 사라진 것 같다." 캐리어가 가능성이라면 여자는 불가능의 지표라고 할 수 있다. "추워서, 너무 추워서"라고 파고드는 그녀를 안고 잠든 다음 날 캐리어가 사라진다. 그리고 캐리어가 있던 자리에 그녀가 들어온다.

잃어버린 캐리어를 찾기 위해 경찰서에 가지만 그가 할 수 있는 일은 없다. 법에 호소하기 위해서는 일단 그가 "이름, 주소" 등을 가진 구체적 시민이어야만 한다. 시작은 거래다. 캐리어를 잃어버린 대신 여자는 자신의 몸을 "한 번 주겠다"고 말한다. 그렇게 남자는 여자를 가방 대신 갖게 된다. 그리고 매일 밤 여자의 뜨거운 입김과 육체를 가지며, 또 다른 선택을 하게 된다. 캐리어를 마지막 희망이라 여겼지만 여자가 다시 미래를 감지케 했기 때문이다. 밤은 그를 유린하고, 그는 밤을 욕망한다.

광장이 건너야만 하는 삶의 한 과정이라면 사랑이 그들로 하여금 이 지독한 과정을 견딜 만한 현재로 만들어 준다. 만일, 그가 가방을 되찾을 수 있는 사람이었다면 그녀를 곁에 두지도 않았을 것이다. 법과 질서의 세계에서 그 둘의 관계는 불륜이다. 여자에게는 아이와 남편이 있고, 그 사실은 여전히 가족관계증명서에 고스란히 기록되어 있기 때문이다. 하지만 광장에서만큼은 그들의 사랑은 아무것에도 걸릴 게 없다. 거기엔 누구의 아내, 누구의 엄마인 여자가 아닌 슬리퍼에 반바지 차림의 여자만이 있을 뿐이다.

오히려, 법이나 질서가 그들의 사랑을 방해하는 장애물이 된다. 그녀가 가진 최후의 법적 지위가 그녀의 육체에 깃든 병의 치료를 훼방 놓는다. 그녀의 실존은 거리의 부랑자이지만 기록상 그녀는 권리와 의무를 가진 시민이기에 그들에게 주어진 치료의 혜택을 받을 수 없다. 기록상 여자가 지워지지 않는 이상, 그녀는 캐리어처럼 버려져야만 한다. 무연고자 환자가 아닌 이상 치료를 받을 수 없기 때문이다.

그래서 오히려 그들이 아무것도 가지지 않은 채 두 육체만 나누는 순간은 무척이나 다행스러운 공간임에 분명하다. 아무것도 잃을 게 없는, 그래서 지금 이 현재만이 중요한 사랑, 그런 사랑의 장면들이 그와 그녀에게서 비롯된다. 그들에게는 시간도 의미를 잃는다. 낮과 밤이 있을 뿐 시간의 좌표는 효력을 잃는다. 밤이 되면 그들은 서로의 몸을 탐한다. 둘이 함께하는 밤은 이전의 것과 다르다. 그러므로 그들은 밤을 욕망한다.

4   완전한 절망과 광장의 역설

그들을 온전히 받아주는 유일한 공간은 광장이다. 가족도, 법도, 복지도 무엇도 그들을 받아들여 주지 않는다. 아리스토텔레스는 인간에게는 아고라의 삶과 오이코스의 삶이 있다고 말한 바 있다. 오이코스란, 가족의 공간을 의미한다. 그 안에서 우리가 사적인 이익이라 부르는 것들이 형성되고 추구된다. 아마도 욕망이라는 것도 형성된다면 바로 이 공간 오이코스에서 배양되어 마땅할 것이다.

그와 그녀에게 욕망은 모두 광장에서 태어나 광장에서 소모된다. 그래서인지 그들의 사랑엔 사적인 부분이 아니라 이익으로 분류할 만한 어떤 지점들이 없다. 어쩌면 그들은 사랑을 나눌수록 점점 더 손해를 보고 있는지도 모른다. 말하자면, 그런 사랑이다. 헐벗고, 악취가 나는, 그곳에 육체가 있음을 부인할 수 없는 광장에서의 사랑 말이다. 그것은 타자의 눈에는 동물의 것이며 그들에게는 둘만의 밀어가 된다.

밤마다 여자와 내가 살을 맞대고, 헐떡거리고, 빈 깡통이나 페트병이 날아와도 그 짓을 멈추지 않는다는 것을 모르는 사람은 없다. 여자와 내가 보낸 밤은 발가벗겨진 채 환한 광장으로 내던져진 지 오래다. 그리고 나는 더이상 그것에 대해 생각하지 않는다. 더는 부끄럽지도 두렵지도 않다.

종일 별다른 것을 먹지 않아도 여자의 배는 늘 불룩하다. 임신한 것처럼 솟아난 그 배가 거슬리지만 나는 아무것도 묻지 않는다. 묻지 않는 것은 그보다 훨씬 더 많다. 자꾸 많아지고 있다. 그러나 여자는 곧 스스로 말할 것이다. 그렇게 될 것이다. 나는 확신한다.[2]

---

2   앞의 책, 37쪽.

여자는 낮보다 밤에 더 많이 말한다. 낮에는 거의 말하지 않고 시간을 견디다가 밤이 되면 잔뜩 구겨 놓은 말들을 펼쳐 천천히 읽는 것 같다. 눈을 감고 듣는 여자의 목소리는 멀리서 들려오는 음악 소리 같다. 알아들을 수 없는 외국어 같기도 하다. 말은 내 귓가를 따라 돌다가 어느 새 흩어져 버린다. 여자의 말은 잡히지 않는다. 주파수가 맞지 않는 라디오처럼 그것은 이곳으로부터 달아나려고만 하고 그럴 때 나는 여자로부터 점점 먼 쪽으로 밀려나는 것 같다. 나는 여자를 향해 귀를 활짝 열고 가만히 손을 뻗는다. 볼이나 손, 어깨나 배에 손을 갖다 댄다. 여자가 거기 있다는 것을 확인하고 싶은 사람처럼 밤새 여자를 어루만진다.[3]

가장 분명한 것들은 오히려 말로 표현하기 어렵다. 우리는 육체의 부수적 피해들을 잊고 산다. 육체를 가졌기에 느끼는 것들, 고통이나 악취, 노화, 부패, 질병과 같은 것들을 문명으로 해결하면서 육체의 피해들을 최대한 지연하고 사는 것이다. 하지만 그와 그녀에게 있어 사랑의 확인도 육체를 통해서며 사랑의 부재도 육체를 통해서 가능하다. 영혼의 고통이나 경제적 곤란마저도 그들은 오롯이 육체로만 받아 낸다. 그래서 '나'가 토로하는 사랑의 기쁨이나 그 고통은 철저하게 육체적이며 또한 현재적이다. 육체란 현재의 시점에서 증거 가능한 무엇으로 유일하다.

하지만 한편, 그들의 사랑에는 오직 현재만이 있기에 그 사랑은 선언 불가능한 것이 되고 만다. 그들은 사랑하지만 그들의 만남은 매일 우연 안에서 빚어지고 해체된다. 사랑은, 원천적으로 처음 시작처럼 우연적이거나 우발적인 데서 벗어나 하나의 필연이 되고자 한다. 이 필연에는 우연의 고정 즉 현재로부터 예측 가능한 미래의 시간에 대한 희망이 자리 잡고 있다. 사람은 미래를 꿈꾸기 위해 우연한 만남에서 필연적 사랑으로

3   앞의 책, 40쪽.

도약한다. 사랑은 미래를 꿈꾸게 하는 가장 구체적인 현재이기 때문이다. 사랑의 선언은 우연을 운명으로 만드는 과정이기도 하다. 그러나, 그들은 언제나 각자의 시간 안에 서로를 잠시 붙든다. 이미 삶을 포기했기에 사랑을 구하기는 더욱 어렵다. 바디우의 말처럼 사랑은 삶의 재발명이기 때문에, 사랑의 재발명은 재발명의 재발명이다. 그들이 미래를 재발명하고자 할 때, 고통은 예비되었다는 듯이 찾아온다. 사실, 그들이 세상에 빼앗긴 것은 집이나 재산, 자기 이름으로 된 통장 따위가 아니었다는 점이 드러난다. 그들은 바로 사랑이라고 부를 수 있을 미래와 가능성, 희망을 빼앗긴 사람들이다.

완전한 절망을 바라 중앙역에 오게 된 그는 완전한 절망 앞에서 역설적으로 희망을 찾는다. 사람을 보고, 사랑을 알았기 때문이다. 그리고 마침내 사랑으로 인해 더 완벽한 절망을 알게 된 그와 마주치게 된다. 어쩌면 그는 더욱 확실히, 빠르게 파멸하기 위해 부서지는 여자 곁에 머물렀을지도 모를 일이다.

캐리어를 버리듯 여자를 병원 응급실에 버리고 나서 '그'는 결국 완전히 '그'에게서 분리된다. 이제 '그'는 현재를 살았던 인물이거나, 육체를 통해 삶을 감지했던 인물이 아니라, 사람다움을 완전히 상실한 무엇으로 다시 나타난다. 마침내 밑바닥 계급이 되고 만 것이다. 그는 인간이 몰락하고 밀려날 수 있는 가장 최후의 지점에서 경험하게 되는 공허함을 사랑을 겪으며 알게 된다. 그는 중앙역에 닿는 순간 밑바닥 계급이 되는 게 아니라, 캐리어를 잃고, 여자를 잃고 난 후에야 비로소 마침내 밑바닥 계급으로 추락하고 만다. 이는 역설적으로 말해, 사랑이야말로 인간을 밑바닥으로부터 지켜 낼 수 있는 마지막 방어막임을 보여 주기도 한다. 여자가 있기 때문에, 그는 밑바닥으로부터 견딜 수 있었다.

결국, 남아 있는 것은 또다시 현재다. '그'는 여자를 응급실에 버려 두고, 자신에게 남아 있던 단 한 장의 신분증도 팔아넘기고, 미래마저 저당

잡힌 채 소설의 마지막 자리에 서 있다. 소설은 형편없이 구겨진 세상을 비추는 거울이다. 하지만 작가는 그 거울에 비친 세상과 함께 거울에 난반사된 희망의 이미지를 찾아내는 자이기도 하다. 과연 젊은 작가 김혜진은 이 지독한 사랑 이야기를 통해 어떤 미래를 보여 주고자 했던 것일까? 만일 무엇이 가능하다면 그것은 이름 붙여지지 않은 그들을 한 번쯤 생각해 보는 것일 테다. 그리고 우리가 살고 있는 이 어두운 세계에서도 인간을 인간답게 남겨 두는 그 가능성의 빛을 찾아보는 것일 테다. 절망의 끝에 서 있는 그에게도 한 가닥의 빛은 남아 있기를, 그렇게 바라보는 것이다.

이어폰을 낀 혁명가

김사과, 『미나』(창비, 2008)

1 입 없는 것들의 귀환

이것은 혁명이다. 그리고 반란이다. 김사과의 소설 『미나』는 우리가 질서라고 부르는 기존의 모든 것을 전복하고 무너뜨린다. 이 소설은 '에로틱 파괴 어린' 자들의 선언서이며 찌꺼기가 낀 오래된 모든 것을 무너뜨리는 새로운 신의 탄생기다. 그러니 만일 당신 자신을 상식적인 인간이라고 여긴다면, 지금, 당장, 책장을 덮어도 좋다. 혹, 앗제나 지젝, 라캉과 같은 유럽의 이름을 당대 지식인의 필수 교양이라고 여긴다면 이 책을 무시하는 편이 낫다. 그리고, 마돈나보다는 브욕이 훨씬 더 훌륭한 아티스트이며 언급할 가치가 있다고 생각한다면 의견 제시를 삼가는 편이 좋을 것이다. 마지막으로 장편 소설이 동시대의 삶에 필요한 지적 포즈를 제공한다고 여긴다면 당신의 뒷덜미를 조심해야 할 것이다.

『미나』는 권위로서의 소설을 지우며 문제적 인간을 통해 시대성을 재현하고 있다. 재현이라는 근원에 닻을 내림으로써 『미나』는 장편 소설의 전통을 관통하고 의미를 갱신한다. 세상의 형편은 "미나"라는 인물을 통해 입체적 조감도로 드러난다. 백서류의 생활 지침서가 간과한 동시대의 폐부, 소설이 배제했던 오류는 김사과를 통해 잃어버린 아이들의 방언으로 재탄생한다.

『미나』에 등장하는 인물들은 10대 고등학생들이다. 입시 지옥이라 불리는 인생의 한 시기에 갇힌 아이들은 자신의 세계를 갖기 위해 투쟁 중이다. 문제적인 것은 그들에게 욕망은 있지만 욕망의 회로가 없다는 사실이다. 회로가 없기에 가열된 에너지는 뜨겁게 자신의 내부를 녹인다. 누전된 에너지들은 자신을 녹이고 마침내 자신을 둘러싼 세계를 고장 낸다. 아이들은 '낭만주의'를 경멸하고, 붕괴된 공립 학교 시스템을 비난하며, 계급을 재창출하는 입시 제도를 공격한다. 소설의 인물 "수정"에게 교양이나 도덕은 "어른들이 제시하는 모든 것을 있는 그대로 복사하여 순발력 있게 흉내 내는" 역겨운 몽유병에 불과하다. 그래서 그녀는 선언한다. 이 모든 것들을 없애 버리기로, 역겨운 것들, 냄새 나는 쓰레기들, 지긋지긋한 모순 덩어리들을 없애겠다고, 죽여 버리겠다고 말이다.

이제껏 10대는 한 번도 자신의 언어를 가져 본 적이 없다. 10대란 교과서로 압축되는 세계의 지식을 무조건적으로 받아들여야만 하는, 입 없는 것들이다. 아니 엄밀히 입을 빼앗긴 자들이다. 알고 싶지 않아도 알아야만 하며 모르고 싶어도 모를 수 없는, 쓸데없는 것들이 지식이라는 이름으로 세뇌된다. 시험이라는 제도로 가늠되는 지식의 세계에는 거부의 여지가 없다. 제도에 저항하는 순간 체제는 낙오를 명령한다. 세상은 하나씩 차지해야 할 개인의 "칸막이"로 전도되고 아이들은 "칸막이"를 소유하기 위해 길들여진다. 체온을 에너지원으로 착취하는 매트릭스처럼 제도는 아이들의 언어를 빨아들인다.

『미나』에 등장하는 인물들은 세상이 거대한 음모라는 사실을 알고 있다. 아이들은 어른들이 세상이라 부르는 제도나 질서를 더러운 쓰레기 더미로 취급한다. 그들은 세상과 소통할 만한 기본적인 코드를 지우고 자신들만의 언어로 소통한다. 미나, 민호, 수정에게는 개념도, 질서도, 윤리도,

도덕도, 가치도 그 아무것도 없다. 명민한 아이들은 오염된 세계의 코드를 배반하고 거절한다. 문제는, 그럼에도 불구하고 그들이 이 더러운 현실을 살아야만 한다는 사실이다. 삶이라는 여분의 시간이 "거지 같"은 늪이자 환상이라는 사실을 눈치챘을 때, 희망이나 변화가 감미로운 거짓임을 깨달았을 때, 삶은 무엇이 되어야만 하는 것일까? 김사과의 폭발력은 바로 이 질문 속에 내재해 있다. 『미나』는 파괴적 유머로써 새로운 신화의 기점을 창조해 낸다.

2　외계어 세대의 우상 파괴

『미나』는 호명(interpellation)을 거부한 10대들, 미나, 민호, 수정의 이야기다. 그들은 사회라는 거대한 시스템에 오류를 발생시킨 웜-바이러스라고 할 수 있다. 영악한 웜-바이러스들은 학창 시절이 계급 유지의 빌미이며, 조작극이라는 사실을 눈치채고 있다. 미나, 민호, 수정은 환멸이나 트라우마도 없지만 우상도 향수도 없는 세대들이다. 그들은 한 번도 너무나 소중한 것들을 집단적으로 침해받은 적이 없으며 또 한편 그토록 소중히 지켜야 할 것을 가져 본 적도 없다. 따라서 그들에게는 동일시의 대상이 없다. 신화도 전설도 없고 동일시도 존경도 없는 세대들, 『미나』에 그려진 10대들은 그렇다.

이 불결한 10대를 지나가는 방법은 세 가지 정도다. 하나는 답이 나오는 수학 문제를 열심히 풀면서 제도의 거짓말을 '영리하게' 관통하는 것이며 다른 하나는 자살하는 것이다. 수정은 자신을 영리한 내부 고발자의 자리에 위치하고 '주어진 것들'에 대한 '수동적 학습'에 매진한다. '수동적 학습'을 견딜 수 있는 힘은 경멸에서 비롯된다. '수정'과 '미나'는 세계의 타자성을 경멸하고 무시함으로써 견딘다. 그런 수정에게, '자살'은 삶을 타자로 인정한 자들이 겪는 착각에 불과하다. 그들은 고통스러운 것이 아니라 스스로 고통스럽다고 여기는 낙오자들이다. 미나와 수정은 낙오자를 경멸하며 재빠르게 체제의 언어를 배워 나간다. 그렇다면 마지막세 번째 방법은 무엇일까? 그것은 바로 세상을 파괴하는 것, 타자성으로육박해 오는 세계를 없애 버리는 것이다. 시험 문제로 압축되는 수동성의 세계를 벗어나자 미나와 수정에게 펼쳐지는 것은 자살 아니면 살인의공간이다. 수동성의 공간이 세계를 향해 뻗은 감각을 제거하는 일이라면'죽음'이란 감관의 퓨즈를 끊어 버리는 행위라고 할 수 있다. 제도에 대한무감각한 관습을 거부하자 『미나』에 등장하는 10대들에게는 '죽음'이라는 실재가 다가온다. 세계는 '죽음'을 통해 감지된다.

미나와 수정은 박지예의 자살로 인해 세계를 감지하게 된다. 박지예의 자살이 세상의 타자성을 보여 준 것이다. 심각한 것은 '미나'가 박지예의 죽음 때문에 세상에 대한 경멸과 무관심의 포즈를 버렸다는 사실에 있다. '미나'는 속수무책으로 세상에 감정을 이입한다. "친구의 자살 소식을전해들은 여학생의 완벽한 상징"이 되어 버린 미나를 보며 수정은 격분한다. 수정은 미나의 그 포즈에 담겨 있는 압도적인 아름다움에 반하고 자신에게 결여된 감정을 연출하는, 그녀의 능력을 질시한다.

수정은 미나의 지예가 아니라 미나의 슬픔을 질투하기 시작한다. 제어할수 없는 소유욕에 사로잡힌다. 그것은 출구가 없다. 수정은 필사적으로 시험지를 바라본다. 거기에 완벽한 침묵과 평화의 차원이 있다. 그것은 완벽하며영원하다. 수정은 갑자기 시험지에 대한 사랑이 넘쳐흐르는 것을 느낀다.[1]

『미나』는 단순한 문장들과 판단들로 가득 차 있다. 비유나 아날로지는

---

1   김사과, 『미나』(창비, 2008).

고작해야 손에 꼽을 정도이며 게다가 의도적으로 유치하다. 박지예의 죽음은 수정에게 인생 최초의 난제(難題)로 다가온다. 미나는 이제 트라우마를 가졌으며 세상을 느낀다. 늘 답이 있는 문제지와 달리 미나의 모습에는 설명이 가능한 정답이 없다. 미나를 이해하려고 시험지에 열중하는 수정의 모습은 이를 잘 보여 준다. 기출문제로 상징되는 제도와 질서를 영악하게 경멸했던 '수정'은 난생처음 만나는 문제 앞에서 당황하게 된다. 당황은 좌절로 변질돼 수정으로 하여금 미나에 대한 파괴적 공격성을 심어 준다. 경멸이 세상을 통제하는 방법이라고 믿던 수정은 파악할 수 없는 문제를 발견하자 급격히 무너지고 만다.

정답 없는 문제, 미나, 그것은 인생 최초로 발견한 타자다. "박지예의 자살"은 수정을 세계의 크레바스에 빠뜨리고 만다. 경멸로 통제할 수 없는 삶의 여지와 마주친 것이다. 수정은 이제껏 파악하고 통제해 왔다고 여겼던 미나를 수정과 동떨어진 개체이자 단자로 바라보게 된다. 개체로서의 미나는 수정에게 커다란 질문으로 다가온다. 수정은 "미나가 느끼는 감정이란 게 정확히 어떤 것일지"를 굉장히 궁금해한다. 수정은 자신이 무엇인가를 모른다는 것 그리고 애매모호한 정서를 가진다는 자체에 염증을 낸다. 당혹스러운 사실은 그녀에게 유일한 친구인 미나, 미나가 이해할 수 없는 대상이 되었다는 점이다.

제도권 교육이 제공하는 문제에는 답이 있지만 삶이 출제하는 문제에는 예시도, 기출문제도 그렇다고 정답이나 해설지도 없다. 수정은 삶의 속성 앞에서 흔들린다. 수정은 삶이 선사하는 불쾌감을 스스로 통제하고 싶어 한다. 중요한 것은 수정이 이 모호한 상태에서 벗어나기 위해 자신만의 방법을 강구한다는 사실이다. 살인, 문제의 정답을 알 수 없다면 문제 자체를 세상에서 제거하는 것이다. 수정은 미나를 "알기 위해 미나를 찌른다." 미나를 죽임으로써 이해하고 소유하고자 한다.

친구를 죽여서라도 이해하고자 하는 수정의 태도는 24시간 접속되어 있는 21세기 10대들의 분리 장애를 짐작게 한다. 80년대 이후에 태어나 성장한 세대들은 의식이 깨어 있는 내내 누군가와 접속되어 있다. 그들은 쉼 없이 서로에게 문자 메시지를 전송하고 인터넷 메신저를 통해 온라인 상태의 상대를 확인한다. 'On 세대'들에게 'Off'는 단절이며 죽음이고 혼동이다. 서로의 의사를 전달하고 확인할 수 없을 때, 서버로부터 이탈된 전자 신호들처럼 체계의 붕괴를 경험하게 되는 것이다.

미나의 변화로 수정이 겪게 되는 고통 역시 'On 세대'들의 분리 장애와 닮아 있다. 박지예의 죽음은 수정과 미나 사이에 이어져 있던 비가시적인 접속을 끊어 놓고 만다. 수정은 이로 인해 심각한 분리 장애의 고통을 겪는다. 고통에서 벗어나기 위해 수정은 미나를 접속 관계에 두려고 애쓴다. 하지만 미나는 수정을 거부한다. 미나는 수정이 결여한 것들의 총체이자 자신에게 배제된 환상의 집합체다. 미나는 수정에게 없는 부를 가졌고, 수정에게 없는 고상한 부모를 가졌으며, 수정에게는 결여된 프티 브르주아의 허영도 지니고 있다. 접속이 끊기자, 미나가 가진 이 모든 것들은 '악'으로 전도된다. 이에 수정은 인생 최초의 난제를 해결할 자신만의 답을 찾는다. 사랑하는 자를 죽여야 한다.

3   미친, 사랑의 공식

역설적이게도, 『미나』는 결핍을 경험하지 못한 세대들의 타나토스적 에로스를 짐작게 한다. 갖지 못한다면 파괴해 버리는 것, 내 것이 아니라면 아예 세상 누구도 그것을 소유해서는 안 된다는 독점욕 말이다. 갖고 싶은 것을 갖지 못한 적이 없는 아이, 수정은 자신이 함부로 소유할 수 없는 '존재'를 받아들이지 못한다. 레비나스의 말처럼 타자는 그 존재를 인정하는 순간 발생한다. 수정은 타자의 발생을 이질성의 침투로 여겨 항체를 생성해 공격한다. 최선을 다해도 얻을 수 없는 것이 있다는 것을 10대는 알지 못한다. 수정이 알고 있는 세상이란 열심히 공식을 대입해 풀다 보면 답이 얻어지는 수학과 다를 바 없기 때문이다. 판단과 단언만으로도 세상은 포착하고 이해할 수 있다. 그러니까 수학처럼 세상을 소유할 수 있다고 믿는다.

존재를 위협할 만한 심각한 결핍을 경험하지 못한 수정은 미나와의 분리를 허용할 수가 없다. 수정은 미나를 통해 진짜 '수동성'의 의미를 깨닫게 된다. 그것은 내 마음대로 할 수 없다는 패배감이며 그럼에도 불구하고 상대방을 갈구하는 답답함이다. 따라서 수정은 미나를 이해할 수 없다는 좌절을 미나를 파괴하겠다는 타나토스적 욕망으로 전복한다. 이해할 수 없다면 파괴하면 된다. 외재적 힘에 의한 수동적 결핍은 파괴를 통한 능동적 결여로 전도되고, 이에 상실감은 봉쇄된다. 이를테면 다음과 같은 진술들은 미나에 대한 수정의 혼동이 사랑에서 기인했음을 잘 보여 준다.

미나의 부재로 인해 고통을 겪던 수정은 고양이를 죽임으로써 미나의 삭제를 연습한다. 고양이를 죽이고 나서 수정은 자신을 '소파'와 같은 무생물체로 강등한다. 주목해야 할 것은 미나에 대한 적대감이 모두 박지예의 자살 사건 이후에 전개된다는 사실이다. 수정은 박지예가 자살과 함께 자신과 공유했던 삶의 궤도를 이탈한 미나를 용서하지 못한다. 수정은 미나가 하듯이 벽장에 틀어박혀 보기도 한다. 하지만 달라지는 것은 없다. 미나를 향한 수정의 파괴적 욕망은 미나를 향한 수정의 강렬한 사랑을 증명한다. 수정은 미나를 사랑하기에 그녀를 영원한 결핍이자 욕망의 대상, 소유의 상징으로 박제하고자 한다.

나도 이런 거 싫어 미나야. 내가 꼭 너를 되게 많이 좋아하는 거 같잖아. 하지만 아니야. 알잖아. 나는 아무도 안 좋아해. 다 싫어. 다 싫어. 나는 아무것도 필요없어. 나는, 있지, 네가 완전히 혐오스러워, 네가 가진 모든 게 다

싫어. 다, 그래서 네가 죽여 버리고 싶어졌어. 너한테서 너무 더러운 냄새가
나서 나는 너한테 가까이 다가가기가 겁이 나. 너는 더러워. 그리고 나는 깨
끗해. 나는 더러운 게 싫어. 그리고 너는 더러워. 너는 모든 더러운 걸 상징
하고 있어.[2]

수정은 "나를 진짜 사랑하는 건 나밖에 없다. 잊어버리면 안 된다."라
고 스스로에게 말한다. 미나를 향한 사랑의 감정은 소유욕으로 전도돼 상
대를 없애고자 하는 파괴 심리로 전복된다. 이 인용문은 격렬한 증오감의
표현이지만 다른 한편 격렬한 사랑의 고백이다. 수정은 '왜 나를 죽이려
하느냐'는 미나의 질문에 대해 계속 모른다고 대답한다. 모르기 때문에,
네가 뭔지 모르겠기 때문에 너를 죽여야 한다고, 반복한다.

수정은 미나의 가슴에 칼을 꽂기 직전에서야 드디어 '미나'의 심장까지
들여다볼 수 있다고 황홀하게 고백한다. 자기 손으로 미나를 살해함으로써
수정은 미나를 소유하게 된다. 이는 조악한 세상을 완벽한 문장에 가두려
는 수정의 작문과 다를 바 없다. 문장에 가두면 세상은 박제된다. 완벽한 문
장으로 이루어진 작문으로 세상을 가차 없이 '칸막이'로 호명하듯이 수정
은 미나를 죽인다. 이제 미나는 더 이상 결핍을 환기하지 않는다. 결핍은
제거된 환상일 뿐, 수정은 이렇게 너무 복잡한 사랑 문제를 해결한다.

4   이어폰을 낀 혁명가

김사과의 소설에서 세상은 온통 발가벗겨진다. 단단히 벼린 단도처럼
김사과의 단순한 문장들은 문명에 예리한 상처를 낸다. 이를테면 이런 식

---

2   앞의 책, 284쪽.

이다.

그들은 나이와 지역, 성별과 부모의 재산, 식단과 패션 따위의 표식을 가슴에 달고서 규격화된 칸막이 안에 자신을 가둔다. (중략) 칸은 점점 더 세분화하여 나이를 먹고 삶이 연장될수록 세계는 오히려 더 협소해진다. 뒷칸은 맹목적으로 앞칸을 바라보며 앞칸은 가끔씩 뒤칸을 돌아보며 안도한다.[3]

허영심에 사로잡힌 사람들은 대형 할인마트의 라이프 스타일을 추구함으로써 오래된 시장과 서점과 식당들을 죽이고는 이 모든 것을 정치 체제의 잘못으로 돌렸다. 그들은 남들이 쉽게 따라 할 수 없는 서양의 언어와 서양의 라이프 스타일을 가지고 개떼같이 몰려다니며 모든 것을 파괴한 뒤 외부인의 출입을 철저히 배제하는 고급 브랜드 아파트를 짓고 그 안에 자신들의 유토피아를 쌓아올렸다.[4]

더러운 세상이 흘레붙어 낳은 아이들은 "사람을 죽일 권리를 갖지 못하면 위대해질 수 없다."라는 생각을 가진 아이들을 만들어 낸다. 『미나』에 등장하는 아이들은 우리 사회가 만들어 낸 우성 돌연변이들이다. 그들은 사회가 제시하는 "소마(SOMA)"를 충실히 복용한 적자이자 질서가 내포한 부작용이다. 미나를 죽이는 수정의 행위는 부패한 세계를 교조하는 것이 아니라 파괴함으로써 재건하고자 하는 급진적 혁명에의 의지를 보여 준다. 문제는 그 혁명이 고립된 개인의 도발과 구분하기 힘들다는 사실이다.

3   앞의 책, 70쪽.
4   앞의 책, 78쪽.

수정은 미나를 죽이는 동안 시끄러운 팝 음악이 흐르는 이어폰을 꽂고 있다. 이어폰을 꽂음으로써 수정은 선택한 세상과 교섭하고 윤리나 도덕으로부터 이탈한다. 자신이 선택한 인공 문화의 낙원에서 살인을 하고 세계를 구축한다. 수정의 살인 행위는 단자적 소우주를 내면에 가꾸고 있는 신인류들의 현재를 고스란히 보여 준다. 그들은 자신만의 우주를 가졌기에 더러운 DNA를 간직한 채 유전되어 온 전통과 관습을 잘라 낼 수 있다.

수정의 앎은 미나로부터 시작되었다. 음악, 책, 미술, 사진 등 수정이 경험한 예술은 모두 미나를 통해 경험한 것들이다. 그런 점에서 수정의 살인 행위는 안일하게 수혈 받아 온 것들로부터의 자발적 단절 의지로 받아들여지기도 한다. 수정은 미나가 주었던 중산층 삶에 대한 환상을 미나를 죽임으로써 없앤다. 드디어, 해냈어, 수정은 상큼하게 한 세계를 폭파하고 다른 곳으로 비약한다. 수정은 세상의 때와 오류에 상처받지 않도록 스스로를 단련한다. 수정이 새끼 고양이를 죽이는 장면이 김사과의 소설에 대한 메타포로 받아들여지는 이유도 여기에 있다. 수정은 '미나'라는 자기 우상을 없애기 위해 연약한 새끼 고양이를 죽인다. 새끼 고양이의 살해는 미나를 없애기 위한 연습이라고 할 수 있다. 고양이 살해를 통해 김사과는 애착하는 것을 파괴해야 진정한 자아가 존재할 수 있다고 말한다. 타인과의 존재론적 동일시라는 것 자체가 체제가 제공한 주술인 셈이다.

이어폰을 낀 혁명가들은 외계를 단절함으로써 공명을 감지하고 혁명을 꿈꾼다. 중요한 것은 이어폰을 낀 혁명가들의 손에 마트에서 산 칼이 들려 있다는 사실이다. 단절된 혁명이라는 모순 어법은 젊은 소설가의 첫 장편이 지닌 가능성과 위험성을 모두 내포하고 있다. 타자를 존중하고 의존하려는 마음은 썩어 빠진 세계를 양산한다. 김사과는 더러운 홀레붙기를 거절한다. 보르헤스의 말처럼 아버지와 거울이 자신과 닮은 세계를 창출하기에 부도덕하다면, 김사과의 소설은 상쾌한 도덕이며 배반의 윤리다. 파괴를 통한 생성, 지금 한국 소설은 유례없던 새로운 도발을 목격 중이다.

웰메이드 픽션 정찬 레시피

조현, 『누구에게나 아무것도 아닌 햄버거의 역사』(민음사, 2011)

1 시는 언제 올까?

내 인생의 노래 한 편을 뽑으라고 한다면, 누구나 한 곡쯤은 꼽을 것이다. 내 인생의 영화 한 편을 뽑아 보라 해도 잠시의 고민 끝에 대답이 나올 듯싶다. 그런데 내 인생의 시 한 편을 말해 보라면 선뜻 대답할 수 있는 사람이 몇이나 될까. 누군가 선뜻 대답을 한다면, 그는 아마도 이미 시인이거나 시인이고 싶었거나 시인이었던 사람일 것이다. 안타깝지만 누군가의 인생에 시 한 편이 남기는, 요즘 같은 세상엔 말이다, 참 쉽지 않다.

여기서 대답을 하지 못한 대부분이 아니라 서둘러 대답을 한 그 '한' 사람에게 주의를 기울여 보자. 그는 한때 시와 사랑에 빠진 사람이다. 그에게 시는 사랑과도 같다. 영화나 노래가 인생의 어느 한 굽이를 돌아 나가는 데 비해 시는 부표처럼 인생 곳곳을 맴돈다. 보이지 않는 시의 소용돌이가 있는 것처럼, 물 위에 뜬 꽃잎처럼 그렇게 삶은 시 위를 떠나지 못한다. 내 인생의 시를 가진 자라면 그는 이렇듯 시에게 반한 자일 것이다. 시는 왔다가 그냥 가지 않는다. 시는 사람을 홀린다. 대저, 문학이란 게 그렇다. 한용운이 말하듯, 시, 소설, 문학은 그렇게 인생의 지침을 바꿔 놓는다. 언어의 키스는 그렇게 날카롭다.

문학을 만나면 인생의 공전 궤도가 5도쯤 기울어 버린다. 여름도 지난 여름 같지 않고, 겨울도 경험했던 추위와 다르다. 문학은, 이렇게 삶을 변질시킨다. 때론 만나지 않는 편이 더 나을지도 모른다. 날카로운 첫 키스의 추억을 남긴 그녀를 영영 잊지 못해 평생 가슴앓이를 해야 하듯, 그렇게 지워지지 않는 변화를 남긴다면 말이다. 문학은 매일같이 뜨고 지는 해를 그 '해'로 만들고 어제까지는 의미 없었던 '베아트리체'라는 이름에 들뜨게 한다. 단어는 사전에서 떨어져 나와 개인의 특별한 방언이 된다. 개인의 사전 속에 언어는 내밀한 추억과 함께 봉인된다. 문학을 통해 어떤 만남은 '그 만남'이 되고, 어떤 사랑은 '그 사랑'이 된다. 이 사적인 봉인을 통해 문학은 내 인생의 무엇이 된다.

여기, 이 여자 이본 마멜에게도 그녀만의 단어가 있다. 남자 친구는 그녀에게 언제나 "나의 베아트리체"라는 서두와 함께 편지를 썼다. 안타깝게도 그는 떨어진 샹들리에에 깔려 열여섯의 나이로 세상을 떠났다. '베아트리체'라는 단어는 이본 마멜에게 남자 친구에 대한 기억과 그로 인해 발견했던 "내면의 세계"를 떠오르게 한다. 햄버거라는 이름의 시인이 쓴 "핼쑥한 안색을 가졌으나 베아트리체는 너의 이름"은 그래서 단순한 시구가 아니라 암호로 접속된다. 그가 갑자기 이본 마멜의 삶에 끼어들었다 떠났듯이 시도 갑자기 침입했다. 이본 마멜은 그 순간 자신의 사적인 추억을 시의 형태 안에서 발견하고 무작정 붙잡히고 만다. 그 사적인 공명으로 인해 이 시는 그녀 인생의 시 한 편이 된다.

조현 소설집의 맨 앞에 실려 있는 「누구에게나 아무것도 아닌 햄버거의 역사」는 이런 만남을 그려 내고 있다. 여기에서 누구에게나 아무것도 아닌, 이라는 긴 수식어는 그 의미를 거꾸로 읽어야 한다. '누군가에게는 너무도 특별한' 햄버거의 역사, 라고 말이다. 누구에게나 햄버거의 역사가 아무것이 될 수는 없다. 하지만 누군가에겐 햄버거가 무척 특별해질 수 있다. 햄버거라는 단어를 사적으로 소유한 사람, 그 단어에 추억이 있는 사람, 그래서 그 단어가 "내면의 세계"나 개인의 역사와 밀접한 사람 말이다. 말하자면 누군가에게는 햄버거가 내 인생의 단어, 내 인생의 시, 내 인생의 문학일 수 있다.

문학은 누구에게나 아무것도 아닌 단어가 아니라 누군가에게는 너무도 특별한 어떤 언어를 다루는 작업이다. 문학을 통해 "한 아이가 죽었다."와 같은 서술은 "그는 나를 죽였다."와 같은 구체성으로 거듭난다. 문학은 보편성이 아니라 특수성으로, 비인칭이 아니라 명백한 사건의 인격체로 세상을 그려 낸다.

중요한 것은 이 특수한 언어가 최상의 구체성이 되는 순간은 누군가가 사유화할 때라는 사실이다. 「누구에게나 아무것도 아닌 햄버거의 역사」에서 조현이 말하는 바는 문학의 감동이란 만드는 자와 읽는 자의 공명이라는 점이다. 그러니까 문학이 지닌 저 지고의 특수성을 창작자가 아닌 독자의 편에서 완성시킨 셈이다. '공명'이 없다면 문학은 완성되지 않는다. "내 심장에 얼얼한 것은 남들의 가슴에도 울컥한다." 문학의 감동이란 바로 울컥한 통증이다. 독서가 감동이라는 형태로 사유화되었을 때 문학은 내 인생에 들어온다. 그건 첫사랑과도 같다.

조현의 첫 번째 소설집은 그런 점에서 문학에 대한 프러포즈라고 할 수 있다. 조현은 내가 보아 왔던 방식 중 가장 로맨틱한 방식으로 문학에 사랑을 고백한다. 그는 쓴다는 것 자체에 매료되는 게 아니라 그 글을 통해 누군가 공감할 수 있다는 사실에 흥분한다. 지금껏 이 불시의 습격을 이토록 로맨틱하면서도 현학적으로 표현해 낸 작가를 본 적이 없다. 적어도, 조현은 독자들에게 어떻게 고백을 해야 할지 알고 있는 작가다. "공명". 결국 퍼즐의 마지막 조각은 독자가 쥐고 있기 때문이다.

2   웰메이드 픽션을 즐기는 법

조현의 소설을 즐기는 방법은 여러 가지다. 하나는 어디까지가 사실이고 어디까지가 허구인지 탐정의 심사로 진위를 가려 보는 것이다. 조현의 소설에는 수많은 정보와 거짓 정보, 허구와 상상이 별다른 구별 없이 한 줄에, 한 문장에, 한 문단과 한 편의 소설에 등장한다. 사립 탐정이 단서를 가지고 범인을 추론하듯이 문장들 가운데 놓인 미로를 따라 진짜와 가짜를 구분해 볼 수 있다.

조현의 등단작인 「종이냅킨에 대한 우아한 철학」은 냅킨의 역사를 엘리엇과 설리번 양의 러브 스토리 속에서 찾아낸다. 발견되지 않는 몇몇 사료들을 중심으로 도출한 결론은 두 가지로 압축된다. 하나는 "냅킨이란 고급 문화, 교양이 소시민 계급 혹은 노동자 계급으로 확산될 것"이라는 것이고 다른 하나는 "종이냅킨의 사용이 세계를 황무지로 만들 것이다. 나무로 만드니까 문화의 보편화는 필연적으로 문화의 타락을 불러올 것이다."라는 종말론적 결론이다. 엘리엇의 시 「황무지」를 나무가 사라진 세계에 대한 예고로 읽어 낸 것이다.

이 능청맞은 농담의 완성을 위해 조현은 부르디외와 데이비드 앨런이 쓴 『빅토리아 시대의 양치류 열기』, 헨리 데이비드 소로의 『월든』과 엘리엇의 『전통의 개인적 재능』까지 인용한다. 그러니까 이 부분들은 작가가 밝혔듯이 '진짜'다. 하지만 냅킨이 환경에 미치는 영향이라든지 소설의 가장 중요한 이야기라고 할 수 있을 엘리엇과 설리반의 관계는 진짜인지 허구인지 불분명하다. 그러니까, 이 많은 정보와 허구 가운데에 놓인 지도를 따라 무엇이 허구인가 사실인가 한번 따져 보는 것이다. 장담하건대, 이것도 꽤 재미있는 독법 중 하나다.

조현 소설의 조금 더 깊은 풍미를 읽고 싶다면(때로 어떤 이에겐 의미야말로 지고의 재미이기도 하니 말이다.) 사실의 진위 여부를 아예 차치해 두고 행간의 여백을 무작정 따라가 보는 것을 권하고 싶다. 아예 모든 정보를 거짓으로 치부해 버리는 것이다. 정보의 형태를 띤, 작가의 해석으로 판단해 보는 것이다.

이렇게 되면, 엘리엇과 설리번이 주고받았던 냅킨에 대한 사유들은 문명이, 보이지 않는 인간의 심연을 밝혀 주기는커녕 오히려 더 황폐하게 만들었다는 작가 조현의 판단으로 읽힌다. "우리의 문명은 상징보다는 항상 재생하는 행동에 의해 종말을 유예할 수 있다."라는 멋진 말을 하기 위해, 정보와 사실을 축조해 낸 셈이다.

정보가 사실일지언정 거짓 사이에 섞어 놓았으니 진담 같은 농담과 닮아 있다. 물론 나열된 정보보다 훨씬 더 풍요롭고 재미있다. 거짓의 구조물 가운데 블록처럼 끼어 있는 진짜 정보들은 문장이 되고 최소 단위의 작은 이야기가 되어 주며 그 자체로 즐길 만한 기쁨을 준다.

하지만 이쯤에서 만족하지 못하는 독자들이 있다면, 농담과 허구, 정보와 사실을 모두 덜어 낸 이후 남는, 여백 속의 어떤 공백을 바라보라고 말하고 싶다. 상상과 허구를 섞어 낸 이 남자의 고급한 농담, 그 이면을 들춰 보는 것이다. 물론 첫 번째 독법보다는 정신적 에너지가 많이 소요되고 노력과 학습도 필요하다. 하루아침에 달성되지 않는, 안타깝지만 별다른 지름길이 없는, 문학적 내공과 수련이 요구된다. 만만해 보이지만 만만치 않다. 조현의 소설이 그렇다. 고수의 농담에 서린 핵심을 잠들기 전에나 깨달을 수 있는 우리 하수의 세계에서는 말이다.

이쯤에서 "내 심장에 얼얼한 것은 남들의 가슴에도 울컥한다."라는 이본 마멜의 생각을 떠올려 보자. 그러니까 조현의 소설을 즐기는 최고이자 최후의 방법은 그가 은연중에 숨겨 놓은 교감의 신호들에 몸을 맡기는 것이다. 조현의 소설 곳곳에 놓여 있는 가련하고도 위태로운 자태의 사랑이라는 단어를 놓치지 않는 것과 같은 방법 말이다.

조현의 소설 곳곳에는 사랑이라는 단어가 여러 가지 가면으로 얼굴을 가린 채 매복하고 있다. 이 사랑을 가만히 놓고 들여다보다 보면 감동이라 부를 만한, 그러니까 가슴에 울컥한 무엇이 떠오른다. 그는 이 울컥한 무엇을 위해 자신이 하고 싶은 말을 독자들이 원하는 방식으로 말할 줄 안다. 조현, 그는 너무나 잘 알고 있다. 자신이 아니라, 읽는 사람이 감동받아야 한다는 사실을 말이다.

독자는 사적 추억과 연관해 문학을 사유화하지만 소설가는 사유화된 기억의 영토를 공감의 주파수로 끌어내야 한다. 자기만 좋은 것은 문학이 아니라 단지 추억에 불과하다. 그가 SF나 역사 소설 혹은 먼치킨과 같은 장르 소설적 요소를 그의 작품에 도입하는 까닭도 여기에 있다. 그는 이 익숙한 관습들을 통해 독자들에게 공감을 전하고자 한다. 이본 마멜을 울릴 수 있는 베아트리체, 그게, 바로, 문학이다. 조현의 말처럼 "대저 글을 쓴다는 것 자체가 콤플렉스의 발현"이라면 소설을 읽는 것은 콤플렉스의 '발견'일 것이다. 그러니, 우리는 이 익숙한 관습 속에 묻어 둔 사랑의 코드들을 찾아 읽어야 할 것이다. 그것이야말로 조현이 말하고자 하는 우주적 문학의 목적이자 우리가 언어를 빚어내 대화를 나누는 근본적 이유니 말이다.

소설은 허구다. 진짜 정보도 소설이라는 건축물 안에 들어오는 순간 허구의 부속물이 된다. 진짜라고 해서 진짜 정보로 군림한다면 그것이야말로 연출이자 외설이라고 할 수 있다. 대개 하급의 이야기꾼들이 진짜 정보로 사실성을 강조한다. 하급의 거짓말쟁이는 남을 속인다 생각하지만 사실은 자신만 속인다. 거짓말을 조금 더 잘하게 되면 자신은 속지 않고 남을 속일 줄 안게 된다. 거짓말의 고수는, 즉 진짜 거짓말쟁이는 자신의 거짓 이야기를 진짜로 믿는다.

중요한 것은 거짓말을 진짜로 만드는 믿음과 구성이다. 그리고 재미있게도 제대로 구성된 거짓말은 허술한 진담보다 더 감동적이기 마련이다. 진짜 거짓말의 매혹에 사람들은 기꺼이 공감과 감동을 보낸다. 이 매혹적인 진짜 거짓말이 바로 소설이다. 잘 만든 이야기, 훌륭한 소설은 모두 감동적인 거짓말이다. 허구, 구성된 이야기의 세계에서 사실이다 혹은 그렇지 않다는 것은 중요하지 않다. 문제는 내 심장에 과연 얼마나 얼얼한 것을 남기느냐 하는 것이다. 단언컨대, 조현은 뛰어난 거짓말쟁이임에 분명하다.

3 모든 시는 사랑에서 출발한다

소설집의 첫 번째 단편 「누구에게나 아무것도 아닌 햄버거의 역사」는 '햄버거'라는 이름을 따라 유랑하는 사유의 기록이다. 유랑은 편집자 이본 마멜의 개인사로부터 시작해 1969년 미국의 우주선 아폴로 11호의 달 착륙을 거쳐 맥도널드 때문에 업무상 지장을 심각하게 받은 볼티모어의 스낵바 주인 마틴 커닝스와 그의 아들 커닝스 주니어 대위를 관통해 용산 미군 기지에 군속으로 근무하던 한 한국인 청소원이 발견하면서 이어진다. 이 페이퍼백은 이태원의 헌책방에 15년간 묻혀 있다가 2007년 드디어 광고 회사에서 일하는 마케팅 연구원 "김경주" 사원의 손에 들어가, 마이클 버거를 탄생시킨다.

「누구에게나 아무것도 아닌 햄버거의 역사」는 제목 그대로 아무것도 아닌 "햄버거"의 역사를 담고 있다. 그런데, 이 아무것도 아닌 햄버거의 역사는 문학을 읽는 내포 독자, 그러니까 내면적 독자를 목격하게 한다. 이본 마멜의 사적 경험이 김경주의 오늘까지 이어지는 우연의 역사는 어떤 언어의 유전을 보여 준다. 사전에 등재된 중립적 언어는 개인의 삶과 매개되자 필연이 된다.

이 필연적 우연은 앞서 말했듯이 사랑의 원리와 닮아 있다. 여기에서 "햄버거"라는 말을 영화나 연극, 시나 소설이라는 단어로 바꾼다 해도 다르지 않다. 햄버거가 아니라 『햄릿』이나 『오만과 편견』이었다 해도 이 우연적 필연의 맥락은 크게 달라지지 않을 것이다.(물론 햄버거보다 독특하지는 않지만 말이다.) 햄버거에 관심이 있었던 커닝스에겐 세상이 온통 햄버거로 움직인다. '사랑'에 빠지면 사랑이라는 글자만 쫓아다니고 증권에 빠지면 증권만 따라다닌다. 마찬가지로 문학에 빠지게 되면 문학만을 따라다닐 것이다. 이 유랑의 기록이 사랑의 역사(役事)와 닮아 있는 이유이기도 하다.

사실 이런 문학론은 좀 뻔하고 진부하다. 문학과 사랑에 빠지는 것은 아름다운 여인에게 눈이 머는 것만큼이나, 사실은, 흔하다. 조현 역시 이런 문학적 퓨리턴의 고해 성사가 너무 오래 묵은 식상한 고백이라는 것을 알고 있다. 조현의 말투를 흉내 내, "대저" 고백의 성공은 창의성에 있다.

믿기지 않는다면, 「옛날 옛적 내가 초능력을 배울 때」를 보자. 주인공은 대학 시절 실연의 상처를 이기기 위해 영성 수련에 참가하게 된다. 이 영성 수련 과정은 일종의 최면술과 닮아 있다. 수련회 강사는 "개념은 실체를 생성하"니, "하나의 믿음은 하나의 실체를 생성"할 수 있다고 주장한다. 그래서 그들은 토사물을 토사물이라고 믿지 않음으로써 맛있게 먹을 수 있다고까지 말한다. 당혹스러운 가정법의 신화는 영성 수련의 요체라고 할 수 있다. 하지만 주인공은 토사물을 음식이라 믿지 못했고, 결국 통과 제의에 실패하고 만다. 그는 차라리 천문대에서 우주를 관찰하는 편이 낫다고 여긴다.

여기에서 주목해야 할 것은 영성 수련과 천문학이 동일한 맥락에서 대체되고 변주되고 있다는 점이다. 주인공은 천문 동아리에서 평생을 가도 잊히지 않는 한 여자를 만나게 된다. 여자는 그에게 처음으로 '시'를 발견하게 해 주고 '우주'를 보여 준다. 그녀는 하늘의 별자리에서 오염되지 않는 언어를 골라 낸다. 주인공은 그녀를 통해 시가 "아무런 편견 없이 사물의 본질을 그 자체로 보"는 것임을 배운다.

그녀는 마지막 순간 그가 하늘의 별처럼, 시어처럼 자신을 아무런 편견 없이 그 자체로 보아 주기를 바란다. 그러니까 그녀 자신이 시로 읽히기를 바란다. 다른 말로 하자면 그녀는 그가 '시인'이기를 바랐다고 할 수 있다. 개념에서 실체를 얻는 상징계적 언어의 감각이 아니라 믿음으로써 실체를 생성해 내 주기를 바란 셈이다.

편견 너머에 존재하는 그녀는 결국 시다. 하지만 그는 관습적 상상력 때문에 그녀를 놓치고 만다. 시의 세계는 편견과 관습적 시선 앞에서 용해되고 만다. 결국 조현이 말하는 "초능력"이란 언어의 가면을 벗기고 실체를 바라보는 것, 즉 사랑의 능력이다.

소설가가 삶의 지문에서 예언을 읽는다면 또한 많은 시인과 과학자 그리고 철학자는 꿈의 "크레이터"에서 영감과 만난다. 편견과 예언 그것을 넘어선 상상력 가운데 놓인 흔적들, 그것이 바로 문학이다. 문학이 "해탈의 꽃비를 맞는 듯 그렇게 생의 얼룩을 건너 존재의 내면에 숨겨진 또 다른 자아의 정체성을 깨닫"는 초월적 세계와 연결되는 까닭이기도 하다. 초능력 혹은 '윤회'는 "살아가면서 생기는 온갖 감정의 상흔"을 읽어 내는 것이며 "느끼고 고뇌하는 모든 회로애락"과 공명하는 길과 같다.

조현의 문학은 바로 여기 삶의 "얼룩"과 편견 없는 "상상력" 그 가운데에 놓여 있다. 분열증 환자의 자기 독백 형태를 빌려 쓴 「생의 얼룩을 건너는 법 혹은 시학」이 "시학"으로 불릴 수 있는 이유도 여기에 있다. "얼룩"을 보며 어떤 이미지를 연상하는 로르샤흐 테스트는 어쩌면 시를 쓰는 과정과도 같을 것이다. 의사가 "얼룩"을 보며 병명을 호명해 그 증상을 획일화한다면 시인은 얼룩을 보며 "영혼에 아주 중요한 은유를 심어" 준다. 그것은 "자신의 심연이 드러내는 얼룩에 맞서 그것을 다양한 은유법으로 도출해 내는" 과정과도 같다. 정신 의학, 정신 분석, 과학, 그러니까 상징계적 질서는 "얼룩"을 병으로 환원한다. 하지만 시의 세계에서 개인이 가진 얼룩은 곧 심연이며 그 심연은 은유로 확장된다. 어떤 개인에게도 똑같은 심연은 없다. 우울증, 정신 분열처럼 하나로 호명할 수 있을 개인의 얼룩은 없다. 호명이 폭력이라면 시는 포용의 영역이라고 할 수 있다.

피시험자들은 얼룩을 보며 자신의 어떤 상처를 연상하고 연관 짓는다. 시인도 유사하다. 자신의 어떤 상처를 얼룩으로 그려 낸다. 얼룩을 문자와 언어로 그려 낸다는 것에서 차이가 있을 뿐이다. 관습적 상상력의 장애를 넘어 호명의 외부를 볼 수 있는 자, 그가 바로 시인이다. 시인의 공간은 인간의 정신을 병명으로 식민지화하는 의사의 세계와 대비되어 하나의 '우주'를 형성한다. 이 '우주'에서 초월, 윤회의 초능력과 연결된다. 문학을 안다는 것, 그것은 대저 우주의 비밀과 접촉하는 것이다. 생의 비밀을 알아 버리는 초능력, 그것이 바로 문학의 능력이니 말이다.

4　다야드밤(Dayadhvam)! 공감하라

그러던 언제부터였을까. 고향 행성에 대한 기억이 더 선명하게 복원될수록 이곳 지구에서의 삶이 비루하고 혐오스럽게 느껴졌던 것은, 하여 내가 가장 바쁜 월요일에 드디어 회사를 그만두고 놀이 공원에 다니기 시작한 것은, 그것은 아마도 생방송 중에 추첨으로 제공되는 경품을 노리고 물건을 샀다가 당첨되지 않으면 반품하기를 일삼는 고객과 언쟁을 벌이다가 경위서를 쓸 때였을 것이다.[1]

누구에게나 아무것도 아닌 햄버거가 어느 순간 특별해지듯 우리는 어느 날 갑자기 우리 삶을 변화시킬 장면들과 마주치게 된다. 「돌고래 왈츠」의 주인공이 돌고래 쇼를 보다가 갑자기 그들의 말을 이해하게 된 순간처

1　조현, 「돌고래 왈츠」, 『누구에게나 아무것도 아닌 햄버거의 역사』(민음사, 2011), 156쪽.

럼 말이다.

　조현의 소설에는 종종 우주나 사물, 식물이나 동물과 교감을 주장하는 사람들이 등장한다. 이러한 사람들은 광인, 초능력자, 분열증자 등 다양한 이름으로 불린다. 하지만 조현은 이들을 이런 상징계적 이름으로 호명하지 않고 초월적 농담으로 번역해 낸다. 그는 지구인의 관점에서 분열증자인 자들을 외계의 시각으로 다시 본다. 외계의 관점에서 지구를 보는 것은 시인의 눈으로 세상을 바라보는 것과 같다. 그것은 일종의 계시와 닮아 있다.

　그는 영화 「매트릭스」의 네오처럼 독자들이 '진짜 세계'를 발견하도록 일상적 삶의 기계성 내부를 교란한다. 시적 상상력이야말로 바로 매트릭스를 붕괴할 수 있는 원형적 바이러스다. 라 팜파, 안드로메다, 다야드밤, 멘 디아츠와 같은 낯선 단어가 침투하는 순간 우리의 일상은 하나의 점멸 부호로 무너진다. 시는 세상이 점멸하는 순간 등장한다. 그 역설 한가운데를 조현은 우주와 인간의 언어로 건넌다.

　「라 팜파, 초록빛 유형지」에서 시인은 몇 겹의 윤회를 거듭한 지혜로운 자로 묘사된다. 하긴 그렇다. 윤회나 영혼의 덧댐과 같은 초월적 체험이 없다면, 복잡한 연산을 통해서도 알 수 없는 세상의 이치를, 시인은 어떻게 단 하나의 언어로 명명해 낼 수 있을까? 자신의 육신에 새겨 놓은 삶의 역사를 지구의 화석처럼 남길 수 있다면 그는 이미 초능력자이거나 초월적 존재가 아닐까?

　언어의 신비는 우주의 신비와 같다. 우리는 늘 신비를 체험할 수는 없지만 간혹 신비가 될 때가 있다. 누군가와 사랑에 빠지는 그 순간, 어떤 단어로도 설명할 수 없는 상대방의 깊은 "멘 디아츠"에 가 닿는다면 시의 마술은 그렇게 이미 효력을 발휘하고 있는 중일 것이다. 누구나 자신의 삶에 "얼룩"을 간직하고 살아간다. 그러니 시인은 화석이나 지층에서 지구의 역사를 읽어 내는 지질학자와도 같다. 삶의 표정을 읽어 내 그것에 언어를 붙이는 자, 여러 겹의 시간을 거쳐 개인의 역사에 빛을 내는 자, 그가 바로 이 생애라는 유형지를 초록빛 라 팜파로 만들어 내는 원천이라고 할 수 있다.

그러니 어느 순간 문득 돌고래의 움직임에서 왈츠를 발견하고 모르는 외국어에서 깊은 슬픔을 느낄지도 모를 일이다. 공명, 무릇, 대저 문학은 바로 공감이기 때문이다. 다야드밤, 공감하라. 조현의 소설에서 잊지 말아야 할 것은 바로 이 공감이다. 조현이라는 작가의 탄생을 2000년대의 문학이 환대하는 이유도 바로 여기에 있다. 그는 장르적 문법이나 정보가 무한정 열려 있는 새로운 창작 방법을 우리 문학에 도입했다. 사실과 허구가 뒤엉킨 조현의 낯선 소설 세계가 반가운 가장 큰 이유는 그의 작품이 '공감'에 기반을 두고 있기 때문이다. 그래서 조현의 소설은 재미있다. 공감의 마지막 선택을 독자에게 돌려준 그의 겸허함이 바로 그의 힘이기도 하다. 초월적 우주론으로 녹여 낸 사랑의 시학, 그의 소설을 만나게 되어 기쁘고 반갑다.

세계의 암전과 환상

황정은론

1　신성하지 않은 괴물

　황정은의 소설에는 이상한 괴물들이 등장한다. 아버지는 시시때때로 '모자'가 되고, 회사원은 몸이 줄다 못해 오뚝이가 된다. 때로는 말하는 고양이 비슷한 것이 나타나 재미있는 이야기를 요구하기도 한다. 이 고양이는 괴팍해서 들은 이야기가 맘에 들지 않을 '경우' "두두두두" 소리를 내며 밤새 질주한다. 아니다. 여기서 한 가지 수정하자. 황정은 소설에는 괴물이 아니라 단지 "이상한 것"들이 등장한다.

　괴물은 라틴어로 Monstrare라고 표기하는데, 이는 보이다와 경고하다, 라는 의미를 내포하고 있다. 이때 괴물이라는 개념은 쥘리아 크리스테바가 말한 아브젝트(abject)와도 유사하다. 아브젝트는 법률의 취약성을 두드러지게 하는 제도의 불량품들이다. 마약 중독자, 살인자, 정신병자들처럼 사회가 격리하고 두려워하는 존재들. 그들이 바로 아브젝트다. 도착과 위반으로 요약할 수 있는 이들은 역겨운 존재지만 마음을 부추기는 기묘한 존재이기도 하다. 괴물도 마찬가지다. 기이한 외모나 흉포한 폭력성을 지닌 괴물은 인간은 아니지만 때론 인간을 뛰어넘는 능력을 지니기도 하고 무엇보다 인간을 위협한다. 외모로든, 힘으로든 말이다.

그런데, 황정은의 소설에 등장하는 '이상한 것'들은 외형상 기묘하지만 전혀 역겹지도 그렇다고 두려움을 불러일으키지도 않는다. 오뚝이와 모자라니, 혐오스럽긴커녕 귀엽지 않은가? '이상한 것'들이 유발하는 감정은 오히려 모멸이나 연민에 가깝다. 아니, 조금 더 솔직히 말하자. 그들은 모멸이나 연민의 대상조차 되지 못하고 관심의 사각지대로 밀려난다. 그들은 다만 모자가 걸려 있어야 할 곳에 있지 않아 어색하고 엉뚱한 곳에 놓여 갸우뚱한 오뚝이에 불과하다. 무력하고 기이한 것, 그것이 바로 황정은 소설에 등장하는 이상한 것들이다.

황정은 소설에 등장하는 사물들은 괴상함에도 불구하고 공포나 경외가 아닌 무관심에 정착한다. 그것은 늘상 놓여 있던 자리에서 벗어난 시계처럼 관습적 일상에 불편을 가져온다. 하지만 이는 팔이 있어야 할 곳에 눈이 붙어 있는 입체파의 기이함과는 거리가 멀다. 사람들은 괴물을 신격화한다고 말하지만 괴물을 창조하는 것 자체가 신격화다. 괴물 대접을 받으려면 적어도 카프카의 벌레처럼 흉측하거나 에일리언만큼 소름끼쳐야 하는 것이다.

괴물이 우리 안의 악마성이나 괴물성을 건드려 불편한 존재라면 황정은 소설의 이상한 것들은 아무것도 건드리지 않아 그것이 괴이하다. 황정은의 소설에 등장하는 '이상한 것'들은 구석에 조용히 찌그러져 있거나 회사에서 쫓겨나 말을 잃어 간다. 보이고 경고하는 것이 '괴물'이라면 황정은의 소설에 등장하는 것들은 사람들의 시야에서 마침내 사라져 버린다.

가령, 「모자」에 등장하는 아버지만 해도 그렇다. 아버지는 무시로 모자로 변한다. 아니 무시로 변하는 것처럼 보인다. 그런데, 잘 살펴보면 그 변신에는 나름의 알고리즘이 있다. 아버지는 자신이 아무것도 할 수 없을 때, 그리고 남들이 자신을 '모자'보다 못한 존재로 치부할 때 '모자'로 변신한다. 아버지가 모자 취급 받는 것은 불행한 사태이지만 모자가 모자 취급 받는 것은 당연하다. 아버지는 모자가 됨으로써 모멸을 견디고, 초라한 현재에 알리바이를 제공한다.

'아버지'라는 호명에 쌓인 흉포한 은유와 달리,「모자」에 등장하는 아버지에게는 상징적 권위나 도착적 권력 의지 따위가 없다. 아버지는 말 그대로, '모자'가 되어야만 '보이는' 이상한 괴물이다. 제도로부터 추방당하고, 거주지 주민으로부터 멸시당하는 그는 얼핏 보면 괴물이지만, 괴물이라고 하기엔 너무나 나약하다. 하다 못해 흉측하지도 않다. 아버지의 변신은 누구의 불안도 야기하지 않는다. 그는 변신하기 전에는 잘 보이지 않지만 변신한 이후에도 비슷한 이유로 불편을 초래할 뿐이다.

모자로 변한 모습이 하필 이웃의 눈에 띄어 가족들은 수시로 이사를 다녀야 하고, 하필 문지방 앞에서 모자로 변신해 발길에 채인다. 불편하고 성가신 존재, 그게 바로 이상한 것, '모자'다. 이쯤 되면 아버지의 변신은 괴물이 가진 초월적 공포나 능력 그 어느 것도 가지지 못한 거추장스러운 행위로 받아들여진다. 불쌍하고 측은한 '이상한 것들', 그렇다면, 과연 황정은의 소설에 등장하는 이상한 것들은 무엇으로 불러야 하는 것일까?

불쌍하고 멋쩍고 게다가 이상한 사물, '모자'나 '오뚝이'는 괴물이 아니라 왕따의 모습과 닮아 있다. 왕따는 소외의 고통을 체제에 대한 항거가 아닌 자기 파괴로 내면화한다. 추방자가 법에 의해 제거된 시민이라면 왕따는 법 안에 머무는 낙오자다. 체제에서의 낙오를 자인한 왕따들, 그래서 그들은 점점 줄어들다 못해 옴짝달싹 못하는 오뚝이가 된다.

그렇다면 질문은 그들이 '왜' 괴물이 되었느냐가 아니라 '무엇이' 그들을 낙오시켰느냐로 바뀌어야 할 것이다. 중요한 것은 황정은의 소설에 등장하는 '왕따'들이 2008년 현재, 이곳의 특수한 존재들이 아니라 대한민국을 살아가는 개인의 형편을 고스란히 함축하고 있다는 것일 테다. 바이러스가 되어 체제에 잠입하거나 매트릭스를 고장 낼 수 없는 존재, 고장을 일으키기 전에 먼저 유효 기간 만료를 선고받아 축출되는, 개인들. 황정은의 소설에는 이 시대의 개인이 놓인 '공간'에 대한 미학적이며 문학적 해석이 들어차 있다. 무력한 낙오자들을 통해 현실을 주관화하는 황정은의 방식은 환상을 통한 우주적 개인주의로 명명할 수 있을 것이다. "책책책책", 우주는 주문과 함께 열린다.

2   책책책, 풉풉풉

한씨와 고씨가 한밤중에 곰과 밈을 데리고 아는 동생 "백씨"의 집을 찾아 나선다.(「야행」, 『파씨의 입문』) 한씨와 고씨는 백씨와 박씨 부부에게 다짜고짜 따진다. 왜 내 전화를 받지 않고, 대충 끊어 버리느냐고. 사람이 변했느니, 너마저 그럴 수 없다느니, 해도 되고 안 해도 될 말 아니 안 하는 편이 훨씬 나을 법한 말들을 끝도 없이 내뱉는다. 그때 고명처럼 따라간 자녀 곰은 이 궁상맞은 대화에서 떨어져 나오기 위해 "책, 책, 책, 책" 시간의 틈새를 헤아린다. "책, 책"으로 시작된 주문은 한 페이지를 다 채울 분량으로 늘어나 시간의 여백을 가득 채운다.

무한대의 "책"으로 나뉜 시간은 결국 아무것도 아닌 무가 된다. 끊임없이 분할되고 증폭할 수 있다는 것은 결국 아무것도 없다는 뜻이기도 하기 때문이다. 눈치챘다시피, "책책책책"은 곰이 지리멸렬한 현실로부터 탈주하기 위해 고안한 유체 이탈의 주문이다. "곰"은 한씨와 고씨가 내뱉는 내용 없는 말들, 그리고 그런 말들을 지껄이게 하는 초라한 현실, 그럼에도 불구하고 그들을 따라 한밤에 남의 집 거실까지 따라오게 된 수치심을 잊고자 한다. "책책책책" 헤아리려 곰은 그를 묶고 있는 3차원의 시공간을 정복한다. "책책책책", 이것은 곰이 터득한 처세인 셈이다.

"책. 책. 무슨 시계 소리가. 책. 채. 책. 그보다. 사람들은 내가 멍하니 아무엇도 하지 않는다고 생각하겠지만 사실 지금 이 순간에도 나는 바쁘다. 하다못해 지금 오른쪽 두 번째 어금니와 첫 번째 어금니 사이에 낀 옥수수 껍질 같은 거. 아까부터 그런 것에도 신경을 써야 하는 것이다. 책. 책. 책. 책. 거기다 이렇게 앉아서도 여러 가지를 알 수 있어. 예를 들자면, 책. 책. 예를 들면, 이 소리가. 책. 책. 책. 책. 나는 여태까지의 이 소리의 간격을 유심히 재 보았다. 책. 책. 책. 책. 책. 6과 12 사이엔 삼십 번의 '책'이 있고 다시 12와 6 사이엔 삼십 번의 '책'이 있어야 하는 데, 어느 순간 미묘하게 늘어지거나 빨라져서 열여덟 번이 되기도 하고, 스물일곱 번이 되기도 하고, 심할 때는 아홉 번이라든지, 마흔다섯 번이 될 때도 있다. 내가 이것을 알아챈 것이 넉 달 전이었으니까, 지금은 얼마나 꼬였는지 알 수 없다. <u>이 시계 속의 세계에서는, 아무도 대답할 수 없는 거야. 지금이 몇 시인지 영원히 알 수 없게 되어 버렸다는 얘기다.</u>[1]

아버지, 어머니로 예측되는 한씨와 고씨가 실패로 인한 좌절감을 지인에 대한 히스테리로 풀어 놓고 있을 때, 곰은 "책, 책, 책"이라는 주문을 외우며 현실의 궤도로부터 이탈한다. 이 주문은 다른 세계로의 이동을 가능케 하는 주술이며, 이곳과는 완전히 다른 질감의 "시공간"으로 정신을 견인하는 수단이기도 하다. "지금이 몇 시인지 영원히 알 수 없게 되어 버렸다."라고 말하고 있지만 실상, 곰은 "지금이 몇 시인지 영원히 알 수 없"기 위해 일부러 이 주문을 외운다. "곰"은 이 지긋지긋하고 남루한 현실에 별 해결이 없다는 사실을 잘 알고 있다. 그래서 "곰"은 몸만 남겨 둔 채 다른 곳으로 영혼을 인양해 유체 이탈시킨다. 곰의 이러한 자기 견인 방식은 부모님들이 다투거나 말거나 플레이스테이션 게임에 열중하는 검정의 모습에서도 발견된다. 곰의 "책. 책. 책. 책"이나 검정의 게임이나 현실로부

<hr>

1   황정은, 「야행」, 『파씨의 입문』(창비, 2012), 273쪽. 밑줄은 인용자.

터의 이탈을 가능케 한다는 점에서 다를 바 없다.

흥미로운 것은 소설의 마지막 장면이다. 한씨와 고씨가 한바탕 소요를 일으키고 난 후 집을 빠져나가자, 박씨가 말한다. "불을 끄라고, 누가 또 문을 두드리기 전에."라고 말이다. 이 마지막 말에는 타자로부터의 갑작스러운 침범을 허용하고 싶지 않은, 그러니까 타인과 굳이 불편한 관계를 맺고 싶어 하지 않는 자의 바람이 포함되어 있다. 이는 타자로부터의 방문을 침범으로 인식하는 폐칩된 자아의 내면을 암시하기도 한다. 그들은 주문을 외움으로써 자아 바깥에 존재하는 세계를 암전시킨다.

「야행」에 등장하는 인물들은 어떤 식으로든 개인의 소우주를 유지하고 싶어 한다. 그 소우주는 가난이나 부모, 사람의 도리와 같은 명목으로 너무도 쉽게 침범 당한다. "박씨"가 불을 끄듯이 "곰"은 "책책책"을 외우고, 검정은 플레이스테이션을 한다. 「야행」에는 자아라는 공간을 끊임없이 침범하는 관계로부터 이탈하고자 하는 동시대인들의 바람이 자리 잡고 있다. 흥미로운 것은 그 끈적끈적한 관계가 사업 실패라는 경제적 원인, 가족이라는 혈연의 구속으로 구성되어 있다는 사실이다. 그들을 족쇄 채우는 중력이 바로 가족과 돈으로 구체화되는 현실인 셈이다. 끊임없이 "외부"와의 관계를 요구받는 폐칩된 "자아"의 형편은 「곡도와 살고 있다」(『일곱 시 삼십이 분 코끼리 열차』(문학동네, 2008))에서 좀 더 분명해진다.

G는 어느 날 갑작스레 방문한 파씨로부터 "곡도"라는 고양이 비슷한 생물을 선물받는다. 타이프체로 말하는 이 생물은 생물과 괴물의 경계에 놓여 있다. 혼자서 밥 먹고 게다가 변기까지 사용할 줄 아는 이 생물은 보통의 애완동물과 달리 전혀 귀찮지 않다. 그럼에도 불구하고 곡도는 불편하고 성가신데, 그 이유는 바로 "곡도"가 끊임없이 이야기를 요구하기 때문이다. 게다가 재미있는 이야기를. "곡도"는 재미없는 이야기를 들을 '경우' 여러 개체로 자신을 복제해 순식간에 집을 엉망으로 만들어 버린다. G가 "곡도의 질주"라고 명명한 이 사태들은 시간이 지나지 않으면 해결

되지 않는다.

평론가 김윤식의 말처럼 「곡도와 살고 있다」는 현대판 『고도로 기다리며』의 부조리 상황과 닮아 있다. 그런데 흥미로운 사실 중 하나는 곡도가 하필 "이야기"를 요구한다는 것이다. 이는 곡도가 오기 전 "G"가 매우 자족적인 삶을 살았다는 점과도 연관된다. "G는 이제까지 도시 외곽에서 아무도 귀찮게 하지 않으면서", "씻는 순서를 몸으로 기억해 두고 언제나 그 순서대로 씻어" 오며 살아왔다. 마치 컨베이어 벨트 공정과 같은 삶을 살았던 G의 일상에 곡도가 끼어들자 그의 "상황"은 달라지고 만다. "곡도"는 일상적인 "G"의 삶을 일상적이지 않은 것으로 순식간에 바꿔 버린다. 고도를 기다리던 이들이 아무런 변화 없이 고도를 기다릴 뿐이라면 G에게는 곡도가 찾아와 변화가 생긴 것이다.

간과하지 말아야 할 사실은 이 이상한 물건, 곡도가 고양이의 형태로만 찾아오는 것이 아니라는 것이다. 아랫집 여자에게는 원숭이의 닮은꼴로 그리고 소장에게는 "마요네즈, 마요네즈"라고 되풀이하는 생명체로 다가온다. 베케트에게 "고도"가 영원히 오지 않을 그 무엇으로서의 대상이었다면 황정은에게 있어 "곡도"는 인생을 살다 보면 한 번쯤 만나게 되는 침범이다.

「곡도와 살고 있다」는 교통사고처럼 갑작스럽게 삶에 끼어든 변화의 곤혹을 말하고 있다. 그 곤혹은 집 안에 들어온 "곡도"가 너무 작아져 내 몸 안의 어느 구멍으로 침투할까 봐 두려워하는 아랫집 여자의 이야기에도 그리고 "그거"한테도 재미없는 인간이 되어 쓸쓸한 소장의 푸념에도 포함되어 있다. 일상을 일상이 아닌 다른 무엇으로 만드는 사건은 사람을 흥분되게도 하지만 또 한편 불안하게 한다. 일상의 일부로 침잠하는 외부로부터의 침투, 문제는 그 침범이 중요한 무엇인가를 요구한다는 것이다. 침범으로 인해 삶 자체가 돌연변이가 되어 버리기 때문이다.

재미있는 이야기를 요구하다 마음에 들지 않으면 밤새 질주해 G를 잠못 들게 하는 "곡도", 그렇다면 "G"를 찾아온 곡도는 문학이 아닐까? 곡도는 일상을 변질시키지만 한편으로는 지리멸렬한 일상적 궤도로부터의 일탈을 가능케 한다. 여기에서 주목해야 할 것은 지루한 일상으로부터의 탈주를 가능하게 한 곡도를 "G"가 반기면서도 한편 불편해한다는 사실이다.

"책책책" 주문을 외워 시공간의 결박을 벗어나듯이 곡도는 "G"를 다른 어딘가로 데려다주는 흰 토끼다. 그런데 이쯤에서 다시 질문을 던져 보자. 왜 그들은 아니 황정은은 주문을 외워 환상으로 이탈하려는 것일까? 우리는 지금까지 황정은의 소설에 나타난 매력적인 환상의 실체를 이야기했지만 실상 그녀가 무엇으로부터 탈주하려 하는지는 묵과하고 있다. 황정은의 환상은 동년배 작가들이 직조해 낸 그것과는 분명 다른 질감을 지니고 있다. 다른 질감은 왜 지금 황정은이어야 하는가에 대한 대답이기도 한다. 대답은 우선 그녀가 만든 다른 '환상'의 공식을 체감하는 데서 시작해야 할 것이다.

3 환상(幻像)의 유체 이탈

"풀을 하나 가지고 싶다고 P는 생각했다."[2]

P는 어느 날 갑자기 같이 사는 K에게 "풀(POOL)"을 사서 집 안에 두는 게 어떻겠냐고 묻는다. 마땅히 둘 공간도 없지만 거실에 놓으면 되겠거니 여기며, 그들은 마트에 가 4만 5000원짜리 풀을 구입해 돌아온다. 공기 투입구로 바람을 채워 넣은 그들은 팬티 바람으로 풀에 들어가 잠깐 시간을 보낸다. 하지만 그들은 곧 풀에서 나오고 뿐만 아니라 그것을 다

2 황정은, 「무지개풀」, 『일곱 시 삼십이 분 코끼리 열차』(문학동네, 2008), 95쪽.

시 환불하리라 결심한다. 「무지개풀」은 황정은이 현실을 벗어나는 방식으로 환상을 선택한 알고리즘을 짐작게 하는 작품이다. 마법의 등잔을 얻은 듯이 "폼폼폼폼", 열심히 바람을 불어넣는다. 하지만 완성된 풀은 그들의 거실 공간보다 더 커서 이지러지고 군데군데 쪼글쪼글해진다. 그들의 현실적 시공간에는 그 환상이 들어설 여지가 없다. 이쯤 되면 무지개 풀을 갖기 위해 연신 "폼폼폼폼" 바람을 불어넣는 두 사람의 행위는 즐거운 놀이나 고단한 노동이 아니라 간절한 제의로 받아들여진다. 비좁고 남루한 현실에 조금은 벅찬 환상을 이식해 보려고 하는 간절한 기원이 "폼폼폼폼"이라는 주문 안에 자리잡고 있는 것이다.

> "4만 5000원이나 들여서 풀을 사고 힘들여 물을 채웠는데 즐겁지 않으면 억울하잖아."
> 즐겁기 위해서 샀지만 어쩌다 보니 샀기 때문에 즐거워야 하는 야릇한 상태가 되어 버렸다는 것을 깨닫고 P는 K의 눈치를 살폈다.[3]

방 한가운데를 풀이 차지하자 전화를 받을 수도, 저녁을 차려 먹기도 불가능해진다. 즐거우려고 샀지만 풀을 채우는 동안 쓰는 물값이 걱정되고 심지어는 사람들의 시선도 신경 쓰인다. 억지로 끼워 맞춘 무지개풀은 물에 뜬 날파리 덕분에 초라한 현실을 더 강조한다. P와 K는 애초부터 "별 모양의 무지개풀"이 자신들의 것이 될 수 없었음을 인정하고 환불을 결심한다. 눈길을 끄는 것은 그다음 행위이다. P와 K는 무지개풀의 처분을 결정하고는 "코미디 프로그램"을 보며 우울을 잊는다. 이 망각은 "몸이 무겁다는 걸 새삼 깨달아 봤자 좋을 리 없잖아. 어차피 우린 그 무게를 감당하며 살아야 하는걸."이라는 P의 말과도 상통한다. 여백 없는 현실을 확인한

---

3   앞의 책, 109쪽.

그들이 결핍을 보상하는 행위는 너무도 일상적이기에 더 가혹하다. 텔레비전이 제공하는 값싼 웃음에 잠시 현실을 잊는 것, 이 웃음에는 변화가 불가능한 현실 앞에 놓인 나약한 개인의 모습이 담겨 있다.

P와 K가 무지개풀을 부풀리며 내뱉는 "풉풉풉풉"은 「야행」의 곰이 되뇌는 "책책책"이라는 주문과 다를 바 없다. 다르다면, P와 K의 행동이 무지개풀이라는 환상을 현실에 기입하려는 행동이라면 "책책책"은 고단한 현실로부터 이탈하기 위한 내면적 망각술이라는 것이다. 현실 공간 안에서의 이탈이 불가능하다고 깨닫자 환상(幻像)이 아닌 환상(幻想)을 통해 현실을 잊는 것이다. 현실에는 시공간의 제약이 있지만 관념에는 제약이 없다. 생각하기에 따라 수많은 공간이 창출되고 지리한 시간은 단축된다. "코미디 프로그램"을 보며 우울을 잊는 망각술과 주문을 외워 현재로부터 이탈하는 환상 사이에는 대중과 개인이라는 간극이 놓여 있다.

텔레비전의 코미디를 보며 현재를 잊는 P와 K의 망각술은 지금, 이곳을 살아가는 수많은 대중들의 자가 치유법을 떠올리게 한다. 황정은은 환상으로 가는 주문을 통해 만성적 무기력의 상태로부터 놓여나는 것이다. 대중 속에서 불가능했던 이탈은 개인이 되자 가능해진다. 무게 중심을 이동하자 세계가 나를 낙오시키는 게 아니라 내가 세상을 암전에 몰아넣는 것이다. "풉풉풉풉"이 현실에 환상을 기입하는 제의라면 "책책책책"은 세상을 지우는 개인의 주문이다. 이는 황정은의 소설에서 발견되는 폐칩된 자아의 공간이 소아적 도피가 아닌 우주적 개인주의라는 사실과도 상통한다. 그들을 "오뚝이"로 "모자"로 만든 현실, 이제 황정은은 환상을 통해 그 현실을 따돌리고 있다. "오뚝이"나 "모자"가 될지언정 그 세계는 주문 이전의 상황과는 다른 것이다.

4 좀비보다는 오뚝이

황정은의 소설에 나타나는 환상이 우주적 개인주의로 불릴 수 있는 까닭은 그것이 소외당한 개인의 자기 구제의 양식을 띠고 있기 때문이다. 황정은의 환상은 무료한 세상을 교조하려는 혁명론자나 세상의 무가치함을 까발리는 회의론자들의 스타일로서의 환상과는 구분되어야 한다. 구분은 황정은이 바라보는 세상으로부터 시작된다. 황정은이 바라보는 현실은 수많은 기호적 가치에 매몰되어 자아를 잃어 가는 후기 자본주의 시대의 풍요로운 결핍이나 사회의 하부를 전전할 수밖에 없는 이방인을 통한 고발과는 다르다. 아니, 그 둘 다이면서 한편으로는 그 둘 모두를 넘어선다.

황정은에게 환상은 1인 미디어 세대가 꿈꾸는 관념적 이데아나 후기 자본주의 시대 타자의 삶에는 무심한 자발적 외톨이의 선택과는 다르다. "책책책책", "두두두두", "폼폼폼폼"이라는 주문에는 지독한 현실로부터 스스로를 견인하고자 하는 간절함이 있다. 참혹한 전쟁터에서 두 눈과 귀를 막고 소리 지르는 아이의 모습처럼 그 소망에는 현실에 대한 사실적이면서도 구체적인 두려움이 내재해 있다.

이 구체적 두려움은 황정은이 제시한 장면들에 낭자한 선명함에서 두드러진다. "한결같이 좌우로 어깨를 흔들고 있어 기분이 나"쁜 지하철 안이라든가 "피부가 들떠 얇은 수포막이 생기고 그 위에 투명한 물이 고"인 허벅지. 그리고 그 허벅지를 붙들고 "덜덜 떨며 잠을 설"치는 장면에는 선언을 위해 관념에서 직조한 장면과는 분명히 다른 질감이 놓여 있다. 어머니의 우울증이 가라앉기를 바라며 정량보다 더 많은 약을 건네는 딸, 비좁은 방에서 쥐 때문에 잠을 설치는 소년, 대문을 놔두고 세입자용 쪽문 앞에서 서성이는 인물들의 모습은 이탈과 환상의 준거가 되기 충분하다. 열리지 않는 문 앞에서 주문을 외는, 초라한 그 모습은 「더 월」의 한 장면에 구체적으로 제시되어 있다.

세입자는 대문을 사용하면 안 된다는 문구가 계약서에 있는 것은 아니었다. 그건 그냥 '자연스럽게' 그렇게 되었다. 드나드는 사람이 많아 쪽문은 늘 열어 두기로 암묵적인 약속이 되어 있었지만, 드나드는 사람이 많아서 부주의하게 잠겨 있는 경우가 적지 않았다. 집주인에게 쪽문의 열쇠를 달라고 서너 번 말을 해 보았다. 돌아오는 답은 늘 막연하게, 안에 있는 사람들한테 열어 달라고 해요, 였다. Y는 이마를 찡그리고 담을 따라 걸어 대문 앞에 섰다. 쪽문이 잠겨 있을 때에는 대문에 붙은 초인종을 누르고 문을 열어 줄 때까지 얼굴을 붉히며 서 있어야 했다. 왜 얼굴이 붉어질까, Y는 양쪽 손바닥으로 팔꿈치를 감싸쥐고 중얼거렸다. 왜, 구걸하는 심정이 되어 정수리가 간지러워야 할까?[4]

카프카의 『법 앞에서(Vor dem Gesetz)』를 연상시키는 이 구절은 「더 월」의 인물 Y가 열려 있으나 출입할 수 없는 자, 바로 존재하지만 배제된 자라는 것을 알게 한다. 문제는 이 추방자에게는 호모 사케르가 갖는 경건함과 두려움이라는 이율배반적 에너지가 없다는 사실이다. 이 사실은 Y가 왕따를 당했던 외톨이라는 사실에서도 드러난다. 왕따는 신성하면서도 추방당한 자들이 아니라 체계나 법이 아닌 심정과 친밀성의 차원에서 버림받은 존재들을 뜻한다. 이들은 법적인 정치적 예외의 존재가 아니라 심리적 모멸의 대상인 셈이다.

Y를 고통스럽게 하는 현실은 가난과 어머니로 구체화된다. 가족이 개인적 환멸 이상의 경제적 곤란의 원인이라 것, "그 집"은 Y가 끝끝내 대면하고 싶지 않은 무의식적 트라우마의 근원이다. Y의 곤란은 이 심리적 고립이 경제적 상황과 맞물려 수상한 예외 상태를 부여받았다는 것일 테다. 이는 벽 혹은 문이라고 상징되는 차단이 단순히 심리적 이상이 아니라 정

---

4 황정은, 「더 월」, 《실천문학》, 2005. 여름, 242쪽.

치, 경제적 상황과 연관되어 있음을 암시한다.

엄밀히 말해, 현대 사회에서 유기와 고통, 배제와 혐오는 경제적인 용어에 가깝다. 커튼 한 장으로 구분되는 이코노미 석과 비즈니스 석에 다른 음식이 제공되고, 가까운 비즈니스 클래스 화장실이 비어 있어도 줄이 늘어선 이코노미 쪽에 서야만 하는 현실. 쪽문과 대문의 경제학은 컨베이어 벨트에서 쏟아져 나오는 대량 생산물로 묘사한 전철 승객들이 좀비처럼 보이는 이유에도 개입해 있다.

가난, 가족, 폭력, 자본과 같은 주제들은 소설의 역사 가운데 오래 묵어 버린 문제의식이라고 할 수 있다. 중요한 것은 황정은이 이러한 진부한 주제들을 새로운 방식으로 갱신하고 있다는 사실이다. 컨베이어 벨트에 올라탈 자격을 상실함으로써 "오뚝이"가 되고 만 한 사람이라는 상상력은 시스템 앞에서 점점 작아질 수밖에 없는 개인의 형편을 감각적으로 보여 준다. 이 자조감은 후기 자본주의 시대를 살아가는 개인의 곤란이며 파괴력을 잃은 괴물의 형편이다.

환상을 통해 남루한 현실로부터 벗어나는 황정은의 시도는 시스템의 억압을 피해 MMORPG 게임에 몰두한다거나 개념으로 존재 가능한 사이버 공간에 자아를 추축하는 동년배 작가들의 것과는 구분된다. 황정은이 선택한 방식은 훨씬 더 고전적이지만 한편 더 근본적이라고 할 수 있다. 근본성은 현실의 질감을 구체적으로 접근하려 하는 데서 비롯될 것이다.

유독 "이것은"이라거나 "이 경우는"처럼 상황을 제한하는 문법에 주목하는 까닭도 여기에 있다. 작가 황정은에겐 그것이 환상의 창출이다. 좀비가 되느니 오뚝이가 되는 게 낫다고 말하는 작가, 현실에 대한 탈주는 망각이 아닌 환상을 통해 가능하다고 믿는 황정은의 환상에는 사라진 현재의 알리바이가 있다. 황정은의 소설에 배제된 그것을 읽어 낼 때, 아마도 우리가 살고 있는 현실은 입체적으로 떠오를 것이다.

부유하는 소설의 닻, 이야기

김연수, 『네가 누구든 얼마나 외롭든』(문학동네, 2007)

1   역사가 사라진 시대의 소설

밀란 쿤데라는 『참을 수 없는 존재의 가벼움』을 몇 가지 제언들로 시
작한다. 그 제언들 중 두 번째 장에는 이런 말들이 기록되어 있다.

하지만 무거운 것은 정말 무섭고, 가벼운 것은 찬란한가?
가장 무거운 무게는 우리를 짓눌러 우리를 압사케 한다. 우리를 땅바닥
에 압착시킨다. 하지만 어느 시대나 사랑의 서정시에서 여자는 남자 육체
의 육중한 무게를 동경한다. 따라서 가장 무거운 무게는 동시에 가장 집약
적인 삶의 충족 이미지다. 무게가 무거우면 무거울수록 우리의 삶은 더욱
더 땅에 가깝다. 그것은 더욱더 실제적이고 참된 것이 된다.
이와는 반대로 무게가 전혀 없을 때 그것은 인간이 공기보다도 더 가볍
게 되어 둥둥 떠올라 땅으로부터, 세속의 존재로부터 멀리 떠나게 한다. 그
래서 인간은 절반만 실제적이고, 그의 동작은 자유롭고 동시에 무의미한
것이 된다.[1]

1980년대의 문학은 무거운 현실이 '우리를 땅바닥에 압착시'켰던 시절의 문학이라고 할 수 있다. 현실이 무거웠기에 가벼움은 경원시되고 현실은 늪이 되어 발목을 휘감았다. '현실'이라고 지칭할 때 5·16, 광주와 같은 역사적 기록을 연상할 수밖에 없었던 까닭도 여기에 있다. 한편, 1990년대는 현실의 무거움을 '육체의 육중한 무게'로 대체한 전환기로 기억된다. '성기와 대뇌 사이'라는 황지우 시의 한 구절처럼 '무게'의 정의는 순식간에 전복되었다.

사람들은 억눌린 가벼움에 대한 욕망을 체중의 무거움으로 달래고자 했고, 효과는 빨랐다. 이를테면, 윤대녕, 은희경, 신경숙, 김영하로 대표되는 20세기 작가들이 선택한 질문의 방식은 접속이라고 명명할 수 있다. 그들은 완강한 현실의 법칙 속에 발을 담근 채 상상 혹은 내면의 제국에 로그인해 개인의 공간을 조형해 냈다. 반면 박형서, 김중혁 등으로 대표될 만한 21세기 소설에서 상상은 현실의 대체물이다. 그들은 현실에서 상상과 접속하는 것이 아니라 상상 속에서 현실과 접촉한다.

2007년의 문학은 현실에 내린 닻을 끊어 버린 상태로 부유하는 중이다. 이제 더 이상 문학은 현실의 무게에 개의치 않는다. 상상 속에도 윤리가 있다는 강령 아래 문학은 기존했던 현실을 버리고 새로운 공간에서 세계를 조형해 나간다. 체중과 체온이 배제된 최근 소설의 자폐증적 우울의 공간은 이런 점에서 이해될 수 있다. 물론 '부유'라는 표현이 부정의 뜻은 아니다. 우리 문학의 현재를 지칭하는 규명으로써 '부유'가 가장 적합한 용어로 판단된다는 말이기도 하다.

어차피 문학이란 '혼자만의 방'에서 일궈 낸 정신의 왕국이지만 현재 문학에서 '방'은 '나만의 세계'와 바뀌어도 상관없다. 중요한 것은 밀란 쿤데라의 바로 이 말이다. '무게가 무거우면 무거울수록 우리의 삶은 더욱

---

1   밀란 쿤데라, 이재룡 옮김, 『참을 수 없는 존재의 가벼움』(민음사, 1990), 11~12쪽.

더 땅에 가'까워지고 '그것은 더욱더 실제적이고 참된 것이 된다'라는 명제 말이다. 그렇다면 과연 '무게가 무거우면 무거울수록' 참된 문학일까? 이야기는 현실 속에 깊이 침잠할수록 참된 것 그러니까 옳은 것이 될 수 있을까? 김연수의 소설『네가 누구든 얼마나 외롭든』은 이 질문에 대한 하나의 답으로 읽힐 만하다.

김연수의 장편 소설『네가 누구든 얼마나 외롭든』은 사진 한 장에 얽힌 이야기로부터 시작된다. 두 장을 겹쳐 보면 입체로 보이는 사진에서 비롯된 궁금증은 오래전 과거와 머나먼 유럽이라는 시공간적 여로를 따라 확장되고 심화된다. 어떤 의미에서 김연수의 이 작품은 소설과 현실, 사실과 허구, 진실과 진리에 대한 작가 김연수의 원대한 태피스트리로 받아들여진다.

후일담 소설의 형태로 시작해 연애담을 거쳐 존재론으로 이어지는 서사의 흐름은 이를 잘 보여 준다. 이야기와 진실, 소설과 허구의 경계를 아울러 도달한 그의 결론은 결국 작가 김연수가 제안하는 소설과 현실의 조감도로 수렴된다. 가벼움, 상상, 감각과 같은 최근 소설의 담론을 빗겨 나간 자리에 축조된 소설 공간에서 김연수는 작가로서의 전언을 구체화한다. 과연 이야기, 사건 부재의 시대에 소설이란 무엇인가, 에 대한 김연수의 해답 말이다. 이는 한편 동시대 문학의 의의에 대한 질문이자 소설이 지녀 온 가치에 대한 대답이기도 하다.

『네가 누구든 얼마나 외롭든』은 낯익지만 도발적인 이야기다. 연애, 해외 체류, 체류 기간 만났던 사람들의 이야기로 구성된『네가 누구든 얼마나 외롭든』은 1980년대부터 현재에 이르는 소설의 계보들을 관통해 나간다. 기록된 역사이자 개인이 추억하는 체험으로서의 1980년대는 후일담이 다루는 역사적 격동기가 아닌 이야기가 된 한때의 현실로 전도된다. 기록된 현실로서의 역사와 배제된 상상력 가운데서 작가 김연수는 동시대 소설과는 차별되는 다른 노선을 제시한다. 이 노선은 글자가 빠져 버린 편지, 불타 없어진 편지에 남아 있는 기록들에 대한 해석일 수밖에 없는 '현재'에 대한 작가의 속내와도 상통한다.

김연수는 무거운 역사를 가벼운 개인의 이야기에 교직해 '이야기'로 만들어 내고 가벼운 개인의 이야기 속 상처를 찾아내 무겁게 침전시킨다. 그렇다면 과연 밀란 쿤데라의 질문을 김연수에게 던진다면 어떤 답이 돌아올까? 소설가 김연수에게 소설의 진실, '실제적이고 참된 것'은 무엇일까? 질문에 대한 해답은 작가 김연수가 지향하고 있는 노선에 대한 동시대적 가치에 대한 가늠과 동반할 수밖에 없다.

2 우연이 완성한 필연, 이야기의 진실

소설은 벌거벗은 나신의 한 여자 사진으로부터 시작된다. 아니 그 사진에 얽힌 이야기로부터 비롯된다. 총학생회에서 만난 '나'와 '정민'은 서로의 이야기에 굶주려 하며 시간을 공유한다. 철학, 사상, 정치, 사회에 대한 이야기들이 동이 나자 그들은 서로의 역사에 대해 이야기를 나누기 시작한다. 주목해야 할 것은 '이야기'가 새로운 '이야기'에 대한 갈증을 촉발하고 그 갈증 자체가 다른 이야기로 생성된다는 사실이다. '학원자주화추진위원회 선전국장'이었던 정민과 '총학 선전부 차장'이었던 '나'는 다른 사람들과 나누지 못했던 사적인 이야기들을 나눌 수 있는 관계로 발전된다. 간단히 말해, 그들은 사랑하는 사이가 된다.

시작부터 그런 식으로 관계를 맺게 되자, 이내 도저히 이야기를 멈출 수가 없게 됐다. 이야기를 멈추게 되면, 그러니까 더 이상 할 수 있는 이야기가 없어진다거나, 혹은 그게 아니더라도 더 이상 이야기가 하고 싶지 않다면, 우리 둘의 관계는 그 순간 끊어질 것 같았다. 그리하여 이야기는 계속됐다. 철학이니 문학이니 하는 따위나 정세에 관한 나름대로의 생각 따위는 일찌감치 바닥이 났다. 우리에게는 더 많은 이야기가 필요했다. 그리하여 이야기를 찾기 위해 살아온 나날들을 되돌아볼 지경에 이르게 되자, 나는 내 안에 얼마나 많은 이야기가 숨어 있는지 깨닫고 깜짝 놀라게 됐다.[2]

　소설을 관통하는 사건인 '남양군도에서 왔다고 생각'되는 '흑백 누드 사진 두 장'은 정민과의 대화를 통해 각별한 물건으로 격상된다. 아무것도 아니었던 할아버지의 유산에 정민이 관심을 갖자 일종의 비밀과 인연을 지닌 카텍시스(cathexis)로 달라진다. 이야기를 통해 평범한 사실이 진짜 이야깃거리가 된다. 이는 한편 '이야기'가 사랑의 중대한 내용이자 그 방편이라는 사실을 보여 준다. 사랑이란 상대방의 부재를 이야기의 흔적으로 견디는 시간과 다를 바 없다. 김연수는 이미 이야기를 하는 것, 타자를 이해하는 것, 역사를 재구성하는 것이 '사랑'의 과정과 다를 바 없다는 사실을 말한 바 있다.

　2005년에 발표된 소설집 『나는 유령작가입니다』는 우연으로 직조된 삶이 필연으로 기록되는 그 역치의 순간에 대한 사유들로 가득 차 있다. 『나는 유령작가입니다』에 실려 있는 뛰어난 단편인 「다시 한 달을 가서 설산을 넘으면」은 작가의 이러한 제언들을 잘 보여 준다. 「다시 한 달을 가서 설산을 넘으면」은 『왕오천축국전』의 122행에 빠져 있는 세 글자가 과연 무엇일까라는 질문에서 출발한다. 사라진 글자를 유추해 『왕오천축국전』을 이해하는 과정은 암호 같은 유서를 남긴 채 자살해 버린 여자 친구를 받아들이는 과정과 병치된다. 문장의 빈 구멍을 채워 완전한 의미를 구축하는 것이 암호와 같은 삶의 비의를 풀어 가는 과정과 다르지 않은 것이다. 김연수는 해석되지 않는 빈틈의 의미에 의지를 '총동원해' 다

2　김연수, 『네가 누구든 얼마나 외롭든』(문학동네, 2007), 18~19쪽.

가가는 과정을 사랑이라고 호명한다.

이는 우연한 존재를 필연으로 만드는 원동력이 선명한 기록으로 남은 논리가 아니라 그 사이로 유실된 틈이라는 전언으로 변주된다. 그런 점에서, 존재의 틈인 '크레바스'는 누락된 논리가 아니라 진실의 봉인처로 재조명된다. '크레바스'에서 진실을 구하고 결락된 구멍에서 완전한 의미를 창출해 내는 것은 소설이 불완전한 삶을 조형하는 방식이기도 하다. 『네가 누구든 얼마나 외롭든』이, '사랑하는 여인의 '결점들'이야말로 필연적인 존재의 이유라는, 발터 벤야민의 말로 마감되는 것도 이와 연관된다.

모순투성이의 진술로 채워진 영상물을 통해 결국 질문에 대한 나름의 해답을 얻는 화자의 면모는 불완전한 기록을 상상력으로 완성해 내는 고고학자의 태도와 다를 바 없다. 기록의 추적이 역사라면 누락으로부터의 복원이 곧 고고학이다. 주어진 파편으로부터의 유추는 사랑의 속내이기도 하다. 서로에게 자신을 보여 주고 이해받고 싶은 두 젊은 연인은 이를 위해 자신의 이야기를 '총동원해' 전달한다.

아버지, 할아버지, 외삼촌과 외할머니의 삶으로까지 확장해 가는 이야기는 사랑이 지닌 속성의 일부가 소설과 닮아 있다는 사실을 알게 해 준다. 쿤데라의 표현에 따르자면 '실제적이고 참된 것'은 기록이 아닌 누락된 파편 속에 있다고 말하는 작가의 전언이기도 하다. 이런 점에서, 할아버지가 남긴 두 가지 형태의 기록은 작가가 생각하는 '실제적이고 참된 것'의 답안으로 받아들여져도 무방하다.

할아버지는 '나'에게 두 가지 다른 판본의 일대기와 사진 한 장을 남겨 주셨다. 흥미로운 것은 남겨진 일대기가 분명 한 사람의 생이었음에도 불구하고 그 질감이 완전히 다르다는 사실이다. 완전한 형태로 남겨진 공식적인 일대기는 '세상만사 일장춘몽 돌아보매 무상하구나'라는 첫 행을 시작으로 '태평양 전쟁, 한국 전쟁, 4·19 혁명, 5·16 군사 정변 등 한국 현대사의 최중심지를 관통해 온 삶'을 거쳐 마감된다.

반면 다른 하나는 이 격동기를 살아온 것이 맞기나 한 것일까 싶게 회한에 물든 서정으로 가득 차 있다. '내가 살아 낸 지난 몇십 년간의 생의 기원을 찾는다면 그건 거품과도 같은 환각의 시대에서 기인하는 것이 분명하리라'로 시작하는 산문은 4·4조의 운문으로 남겨진 공식적 기록과 배치된다. 화자의 말처럼 전자의 시는 한국인이라면 누구나 겪었을 법한 거대 담론 속 한 개인의 삶이다. 이에 비한다면 격정과 회한으로 가득 찬 산문은 할아버지만이 그 내용을 정확히 짐작할 수 있을 체험의 기록이다.

문제는 할아버지가 사적 기록을 태우고 거짓말 같은 서사시만을 유산으로 남겼다는 것이다. 결락된 채 남겨진 할아버지의 산문, 중요한 것은 화자인 '나'가 이 기록이야말로 '할아버지의 일생'임에 분명하다고 판단한다는 사실이다. 이는 작가 김연수의 생각임에 분명하다. 군데군데 소각된 불완전한 산문은 남루한 삶의 잔재이자 보편적 체험으로 환원되지 않는 특별한 개인사의 결과물이라고 할 수 있다. 누구나에게 소통될 법한 서사시가 역사라면 이해 불가능한 암호로 가득 차 있는 산문은 소설이라고 할 수 있다.

불가능한 인과 관계를 엮어 기록으로 각인한 역사에 비해 소설이란 애초부터 기록에서 유실된 낙오와 비밀, 오해와 불가능성의 집합체인 것이다. 기록된 문장이 아닌 생략된 행간, 문자가 아닌 누락된 구멍에 진짜 삶이 있다는 것, 이것이 바로 '이야기'에 대한 작가 김연수의 전언이다.

작가의 전언은 곧 '실제적 진짜'는 사실성을 강조하는 기록이 아닌 허구임을 주장하는 '이야기'라는 제안으로 전개된다. 보편적 외상으로 각인된 1980년대, 1990년대의 현대사를 이야기로 조형해 내는 작가의 의지도 여기에서 비롯되었음에 분명하다. 우리가 역사라는 이름으로 보편화해 온 상처, 후광 앞의 성스러운 존재처럼 사소한 체험으로 환기될 수 없었던 금기, 김연수는 그 상처를 이야기로 복원해 낸다. '그'이자, 이길용, 강시우라는 이름으로 불려야 했던 한 남자의 이야기, 이제 우리는 소설 속 소설, 이야기 속 이야기인 '그'의 삶으로 들어가야만 한다.

3   모두인 동시에 하나, 그 도발적 허무와 역설

'네가 누구든 얼마나 외롭든'이라는 소설의 제목은 거대 담론을 비롯한 대서사시가 개인의 사소한 삶보다 더 위대할 것도 다를 것도 없다는 전복적 담론이다. 특별한 상처였던 현대사의 질곡은 구체적 개인의 체험으로 여과됨으로써 이야기로 전환된다.

중요한 것은 역사적 기록 속의 인물이 문자의 속박을 벗어 내자 묵직한 이야기로 거듭난다는 사실이다. 4·19, 5·16과 같은 거대 서사들, 역사라고 불리는 기록은 개인의 사소하고 시시한 삶을 배제한 채 건져 올린 앙상한 기록에 불과한 것이다. 역사의 틈새에서 위대한 투쟁으로 격상된 삶은 다양한 이름을 선사한다.

하지만 그 이름은 욕망의 격전지이자 참패한 가족사의 잔해를 괄호에 넣은 채 선택한 일부의 사실이자 거짓에 불과하다는 사실을 보여 준다. 미스터리한 인물 '이길용'의 삶은 이를 잘 보여 준다. '이길용'이 '강시우'로 그리고 삶의 전모가 밝혀진 다른 인물로 번역되어 온 상황 자체가 그 역사인 셈이다.

북한에 밀입국하기 위해 유럽으로 갔던 '나'는 그곳에서 「그 누구의 슬픔도 아닌」이라는 영상물을 접하게 된다. 조악하게 만들어진 영상물 속에 등장하는 남자는 자신이 우연히 역사의 중심적 인물로 서게 되었다며 자신의 지나온 삶을 서술한다. 그 내용은 대략 다음과 같다. 일거리를 찾아 광주에 내려온 '그'는 우연히 '한기복'이라는 인물을 알게 된다. 그러던 어느 날 '8·15 40주년'을 맞는 지금까지 자유가 없는 현실 때문에 무등산을 바라보기가 부끄럽다'라는 말을 남기며 한기복이 분신하자 그 곁에 유인물을 들고 서 있었던 남자는 졸지에 중요 인물로 부상한다.

하루하루 막노동으로 연명하던 '이길용'은 '광주의 랭보'가 되어 좌파 지식인의 비밀 모임에까지 초대받는다. 그리고 그곳, '느티나무'회에서 남자는 '상희'라는 여교수를 만나게 된다. 여대생들의 동정심을 섹스로 교환하던 남자는 '상희'를 통해 진짜 사랑을 감촉하게 된다. 우연히 80년 대의 영웅이 된 인물, 중요한 것은 그 인물이 서울 법대를 중퇴한 문화운 동가 강시우이자 마약 밀수범의 손자인 이길용과 동일 인물이라는 사실 이다. 그는 우연한 계기를 통해 이길용에서 투사로 변신하고, 문화운동가 강시우로 위장한 프락치로 거듭난다.

중요한 것은 그의 다른 호명을 만들어 낸 계기가 바로 '우연'이라는 사 실이다. '우연'은 비단 이길용의 삶을 관장하는 것만은 아니어서 이길용 의 삶은 마약 밀수범으로 검거되었던 애인 정민의 외삼촌의 삶 그리고 간 첩으로 몰렸던 '나'의 할아버지의 삶과도 맞닿는다. 말 그대로 '네가 누구 든 얼마나 외롭든' 거대한 삶의 조감도가 펼쳐지게 된 것이다.

거기에 무슨 의지가 있었겠으며, 만약 아무런 의지가 없었다고 한다면, 어떻게 프락치 활동을 했다고 해서 그를 비난할 수 있겠는가. 물론 이런 논 리로 그를 사랑해야 한다고 말하는 것은 1980년대식의 죄의식일 것이었다. 나는 생각했다. 그런 유의 사랑이란 누구에게든, 어떤 식으로든 연민을 배 설해야만 견딜 수 있는 시대의 소산에 불과한 것이라고.[3]

광주항쟁은 모든 것을 바꿔 버렸다. 광주항쟁은 남한에 있는 모든 젊은 이들을 우연한 존재로 만들어 버렸다. (중략) 광주항쟁은 1980년대에 20대 를 보낸 사람들을 거의 대부분 우연한 존재로 바꿔 버렸다. 그걸 견딜 수 없

---

3 앞의 책, 314쪽.

었기 때문에 대학생들은 스스로 학습을 시작하고 조직을 만들었다. 정민의 삼촌이 고양군의 원료 창고에서 본 그 책들을 공부하면서, 이제 마르크스가, 레닌이, 모택동이, 김일성이 닥치는 대로 읽히게 됐다. 누군가는 그들에게 이게 우연한 세계가 아니라는 걸 증명해야만 했는데, 아무도 그 일을 하지 않았기 때문이었다. 대신에 이 세계가 어떤 곳인지, 이전까지 한 번도 보지 못했던 책들이 증언하기 시작했다.[4]

김연수는 화자의 입을 빌려 이길용이자 강시우로 살아갈 수 있었던 한 남자의 삶 자체가 '의지'가 아닌 '우연'의 소산이었다고 말한다. 마르크시즘이란 우연으로 인한 삶의 질곡을 이해할 만한 과학으로 객관화하고자 했던 수많은 젊은이들의 희망이었다는 작가의 말도 이와 멀지 않다. 작가는 이에서 더 나아가 1980년대를 지탱할 수 있었던 '논리'란 '죄의식'이나 '연민'의 소산이었다, 라고까지 말한다. 1980년대를 관통했던 이길용이자 강시우의 삶이 '환상과 현실, 혹은 죄와 구원에 관한 이야기'로 압축되는 사정도 여기에 있다. 공공의 상처로 간직하고 있는 보편적 역사, 기록된 대문자의 흔적에는 '실제적이며 참된' 것이 휘발되어 있다. 소설은 역사가 버린 그 '틈새'이기에 의미 있는 기록인 것이다.

과거 20여 년 전 한국 현대사를 바라보는 작가 김연수의 이러한 시선은 심도를 통해 입체화되는 입체 사진에 대한 언급에도 암시되어 있다. 애초 소설의 단초였던 입체 사진은 두 장의 사진이 형성해 내는 심도를 통해 발생하는 환상이었다. 두 장으로 떨어져 있을 때 아무런 의미가 없던 사진은 하나로 합쳐져 입체적인 질감을 형성해 준다. 물론 중요한 사실은 그것이 그저 눈을 속여 얻어 낸 이미지, 환상이라는 사실이다. 주어진 자료 속에서 진실을 찾아내고자 하는 것, 배제된 역사가 아닌 남은 기

4   앞의 책, 346~347쪽.

록을 의미로 승화하고자 하는 대서사시적 작업은 김연수에게 환각 작용과 다르지 않다. 그것은 거짓말의 논리이자 윤리에 불과하다. 이야기를 마무리 짓기 위해 다시 '이야기'로 되돌아가야만 하는 까닭도 여기에 있다.

4 이야기, 소설의 윤리

훌륭한 소설은 미스터리가 된 현실에 대한 답이 아닌 질문을 던져 준다. 대중의 기호에 영합한 소설들은 제법 그럴듯한 답을 제시하지만 소설들은 이를 피해 간다. 사실과 진실, 허구와 진리와의 간극 그 크레바스를 봉합하는 것이 대중 소설이라면 소설은 이를 오히려 노출한다. 소설의 이러한 전략은 이곳이 아닌 다른 곳에 있을 초월적 지평에 대한 거부이자 상처에 대한 노출로 구체화된다. 김연수의 소설이 그렇다. 김연수는 이야기를 위대한 것이 아닌 부질없는 것으로 사소화한다.

> 찾아내는 순간, 그간의 모든 노력이 무가치했다는 사실을 알려 주는 그 보물을, 찾아내는 순간. 나의 인생이 더없이 짧다는 사실만을 가르쳐 줄 뿐인 그 보물을, 그리하여 내가 찾는 진정한 보물이란 이 세상에 없다는 사실만을 가르쳐 줄 뿐인 그 보물을. 어떻게 된 일인지 내 소망이 녹아들었음에도 그 꿈이 내게는 슬펐다.[5]

이길용은 아버지가 손에 쥔 채 죽어 간 '사진'에서 행복을 보았다고 서술한다. 환상으로 압축할 수 있는 '사진'의 효과는 아버지를 죽음으로 이끌게 한 환각이었지만 이길용의 존재를 다른 곳으로 이끈 방아쇠이기도

---

5   앞의 책. 215쪽.

했다. 한편 그 사진은 '나'로 하여금 미스터리투성이인 삶을 이야기로 재구성하게끔 이끈 암시였다.

우리는 이제 역사를 '이야기'로 재구성해야 한다. 역사로 알았던 할아버지의 기록을 '완벽한 창작'으로 결론 내리는 '나'는 이러한 면모를 압축적으로 제시해 준다. 할아버지와 외할머니, 구텐베르크와 베를린을 오가며 진행되었던 김연수의 서사적 이야기, 그 질문에 대한 해답은 덧없는 보물찾기라는 은유로 귀결된다.

보물이란 없다, 찾고 나면 무가치해진다, 라는 작가 김연수의 제안은 얼핏 보면 불가지론을 통해 혁명의 불가능성을 말하는 허무주의자와 닮아 보인다. 아니, 세상에 '보물은 없다'라는 김연수의 전언에는 분명 허무주의자의 낙백이 침전되어 있다. 이곳이 아닌 다른 곳에 있을 초월론적 지평에 대한 거부와 낭만적 가능성을 통해 유지될 수 있을 혁명에 대한 거부가 자리 잡고 있는 셈이다. 할아버지가 남긴 입체 사진이 모두의 역사와 결부된 매개라는 이야기는 결국 개인이란 거대한 유기 관계 속에서 존재하는 단초임을 보여 줌과 동시에 역사의 불가능성을 동시에 고지한다.

중요한 것은 이 허무주의적 거부와 폐칩된 자아의 윤리가 아닌 '사랑'이라는 명제로 확산되어 있다는 사실이다. '사랑이란 타자의 언어를 외국어처럼 받아들이는 자들의 언어 게임'이라는 비트겐슈타인의 말을 인용하자면 김연수가 생각하는 사랑은 곧 타자를 이해하는 대화일 것이다. 빈 구멍을 채워 완성되는 이야기처럼 김연수는 결국 삶이란 타자를 이해하고자 하는 크레바스를 통해 완전해진다고 넌지시 암시한다. 기록된 서사인 역사가 아닌 불가능한 이해의 축적 가운데서 이야기는 잉태되고 삶은 추억된다. 그리고 '소설'이 바로 그 이야기다.

소설은 삶의 빈 구멍을 메우는 이야기이며 혁명과 역사보다 더 위대한 무엇이다. 어쩌면 '위대한'이라는 수식어에 작가 김연수는 고개를 저을지도 모른다. 애초에 소설이란 그렇게 '위대한' 것이 아니라고 말이다. 그럼에도 불구하고, 이야기는 위대하다. 지나고 나면 모든 상처들은 이야기가 된다. 이야기를 위해 상처가 존재하는 것이 아니라 상처가 오래 묵으면 이야기로 거듭난다.

　역사라는 필연성에서 사상된 이야기들, 그 우연투성이가 이야기로 남아 내면에 자리 잡는다. 사람들은 이야기를 나누어 서로를 알고 결국 미스터리일 뿐인 삶을 받아들인다. 필요한 것은 상대방에 대한 정보가 아닌 이야기이다. 20여 년간의 한국 현대사를 부유해 내린 닻,『네가 누구든 얼마나 외롭든』은 김연수가 내린 이야기의 윤리이자 소설의 의의다.

어른을 위한 연애 성장 테라피

김경욱, 『동화처럼』(민음사, 2010)

1   동년배들의 코드

김경욱의 소설을 읽으면 위안을 얻는다. 위안이라는 게 대단한 것은 아니다. 이를테면, 이런 것 말이다. 화려했던 전성기를 읊으며 그 시절의 추억을 후일담으로 써내는 선배들은 '우리'를 상처 없는 세대라고 불렀다. 거리가 아닌 학교에서 시간을 보낼 수 있다는 것은 축복이야, 라고 부러워했지만 우리는 그 부러움이 기실 얕잡음의 다른 표현이라는 것을 알고 있었다.

선배들은 운동 가요를 '진심으로' 좋아하는 듯했지만, 우리는 명제나 장미처럼 '아바'나 「수요일엔 빨간 장미를」을 더 좋아했다. 김경욱의 소설 『동화처럼』의 주인공들은 운동 가요를 배웠지만 비 오는 수요일이면 장미꽃을 떠올리고 "미제"니 "스웨덴제"니 비난을 받으면서도 '아바'의 「위너 테익스 잇 올(Winner Takes it all)」을 부른다. 그들의 20대는 화염병이나 운동 가요와 같은 보통 명사가 아닌 가지 않은 길, '위 모어 트라이' 같은 구체적 고유성으로 환기된다. 하지만 장미나 명제, 우리가 대학을 다니던 20대에 이런 인물들은 주인공이나 주류가 될 수 없었다. 그러니까,

20대의 대부분을 주변인 1 혹은 주변인 2로 살았던 인물들, 그 '우리'의 모습이 김경욱의 소설 『동화처럼』에 담겨 있는 것이다.

선배들을 키운 건 팔 할이 못난이 대통령이고 이 할은 막돼먹은 정치였지만 90년대에 대학을 다닌 '명제'와 '장미'를 키운 건 속옷 바람에 맘보춤을 추는 장국영이었다. 그들, 우리는, 민주나 투쟁이 아닌 '운명'이나 '사랑'이라는 말에 이끌렸다. 김경욱의 『동화처럼』에 등장하는 인물들은 거리가 아닌 프루스트의 「가지 않은 길」에서 운명의 지침을 만난다. 당시로서는 소수자에 속했던 자들, 사소한 개인의 정서에서 운명의 기미를 느꼈던 동년배들. 이렇게, 김경욱의 소설 속에는 너무 소루한 개인이어서 조금은 부끄럽기도 한 90년대 학번들의 평범한 20대가 녹아 있다. 주변인들, 공주가 되지 못한 "장미"들 그리고 개구리 왕자는커녕 개구리도 못되는 두꺼비 "명제"들의 삶, 그러니까 대부분 우리들의 삶이 그려져 있다.

90년대를 관통해 온 수많은 30대 동년배들, 이제 막 30대를 지나 40대에 진입한 90학번 세대들에게 김경욱의 이름은 하나의 상징이라고 할 수 있다. 집단적 상처를 문학적 트라우마로 제시했던 전 세대들과 달리 김경욱은 문화로 구체화된 개인을 보여 주었다. 김경욱의 소설에서는 "커트 코베인"이나 "장국영"이 전경화되곤 한다. 이 문화적 아이콘들을 투과해 김경욱은 세련된 문화적 취향을 드러냈다. 당시로서 취향의 고백은 커밍아웃과 다를 바 없었다. 김경욱은 문화적 취향을 드러냄으로써 세대적 커밍아웃을 감행했다. 따라서, 김경욱이 끌어들인 몇몇 고유 명사들은 자신의 세대적 차별에 대한 일종의 랜드마크가 되어 주었다. 비틀즈가 아니라 너바나의 음악을 듣는다는 것은 단순한 취향의 차이가 아니라 코드와 언어의 차이를 보여 주었다. 비틀즈와 너바나 사이에는 번역을 통해야만 하는 깊은 크레바스가 존재했기 때문이다.

시대적 랜드마크가 된 상징적 문화 아이콘의 선택은 김경욱의 세련된 감수성을 보여 준다. 김경욱은 눈이 밝고, 예민한 작가다. 비교적 최근

작이라 할『99%』는 김경욱의 예민함이 시간의 흐름에 따라 어떻게 세공되어 왔는지를 잘 보여 준다. 가짜 학위 논란이 세상을 시끄럽게 할 즈음『99%』는 여러 실존 인물들의 사건, 사고를 연상케 하는 몇몇 이미지들을 제시했다. 하지만 정작『99%』에 축조된 것은 100%보다 99%에 더 매료되는 여기, 이곳의 삶에 대한 날카로운 시선이었다.

김경욱의 새 장편 소설『동화처럼』에도 여지없이 그 예민한 시선이 자리 잡고 있다. 늘 그래 왔듯 작가 김경욱은 우리가 앓고는 있지만 아직 구체적 병명을 찾지 못한 시대적 질환의 증상을 기민하게 잡아낸다. 이 기민함을 통해 우리가 간간이 신문 사회면이나 포털 검색어 순위에서 보고 배설했던 수많은 가설과 명제, 소문 들이 조감도로 재구성된다. 실직, 그로 인한 이혼, 동창생과의 불륜과 같은, 지금, 이곳의 삶을 설명해 줄 수 있을 불연속적 사건들이 점심 식사의 테이블에서 벗어나 소설의 공간에 초대된다.

김경욱은 수다로 가볍게 넘기려 했던 사건들을 우리 시대를 관통하는 문제의 핵심으로 다룰 줄 안다. 대수롭지 않았던 사건들은 김경욱을 통해 비로소 시대의 질병을 드러내는 증상으로 자리잡는다. 그 증상의 첫 번째가 바로 동화다. 누구나, 기억에 남는 동화 하나쯤은 있기 마련이라는 작가 김경욱의 말처럼 누구나 동화 하나는 기억하고 산다. 그렇다면『동화처럼』의 인물들, 명제나 장미가 기억하는 동화는 어떤 것일까? 그리고 작가 김경욱 그리고 우리가 상흔처럼 간직하고 있는 최초의 기억으로서의 동화는 어떤 이야기일까?

2 동화에서 고독을 배우다

예언은 이랬다. "평생 눈물 속에서 고독하게 살다 죽으리라." 예언을 아프게 만드는 것은 "눈물"이라는 명사다. 눈물은 직관적, 경험적으로 슬픔과 연관된다. 기쁨의 눈물이라는 말도 있지만 이는 수사학적으로 의미 있는 예외적 상황일 따름이다. 심각한 것은 이 예언이 '고독하게'라는 부사로 제한되고 있다는 사실이다. 이에, 예언은 부사를 만나 철저한 '저주'가 된다. 앞으로 다가올 일을 미리 짐작하는 일이 예언이라면 저주는 남에게 불행이나 재앙이 일어나기를 바라는 행위다. 동화 속 저주가 두려운 까닭은 그것이 단순한 입방정이 아니라 예언적 성격을 지니고 있기 때문이다. 남을 해하기 위해 빈 불행의 주문이 언젠가 꼭 실현된다는 것, 이것이 바로 동화 속 저주가 주는 공포다. 수많은 신화와 동화의 주인공들은 예언의 희생양이 되어 왔다. 오이디푸스는 신탁이라는 이름으로 아버지를 해하고 어머니와 동침하리라 낙인찍히고, 잠자는 숲속의 공주는 열아홉 살이 되기 전 금지된 옥탑방에 올라가 물레에 찔릴 것이라는 경고를 받는다.

김경욱의 소설에 등장하는 '눈물의 여왕'에게 내려진 예언의 핵심은 '고독'이라는 단어에 숨어 있다. 고독이란 세상에서 홀로 떨어져 있는 듯한 외로움이다. 저주의 핵심이 바로 홀로 떨어져 있다는 것, 고독 그 자체에 숨어 있다는 뜻이다. 고독은 저주의 대상이 부모, 형제, 자매뿐 아니라 앞으로 만나게 될 누군가와의 만남도 부정한다. 사실, 눈물은 슬픔 때문이 아니라 고독 때문에 흐를 것이고 그래서 공주는 더욱 고독해질 것이다. 눈물과 고독은 떼려야 뗄 수 없는 한패인 셈이다.

눈물의 여왕과 짝패가 되는 침묵의 왕에게 내려진 저주도 이와 다를 바 없다. 침묵의 왕은 "평생 침묵 속에서 고독하게 살다 죽으리라."라는 저주를 받는다. 고독을 증상으로 체험한다면 눈물이 될 것이고 이를 현상학적으로 사유한다면 침묵이 될 것이다. 침묵은 고독의 전제이기도 하지만 결과이기도 하다.

김경욱의 소설 『동화처럼』의 주인공은 눈물의 여왕 "장미"와 침묵의 왕자, "명제"다. 두 사람에겐 몇 가지 공통점이 있다. 하나는 부모님에게서 전폭적인 사랑을 받지 못했다는 점이다. "장미"는 냉정한 엄마 때문에 힘든 어린 시절을 보낸다. 친모라고 보기 어려울 정도로 장미의 엄마는 냉랭하고 엄격하다. 명제의 어머니는 돌아가시고 없다. 어머니가 돌아가시고 난 후 명제와 그의 집안에는 남자들과 침묵만이 남는다. 장미와 명제, 두 사람 모두 여느 동화에 등장하는 왕자나 공주처럼, 결핍 가운데서 태어난 것이다.

두 번째는 두 사람 모두 한 번도 자신을 주인공이라고 생각해 본 적이 없다는 사실이다. 한서영이나 서정우와 같은 이른바 잘나가는 동년배들에 비해 명제나 장미의 행로는 너무나 평범해서 초라해 보인다. 치대생 서정우나 외교관의 딸 한서영에 비해, 명제나 장미는 특별히 예쁘지도, 똑똑하지도 그렇다고 미래에 큰 욕심을 갖고 있지도 않다.

세 번째는 평범하지 못해 슬프고 외로운, 장미와 명제가 그때마다 동화의 한 구절들을 떠올렸다는 점이다. 어릴 적, 엄마에게 혼나 장롱에 갇혔던 장미는 계모 밑에서 고생하는 공주들을 떠올리며 위안을 받는다. 명제의 유년기는 개구리 왕자와 같은 동화에 대한 기억으로 채워진다.

1970년대에 태어나 자란 명제나 장미 세대들에게 동화는 몇몇 대형 출판사들의 기획물로 마련된 읽을거리이기도 했다. 산아 제한이 시작될 무렵, 한 질씩 구입돼 책장에 전시되었던 세계 전래 동화 및 안데르센 동화들에는 자식들이 자신들과 다른 '시절'을 살았으면 하는 부모의 기대가 숨어 있다. 문제적인 것은 이 기대가 체험이 아닌 독서 경험을 통해 정신 분석이 가능한 최초의 세대들을 마련해 주었다는 것일 테다. 부르노 베텔하임의 말처럼 아동들이 읽는 전래 동화나 안데르센 동화들은 어린이들이 겪는 성장에 대한 공포를 극단적으로 처리한 경우가 많다. 동화 속에서 아이들, 공주나 왕자들은 다른 무엇도 아닌 단 하나밖에 없는 목숨을 걸고 길을 나선다. 전쟁도, 일제 강점도, 4·19 혁명도 경험하지 못한 이 아이이들의 유년기는 처음으로 허구적 성장의 환경과 만나게 된다. 동화 속의 기이한 미스터리들이 성장의 두려움을 달래 주는 독특한 간접 체험이 가능해진 것이다.

이런 맥락 가운데서, 장미는 어디선가 진짜 엄마가 나타나 계모로부터 자신을 구원해 주기를 열렬히 기다리는 업둥이가 되고 명제는 이야기 속에서 금지된 세계를 상상한다. 엄밀히 말해, 장미나 명제가 겪는 이런 혼란이야말로 성장의 다른 이름이기도 하다. 가령, 장미가 기억하는 라푼첼 속에서 부모는 양상추를 먹기 위해 딸을 마녀에게 팔아먹는 철부지들에 불과하다. 하지만 실상 라푼첼에서 진짜 엄마의 이미지는 철부지 식탐 많은 친모가 아니라 마녀에 융해되어 있다. 왕자를 만나 자신에게서 벗어날 것을 두려워하는 엄마, 그래서 딸을 탑 속에 가둔 엄마. 마녀는 딸과의 육체적, 정서적 분리에 대한 두려움을 금기로 달래는 불완전한 개인으로서의 '엄마'라고 할 수 있다.

장미의 말처럼 동화 속 계모들은 알고 보면 모두 친모다. 정작, 후에 깨닫는 사실은 결국 어떤 부모도 완전하지 않다는 것 그리고 아무리 완전한 부모일지라도 아이들에게는 결핍을 줄 수밖에 없다는 사실이다. 아이의 성장을 위해서는 부모는 결핍되어야만 한다. 역설적으로 말해, 엄마를 계모처럼 여기고, 아버지의 금기를 저주로 받아들여야만 소년은 왕자가 되고 소녀는 공주가 된다. 어른은 위반과 거부를 거쳐 만들어지기 때문이다.

동화는 부모로부터의 분리를 두려워하는 아이들을 성공적으로 어른의 세계까지 데려다준다. 험악한 허구를 통해 성장의 공포를 이해한다. 그렇다면, 동화를 읽고 자라난 장미나 명제는 정말 성장을 마친 것일까? '개인'이 되어 누군가를 만나 결혼까지 했다면 이제 그들은 완전한 성인일까? 하지만 어른들에게도 동화는 필요하다. 어른이 2차 성징을 경험해 육체적, 물리적, 생물학적으로 성장을 마친 자들을 가리킨다면 명제나 장미는 성인임에 분명하다. 하지만 물리적 성장이 모든 아이들을 어른으로 만들어 주는 것일까? 작가 김경욱은 이 질문에 그렇지 않다고 대답한다. 오히려 그는 성인이야말로 더 자라야 하는 존재임을 그래서 동화가 절실히 필요하고 동화에 더욱 매달릴 수밖에 없는 자들이라고 말한다. 아니, 심지어 그는 어른들은 조금 더 자라야 한다고 말하는 듯싶다. 그렇다면 과연 성장은 언제쯤 완성되는 것일까? 어른에게는 어떤 동화가 필요하며, 또 왜 필요한 것일까? 대답은 아마 사랑에서 발견될 것이다.

3 착각과 오인의 연애 성장 소설

『동화처럼』은 이를테면, 한국판 「첨밀밀」이라고 부를 수 있을 연애담이기도 하다. 대학 시절 동아리 엠티에서 장미와 명제는 처음 만나지만 그저 동아리 친구 정도로만 알고 졸업한다. 그 시절 장미와 명제에게는 각각 다른 마음속 연인들이 있었기 때문이다. 장미는 치대생 서정우를, 그리고 명제는 '화려한 외모만큼 행동도 튀는' 한서영을 짝사랑한다. 엠티에서 두 사람은 각각 내심 사모하고 있던 이성의 손을 잡았다고 '착각'하지만 사실상 그들은 서로의 손을 잡게 된다. 그리고 이들의 마음을 비웃듯, 한서영은 서정우와 연인이 되고 이들은 착각과 오인 속에서 서로를 비켜 나간다.

명제와 장미가 재회한 것은 졸업하고 난 이후, 장미는 은행원으로 그리고 명제는 영화 투자사의 신입 사원으로 입사할 때다. 상처만 남긴 연애 끝에 지쳐 있던 장미에게 명제는 두꺼비의 탈을 벗은 '왕자님'처럼 나타난다. 6년 만의 우연한 만남은 두 사람에게 일종의 운명적 계시처럼 받아들여진다. "새롭게 만나지만 완전히 처음은 아닌 인연"을 만나리라는 장미의 점궤도 우연을 필연으로 만드는 데 한몫을 한다. 착각과 오인으로 빗나갔던 명제와 장미는 이번엔 착각과 오인 덕분에 연인이 된다. 그리고 마침내, 명제가 깨끗이 비운 닭 한 마리에 대한 착각으로 두 사람의 오인은 공식적으로 승인받게 된다. 결혼을 하게 된 것이다.

명제가 장미와 만나 부부가 되기까지의 과정은 『동화처럼』의 절정이라 할 만큼 속도감 있는 문체와 설레는 분위기로 달구어져 있다. 로맨틱 코미디처럼 두 사람은 아슬아슬한 운명의 힘으로 닿고, 드라마틱한 프러포즈 끝에 부부가 된다. 로맨스가 이루어지는 순간만큼은 모든 운명의 시계가 두 사람을 위해 맞춰지듯 순탄하게 착각하고 순조롭게 오인한다. 명제는 월경의 기미를 첫 경험의 순혈로 오인할 만큼 열렬히 착각의 세계로 빠져든다.

문제는 로맨틱 코미디는 바로 여기까지라는 것이다. 대부분 로맨틱 코미디는 성격이나 계층이 다른 두 남녀가 만나 복닥거리다 연인 혹은 부부가 되는 데서 멈춘다. 중요한 것은 영화의 러닝 타임은 짧지만 인생은 그보다 길다는 점이다. 로맨틱 코미디는 "그리고 영원히 행복하게 살았습니다."라는 팡파레로 끝날 뿐 그 이후를 보여 주지는 않는다. 사실 새롭게 탄생한 연인들에게 "해피 에버 애프터(Happy ever After)"라는 진부한 예언을 건네는 것이야말로 이 장르의 관습이자 목적이기도 하다. 하지만, "해피 에버 애프터"는 "영원히 눈물 속에 고독히 살아가는 것"만큼이나 동화적인 설정이다. "영원히 눈물 속에서 고독하게 살아가는 것"이 동화적이고 허구적인 만큼 "영원한 행복" 역시 어불성설이다. 세상엔 그 어떤 '영원함(ever)'도 없다.

동화가 '영원함(ever)'의 환상을 선사한다면 소설은 삶의 일회성과 죽음의 필연성을 가르쳐 준다. 소설의 전언은 동화의 비전 정반대에서 시작된다. 한 편의 아름다운 '동화'였던 명제와 장미의 연애는 결혼이라는 사건 이후 '소설'의 세계에 진입한다. 명제는 직장을 잃고, 장미는 남편의 침묵을 이해하지 못한다. 장미는 자신이 가지 못했던 다른 길, "정우"를 만나고 난 후 현재의 삶을 더욱 초라하게 여기게 된다. 아무도 그리고 그 어떤 동화도 자신과 결혼한 남자가 왕자가 아닌 개구리였다고 써 놓지는 않았다. 결국 명제는 현실의 무게에 허덕이고 장미는 그런 명제에게 실망을 거듭하다 깊은 상처를 얻은 채 헤어지게 된다. "영원한 행복"을 보장하는 동화는 현실엔 없는 것이다.

하지만 엄밀히 말해, 명제와 장미의 동화는 끝난 게 아니라 시작된 것이라 할 수 있다. 세 번의 시험을 거쳐야 하는 공주처럼, 용을 죽여야 하는 난관에 처한 왕자처럼 사실상 이들은 인생이라는 기나긴 동화의 입구에 놓인 첫 번째 장애물에 부딪혔을 뿐인 셈이다. '동화'가 아닌 '동화처럼'이라는 제목처럼 김경욱은 명제와 장미를 '동화 같은' 이야기의 주인공으로 조형해 낸다. 아름답게 알고 있었던 이솝이나 그림, 안데르센의 동화들이 알고 보니 무시무시하고 잔혹한 세계였듯이, 동화의 진경은 환상이 아니라 공포와 잔혹함에 있다. 좀 더 깊숙이 들여다보면 동화는 현실만큼이나 잔혹하고 때론 현실보다 더 엄격하다. 성장기를 겪는 아이들에게 무섭고 잔인한 동화가 치료제가 되어 주듯, 김경욱은 어른에게도 동화가 필요하다고 말해 준다. 사실, 명제나 장미 모두 여전히 '동화'가 필요한 덜 여문 아이들이기 때문이다. 동화가 필요한 것은 비단 명제나 장미뿐 아니라 지금, 이 시대를 살고 있는 모든 어른들일지도 모른다.

『개구리 왕자와 하인리히』라는 동화에 암시되어 있듯, 장미와 명제는 아직 자신의 정체성을 찾지 못한 미성숙한 아이다. 자신을 찾지 못한 아이에게 타자는 존재할 수 없다. 사랑이란 '나'를 버림으로써 나를 완성하는 과정이라고 할 수 있다. 그리고 성장은 이 지난한 사랑을 통해 완성된다. 동화가 두 사람의 만남에서 언제나 끝나는 것은 단순한 물리적 결합을 의미하는 것만은 아니다. 오히려 상징성 안에서 그 만남은 정신적, 정서적으로 완전히 성숙한 두 개인의 대면을 의미한다. 나 자신을 두껍게 보호하는 것이 아니라 타자에게 개방할 때 오히려 '나'는 완성된다. 말하자면, 공주는 개구리가 왕자로 바뀌어서 사랑하는 것이 아니라 공주가 개구리를 사랑했기에 개구리는 왕자가 될 수 있다. 왕자로 볼 마음의 준비가 되었기 때문이다.

브루노 베텔하임의 『전래 동화의 의미와 가치』에 쓰여 있듯이, 마음의 준비가 되어 있지 않은 여자에겐 그 어떤 남자도 양서류에 불과하다. 사랑을 깨닫자, 미끈한 촉감의 못생기고 징그러운 피조물은 왕자가 된다. 이런 암시는 잠자는 숲속의 공주를 통해서도 만날 수 있다. 열아홉 살이 된 소녀는 스물이 넘은 성인 여성과 육체적으로 다를 바가 없다. 소녀는 초경을 경험하고 여자가 된다. 하지만 초경을 경험한다고 해서 정서까지 여자가 되는 것은 아니다. 100년간의 잠은 소녀가 여자가 되기까지 필요한 정서적 성숙의 시간을 대신해 준다. 잠이 든 소녀를 위해 100년 정도 세상의 시간이 멈춰 주는 까닭도 여기에 있다. 잠은 소녀─공주가 정서적, 정신적으로 성숙할 시간이다. 몸만 컸다고 어른은 아니기 때문이다.

다시 만나 두 번째 결혼을 한 명제와 장미에게 닥친 난관은 바로 이 정서적 성숙기의 도래라고 할 수 있다. 장미는 불분명한 이유로 "개구리 냄새"에 시달리고 마침내 이혼을 결정한다. 그리고 그녀는 스스로 동화 작가가 되어 자신을 엄마로부터 분리하고, 마침내 혼자가 된다. 장미는, 엄마가 계모처럼 자신을 다뤘다기보다 자기 스스로 엄마를 계모로 여겼음을 깨닫는다. 동화 속 모든 계모들이 사실상 친모의 다른 얼굴에 불과했음을 깨닫고 다른 한편 자신이 명제를 떠날 수밖에 없던 이유가 바로 자기 안에 있음을 알게 된다. 사랑할 수 없었던 것, 명제를 왕자로 볼 수 없었던 문제는 바로 자기 안의 깊숙한 곳에 있던 "나" 때문이었던 것이다. 그리고 이를 깨닫는 순간 비로소 타자를 허용할 내 안의 공간이 생긴다.

가지 않았던 길, "서영"에 대한 마음 때문에 갈등했던 "명제"가 또다시 장미의 필연성을 느끼는 순간 역시도 자신의 미성숙함을 깨닫는 것과 겹친다. 『동화처럼』은 이렇게 세 번의 헤어짐과 세 번의 만남을 통해 비로소 현대판 동화로 완성된다. 평생 고독하게 살리라는 왕자와 공주, 명제와 장미의 "저주"를 풀 열쇠는 바로 "고독"을 깨는 것이다. 그리고 고독은 나만의 공간에 타자를 허용함으로써 깨질 수 있다.

고독은 깨지는 것이 아니라 깨는 것이다. 따라서, 김경욱의 『동화처럼』은 한 번쯤 연애를 해 본 사람들에게는 재미있는 소설이 될 테고 두세 번쯤 연애의 실패를 맛본 사람들에게는 위안이 될 것이다. 그리고 마침내 사랑이란 나를 비우는 지경임을 경험해 본 자들에게는 애틋한 성장 소설로 읽힐 것이다. 지독히 상처받은 만큼 자라는 아이처럼 우리는 열렬히 사랑하는 만큼 성장한다. 세상은 흉터만큼의 공간을 허락한다. 우리가 『동화처럼』을 연애 성장 소설이라 부르는 이유다.

4   어른들을 위한 동화, 소설의 필연성

이 소설은 동화로 시작해 연애 소설을 거쳐, 성장 소설로 마무리된다. 한 사람을 통해 세상을 발견하고, 그 세상을 통해 다시 나를 찾는 것 그것이 바로 성장 소설의 핵심이다. 김경욱의 『동화처럼』에는 선정적 사건도 그렇다고 매우 '소설적'이며 '허구적'인 상황들이 펼쳐져 있지도 않다. 대학을 졸업하고 직장을 갖고 결혼하는 대부분의 평범한 필부필부들의 삶이 대수롭지 않게 그려져 있으니 말이다. 김경욱은 결혼은 미친 짓이라거나 별거 아니라고 너스레 떨지 않지만, 이 대수롭지 않은 태도가 오히려 독자에게 위안이 되어 준다. 김경욱의 소설 『동화처럼』 안에는 진짜 결혼과 연애가 들어 있다. 주말마다 마트에 가고 간혹 멀티플렉스에서 보는 심야 영화를 충전 삼아 살아가는 평범한 우리의 소루한 삶에 대한 애잔한 공감이 소설 전반에 녹아 있는 것이다.

이 애잔함과 안쓰러움의 시선을 통해 척박한 일상은 어른들을 위한 동화로 재탄생한다. 어느새 훌쩍 커 버린 몸이지만 그 안에는 여전히 상처받기 두려워하고 아파하는 아이가 남아 있다. 어른-아이를 위한 어른-아이의 동화, 이야기도 필요하다. 사실, 소설이란 험난한 세상, 덫이 되어 버린 세상, 하나의 커다란 의문 부호가 되어 버린 이 미스테리한 현실에 던져진, 작은 위안이 아닐까? 김경욱은 삶의 본질까지 헤집는 맑은 눈을 통해 세상에 위안이 될 작은 동화를 하나 선사했다. 주민등록 번호를 갖고 어른 행세를 하지만 여전히 작은 내 안의 아이 때문에 씨름하는, 어른 아이들, 우리들을 위한 동화.

덕분에 호소할 곳 없던 어른들의 성장통에 『동화처럼』은 따뜻한 처방이 되어 준다. 심장이 터질까 봐 첫대를 두른 하인리히처럼 통증을 앓고 있는 있는 어른들의 상처에 『동화처럼』은 조용한 위안이 되어 줄 것이다. 성장통을 겪는 아이들이 동화를 읽으며 알지도 못한 채 스스로를 치유하듯 어른들도 소설을 읽으며 자신의 상처를 보듬는다. 소설에게 우리가 필요한 것이 아니라 우리에게 소설이 절실히 필요한 것이다.

현재적 작가의 힘

박완서, 『살아 있는 날의 시작』(세계사, 2012)

1 10년 후의 독법

박완서는 매우 현재적인 작가다. 박완서는 자신이 가장 잘 아는 삶의 방식을 냉정하게 묘사해 낸다. 이는 곧 박완서가 탁월한 관찰력을 지닌 작가라는 사실과 통한다. 박완서의 작품 중 많은 것들은 그녀가 살았던 당대의 삶을 날카롭게 묘사해 냈다. 『부끄러움을 가르칩니다』, 『도시의 흉년』 같은 작품들이 그렇다. 한편으로 박완서는 기억력이 뛰어난 작가다. 박완서의 대표작이라고 할 『나목』이나 『그 많던 싱아는 누가 다 먹었을까』 같은 작품들은 기억에서 출발한다. 박완서는 자신의 개인적 체험과 그 체험이 남아 있는 기억의 응달에서 소설의 자원을 찾아낸다. 그리고 우리는 박완서라는 한 작가의 기억을 통해 당대의 삶을 입체적으로 경험한다. 말하자면, 박완서는 과거의 일이나 현재의 일이나 매서운 시선으로 포착하고 날카로운 문장으로 벼려 낸다.

작가의 기억은 한 줄의 역사로 축소된 어떤 삶을 복원해 내는 긴요한 매개다. 사실, 그 복원된 삶은 기억의 고증적 확실성이 아니라 한 창조적 작가의 의도적 재구성이라고 할 수 있다. 중요한 것은 재구성된 기억이

쌓여 있는 자료보다 훨씬 더 그 시대를 잘 보여 줄 수 있다는 점이다. 되도록 사실에 가깝게 복기하려는 순간 그것이 단지 기록이 된다면 한 개인의 삶에 얽힌 역사적 실타래를 해석하고자 할 때 그 불완전한 의도가 삶의 지도가 된다. 불완전한 해석일수록 더 좋다. 불가해한 당대의 삶을 충실히 반영하려 하는 것, 이미 그 시도 자체가 해석이기 때문이다. 역사적 격랑 앞에서 어쩔 줄 몰랐던 개인의 체험, 그 체험의 기록과 기억의 재구성이 바로 소설이다. 역사가 누락한 진짜 삶의 내면, 그것이 소설이고, 박완서의 기억이 바로 여기에서 출발한다.

그런 점에서 『살아 있는 날의 시작』은 고도 성장기를 누렸던 1970년대 후반 대한민국 서울의 삶에 대한 거울이라고 볼 수 있다. 고도 성장은 더 이상 배고프지 않은, 더 나은 미래에 대한 희망만큼이나 속도의 멀미를 선사했던 시기이기도 하다. 삶의 제반 사항들은 재빠르게 변화하고 있었지만 사람들은 그 속도를 따라잡지 못하고 있었다. 아노미나 소외와 같은 사회학적 용어가 필요한 상황들이 주변에서, 신문의 사회면에서 심심찮게 발견되기도 했다. 사람들은 돈을 벌기 위해 도시로, 도시로 몰려들었고 가족은 점차 핵가족화되었다. 하지만 뿌리 깊은 가부장제는 핵가족 문화에 최적화된 상태로 진화했다. 이런 상황에서 '가족'은 1970년대 대한민국이 지닌 모순을 가장 극명히 보여 주는, 최소 단위의 시험지였다고 할 수 있다. 박완서가 가정을 기반으로 당대의 삶을 그려 내는 까닭도 여기에 있다. 아버지, 어머니, 아들, 딸로 이뤄진 평범한 핵가족의 삶을 분석하고 묘사함으로써 1970년대 말 1980년대 초반의 대한민국은 속살까지 그대로 드러내고 만다. 박완서의 소설에 등장하는 가정은 그런 의미에서 당대 우리의 삶이 지닌 모순의 어떤 지점에 대한 상징적 알레고리의 장소라고 할 수 있다.

『살아 있는 날의 시작』은 가족이라는 최소 단위에서 미래에 대한 꿈과 희망을 가꿔 나갔던 한 여성을 통해 가족이라는 미명 안에 숨겨진 폭력과 위선을 벗겨 낸 작품이다. 흥미로운 것은 30여 년 전의 삶을 구성하는 세부적 항목들은 상당히 달라졌지만 그 근간이라고 할 수 있을 구조적 모순에서는 별다른 변화를 찾기 어렵다는 사실이다. "식모"와 같은 단어는 사라졌지만 아내의 역할이나 엄마의 의무를 구성하는 세목들은 달라진 것이 없다. 계급적, 계층적으로 차이가 나는 사람들에 대해 중산층이 갖고 있는 위선적 교양이나 윤리관도 달라지지 않았다. 심지어 과외나 출세 같은 단어는 세련된 용어로 옮겨 갔을 뿐 그것을 실현하려는 세속적 욕망은 더욱 커졌다. 더 나은 과외 그룹에 들어가기 위해 하위 과외 그룹을 조직하는 모습을 보면 5, 6세 유치원조차 시험과 등급으로 구분하는 현재와 다를 바 없다는 것을 알게 된다.

말하자면 박완서의 『살아 있는 날의 시작』은 1970년대 말 1980년대 초의 삶을 구체적으로 보여 주는 일종의 경험적 사실이기도 하지만 우리의 현재를 비춰 주는 거울이기도 하다. 더욱 심각한 것은 박완서가 이 소설에서 비판하고 있는 모습이 우리의 현재뿐만 아니라 미래의 한 장면이기도 하다는 점이다. 30년 전의 현실을 현재의 거울로 그리고 미래의 한 예측으로 볼 수밖에 없다는 것, 바로 이 지점이 박완서 소설의 현재적 힘이다. 냉정한 관찰력과 동정 없는 해석, 박완서의 이 작가적 시선을 통해 우리는 또 다른 미래학을 예측해 볼 수 있는 것이다.

2 편견의 힘

역설적이게도, 박완서 소설이 지닌 이 예측의 힘은 편견에서 비롯된다. 박완서는 세상에 대한 자신의 시선을 객관적인 양 연출하지 않는다. 오히려 40대, 중산층, 부인의 시선임을 선명히 드러내 그 시선이 편견일 가능성을 배제하지 않는다. 그런데, 자신의 계급적, 계층적 위치를 철저히 드러내는 이 편견의 시선은 당대적 삶을 더욱 구체적으로 보여 주는, 주관이 된다. 사료나 역사가 객관을 위장한 이데올로기라면 편견은 주관으로 해석된 보편적 시선이라고 할 수 있다. 두루뭉수리하게 정의를 가장하는 중립적 시선이 아니라 한 개인에게서 비롯된 삐딱한 시선이 오히려 삶에 대한 다양한 시각을 제공한다. 그리고 이 시각은 편견임을 표방하고 있기에 의심할 수 있으며 이 의심이 오히려 시선이 대상이 되는 세상을 입체적으로 이해하게 만든다. 이는 독자로 하여금 박완서가 운용하는 화자에 동의하거나 혹은 반대하게 만드는 적극적 독법의 바탕이기도 하다. 말하자면 박완서 소설은 삐딱한 시선과 의견으로 독자의 시선을 끈다. 편견은 다음과 같은 장면에서 드러난다.

대개는 신흥 주택가의 주민들이었다. 그들은 터무니없이 고상하고 터무니없이 후하고 거의 결사적으로 아름다워지고자 했기 때문에 미용실은 성업 중이었다.[1]

누워 있는 살찐 여자에 비해 옥희는 너무 작았다. 지압이나 마사지를 하고 있는 게 아니라 조그만 계집애가 자기 힘을 감히 휘어잡을 수도 없는 벅찬 홑청 빨래에 죽기 살기로 달라붙는 것처럼 보였다. (중략) 그러나 괴롭게 신음하는 건 옥희 쪽이 아니라 빨래 쪽이었다. 그것이 오히려 옥희의 작업을 더욱 참담한 것으로 보이게 했다.[2]

『살아 있는 날의 시작』의 주인공은 청희다. 그녀는 40대 중반이며, 대

---

1   박완서, 『살아 있는 날의 시작』(세계사, 2012), 43쪽

2   앞의 책, 53쪽

학교수 남편을 두고 고 2가 되려는 아들과 귀여운 딸도 가진 여성이다. 자신의 인생을 총복습 중인 치매 시어머니를 모시고 사는 것이 겉으로 드러나는 문제라면 문제다. 신흥 주택가에서 미용실과 미용 학원을 운영 중인 그녀는 대학에서 강의를 할 만큼 교육 수준이 높고, 돈벌이 수완도 꽤 탁월하다. 남편의 직업으로 보나 자신이 벌어들이는 수입으로 보나 그녀는 꽤 윤택한 삶을 살아가는 중산층 여성이라 할 수 있다.

그런데 그런 그녀가 자신의 미용실을 찾는 비슷한 또래, 유사한 계층의 여성들을 곱지 않은 시선으로 바라본다. 위에서 예시한 "터무니없이"나 "결사적으로" 같은 부사어는 주인공 청희가 자신의 미용실을 찾는 여성들을 어떤 관점에서 바라보는지 잘 보여 준다. 심지어, 그녀는 자신의 미용실에서 마사지를 받는 고객을 "빨래"에 비유하기도 한다. 살이 찐 여자가 살을 뺀답시고 마사지를 받을 때 청희는 그것을 통해 수입을 얻으면서도 그 작업에 대한 참담함을 숨기지 못한다.

중요한 것은 이러한 비난의 눈빛이나 편견의 언어가 비단 자신을 제외한 다른 사람을 향한 게 아니라는 사실이다. 편견의 언어는 자신과 더 가까운 상황일수록 그러니까 가족에 대해서는 더 신랄해지고 자기 자신에 이르러서는 거의 조롱에 가까워진다. 치매에 걸린 시어머니 때문에 남편과 집 밖에서 만나 섹스를 해야 할 때 그리고 아이의 공부를 위해 과외 선생을 수배해 굽신거려야 할 때 이 삐딱한 자조는 최고조를 이룬다.

방금 나는 정말 기뻐한 것일까? 다만 기뻐한 체한 것일까? 나는 여태까지 행복하게 살았을까? 혹시 행복하게 사는 체한 데 지나지 않았을까? 그런 의심은 시작하기가 잘못이었다. 의심은 꼬리에 꼬리를 물고 이어졌다. 나는 스스로 느끼고 생각하기 위한 나인가, 남이 어떻게 느끼고 남이 어떻게 생각하나에 비위 맞추기 위한 나인가? 매력 있는 여자란 무얼까? 나는 왜 매력 없는 여자란 소리를 가장 두려워하는가?[3]

그리고 행여 선생님이 자기 자식만은 번호가 아닌 이름으로 기억해 주기를 바라는 것처럼 앞을 다투어 우리 철이는…… 우리 혁이는…… 하면서 자기 자식이 얼마나 두뇌와 성적이 뛰어난 촉망받는 아들인가를 아우성치기 시작했다.[4]

청희의 눈을 통해 바라본 세상은 어딘가 많이 비뚤어져 있다. 남편 인철은 "매력 없어."라는 말 한마디로 아내를 조련하고자 하고 이런 의도는 "여자는 여자다워야 한다."는 시어머니의 말을 거쳐 증폭된다. 엄마로서 그녀의 삶도 크게 다르지 않다. 일하는 엄마인 그녀를 찾아온 손님이나 아들의 동급생 엄마들은 "이래서 일하는 엄마들은 안 돼."라며 그녀를 무시기 일쑤다. 청희는 이런 말들이 폭력적이라는 것을 알지만 그녀 역시 이 말의 힘에 무기력하게 쏠려 가고 만다.

비판하면서도 저항하지 못하는 것, 편견을 지닌 박완서의 화자나 인물들은 대개 이런 특징들을 공유한다. 청희는 이 모순적 상황에 적극적으로 대항하지도 그렇다고 투항하지도 못한 채 어정쩡하게 사회의 지배적 이데올로기를 따라간다. 하지만 그녀는 자신의 이런 상황이 불편하고 불쾌하다. 중요한 것은 대개 수많은 개인들이 이렇게 소시민적인 선택을 하고 산다는 것이다. 이러한 인물들이야말로 그 어떤 인물보다 더, 문제적으로, 당대의 현실을 보여 준다는 점이다. 사태의 불온함을 선언하고 나선 인물들이 작가의 목소리를 담아내기 위해 조형된 소설의 인공 조형물로 보인다면 박완서 소설의 인물들은 그 중간적 면모 때문에 더욱 현실적이다. 사실, 현실을 살아가는 대개의 실제 인물들은 삶을 지배하는 폭력적 면모

---

3   앞의 책, 34쪽.

4   앞의 책, 113쪽.

들을 불편해하지만 그것에 대해 적극적으로 저항하기는 어렵다.

이 중간적 인물의 편견 어린 시선을 통해, 박완서는 당시의 삶이 얼마나 불편하고 불합리했는지 독자에게 전달하는 데 성공한다. 판단하거나 교조적으로 훈계를 하는 작가가 아니라 모순적인 현실을 그대로 보여 주는 작가이기에 "청희"라는 인물의 시선을 통해 바라본 세상은 독자에게 해답이 아니라 질문으로 다가온다. 과연, 나라면 어떤 선택을 할 것인가, 나라면 어떤 느낌일까와 같은 적극적 독법이 이 편견을 통해 가능해지는 것이다.

작가는 이러지도 저러지도 못한 채 가족이라는 끈에 끌려 가던 주인공 "청희"가 편견과 자기모멸, 자조를 거쳐 어떤 곳으로 나아가게 될지 주목해 달라고 요구한다. 그녀의 마지막 선택이 급조된 충동의 결과가 아니라는 사실은 자기 자신마저 부정하는 이 아이러니컬한 화자를 통해 입증된다. 박완서 소설의 편견 어린 화자는 자기 자신마저 변호하지 않고 의심하며 마침내 부정하는 객관적 화자의 다른 이름이기 때문이다.

3   정의가 사라진 세상, 율법만 있는 세상

그렇다면, 삐딱하게 편견 어린 눈으로 바라볼수록 그 진면목이 더 잘 보이는, 그 삶은 어떤 형편일까? 도대체, 청희를 자조감에 밀어 넣는 삶은 어떤 모습일까? 『살아 있는 날의 시작』은 앞모습과 뒷모습이 판이하게 다른 여자 청희가 남편과 바깥 잠을 자기 위해 교외로 나가는 장면으로 시작해 홀로 속초행 버스표를 끊는 것으로 마무리된다. 제목인 "살아 있는 날의 시작"은 그녀가 기반으로 살았던 삶을 버리고 속초행 버스를 타는 그 시점을 의미한다. 그녀가 버려야 했던, 얼핏 보면 평범하게 여겨지는 삶의 내부는 어떤 것이었을까? 그녀의 삶이 지닌 모순 그리고 위선 아래

감춰진 폭력적 세계는 "가정"에 압축되어 있다. 그리고 가정은 남편을 통해 제유된다.

그 여자의 남편 정인철은 아내와의 약속 시간 따위에 구애받을 사람이 아니었다. 그는 남자답다는 걸 좋아했다. 거의 신봉하고 있었다. 그가 신봉하는 남자다움에는 아내와의 약속 시간을 희미하게 기억한다는 것도 포함돼 있었다. 똑똑히 기억하고 있어도 결과는 마찬가지였을 것이다.[5]

남편 정인철의 성격은 "남자답다". 그렇다면 남자다움은 어떤 면모를 가리키는 것일까? 기대와는 달리 청희가 남자다움이라 지칭한 부분은 "남자"를 이데올로기적 도구로 활용하는 가부장의 모습이다. 우선 그것은 약속을 무시하는 태도로 구체화된다. 남편 정인철은 늦는다는 말을 하거나 약속 시간보다 먼저 나와 기다리는 것을 '남자답지 못하다'고 생각한다. 그가 생각하는 '남자다움'은 아버지의 모습이기에 아내라는 이름에서 여성을 지우고 역할만을 남겨 두려 한다. 그는 "매력 없다"는 말로 청희의 여성성을 지우고, 지방대 교수라는 상대적 박탈감을 "아내를 잘못 얻"은 탓으로 비난한다. 그는 "전적으로 자기 책임으로 열등하다고 생각하"지 않는다. 자신의 대학 동창이 서울에 있는 대학에 취직한 것은 아내 덕분이고 그에 비해 떨어지는 못마땅한, 현재 상황은 죄다 아내 탓이다. 아내가 자신을 위해 학업을 포기한 것도 불량하며 자신보다 돈을 더 잘 버는 것도 모멸이라고 여긴다. 심지어, 아내의 견습생인 옥희와 불륜을 저지르고 그로 인해 겪는 불편까지도 모두 아내 탓이라고 떠민다. 인철은 옥희와의 불륜을 용서하지 못하는 아내를 이해하거나 미안해하는 것이 아니라 되려 비난한다.

5   앞의 책, 13쪽.

가부장제 이데올로기의 중심에 있는 "인철"은 그것의 모순과 불합리를 그대로 드러내는 인물이다. 그는 어머니 송 부인의 고답적 가부장제를 전근대적이라고 생각하지만 실제 행동에서는 반대로 행동한다. 오히려 송 부인의 고집을 현명한 폭력의 수단으로 바꾸기까지 한다. 이러한 점은 "아버지"라고 부르며 따르던 옥희를 여자로 범하는 장면에서도 나타난다.

그런데, 중요한 것은 박완서가 인철로 상징되는 가부장제의 모순이 비단 '남편', '아버지'의 잘못만으로 지탱될 수는 없다고 말하고 있다는 것이다. 박완서는 이 모순을 완성하는 것은 바로 '당신'이라고 말한다. 시어머니 송 부인의 지지, 아내인 청희의 수긍, 견습생이었던 옥희의 무지를 통해 가부장제의 폭력은 완성된다. 가령, 청희는 옥희가 늘 어렵게 번 돈을 건장한 장정인 오빠의 생활비로 들인다는 데 불만을 표시한다. 남자들은 옥희의 행동이 여동생답고, 여성스럽다고 칭찬하지만 사실 이는 여성의 노동력을 빼앗는 알리바이에 불과하다. "매력 없다"라는 말에 자신을 변화시켰던 청희처럼 옥희 역시 착한 딸이라는 미명 아래 굴복했던 것이다. 이러한 점은 청희에게서도 발견된다. 적어도 자신이 버는 돈으로 형제, 자매까지 건사하지는 않지만 그녀는 자신의 친정어머니를 잠시 모시는 데 불편함을 느낀다.

말하자면 세상은 여성들에게 늘 부족하다는 죄책감을 느끼게 한다. 아내로서, 엄마로서, 늘 부족한 그들은 가족 사이에서 죄책감을 부여받는다. 하지만 이 죄책감은 문명의 발명품이라고 할 수 있다. 그렇다면 과연 30여 년이 지난 지금, 현재, 우리가 살고 있는 삶의 표정들은 어떤가? 이제는 그렇지 않다고, 확답할 수는 없을 것이다. 30여 년 전의 삶을 그려 낸 박완서의 소설이 여전히 현재적인 이유이기도 하다.

4   박완서식 감정 조율법

『살아 있는 날의 시작』을 통해 가장 극명하게 드러나는 것은 '정의 (justice)'가 없는 가족의 현실이다. 여성의 끊임없는 희생과 묵과가 보살 핌과 친밀함이라는 이름으로 권유되는 곳, 그 묵언의 이데올로기 장이 바 로 가족으로 제시되고 있다. 그런데 한편, 이 작품에서 끊임없이 독자의 사고를 파고드는 부분은 바로 중산층이라고 말할 수 있는 이 여성의 계급 적, 계층적 자기 인식의 고백이다. 이 고백은 자못 사실적이다 못해 위선 적인 스스로에 대한 자멸까지 포함하고 있다. 가령, 이런 부분들이다.

콩쥐의 미숙하고 조로한 몸에 세 사람씩이나 장정이 기식하고 있다는 게 그 여자를 우울하고 화나게 했지만 어쩔 수가 없었다. 결코 의붓딸이 아 닌 부모 형제가 분명한 옥희를 콩쥐라고 생각하는 게 고작 그 여자의 옥희 에 대한 이해와 연민의 한계였다. 옥희야말로 우리 사회의 의붓자식이라고 그 여자는 생각하고 있었다.[6]

그 여자는 이제 그 끔찍한 계집애뿐 아니라 자신의 위선에 대해서도 더 이상 참을 수가 없어서 이를 허옇게 드러내면서 짓씹듯이 그렇게 말했다. 그 여자는 자신의 위선뿐 아니라 가난한 사람과 착한 사람을 무턱대고 동 질시하려는 자신의 상투적인 사고방식도 참을 수가 없었다.[7]

그 여자는 콩쥐의 그런 당돌함에 모욕감을 느낀다. 자신보다 가난하

6   앞의 책, 54쪽.

7   앞의 책, 125쪽.

고, 무력한 사람들은 자신의 호의에 감사해야 하며 자존심이나 도도함 따위는 버려야 한다고 믿는다. 그래서 베풀 때는 관대하지만 그것을 거부하려 할 때는 잔인해지기도 한다. 자비를 베풀고 싶은 시간은 이미 지났노라고 선언이라도 하고 싶으면서도 종당에 당하게 되리라는 막연한 체념으로 그 여자는 갈등하고 있었다. 청희는 옥희를 "콩쥐"라 부르며 연민하지만 이 연민은 진정한 의미의 동정이라고 할 수는 없다.

동정(compassion)은 함께를 뜻하는 라틴어 com과 고통을 뜻하는 pathos로 이뤄진 단어다. 고통을 함께 느낀다는 의미를 포함하고 있다. 청희는 옥희의 고통을 타인의 것으로 여긴다. 이 타인에 대한 객관성은 다른 계급적 계층적 현실에서 비롯된다. 청희는 가난하다고 해서 모두 착한 것은 아니라며 계급적 문제를 개인의 성향과 분리시킨다. 그리고 남편이 옥희와 불륜을 맺었을 때, 이를 남편이라는 일종의 계급적 상위의 포식자가 식솔로 기거하는 어린 소녀에게 가한 폭력이 아니라 윤리적으로 온당치 않은 두 개인의 문제로 축소시킨다. 이러한 태도는 '가난'을 일종의 사회적 모순이라는 해결 불가능한 숙제로 돌리는 것에서도 발견된다.

주목해야 할 것은 청희의 이런 태도가 바로 청희 개인의 윤리 의식이 아니라 중산층의 자기변명이며 집단 윤리라는 사실이다. 그들은 집단으로 책임져야 할 문제를 개인의 윤리로 축소하고 개인의 취향으로 사소화해도 될 문제를 계급 전체의 문제로 확장하곤 한다. 자기 권리의 주장은 소시민성에서부터 비롯된다고 할 수 있다. 그들은 개인으로서 타인에게 윤리적 가해를 하지 않음으로써 자신이 지닌 무관심의 당위성을 획득한다고 본다. 그리고 이 무관심이 자신의 '집'을 침범했을 때에야 비로소 그 폭력을 주시하고 발언한다.

박완서 소설에 등장하는 인물들은 중산층으로서의 윤리뿐 아니라 이 무관심한 냉정함까지 고스란히 드러낸다. 이를 통해 중산층인 화자, 청희는 가장 큰 피해자이면서도 한편으로 절대적 변호나 변호의 대상이 될 수는 없다. 박완서 소설의 힘은 무릇 이 냉정함에 있다. 자기 스스로에 대한 동정마저 거부함으로써 상식으로 이뤄진 세계는 무너지고 일상의 덫은 파헤쳐진다. 박완서식 감정 조율법은 바로 이 냉정한 논평 속에 있는 것이다. 이 냉정한 편견을 거쳐 독자는 "청희"라는 인물이 아니라 그것을 읽고, 공감하고, 때론 반대하는 스스로를 발견하게 된다. 따라서 독자는 언제나 이 현재적 문제를 통해 공감하는 독자가 될 수 있다. 박완서 소설의 냉정한 편견은 이처럼 독자를 현재적 독자로 경신시킨다. 앞으로 시간이 흐른다 해도, 아마 그 현재성은 유효할 것이다. 문장에 남아 있는 그 꼿꼿한 눈길이 사라질 수는 없으니 말이다.

의젓한 역설과 치열한 모순의 신화

이승우, 『그곳이 어디든』(현대문학, 2007)

1 불안의 투망에 걸린 영원

이승우의 소설 『그곳이 어디든』은 모순과 역설투성이다. 이런 식이다. "감각 없이 살아가는 것이 가능하냐는 질문에 대해 불가능하다고 답하는 것은 감각의 부재와 죽음을 동일시한 결과다. 반대로 그것이 가능하다고 답하려면 죽음을 사는 삶을 전제해야 한다." 이런 문장도 있다. "사내는 강요하지 않는다고 말했지만 유는 이미 강요받고 있었다." 삶의 가벼운 표피에서 시작해 점점 존재의 진앙을 향해 들어가는 문장은 독자의 심장을 움켜쥔다. 삶과 죽음, 비겁과 순수를 오가는 문장들은 서로가 서로를 허용하면서 부딪히고 궁극적으로 삶을 미스테리로 만들어 버린다.

『그곳이 어디든』은 길항하는 명제들 사이의 긴장 위에 놓여 있다. 작가는 범죄를 추궁하는 심문관처럼 모순과 역설을 거쳐 결론에 도착한다. 명제는 들끓는 모순 가운데서 좌충우돌한다. 해답은 완결성을 갖춰 갈수록 더 많은 모순을 내포한다. 질문과 해답은 서로를 배반하기를 거듭하고 단단한 것들이 무너진다. 만지면 만질수록 녹아 버리는 얼음처럼, 그렇게 세상의 완강한 것들은 기화해 버린다. 이승우의 질문은 그렇게 독하고 근원적이다.

『그곳이 어디든』은 의젓한 허무주의와 근본적 회의주의로 무장하고 있다. 만만치 않다. 생에 대한 가장 근원적 지점까지 질문을 밀어붙이는 치열성은 독자를 얼얼하게 만들 정도다. 이승우의 문장은 구체적이면서도 근원적이지만 추상적 주관성에 매몰되지 않는다. 신과 배반, 비겁과 도피가 아무렇지 않게 한 문장 안에서 얽히고 대치한다. 어느 하나 쉽게 놓칠 수 없는 이 문장들은 스스로 "사소하고 시시한 이야기"이기를 거부한다. 이것은 소설로 구체화된 삶이며 소설보다 더 오래된 영원의 잠언으로 격상된다.『그곳이 어디든』은 작가 이승우가 글로써 조형한 하나의 가치이지만 스스로가 매개인 자유로 오롯하다.

『그곳이 어디든』에 점철된 역설과 모순은 실상 삶의 이치이자 근본적 실재다. 키르케고르가 아이러니를 삶의 이해할 수 없는 본질로 규정했다면, 이승우는 그 아이러니를 살이 닿듯 아프게 보여 준다. 길항하는 대상들 가운데 사람들이 진입하고 나라는 자명한 존재가 이질적 자아와 뒤섞인다. 추방지가 낙원이 되기도 하며 낙원이었던 곳이 꿈처럼 사라지기도 한다. 호명하는 순간 실체는 사라진다. 손에 잡히자 빠져나가고 마는 실재, 그것이 곧 작가 이승우가 말하는 삶의 가치이며 원리다. 이승우는 손과 발로 접촉하던 허망한 삶에 언어의 투망을 건져 영원성을 복원한다.

소설가는 세계를 재현하는 자가 아니라 세계에 흠집을 내고 그 균열을 반성하는 자다. 이승우는 "유"라는 인물의 입을 빌려 안온한 일상에 균열을 일으킨다. 질문은 무감각하게 살고 있는 일상인의 두뇌를 아프게 자극한다. 과연 삶이란 무엇일까? 그 삶을 살고 있는 "나"라는 존재는 누구이며 그 누구로 호명된 자아는 자명한 것일까? 아니, 얼마나 멀리 가면 이 지긋지긋한 질문들과 떨어질 수 있을까? 얼마나 오래 살아야 삶의 본질을 관통할 수 있을까? 질문의 농도는 눈이 따가울 만큼 짙어져, 먹고 자고 싸는 일상에 갇힌 독자를 불안하게 만든다. 불안과 모순, 역설이 독자의 영혼 내부로 진입해 완결성이라는 환상을 공격한다. 결국 세상은 객관성의 껍데기를 벗고 해체된다. 이제 우리가 만나게 될 것은 이 지독한 불안으로 휩싸인 세계다. 이승우는 그곳을 가리켜 "서리"라고 부른다. "서리"는 무릇 그렇듯, 불쑥 출현한다.

2 서리

"서리"는 어디에도 존재하지 않지만 어느 곳에든 존재한다. 한반도의 가장 서쪽으로 설정된 "서리"는 현실적인 환상의 공간이라고 할 수 있다. 그곳은 추방자들이 모이는 부표이자, 한 번 발을 들여놓으면 빠져나갈 수 없는 덫으로 묘사된다. "유" 역시 우연히 그곳에 발을 들여놓지만 결국 빠져나오지 못한다. 빠져나오지 못하는 이유는 매우 현실적인 실마리에서 비롯된다. 신분증과 현금, 카드가 들어 있는 지갑을 잃어버렸기 때문이다. 자신을 온몸으로 부정하는 타자들의 공간, 서리에 그는 이름 없는 부재로 떠돈다. 그런데 그곳을 떠나지 못하는 이유는 점점 "유"의 내면을 침식한다. 그는 떠나지 못한다고 생각하지만 실상 그곳에 머물기를 원한다. 이쯤 되면 그곳의 이름을 다시 생각해야 한다. "서리"는 결국 우리가 살고 있는 이곳, 당신의 발이 딛고 있는 현실, 그러니까 "그곳이 어디든" 상관없는 '삶'이라는 늪이다. 서리는 장소를 지칭하는 고유 명사가 아니라 삶을 제유하는 보통 명사다.

모든 일은 "유"가 "서리"를 향해 떠나면서 발생한다. 떠났다고 말했지만 엄밀히 말해 유배당했다고 말하는 편이 옳다. 도착하는 순간, '서리'가 을씨년스러운 타자의 공간으로 등장하는 연유도 여기에 있다. 그곳은 바람과 떠돌이 개가 주인인 곳이다. 서리에 살고 있는 사람들은 산 주검들과 다르지 않다. 서리의 산 주검들은 자기들끼리의 은어로 소통하고 타자의 질문을 외국어처럼 거부한다. 살아 있으되 주검과도 같고 죽었으나 평온한 자유와 안락을 찾은 곳, 그 모순이 버젓이 존재하는 곳이 바로 서리다. 추방자인 "유"는 그곳에서 한 번 더 소외당함으로써 완전한 타자로 격리된다. '서리'는 온 힘을 다해 낯선 외지인을 밀어 낸다. 낯선 곳에서 그는 드디어 "아무것도 아닌 존재"가 되고 만다. 그는 결국 존재하지만 등기되지 않는 존재, 유령으로 전락한다.

나는 내가 누구인지 알지만, 다른 사람에게 내가 누구인지 이해시킬 수 없다는 사실이 둔중하게 그의 뒷머리를 쳤다. 내가 누구인지 아무도 동의해 주지 않는다면 내가 누구인지 내가 알고 있다는 것이 무슨 소용이란 말인가. 나만 알고 나 외에 내가 누구인지 아무도 모른다면 내가 알고 있는 나가 나라는 걸 어떻게 믿을 수 있는가. 어떻게 믿게 할 수 있는가…… 유는 자기 자신에게 되풀이 질문했다. 이렇게 어이없이, 이렇게 삽시간에 존재를 흐릿하게 할 수 있다는 사실이 소름을 돋게 했다.[1]

우리는 기억 상실과 함께 자기 자신의 정체성을 박탈당한 존재들을 여러 명 만난 적이 있다. "유"의 특별함은 그가 기억을 상실하거나 자신을 스스로 지운 것이 아니라는 점에 있다. 그가 잃어버린 것은 자신임을 증명할 상징계적 이름과 문자적 정체성이다. 상징계적 질서에서 놓여나자마자 그는 사라질 위기에 처한다. 객관적 세계로부터 또 한 번 유배당하는 것이다. 그는 철저히 "상황 논리"라는 덫에 빠진 자가 신세로 전락한다. 작가의 말처럼, 그곳은 불가항적인 힘에 의해 이끌려진 "늪"이다. 그곳은 바로 자발적 의지와 무관하게 떠밀려 온 자들의 부표, "적지"였던 것이다.

---

1   이승우, 「그곳이 어디든」(현대문학, 2007), 82쪽.

"제목으로 쓰인 프랑스어 l'exil은 조국이나 고향으로부터의 추방, 유배, 유형의 뜻으로 더 많이 쓰이지만 '왕국'과 공간적 의미의 균형을 고려하여 '유형지'라는 뜻의 '적지(謫地)'로 번역했다." 그 짧은 문장 속에 적지의 의미가 선명하게 드러나 있었다. 그러고 보니 헐벗은 땅이나 적의 땅보다는 귀양지가 왕국과 더 잘 어울리는 것 같기도 했다. 유는 번역자의 마지막 문장을 내처 읽었다. "우리가 유한한 삶을 살다 가야 하는 이 세계는 어디나 유형지요 사막이다. 그러나 그 적지는 우리에게 주어진 유일한 왕국이기도 하다. 우리의 할 일은 바로 그 적지를 왕국으로 만드는 절망적인 노력이라고 작가는 암시하는 것이 아닐까?"[2]

그런데, 이쯤에서 생각해 보자. 그렇다면 그는 떠나온 곳에서는 타자가 아니었던가? 그것은 떠나올 때 스스로에게 던진 질문에 압축되어 있다. "그럼 여기서는 행복한가. 하고 물었다. 답이 뻔한 질문이었다. 그런 점에서 그 질문은 일종의 기만이었다." 그는 이미 자신이 근거로 삼고 있던 삶의 공간으로부터 추방된 상태였다. 결론부터 말하자면, 그에게는 애당초 왕국이 없었다. 유배되기 이전의 공간, 그가 떠나온 곳에서도 역시 그는 추방자였다.

"유"의 아내는 결혼 전 만났던 애인을 추스르기 위해 아내로서의 의무와 남편의 강요를 뿌리치고 떠난다. 가볍게 떠나 버린 그녀 앞에서 그의 존재는 너무도 하찮아진다. 그의 부탁과 협박을 무시하는 아내는 "유"가 지켜 왔던 삶이 자신의 것이 아님을 깨닫게 해 준다. "유"가 서리로 옮긴 것이 고단한 합리화의 결과였음은 이를 잘 보여 준다. 서리는 자발적 낙향이자 타의적 추방이 뒤섞인 타자들의 공간인 셈이다.

주목해야 할 사실은 그가 타자라는 낙인이 찍힌 채로 이름을 잃자, 드

---

2   앞의 책, 120쪽.

디어 진짜 자기 자신과 만나게 된다는 사실이다. 역설적이게도 함정이었던 늪은 진정한 자아와의 만남을 매개하는 자궁으로 비약한다. 이에 빠져나올 수 없던 늪이자 적지였던 서리는 스스로와 대면하는 부활의 장소로 거듭난다. 추방을 합리화하지 않고 수긍하는 순간, 추방은 새로운 출구가 되어 존재를 견인한다. 그것은 삶의 원리와도 같다. 불안한 타자의 공간, 서리는 바로 우리가 살고 있는 이곳과 다르지 않았던 것이다. 추방자가 스스로를 추방자로 호명할 때 삶은 접혀 있던 다른 면으로의 접근을 허용한다. 보이지 않지만 존재하는 가교처럼 인식은 다른 세계로의 출구가 되어 준다.

실존하지 않는 지명, 서리 그곳은 이승우가 그린 '지도' 위에 있다. 이승우가 그린 지도는 곧 삶의 축도다. 지도가 지표면의 형상을 압축적으로 보여 주듯이 이승우 역시 삶이라는 추상적 실재를 서리라는 지명에 압축해 넣는다. 그리고 지도가 길을 가르쳐 주듯 서리 역시 삶의 축도로서 그 구체적 고갱이 하나를 보여 준다. 자살 외엔 탈출할 방법이 없는 서리는 삶에 대한 오래된 회의와 깊은 허무를 동시에 보여 준다. 그곳은 죽기 전까지 감각의 호출에 시달려야 하는 현실의 다른 이름이다. 세기를 거듭해 살아간다 한들 단 하룻밤을 산다 한들, 물리적 시간은 중요하지 않다. 대도시든 시골이든도 무관하다. 때로 그것이 환상이나 착각이었다고 해도 다르지 않다. 삶이란 수치로 판단되는 물리적 세계가 아니다.

3   시간을 견디는 감각 차단술

『그곳이 어디든』은 독법에 따라 생에 대한 포용력으로 받아들여질 수도 아니면 감각적 현실을 부정하는 강한 반성으로 받아들여질 수도 있다. 엄밀히 말해, '그곳이 어디든'이라는 제목은 그 자체로 관대한 역설이자 치밀한 모순이다. 그것은 체념인 듯 강한 긍정이며 긍정하는 순간 사라지는 근원적 부재의 현현이다. 삶 앞에서 긍정은 무력해지고 부정은 드세진다.

비밀에 싸여 있던 "노아" 노인의 정체가 드러나고, 서리의 역사가 밝혀지는 순간 서리는 음흉한 타자의 공간이 아니라 현실의 압축적 공간으로 달라진다. 서리는 이 땅의 역사가 남긴 편린이자 전체이며 그것을 관통해 온 수많은 삶의 재현이자 은유다. "왕국", "노아"와 같은 소설 속의 이름들은 독서가 깊어질수록 새로운 의미에 닻을 내린다. "서리"는 낙원으로 재조명되고 무덤은 영원한 안식의 집으로 교체된다.

"유"가 동네 폭력배들에게 지갑과 신분증을 뺏기던 날 만났던 노인은 "노아"라고 불린다. 그는 노아가 방주를 만들 듯 돌로 무덤을 만든다. 흥미로운 것은 노인이 그 무덤들을 '집'이라고 부른다는 사실이다. "노아"에게 무덤은 영원히 영혼이 안식할 수 있는 '집'이며 안식처다.

"대답하지 못하는 것은 숫자로 이야기할 수 없다는 걸 알기 때문이겠지. 숫자로 셀 수 없는 단위. 시간을 초월해서 끝없이 이어지기 때문에 시간의 그물에 걸리지 않는…… 그걸 영원이라고 부르지. 인간은 몇십 년 다음에는 영원을 살아. 영원에 비하면 몇십 년은 찰나에 지나지 않지. 그야말로 눈 깜짝할 순간이라고. 인간은 눈 깜짝할 순간 동안 지상에서 살다가 그 집을 떠나 영원히 사는 집으로 이사를 가. 그걸 사람들은 죽음이라고 부르지. 영원히 살 그 집을 무덤이라고 부르고. 뭐라고 부르든 상관없다지만, 무덤이야말로 오래오래 살아야 할 집이 아닌가. 진정한 집이 아닌가. 그러니까 이 땅에서의 몇십 년은 그 이후의 영원한 삶을 착실히 잘 대비하라고, 영원히 살 집을 지으라고 주어진 거라고. 이 땅에서 몇십 년 살면서 영원히 살 집을 짓는 거라고. 그래야 하는 거라고."[3]

3 앞의 책, 145쪽.

초월적 세계에 대한 바람은 노아의 입을 빌린 작가적 전언이라고 할 수 있다. 죽음을 긍정하고 그 안에서 평온과 안락을 찾는 노인의 제안에는 욕망으로 점철된 현실에 대한 회의가 자리 잡고 있다. 노인의 초월론이 작가의 세계관에 대한 압축이자 준열한 선언으로 받아들여지는 까닭이 여기에 있다. 노인이 회의하고 부정하는 세계는 감각으로 이뤄진 표상의 세계다. 그는 진리와 거리가 먼 사물의 세계와 결별함으로써 타락한 현실과 대결하고자 한다. 표상의 현실이란 아내의 마음을 법적 계율과 의무로 묶어 두려는 마음이기도 하며 폭력을 통해 타인의 삶을 짓밟는 논리이기도 하다.

작가는 노아를 통해 사유와 반성이 부재한 현실에 신뢰를 거두었다고 고백한다. 그에 따르자면 현실은 날 선 감각의 횡포로 유린된 비루한 욕망의 격전지다. 비루함에서 벗어나기 위해서는 욕망의 끈에서 해방되어야만 한다. 그것은 세상과 연결된 감각의 차단술로 구체화된다. 색성향미촉을 잃자 불화가 사라지고 평화가 찾아온다. 작가는 방주를 만들어 세상을 구원한 "노아"라는 별칭을 지닌 노인을 통해, 기만적 감각이 제거된 새로운 세계를 제시한다.

감각이 날뛰는 한 누구도 평화로울 수 없는 법이다. 날카롭게 버려질수록 성가신 것이 감각이다. 죽은 자가 왜 평화로운지 말할 수 있다면 세상살이가 왜 성가신지도 대답할 수 있다. 감각은 살아 있다는 징표이면서 모든 불화들의 유일한 근거이다. 평화로운 자는 감각을 잃거나 버린 자이다. 살아 있는 채로 감각을 잃거나 버리는 일이 가능한가? 하고 질문하는 것은 부질없는 짓이 아니다. 그러나 그 질문에 답하는 것은 부질없는 짓이기 쉽다. 왜냐하면 어느 쪽으로 답하든 그 내포하는 바는 같기 때문이다. 감각 없이 살아가는 것이 가능하냐는 질문에 대해 불가능하다고 답하는 것은 감각의 부재와 죽음을 동일시한 결과이다. 반대로 그것이 가능하다고 답하려면 죽음을 사는 삶을 전제해야 한다. '죽음을 사는 삶'은 죽었기 때문에 삶이 아니고, 그럼에도 불구하고 살아가기 때문에 죽음이 아니다.[4]

'노아'는 감각을 소거해야 평화를 선취할 수 있다고 말한다. 노아의 엄숙한 역설법은 작가의 전언과 무관하지 않다. 치열한 질문을 통해 작가는 불화와 모순을 삶의 전제이자 필연으로 흡수한다. 노아를 통해 제시하는 대답은 감각으로 이어진 신경계를 차단하고 죽음과도 같은 삶을 예습하는 것이다. 평화라는 소실점은 감각의 제거를 통해 삶으로 접근해 온다. 평화와 욕망을 대체해 버리는 것이다. 살아 있으되 죽었고, 죽었으되 살아 있는 역설은 작가가 생각하는 유토피아적 공간의 형태를 짐작게 한다. 그곳은 자기 스스로 감각의 문을 닫고 그것에 대한 지향과 의지를 단속하는 세계다. 이는 "거기는 찰나고 여기는 영원이라고 말함으로써" 가능한 구분이자 선취다. "노아"가 말하는 유토피아적 세계와 공간이 관음(觀音)을 통해 가능해진다는 의미다. 소리를 듣지 않고 볼 때, 자신이 처한 공간을 감각하지 않고 인식할 때, 이상과 현실은 거리를 좁힌다.

이상의 선취를 통해 세계의 불화와 대결하는 "노인"의 자세는 유심론(唯心論)을 연상케 한다. "굴속의 세상"을 이데아로 만듦으로써 자신을 소외한 세상을 타락한 감각의 제국으로 오염시키는 것이다. 이로써 추방자는 세상을 따돌린 주체로 전도된다. 중요한 것은 이 전회가 자발적 소외이자 비약으로 해석될 수도 있다는 점이다. 그가 만든 공간은 본질적으로 초월과 맞닿아 있지만 한편으로는 무력하다.

"노아"의 초월론은 근본적인 만큼 급진적이며 교조적인 바가 있다. 그가 종교적 사제이자 정치적 지도자로서의 면모로 그려지는 까닭도 이와 상통할 것이다. 엄밀히 말해 "노아"의 초월론은 현실의 싸움에서 실패한

4   앞의 책, 235~236쪽

자가 던지는 자기 위무의 방식에 가깝다. 감각의 제국의 신실한 국민이었던 그들이 동굴 속으로 편입되는 과정도 그렇다. 그들은 동굴에 들어가 출입구를 봉쇄함으로써 감수성을 마비시킨다. 둔해진 감각을 통해 서리라는 공간의 비루함을 잊는 것이다. 이는 비속한 현실과 섞이지 않는 의연한 수긍임은 분명하지만 주관적 개인 낙원에의 고립과도 닮아 있다. 고립은 덫으로 표현되는 삶을 견뎌 나가는 수세적 방법이기도 하다.

혁명이 불가능할 때 회의(懷疑)는 개인적 초월의 출구가 되어 준다. 하지만, 그 공간 역시 서리라는 현실적 지형 안에 있음을 부인할 수는 없다. 유심론자의 개인 출구가 환상과 자주 뒤섞이는 까닭이 거기에 있다. 이는 한편, 허무주의와 맞닿아 있는 작가의 전언을 떠올리게 한다.

개인적 초월, 부재하는 낙원, 추방자의 현실과 같은 세목들은 결국 이승우가 현실 자체를 어떻게 생각하는지를 보여 준다. '그곳이 어디든'이라는 제목이 내포한 방기와 표용의 이율배반도 마찬가지다. 노인과 "유"의 입을 통해 서술되는 문장들은 삶에 대한 서술이라기보다 삶을 규정한 잠언에 가깝다. 그들은 각각 덫이 되어 버린 현실을 나름의 방책을 통해 견뎌 나간다. 노인은 돌을 쌓고 딸은 기록하며 왕국의 여자는 자살한다. 이는 모두 그들이 '서리'라는 이름의 현실을 관통하는 방법들이다. "이해하기 쉬운 신비주의란 없다.", "체념은 종종 저항의 가면을 필요로 하는 것이다.", "어디나 고향이기 때문이 아니라 어디나 타지이고 이방이기 때문에 그곳이 그곳이었다." 그렇게 서리의 말들은 고통의 진앙을 가격한다.

4   환상의 부재를 견디는 잠언

타락한 감각의 세계에 대한 회의는 새로운 공간에 대한 열망을 자극한다. "노아"가 만든 동굴 속 공간이 그렇다. 그곳은 추방자들이 갇혔던 유형지었지만 감각의 문을 닫고 내면에 귀 기울일 때, 그곳은 낙원이 되어 준다. 그곳은 '빚'을 빚으로 갚지 않고 미움을 관용으로 희석해 생존에 필요한 최소한의 감각만으로 지탱되는 공간이다. 욕망이라고 부르는 감각의 찌꺼기들은 단속과 제어를 통해 걸러진다. 그렇게 그들은 순수하면서도 단순한 존재로 회귀한다. 그것은 '운명'을 긍정하는 힘이며 한편 부정되지 않는 진실을 직시하는 방법이기도 하다.

중요한 것은 "유"가 동굴을 낙원으로 인식하는 순간 그곳이 사라진다는 사실이다. 유가 겨우 낙원을 찾자마자 낙원은 수몰된다. 부정을 통한 긍정, 역설적 모순이 공존 가능한 공간 서리는 환상에서조차 축출돼 사라지고 만다. 이는 서리라는 이상적 공간을 한때 있었으나 사라진 노스탤지어도, 그렇다고 언젠가 도래할 유토피아로 인식할 수도 없는 막다른 헛헛함을 보여 준다. 작가 이승우가 보는 현실이란 환상조차 영원할 수 없는 공간이다. 초월은 찰나, 부르는 순간 사라지고 깨닫는 순간 휘발되고 만다. '서리'는 아무 곳에도 없는, 결코 존재할 수 없는, 여백으로 소실된다. 그렇게 작가는 환상을 통한 화해에도 엄격하다.

그런데, 한번 생각해 보자. 혹시 이 처연한 부재의 공간, 수세적 허무주의는 공백 가운데서 긍정을 발견하는 역설이지 않을까? 그곳이 어디든, 이라는 제안은 아무 곳에도 그곳이 존재하지 않는다는 허무주의이기도 하지만 그것은 한편 '그곳이 어디든' 초월은 없다는 성숙한 포용이기도 하다. 노아든 "유"든 노아의 딸이든, 그들은 각자의 방식으로 세상을 이해하고 포섭하고자 한다. 그리고 그것이야말로 삶을 긍정하는 의젓한 역설의 태도다.

나는 진정으로 간절하게 서리에서 벗어나기를 바란다. 그러면서도 벗어나지 않으려고 하는 욕망이 내 안에 같이 있는 것을 발견하고 나는 놀란다. 나는 길들여진 것인가. 다른 곳에서의 새로운 시작을 두려워하는 것인

가. 아니면, 서리는 지옥과 같지만, 다른 곳 역시 지옥과 같지 않으란 법 없다고 지레 단정하고 있는 것은 아닌가.

……그래도 인간은 사는 것이다! 인간이란 어떤 것에도 익숙해지는 존재다. 나는 이것이야말로 인간에 대한 가장 적절한 정의라고 생각한다. 도스토옙스키의 『죽음의 집의 기록』에 나오는 말이다. 그가 견딘 것은 유형지의 참혹함이었다. 그는 죄수였고, 죄수들과 함께 감옥살이를 했다. 사람은 사람에게 형벌이었다. 우리가 살고 있는 세상이 유배지에 다름 아니라는 인식은 새삼스러울 게 없다. 새삼스러운 건 유배지에도 삶은 있다는 성찰. 그곳에도 나름의 희로애락이 존재한다. 나름의 희로애락이 존재하지만, 그러나 그곳은 역시 유형지이고, 그는 죄수다…….[5]

노아의 딸은 '기록'함으로써 운명론자의 삶을 반성한다. 그녀는 기록하고 씀으로써 길들여지지 않는다. 기록은 그녀를 운명의 얽매임으로부터 자유를 주지만 감각의 세계가 거둬 간 고통스러운 인식을 증폭시킨다. 감각에 머물 때 인식은 기화하지만 운명론을 거부할 때 인식은 고통으로 현현한다. 노아의 딸은 기록을 거듭함으로써 서리를 떠나지 않겠다는 선택을, 자유로운 의지의 차원으로 끌어올리고자 한다. 그 무엇으로부터도 매개되지 않은 의지가 자유라면 노아의 딸은 글쓰기를 통해 자유에 접근한다. 노아의 초월주의는 고통의 감관과 연결된 신경계를 차단한다. 그것은 초월의 가면을 쓴 차단이자 수긍을 가장한 패배다. 그러나 노아의 딸이 선택한 방법, 기록은 다르다. 그녀는 기록함으로써 자아의 중심에 절절한 고통을 퇴적하며 그 침전물을 직면한다. 직면을 통해 기억하고, 기억을 통해 그녀는 존재한다. 운명에 거부함으로써 그녀는 존재가 된다. 이는 한편 소설가 이승우가 던지는 작가전 전언이자 철학이기도 할 것이다.

5   앞의 책, 222~223쪽

소설이란 무릇 운명을 반성하고 부정하는 역설적 긍정의 힘이다. 하나의 언어로 수렴될 수 없는 만상의 현실은 허구적 조감도 안에서 충돌한다. 충돌 가운데 세계는 포섭되고 잠언으로 구체화된 삶은 반성과 조우한다. 『그곳이 어디든』이 작가 이승우의 방대한 철학이자 자기 고백으로 육박해 오는 이유도 여기에 있다. 서리는 삶의 공간으로 다가서자 사라진다. 향수처럼, 신기루처럼 삶은 정복을 허용치 않는다. 덧임을 인식하는 것이 아니라 발 딛고 있는 현실이 덧임을 인식할 때, 하여 스스로를 추방자로 호명할 때, 운명은 자아를 적수로 인정해 준다. 그 아픈 기화의 순간을 지켜보고 기록하는 자, 그가 바로 작가다. 이승우의 문장에 밑줄을 긋게 되는 이유가 여기 있다.

지독한 욕망의 퍼즐

권지예, 『퍼즐』(민음사, 2009)

1　단 하나의 욕망

　　평생 한 가지 소설을 쓴다는 것이 가능할까? 그러니까 한 가지 욕망을 변함없이 가진다는 것이 가능할까? 욕망도 피부와 같아서 나이에 따라 그 질감이 달라진다. 20대가 다양한 자아 속 자신의 진본을 찾아 헤매는 시기라면 30대에는 다른 자아를 찾아 현존을 부정하는 시기라고 볼 수 있다. 그리고 40대가 된 여자들은 애써 찾은 자아도 거절한다. 때로 어떤 여성은 마흔다섯 살이 되어 이제 욕망과 결별했다고 선언하기도 한다. 만일 한 여자가 자신의 한 가지 욕망을 갈구한다면 그것은 고집일까, 지독한 진실일까?

　　권지예의 소설 속 인물들은 언제나, 늘, 같은 욕망에 시달린다. 누군가는 남편이 아닌 애인과 목숨을 건 사랑을 하고(「바람의 말」, 「네비야, 청산 가자」, 「BED」) 다른 누군가는 자신을 일상이라는 덫으로부터 구원해 줄 어떤 인물을 찾아 헤맨다.(「꽃 진 자리, 딥 블루 블랙」) 권지예의 소설에 등장하는 인물들은 하나같이 지금의 삶이 진짜가 아니라고 말한다. 그들의 삶은 결핍과 상처투성이다.

결핍에서 욕망이 비롯된다면 권지예의 그녀들은 욕망 때문에 무너지는 불쌍한 사랑 기계들이다. 그녀들은 채우면 해소되는 요구의 공간이 아니라 필연적으로 채울 수 없는 욕망의 세계에 살고 있다. 그들의 욕망은 단순한 충동이 아니라 이 세상을 살아갈 수 있게 만드는 근원적 동력이다. 결핍 때문에 뜨겁게 욕망하고 욕망 때문에 더더욱 가난해지는 권지예의 인물들에게는 그래서 살아간다는 것 자체가 모순이고 아이러니다.

채울 수 없기 때문에 사랑하고 그 사랑 때문에 간극은 더 넓어진다. 세상과 화합할 수 없는 갈등 덕분에 그들은 더 뜨겁게 삶을 갈구한다. 이 이상한 교호 작용 속에서 그녀들은 살기 위해 욕망하는 것이 아니라 욕망하기 위해 살아가는 인물들로 거듭난다. 우리 문학사에 만일 욕망하는 주체로서의 여성이 있다면 바로 권지예 소설 속의 인물들이 그럴 것이다. 그들은 삶을 장식하기 위해서가 아니라 살기 위해 결핍을 확인한다.

권지예의 소설에 등장하는 이들이 결핍을 해소하기 위해 찾는 곳은 대부분 연애의 공간이다. 결혼한 여자이거나 혹은 결혼하지 않은 여자이건 간에 그들은 연애를 통해 결핍을 메우고 욕망을 충족하고자 한다. 하지만 연애는 세상의 모순을 좀 더 분명하게 드러낼 뿐이다. 결혼으로 대표되는 일상이 일종의 코마 상태라면 연애의 공간은 결핍이 욕망을 압도하는 아이러니의 공간이다.

인물들이 대부분 불륜 관계에서 욕망을 채우고자 한다는 점에서 권지예의 소설은 90년대 이후 출현했던 여성 소설의 계보 속에 놓인다. 중요한 것은 바로 이 지점이다. 권지예의 출발점에는 많은 동료 여성 작가들이 있었다. 그들은 결혼, 가족으로 구획된 일상의 공간을 억압의 실체로 명명하고 자신을 엄마나 아내로 구속한 기존의 세계에 도전했다. 90년대의 문학은 이 완강한 세계를 무너뜨리고자 하는 강렬한 욕망으로 들끓었다. 그녀들은 집을 떠나 길 위로 나갔고, 육체에 기입된 '여성됨'을 지우고 감각으로 사유하는 '존재'로 거듭났다. 그렇게 그녀들은 집 밖으로 나갔다.

그런데 지금 어떤가? 그렇게 선언적으로 집 밖을 나선 여성들은 마치 공모라도 하듯이 다시 집으로 되돌아와 있다. 남자의 집이 아닌 여성의 집이라는 점에서 달라진 듯하지만 그들은 자신의 이름이 아니라 '엄마'로 되돌아왔다. 길고긴 방황 끝에 그들은 여전히 외재적 정체성으로 규명된다. 그녀들은 미소나 이나와 같은 자신의 '이름'을 찾아 길을 나섰지만 다시 '엄마'로 되돌아왔다. 항명한 자의 내면에는 이제 알리바이만이 남아 있다. 결국 모성이란 이 세계의 악을 거둬 낼 유일한 방법이란 듯이 말이다.

그런데, 이 여자, 권지예는 지금도 여전히 누군가의 엄마, 누군가의 아내가 아니라 자신의 이름을 찾아 헤매고 있다. 그녀가 창조해 낸 인물들은 도화(桃花)에 몸살을 내고, 바다 위를 헤매며 때로 끔직한 연애에 질려 히말라야까지 간다. 그녀들은 여전히 집에 돌아오지 않는다. 문제적인 것은 그들이 돌아올 수 없는 것이 아니라 아직 돌아올 마음이 없다는 것이다. 욕망의 차원에서 그녀의 '여성'은 화해를 허용할 수 없다. 그녀들에게 '여성'으로서의 욕망은 단순히 짜릿한 일탈이나 선언적 위반 행위가 아니라 삶 그 자체다. 그녀들에게 여성은 존재 방식이다. 여성이 사라지지 않는 한 욕망은 변하지 않는다. 권지예에게 이 욕망은 대체되거나 교환될 수 없는 유일한 것이다. '단 하나의 욕망', 이제 우리는 그 지독한 결핍과 욕망의 아이러니, 이 불쌍한 사랑 기계들의 싸움을 엿보게 될 것이다.

2 잃어버린 조각

결핍은 어디에서 올까? 권지예의 소설집 『퍼즐』에 등장하는 인물들은 대부분 '결혼'을 통해 환멸과 만난다. 결혼한 여성이든 혹은 유부남과 사랑에 빠진 미혼 여성이든 아니면 불륜에 빠진 유부녀이든 간에 그들의 삶을 불완전하게 만드는 원인은 바로 결혼이다. 결핍은 근원적이지만 그 근원적 결핍을 더욱 공고히 하고 견딜 수 없게끔 만드는 억압은 바로 결혼이라는 제도로 얽혀 있는 삶의 방식이다. 결혼으로 수렴되는 생의 곤란은 표제작인 「퍼즐」을 통해 구체적으로 드러난다. 「퍼즐」에 등장하는 그녀는 아내 노릇, 엄마 역할을 하며 아무 일 없이 하루하루를 살아가는 평범한 여자다.

그녀는 또래의 다른 여자들처럼 불륜이나 종교가 아니라 퍼즐 맞추기에 빠져 있다. 여자가 퍼즐에 빠진 이유는 조각들을 잃어버리지 않는 한 자신의 의지대로 완성할 수 있기 때문이다. 시간이 걸리더라도, 흩어진 조각들은 하나의 그림으로 완성된다. 퍼즐은 "결핍을 채우려는 불완전한 욕구로 허덕"이는 삶을 잠시 가려 준다. 문제는 그녀가 퍼즐의 한 조각을 영원히 잃어버렸다는 사실이다. 잃어버린 조각은 그녀가 배 속에서 지워 버린 세 아이들이다. 아들을 원한 시어머니는 여자로 하여금 세 번씩이나 융모막 검사를 하게 한다. 처음 두 번은 딸이었기에 유산당하고 마지막 아이는 아들이었지만 6개월즈음에 자연 유산되고 만다. 융모막 검사 과정 어딘가 잘못된 태아는 반년의 시간을 여자의 몸속에 머물다 사라진다. 그리고 여자는 불임을 선고 받는다.

여자에게 유산된 세 아이는 인생이라는 퍼즐에서 떨어져 나간 조각들이다. 태아를 잃어버리고 난 후, 그녀는 세 조각을 잃어버린 퍼즐판처럼 늘 어수선해진다. 퍼즐의 조각을 잃어버렸기에 아무리 완성하려 해도, 어떤 경우의 수를 동원한다 해도 퍼즐은 완성되지 않는다. 삶에서 빠져나간 조각들을 잊고, 결핍을 채우려 안간힘을 쓰지만 애를 쓸수록 결핍의 골은 깊어만 간다. 소설 내내 그녀가 고양이에게 보이는 신경질적 반응 역시 같은 맥락에 놓여 있다. 집안 곳곳에 숨어 울어 대는 고양이의 울음 소리는 아이의 울음을 떠올리게 한다. 그러니까 그녀의 삶이 영원히 미완성일 수밖에 없음을 확인시켜 주는 것이다.

만일, 유산된 아이가 잃어버린 조각이라면 그녀는 어떻게 퍼즐을 완성할 수 있을까? 방법은 두 가지다. 퍼즐을 아예 폐기 처분하거나 아니면 어떤 식으로든 퍼즐을 맞추는 것. 여자는 후자의 방법을 선택한다. 그런데 여자가 새로 만든 조각은 바로 자기 자신이다. 그렇다면 '자기 자신'이라는 퍼즐 조각으로 완성된 그림은 무엇일까? 그녀는 집 안에 놓인, 오래된 우물에 자신을 던진다. 그녀가 자신을 조각 삼아 완성한 퍼즐이 곧 죽음인 셈이다. 여자는 마침내 퍼즐을 완성한다. 죽어야만 완성되는 퍼즐은 권지예가 생각하는 삶의 이미지를 함축하고 있다. 어쩌면 권지예는 이 섬찟한 퍼즐놀이를 통해 우리가 살아가고 있는 감각적 세계에 파멸을 선고하고 싶은지도 모른다.

결혼과 가정의 불온함은 감각적 이미지들을 통해 구체화된다. 우물을 숨기고 있는 마당, 고양이가 들끓는 지하실, 자궁을 헤집는 카테더 같은 사물들은 가정이라 불리는 지옥의 이미지를 선명하게 전달해 준다. 이 이미지들을 통해 삶의 불완전함은 구체적인 질감을 갖게 된다. 결혼이 억압적 기제인 것은 꼭 남편이 아내를 때리거나 시어머니가 핍박해서가 아니다. 권지예에게 결혼은 우리의 삶을 원본으로부터 떨어뜨려 놓은 억압적 기제에 가깝다. 결혼으로 이뤄진 정상 가족이라는 이데올로기야말로 불온한 삶의 온상이다. 그러므로 결혼해 가정을 꾸리고 있는 자아는 근원적 욕망과 정반대에 놓여 있는 위선적 자아라고 할 수 있다.

권지예의 소설에 거듭 발견되는 불륜 모티프는 이러한 관점에서 이해해야만 한다. 그녀 그리고 그들은 결혼이라는 위선적 합의가 배제한 진짜를 찾아 헤맨다. 결혼 아닌 세계는 불륜의 공간으로 환유된다. 그런데 그들은 불륜의 공간에서 또 다른 환멸과 마주친다. 연애의 공간에도 삶의 희열이나 육체적 황홀은 없다. 오히려 연애는 지긋지긋한 고독을 확인시켜 줄 뿐. 결혼 안에 없는 진짜 삶은 길 위에도, 집 밖에도, 그와의 섹스에서도 없다. 진짜 삶을 찾아 헤맬수록 여정은 곤궁해진다. 자신의 욕망을 채울 수 있는 마지막 한 조각은 이곳에 존재하지 않는다.

마지막 한 조각을 잃어버린 자들의 아이러니는 「BED」를 통해 확장된다. 권지예는 치정극의 형식을 빌려 아무 곳에서도 채울 수 없는 욕망이 결국 죽음에 닿을 수밖에 없는, 잔인한, 삶의 풍경을 보여 준다. D와 결혼한 B는 언제나 E를 생각하며 아내와 섹스를 나눈다. E는 B가 D와 결혼하기 전에 7년간이나 만나 왔던 유부녀다. B는 E와 헤어졌지만 심정적으로 그녀와 결별하지 못한다. 그래서 그는 그녀와 체액과 애액을 나누었던 침대를 자신의 가정에 끌어들인다. E와 사랑을 나누었던 침대에 아내와 누워 그녀를 생각하며 사정을 한다. E와 사랑을 나눌 수도, 그렇다고 아내 B에게 완전히 몰입할 수도 없는 D의 삶은 불완전하다. 워커홀릭인 남편과 살아가는 E의 삶이 무료한 것도 마찬가지다. 섹스와 요리를 잘하고 다정다감했던 B와의 추억을 연료 삼아 그녀는 이 지루한 삶을 견뎌 가는 중이다.

E는 B에게 결혼의 상징으로 침대를 선물한다. 그녀의 말처럼 소설 「BED」에서 침대는 "결혼 약속의 상징물"이다. 침대는 부부만이 공유할 수 있는 사적인 공간이다. 이들의 갈등은 두 사람이 독점해야 할 침대를 세 사람이 공유했다는 데서 기인한다. 한편 역설적이게도 이들의 결핍은 침대가 단 두 사람, 부부에게만 허용되었기에 심화된다. 한 부부에게 하나의 침대, 이것이 바로 결혼이 제도화된 현대 사회에서의, 욕망의 룰이다. 앤서니 기든스의 말처럼 부부의 침실을 침범하는 것, 그것이 바로 불륜이며 외도인 것이다.

E에게 침대는 열정의 공간이며 D에게 침대는 안정의 상징 그리고 B에게 침대는 갈등과 후회의 공간이다. 결국 침대는 결혼이라는 제도로 구속될 수 없는 욕망의 상징으로 다가온다. 인물의 이름을 침대의 알파벳에서 추출했다는 점은 그런 점에서 흥미롭다. 권지예는 우리가 지금 쓰고 있는 부부의 침대가 사실은 각기 다른 욕망들이 뒤얽힌 모순의 공간이라고 말한다. B와 E 그리고 D는 특수한 상황에 처한 고유 명사를 지닌 인물이 아닌 우리네 삶의 보편적 성격을 함축하고 있는 보통 명사에 가깝다.

서로 다른 욕망이 흔적을 남긴 그들의 침대는 곧 서로 다른 욕망들이 뒤섞인 '가정'의 실체다. 어젯밤, 사랑을 나눈, 당신의 아내, 당신의 남편, 당신의 애인에게 또 다른 침대가 있을 수 있다는 사실, 그리고 결코 당신들의 욕망은 하나의 침대로 채워질 수 없다는 것을 말하고 있는 셈이다. 그들의 불완전한 욕망의 공간인 "BED"는 우리의 삶에도 하나씩 놓여 있다. 그것은 곧 죽음이 아니고서는 채워지지 않는, 영원히 완성할 수 없는 퍼즐의 다른 이름이기도 하다.

3   사라지는 여자들

마지막 퍼즐 조각을 찾을 수 없을 때 그래서 세상에 염증이 날 때 여자들은 홀연 사라진다. 사라지는 방식은 여러 가지다. 누군가는 바닷속에 뛰어들며,(「딥 블루 블랙」) 누군가는 자유로에서 자동차로 질주하다가 죽기도 하고, 또 누군가는 히말라야로 간다.(「바람의 말」) 그들은 지금, 이곳에서의 삶이 고작 불안과 결핍에 불과하다는 표정을 짓고 사라져 간다. 결혼, 가족, 섹스는 욕망할수록 결핍감을 증폭시킬 뿐이다.

「네비야, 청산 가자」의 여자는 지금, 조금 부족한 동생의 아내를 구하기 위해 중국에 와 있다. 각기 다른 사연을 가진 여자들은 한국에 가기 위해 자신을 포장하고 선전한다. 부족한 동생과 이국 여성이라는 점에서 걱정스럽게 바라보지만 막상 동생은 여자를 만나 행복해한다. 정작, 불행을 절감하는 것은 자기 자신이다. 여자에게는 유부남 애인이 있다. 그와의 관계를 집안에서도 알고 있으니 차일피일 이혼을 미뤄 온 그와의 만남이 어느새 습관처럼 굳어진 셈이다. 게다가 그의 아내는 사고를 당해 식물인간 상태로 머물러 있다. 남자는 곧 아내와 정리하고 그녀와 결혼하겠다고 말하지만 기적처럼 그의 아내가 깨어난다. 식물인간이 깨어나는 기적도 발생하지만 그녀가 남자와 결혼할 수 있을 행운은 사라진다. 그녀에게는 결혼이라는 평범한 사건이 곧 기적이 된다.

끝내지도, 그렇다고 사회적으로 인정받는 연인이 될 수도 없는 여자는 자신이 인생이라는 길에서 지도를 잃어버렸다고 생각한다. 그리고 어딘가 헤매고 있는 듯한 느낌 가운데서 아버지의 죽음을 떠올린다. 택시 기사였던 아버지는 지도에도 나 있지 않은 길을 헤매다가 사고를 당해 죽는다. 그녀에게 아버지의 죽음은 하나의 미스터리다. 평범한 사랑을 하지 못하는 자신은 어쩐지 아버지의 마음을 이해할 수 있을 듯싶다. 그녀에게는 불온한 연애가 지옥이지만 아버지의 삶 속에도 말 못할 고민이 있었을 것이라 미뤄 짐작하는 것이다. 고장난 네비게이션이 달린 차처럼 자꾸 엉뚱한 곳으로만 가는 자신의 인생을 자각하자 그녀 역시도 아버지처럼 사라지고 싶어 한다.

한편 「딥 블루 블랙」의 여자는 지상의 삶과 결별해 물속으로 사라진다. 소설가이기도 한 여자는 한 남자와 결혼해 아이를 둔 지금의 생활이 뭔가 잘못된 것이라고 느낀다. 여자는 이 불온한 게임을 마감하고 아이와 남편에게 결별을 고하고자 한다. 그녀가 선택한 합당한 방법이 바로 배 위에서의 죽음이다. 그녀는 영원히 실종됨으로써 고장 난 삶의 궤도로부터 이탈한다. 죽음을 통해 그녀의 불완전한 삶은 갈무리된다.

불가해한 삶의 아이러니는 「여주인공 오영실」을 통해 좀 더 분명해진다. 작가인 화자는 어느 날 자기가 그녀가 쓴 소설의 주인공이라고 주장하는 한 여자의 전화를 받는다. 알 수 없는 힘에 이끌려 여자는 그녀를 만나 보기 위해 나선다. 소설 속 여주인공의 삶은 기구하고 불행하기 짝이 없다. 이른바 '빨갱이'의 자녀였던 오영실은 강원도 군사 주둔지 부근에서 살아간다. 그러던 어느 날 탈영병에게 순결을 잃고 갑자기 여자가 되어 버린다. 그런데 탈영병은 사살당하고 아버지마저 죽는다. 이 사실을 알려 주던 남학생도 소녀를 위로하기 위해 꽃을 꺾다 죽고 만다. 오영실이라는 인물 주변에는 온갖 불행한 일들이 연달아 발생한다. 낮은 포복으로 숨어 있던 병사들이 우수수 공격 진영을 갖춰 다가오듯이 불행한 일은 거듭된다.

주목을 끄는 부분은 이 소설 속 여주인공 오영실이 '진짜' 존재한다는 사실이다. 소설가인 화자는 자신이 오영실이라고 주장하는 "오영실"을 만나러 가다가 자신과 똑같이 생긴 한 여자를 보게 된다. 전속력으로 질주하던 닮은 여자의 차량은 전복되고 소설가는 불안한 예감에 시달린다. 약속 장소에서 오영실을 만나지 못했던 소설가는 결국 여주인공 오영실의 부고를 전해 듣게 된다. 자신과 닮은 인물과의 일별은 권지예의 소설 「봉인」에 등장하는 도플갱어 체험과 유사하다. 하지만 「봉인」의 도플갱어 체험이 삶 속에 깃든 섬뜩한 죽음의 기운이었다면 「여주인공 오영실」에서의 체험은 특수한 삶의 보편성을 느끼게 해 준다.

기구하고 박복한 오영실의 삶은 매우 구체적이고 특수한 것이지만 한편으로는 어디선가 들어 보았을 법한 흔한 이야기이기도 하다. 오영실은 "개구리"의 감촉에 놀라 도망가다 탈영병을 만나 순결을 잃는다. 이후 개구리의 감촉 따위에는 놀라지 않는다. 브루노 베텔하임의 글에서 보듯 "개구리"에 대한 감각은 곧 성적 두려움을 표상한다. 중요한 것은 개구리가 성적 두려움을 표상한다는 것이 아니라 오영실이라는 인물이 일종의 폭력으로 남성을 경험한다는 사실이다. 만일 오영실의 불행한 삶이 보편성을 갖는다면 그것은 대부분의 여성에게 남성이 매혹적 폭력과 공포스러운 비밀이라는 점일 테다.

소설은 구체적인 사건들로 이뤄지지만 개연성이라는 법칙 아래에서 삶의 보편성과 만난다. 오영실이라는 허구적 인물의 체험은 순간순간의 핍진함이 아니라 그것이 내포하는 상징성에서 보편적이다. 소설가에게 전화를 걸어온 오영실은 고유 명사 오영실이기도 하지만 대한민국에서 평범한 여자로 자라온 오영실들이기도 하다. 안타까운 것은 아마도 그 오영실들, 여성들에게 삶이란 폭력과 불행과 억압의 연속이었다는 점이다. 그런 점에서 여주인공 오영실이 권지예의 소설집 『퍼즐』에 등장하는 '그녀'이기도 하다.

『퍼즐』에서 우리가 만나는 여자들의 삶은 하나같이 지독하다. 그녀들은 가정이라는 덫에서 빠져나가지만 길에서 해답을 찾지도 못한다. 이미 그녀들은 그곳에서의 삶 역시 다를 바 없는 악몽이라는 것을 알고 있다. 그래서 그녀들은 사라지고 싶어 한다. 누구에게도 발견되지 않고 완벽히 사라질 수 있는 방법은 바로 죽음이다. 「바람의 말」에 등장하는 여자가 완전히 사라지는 방식으로 조장에 매혹되는 까닭도 마찬가지일 것이다. 새에게 장기와 살 모두를 주고 먼지가 되고 싶은 여자들, 이 세상에 부패의 흔적조차 남기지 않고, 윤회의 덫에서조차 벗어나 완전히 사라지고 싶은 여자들. 그녀들은 이 곤궁한 삶의 표지다.

4 늙지 않는 정염, 낡지 않는 소설

권지예는 끊임없이 '욕망'에 매달린다. 하지만 '욕망'은 늘 대가를 요구한다. 침대의 '다른' 체액을 갈구하던 사람은 시즙이 밴 침대를 대가로 얻게 되고, 꽃 필 무렵 배어 나오는 욕망에 무릎을 꿇었던 여성은 결국 꽃나무 가지에 목을 매 생을 마감한다. 권지예에게 욕망이란 쉽게 화해할 수 있거나 매개될 수 있는, 삶의 장식이 아니다. 그녀에게 욕망은 삶의 본질이다. 집 밖에 나가 다른 이와 외도를 하는 순간에도 그녀들은 거기에서 찰나의 쾌감이 아닌 삶에 빠져 있는 진짜를 찾는다. 그래서 결국 그녀들은 영영 좌절하고, 초라해진 모습으로 길을 헤맬 수밖에 없다. 그녀들이 찾는 진짜 삶은 어디에도 없기 때문이다.

욕망은 결코 채워질 수 없다. 결핍으로 인해 작동되는 욕망의 메커니즘은 절실히 욕망하는 자를 살게 하는 원동력이기도 하지만 결핍의 순환이기도 하다. 권지예의 소설 속 인물들은 무엇인가를 강렬히 열망하지만 영원히 얻을 수 없는 것을 갈망하기에 우울증에 빠져든다. 그녀들은 결핍을 인정하고 애도하는 것이 아니라 그것을 되찾을 수 없다는 사실에 우울증을 앓는다. 그녀의 소설 속 주인공들은 그렇게 시름시름 삶을 그리고 욕망을 앓는다.

　여성으로서의 소설 쓰기를 끝까지 포기하지 않는다는 점에서 권지예는 지독하다. 권지예는 완전한 삶을 회복하는 것은 곧 여성으로서의 삶을 살아가는 것이라고 말한다. 삶과 욕망 그리고 여성은 동의어이며 필요 충분적 전제다. 진짜 삶을 찾는 여정 속에서 그녀는 여성을 포기하지 않는다. 그녀가 찾고 싶어 한 삶의 원본은 바로 여성으로서의 완전한 삶이다. 진짜를 찾는 그녀의 욕망은 정염이며 경이로운 집념이다. 아마도 그녀의 소설 속 주인공들이 대부분 죽음을 선택했다면 그것은 결코 협상할 수 없는 욕망의 절대성 때문일 것이다. 그렇게 권지예의 욕망은 늙지도, 낡지도 않는다. 여성으로서의 소설 쓰기. 여성을 포기하지 않는 소설, 그녀의 정염은 변하지 않았다.

황홀, 경

박상우, 『인형의 마을』(민음사, 2008)

1 진실이 숨은 곳

목월은 이승을 일컬어 "열매가 떨어지면 툭 하고 소리가 들리는 세상"이라고 말했다. 과연 이승의 삶은 소란스럽다. 소리가 너무 많다. 열매가 떨어지면 툭 하고 나는 소리는 세상의 일이 무섭고도 원대한 인과 관계 아래 놓여 있음을 짐작게 한다. 떨어지면 소리가 난다, 무엇인가를 강렬히 욕망하여 쟁취하면 다른 무엇인가를 잃는다. 간절히 원했던 여자를 얻고 나면 혈육을 잃고,(「노적가리 판타지」) 총 대신 칼을 택해 죽음을 맞는다.(「인형의 마을」) 모든 선택에는 훗날 필연이라 부르는 우연한 결과가 따라붙는다. 인과 관계로 해석되는 사후적 삶에는 선택의 순간 나뉘었던 이율배반이 놓여 있다. 무엇인가를 얻는다면 다른 하나를 잃어야만 하는 것, 인생의 일회성과 죽음의 필연성. 이 무서운 기회비용이야말로 삶의 이치다.

박상우의 새 소설집 『인형의 마을』은 대가 없는 획득이 불가능한 인생의 아이러니를 다루고 있다. 소리들로 가득 찬 이 세상을 바라보는 그의 시선은 둘 중 하나를 선택할 수밖에 없는 삶의 비애를 견지하고 있다. 그래서인지 박상우는 삶의 표면이 아닌 이면과의 경계에 집중한다. 욕망과 본연, 창조와 창작, 이승과 저승, 황홀과 타락, 진실과 거짓 사이에서 그는 아직 인화되지 않은 날것의 진실을 길어 낸다. "중음(「인형의 마을」)"이자 "섬(「노적가리 판타지」)"인 그곳에서 그는 봉합된 경계의 틈새를 바라본다. 그리고 잠시 소리가 사라진 그 경계야말로 '진짜' 세상의 속내를 짚어 볼 수 있을 유일한 경계임을 말한다. 보이지 않는 실재의 공간, 실재하지만 감촉할 수 없는 그곳에 우리가 모두 보기 두려워하지만 결국 긍정할 수밖에 없는 삶의 실체가 있다. 그래서 박상우에게 삶의 속내는 틈새에서 흘러나온다.

틈새와 경계에서 세상을 바라볼 때, 오감의 세계는 우스운 상대성으로 소멸되고 만다. 나를 붙드는 소음과 인과 관계가 인위적이기에 무의미한 질서로 강등되고 마는 것이다. 경계로서의 그곳은 '그것은 안 된다'라는 금기가 본연의 욕망 앞에서 휘발되고 지독한 업이 생의 얼룩으로 떠오르는 아이러니의 공간이다. 이승의 소음이 차단되는 중음의 공간. 중요한 것은 박상우가 조형하고 있는 그곳에서 우리가 굳이 나누고 지켜 왔던 법과 윤리가 경계 속으로 사라지고 만다는 사실이다. 그리고 역설적이게도 법과 질서를 모독하는 이 위반을 통해 삶 자체가 긍정된다.

박상우의 말에 따르자면 우리는 인생이라는 무대 위에 등장한 인형이나 배우처럼 낯선 대상이다. 낯설어진 나 자신을 바라보는 순간 창조와 창작의 경계는 희미해지고 한편으로는 명확해진다. 그리고 그 순간, 모든 단단한 것이 무너지는 경계에서, 예감이 주는 이율배반적 환희와 황홀경(恍惚境)이 찾아온다. 삶의 경계에서 새어나오는 황홀(恍惚), 경(境). 박상우의 새 소설집 『인형의 마을』의 치열함은 바로 여기에 있다.

2   경계와 접촉

세상에 규율이 정해지면서부터 금기가 되어 온 일이 있다. 아니, 규율은 금기 위에 존재한다. 모든 금기는 문화적이며 관념적인 결과물이기도 하다. 가령, 가족이라는 개념만 해도 그렇다. 시아버지와 며느리의 관계, 처제와 형부의 관계, 혹은 형수와 동생의 관계는 혈연이 아닌 관념과 계약으로 형성된 가족 관계다. 결혼으로 생성된 가족 관계는 법적 구속력 위에 존재하는 친밀한 집단이다. 이는 가족이라는 체제가 인간의 본원적인 욕망과는 전혀 다른 이성적이며 개념적인 것임을 뜻한다. 질서라고 불리는 체제에 대한 반감은 소설집 곳곳에 매복하고 있다. 그는 이 거짓 제안을 "허구"라고 부르기도 하고(「독서형무소」) "아바타 놀이"(「융프라우현상학」)으로 규정짓기도 하며 고전적으로 "인형놀이"(「인형의 마을」)로 호명하기도 한다.

그런데, 여기, 세상의 금기를 어긴 남, 녀가 있다. 그는 이제 금기를 어긴 대가를 치르기 위해 "강" 건너 마을을 향해 간다. 몸이 불편한 동생의 아내를 육체적으로 사랑한 형. 동생은 정신적으로 형은 육체적으로 사랑했다고 말하는 여자. 그는 법적인 관계의 가족과 상간(相姦)한 패륜아이며 그로 인해 동생을 자살로 이끈 존속 살해의 범죄자다. 그는 우리가 윤리라고 부르는 질서에 의해 추방자가 될 수밖에 없다. 패륜아에게 허용된 삶의 공간은 없다. 오이디푸스가 눈을 잃고 크로노스의 숲으로 갔듯이 그는 이제 강을 건너 추방자의 섬으로 향한다.

소설 「노적가리 판타지」는 강의 이쪽과 저쪽으로 나뉜 세상의 이면을 들여다보는 소설이다. 동생의 죽음은 남자의 삶에 지울 수 없는 상처로 자리 잡는다. 그의 고통은 바로 이 모든 사실을 행하였고 또 한편 기억하고 있다는 고통이다. 기억하고 싶지 않은 자는 눈 위를 걸어서는 안 된다. 왜냐하면 눈은 지나온 길을 발자욱으로 증명해 주기 때문이다. 그는 강

건너에서의 일을 잊기 위해 섬으로 들어가지만 실상 강 너머의 일은 점점 또렷해진다.

　이것이 하나의 문장이라면 모조리 지우고 처음부터 다시 써야 옳을 터이다. 하지만 아무리 다시 써도 달라지지 않는 게 인생의 문장이다. 고쳐도 또 고치게 만드는 마술, 얼마나 끔찍한가.[1]

그는 동생의 여자를 취하는 것이 옳지 않은 일임을 알면서도 그녀의 육체에 빠져든다. 여자와의 관계를 "독"이라고 말하는 그는 그 독이 열락의 감도를 높이는 것이었음을 알고 있다. 역설적이지만 금지가 욕망을 부른다. 바타유의 말처럼 금지된 욕망이기에, 남자는 여자에게 맹렬히 빠져든다. 문제는 모든 행위에는 결과가 따른다는 사실이다. 열락이 깊을수록 대가가 될 고통도 깊어진다. 고통이라는 대가 없이 열락은 환희를 주지 않는다. 그와 그녀가 나누었던 욕망의 실체가 동생의 주검으로 객관화되었을 때 그들은 자신들이 저지른 패륜의 결과물과 접촉한다. 그들이 나눈 격정은 생성의 에로스가 아니라 무수한 것들을 파괴하는 파괴적 타나토스의 에너지였던 셈이다.

　순간, 그는 붉게 타오르는 물기둥을 부둥켜안고 섬으로 건너가고 싶다는 생각을 하며 치를 떨었다. 섬으로 건너가지 않으면 안 될 것 같은, 섬으로 건너가야 모든 게 종료될 것 같은 예감이 번개처럼 뇌리를 스쳐 간 때문이었다.[2]

1　박상우, 「노적가리 판타지」, 『인형의 마을』(민음사, 2008), 11쪽.

2　앞의 책, 13쪽.

그는 이제 섬처럼 이곳의 삶과 동떨어져 버린 동생을 잊기 위해 섬으로 들어간다. 흥미로운 것은 섬으로 간 이후다. 남자는 그곳에서 마치 자신의 운명과 꼭 닮은 듯한 사람들을 만나게 된다. 며느리를 탐해 손자이자 아들인 아이를 낳고 그 충격으로 아들을 죽게 한 시아버지를 말이다. 며느리는 말한다. 남편의 죽음은 "시아버지가 나를 덮치는 걸 본 뒤부터 날마다 술을 마시고 괴로워 하다가 죽"었으니 자살이지만 엄밀히 말하자면 타살이라고 말이다. 그럼에도 그녀는 태연히 시아버지에게 증오의 칼날을 세우며 어린 아들과 함께 살아간다. 자신의 운명에 "담대하고 당돌하게" 직면하고 있는 것이다. 그녀는 이러한 자신의 삶에 대해 말한다.

> "사람 인생은 사람이 만드는 게 아니에요. 그래서 난 모든 걸 받아들이죠……. 꺼안기 위해서가 아니라 버리기 위해. 오직 버리기 위해……. 인간은 세상에 태어나는 순간부터 세상을 겪기 시작하죠. 어차피 겪는 게 인생이니까……. 겪는 것 말고는 별달리 할 게 없죠. 안 그런가요?[3]

결국 그가 들어간 섬은 '그것은 안 된다'라는 금지 위에 조형된 이곳과 다른 모든 것이 허용됨으로써 고통을 인내하는 공간임이 밝혀진다. 그곳은 상징계적 규율과 금기가 '인생'이라는 미로 앞에서 하염없이 무너져 내리는 공간이다. 법은 예외를 조항으로 만들어 또 다른 법의 체계에 복속시키지만 삶에 있어서 예외는 필연적 전제다. 이 헤아릴 수 없는 가변성 앞에서 추문은 삶의 일부가 되고 진실은 떠오른다. 그러니까 막상 그 섬은 모든 것이 허용되지만 한편으로는 모든 것이 불허된 제3의 장소다. 현실에서는 존재할 수 없는 환상 속에서의 공간, 작가가 이곳을 현실 공간 너머의 "노적가리"로 명명하는 이유다.

---

3 앞의 책, 21쪽.

실체 위에 군림하는 법과 질서라는 관념에 대한 거부감은 '현실'을 감옥에 비유하는 데서 두드러진다. 「독서형무소」는 실재를 앞서 존재하는 관념을 부정하는 일종의 알레고리 소설이라고 할 수 있다. 독서형무소에 7000일 이상 갇혀 있던 '나'는 수천 권의 독서를 통해 "세상 모든 것이 허구"라는 사실을 알아차린다. 아니 그는 이미 "일곱 살 때 이미" "가정도 허구이고, 가족도 허구이고, 나도 허구라는 것"을 깨달았다고 선언한다. 그가 '허구'라는 이름으로 공격하는 세상은 '질서'와 '희망'이라는 거짓 주제로 모든 존재를 수감하는 일종의 감옥이다. 소설의 인물은 마치 배드 섹터처럼 '희망'과 '질서'로 운용되는 체제에 불편을 느끼고 그것에 고장을 내려 한다. 그가 갇혀 있는 세계는 독서형무소로 대표되는 관념의 감옥이다. 육체적 실감이 제거된 채 오직 관념으로 구축된 세계. 그는 그곳의 허황함을 견디기 어려워한다. 흥미로운 것은 그로 하여금 이 관념의 허구적 세계에서 이탈하게 만든 유인자가 바로 여자라는 사실이다. 완벽한 에세이에 대한 포상으로 제공된 여자는 개념으로 설명 불가능한 감각적이며 육체적인 세계의 가능성을 제기한다. 그 가능성을 위해 그는 독서형무소가 아닌 다른 곳의 삶을 갈망하게 된다. 여자를 향한 욕망이 다른 세계에 대한 갈망을 길어 내는 것이다.

문제는 그가 독서형무소, 이념과 개념의 감옥에서 벗어나 향하게 되는 곳이 또 다른 감옥 바로 '육체의 감옥'이라는 사실이다. 육체적 삶과, 관념의 삶 그 사이에는 변증법적 합일의 공간이 없다. 서로 합일할 수 없는 부정으로서 두 공간은 완강히 대치하고 있을 따름이다. 그에게 허용된 유일한 합일의 공간은 바로 '죽음', 투신 이후 처하게 될 "나 스스로 길이 되는" 방법은 이곳도 저곳도 아닌 제3의 공간, 바로 육체와 개념의 한계를 넘은 황홀, 경의 세계, 제3의 공간으로 구체화된다. 개념으로 구축된 세계가 허구라면 감각으로 이뤄진 육체의 세계는 오류투성이다. 그가, 우리가 발 딛고 살아가는 현실을 영혼 없는 육체의 공간, 무대로 부르는 까닭도 여기에 있다.

3   무대, 그 불완전한 감각적 세계와의 대면

제3의 공간은 「융프라우 현상학」에서 "중음", 「인형의 마을」에서는 "사이버 공간"으로 변주된다. 환상 속에서나 가능한 치유, 박상우는 삶의 이율배반을 넘어선 화해의 공간은 현실이 아닌 초월적 환상 속에 자리 잡고 있다고 말하고 있다. 이 초월론적 화해는 한편 우리가 발 딛고 살아가는 현실에 대한 날카로운 배신감과 불신 너머에 있기도 하다. 이는 그가 우리의 삶을 무대 그리고 그 삶을 살아가고 있는 사람들을 무대 위의 배우나 인형, 아바타라고 부르는 까닭이기도 하다.

"중음"과 "섬"에서 허용되는 일이란 일회적이며 필연적 삶이 해답을 내놓을 수 없는 인간사 모두다. 우리는 되는 것과 안 되는 것을 구분하지만 사실상 모든 일은 경계와 금기를 넘어 발생한다. 「융프라우 현상학」에 등장하는 사내 역시 미친 듯 자신의 "색"을 일깨우는 여자를 피해 스스로 중음의 세계라 부르는 산속에서 살아간다. 그곳은 성수기 한철을 제외하고는 찾는 이가 거의 드문 산장이다. 융프라우라는 이름은 그가 가닿고 싶은 안정과 화해의 공간을 대변한다. 하지만 그의 실제 삶에서 융프라우는 사진 속에 존재할 뿐, 현실은 "똥푸라우"에 가깝다. "이 견딜 수 없는 짝퉁의 세상", 이것이 바로 산장 융프라우에서 그가 바라보는 세상의 풍경이다.

지금 그는 자신에게 무섭게 집착하는 여자 미향을 피해 산중에 와 있다. 미향은 동물적이며 색정적인 여자다. 자신을 배신하고 다른 남자와 결혼했던 그녀가 어느 날 두고 간 우산을 찾으러 온 듯 그에게 돌아와 버린 것이다. 다짜고짜 그의 품으로 달려드는 미향을, 그는 내쳐 버릴 수가 없다. 그가 도망 온 세계는 미향이라는 여자로 대표되는 감각의 세계다. 그는 이성을 지배하는 감각의 선명성과 감각의 선명성이 불러일으키는 복잡 미묘한 감정들에서 벗어나고 싶은 마음에서 산속으로 도망 온 것이다.

그렇다면 그가 말하는 중음의 세계란 어떤 곳일까? 박상우는 '그'라는 인물을 통해 육체의 감각으로 인해 고통스러워하지만 그 감각과 고통을 통해서만 존재를 확인할 수밖에 없는 세상으로 구체화해 낸다. 산장 옆방에 들어 조용조용히 인연과 죽음에 대해 대화를 나누는 두 남녀의 이야기를 듣던 그는 갑작스럽게 산장을 벗어나 곡괭이를 들고 결빙된 호수로 달려 나간다. 그는 얼어붙은 호반에 구멍을 뚫어 "온몸의 감각이 마비"될 때까지 스스로를 담근다. 그리하여 그는 참을 수 없는 고통의 감각, 생이 주는 유혹, 색으로 이루어진 현실의 고달픔을 마비시키고자 한다. 하지만, 살아 있는 육체의 삶이란 아무리 멀리 도망간다 해도 달라지지 않지 않을까?

결국 박상우는 아무리 멀리 도망간다 할지라도 그리고 그것이 가짜라고 할지라도 그것이 인생이라고 말한다. 중요한 것은 이 가짜의 세상에서 '완전한 삶'과 '진짜'를 찾는 그의 구도 과정이다. 감각의 세계에 갇힌 일상적 존재를 일깨워 작가 박상우는 결핍된 무엇을 계속 건드린다. 그래서 완전함이라는 삶의 베일을 거둬 냉혹하고, 잔인하게도 그 형편없는 속살을 비춰 낸다. 남루한 무대 위에 놓인 우리는 그래서 영혼이 없는 '인형'이거나 조악한 창조물인 '아바타'와 다를 바가 없다. 한 번의 선택으로 인해 영영 다른 삶의 결말과 마주쳐 버린 세 인물을 주목하는 이유도 여기에 있다. 삶의 완전함이란 불완전한 삶을 거쳐 간 사람들의 잘못된 선택을 배경으로 더 선명해진다. 소설집의 마지막 작품인 「인형의 마을」처럼 말이다.

소설가인 '나'는 며칠째, 『티벳 사자의 서』를 읽는 중이다. 이 책은 사람이 죽은 이후로 저승에 가기까지 머무는 49일의 시간인 중음의 세계에 대해 말하고 있다. 그런 그에게 오래된 친구가 찾아온다. 자신의 비행을 못 견디신 어머니가 자결했다는 소식과 함께 말이다. 친구 어머니의 천도를 위해 동행했던 남자는 법사로부터 놀라운 이야기를 듣게 된다. 하나는 바로 친구와 친구 어머니의 인연이 어머니와 외할아버지가 거쳤던 악연의 반복이라는 것이며 다른 하나는 '나'의 몸속에 세 명의 영혼이 함께 거주하고 있다는 사실이다. 외할아버지의 반대에도 불구하고 유부남의 아이를 낳은 어머니는 결국 외할아버지를 자결에 이르게 한다. 법사의 말에 따르자면 어머니의 속을 썩였던 그 친구는 바로 외할아버지의 환생이다. 이 지독한 윤회 사상 속에는 결코 사라지지 않는 인과 관계의 사슬이 놓여 있다. 하여, '나'는 자신의 영혼에 동거하고 있는 영혼들의 그 불행한 삶의 근원을 찾아 다른 결말로 변환시켜 줄 것을 마음먹는다. 인터넷 세상 속 "완전한 삶"이라는 모델링을 통해서 말이다.

그에게 깃든 영혼은 "남이 장군", "마리 앙투아네트" 그리고 "이재명"이라는 각기 다른 시대, 다른 성별의 인물이다. 이들의 공통점이라면 모두 이율배반적인 양가성의 대립으로 인해 그리고 우연한 선택으로 인한 기회비용으로 자신의 목숨을 빼앗긴 자라는 것이다. 남이 장군은 "미득국"과 "미평국"이라는 양가적 의미 가운데 죽음의 늪이 있고, "마리 앙투아네트"는 성녀와 창녀라는 모순적 이미지의 충돌 속에서 사라졌다. 한편 "이재명"은 칼과 총의 선택에서 칼을 선택했기에 국운을 돌릴 영웅에서 살해범으로 추락하고 만다. 그는 그들의 운명의 지침을 돌려놓았던 팽팽한 이율배반의 힘을 역사와 다른 방식으로 재구성하고자 한다. 그럼으로써 불명예스러운 죽음으로 끝난 그들의 삶을 완전한 삶으로 제고하려 한다.

세 인물을 통해 작가 박상우가 조형하고자 하는 것은 불완전한 선택과 불온한 오해가 기록된 역사를 만들어 낸다는 것이다. 기록된 역사를 위반하며 창조의 삶을 제공하는 것은 소설가의 몫이다. 그런데 한편 소설가란 세상을 창조하는 것이 아니라 세상의 숨은 이면을 발견하여 '창작'해

내는 자이기도 하다. 삶의 이율배반을 발견하는 것도 작가의 시선이지만 그 자체의 모순을 냉정하게 바라보는 것, 그것이야말로 진정한 작가의 몫이기도 하다는 뜻이다. 작가는 불완전한 실제의 삶을 완전한 인과 관계와 올바른 선택으로 교정하고 싶어 한다. 하지만 소설은 보르헤스의 소설에 등장하는 "환상의 왕" 이야기에서처럼 힘센 현실을 이겨 낼 수는 없다. 지상의 왕이 만든 미로에 환상의 왕은 갇혀 죽을 수밖에 없다.

아무리 잔혹한 이야기일지라도 현실보다는 못하고 아무리 완전한 이야기일지라도 현실의 대기와 맞닿는 순간 변질되고 만다. 순간의 어긋남과 한 치의 실수로 생사가 결정된다. 작가는 개연성과 필연성의 세계 안에서 생과 사를 창작하지만 실제의 삶에서는 간혹 개연성이 무시된다. 선택은 인간의 몫이지만 그 선택의 결과는 신의 몫이기 때문이다. 실패한 거사가 이야기를 만든다. 박상우는 인과 관계를 유추할 수 있으나 바로잡을 수 없는 고통을 신에 근접한 작가의 업이라고 말하는 듯싶다. 툭 하고 떨어지는 소리를 들을 수는 있으나 미처 그 떨어지는 열매를 잡을 수는 없는 자, 그래서, 세상의 이치란 그 이율배반과 모순 속에 있다, 라고 짐짓 물러설 수밖에 없는 자, 그가 바로 작가인 셈이다.

4 신과 작가의 경계

나는 아무런 생각 없이 버튼을 클릭하고 해당 사이트로 이동했다. 그리고 그곳에서 완전한 세상, 완전한 인간, 완전한 인생을 구경했다. 하지만 그것은 아주 간단하고 거칠게 요약해 사이버상에서의 하느님 놀이와 아무것도 다를 게 없었다. 3D 가상 공간에 자신이 설정한 인생의 커버스토리를 내세우고 그것에 맞춰 다른 인생들과 교류하며 살아간다는 것. (중략) 완전한 세상, 완전한 인생은 한마디로 말해 웃기는 인형의 마을이었다. 자신을 대신하는 아바타에 일부 네티즌들이 정도 이상으로 심각하게 빠져 있다더니 기어이 이런 어처구니없는 망상의 세계에까지 만들어지는구나 싶어 나는 망설임 없이 그곳을 빠져나오려 했다.[4]

작가 박상우가 놓인 소설적 공간은 개인 개인이 1인 미디어를 가지고 그곳에 자신만의 세계를 구축할 수 있는 곳이다. 망상의 세계이기도 하지만 극중 소설가의 입을 빌려 말하듯이 그곳은 "현실적인 감각"을 "약화"시키고 오히려 "사이버상에서 내가 만드는 인물과 공간은 점점 더 실감나게" 사로잡는 공간이기도 하다. 사이버 세상은 마치 표준적 수치처럼 운명적 불행이 제거된 완전한 삶을 제공한다. 기대와 확률, 계산과 결과가 의외성 없는 만족감을 제시하는 것이다.

그러나 한편, 이러한 사이버 공간은 작가 박상우가 말하듯이 영혼이 없는 '인형'의 공간이며 잔혹하고 원대한 창조자의 뜻에 비할 바 없는 조악한 창작자의 집결지일 뿐이다. 모든 인간의 삶은 이율배반적인 선택의 연속이다. 인공의 세계에서 예측은 현실에서는 예감 수준에 불과하다. 불가능하고 해석할 수 없는 것들 가운데서 인생의 여지는 차차 넓혀질 수 있을 뿐이다.

가령,「인생작법」에 등장하는 인물들의 삶만 해도 그렇다. 사람들에게 "시나리오"를 제공하는 남자는 한 남자와 여자에게 "납치극" 상황을 제시한다. 그들은 주어진 시나리오대로 낯선 남자에게 납치당한 여자의 연극을 잘 수행해 낸다. 그가 지시한 것도 여기까지였다. 하지만 그들은 결국 사체로 발견되고 만다. 작가인 소설의 화자는 이렇게 말한다. "창조자가 나의 창작 영역을 침해한 것 같다."라고 말이다. 그는 자신을 "전지전능한 모조신"으로 자칭하며 사람들에게 삶의 대본을 주고 연출하려 하지만, 그

---

4 앞의 책, 335쪽.

대본이 불러오게 될 다른 효과들을 예측할 수는 없다. 그것이 바로 창조와 창작의 경계이며, 삶과 소설의 분기점이다.

결국, 작가 박상우가 "백일홍"으로 압축되는 소설의 "자미"를 갈구하게 되는 것도 이 때문일 것이다. 삶의 지리멸렬함을 버티게 해 주는 나약하지만 필연적인 욕망, 그것이 바로 "백일홍"이기 때문이다. 소설 「백일홍을 중심으로 한 이야기」는 소설가를 업으로 삼고 있는 두 사람의 이야기로 진행된다. 자명과 마루는 17년 전 어느 날 "화무십일홍"과 "백일홍"에 대해 이야기를 나누게 된다. 마루가 말한 "화무십일홍"은 붉디붉은 아름다움의 유한함을 뜻했다면 자명이 말한 "백일홍"은 욕망이 존재를 가능케 하는 관념적 아름다움의 세계라고 할 수 있다. 중요한 것은 스스로를 "납품업자"라고 말한 소설가들이 "불황"과 "신상품"과 같은 자조적 이야기를 나누던 중에 진짜 자미와 백일홍에 대한 이야기가 나왔다는 것이다.

이는 대중 서사 시대의 '개인'으로서 소설가가 느끼는 고독함이기도 하지만 노골적으로 "자미"를 추구하는 대중의 욕망 앞에 "백일홍"의 아름다움마저 훼손되는 초라함을 보여 준다. 모든 것의 가치가 재미로 판단되는 세계에서 화무는 십일홍일 뿐 백일홍의 가치는 짐작될 수 없다. 누구도 백일홍이라는 관념적 환상이 발효되도록 기다려 주지 않기 때문이다. 환상 속에서 재회하게 된 자명과 마루의 에피소드는 우아함이 사라진 요즘 동시대 소설의 형편을 역설적으로 조명해 준다. 소설의 진짜 재미와 가치가 "환상" 속에서나 있는 현실, 소설의 진짜 재미란 이런 "자미"에 있다고 말이다.

분노하는 자가 현실을 바꾸고 현실의 이면을 보는 자는 황홀, 경 속에서 세상의 진미를 본다. 화해할 수 없는 두 세계의 대결을 견지하는 박상우는 이 세상에서 진짜 답을 찾는 것이 불가능하다는 것을 알고 있다. 하지만 그 불가능한 연산 과정을 끊임없이 반복하는 것, 그것이 바로 작가로서의 자의식임을 또한 말하고 있다. 그래서 그는 범인들이 무릇 '정상'

이라고 말하는 경계를 틈입하고, 진짜 세상의 비밀이 침전되어 있는 곳으로 훌쩍 넘어간다. 그래서 그의 소설은 일상을 안정된 태반이라 여기는 '우리'들을 불편하게 만든다. 당신들은 "인형" 그리고 "아바타"에 불과하다고, 거짓된 "완전한 삶"에 대한 환상에 침윤되어 있다고 말이다. 하지만, 이 자극이야말로 소설이 아니었던가? 오랜만에 만나 보는 소설다운 소설. 황홀, 경 속에 놓인 세상의 "자미". 박상우의 소설은 그 황홀, 경이다.

그녀, 소설을 먹다

김희진, 『욕조』(민음사, 2012)

1 어디에도 없고, 언제도 아닌

　김희진의 소설에는 시대적 징표가 거의 없다. 특별한 장소에 대한 언급도 거의 없다. 말하자면, 김희진의 소설에 조형된 시공간이 어디이고 언제인지를 알 수 있는 단서는 거의 없다. 그곳은 어디에나 있지만 어디에도 없는 곳이기도 하고, 아주 먼 과거이기도 하지만 아직 오지 않은 미래일 수도 있다. 특별한 유행가의 제목이 등장하지도 그렇다고 지도에서 발견할 법한 지명이 등장하지도 않는다. 어떤 점에서 김희진은 소설의 사실적 지표라거나 현실과의 핍진한 고리를 일부러 끊어 놓은 듯싶기도 하다.

　그래서인지 김희진이 창조해 낸 소설 속 공간과 그 이야기들은 동시대적 증상이라기 보다는 좀 더 원형적으로 보인다. 말하자면, 우리가 말하고, 살아가는 규범으로 이루어진 상징계적 공간이라기보다는 그 이전의 공간, 의식이 아닌 무의식이 경험하고 있는 세계의 원형과 더 닮아 있다는 것이다.

　그런데, 한편 김희진의 소설을 통시적 지표나 시니피앙에 저항받지 않는 시니피에로 읽어 내기엔 고전적 소설이 보여 주는 기본적 약속이 지켜지지 않는다. 소설을 이해하기 위해 우리가 학습해 왔던 개연성이나 핍진성과 같은 묘사의 규칙들이 너무도 당연히 배제되어 있기 때문이다. 작가는 독자에게 어떤 특정한 상황을 제시한다. "혀가 사라집니다.", "붉은색을 먹습니다.", "해바라기를 두려워하는 사람이 있습니다."라는 식의 전제가 개연성을 포함해 버린다. 어떤 점에서 보면 순환 논증의 오류처럼 전제가 개연성의 근거가 되고 개연성이 전제를 가능케 한다.

김희진의 소설은 우리가 먹고, 잠자고, 살아가는 일상성 위에서의 통시적 소설 공간이라기보다는 김희진이 구축한 독자적 언어의 공간이다. 때로는 통사론적으로 결합된 말들을 화용론이 아닌 상징이나 메타포로 읽어야 제대로 이해될 때도 있다. 말하자면, 여기는 단순한 소설 공간이 아니라 '김희진의 언어로 구축된 소설 공간'이다.

그래서, 우리는 김희진의 소설 속에서 '나는 너를 미워해'라고 말하는 이면에 자리 잡고 있는 '나는 너를 사랑해'를 목격하게 된다. 프로이트가 말하는 농담의 진실처럼 김희진의 소설 속 언어는 거꾸로 읽어야 이해되는 역설과 반어를 품고 있다. 김희진은 소설을 통해 우리가 살고 있는 지금, 이곳, 동시대적 현재의 삶을 보여 주는 게 아니라 지금, 이곳에 살고 있는 자신의 깊은 속내를 보여 주고자 한다. 김희진의 소설을 읽기 전에 우리는 먼저 김희진의 소설 조형법, 그만의 독자적 언어 세계를 이해해야 한다.

사실, 그 언어는 고독에서부터 태동했다. 지극히 독자적인 작가의 소설적 공간은 지독하게 외로운 한 개인의 언어 공간이기도 하다. 김희진의 소설 언어를 재구성하고 이해하는 것은 그러므로 지독히 고립된 한 개인의 내면 깊숙한 곳을 탐색하는 행위와도 같다. 인위적 조작이 강할수록 그 언어는 일상어를 배제하거나 은닉된 내면과 더 가까워진다. 이상한 나라의 언어일수록 부의식의 진실에 더 가까워진다. 그러므로, 김희진의 소설을 읽는다는 것은 내 안에 괄호 쳐 둔 무질서한 욕망과의 조우이기도 하다. 우선, 그 만남을 위해선 그 언어의 규칙을 알아야만 한다.

2   조작적 세계의 무의식

일차적으로 김희진의 소설적 공간은 매우 인위적이다. 이 인위성은 김희진의 개성으로 받아들여지는 몇몇 도상학적 공식들로 설명될 수도 있다. 첫째, 김희진의 소설 속 주인공들은 특별해지고자 한다. 둘째, 김희진의 소설 속 인물들은 고립되어 있다. 때로는 특별하기 때문에 고립되기도 하고 평범에 못 미치기 때문에 고립되기도 한다. 셋째, 김희진의 소설 속 인물들은 대개 극단적 상황에 처해 있다.

김희진의 인위적 공간 속에서 우리는 감정의 극단적 고양 상태를 쉽게 목격하게 된다. 이런 식이다. "놈은 의자에 앉아 해바라기를 바라보고 있다. 보고 싶어서 보는 게 아니라, 볼 수밖에 없기 때문에 바라보고 있는 것이다." 제목에서도 짐작되다시피 「해바라기 밭」은 해바라기에 대한 어떤 이미지에 대한 소묘에서 출발한다. 「해바라기 밭」의 서사적 기점에는 두 가지 전제가 자리 잡고 있다. 하나는 해바라기에 극단적 공포를 느끼는 사람이 존재한다는 사실이고 다른 하나는 해바라기 밭으로 둘러싸인 고립된 집이 있다는 점이다.

강박과 공포를 축으로 진행되는 「해바라기 밭」의 서사는 핍진성 너머 존재하는 필연성에 대한 암묵적 합의를 기반으로 하고 있다. 「백 투 더 퓨처」 같은 SF 영화를 볼 때 시간 여행의 가능성을 서사적으로 용인하는 것처럼 말이다. 이는 카프카의 『변신』에서 사람이 벌레가 될 수 있는 가능성을 어떤 상징으로 해석하는 것과도 연관된다. 즉 해바라기에 대한 공포는 서사적 합의이거나 기표 너머의 상징일 수 있다.

흥미로운 점은 김희진이 해바라기를 공포와 강박의 대상으로 설정했을 뿐 그것의 인과성이나 필연성에 대한 묘사는 배제한다는 사실이다. 작가는 공포의 원인을 탐색하지 않고 공포의 현장을 묘사하는 데 집중한다. "듣던 대로 놈은 해바라기를 두려워 한다."와 같은 단정적 서술이 공포의 묘사를 대신한다. 이는 김희진에게 공포의 재현이 아닌 공포에 대한 동의가 더 중요하다는 것을 의미한다.

씻지도, 면도도 못하게 한 채, 정해진 시간에 식사를 제공하는 인물의 행위나 해바라기 때문에 탈출할 엄두도 못내는 남자의 행동은 쉽게 납득되지 않는다. 그들의 행위는 일부러 동선을 맞춰 둔 일종의 퍼포먼스처럼 보인다. 해바라기가 밧줄보다 더 강력한 감금 장치가 된다는 설정 자체도 상징적 계약처럼 여겨진다. 일차적으로 남자와 여자의 관계는 감금과 고문의 상황이지만 좀 더 들여다보면 이는 어떤 연극적 상황에 더 가깝다.

'해바라기'는 남자를 감금한 여자가 사랑했던, 하지만 지금은 고인이 된 남자가 좋아했던 꽃이다. 여자는 남자가 그를 죽였다고 믿고 있다. 말하자면 '해바라기'는 남자가 여자에게 갖고 있을 법한 죄책감의 오브제다. 하지만 좀 더 엄밀히 말하자면 그 죄책감은 그를 감금하고 있는 여자의 것이라고 보는 편이 옳다. 사랑하는 남자가 사라지고 '그'와 부부가 되고 싶었던 욕망, 남자는 그 욕망을 실현하려 한다. 이에 여자는 남자를 감금함으로써 스스로의 욕망을 부정하고자 한다. 여자는 남자에게 강렬한 욕망을 느낄수록 그를 더욱 지저분하게 방치하고, 그를 만지고 싶기에 묶어 둔다. 여자는 자신의 욕망에 포승줄을 채워 두고 있는 것이다.

그렇다면 그들은 왜 이 기묘한 이인삼각을 지속하는 것일까? 이유는 바로 남자가 아버지이기 때문이다. 생물학적 아버지는 아니지만 그는 엄마의 남편이었다. 사랑했던 남자에 대한 복수심은 아버지에 대한 성적 욕망을 합리화하는 보기 좋은 알리바이에 불과하다. 그러므로 '해바라기 밭'은 금기된 욕망을 현실화하기 위해 마련한 무대다. 그들은 성교 대신 감금과 고문을 건네고 희열 대신에 고통을 나눈다. 일상적 삶의 공간과 동떨어진 해바라기 밭에 우연히 들러 그들을 '부부'로 호명하고 떠나는 신혼부부의 역할도 마찬가지다. 그들은 손님이면서 객관적 호명의 주체다. 여자는 그들을 '부부'로 보는 신혼부부의 호명에 경멸을 표현하지만 사실 이 외부적 인정이야말로 그녀가 가장 원했던 것이다. 이 심리적 드라마를 위해 감금과 격리는 요구된다. 감금과 고문의 퍼포먼스는 그녀의 히스테리 드라마의 일부였던 셈이다.

김희진 소설의 인위적 성격은 「혀」나 「붉은색을 먹다」에 이르러 더욱 강화된다. 「혀」는 어느 날 갑자기 사람들의 언어를 빼앗아 입 밖으로 달아난 '혀'라는 설정에서 시작된다. 혀는 마치 날개 달린 새처럼 허공을 유영하며 사람들의 말을 옮기고 나른다. 자신의 혀가 아닌 다른 '혀'를 삼켰다가 죽기도 하고 '혀'를 되찾기 위한 강도 짓도 발생한다.

혀가 달아난다는 설정도 인위적이지만 그 혀가 언어를 탑재한 채 빠져나간다는 상황은 더욱 인위적이다. 이 인위적 공간은 판타지와 상징성의 스펙트럼 가운데 어디쯤 자리 잡고 있다. 김희진은 조작적 세계의 강렬함을 위해 때때로 개연성을 거부한다. 「붉은색을 먹다」도 마찬가지다. 주인공은 집 안 커튼의 붉은색을 보고 먹고 싶다는 생각을 한다. 그리고 그 생각을 실현해 붉은색을 삼킨다. 그녀는 점점 집 밖으로 벗어나 세상의 모든 붉은색을 삼키기 시작한다. 따라서 노을도 붉은색을 잃고, 혈액에서도 붉은색이 빠져나가며 급기야 사람들의 머릿속에서 '붉다'라는 언어의 기의마저 사라지고 만다.

문제는 붉은색을 먹는 이유와 그로 인해 발생한 결과다. 여자는 그냥 붉은색을 먹는다. 그러다가 "특별한 인간에 대한 열망"을 실현하기 위해, "세상에서 가장 특별한 인간이 되기 위해 붉은색을" 먹는 데 집중하게 된다. "특별한 사건이나 현상을 이끌어낼 수 있는 특별한 인간"이 되기 위해 붉은색을 먹는 셈이다. 하지만 엄밀히 말해 특별한 인간이 되기 위해 특별한 사건을 일으킨다는 것은 일종의 모순적 자기 수식이라고 할 수 있다. '특별한 인간은 특별하다'와 같은 순환 오류라는 것이다.

문제는 특별한 인간이 된 후 그들이 세상의 주목을 받게 되는 것이 아니라 배척을 당한다는 사실이다. 그녀는 자신과 능력과 비밀을 공유할 한 남자를 만나 아이까지 갖지만 붉은색을 이미 잃어버린 사람들은 그들을 개념적으로 이해하지 못한다. 특별하고 싶었던 그들은 스스로를 '빨간종'이라 명명하며 한편으로는 고립에 대해 괴로워한다.

특별하고 싶으면서도 고립감에 괴로워하는 이 인물들은 김희진의 소설 곳곳에서 목격되는 인물형이기도 하다. 엄밀히 말해 붉은색을 먹는 행위는 그들의 선택이지 우연적 결과가 아니었다. 그들은 의도적으로 특별해지기 위해 붉은색을 먹었고 그로 인해 세상으로부터 소외된다. 게다가 붉은색을 삼켰다가 뱉는 능력까지 보유한 이들은 일종의 초능력자처럼 보일 정도다.

주목해야 할 것은 작가 김희진이 특별하면서 보편적인 것을 불가능하다고 여긴다는 점이다. 붉은색을 삼키고 뱉는 재능을 지닌 그들은 일상적 삶의 평이성과 동떨어진 예술적 자의식의 현현이라고 볼 수 있다. 토마스 만의 말처럼 붉은색을 더 많이 먹을수록 일상적 시민의 삶과는 멀어진다. 하지만 붉은색을 삼키고 싶은 데에는 특별한 이유가 없다. 다만 예술가가 되고 싶은 것처럼 다만 붉은색이 먹고 싶을 따름이다. 특별하면서도 보편적일 수 있는 것, 어쩌면 이는 모든 예술가들이 꿈꿔 온 삶의 점이 지대일지도 모른다.

3 '욕조'와 당신

그렇다면, 이 조작적 상상력의 원천은 무엇일까? 이를테면, 개연성이나 핍진성처럼 고전적 언어로 이해할 수 있는 그 원천은 무엇일까? 표제작이기도 한 「욕조」는 이 강렬한 인위성으로 이뤄진 김희진의 소설 세계를 이해할 어떤 실마리로 받아들여진다.

불면증에 시달리는 여자는 욕조를 구입해 그곳에서 잠을 청한다. 콜센터에서 전화 안내원으로 일하는 그녀에게 인간관계는 거의 없다. 어느 날 우연히 엘리베이터에서 만난 남자에게 약간의 호감을 갖기도 하지만 약혼자가 있다는 말에 그마저도 감정을 지우고 만다. 타인에게 건네고 싶은 마음은 발화되기도 전에 사그러진다. 그와 가까워지고 싶은 마음은 있지만 언제나 수행되지 못한 욕망으로 휘발되고 만다. 그러므로, 그녀는 무척 외롭게 살아간다.

그런 여자에게 욕조는 엄마의 자궁처럼 아늑한 공간이다. 욕조에 대한 애착은 체모에 대한 혐오감과 동궤를 이룬다. 이차 성징의 상징이라고 할 수 있을 체모는 그녀에게 끔찍한 현기증을 선사한다. 몸 한가운데의 체모는 어머니가 될 수 있다는 상징이기도 하지만 자신을 낳아 준 엄마와 영원히 동떨어져 있는 독립적 개체임을 인증하는 낙인이기도 하다. 욕조는 그러므로, 다시 되돌아갈 수 없는 엄마의 자궁에 대한 메타포가 된다.

문제는 엄마의 자궁 속 공간이 안전한 도피처이기도 하지만 고립된 공간이기도 하다는 점이다. 게다가 그곳은 영원히 머물 수 없는, 누구에게나 과거가 되어야만 하는 잃어버린 낙원(utopia)이다. 자궁 속 안락함은 되찾을 수 없는 향수(nostalgia)의 기억이다. 누구나 다 따뜻한 어머니의 자궁에 대한 상상계적 기억을 가지고 있지만 우리는 자궁 바깥에서 타자와 만나야만 한다. 그러므로 '욕조' 안에는 타인과의 관계가 존재할 수 없다.

관계는 다른 한편 긴장과 고통, 오해와 착시의 연속이다. 먹고살기에 급급했던 엄마에게 욕조가 늘 김치나 버무리는 큰 통과 다를 바 없던 이유도 유사하다. 엄마는 여러 번 다른 남자를 만나 왔고 딸 역시 그녀의 자궁에 연결된 하나의 고리에 불과하다. 엄마에게 욕조가 어떤 용도이듯이 자궁 역시 쓸모에 의해 판단된다. 이미 그녀에게 있어 욕조(자궁)는 상징적 기원이 아니다.

엄마와의 불편한 애착 관계는 김희진의 소설 속 여자들이 고립된 삶을 살 수밖에 없는 주요한 요인으로 그려진다. 「우리들의 식탁」에 등장하는 고모와의 관계도 마찬가지다. 부모님이 사고로 세상을 떠나고 난 후 고모는 여자에게 실질적 부모가 되어 준다. 결혼도 포기한 채 여자와 살아 온 고모는 어느새 폐경을 맞는다. 자궁에 찬 에너지를 흘려 내 버릴 수 없게 된 고모, 아이를 낳거나, 결혼을 하지 않은 고모는 자신의 욕망을 탐식으로 해결하고자 한다. 그리고 탐식의 향연에 꼭 조카인 여자를 동참시키고자 한다.

여자는 고모의 식사를 일종의 고문으로 받아들인다. 같은 식탁을 공유하는 그녀들의 관계는 도착적 애증으로 얽혀 있다. 먹는 것에 대한 집착은 욕망을 구강기적으로 퇴행시키고자 하는 어떤 도착의 결론이라고도 할 수 있다. 그녀들은 자신이 여성임을 일깨우는 상징계적 욕망이 아니라 상징계적 분열이 발생하기 이전, 입의 욕망에 고착되어야만 한다. 그래야만 다른 욕망의 주체인 두 사람이 '하나의 식탁'을 공유한 채 공생할 수 있기 때문이다.

김희진의 소설 속 여성 인물들은 엄마 혹은 상징적 엄마라는 존재로부터 멀어지고 싶어 하면서 고착되어 있고 애착하면서도 멀어지고자 한다. 그녀들에게 '엄마'는 욕망의 양가성이다. 완전한 주체가 되기 위해서는 타자와의 만남이 요구된다. 타자와 만나기 위해서는 상상계적 엄마와 분리되어야만 한다. 하지만 분리의 갈망은 고착에 대한 욕망만큼이나 질기다. 이 양가적 욕망의 분열 속에서 그녀들은 고립된 삶을 지속한다.

김희진의 소설 속 주인공들은 대개가 20, 30대의 젊은 여성들이다. 그들은 모두 하나의 독자적 개체로서 누군가 다른 사람을 만나고 싶어 한다. 「면도」에 등장하는 옆집 여자처럼 그녀들은 다른 누군가를 만나 관계를 갖고자 한다. 하지만 김희진의 소설 속 여자들은 하나같이 그런 세계를 동경하면서도 유리창 너머를 구경하는 성냥팔이 소녀처럼 자신의 공간을 빠져나오지 못한다. 그녀들의 욕망은 "옆집 여자"처럼 살아가는 것이다. 여성스러움을 살리고 눈부시게 아름다운 스스로를 전시하는 삶, 그런 삶이 바로 옆집 여자의 삶이다. 강박과 조작적 삶, 인위적 공간의 에너지와 삶과 예술의 불협화음, 이 가운데에 있는 바로 엄마 그리고 여자로서의 자아가 놓여 있다.

4 그녀의 소설 탐식법

어떤 점에서 김희진은 가혹한 상상의 언어로 말을 거는 예외적 존재로서의 작가라고 할 수 있다. 그녀의 상상력은 꽤나 급진적인데 현실적 기반은 허약하다. 강력한 상상력으로 말을 거는 그 언어들은 지금껏 우리가 소설적 공간에서 목격해 왔던 그 관습들과는 거리가 멀다. 낯설기도 하고 과격하기도 하며 꽤 높은 비등점을 향해 끓고 있다. 정제되지 않은 격렬한 감정들이 김희진의 언어 속에 녹아 있는 것이다.

그런가 하면 그 격렬함의 이면엔 엄마의 겨드랑이 속을 파고드는 연약한 아이가 숨어 있다. 과격한 언어를 쓸수록 그 이면은 더욱 가냘프다. 어쩌면 이 양가성은 작가 김희진이 계속해서 소설을 쓸 수밖에 없는 이유이기도 할 것이다. 세상이 요구하는 "도시 여자"로서의 정체성과 그가 추구하고자 하는 과격한 상상의 세계 가운데에 김희진이 놓여 있기 때문이다.

그래서 그녀는 붉은색을 삼키는 소설 속 인물처럼 소설을 먹고, 삼킨다. 소설을 모두 먹어 그녀 자체가 소설의 어떤 한 징후가 되고자 한다. 이 과정들은 빨간종처럼 김희진을 독특한 '소설종'으로 분류케 하는 어떤 징표가 될 것임에 분명하다. 소설종이 된다는 것은 특별한 체험이기도 하지만 특별히 외로워지는 고립의 선택이기도 하다. 특별한 삶에는 보편적 삶의 무난한 쾌락이 사라지고 만다. 특별한 언어 세계의 특별한 상상력, 김희진의 소설엔 이 독특한 다름이 있다. 그러므로 우리는 그녀를 지켜봐야할 것이다. 소설을 먹고, 삼키고 난 이후 그녀가 내뱉은 소설은 또 무엇일지, 그녀만의 소설적 인간은 또 어떤 모습을 띠고 있을지 말이다.

나쁜 소설이 오다

박금산, 『아일랜드 식탁』(민음사, 2011)

1   나쁜 소설의 알리바이

아름다운 스물네 살 여성의 유방이 팔뚝에 닿을 때, 성욕을 느낀다면 그것은 비윤리적일까? 아마 대개의 남성들은 당연한 신체적 반응이라고 말할 것이다. 질문을 조금 더 구체화해 보면 어떨까? 가령, 스물네 살, 아름다운 시각 장애인의 유방이 팔뚝에 닿을 때, 성욕을 느낀다면 그것은 비윤리적인 것일까? 선뜻 대답하기가 쉽지 않다. 달라진 것은 시각 장애인이라는 수식어 하나뿐이다. '장애인'이라는 수식어 앞에서 성욕은 오염된다. 우리가 흔히 쓰는 '욕망' 대신에 범죄나 폭력이 더 어울릴 듯도 싶다. 장애를 의미하는 영어 '핸디캡'에는 다른 체급, 다른 카테고리에 대한 양보의 뜻도 포함되어 있다. 핸디캡이라는 말 속에 이미 정상과는 다르거나 부족한 대상이라는 양보가 숨어 있다. 하지만 양보로 문명화된 상징 가운데에는 사실 배려를 가장한 배제가 자리 잡고 있다. 장애인과 '우리'는 똑같은 기준으로 바라봐서는 안 된다, 라는 차별의 논리 말이다.

고백하자면, 『아일랜드 식탁』을 읽었을 때의 첫 느낌은 격렬한 멀미였다. 이를테면, 이 소설은 독자들이 지니고 있는 상식적 윤리의 층위를 건드린다. 상식적 윤리란 철학적인 깊이를 가진 증명의 대상이라기보다 타자와 함께 살아가기 위한 생활적 수준의 약속을 의미한다. 가령, 미성년자들은 성적으로 보호해야 하고 길 잃은 아이가 있을 때에는 보호자를 찾아줘야 한다는 식의 관습법 말이다. 생활적 윤리는 우리가 법이라고 부르는 최소 단위 금지의 토대이기도 하다. 미성년자들은 성적으로 보호하고 싶어서가 아니라 보호해야 하고 장애인들은 차이를 인정해야만 한다. 이 관습법은 저절로 마음속에서 우러나온 습성이 아닌 학습을 통해 기입된다. 말하자면 윤리는 우리가 '욕망'이라고 돌려 말하는, 날것의 욕구와 정반대로 조직화된다.

『아일랜드 식탁』에는 우리가 소설적 허구의 영역으로 잘 끌어들이지 않았던 두 타자가 등장한다. 하나는 장애인이고 다른 하나는 고아 청소년이다. 게다가 둘 다 여성이다. 『아일랜드 식탁』은 이 개념들로 조합할 수 있는 경우의 수 중 가장 나쁜 개연성을 제공한다. 이런 식이다. 남자들이 시각 장애인 여성을 윤간하고 고아인 여고생은 강간 당할 뻔한다. 위기를 벗어난 것 같지만 여고생은 담임과 성교를 하고 임신까지 한다. 성인이 미성년자와 성관계를 맺었다는 점에서 이미 위법이지만 이 사건은 담임 선생님이 제자를 유혹했다는 점에서 비윤리와 만난다. 나쁜 개연성은 시각 장애인 레지나에게는 조금 다른 식으로 적용된다. 스물네 살이니 적어도 위법은 아니다. 하지만 그녀는 눈이 보이지 않는 장애인이며 가끔씩 환시를 보는 정신분열자이기도 하다. 말하자면 그녀는 신체적으로, 정신적으로 정상인의 범주에서 벗어나 있다. 심각한 것은 레지나와 아네스가 가진 아이의 아빠가 같다는 점이다. 비윤리적이다. 나쁘다. 당혹스럽다. 소설에 대한 첫인상이 그렇다.

여기에 다른 한 명의 인물이 등장한다. 그는 레지나에게 강렬한 성욕을 느끼지만 섹스를 하지 않는다. 그는 다만 눈이 보이지 않는 그녀를 곁에 두고 자위를 할 뿐이다. 하지만 그 역시 담임을 맡고 있진 않지만 가르치는 학생과 성교를 한다. 그렇다면 두 사람 중 누가 더 윤리적일까? 과연 여기에 윤리라는 것이 있을까?

소설의 당혹감이란 바로 이런 것이다. 강민우, 김일면, 정칠기와 같은 소설에 등장하는 모든 남성들은 윤리 바깥에 살고 있다. 그들은 우리가 해서는 안 된다고 말하는 비윤리적 행위들을 한다. 더욱 당혹스러운 것은 소설 속에서 벌어지는 이 일련의 행위들이 허구적이라기보다는 오히려 사실적이라는 점이다. 믿고 싶지 않지만 이 사건들은 개연성에 앞서 사실로 존재한다. 장애인의 인권을 보장하고 미성년을 보호해야 한다고 윤리는 가르쳐 주지만 신문은 그것의 유린을 증명한다. 행위의 당위성은 '욕망'에 있다. 욕망은 우리가 관습상 비윤리적이라고 비난하는 일련의 행위들에 유일한 알리바이가 되어 준다. 그렇다면 과연 욕망은 무엇일까? 그리고 윤리는 또한 무엇일까? 『아일랜드 식탁』의 당혹감은 곧 이 질문의 무게감으로 변주된다.

2 윤리와 욕망 사이

윤리는 타자에 대한 응답 가운데서 마련된다. 자명한 것, 폭넓은 합의의 대상으로 여겨진 권리를 수호하고 존중하는 것, 그것이 바로 윤리인 셈이다. 알랭 바디우는 윤리를 언급하면서 우리는 무엇이 악인지를 규명함에 따라 선을 정반대의 지점에서 확인해 왔다고 말한다. 윤리라는 말과 함께 금지의 목록들이 기억나는 까닭도 여기에 있다. 그런 점에서 인권이란 악으로부터 지켜지고 악이 아닌 것들을 가질 권리들이다. 이 인권들 가운데는 생존의 권리, 학대당하지 않을 권리, 기본적 자유를 누릴 권리 등이 포함된다.

그런데 돌이켜보면 윤리나 인권이라는 개념은 부자들, 정상인들, 제국의 이기주의에 더 부합한다는 것을 알 수 있다. 가령, 스타벅스는 커피 생산, 판매 과정에서 노동자를 소외시키면서 환경주의를 설파한다. 이윤 추구의 행위를 선한 윤리로 포장하는 것이다. 이 선한 윤리와 더불어 사람들은 커피 한 잔으로 지구의 건강에 일조한다는 식의 거짓 윤리도 함께 구매한다. 막상, 윤리나 인권이라는 개념들은 배제와 차별의 논리이거나 위선이 되곤 한다.

우리가 여성의 권리, 소수자들에 대한 존중을 말할 때 그들을 어떤 주체, 타자로 보는 경우는 드물다. 오히려 그들은 우리와 다르기 때문에 다른 방식으로 보호해야 할, 대상으로 취급되는 것이다. 만일, 윤리를 거두고 그들을 타자로서 마주한다면 그것은 어떤 순간일까? 그것은 바로 그들을 욕망의 대상으로 바라보는 때다. 말하자면, 시각 장애인 레지나의 아름다운 몸에 욕망을 느끼고 스물네 살의 처녀처럼 대하는 것, 그것이 바로 욕망의 논리다.

문제는 욕망의 단일성일 테다. 만일 레지나에게 여성을 느끼고 욕망을 가졌다면 그에 대한 책임과 응답 역시 여성에 대한 것이어야 한다. 하지만 레지나와 성교를 나눈 수많은 남자들은 성욕을 느끼고 해소할 때에는 레지나를 여성으로 호명하고 책임과 응답의 순간에는 언어가 통하지 않는 장애인으로 구분한다. 그러니까, 그들이 말하는 욕망은 욕망이 아니라 배설의 욕구에 불과했다. 욕망에는 타자가 있지만 욕구에는 타자가 없다. 레지나에게 일어난 일련의 사건들을 비윤리적이라 부르는 것은 이 때문이다. 그들은 레지나를 타자로서의 여성이 아니라 욕구를 배설할 배출구 취급한다. 이 아이러니는 미성년자 10대, 아네스에게서도 발견된다.

장애인, 미성년자를 윤리적으로 대해야 한다는 강령은 그들에게 욕망을 가져서는 안 된다가 아니라 '진짜' 욕망을 가져야 한다, 이다. 박금산이 『아일랜드 식탁』에서 말하고 있는 욕망이 오해받는다면 바로 이 욕망에 대한 오인에서 비롯될 것이다. 박금산은 그들과 우리가 갖고 있는 욕망의 언어가 동일하다고 말한다. 박금산은 우리가 윤리나 인권으로 남용하는 배려가 사실 위선이라고 고발한다. 배려로 위장된 금지의 선은 보호처럼 보이지만 차별의 근거로 더 확고히 작용한다.

자본은 장애까지 상품화하는 괴물이야. 자본은 인간이란 불평등한 존재라고 선언하는 신이야. 평등이란 존재할 수 없어. 장애인이라고 다 같은 장애인이 아니야. 장애인들의 우열은 우리 우열보다 몇 천 배 더 심해. 우린 너무 특별한 장애인을 얘기하고 있어.[1]

그들은 신성한 제의에 희생양이 될 수도 그렇다고 당당한 시민이 될 수도 없는 호모 사케르다. 그들의 욕망은 정상성의 외부에서 판단되고 다른 차원의 것으로 구분된다. 『아일랜드 식탁』에서 장애인, 미성년, 결손가정의 소녀는 단순한 호명의 대상이 아니라 욕망의 주체다. 우리의 문학사는 그들을 보호의 대상, 인권의 사각지대와 같은 단순한 이름으로 호명해 왔다. 호명을 통해 그들은 단순히 정치적인 보호의 대상이 되었지만 한편으로는 욕망의 복잡한 층위는 제거되었다고 할 수 있다. 그들에게 허용된 욕망은 인권이라는 거창하면서도 단일한 이름에 알맞게, 단순하고 정치적이었다.

가령, 공지영의 『도가니』는 "생각에 잠길 시간 따위는 없다. 바로 지금 행동해야 한다."라고 사태의 급박함을 호소한다. '지금 당신이 이 책을 읽는 동안 또 한 명의 장애우가 성폭행을 당하고 있습니다', 라는 식의 위기론이 『도가니』 전체를 채우고 있다. 하지만 이 위기를 읽는 동안 우리는 무엇을 얻어 갈까? 이 거짓 위기감을 통해 얻는 것은 무엇인가 해야 한다는 순정한 절박감이다. 하지만 이 절박감에는 동참의 자기 위안이 알리바

---

1 박금산, 『아일랜드 식탁』(민음사, 2011), 101쪽.

이처럼 존재한다. 도덕적 분개라는 감정이 윤리의 부재를 위로한다. 위선이란 바로 이 손쉬운 대체를 일컫는다.

오히려 박금산은 이 뜨거운 감정적 분개의 노선을 버리고 윤리적 지탄이 될 만한 사건들을 향해 걸어간다. 바리새인들에게 던진 한마디, "너희 중에 죄 없는 자가 먼저 돌로 치라."라는 욕망의 진앙을 향해서 말이다. 『아일랜드 식탁』 속에는 독자가 편하게 동일시할 만한 인물이 등장하지 않는다. 그래서 불편하다. 그들은 모두 조금은 나와 닮았고 상당히 나와는 다르다. 거짓 위선이나 위기감, 윤리로 스스로를 포장하고 있지도 않다. 시각 장애인인 레지나도 미성년자인 아네스도 절대적으로 선하지 않다.

박금산은 그들의 내면에 훨씬 더 복잡한 욕망이 있다고 말해 준다. 그 복잡함의 실체 가운데에는 악함도 있다. 당혹감은 여기에서 배가된다. 그들은 때때로 더 나쁘고, 더 폭력적이며, 더 이기적이다. 배려라는 미명으로 따로 분류해 뒀던 대상이 『아일랜드 식탁』에서 입체적 욕망의 주체로 뚜벅뚜벅 걸어온다. 『아일랜드 식탁』은 윤리의 바깥에 살던 강민우라는 인물이 윤리 자체에 대해 질문을 던지는 인물로 바뀌는 과정을 따라간다. 이는 욕구만을 따라 살아가는 김일면과 대비되는 욕망의 세계, 그 세계의 윤리를 보여 주는 과정이기도 하다. 1장과 2장 가운데 놓인 논리적 비약, 이야기의 크레바스는 다른 윤리적 차원으로의 이동을 상징화한다. 욕구에 시달리는 동물에서 욕망하는 주체 되기의 현기증, 그 현기증이 바로 그 깊은 틈 안에 잠겨 있는 것이다.

3   남근을 떼고 욕망의 주체 되기

욕구와 욕망의 세계는 김일면과 강민우의 간극 가운데에 놓여 있다. 강민우가 레지나와 아네스를 타자로 보고 있다면 김일면은 그녀들을 단순히 대상으로 여긴다. 강민우는 레지나와 그 사이에 놓인 차이를 존중한다. 이는 강민우가 레지나가 쓰는 점자에 대해 갖는 거부감과 반성에서 드러난다.

> 말을 배운다는 건 정직한 인내를 지불해야 하는 일임을 그는 실감했다. 제국 장사치들이 식민지어를 배웠을 때라거나, 선교사들이 원주민어를 배웠을 때처럼, 지배의 야욕이 아주 뚜렷한 경우가 아니면 강자가 약자의 언어를 배우려고 하는 일은 드물었다.[2]

강민우는 점자를 배우고 이해하게 됨으로써 그녀에게 성적 욕구를 배설하지 못한다. 이미 레지나는 그에게 존재하기 때문이다. 하지만 자신의 욕구만을 추구하는 인간-동물에게 윤리란 존재하지 않는다. 김일면처럼 말이다. 김일면은 비윤리적인 인물이 아니라 무윤리적 인물이라 부르는 편이 옳다. 김일면의 무윤리성은 강민우와의 관계를 통해 입증된다. 김일면은 학교 법인 이사들과의 관계를 빌미로 강민우에게 돈을 받아 내고 자신의 책임을 전가한다. 하지만 김일면은 이 더러운 계약 관계조차 지키지 않는다. 임신한 자매를 버리듯 그는 강민우를 버린다. 그에게는 순간적 욕구의 세계만 존재할 뿐 윤리는 없다.

강민우는 얼핏 보기에 가해자처럼 여겨지지만 한편으로 피해자이기도 하다. 강민우의 어머니는 행방불명되었고 아버지는 정신 분열에 시달리다 세상을 떠난다. 시각 장애인 학교의 교사가 되는 데 필요한 돈을 마련하기 위해 심지어 몸을 팔기도 한다. 그는 자신이 겪었던 트라우마 때문에 레지나에게 강렬히 끌리면서 바로 그 이유로 레지나에게 거부감을 느낀다. 강민우가 레지나에게 느끼는 거부감은 그녀가 장애인이라서가

---

2 앞의 책, 82쪽.

아니라 그녀가 그토록 버리고 싶었던 아버지와 유사하기 때문이다.

레지나, 아네스처럼 김일면에게 버림받았다는 것을 안 순간 강민우는 떠난다. 그가 마지막에 벌이는 일탈 행위는 질서와 법칙 그 자체에 대한 도전이자 전복의 시도라고 할 수 있다. 그는 단지 돌을 던지고 싶었을 뿐이다. 민주주의를 반성하기 위해서는 민주주의 자체를 거부해야 한다는 지젝의 말처럼 강민우는 세상을 고장 내기 위해 세상에 돌을 던진다. 이는 장애, 미성년, 결손 가정과도 같은 위험한 문제들을 소설로 끌어들인 작가 박금산의 시도와 꼭 닮아 있다. 그는 장애인, 미성년의 윤리를 이야기할 때 욕망의 주체로 바라보아서는 안 된다는 태도야말로 핵심적 오류라고 말한다. 이 오류는 고속도로에 돌을 던지는 것과 같은 행위를 통해서야 자각될 수 있다.

소설에 등장하는 인물들은 손가락 크기만 한 성기 때문에 전전긍긍하는 인물들이다. 성욕으로 압축된 욕망에 시달리는 인물들은 우리가 인간성 아래 숨기고 싶어 했던 누추한 실체들을 하나씩 꺼내 놓는다. 독자로서 우리는 그 행간과 상징의 의미를 아는 순간 어른들의 협잡의 세계에 우리가 이미 동참해 있음을 확인하게 된다. 강민우와 김일면을 비난하지만 한편으로 우리는 그 선생들과 같은 세계를 살아간다. 중요한 것은, 남근을 떼고, 진짜 욕망의 세계로의 진입하는 것이다. 윤리는 이 욕망의 세계에서 재정립될 수 있다.

4 폭력적 세상에서의 이웃

박금산은 강민우와 김일면의 태도 차이에 진짜 윤리의 실체가 있다고 말한다. 나빠지고 싶고, 간혹 나쁘기도 하지만 강민우는 자신이 동침하는 여자의 언니와 섹스를 하지 않는다. 가령 이런 차이다. 그녀를 생각하며 자위를 할 수 있지만 섹스를 하지는 않는다. 그에게 윤리란 이런 것이다.

강민우에게 있어 간음이란 음탕한 생각이 아니라 행위 자체다. 그의 윤리관 안에는 모든 남자의 마음에는 음탕함이 숨어 있다, 라는 보편적 고백이 담겨 있다. 윤리적 남자와 그렇지 못한 남자 사이에는 마음의 차이가 아닌 행동의 차이가 있을 뿐이다. 그리고 그렇게 마음만 먹는 강민우와 욕구를 실행하는 김일면 가운데에 우리가 말하는 윤리적 삶의 간극이 존재한다. 오십보백보라지만 오십보와 백보 사이에는 오십보만큼의 차이가 있다. 말하자면 박금산은 윤리의 실체를 바로 이 오십보에서 찾는다.

그 차이는 장애인, 미성년자를 단순히 대상이 아닌 이웃으로 보는 강민우의 태도에서 발견된다. 강민우에게 레지나는 충격을 주는 침입자이며 우리와는 완전히 다른 언어를 지닌 타자다. 타자로 인식될 때 그들이 바로 이웃이다. 강민우가 레지나를 두려워하고, 레지나에게 거리를 두었던 까닭은 그녀를 장애인이라는 호명 아래 괄호쳐 둔 것이 아니라 아네스의 언니로, 이웃으로 여겼기 때문이다. 그래서 그녀는 강민우를 불편하게 한다. 우리가 타자를 주체이자 이웃으로 받아들일 때 그때서야 비로소 그들은 우리를 불편하게 한다. 김일면의 불안이 단지 응답과 책임의 회피였던 것과 다르다. 이 차이가 바로 오십보의 차이다.

왕을 지켜야 하는 사명감과 왕이 되고 싶은 욕망 가운데서 갈등하는 맥베스는 그 욕망 자체로 고귀한 인간이 된다. 결국 욕망에 굴복하고 마는 비천한 맥베스를 동정하는 것은 우리 대개가 그 하릴없는 욕망의 노예로 살아가기 때문이다. 우리는 맥베스처럼 어디선가 들려올 예언을 기다리고 있을지 모른다. 어쩌면 강민우에게는 레지나의 등장이 마녀의 예언이었을지도 모른다. 눈이 보이지 않지만 아름답고 성숙한 여성, 자신에게 언제든지 몸을 허락할 듯한 태도. 우리는 언젠가 다가올 이 예언 때문에 나쁜 욕망에게 자리를 내준다. 아니, 그 욕망은 이미 마음속 깊이 자리 잡고 있다.

박금산은 우리가 그다지 확인하고 싶어하지 않는 이 누추한 욕망을 일일이 드러내 보여 준다. 이 소설의 당혹스러움은 집안의 치부를 내뱉는 아이를 둔 엄마의 심정과 닮아 있다. 사실 우리는 모두 다 그 천박한 욕망을 알고 있다. 다만 모르는 척할 뿐. 어쩌면 우리가 살아가는 세상 속에서의 윤리가 죄다 위선과 가식일 수도 있다는 그 삐딱한 시선, 그 시선이 우리를 불편하게 한다. 하지만 윤리에 대한 질문은 비윤리를 통해 가장 극명해지지 않을까?

불가능한 욕망의 대화법

안성호, 『누가 말렝을 죽였는가』(문학과 지성사, 2011)

1 허구와 수치심의 재구성

잘못된 단서야말로 진짜 원인을 밝혀 줄 수 있다. 인생이라는 큰 이야기를 두고 보자면 소설은 하나의 작은 단서라고 할 수 있다. 비루하고 비참한 이야기들, 불륜이나 범죄가 종종 등장한다는 점에서, 소설은 잘못된 단서에 더 가깝다. 도덕이나 윤리 교과서가 옳은 단서들을 제공한다면 소설은 언제나 그 반대쪽에 있으니 말이다. 하지만 그렇기 때문에 소설은 그 어떤 실화보다 세상을 이해하는 데 도움이 된다. 분석가는 이야기 자체가 아니라 재구성의 알고리즘을 파악해 분석의 결과를 호출한다. 이러한 호출을 통해 단순한 증상은 하나의 구체적 실재가 될 수 있다. 슈레버의 망상도, 늑대 인간의 환상도 모두 다 그들이 재구성해 들려준 이야기의 맥락에서 파악된 실체였다. 이야기의 재구성, 그것이 바로 작가들이 말하는 '허구'다. 모든 허구는 이야기의 재구성이다.

눈길을 끄는 것은 그 허구의 내용이다. 소설집의 맨 앞에 실린 「검은 물고기의 밤」은 "3-4반 19번"이 새겨진 신발주머니를 들고 들어온 강도가 한 집안을 풍비박산 냈던 사건에서 출발한다. 이 사건으로 형은 허리에 반영구적 상해를 입고 집안 식구들의 머릿속엔 기억을 잡아먹는 '검은 물고기'가 살기 시작한다. 「누가 말렝을 죽였는가」에는 길에서 우연히 어깨를 부딪힌 사람 때문에 결국 죽음에 이르는 '말렝'이라는 인물이 등장한다. 「텔레비전」에는 예고 살인이, 「실종」에선 물고기가 된 아내가 실종 처리되는 사건이 발생한다. 안성호의 소설집에 실린 이런 허구들 그리고 그 허구를 지탱하는 사건의 내용들을 보면 환상이라는 용어가 떠오른다. 머릿속에 사는 검은 물고기가 기억을 잡아먹는다거나 전화로 죽음을 예고 받는 상황들은 어린 시절 「환상특급」 같은 텔레비전 프로그램에서 보았던 그 환상과 닮아 있다.

그런데 여기에서 조금 더 현학적 면밀함을 발휘해 보자면, 안성호의 허구는 환상이라기보다 망상에 더 가깝다. 환상이 현실의 불가능성을 관통해 대안적 세계에 닿는다면 망상은 오히려 환상의 실패에 가깝다. 환상이 상징계적 언어를 공유하는 허구적 약속의 체계라면 망상은 상징계적 언어에 구멍 난 사람들의 다른 언어 체계에 더 가깝다. 환상이 작가가 주장하는 '대안 세계'라면 망상은 현실에서 실패한 작가로서의 모든 개인이 간직한 '모반의 시나리오'라고 할 수 있다. 모든 망상에서 주인공은 '나'다. 그것이 피해건, 과대건 상관없이 말이다.

그렇다면 왜 망상일까? 아니 우리는 언제 망상에 빠져들까? 안성호의 소설 속 세계에는 폭력이 넘쳐 난다. 그렇다고 사지가 잘리고 유혈이 낭자한 폭력은 아니다. 오히려 이 폭력은 인간이기 때문에 느껴야 하는 수치심을 자극한다. 존재하지만 어디에서도 존재의 흔적을 찾을 수 없을 때, 기억이 일종의 원죄처럼 원한의 고리를 만들 때, 그러니까 우리가 살아가는 이 삶, 일상이 어떤 감옥이 될 때 폭력은 슬며시 그 얼굴을 드러낸다. 안성호는 이 폭력의 얼굴을 기억, 꿈을 거쳐 망상으로 번역해 낸다. 우리가 살아가는 이 평범한 세계는 안성호를 통해 망상으로 가득 찬 외국어의 공간으로 전도된다. 말하자면, 그는 인간이라는 수치심 때문에 글을 쓴다. 들뢰즈의 말처럼 "인간이라는 수치심, 이것보다 더 좋은 글쓰기 이유가 있을까?"

2 망상의 논리

망상의 논리는, 바로 작가적 환상을 통해 현실의 상징계적 그물을 찢을 수 없다는 무력감과 닿아 있다. 환상을 통해 우리의 삶이 환영으로 판명될 수 있다면 망상은 그 환상의 논리마저 현실이 제공한 안전한 매트릭스에 불과하다는 것을 보여 준다. 그건 단지 꿈이라고 말할 수가 없다. 폭력적이고 잔인한 꿈은 깨고 나서도 지속되고, 생이 끝나고 난 이후 사후 세계에도 영향을 미친다. 말하자면 망상은 일종의 '논리로서의 허구'라고 할 수 있다.

망상의 주체는 현실에 대해 불편한 어떤 태도와 시각을 지닌 인물이라고 할 수 있다. 망상이라는 상징계 너머의 언어를 통해 가면을 쓴 어떤 인물을, 구체적 현상으로 제시하게 된다.「검은 물고기의 밤」은 이런 망상의 논리를 잘 보여 주는 작품이다. 상징계적 언어로 진술하자면 사건의 재구성이라고 할 수 있을 이 이야기는 기억을 좀먹는 검은 물고기를 통해, 폭력의 편재성과 그 불가해성까지 가닿는다.

여섯 달 전, 활어 운반차를 운전하던 아버지가 사고를 낸다. 사고 상대방은 일가족이 타고 있던 승용차였는데, 운전자였던 부인은 치료를 받던 중 사망하고 만다. 남편과 아이는 아버지보다 보름 뒤에 퇴원했다고 한다. 사건 이후 어느 날 갑자기, 소설은 이 시점에서 시작하는데, "3-4반 19번"이라고 쓰인 신발주머니를 든 사내가 나타나 가족을 공격하고, 가족들은 외적으로 내적으로 심한 상처를 입고 만다. 그 이후 가족들의 머릿속에는 검은 물고기가 떠다니기 시작하는데 중요한 기억들을 잡아먹기 시작한다. 덕분에 그들은 과거뿐만 아니라 미래에 대해서도 잊기 시작한다. 과거 없이는 미래도 없기 때문이다.

검은 물고기는 가족의 기억을 파괴하는 불가해한 사물이면서 한편으로는 과거 활어 운반차에서 검은 도로로 쏟아졌던 그 활어들이기도 하다. 중요한 것은 바로 이 점이다. 가족들이 잊은 것은 가해가 아니라 피해의 기억이다. 그들은 가해의 사건을 단 몇 줄의 줄거리로 축약해 기억하고 있다. 그들은 그렇게 가해의 기억을 이야기로 재구성해 낸다.

하지만 피해의 역사는 망각 속에 묻히고 만다. 같은 검은 물고기이지만 가해자 쪽이었을 땐 사건의 구성물에 불과하던 것이 피해를 입을 땐 중요한 사물로 상징화된다. 기억 재구성에 거리낌 없이 사용되는 망각의 검은 물고기는 그래서인지 제2차 세계대전 때도 등장했다. 검은 물고기는 "새롭게 재편된 어떤 질서 속으로 우리들을 선도하는" "나쁜 기억들은 모두 버리고 새로운 기억, 즉, 누군가가 건설할 제국으로의 편입"을 위해 소용된다. 말하자면, 그것은 '집단의 망각 알고리즘'의 요체인 셈이다.

흥미로운 것은 바로 이 부분이다. 만일 가해자가 망각의 검은 물고기를 통해 '새로운 이야기'를 꾸며 낸다면 아마도 그것은 환상의 문법이 될 것이다. 하지만 피해자가 검은 물고기로부터 기억을 피습당해 피해의 기억을 모두 잊고 기억의 영도에서 새로운 서사를 만들어 내야 한다면, 그것은 바로 망상의 기록이 된다.

망상은 상징계적 언어로부터 자격 미달을 선고받고 일종의 병리적 언어로 호명된다. 병명이 된 증상은 번역을 요구받는 언어 체계라고 할 수 있다. 망상으로 재구성된 이야기는 번역과 해석을 거쳐야만 상징계적 언어로 이해될 수 있다. 그러니까 공포의 재구성이란 무릇 이렇게 복잡하게 상징화되어 있는 것이다. 그럴 수밖에! 가해자들은 폭력의 기억이 두렵지 않다. 하지만 피해자에게 기억은 검은 공포의 실체일 수밖에 없다.

아스팔트 위의 검은 물고기는 가해자에겐 문자 그대로의 물고기에 불과하지만 피해자에겐 일종의 상징이나 알레고리다. 가해자가 아무리 담담히 사실을 기록한다 해도 그곳에는 진실이 없다. 오히려 망각과 오류, 변주로 뒤엉킨 피해자의 이야기에 진실은 얽혀 있다. 문제는 망상의 논리다. 기억을 왜곡하고 망상으로 물들인 피해자의 이야기, 그 재구성된 이야기의 실체를 파악하는 것이 바로 망상의 논리다.

그런 점에서, 안성호의 소설은 일종의 외국어처럼 번역해서 읽어야만 한다. 번역의 과정은 피해자의 언어를 이해하는 방식이며 기억에서 누락된 편린들을 재구성하는 과정이기도 하다. "생각은 공상일 수도 있고, 상상일 수도, 환상이나 전설, 꿈일 수도 있다. 가스레인지에 올려놓은 물 주전자처럼 엎어지지만 않으면 언젠가 하얗게 증발할 공상. 발설하지 않으면 오롯이 자신의 것이 되고 마는 이야기"(「누가 말렝을 죽였는가」, 58쪽) 말이다. 어쩌면 죽음 앞의 인간은 모두 자기만의 망상에 빠져 있는 외국어 사용자이기도 할 것이다. 다만 안성호는 이 멀리 있는 죽음을 눈앞에 가져온다. 삶의 한가운데에 있다고 착각하는 우리를 죽음 앞으로 데려가는 것이다.

「누가 말렝을 죽였는가」의 주인공 말렝만 해도 그렇다. 그는 어느 날 우연히 지나가던 사람과 부딪힌다. 순간 말렝은 중심을 잃고 넘어지며, 허방으로 추락할 뻔한다. 짧은 순간이지만 말렝은 부딪힌 행인의 눈과 마주치고 그는 거기서 공포를 느끼고 만다. 공포의 원인은 이런 것이다. "자신 이외의 누군가가 생각한다는 사실이 무서워졌"(64쪽)기 때문이다. 말렝은 육교에 놓인 펜스를 부여잡으며 죽음과 삶의 경계에 간신히 붙어 있는 스스로를 발견하고 만다. 이 발견은 스스로 느낄 수 있는 존재감을 '영(零)'으로 만들어 버린다. 심지어 자신과 부딪힌 사람이 뻥상일 거라며 그 역시 같은 고통을 느끼고 있을 것이라고 주장하기까지 한다.

말하자면, 말렝은 어느 날 갑자기 오른쪽 어깨를 친 충격으로 인해 삶의 텅 빈 곳을 발견하고 만다. 자신이 전부라고 믿고 있던 삶이 어느 순간 갑자기 축소돼 사라질 수 있다는 사실을 목격하고 만 셈이다. 심지어 어떤 이는 이미 그는 추락해 죽은 것과 다름없다고 말한다. 사실, 삶의 의미를 잃어버렸거나 삶의 전부를 차지하고 있는 공허(void)를 보고 말았다면 그것은 이전과의 삶과 뒤섞일 수 없는 것이 당연하다. 죽음을 가까이 둔 삶은 가능하지만 죽음과 삶이 섞일 수 없는 것과 같은 이치다. 이때, 죽음은 일종의 해결이 되어 줄 수 있다. 죽음은 현실의 불완전함을 단번에 파기할 수 있을 매우 강력한 망상이기 때문이다.

3 불가능한 욕망과 가능한 죽음

패트리시아 하이스미스의 소설 『검은 집』은 욕망이 어떻게 빈 곳을 통해 유지, 생성되는가를 암시해 주는 작품이다. 빈집은 비어 둠으로써 일상적 삶의 공간에 흡수되지 않고 비일상적 영역으로 남아 있을 수 있다. 빈 곳을 채우는 순간 그곳은 어떤 이름으로든 호명된다. 따라서 욕망은 빈 곳을 빈 채로 두게 하려는 습성이 있다. 그리고 환상은 이 욕망을 비어 있게 하는 것 그러니까 검은 집을 빈 채로 두는 것으로 현실화된다.

그런 점에서, 안성호의 소설 공간에는 욕망이 배제되어 있다고 말할 수 있다. 안성호의 소설 속 인물들은 욕망을 남겨 두고 실현의 불가능성을 즐기는 것이 아니라 그것을 망상의 이야기로 빼곡하게 채워 버린다. 욕망이 있을 수 있는 빈 구멍을 망상으로 모조리 메워 버리는 방식이다. 안성호가 무대화해서 드러내고 있는 장면들은 욕망이 아니라 수많은 피해의 기억들로 가득 찬 망상의 서사다. 가령, 누군가 자신을 죽일 것이라고 전화를 걸어오는 「텔레비전」의 세계만 해도 그렇다. 물론 '죽음'이 아이러니컬하게도 욕망이 될 수도 있다. 하지만 안성호에게 죽음의 예고, '너는 곧 죽을 것이다'라는 예언은 피해자로서 그의 종말을 규정하는 망상으로만 심화된다.

자연스럽게 나라는 한 인간에 대한 물음이 깊어져 갔다. 나를 제외한 모든 것들이 몇 걸음 뒤로 물러서 버린 것만 같았다. 그것은 어설픈 연극이 아니었다. 간혹 머릿속으로 떠오르는 유년의 기억만 잇새에 낀 질긴 음식물처럼 머릿속을 꽉 채우고 있을 뿐 그 외 모든 것들은 어느새 등 뒤로 와서 섬뜩하게 나를 주시하고 있었다.[1]

우리는 문학사 속에서 예언에 의해 욕망을 발견하는 인물들을 여럿 만나 볼 수 있었다. 『맥베스』도 그렇다. 그는 고도의 왕이 되리라는 예언을 통해 욕망의 빈 곳을 발견하고 그것을 왕이 되려는 야망으로 채워 넣는다. 하지만, 「텔레비전」 속 '나'에게 주어진 예고는 역설적이게도, 의미 없이, 이유 없이 살해당하리라는 것이다. 이 예고에는 운명적 비극성도 그렇다고 치명적 오류도 없다. 그는 "어떤 좌표도, 악도, 선도, 가치도"(165쪽) 없는 텅 비어 있는 샘 같은 삶을 살았기 때문이다. 그는 자기 인생에서 주인공이 될 자격을 박탈당했다. 살아 있어야 욕망할 수 있고 욕망하는 자에게 환상이 허용된다.

그는 이 예고를 통해 "의욕, 욕구, 욕망의 무게"(177쪽)를 느끼게 된다. 하지만 이 욕망은 결국 실패로 돌아가고, 예고는 실현되고 만다. 그에게 허락된 것은 단지 망상일 뿐이다. 환상이 불가능한 삶은 욕망이 부재한 삶을 보여 주기도 한다. 살아 있음으로 존재 증명하지 못한다면 존재는 죽음을 통해 증명될 수밖에 없다. 그는 죽음의 예고를 통해 겨우 욕망을 찾기 시작한다. 그 욕망은 "삶에 대한 간절한 충동"이며, 이는 또한 "살해에 대한 충동"(172쪽)이기도 하다. 죽임을 당하지 않으려면, 죽여야 한다.

1   안성호, 「텔레비전」, 『누가 말렝을 죽였는가』(문학과 지성사, 2011), 164쪽.

이 소설적 공간은 현실에서 결핍된 혹은 낙오된 환상을 대리 실현하는 무대라기보다는 오히려 그 실패를 확인하는 망상의 공간이라고 할 수 있다. 그는 소설이라는 자신의 그 무대에서 불가능한 욕망을 환상적으로 실현하는 것이 아니라 그 불가능성을 끊임없이 확인한다. 그의 소설을 읽으며 일종의 불편과 불안을 느끼는 이유가 여기에 있다. 그는 환상을 거절하고 차라리 망상의 세계로 건너간다. 그러니까 안성호는 대상을 비스듬히 보지 않고 똑바로 보려 한다.

똑바로 쳐다본 세상은 상징계적 질서와 실재계라는 원본으로 이루어진 총체적 세계가 아니라 현재/과거, 지상/지하, 가해/피해로 이분화된 채 존재하고 있다. 자신만의 세계를 꿈꾸었던 사람들은 "쥐"(「쥐」)가 되어 지하철 승강장 밑에 모여 살고, "모니터 속 검은색 가오리"(「실종」)처럼 격리되어 살아간다. 그들이 살아가는 공간은 상징계적 질서의 중핵을 구성할 수 없는 다른 세계이며 실종 처리로 말소된 기록의 공간이다. "사회에서 낙오된 사람들"(124쪽) "사라진 날개와 지느러미에 대한 꿈"(190쪽)을 꾸는 사람들은 그렇게 망상의 언어 너머로 숨어든다. 번역해 내지 않는다면 이해할 수 없는 언어의 공간, 착란과 망상의 공간, 그곳에 바로 그들이 살아가는 셈이다.

4 환상에 대한 거절의 윤리

안성호의 소설이 당혹스럽다면 바로 이 지점, 허구적 환상을 거부한다는 것일 테다. 그는 욕망과 불안에 젖은 응시 대신 불안을 필터 삼아 현실의 왜상(歪像, anamorphosis)을 그대로 바라보려 한다. 욕망이 침투할 빈 곳이 없이 소외와 피해로 이루어진 그 응시는 말하자면 작가 안성호의 시각이기도 하다. 대개의 이야기, 허구는 환상을 거쳐 욕망을 무대화하고자 한다. 그것이 바로 이야기하는 자의 특권이자 힘이기 때문이다.

그런데, 안성호는 허구적 환상을 거부한다. 그러니까 삐딱하게 현실의 왜상을 보고 그 왜상을 통해 삶의 진상(眞相)을 볼 수 있다고 말하는 게 아니라 아예 환상적 횡단 자체를 거부하는 것이다. 오히려 안성호가 환상의 어법을 빌릴 때, 인간은 '쥐'나 '물고기'로 격리되고 만다. 그가 최종적 환상으로 욕망하는 공간은 오히려 식물적 재생의 세계다. 시체가 썩어 나무의 수액이 되는 그런 정령에 깃든 "자작나무 숲"(「자작나무 숲」) 같은 세계, 완전한 영원성을 지닌 연약하지만 강인한 재생의 공간 말이다.

그렇다면 그가 허구적 환상을 거부하고 망상의 언어를 통해 얻고자 하는 바는 무엇일까? 그것은 바로 진짜 감동이다. 과거와 현재, 현실과 환상을 넘나들며 그가 얻고자 하는 문학적 실체는 이른바 "물색환"으로 수렴된다. "사물의 내면 깊은 곳까지 내 심상이 뚫고 들어가 내 몸에 흡착되면서"(「물색환」, 216쪽) 솟아나는 희열로서의 '물색환' 말이다.

모든 문학은 마침내 사물의 진리를 관통하고 허구적 의견을 통해 감동에 가닿기를 바란다. 그것이 바로 번역해 낸 문학의 진심일 것이다. 독특한 망상의 대화체, 안성호의 소설은 그 독특함으로 문학이 되고자 한다. 그렇다면, 작가란 숲처럼, 나무처럼, 정령처럼 영원히 반복해서 재생될 수 있을 상처 입은 짐승이다. 이것이야말로 작가를 생성케 해 준다. 문학은 어쩌면 이 예민한 작가들이 빚어낸 증상의 총체일지도 모르겠다.

네오 나르시스의 실험실

장은진, 『앨리스의 생활 방식』(민음사, 2009)

1 이것은 실험이다

이것은 실험이다. 첫 번째 소설집 『키친 실험실』이 가설을 세우고 공식을 만들어 내는 작업이었다면 첫 번째 장편 소설 『앨리스의 생활 방식』은 임상 실험 보고서에 가깝다. 실험할 명제는 의문형으로 압축된다. '과연 한 사람이 철저하게 고립된 채 10년을 살아갈 수 있을까?' 장은진이 골똘히 연구하고 있는 것은 '고립'이라는 단어다. 중요한 것은 30대의 젊은 작가가 골몰하고 있는 문제가 완벽하게 고립된 삶의 가능성이라는 사실이다. 그러니까 인간은 왜 홀로 고독하게 살아가야 하나 혹은 어떻게 하면 이 지독한 소외에서 벗어날 수 있는가에 대해 고민하는 것이 아니라 어떻게 하면 오롯이 혼자서 살아갈 수 있을까, 그 방법을 궁리하고 있는 셈이다. 방법을 궁리한다는 것은 그러한 삶을 추구하고 있다는 것을 뜻한다. 그러니까 장은진은 적극적으로 고립된 삶을 추구하는 것이다. 장은진이 문제적인 작가로 부상하는 것도 바로 이 지점이다. 30대의 이 젊은 여성 작가에게 고립은 일종의 임무다. 『앨리스의 생활 방식』이 완벽한 고립에 대한 임상 실험 보고서로 읽히는 까닭도 여기에 있다.

완벽하게 고립된 삶에 대한 실험은 다음과 같이 전개된다. 첫째, 10년 동안 외부와의 접촉을 끊고 살아갈 인물을 창조해 낸다. 둘째, 인물이 지독한 고립을 선택한 이유를 만든다. 셋째, 완벽하게 고립되었지만 무난히 생존할 수 있는 방법을 고안해 낸다. 공식을 거쳐 창조된 삶은 다음과 같다. 빼어난 미모를 지닌 한 여자가 있다. 그녀는 자신의 진정한 정체성과 선입관 사이에서 방황한다. 아름다운 그녀를 둘러싸고 상반된 성격의 두 남자가 내기를 건다. 그런데 여자는 두 남자 중 하나가 아닌 '다른 사람'을 고른다. 화가 난 두 남자는 여자에게 복수를 다짐하고 그 때문에 여자는 가족을 잃는다. 그 후, 여자는 끔찍한 비극을 가져온 원인을 감금한다. 그것은 바로 자기 자신. 그녀는 자신을 감금함으로써 세상에 복수한다.

눈치챘겠지만 장은진의 실험은 작위적인 면을 내포하고 있다. 가령 이런 부분들 말이다. 가족의 목숨을 빼앗아 갈 만큼 아름다운 외모, 완벽한 고립을 보증해 주는 여러 조건들. 실험이라고 부르는 것이 적합할 만큼 장은진이 선택한 상황들은 매우 극단적이다. 작위성은 극단적 상황이 임상적으로 존재할 가능성, 그러니까 개연성에 대한 감각을 의심케 만들기도 한다. 그런데 여기에서 중요한 것은 그녀가 얼마나 핍진하게 혹은 개연성 있게 자신의 상상을 실현했느냐가 아니다. 정작 주목해야 할 부분은 재현의 핍진성이 아니라 재현의 의도다. 장은진은 왜 이토록 철저한 고립을 상상해 냈을까? 고립에 대한 상상력은 단지 소설 속 개연성을 위한 장치가 아닌 장은진이란 실존하는 작가의 실제 고민의 수위에 육박한다. 상상의 질감이 아니라 그 태도가 절박하다는 말이다.

『앨리스의 생활 방식』 속에 그려진 그녀의 삶은 그래서인지 자꾸만 작가 자신의 실제 삶과 내면 풍경을 떠올리게 한다. 작가가 만들어 놓은 문장과 상황뿐 아니라 그것의 빈 공간이 해석의 가능성을 넓힌다. 『앨리스의 생활 방식』은 고립된 한 여자의 삶을 보여 주는 한편 그런 삶을 꿈꾸는 젊은 작가의 내면을 반영한다. 이 내면은 유기적 사회 공간이 아닌 '나'

를 중심으로 구축된 사이버 세대의 네오 나르시시즘과 닮아 있다. 우리가 고립의 사실성이 아니라 고립의 의지를 주목하는 까닭도 여기에 있다. 왜 작가는 완벽하게 고립된 삶을 상상하는 것일까, 문제는 상상의 의도다.

2 네오 나르시시즘 세대의 자치령

> "거울, 거울…… 자신을 비춰 주는 부드러운 거울, 근데 때론 상처를 입히는 흉기가 되기도 하지, 부드럽지만 차갑도록 날카로운……."[1]

거울은 자신의 모습을 반영하기도 하지만 치명적 상처를 안기기도 한다. 그리스 로마 신화의 나르시스 이야기도 거울의 양가성에서 시작된다. 아름다운 청년 나르시스는 신탁을 받는다. 자신의 아름다움을 알지 못한다면 백수를 누리리라, 라는. 불행히도 나르시스는 연못에 비친 자신의 모습을 발견하고 그 모습에 빠지게 된다. 은유적 의미의 '빠지다'가 아니라 정말 물에 빠져들게 된 것이다.

『앨리스의 생활 방식』에 등장하는 '앨리스'는 나르시스만큼 매혹적인 외모를 지닌 인물로 묘사된다. 문제는 그 매혹에 위험이 은닉되어 있다는 것. 앨리스는 자신의 아름다운 외모 때문에 남자들의 질투를 불러일으켜 비극에 빠져들고 만다. 신화 속 나르시스가 에코의 구애를 거절해 물에 빠져 죽는다면 앨리스는 P와 K가 아닌 스스로를 선택함으로써 비극을 불러온다. 앨리스는 현대적 의미의 나르시스로 그려진다.

앨리스의 집, 305호는 앨리스가 만든 규칙과 법으로 운영되는 독자적 공간이다. 앨리스는 인터폰으로 문밖의 세상과 접촉하고 인터넷으로 필

---

1 장은진, 「거울의 잠」, 『키친 실험실』(자음과 모음, 2008).

요한 삶의 부품들을 채운다. 필요한 만큼의 재화는 이미 처분해 둔 부동산으로 충족된다. 이쯤 되면 앨리스의 고립된 생활은 세상의 법이나 규칙으로부터 완전히 자유로운 자치령으로 보아도 무방하다. 앨리스는 자치령에서의 삶을 유지하기 위해 몇 가지 외부적 도움을 필요로 한다. 생리대나 건전지 같은 '진짜 물건'을 사들여야 하고 쓰레기를 버려야 한다. 인간이라는 유기체가 살아가기 위해 먹고 싸듯이 305호라는 공간은 신문 투입구를 통해 생필품을 받아들이고 폐기물을 내놓는다.

흥미로운 것 중 하나는 앨리스의 나르시시즘적 자치령이 사이버 공간과 꼭 닮아 있다는 것이다. 앨리스가 꿈꾸는 완전히 고립된 삶은 인터넷이라는 기술 덕분에 실현 가능해진다. 민석과 앨리스의 관계는 실제하는 인물들 간이라기 보다는 사이버상의 이웃 관계와 더 닮아 있다. 주인공 민석이 이웃이라는 말을 블로그 이웃이라는 개념을 통해 이해하는 것도 같은 이유다. 이웃의 아날로지였던 '사이버 이웃'이 실존하는 이웃의 개념을 설명해 준다. 바야흐로 실재와 개념이 역전되는 상황이 연출되는 것이다.

실제 이웃과 사이버 이웃의 차별성은 익명성에서 비롯된다. 305호는 실재하는, 피와 살을 지닌 실체적 이웃임에도 불구하고 사이버 공간의 이웃처럼 익명적 존재이기를 강요한다. 앨리스의 자치령은 사이버 공간의 룰과 닮아 있다. 사이버 공간상의 이웃은 상호적 관계가 아닌 일방적 관계에 가깝다. 초대하지 않아도 타인의 '홈'을 침범할 수 있고 '친구'가 되지 않아도 그 세계를 엿볼 수 있다. 인터넷 사회의 초기 형태가 '일촌'이라는 가상적 가족이었다면 이제는 적당히 무심해도 되고, 기대 이상으로 가까울 수도 있는 '이웃'의 형태로 바뀌었다. 중요한 사실은 젊은 작가 장은진이 발명해 낸 완벽한 고립의 삶이 바로 사이버 공간으로부터 유추되었다는 점이다. 실제의 삶을 모방한 사이버 공간의 삶이 거꾸로 상상의 원본이 된다.

민석은 "변신이 가능한 인터넷 세계와 아무도 볼 수 없는 305호"를 똑같은 세계로 판단한다. 그렇다면 305호를 판단하고 있는, 소설의 화자이자 주인공인 "나"의 삶은 어떨까? 공교롭게도 민석은 텍스트가 없으면, 책이 없다면 존재할 수 없는 번역가로 설정되어 있다. "텍스트가 없으면 존재하지 않는" 민석의 삶은 "책"에 의존하는 문자 세대의 방식을 보여 준다. 민석은 책이 "부족한 현실을 채워" 준다고 믿는다. 문자의 가치를 믿는 것이다.

"왜 책을 읽어?"

지나가 난데없이 이해할 수 없다는 표정으로 날 쳐다봤다. 나 또한 이해할 수 없다는 듯 지나를 쳐다봤다.

"왜 읽느냐니? 이건 내 일의 연장이야. 무엇보다 책은 부족한 현실을 채워 줘."

"책이 아무리 훌륭하고 완벽해도 끔찍한 현실을 따라오진 못해. 진짜 완벽한 게 옆에 있는데 왜 가짜에 열광해야 되는데? 책을 읽는 건 자기 삶이 그럴듯하지 않다거나 격정적이지 않다거나 열심히 살고 있지 않다는 방증으로 느껴져. 책은 해결책이 못 돼."

지나는 마치 책에 결벽증이 있는 사람처럼 보였다.

"누구의 현실은 부족한 게 없단 뜻이로군."

"책을 읽는 건 삶이 따분하기 때문이야. 얼마나 따분하면 그 따분한 걸 읽겠어."[2]

민석의 애인 '지나'는 책을 무료하고 따분한 세계의 대명사로 치부한다. 아무리 완벽한 책도 실제의 삶보다는 추상적일 수밖에 없다고 보는

---

2   장은진, 『앨리스의 생활 방식』(민음사, 2009), 72~73쪽.

것이다. 반면 민석에게 있어 '책'은 하나의 세계다. 민석은 한정된 공간에서 눈에 보이지 않는 관념까지 규정한 칸트를 예로 들면서 문자로 구성된 추상적 세계의 가치를 역설한다. 민석의 삶과 앨리스의 삶, 306호의 생활 방식과 305호의 생활 방식은 그런 점에서 문자 세대와 사이버 세대의 것으로 대조된다. 문제는 문자 세대를 상징하는 번역가 민석의 생활 방식이 앨리스의 생활 방식에 완전히 침식되고 만다는 사실이다. 엄밀히 말하자면 침식 정도가 아니라 철저히 짓밟히고 만다.

모두를 감쪽같이 속였던 지나, 연극배우 수연, 텍스트가 없으면 존재하지 않는 나의 글과 책들. 모두들 가짜 인생을 살아온 것 같았다. 어쩌면, 진짜 자기 삶을 살고 있었던 건 그녀인지도 모르겠다. 305호 그곳에서, 자기만의 존재 방식으로 살고 있는, 자기만의 생활 방식으로 소통하고 또 사랑하며 살고 있는 그녀, 앨리스.[3]

상징적 차원에서 보자면 실제의 삶을 강조하는 지나는 경험론자를, 그리고 삶의 각주를 텍스트에서 구하는 민석은 이성주의자를 대표한다고 할 수 있다. 같은 맥락에서 보자면 앨리스의 생활 방식은 사이버 공간의 삶을 제유한다. 우리가 주목해야 하는 것은 작가 장은진이 사이버 공간의 삶을 가짜라고 말하면서도 앨리스의 생활 방식을 진정한 것으로 인정하고 있다는 사실이다. 작가는 본명도 알 수 없는 익명의 존재, 결국 얼굴을 드러내지 않은 채 자신을 굴복시킨 앨리스가 유지하는 삶의 방식을 '진짜'라고 말한다. 이는 실제의 삶을 관습의 지옥으로 보는 시선과 닮아 있다. 앨리스의 공간이 진정성을 획득할 수 있는 까닭은 실제적이기 때문이 아니라 그곳이 타인의 강요와 관습으로부터 자유로운 청정 지역이기 때

---

3   앞의 책, 371쪽.

문이다.

　장은진은 눈으로 모든 것을 판단하는 실제 공간이야말로 편견과 관습에 침윤된 오염 지역이라고 규정한다. 작가는 타인의 강요와 편견으로부터 자유로울 수 있다면 감촉할 수 없는 사이버 공간이 더 진실하다고 역설하는 듯싶다. 보이지 않기에 더 진실할 수 있는 공간, 관습이 빚어낸 착시가 없는 오직 개념으로 소통 가능한 세계, 그곳이 바로 네오 나르시시즘을 고양하는 새로운 세대의 자치령이다. 숫자와 사진으로 인증되는 실제의 세계가 숨기는 진정한 내면, 그것이 가장된 익명성과 거짓 정체성 안에 숨어 있다는 가설. 이 가설의 당위성이야말로 네오 나르시시즘 세대의 윤리 의식인 셈이다.

3　거울의 서사

　『앨리스의 생활 방식』의 서사 구조는 「거울의 잠」과 닮아 있다. 「거울의 잠」의 서사는 인물의 성격이 주로 상대방의 상상에 의해 그려진다는 점에서 확인된다. 민석은 앨리스가 요구하는 물품들을 분석함으로써 그녀의 모습을 상상해 낸다. 앨리스는 민석이 번역한 책을 통해 306호 남자를 입체화한다. 민석이 앨리스를 상상하고 앨리스가 민석을 유추하는 과정들은 작가가 한 인물을 창조해 나가는 과정과 닮아 있다. 상상에서 빚어진 피조물을 살찌우는 것, 그것은 바로 그 인물을 둘러싼 구체적 정보들이다. 『앨리스의 생활 방식』이 가진 가장 큰 장점이라면 상상이라는 추상적 작업을 논리적 연산으로 구체화해 냈다는 점이다. 다음과 같은 부분들은 작가 장은진의 꼼꼼하고도 염결한 상상 메커니즘을 짐작게 해 준다.

　필요한 물건 리스트를 작성하는 데만 일주일하고도 반나절이 걸렸다.

달라지는 생활 방식에 따라 '필요한 물건'을 생각해 내는 데도 '단순 필요'를 넘어서는 상상력이 필요했다. 치밀한 계획과 규칙과 가설을 세우고, 예기치 않은 여러 변수까지 예측해 본 뒤 해결점을 찾아냈다. 그리고 그 해결을 도와줄 도구들을 구입했다. 갖가지 우편물과 고지서는 J에게 갈 것이고, J는 그녀에게 매달 생활비를 현금으로 보내 줄 것이며 밖의 일들은 J가 알아서 다 처리해 줄 것이다. 모두 고된 과정이었고, 그것은 한 치의 오차도 허용해서는 안 되는 치밀한 군사 작전과도 같았다.[4]

혼자 생활하기에 필요한 물건을 상상하는 앨리스의 노력은 고립된 인물을 그럴듯하게 그려 내기 위해 상상하는 작가 장은진의 고민과 겹친다. 앨리스의 모습에서 장은진의 모습을 발견하는 것은 어렵지 않다. 장은진은 "치밀한 군사 작전"처럼 소설이라는 공간을 실험실로 리모델링한다. 발자크가 해부학자의 태도로 인격을 재해석했다면 장은진은 극단적 상황을 발명함으로써 삶을 일종의 세트(무대)로 표본화한다. 장은진의 소설에 강렬함이 있다면 이 생경한 작위성에 있음에 분명하다.

『앨리스의 생활 방식』에서 독자의 눈길을 끄는 것은 완강히 조작된 상황이지만 눈길을 잡는 것은 작가의 내면으로 여겨지는 고백적 진술들이다. "결국 번역이란 바벨탑에 분노한 신에 의해 생겨난 직업이란 생각이 든다."와 같은 구절이나 "말하기의 순간성은 사람을 격분케 하지만 글쓰기의 진중성은 마음을 차분히 가라앉혀 흩어진 질서를 잡아 준다." 같은 문장 말이다. 행간과 전언, 상황과 문장 들은 거울처럼 서로를 왜곡하고 반사한다. 문장들은 거울처럼 서로를 반사하고 반영하는 과정을 거쳐 작가적 전언의 실체를 드러낸다.

거울의 조작 끝에 완성된 305호, 앨리스의 생활 방식은 결국 작가 장

---

4 앞의 책, 239쪽.

은진이 추구하는 예술가적 삶의 표본으로 수렴된다. 장은진은 자신을 모델로 한 셀프 포토그래퍼인 앨리스의 정체를 진짜 예술과 등치시킨다. 진정한 '나'란 무엇인가라는 문제의식에 대한 대답이 '나'가 '나'를 모델로 찍어 낸 자기 충족적(self-enclosure) 사진으로 응결되는 것이다. 세상 사람들이 외모를 통해 그려 냈던 앨리스라는 인물은 자신의 시각을 통해 새롭게 재규정된다. 앨리스는 철저히 자신의 시각으로 자신을 재해석한다.

앨리스는 고립을 예술의 한 형식이라고 생각한다. 앨리스의 생각은 장은진의 소설적 전언이기도 하다. 장은진은 연구원처럼 수합한 자료를 통해 상상을 구체화해 나간다. 여행을 해 보지 않은 칸트가 독서와 상상력만으로 탐험가보다 세계에 대해 더 많이 알고 있듯이 장은진은 직접 보는 것이 아니라 유추하고 상상하는 것이 실체에 더 근접할 수 있는 방법이라 믿고 있다. 예술은 객관이라는 지위로 군림하는 관습적 시각으로부터의 이탈이며 이탈은 완전히 고립된 주관적 시선에 의해 가능해지기 때문이다. 객관의 덫으로부터 벗어나기, 장은진의 거울 보기는 진실 찾기의 방식이기도 하다.

장은진의 이러한 면모들은 『좁은 방의 영혼』에서 환상의 여행을 펼쳤던 미루야마 겐지나 "손님을 싫어" 한다고 결벽을 떨었던 다니자키 준이치로의 염결성과 닮아 있기도 하다. 이 젊은 작가의 매력은 이 결벽한 외곬에서 증폭된다. 겐지나 준이치로에게 고립은 일종의 성향에 불과했지만, 현재 우리는 기술적으로 고립이 가능한 세계에 살고 있다. 완벽한 고립이 그들에게 이상이었던 데 비해 장은진에게 고립은 실현 가능한 선택이 된 것이다.

4 고립의 아이러니

그런데 우리는 이 소설을 덮기 전에 스쳐 지나온 한 문장으로 되돌아가야만 한다. 바로 이 문장으로 말이다. "어떤 방식이든, 살아가기 위해서는 최소한 한 사람은 필요하다는 것을. 그래서 사람들은 모두 짝을 이루려 하고, 그 짝을 끝까지 지키고 유지하기 위해 노력한다는 것을. 혼자가 된다는 건 외롭다기보다 무서운 것이다." 고립을 위한 작전을 짜던 앨리스는 한 가지 사실을 깨닫는다. 그 사실은 고립의 역설로 정리된다. 완벽한 고립을 위해서는 역설적이게도 최소한 한 사람이 필요하다. 온전히 혼자 살아갈 수 있을 앨리스의 305호 아파트는 앨리스를 절대적으로 도와줄 "한 사람"이 없다면 존재할 수 없다. 앨리스, 장은진이 꿈꾸는 고립은 누군가의 절대적 도움이 없다면 불가능할 관념적 이데아에 불과하다. 완전한 고립을 위해 절대적 타인이 요구되는 아이러니, 이 아이러니 가운데서 장은진의 선언은 대화를 허용한다.

앨리스의 독립된 공간도 토끼 구멍이 없다면, 존재할 수 없는 환영이다. 완벽하게 고립된 공간을 조형하기 위해 시작된 장은진의 실험은 기술적 가능성과 불가피한 아이러니의 확인으로 귀결된다. 기술적으로 고립이 가능한 현대 사회라 할지라도 최소한의 관계가 필요하다. 히키코모리에게도 사람이 필요한 것이다. 장은진은 고립된 사람이야말로 평범한 사람보다 더 많은 커뮤니케이션과 관계를 필요로 한다고 말한다. 장은진의 소설이 동년배 작가들의 관념적 공간과 구별되는 것도 바로 이 지점이다.

장은진은 자신의 가상을 끊임없이 임상 실험한다. 임상 실험이라는 말 속에는 장은진이 소설의 오래된 규범인 개연성과 핍진성을 염두에 두고 있음을 보여 준다. 장은진은 주관으로 조형된 자기만의 생활 방식을 이념적으로 완성하는 데 만족하지 않고 임상적으로 완공하고자 한다. 여기에 장은진의 새로움과 남다름이 있다.

결국 장은진이 꿈꾸는 완전한 나르시시즘의 공간, 네오 나르시시즘의 공간은 인터넷이라는 기술 공간이 아닌 소설이라는 창조적 예술 공간으로 드러난다. 앨리스에게 셀프 포트그래프의 예술이 있다면 장은진에게는 소설이 있다. 셀프 포토그래퍼에게도 관객이 필요하듯 완벽한 고립을 실험한 소설에도 독자가 필요하다. 아니, 완벽한 고립은 '한 사람'을 통해 완성된다. 소설 역시 마찬가지다. 장은진은 진공 상태의 가설로 즐기는 데 멈추지 않고 이 오염된 세상 속에서 실험한다. 장은진이 지닌 작가적 가능성도 여기에서 비롯된다. 『키친 실험실』에서 만들어진 고립의 공식들은 『앨리스의 생활 방식』이라는 임상 실험을 거쳐 확장된 인식과 만난다. 상상 역시도 우리가 발 딛고 있는 현실의 한 국면이라는 것, 장은진은 실험을 통해 이 사실을 확인한다. 장은진을 미인증 세대의 현재로 받아들이는 이유도 여기에 있다. 장은진의 실험은 늘 극단적이지만 또 언제나 문제적이다.

소문의 재구성

하재영, 『스캔들』(민음사, 2010)

1   소문의 탄생

미아의 사망은 연예인 부부의 이혼을 제치고 검색어 1위에 올라 있었다. 댓글은 호의적이지 않았다. 노골적이고 원색적인 비난도 심심찮았다. 안티 팬들은 '죽어도 싸다'거나 '천벌 받았다'는 공격마저 서슴지 않았다. 미아가 영화 배우 이수빈과 내연의 관계라는 건 오래된 소문이었다. 웹상에는 기사의 '이씨'가 이수빈이라는 소문과 함께 묵은 루머가 들쑤셔지고 있었다.[1]

팩트 1: 여배우가 죽었다. 확인된 사실은 "여배우가 죽었다", 라는 한 가지뿐이다. 사인은 자살. 하지만 자살은 죽음의 방법을 알려줄 뿐 원인을 드러내지 못한다. 죽음은 결과값으로 작용한다. 여배우의 죽음에는 어떤 원인이 있을까? 죽은 자는 말이 없다. 죽음은 이야기의 종말이기도 하다.

잔인한 아라비아의 왕은 여자들의 목숨을 앗아 가곤 했다. 왕의 여자

---

1   하재영, 『스캔들』(민음사, 2010), 15쪽.

가 된 세헤라자데는 죽음을 면하기 위해 이야기를 지어낸다. 천일 하고도 하룻밤, 이야기의 끝은 곧 죽음을 의미한다. 죽은 자는 말이 없다. 죽음이란 부패와 훼손이라는 생물학적 변화 이전에 입을 앗아 간다. 죽은 자에게는 더 이상 이야기가 없다. 죽음은 곧 드라마의 종말이다.

죽은 자는 가장 두려운 존재이기도 하다. 그는 비밀을 알고 있다. 자살한 신미아는 자살한 이유를 말할 수 있는 유일한 권위자다. 하지만 신미아는 자살하고 으레 자살이 그렇듯 죽음의 이유는 영원히 봉인된다. 하지만 사람들은 원인을 알고 싶어 한다. 결과는 달라질 수 없지만 원인은 달라지기도 한다. 그래서 사람들은 불완전한 인과 관계를 이야기로 채운다.

'사실'은 죽음으로 봉쇄되었지만, 이야기는 가능하다. 이야기의 부재가 죽음이라면 삶은 곧 이야기의 지속이기도 하다. 남은 사람들은 생존자들끼리 이야기를 만들어 낸다. 이 이야기에서 사실 여부나 진실은 그다지 중요하지 않다. 중요한 것은 이야기가 반드시 필요하다는 것뿐이다.

세상엔 인과 관계로 설명되지 않는 일이 더 많다. 삶에는 인과 관계가 없지만 이야기에는 개연성 혹은 핍진성이라 부르는 논리가 있다. 체호프의 말처럼 권총이 등장하면 권총은 발사되어야만 한다. 신문 기사에서 이유가 꼭 밝혀질 필요는 없지만 이야기 속에서는 그 이유가 밝혀져야 한다. 이제, 여배우의 자살은 사실의 영역을 떠나 허구로 넘어간다. 이유가 불분명했던 여배우의 자살에 이제 이야기가, 인과 관계가, 플롯이 생긴다.

이야기를 만들기에 사실이 부족하지만 플롯은 완결을 원한다. 사람들은 플롯의 빈 구멍을 상상력으로 메우기 시작한다. 불특정 다수의 상상력이 보태져 이야기가 풍만해질수록 플롯은 문학에서 멀어진다. 사람들은 어떤 플롯이 더 선정적인가에만 관심을 갖는다. 이제 플롯은 소문이 된다. 소문은 그렇게 탄생하고 이야기는 재구성된다. 소문은 자살보다 더 자극적이고, 죽음보다 더 드라마틱하다. 소문은 소문을 만나 비로소 서사가 된다.

문제는 각각의 상상력으로 완성된 '소문'이 우리가 애써 외면하려 했던, 특정한 상징적 채무를 환기시킨다는 점이다. 신미아를 "죽어도 싼" 여자로 만든 소문은 신미아가 아니라 우리 안의 불쾌한 부분을 파고든다. 사람들은 소문을 만들어 허약한 현실의 구멍을 메우고 싶지만 소문은 오히려 불편한 진실 앞으로 사람들을 데려다 놓는다. 인정 많고, 정의롭고, 점잖고, 도덕적인 '우리'는 우리가 만든 소문 앞에서 남루해진다.

소문은 소문을 통해 감추고 싶었던 허술한 일상의 그물망을 망가뜨린다. 스캔들이 된 미아, 미아의 죽음 이후 만들어진 드라마는 우리 자신을 부도덕하고 지저분한 존재로 만든다. 폭로되는 것은 바로 우리다. 그렇다면 이처럼 난무하는 소문 속에 살고 있는 우리는 누구이며, 또 우리가 살고 있는 이 현실은 어떤 곳일까?

2   소문의 플롯: 사망 원인 우울증

고 신미아의 자살 이유가 우울증으로 밝혀졌다. 유가족은 "악성 댓글에 시달리면서 우울증을 심하게 겪어 왔다"고 주장했으며, 고인과 절친했던 지인 또한 "안티 팬들이 촬영장까지 쫓아와 우유 팩과 계란을 던져 매니저가 늘 우산을 씌워 줘야 했다. 정신과 치료를 받으며 회복 단계에 있었는데 결혼 후 악성 루머에 시달리며 상태가 나빠졌고 이혼 후 최악의 상태였다."라고 전했다.[2]

완성된 소문의 플롯은 이렇다. 탤런트 겸 영화배우인 신미아는 특별한 재능 없이 반반한 외모 덕분에 연예인이 된다. 무명일 때는 유명 배우와

---

2   앞의 책, 41~42쪽.

의 스캔들로 이름을 알리고 유명인이 되어서는 아이돌 그룹의 멤버와 사귀어 세간의 질투를 받는다. 이별의 고통을 호소하더니 눈물이 채 마르기도 전에 임신 상태로 결혼에 이른다. 그들 사이에 낳은 아이가 전 애인의 아이라는 의혹이 끊임없이 제기된다. 대중의 서사는 예언적 효과를 발휘해 신미아는 마침내 이혼한다. 하지만, 소문은 멈추지 않는다. 이혼은 의심을 확증으로 끌고 간다. 대중들은 이혼해 마땅하다고, '죽어도 싸다'고 몰아 부친다. 그러던 어느 날, 신미아가 자살한다.

신미아는 남편과의 이혼 때문에 죽었고, 도덕적 패륜의 대가로 죽었고, 방탕한 생활 때문에 죽었다. 죽었다는 사실은 변하지 않지만 이유는 시시각각 달라진다. 하지만 그 어느 것도 진실을 보여 주지는 못한다. 사인은 귀납적 오류에 빠져 "죽었다"라는 불변의 사실 주위를 맴돈다. 결국, 사건은 우울증으로 인한 자살로 종결된다.

하지만 우울증이란 무엇인가? 임상의학적으로 우울증은 '삶에 대한 의미와 관심, 흥미를 잃는' 질병을 의미한다. 프로이트가 말하기를 우울증이란 상실에 대한 반응이다. 무엇인가를 상실했을 때 '슬픔'을 느낀다면 우울증은 잃어버린 대상을 자신과 동일시할 때 발생한다. 다소 복잡한 이야기이지만 요약하자면 우울증은 슬픔을 제대로 해소하지 못할 때 '나'에게 일어나는 정서적 문제다. 이에, 주디스 버틀러는 우울증을 애도라는 관점과 맞물려 규명한다. 슬픔을 해소하기 위해서 그러니까 우울증적 주체가 되지 않기 위해서는 '애도'가 필요하다.

사람들은 우울증을 현대적인 질병이라고 생각한다. 하지만 다음과 같은 문헌들을 보면 흥미로운 사실들과 조우하게 된다.

모든 사람들이 바페르를 사회적 문제로 생각했다. 한 치 앞을 볼 수 없는 운명에 의한 것이 아니라 시대의 산물로 여겨진 이 질병은 무위도식하거나 문란한 생활을 하거나 혹은 실내에서 가만히 공부만 하는 특정 계층에서 확산된다고 생각했다. 할 일 없는 부자들과 과로하는 유명인들의 병으로 알려진 바페르는 권력 사회와 살롱 사회를 위협하는 질병이 되었다. 폼 박사는 "혼자 있기 좋아하고 책만 읽는 문필가와 방탕한 생활을 하는 젊은이들"이 특히 바페르에 잘 걸린다고 주장했다. 그러나 여성이, 특히 온실에만 키워진 도회지 여성들이 가장 먼저 바페르에 걸린다. "집 안에만 있고, 관능적인 것을 추구하는 그들의 삶과 절제와 신중함이 없이 무작정 자신을 내맡기는 격정으로 인해" 그들이 제일 먼저 표적이 된다는 것이다.[3]

중세에 '바페르'라고 불렸던 질병은 지금 우리가 우울증이라고 부르는 질병과 꼭 닮아 있다. 유명인이나 부자들이 걸리는 정신 질환이라는 점에서도 유사하다. 무엇보다 이 질병이 신체적 문제라기보다는 사회적 문제로 여겨졌다는 점에서 바페르가 우울증과 동일한 취급을 받아 왔음을 알 수 있다. 바페르의 원인에 대해 당시 의료계는 갖가지 분석을 내놓았지만 애매한 가정과 구분되기 어려웠다. 말하자면, 현재 우울증에 대한 담론이나 바페르에 관련된 논의들이 별다를 바가 없는 것이다.

신미아는 '우울증' 때문에 죽었다. 하지만, 이때 우울증이란 어떤 심리적 상태를 지칭하는 것일까? 울적한 것? 슬픈 것? 왠지 나 자신이 미워지는 것? 이렇게 보자면, 누구나 다 우울증이고 누구도 우울증이 아닐 수도 있다. 우울증이 사인이라는 것은 자살의 원인을 모른다는 뜻에 가깝다. 우울증은 논리적으로 이해할 수 없는 삶의 심연들을 한꺼번에 모아 처리해 놓은, 미제 사건 서랍처럼 사용된다. 우울증이란 사실 우리의 삶이 설명할 수 없는 난처한 심연을 가지고 있음을 드러내는 일종의 증후일 따름이다. 알 수 없는 사람의 마음을 우울증이라 진단한다 해도, 삶의 곤란은 해결되지 않는다. 다만 알맞은 서랍에 분류되고 정리될 뿐.

3 장 자크 르 코프, 장석훈 옮김, 「바페르의 광기」, 『고통받는 몸의 역사』(지호, 2000), 56쪽.

우울증이란 설명 불가능한 삶의 미스터리를 부르는 호명이다. 누군가를 소환하고 소집하는 호명은 누군가를 부름으로 인해 무엇이 '되게' 한다. 우울증도 마찬가지다. 설명할 수 없는 불가해한 심리를 우울증이라고 호명함으로써 삶의 심연은 우울증에 포섭된다. 후기 자본주의 사회의 이데올로기적 호명으로서 우울증은 복잡다단한 현대적 삶이 유발한 근원적 고장을 질병으로 처분하는 데 일조한다. 이 과정을 통해 메커니즘의 모순은 우울증이라는 개인 질환으로 전도된다.

심연은 질병이 되고, 고장은 개인의 탓으로 발생한다. 그 누구도, 정확한 프로세스를 알 수 없지만 이 알고리즘 안에서 우울증이라는 결과값은 계속 산출된다. 그렇게 자살은 혼돈의 유인자가 아니라 찢어진 일상의 그물을 봉합하는 장치로 사용된다. 우울한 주체는 일상에 구멍을 내지만 우울증으로 호명된 환자는 적자생존의 표본이 된다. 우울증은 개인의 질병이며, 개인의 문제로 치부된다.

그러므로 우울증은 원인이 아니라 효과다. 신미아는 우울증 때문에 죽은 것이 아니라 신미아의 자살 자체가 우울증이자 그것의 효과다. 효과는 담론 속에서 구성된다. 눈여겨봐야 할 것은 이 우울증이라는 호명이 현대사회를 살아가고 있는 우리 모두의 질병을 아우르고 있다는 사실이다. 러시안 룰렛 게임처럼 누군가 희생양이 되어 우울증으로 생을 마감할 때, 내 차례가 지나갔다는 식의 안도감이 솟아난다. 하지만 불안이란 어떤 대상이 멀어져서가 아니라 가까워지기 때문에 나타나는 현상이 아니었던가? 불안은 또다시 증폭된다. 룰렛이 멈추지 않는 한, 죽음은 지속될 것이다. 그리고 불안과 더불어 소문은 이어진다. 불안과 소문의 불연속 가속의 롤러코스터 끝에 소문이라는 출구가 보인다. 소문은 이렇게 불안에 잠식된 영혼을 구제한다.

3   소문의 원리: 인사이더 되기

문제는 소문을 만드는 사람은 있지만 소문을 만드는 사람이 없다는 것이다. 무슨 되지도 않는 말이냐고? 소문은 이 역설이 없으면 탄생할 수 없다. 아무도 만들지 않는 소문은 모두가 가담한 집단 상상의 결과로 창작된다. 집단 창작물에 대해서는 표절 시비도 명예 훼손도 불가능하다. 파마의 여신이 전달하는 소문에는 인용문도 각주도 출전도 심지어 말한 사람조차도 없다. 소문은 소문 자체로 유통되고 소문이 동력이 되어 스스로 플롯을 발전시킨다. 만일 얼굴 없는 괴물이 있다면 소문이 바로 그 얼굴 없는 괴물일 것이다.

소문의 일원이 됨으로써, 소문을 내는 '입'이 됨으로써 러시안 룰렛에 참여했던 사람들은, 입 없는 희생양의 자리에서 탈출한다. 입을 갖기 위해서는 희생양을 찾아야 한다. 소문을 냄으로써, 루머에 동참함으로써 우리는 불안한 삶의 심연에 닻을 달고, 동종의 세계로 편입되어 무명, 무색의 인사이더로 희석된다. 희석은 개인의 삶이 주는 불안의 무게를 덜어준다.

미아에게는 미안한 일이지만 공개된 비밀 이야기가 들려올 때마다 안도감이 들었다. 소외되지 않았다는 데, 고립되지 않았다는 데, 어쩔 수 없이 마음이 놓였다. 다 아는 가십을 나만 모른다면 이유는 하나뿐일 것이다. 소문의 당사자이기 때문에.

나는 반에서 소문을 가장 늦게 들은 사람이었다. 미아와 친했기 때문이다. 나마저 알고 나자 이제 그 사실을 모르는 사람은 미아 하나였다. 둔한 구석이 있는 미아는 아무것도 눈치채지 못했다. 자기 이야기를 하는 줄 안다면, 삼삼오오 모여 쑥덕대던 애들이 미아가 나타나자마자 황급히 입을 다무는데 "무슨 얘긴데? 같이 좀 알자앙." 하며 무람없이 굴 수는 없었다.[4]

소문은 일종의 커넥션이며 인사이더 그룹 형성의 과정과 유사하다. 소문을 알게 됨으로써 소문의 대상과는 멀어지고, 형성 그룹과 밀착된다. 혼자가 아니라는 뜻도 된다. 희생양을 등짐으로써 '나'는 인사이더가 되고 소외에서 벗어난다. 공공성 속에 포함되는 것이다. 소문은 공공성을 만들어 내는 동시에 공공성을 대표한다.

소문을 통해 사람들은 불안과 희망, 기대와 관련된 무엇인가를 나누려고 한다. 불안정한 상황에 놓인 사람들일수록 소문에 응집력을 갖고 모이는 까닭도 여기에 있다. 입시를 앞둔 여고생, 전시의 군인들, 선거를 앞둔 캠프에는 갖가지 소문들이 흉흉하게 나돈다. 불분명한 출처에서 확실하다는 소문이 발생하고 어느새 사라진다. 이는 한편 소문에 있어 가장 중요한 문제가 바로 시의성이라는 점을 알려 준다. 유통의 가장 중요한 전제는 바로 기한이다. 기한이 지나 유통되는 상품은 폐기 처분될 수밖에 없다. 소문은 선도의 유지가 매우 중요한 유통의 대상이다. 사람들은 싱싱한 대상을 찾아 무성한 소문을 달아 준다.

주목해야 할 점은 소문이라고 해서 모두 거짓은 아니라는 사실이다. 하지만 더 중요한 것은 사실이 아니라고 해서 소문이 사라지는 않는다는 것이다. 가령, '나'는 음악 선생님이 미아를 안았다고, 음악 선생님이 미아와 함께 산부인과에 갔다고 말한다. 이 말은 '나'의 말마따나 사실이다. 하지만 소문은 사실 전달의 문장이 아니라 수사학적 형상을 띤 진술로 유통된다. "안았다"는 성교의 환유로 해석되고, "산부인과에 갔다"는 "낙태를 했다"의 우회적 표현으로 받아들여진다. "음악 선생과 함께 산부인과에 갔다"가 어떻게 해석될지는 뻔하다. 맥락 속에서 진실은 휘발되고 오류와 해석만이 퍼져 나간다. 사실 가운데 놓인 공백은 진부한 상상력으로 매워져 개연성을 갖춘다. 소문은 다른 어떤 것이 아닌 바로 소문 자체에 근거

4   하재영, 앞의 책, 113쪽.

를 두고 다른 효과를 발휘한다.

무플이 악플보다 무섭다, 라는 시쳇말 속에는 정보화 사회를 살아가고 있는 현대인들의 씁쓸한 자조가 담겨 있다. 대중의 관심은 독이 될 수도 있지만 달콤한 유혹이자 부작용을 선사하기도 한다. 관심 때문에 고통스러워하지만 관심에 갈증을 낸다. 이는 정보와 이미지가 넘쳐 나는 현대 사회에서 발생한 새로운 중독의 실체이기도 하다.

소문은 아주 오래전부터 존재해 왔지만, 이제 속도와 기술 덕분에 위력과 세련을 동시에 갖게 되었다. 사람들은 소문 자체보다 그 선정성과 속도, 구체성과 완벽한 플롯의 개연성에 매료되고 중독된다. 소문의 유통은 과거에 비할 수 없이 빠르고 신속해진다. 신미아의 자살은 유통되는 순간 사건이 아니라 상품이 된다. 유통 과정에서 의미와 진실은 휘발되고 자살이라는 기표는 상품으로 소모되고 우울증은 허술한 인과 관계의 주춧돌이 되어 준다. 그리고, 거짓 가운데로 또 다른 인과 관계와 가설들이 들어찬다. 소문은 돌연변이가 된다.

일시적이며 집단적 사건으로 소문은 잠시 존재한다. 문제는 목숨은 일회적이라는 사실이다. 작가는 이를 첫 성교의 이미지로 변주한다. '나'는 첫 성교를 빼앗기고 다시 만나는 새로운 남자들에게 늘 처음을 연기한다. 어떤 점에서 '나'는 신미아보다 훨씬 더 능수능란한 연기자다. 문제적인 것은, '나'가 신미아보다 연기를 잘했기 때문에 살아남을 수 있다는 사실이다. 신미아는 늘 입에 버릇처럼 사실을 '솔직하게' 이야기했다. 하지만 사실 그 솔직함 때문에 미아는 자살에 이르게 된다. 솔직함은 생존을 보장하지 않는다. 필요한 것은 '처음'이 아니라 처음 '처럼'이다. 만일 신미아가 연기를 잘했더라면, 솔직하지 않고, 남들을 속이는 데 거리낌이 없었다면, 그녀는 살아 있었을 것이다. 미아는 사람들이 '처럼'을 요구한다는 점에 지나치게 무감각했다.

스캔들은 어떤 행위를 했느냐가 아니라 어떻게 대처하느냐에 따라서 발생하고 사라진다. '나'는 레밍과 '불륜'을 저지르고, 스스로도 그것을 '불륜'이라 부르지만 스캔들을 만들지 않는다. 애완견만이 알고 있는 한, 비밀 속에서 이야기는 탄생하지 않을 것이다. 남편을 만나 처음을 연기했듯이 지금도 '나'는 스스로 이야기를 만들고 연기를 한다. 신미아가 솔직함 때문에 죽었다고 생각하는 이유도 이 때문이다. 신미아는 '첫'을 연기하지도 바람피우지 않는 '척'하지도 않는다. 아니 연기를 하지 못한다. 솔직함을 알리바이로 여기는 신미아는 수많은 '나'들을 불쾌하게 한다. 미아의 죽음은 그러니, 더 이상 이야기를 못하게 된 세혜라자데의 처형과다를 바 없다. 술탄 앞에서 이야기를 꾸며 내지 못하는 세혜라자데는 처형될 수밖에 없다. 살아 남기 위해서는 이야기를, 연기를 해야만 한다.

4 스캔들 누아르: 타락한 삶의 알리바이

살아남기 위해 이야기를 하고, 연기를 해야만 하는 하재영 소설 속의 인물들은 무성한 소문이 초단위로 생성되고 소멸하는 현대 사회 속에 놓인 불쌍한 개인들을 떠올리게 한다. 인터넷, 스마트폰, SNS와 같은 동시간 접속의 환경 가운데 놓인 정보화 사회의 개인들은 이 무성한 소문의 숲 속에서 자신의 위치를 재점검한다. 운전자의 자기 위치가 머릿속 지도가 아닌 네비게이션의 그림 속에 존재하는 세계, 세계는 더 이상 세상에 대한 총체적 이해도 그림도 허락하지 않는다. 아니 요구하지도 않는 총체성은 이 과정 속에서 조용히 퇴화되어 가고 있다.

이미지가 권력이 되는 사회에서 아름다움은 권력이 된다. 신미아와 같은 스타, 미인은 마치 권력자이자 권위자인 것처럼 보인다. 하지만 사실상, 이미지의 유통 구조 안에서 그들은 피해자가 된다. 이미지는 대상이지 눈이 아니다. 이미지를 소유하고, 소모하고, 유통하는 주체들, 익명의 대중이 권력자이자 가해자가 될 수 있다.

젊고, 새로운 작가 하재영은 이 권력의 전도에 대해서 탁월한 시선을 지니고 있다. 하재영은 표면에 드러난 권력 관계 내면의 타락한 삶의 알리바이를 추출해 낸다. 풍요로운 이미지의 세상 속에서 하재영은 더욱 세련화된 폭력의 구조를 읽어 낸다. 타인과의 관계를 맺는다는 것, 그 자체가 상처를 입고 폭력에 노출되는 것과 다를 바 없는 셈이다. 하재영은 이미지 범람 시대 개인의 빈곤을 정면으로 응시한다. 공공의 희생양을 만드는 나의 세련된 무관심에는 쿨미디어 세대의 공허함과 폭력성이 담겨 있다. 타인과의 대화에는 행간이 너무도 깊고, 넓다. 그 행간에 자살과 생존 가운데의 선택이 놓여 있는 셈이다.

그렇다면 사람들은 왜 소문을 만들고 살아갈까? 다른 방식으로 물어 볼까? 사람들은 왜 스캔들을 만들면서 스캔들을 비방하는 것일까? '나'는 레밍과 바람을 피우면서 심지어 그를 남편과의 침대에 끌어들여 섹스를 나누면서, 자신의 불륜을 부도덕이라 자조하면서도, 멈추지 못한다. 들키지 않는 한 불륜은 지속된다. 속이는 자는 속이지 못하는 타인의 솔직함을 부도덕으로 비방한다. 소문을 만드는 인사이더의 세계에서는 들키는 솔직함도 비난의 대상이 된다. 그것이 바로 스캔들의 핵심이다. 스캔들은 아직 다가오지 않는 내 미래의 사건에 대한 알리바이로 구실한다. 스캔들의 주인공을 대상화함으로써 윤리적 우위를 얻고 나는 수많은 익명성의 집단에 묻혀 알리바이를 구성해 간다.

스캔들은 은닉해 둔 나의 치부를 외설적 소문의 형태로 무대에 올린다. 아마도 이야기 속에 드러난 파렴치하고, 비도덕적인 사건들은 나의 욕망에 가까울수록 불쾌해질 것이다. 우리는 이 불쾌가 아슬아슬하게 일상의 하중을 견디고 있는 유리 천장에 금이라도 낼까 봐 서둘러 희생양을 찾아 주문을 건다. 사실 여부는 중요하지 않다. 필요한 것은 상상력과 연출력. 소문은 사실의 위대함을 믿는 순진한 영혼을 사필귀정의 세계로 데려다주지 않는다. 솔직함과 사실을 믿는 순진한 세계의 끝에 스캔들의 공간은 자리 잡고 있다. 우리는 이렇게 솔직을 믿는 희생양을 찾아 하루 치의 환멸을 건딘다. 환멸은 심연을 들여다보게 하지 않지만 생존을 가능하게 해 준다. 사실, 우리가 살아가고 있는 이 공간은 환멸의 끝에 마련된 스캔들에 불과할지도 모른다.

무혈의 성장 드라마

임정연, 『질러』(민음사, 2008)

1   10대

귀여움의 대상이던 아이들이 훈육의 대상으로 바뀌기 시작했다. 역사학자 필립 아리에스는 당시의 변화를 이렇게 적고 있다. "농노들에게나 가하던 규율을 아이들에게 강요하게 되었다."라고 말이다. 그 규율은 다름 아닌 '학교'라는 공간에서 자행되었다. 학교는 신분의 격차를 체벌로 초월한 이상한 공간이었다. 학교가 제시한 규율은 교육의 대상인 연령대 전체를 아동기로 밀어 넣었다. 학교에 들어가게 되면 나이와 신분을 불문하고 동일한 규율에 복종해야 한다. 학교는 태생부터 규율과 체벌에 근거한 도착적 공간이었다.

필립 아리에스가 쓴 『아동의 탄생』에는 근대의 시작과 함께 탄생한 '새로운 10대'의 모습이 남아 있다. 그는 아동이란 발생한 것이 아니라 발명된 것이라고 말한다. 프랑스 혁명기를 지나 아동이 발명되고 교육이 세련되면서 드디어 근대가 시작된 것이다. 필립 아리에스의 말을 살펴보면 아동기가 자의적 구분이자 시대적 산물이라는 것을 알 수 있다. 한때 아동은 5세에서 7세가량 정도의 '아이'를 가리켰지만 지금 아동은 훨씬 더 넓은 연령대를 지칭한다.

형편은 우리가 '10대'라고 지칭하는 아이들에게도 마찬가지로 적용된다. 시대에 따라 '10대'는 다른 의미로 규정된다. 1960년대 '10'대는 4·19 혁명의 불씨였고 2000년대 '10대'는 촛불 시위의 발아로 회자된다. 그럼에도 불구하고 우리에게 '10대'란 규율과 복종의 시기로 합의되어 왔다. 누구도 10대를 주체로 인정하지 않는다. 아직 사회인으로 분류할 수 없는 미성숙한 존재들, 입시라는 제도를 위해 전 시간을 쏟아부어 마땅한 학습 기계로만 여기고 있기 때문이다. 10대라는 호명은 학교와 가족이라는 제도와 함께 정치적 감금으로 사용된다. 임정연의 소설 『질러』에 등장하는 소년들이 학교를 떠나 독서실로 향한 이유도 바로 여기에 있을 것이다.

임정연의 소설 『질러』에는 우리가 문제아라고 부르는 10대들이 잔뜩 등장한다. 주인공인 선우는 열여덟 살이지만 학교를 다니지 않는다. 심지어 그는 쓸데없는 것만 가르쳐 주는 공간이라고 학교를 비아냥거린다. 학교를 다니지 않는다는 것만으로 선우는 주변 사람들에게 낙오자 내지는 문제아 취급을 받는다. 선우가 학교 대신 선택하는 곳은 집에서 멀리 떨어진 돈키호테 독서실이다. 그곳에서 선우는 자신처럼 학교에 가지 않는 동년배들을 만난다. 그들은 각각 나름의 이유 때문에 학교에 가지 않는다. 한 아이는 뒤늦게 얻은 늦둥이의 특권을 낭비로 활용하면서 산다. 또 다른 아이는 전화기를 단 한 순간도 꺼놓을 수 없어서 학교를 떠난다. 다른 아이는 자신의 등 뒤를 쫓는 소문 때문에 학교에 가지 않는다. 아이들은 학교에 가지 않는다는 점에서 평범하지 않지만 별다른 문제를 지니고 있지는 않다. 아이들을 낙인찍는 것은 단 한 가지, 학생이 아니라는 사실뿐이다.

『질러』에 등장하는 고등학생들은 제도의 시선에서 벗어나 있는 아이들이다. 성적과 대학 입시로 가름되는 사회에서 이미 그 궤도를 이탈한 이 10대들은 제도권의 관심 영역에서 멀리 떨어져 있다. 우리는 '학교'라는 제도에 속한 아이들에게 너무도 과한 관심을 쏟는 반면 '학교'라는 제도 바깥에 있는 아이들은 쉽게 지워 버린다. 이 아이들을 문제아 파일에 모아 둔 채 잊어버리는 것이다. 하지만 사실 문제 있는 것은 이 아이들이 아니라 사교육과 입시에 미친 가족과 학교다. 임정연의 『질러』가 10대를 주인공으로 한 다른 소설들과 차별화되는 지점도 바로 여기에 있다.

우리는 종종 소설 속에 10대를 소환해 왔다. 하지만 거의 모든 10대들이 학교라는 공간에 이미 감금되어 있는, 그래서 제도 속에서 고민하는 내부자였다고 할 수 있다. 하지만 임정연은 학교라는 제도에서 나와 그것을 바깥에서 바라보는 주인공 '선우'를 통해 10대를 재구성한다. 학교라는 억압적 진앙을 벗어나 학교 바깥에 외재적 중심을 형성하고 있는 10대를 주목하고 있는 것이다. 선우와 같은 10대 인물들은 분명 존재하지만 한번도 문학적으로 주목받지 못한 인물들이다. 사실 『질러』에 등장하는 아이들은 심한 일탈자거나 반항아가 아니다. 학교 아니면 일탈, 모범생 아니면 낙오자라는 이분법 너머에 『질러』의 아이들이 자리 잡고 있는 것이다.

『질러』의 차별성은 선우, 은태, 규오, 미나와 같은 아이들이 평범하다는 사실 그 자체에 있다. 이 아이들은 과거 우리 소설이나 영화에서 다루었던 학교 밖의 아이들처럼 심각한 일탈 행위를 한다거나 자기 정체성의 문제를 조숙하게 파고들지 않는다. 아이들은 학교를 다니지 않을 뿐이지 다른 아이들과 아무것도 다를 바가 없다. 만일 선우가 다른 아이들과 다른 점이 있다면 무엇인가 세상에 대해 '질문'을 가지고 있다는 사실일 테다. 올바른 해답을 찾느라 전전긍긍인 쌍둥이 '진우'와 달리 '선우'는 질문을 던지느라 바쁘다. 선우는 돈키호테는 무엇일까, 왜 아버지를 죽이고 싶어 하는 아이가 있을까, 왜 열여덟 살은 콘돔에 대해서 검색할 수 없을까, 등등의 문제를 고민하고 해결해 나간다. 선우는 10대가 던질 법한 질문을 시기를 놓치지 않고 던진다. 어른들이 크면 알게 된다고 미뤄 놓은 대답을 스스로 찾아내는 것이다.

체제는 질문에 답하지 않고 또 다른 질문을 던지는 아이들을 내몬다. 10대란 주어진 질문에 알맞은 정답을 찾아야만 하는 의무적 규율의 시기로 여겨진다. 임정연의『질러』에 등장하는 아이들은 '입시' 외에 다른 고민에 더 열중한다. '미나'는 아버지에게 복수하기 위해 고민하고, 선우는 그런 미나가 고민이다. 논술 시험을 잘 봐야 하고, 보약을 챙겨 먹어야만 하는 모범생 진우의 고민과 달리 선우 주변 아이들의 고민은 제각각이다. 임정연의『질러』는 입시라는 문제로 획일화된 10대를 다양한 고민들을 가진 개인으로 입체화하고 있다. 임정연의『질러』가 낯선 것은 이상한 10대를 조명해서가 아니라 다른 10대를 그려 내고 있기 때문이다.

주목해야 할 지점은 바로 작가 임정연의 태도다. 임정연은 10대, 학교, 가족, 제도와 같은 심각한 문제를 단순 명쾌하지만 진지하게 다루고 있다. 오이디푸스 콤플렉스와 같은 복잡한 문제부터 시작해 블루 오션과 같은 최신 유행 시사 용어까지, 임정연은 10대의 시각에서 무리 없이 녹여 낸다. 심각한 것이 반드시 진지한 것은 아니라는 듯 작가는 다른 10대의 삶을 단지 다른 각도로 재조명해 낸다. 사각지대에 놓여 있는 10대, 우리가 한 번도 제대로 질문해 본 적이 없는 시기, 10대. 임정연의『질러』는 이 애매한 시기를 다른 시각으로 다루었다는 점만으로도 읽을 만한 가치가 있다.

2 다른 학교, 다른 가족

열여덟 살은 어른인가, 아이인가. 그리고 청소년은 아동과 어떻게 구분되는 것일까? 2000년대를 살아가는 우리에게 청소년은 중, 고등학교를 다니는 입시 준비생으로 환기된다. 10대는 입시, 대학이라는 전제를 떼어 두고는 설명할 수도 이해할 수도 없는 개념으로 자리 잡고 있다. 통제로 규명되는 10대의 아이러니, 10대는 공공연히 획일적 규율에 복종해야만 하는 시기로 합의되어 있다. 그런 점에서, '19금'으로 표기되는 사회의 보편적 금기들은 상징적 지표에 가깝다. 열아홉 살이 되어서 접근할 수 있는 성인 정보나 술, 담배는 열여덟 살에게 금지되어 있다. 하지만 열여덟 살이 열아홉 살이 되는 1년 동안 어떤 성장이 일어나는 것일까?

사회는 아이들이 아직 인생을 시작할 준비가 되어 있지 않기에 일종의 면역 시스템으로서의 처방이 필요하다고 말한다. 면역 시스템의 시효 만료가 바로 열아홉 살이라는 상징적 숫자에 새겨져 있다. 그래서, 열아홉 살이 되기 전까지는 어른이 아니라며 제도에 대한 질문을 금지한다. '학교'의 주요한 기능 중 하나는 세계로부터 '아이들'을 분리하는 것이다. 의무 교육 기간이라고 부르는 9년은 사회 구성원의 마련을 빌미로 삼고 있지만 사실상 규율과 복종에 대한 세뇌의 기간이라고 부르는 편이 옳다. 아이들은 학교에 가서 교사의 절대적 권위를 배우고 군대와 같은 규율의 필요성을 내재화한다. 학교라는 제도를 통해 강조되는 것은 아직 10대, 아이들이 제대로 된 사회 구성원이 아니라는 사실 하나다.

임정연의 『질러』에는 학교가 제공하는 규율에 불응하고 복종을 거부한 아이들이 등장한다. 그저 학교가 싫어 학교를 관둔 선우가 가장 온건한 경우라면 핸드폰을 금지한 교사를 폭행하고 학교를 뛰쳐나온 규오의 일화는 학교의 규범을 거부한 극단적 지점에 놓여 있다고 할 수 있다.

핸드폰 때문야. 선생들이 수업에 끄게 하잖아. 저 자식은 핸드폰을 끄면 불안해서 살 수가 없대. 계속 문자를 보고 찍지 않으면 아주 안절부절 똥을 싼다. 선생들한테 숱하게 야단맞고 벌도 섰지만 죽어라고 말을 안 들었어. 하루는 수학이 저 자식의 핸드폰을 빼앗으려고 했어. 책을 뺏기든 가방을 뺏기든 상관없지만 핸드폰은 죽어도 싫었대. 수학이 핸드폰을 낚아채 가려는 순간 저 자식이 뻥 돌아 버렸어. 수학의 머리를 이마로 받아 버렸어. 저

자식 말로는 퍽하고 수박 갈라지는 소리가 났대. 핸드폰을 손에 움켜쥐고 뒷문으로 튀었다니까. 수학이 이마를 다섯 바늘이나 꿰맸대.[1]

핸드폰을 금지한 학교를 벗어날 수밖에 없었던 규오의 일화는 10대들을 사실적으로 보여 준다. 이른바 '엄지족'으로 불리는 아이들은 접속 상태를 통해 존재를 실감한다. 이는 노출증을 동반한 새로운 분리 장애 세대의 형편을 짐작하게 한다. 10대들은 개인 블로그든 미니 홈피든 간에 무엇이든 자신의 현재를 누군가에게 전송하고자 한다. 이 세상에 살아 있다는 사실적 존재감을 가상 공간의 메시지를 통해 체감하는 것이다.

부모들이 아이들을 감시하기 위해 사 준 핸드폰이 아이들에게는 다른 세상과 접촉하는 유일한 출구 노릇을 한다. 인터넷과 함께 성장한 어른들이 컴퓨터 모니터 앞에 앉아 현실을 이탈하듯이 아이들은 핸드폰 문자 메시지 전송으로 교실이라는 감금을 벗어난다. 핸드폰이란 10대에게 통신 수단이 아니라 존재의 빌미이자 증거에 육박하는 실재다. 눈앞에 있는 사람에게조차 말보다 문자를 보내는 규오는 2000년대를 살아가는 아이들의 한 전형을 제시해 준다. 이러한 면은 인터넷 검색이야말로 진정한 교사라고 믿는 선우의 태도에도 반영되어 있다.

선우는 정말 "궁금하거나 모르는 게 있으면 무조건 지니한테 물어본다." "지니한테 물어보면 시시콜콜한 것까지 다 찾아준다. …… 이제 어딘가에 숨어 있을 수 없다. 지니는 귀신같이 찾아낸다." 만일 "지니가 못찾는 게 있다면 진짜 후졌거나 별 볼 일 없는 거다." 규오가 잠자는 시간을 제외한 24시간 내내 핸드폰과 접속해 있다면 선우에게는 지니가 교양이자 지식이다. 선우의 말처럼 검색창 안에는 세상의 모든 종류의 정보가 다 들어 있다. 램프의 요정 지니가 원하는 소원을 이뤄 주는 것처럼 검색창 지

---

1 임정연, 『질러』(민음사, 2008), 55쪽.

니는 원하는 정보를 가져다준다.

선우와 같은 아이들에게 학교에서 전해 주는 지식이란 화석이 된 암기용 자료에 불과하다. 진정 궁금한 것은 교과서에 없다. 선우의 궁금증을 해결해 줄 수 있는 것은 검색 기능과 답글 사이에 있다. 선우는 자신이 모르는 세계를 모두 검색 기능 '지니'를 통해 해결한다. 그는 검색을 통해 돈키호테를 알아내고, 블루 오션의 의미를 이해하며, 오이디푸스 콤플렉스를 배운다. 선우가 검색창을 통해 알아내는 사실들은 중, 고등학교에서는 절대 배울 수 없는 것들이다. 심지어 이런 것들은 학교 선생님에게 질문할 경우 오히려 체벌이나 훈계를 받을 확률이 많은, 입시와 무관한 호기심들이다. 선우는 학교 바깥에서 검색창을 통해 세상과 접촉하고 질문을 해결해 나간다. 정말 궁금한 사항들을 해결해 주는 것이 배움이라면 '지니'야말로 선우의 학교임이 분명하다.

돈키호테 독서실에 모인 아이들은 이런저런 이유로 학교를 거부하고 다른 방식의 삶을 선택한다. 그리고 아이들은 학교 바깥에서 학교에서 배우는 것보다 훨씬 더 많은 사실들을 터득한다. 놓치지 말아야 할 사실 중 하나는 그들이 생각하는 학교 바깥의 세계에, 가족이나 집은 포함되어 있지 않다는 사실이다. 선우를 비롯한 아이들은 집을 학교만큼이나 끔찍한 강요로 해석한다. 엄마들은 아이들에게 좋은 성적을 종용하며 끊임없이 괴롭히는 존재이며 아빠는 무관심하거나 지나치게 억압적인 존재 둘 중 하나이다. 답답한 것은 학교를 벗어나는 것보다 집에서 벗어나기가 더 어렵다는 점이다. 독서실에 전화하거나 불시에 찾아오는 선우의 엄마처럼 아직 열여덟 살은 부모의 보호와 감시가 필요한 시기로 전제되기 때문이다.

3   다른 가족, 다른 성질

사실상 10대들을 단속하는 학교의 기능은 가족의 기능과 긴밀히 연계되어 있다. 가족은 정신적 도덕적 훈련과 규율을 담당함으로써 법 제도에 익숙해져야만 하는 아이들을 매개한다. 육체적 성장과 제도 사이의 공백을 학교와 가족이 나눠서 맡는 것이다. 학교와 가족은 아이들을 어른들의 세계로부터 분리시킨다는 점에서 그 기능을 공유한다. 방만했던 아동들의 자유를 엄격한 규율 속에 가두는 데 적극 공모하는 것이다. 당연히 자유는 '어른'이 되어서야만 누릴 수 있는 것으로 제시된다. 아이들에게 자유나 정체성, 주체성과 같은 말은 사치로 취급되고 차압된다.『질러』에 등장하는 선우의 엄마 역시 어른의 세계로부터 아이들을 분리해 입시에 부착한다는 점에서 다를 바 없다.

그런데 선우의 가족 관계에는 다른 가족과 구별되는 분명한 지점이 있다.『질러』에 등장하는 '가족'이 기존의 가족과 차별화되는 부분도 바로 이 지점이다. 차별성은 바로 선우 아버지와 어머니의 관계 그리고 부모님을 부르는 선우의 호명에서 발견된다.

선우는 아버지 그리고 어머니라는 호칭 대신 '원장님'과 '택시 드라이버'라는 명칭을 선택한다. '진선 놀이방'의 원장인 어머니는 어린 시절부터 진우, 선우 형제에게 '원장님'이라 부를 것을 요구한다. 선우는 동년배였던 놀이방 아이들의 질서를 벗어난 이후까지도 여전히 어머니를 원장님이라고 부른다. 그리고 택시 기사인 아버지를 '택시 드라이버'라 부른다. 부모님을 사회적 직책과 직업으로 부르는 선우에게는 동시대 가정의 형편이 유머러스 하게 녹아 있다. 그리고 이 유머에는 뻐딱한 세상을 여유롭게 포용하는 임정연만의 독특한 태도가 반영되어 있다.

> 우리 집은 원장님을 축으로 돌아간다. 원장님은 행성이고, 우리 셋은 위

성들이다. 원장님은 명령하고 지휘한다. 택시 드라이버는 원장님한테 꼼짝도 못한다. 나이도 원장님이 다섯 살이나 많았다. 수입도 원장님이 두 배였다. 당연히 택시 드라이버는 기를 못 폈다. 거기에 별 불만도 없어 보였다. 가끔, 아주 가끔 반란을 시도하지만 그것도 며칠 못 갔다.[2]

『질러』는 아버지와 어머니를 대하고 구축하는 방식에 있어서 기존의 소설들과 차별화된다. 아버지와 어머니로 구축된 가족을 기존 질서의 패악이자 부패의 원흉으로 제시하는 소설들과 달리 임정연은 짐짓 아무렇지 않은 척 가족의 중압감으로부터 달아나 있다. 전형적 가족 로맨스로부터 멀찌감치 떨어져 있는 것이다. 짐짓 아무렇지 않은 척, 선우는 자신의 집안을 원장님을 축으로 한 우주로 설명한다. 이 작은 계보도 안에는 경제적 능력에 따라 집안의 서열이 재형성되는 최근의 세태가 녹아 있다.

임정연이 제시하는 새로운 가족 로맨스에는 부재하는 아버지 대신 '형'에 가까운 다른 아버지가 자리 잡고 있다. 아들과 부부의 섹스 문제까지 상담하는 '택시 드라이버'는 아버지라기보다는 철부지 형의 모습과 닮아 있다. 심지어 '택시 드라이버'는 능력 있는 여자를 만나 그녀의 경제적 수완으로 살아간다면 당연히 복종해야 한다고까지 말해 준다. 의(義)나 도(道)와 같은 추상적 관념의 전수자였던 아버지가 조금은 비굴할지언정 삶의 기술을 가르쳐 주는 기능적 아버지로 대체되어 있는 것이다. 원장님이라고 불리는 엄마가 관습적 어머니와 다른 모습을 띠는 것도 이러한 맥락에서 이해된다. 집안의 경제적 주체이자 권위의 실제인 엄마는 말 그대로 '원장님'으로 군림한다. 『질러』에는 달라진 시대의 새로운 전형적 가족 로맨스가 자리 잡고 있는 것이다.

임정연의 『질러』에 등장하는 가족 계보도는 우리가 숱하게 목도해 왔

2   앞의 책, 16~17쪽.

던 가족 로망스와 전혀 다른 가족의 형상을 제공한다. 선우의 가족은 경제적 능력으로 재구성된 가족이자 한편으로는 어머니가 아버지의 역할까지 맡고 있는 '다른' 가족이라고 할 수 있다. 선우의 가족 계보도에는 기존 성장 소설에서 목격할 수 있었던 부패한 아버지 대신 형 같은 아버지가 등장한다. 그러니까 선우의 가족에는 '아버지'의 자리가 부재하는 셈이다. 눈여겨봐야 할 사항 중 하나는 기능이 폐제된 채 가족의 구성원 중하나로 전락한 아버지나 사적 교육과 공적 권리에 있어 모든 것을 차지하고 있는 어머니의 모습이 동시대 가족의 형편을 고스란히 재현하고 있다는 것이다. '엄마'로 요약되는 새로운 가족 로망스, 기능으로 축소된 동시대 아버지의 형편이 태연스러운 유머 속에 녹아 있다.

4 2000년대, 동시대 아이들의 질병

그렇다면 '아버지'가 없는 세상은 과연 평화로울까? 임정연의 대답은 부정적이다. 다소 경쾌하게 제시된 선우와 선우 아버지의 관계와 달리 다른 인물들의 가정은 부적절한 부모들로 인해 질병을 앓고 있는 것으로 묘사된다. 과거의 가족 로망스가 부패한 아버지의 모순에서 비롯되었다면 『질러』의 가족 계보도는 부적절한 아버지로 인해 비롯된다. 이는 비교적 정상적이라고 할 수 있을 선우에게도 적용된다. 선우에게는 아버지가 있지만 아버지의 기능은 엄마에게 이양되어 있다. 그리고 기능적으로 아버지라고 할 수 있을 '원장님'과 선우의 관계는 껄끄럽고 불편하다. 생물학적 아버지가 그 기능을 하지 않을 뿐 각 가정에 '아버지의 기능'은 존재한다. 선우 엄마 원장님처럼 말이다.

문제는 지나치게 억압적인 아버지가 불온한 세계를 조성했다면 현재는 아버지의 기능적 부재가 존재의 곤혹을 불러온다는 사실이다. 아버지를 부정함으로써 상상적 자기 정체성을 재구성했던 전 세대들과 달리 지금의 10대에게는 부정할 만한 아버지의 자리가 아예 비어 있다. 비어 있는 것은 비단 '아버지'만이 아니다. 그들의 빈자리는 정체성을 구성할 만한 상상적 거부를 불허한다. 부재하는 자리를 무엇인가로 대체해야만 거부와 단절, 전복이 형성될 수 있다. 거부하고 전복한다는 것은 완강한 군림을 전제로 가능하기 때문이다. 오히려 『질러』의 아이들은 강한 아버지가 아니라 사라진 아버지로 인해 곤혹을 겪는다. 핸드폰 때문에 학교를 그만둔 규오나 강간이라는 상처를 안고 살아가는 미나의 속사정만 해도 그렇다.

저 녀석이 왜 저렇게 기계를 좋아하는지 아냐? 쟨 혼자 컸대. 부모가 일하러 나가면서 문 잠그고 먹을 것만 놓아두고 갔단다. 친구도 없고 텔레비전이나 장난감하고 종일 방에 갇혀 있었대. 그러다 초등학교에 들어갔는데, 결과가 어떨 거 같냐? 녀석은 사람이 불편하대. 어떻게 어울려야 하는지 모르겠대.[3]

그 인간은 지밖에 몰라. 이혼하기 전에도 혼자 방에 틀어박혀 사이버 주식만 했지. 우리랑 얘기도 안 하고. 집에 오면 방으로 들어가 문을 잠갔어. 장난도 치고 재밌는 아빠라, 그런 사람도 있구나.[4]

핸드폰에 대해 일종의 분리 장애를 앓고 있는 규오의 집착은 사람이 아닌 기계와 교감할 수밖에 없었던 어린 시절에서 비롯되었다. 규오의 강

---

3   앞의 책, 201~202쪽.

4   앞의 책, 175쪽.

박중을 이해할 수 있을 원체험에는 부모로부터 방기되어야만 했던 규오의 자구책이 숨어 있다. 학교에서 이탈한 규오의 현재, 핸드폰과 떨어질 수 없는 강박증은 부모의 부재와 연관되어 있는 것이다. 아버지의 부재는 미나에겐 훨씬 더 심각한 양상으로 드러난다. 아버지를 죽여야 한다고 말하고 다니는 미나는 괴한에게 강간을 당한 상처를 지니고 있다. 문제는 딸이 강간을 당하던 그 순간 아버지가 딸의 구조 신호를 무시했다는 사실이다. 외부의 침입으로부터 딸을 지켜야 할 아버지가 그 순간 딸을 버려 두었다. 미나는 유일한 보호자였던 아버지에게 "부탁하고 매달렸"지만 "컴퓨터"에 매달린 채 미나의 요청을 거절한다. 미나는 그런 아버지를 가리켜 "사람 해충"이라고 부른다.

미나나 은태, 규오에게는 부모가 존재한다. 하지만 존재만 할 뿐 부모의 기능을 제대로 수행한 어른은 없다. 방에만 틀어박혀 사이버 주식에 매진하는 아버지나 아이를 방 안에 둔 채 출근하는 부모는 선우의 말처럼 부모 자격이 없는 부모들이다. 미나나 규오에게 있어 아버지 그리고 부모는 구멍 난 기능에 가깝다. 그들은 부모로서 해 줘야 할 가장 기본적인 의무도 행하지 않았다는 점에서 권위나 권력과 같은 이차적 억압과 무관하다. 이들이 기존의 가족 로망스 속에 제시된 부모들과 다른 점이 있다면 그것은 이들의 부모가 억압이나 대상조차 되지 않는다는 사실이다. 그들은 군림하는 것이 아니라 아예 자리를 비운다.

『질러』에 등장하는 부모들은 자기 정체성이 확립된 성인이라고 보기 어렵다. 임정연의 소설에 묘사되어 있는 부모들의 형편은 기존의 질서에 억눌린 채 무작정 성장해 버린 무책임한 어른들을 떠올리게 한다. 이는 작가 임정연이 2000년대, 지금의 기성세대를 미성숙한 이기적 유아로 보고 있다는 것을 짐작게 한다. 선우는 아이들에게 자격 시험이 있는 것이 아니라 부모에게야말로 부모 자격 시험이 요구된다고 말한다. 선우의 말은 작가 임정연의 전언으로 받아들여져도 무방하다.

수능 시험은 치르면서 부모 자격 시험은 왜 만들지 않는지 궁금하다. 시험에 떨어진 부부들은 다시 부모 자격 시험에 도전해야 한다. 공부하기 싫어서 애를 안 낳으려 하는 사람도 생길 수 있다. 나 같은 놈이 어른이 되면 분명 그럴지도 모른다. 그럼 좀 어떠냐. 진짜 아이를 키울 자격이 있는 사람만 애를 낳는다면 좋겠다.[5]

부모의 기능이 폐재된, 제대로 된 부모가 없는 아이들은 어떻게 성인이 되어야만 하는 것일까? 거부할 원본을 갖지 않은 10대들은 어떻게 자기 정체성을 스스로에게 부여할 수 있을까?『질러』의 10대들은 '어른'으로 성장하기 위해 부모와 어른들을 배반하는 것이 아니라 부정해야만 한다고 말한다. 그들에게는 원본으로 삼을 만한 훌륭한 어른도 그렇다고 강렬하게 부정해야 할 권위적 상징도 없다. 그들의 주변에 있는 어른들은 하나같이 제대로 성장하지 못한 문제적 어른에 가깝다. 히키코모리처럼 독서실 총무 자리에서 꼼짝 않는 '돈'이나 장난감을 사들이며 아들에게 밥을 얻어먹는 '택시 드라이버'나 제대로 된 어른이라고 부를 수 없다. 아이들에게 이들은 부정해야만 하는 오답들로 받아들여진다.『잃어버린 아이들의 도시』에서처럼『질러』의 10대들은 자신들이 스스로 성장의 규칙을 마련해야만 한다. 기존의 질서가 억압적일 때 그것을 부정하는 역설적 주체성이 가능하다면 그것을 거부할 대상이 없는 세대의 주체성은 상상적 결정에서 비롯될 수밖에 없다. 그래서『질러』의 아이들은 가능한 한 방법을 통해 세상을 배우고 자신을 정립해 간다.『질러』가 '다른 성장 소설'로 귀결될 수밖에 없는 까닭이기도 하다.

5   앞의 책, 129쪽.

5   무혈의 성장 드라마

성장 소설은 의도적 아비 부정을 통해 자신의 정체성을 형성해 가는 고아들을 그려 왔다. 의도된 정치적 고아들은 모험과 길 찾기를 통해 기존의 인습과 단절하고 새로운 것, 근대적인 것들을 확립해 왔다. 자신의 정체성에 대한 구심점을 찾는 것, 그것이 바로 성장 소설의 의미일 것이다. 임정연의 『질러』는 그런 점에서 조금은 다른 성장을 보여 주는 새로운 성장 소설이다. 유혈이 낭자한 전투를 통해 성장하는 것이 아니라 '선우들'은 무혈의 수긍과 부정을 통해 자기 자신을 정립해 나간다.

선우를 비롯한 아이들은 학교라는 일괄적 제도를 벗어난 구체적 삶의 현장에서 열아홉 살을 맞는다. 그들은 부권적 사회를 강렬히 파괴하는 것이 아니라 아버지가 제공하는 삶 이외의 장소에서 자신만의 길을 모색한다. 모색의 중심에는 돈키호테라는 낡은 도서관에서의 직접 체험과 지니를 통한 간접 체험의 방법이 놓여 있다. 여행을 하고, 길을 떠나고, 책을 읽어 아이들이 성장해 왔다면 이제 10대는 학교 바깥의 다른 중심에서 검색으로 세상의 정보를 취합해 나간다.

무엇보다 중요한 것은 선우의 성장을 가능케 한 것이 바로 '사랑'이라는 사실이다. 사랑은 새로운 세상과 접촉한 선우가 무혈 성장할 수 있었던 근본적 토대다. 선우는 휴대폰 액정을 통해서만 상대를 만날 수 있는 규오나 무엇이든 마음대로 소비할 수 있는 은태보다 먼저 세상을 주관화한다. 왜냐하면 선우는 미나라는 구체적 개인을 통해 이해할 수 없었던 세계와 온몸으로 충돌하기 때문이다. 선우는 미나를 좋아하기 때문에 아버지를 죽이고 싶어 하는, 지금껏 이해할 수 없었던 다른 세계를 공유하게 된다. 그것은 파괴하고 도발해서 얻은 세상이 아니라 사랑의 방식으로 타자를 이해함으로써 얻게 된 다른 공간이다. 사랑하는 사람을 이해해야겠다는 강렬한 욕망이 선우를 아이의 세계로부터 어른의 공간으로 견인해 낸다. 선우는 거창하게 가부장제에 저항하고 학교 제도를 전복하는 것이 아니라 사랑하는 여자 친구를 받아들임으로써 정체성을 찾고 세계를 정립한다. 임정연이 선택한 성장의 방식이 온건하고 부드러운 무혈의 이동으로 받아들여지는 까닭도 여기에 있다.

선우 일당들이 세상을 배운 돈키호테 독서실은 철거와 함께 기억 속으로 사라진다. 미나가 그토록 죽이고 싶어 했던 아버지가 갑작스럽게 돌연 사하는 것도 마찬가지다. 갈등의 핵심이었던 문제들은 시간과 함께 융해되고 뒤섞인다. 작가는 언젠가 허물어지는 독서실, 자연사하는 아버지를 통해 격렬한 성장통이 결국 시간을 통해 치유될 수 있는 것임을 말하고 있다. 그렇게 하루하루를 살아가는 것이 성장이라는 임정연의 전언에는 새로운 10대들에 대한 감식안이 자리 잡고 있다. 그리고 무혈의 성장 드라마에는 10대들이 지닌 전복적 에너지를 시간이라는 보편으로 녹여 버리는 성인의 시선도 자리잡고 있다. 학교라는 제도를 벗어나 있다는 점에서 과격하지만 임정연이 선택한 성장은 온건하다. 피를 흘리지 않아도 아이는 어른이 되는 것이다.

첫눈이 올 무렵, 선우에게 격렬한 열여덟 살을 선사했던 돈키호테 독서실은 철거된다. 너무도 허망하게 사라지는 돈키호테 독서실은 '성장'의 부산물인 환멸을 제공한다. 직접 돈을 벌어 봐서 돈의 가치를 알고, 자신이 진짜 좋아하는 여자를 만나 어른이 되었다고 느낄 때 자신을 어른으로 만들어 준 세계가 사라진다. 아버지와 어머니는 여전히 그 자리에 있지만 성장의 교두보였던 독서실은 재가 된다.

임정연은 부적절한 아버지가 살아가는 기존의 세계를 거부하지 않는다. 오히려 그는 현실을 있는 그대로 둔 채 주변을 맴돈다. 미나처럼 복수의 칼날을 내미는 것보다 그의 죽음을 기다리는 편이 났다고 말하면서 말이다. 임정연은 성장이란 복수와 전복의 에너지가 아니라 새로운 사랑에 있다고 말한다. 첫눈과 함께 격렬했던 열여덟 살은 지나간다. 사카구치 안고의 말을 빌리자면 아이들은 눌러도 자라난다. 어떤 시대가 오더라도 아이들은 열아홉 살이 된다. 가볍고 재미있지만 따뜻한 무혈의 성장 드라마,『질러』의 의미는 여기에 있을 것이다.

강유정

1975년 서울에서 태어났다. 고려대학교 국어교육과를 졸업하고 동대학원 국어국문학과에서 박사 학위를 받았다. 2005년 《조선일보》와 《경향신문》 신춘문예에 문학 평론이, 같은 해 《동아일보》에 영화 평론이 당선되어 본격적인 평론 활동을 시작했다. 《경향신문》「강유정의 영화로 세상읽기」를 비롯해 《주간동아》《매경이코노미》《월간중앙》 등에 영화 칼럼을 정기적으로 기고하고 있다. 영화 전문 프로그램 EBS「시네마 천국」과 KBS「박은영, 강유정의 무비부비」를 진행했으며, KBS1「TV 책을 보다」, KBS1 라디오「문화공감 신성원입니다」 등에 고정 패널로 출연 중이다. 저서로 문학 비평집 『오이디푸스의 숲』이 있으며 『사랑에 빠진 영화 영화에 빠진 사랑』『스무 살 영화觀(관)』『3D 인문학 영화관』 등의 영화 인문서가 있다. 강남대학교 국어국문학과 교수로 재직 중이다.

타인을 앓다

1판 1쇄 찍음 2016년 6월 10일
1판 1쇄 펴냄 2016년 6월 17일

지은이 강유정
발행인 박근섭, 박상준
펴낸곳 (주)민음사

출판등록   1966. 5.19. (제16-490호)
주소 | 서울특별시 강남구 도산대로1길 62(신사동) 강남출판문화센터 5층 (우편번호 06027)
대표전화 | 515-2000 팩시밀리 | 515-2007
홈페이지 | WWW.MINUMSA.COM

값 22,000원

ISBN 978-89-374-1225-7 04810   978-89-374-1220-2(세트)